狗臉歲月

陳胤

為符合九年一貫精神，
因應十二年國教免試入學會考，
本書故事虛構，如有雷同，
純屬巧合，請勿對號入座。

作品簡介
黑暗之光

本書內容，描繪一個兼具異議份子與創作者身份的國中教師（蕭天助），以實際教學行動，抵抗傳統學校體制的過程，凸顯當前國中教育的荒謬與怪誕。其間，試圖折射出人性的黑暗面，權慾、名位與私利，總在大人們道貌岸然的眼中快速流轉，包括校長、老師、家長，甚至大小官僚與民代，經常以許多裹著糖衣的美麗謊言，理所當然地強暴我們稚幼學生的未來。

「都是爲你好啊！」一句話，搗毀了小孩所有的夢想，於是，無止盡的加課、惡補，假借各種動人的名稱，不管在校內校外，占領了他們的青春日常；還有一成不變的塡鴨教育，與威權年代留下的思想教條，也透過形式主義至上的操作，讓小孩在受教過程中，逐漸疏離我們的土地、母語與生活實境，「之乎者也」的封建腔口，常使得他們的眼神，面對自己生命的蒼茫時，又混濁得不知所云……異議、創作與教學，也希望從這三個面向交會出一個獨特的視點，隨時可跳脫故事之外，繼續抵抗現實人生的多舛與苦痛。抵抗，在虛無空茫的時間幽谷裡，方能感受到生命些許的存在感。

故事的敘述，採第一人稱觀點進行，以近乎絮絮叨叨的筆調，貼近模擬敘述者（我）教師身份的性格，期盼在「敘述」的動作本身，更能反映主角強烈的情緒，即便在體制醬缸中有意識地抵抗，也不免受其影響而成爲一個嚴重的神經衰弱者，正如同其他用心的教師一樣。而其中許多地方，加入對教育現狀的議論與說明，雖略嫌枯燥、冗長，但頗有爲教育寫史作傳的企圖，不想只是扒糞式拋出問題，也想顯現出造成問題的蛛絲馬跡，讓每個經過國中洗禮的圈外人，再回到圈內，閱讀往昔少年時錯過的情節；再者，故事發展也旁及在地歷史與時事，期能點出當前國教失根漂浮，以及受政治牽連的亂象。因之，故事本身就是一段國中的歷史切面。

全書，共分二十二章節，總計三十七萬餘字。在結構上，以日誌形式呈現，是一種繪畫上「寫生」的概念，像是教學現場當日的實況轉播，此種手法，可增加臨場感，但故事難免易於呈現破碎化，所以，如何將破碎的故事，藉由事件再度縫合，使其前後連貫不至於矛盾錯亂，變成是一種極大的挑戰。其實，國中本身，就是一部不完整的小說，破碎錯亂，反而是它眞實的教育樣貌……

而其中某些篇章片段，確實在完稿的第一時間即刻上網直播，以現在進行式的姿態，衝擊教育現場，甚至引發論戰與意外的副作用，以此觀之，又隱含著故事外的另一場故事，持續在另外一個平行的軌道發酵，默默遞演，亦成爲敘述者參與教改運動的初衷與實踐。

至於故事敘述的時間軸，包括二〇〇三年到二〇一五年，長達十二年的縱線，在筆調口氣上，也可隱約看出創作（敘述）者，隨著年齡變化而變化的文字情緒與風格；而就故事內容而言，透過倒敘、插敘、補敘的鋪陳，更是橫跨一九九〇年主角擔任代課老師起，至二〇一五年退休止，其間，二十五年教書生涯倏忽即逝，所有故事都濃縮在學校一成不變的年度行事裡，開學結業、上班下班、上課下課、集合解散、開會段考、以至鐘聲響起……而一整年行禮如儀的歲月，又進一步濃縮入二十二天的日誌中，若以反向角度回溯，這每一天，著實又代表了一年的校園故事，隱隱暗喻著，跌陷教育泥淖時度日如年的煎熬。

現實人生，說故事者，往往也是別人故事裡的角色。因此，本故事中，刻意置入兩場虛幻夢境，假託他人（老王）與動物（來福）的眼睛，來做自我觀照，盼能在單一視點的敘述限制下，增加故事的張力，而那夢的主角，一爲依附權勢的走狗，一爲人豢養的狗，兩者皆爲狗，與敘述者的「狗臉歲月」互相呼應。

角色的設定，除了人之外，特別安排一隻斑鳩（小愛）入鏡，與主角進行魔幻式的超現實對戲，意旨在擴大故事的領域，並統整、串連各篇情節，作爲爬梳故事的輔助格線。更重的是，以有翅膀的鳥禽，作爲自由追求的鮮明意象，而其名「小愛」，又象徵著「愛」，乃當今國中最根本也最欠缺的元素——藉由敘述者拯救傷鳥放生的悲憫，讓這懸立校園高樓死去的封建標語再度復活，畢竟，死去的愛，終究要以活生生、有體溫的愛來救贖。小愛的出現，在在也指涉著身爲異議者的主角，與他不被祝福的愛情之艱辛與掙扎。

於是，愛與自由的追求，自然成爲控訴國中闃黑荒誕故事表層下的底蘊，這其實，也是敘述者面對殘酷現實世界時的內在驅力。故事最後，以曾被毀巢滅子的黑冠麻鷺又回校園築巢收尾，目的是爲五育「病」重的校園留下一盞稀微的燈，那是幽微人性裡的黑暗之光，因爲這光，每個受苦的靈魂，才能義無反顧不斷前進。

推薦序

這都是眞的

李鄢伊（詩人、國中教師）

小說是一門技術，本來我一直以爲小說是三稜鏡，光照過去，透出彩虹的炫麗光影：跌宕的劇情、吸睛的角色、一層又一層，富厚的隱喻。結果我沒看到三稜鏡，我看到鏡子，很赤裸、很眞實的鏡子，《狗臉歲月》是宛如放大化妝鏡的小說，陳胤寫他的校園生活，一如我的。鏡子裡映照出青春的肌膚，還有肌膚之上的凹坑毛孔，浮泛的油漬，平常被掩蓋的那些，都很清晰地被照出來，我們不忍直視，轉開頭，可是那依舊存在。

從事教職將近十年，我從一開始的不習慣到習慣，從憤怒到忍耐。我一直想：應該要有人像寫《官場現形記》那樣，寫一本基本教育現形記，可能是像連載那樣，每一回都尖酸毒辣，或者唇舌犀利，每一回講一個怪現狀。我想著想著，筆還沒動，陳胤就說他寫了。我既驚訝於我們的心心相印，又覺得釋然，相信自己的想法並不孤獨。而光是「不孤獨」這點，就可以給人很大的安慰。

陳胤不只寫得快，還寫得好。他的文筆，經過多年淬煉，能快速切入重點，又能在段落結構裡，融合審美的藝術性。多少烏煙瘴氣、老師在辦公室裡互相吐槽的醜事，經過他的轉化，都變成他手裡能收能放的戲劇。不管是能力分班、還是同事互捅、民代角力、塡鴨考試和升學掛帥的餘毒……這些事，在國中裡從來不缺乏，但是我們很少正面談。或者，我們可以說，現在呈現在檯面上的教育現場，還是很假性正向的，教改多少年，甚至現在呼喊得震天響的「翻轉」，都讓外界以爲教育圈裡是很蓬勃的，他們即便耳聞一些事，也會勸人把目光，放在他們以爲可以改變的部份。這讓基礎教育更顯得道貌岸然，多少以愛爲名的惡行，就這樣暴虐橫行。

陳胤把這樣的事情，寫出來了。看故事的時候，我又皺眉頭又笑，皺眉頭的時候，覺得天底下沒有新鮮事，不同地方發生的事情怎麼都一樣。又笑，覺得一樣的事情，在小說裡呈現就荒謬得好好笑。越浮誇、越荒謬，也就越眞實，故事眞的緊緊貼著人生發展。

我一直覺得，故事裡的小愛是知音，也是先知。小愛是隻斑鳩鳥，不知道是不是也象徵了知音在人世中難遇呢？小愛和主角的對話，時而同情，時而同仇敵愾，時而苛薄嘲諷，既像是一個抽離於情境的先知，也宛如不同的自我在對話。若說是對話的自我，便可以看出作者的悲憫，在一個很扭曲的環境裡，告訴我們：就算情勢壞到底了，還是有一點「飛的可能」、「愛的可能」。

推薦序
繼續堅持

李桂媚（詩人、詩評家）

從一九九〇年擔任代課老師開始，陳胤不只是在教育現場服務，也一直關心著教育政策與文化教育如何推動，他期待打破分數至上、升學第一的學習氛圍，也期待教學與土地結合，引領學生多元思考。陳胤二〇〇二年出版《秋末冬初——二〇〇一台灣國中教育診斷書》，傳達了他對教育的憂心，同時提出改革的建言，他也進一步著手撰寫小說，期盼以文學爲鏡，映照出教育的種種亂象，因而有了《狗臉歲月》這部作品的誕生。

《狗臉歲月》是陳胤的半自傳小說，全書計二十二章，採用日記的形式寫成，始於「開學」，止於「結業式」，呼應著學校生活日復一日的循環，一方面結合了他二十多年的教學生涯，爲他一路堅持的教改戰役留下些許紀錄，另一方面，將國中校園裡能力分班、課後輔導、晚自習、補習等現象，以及利益糾葛的人性黑暗面，通通攤在陽光下，突顯教育錯綜複雜的問題。

小說中的主角名爲「蕭天助」，但他卻一點也沒有得到「天助」，還因爲推動教改，主管故意不讓他當導師，想盡可能降低他對學生的影響，結果長期沒被學校安排當導師，引來同事紅眼，認爲他嘴巴上喊著要改革，私底下跟上層關係好，讓好不容易凝聚起來的「人助」

也垮了。多數時候只能「自助」的蕭天助，在故事中常與斑鳩小愛對話，此一特色延續自《秋末冬初——二〇〇一台灣國中教育診斷書》，該書以紅尾伯勞齊瓦哥的視點來道出校園亂象，《狗臉歲月》裡的斑鳩小愛，同樣扮演著少數清醒者的角色。

《狗臉歲月》這本書時間軸的設定，整整十二年，遺憾的是，在這十二年裡，每每出現改革的契機，最後都是失望收場，因此陳胤從教職退休後，暫時放下最喜愛的現代詩，一直想優先完成這部作品。《狗臉歲月》寫的是教育議題、是生活，更是社會的未來，希望每一位翻開書頁的朋友，都能跟隨作者的腳步，共同反思教育的價值，也期盼有一天，各級學校都能成為學生多元發展的舞台，引導每一個孩子找到生命的眞諦。

篇目

2003
9/1
（拜一）

第一章 開學

整片高齡的榕樹，
撐起校園火熱的天。
風，與自己，形同陌路……

「樹的方向，由風決定；人的方向，自己決定。」

新學期第一天，愛說故事的女王又說著網路上陳腐的冷故事，還要學生一句一句地跟著覆誦，國二、國三的老鳥早已不鳥這一套，如同面對「唱國歌」口令般，報以鄙視不屑的眼神；而天眞的新生，零零落落、左顧右盼羞赧地覆誦著，殊不知在稚幼的應聲中，自己在國中受教的方向，早已被人決定。好班的，可能多一些自私；壞班的，或許多一些自卑。表面上，雖被學校的私心隔閡，但是實質上，不管好班壞班，殊途同歸，都將在惡補與試卷中一起奔向人性的地獄。

女王正經八百宣稱，這是「兩段式常態編班」——但事實上，這是一種「僞常態編班」，狠狠將學生一刀兩斷，也將老師一刀兩斷。其實不只兩段，也不只兩斷，教育的道路與良心早已柔腸寸斷。這也是故事的內涵嗎？這也是故事的伏筆嗎？這也是……眞討厭！偷偷躲在我頂上葉叢裡的小愛聽見我的心內話，在那兒嘮叨不停。我抬頭瞪了牠一眼，牠才閉嘴。

小愛，是一隻斑鳩母鳥，牠是我去年收容的傷鳥中唯一倖存的。順利野放後，我看見牠剛好就停在教學大樓頂孫文手書的標語——忠、孝、仁、愛、信、義、和、平中的「愛」字上，所以，我就叫牠「小愛」。牠是我如影隨形、要好的鳥朋友（呵，你不要不相信，牠眞的是一隻鳥，你看，牠正向你打招呼……）。

就當女王在台上賣弄她的三寸不爛之舌時，班上一位瘦小同學突然起立來到我身旁，輕聲地說，要去上廁所。我雖還叫不出他的名字，但馬上就答應了，要他快去快回。

只見他仍站立不動，欲言又止。我問他怎麼了？他說沒衛生紙，「那向同學借啊！」，他說也借不到。我遂翻翻口袋，竟也沒半張。因開學典禮未完，我不便離開，想想，叫他去訓導處向留守的老師要。

於是，他匆匆忙忙離開隊伍，引起一些些注目。但很快又恢復平靜。

所謂的台上，其實不是高高在上的司令台，只是一張放在地上的普通的講桌，加上一個踏板而已，像極了街頭的肥皀箱演講。原因是，我們的操場不見了，變成新的行政大樓，原本的司令台瑟縮在它腳下，不僅無用武之地，根本是自慚形穢的蠢樣，快無地自容了。

集合改在一旁那排老榕樹下，已經好幾年了，學生平常就站在樹的兩旁，週會或像今日耗時較久的典禮，便拿童軍椅坐著聽講。這樣不用曬太陽，當然不錯啦，只是跟沒操場的缺點相較起來，全體師生都寧可有操場，因目前這樣的校園活像個補習班或監獄，不過，我們並沒有選擇權，前任校長水雞，與縣府的長官大大，決定了這一切。

我又埋首於閱讀新生的基本資料。此時，一片枯葉忽然從空而降，我知道又是小愛在惡作劇。我不想理會，但卻有些分心了。我回頭瞄一下去年帶的、已升上國二的班級。他們仍有點蠢動，不過沒發現我低垂的眼睛。

上星期五，開學前的最後一次全校返校日，當我忙碌於新生雜務在校園穿梭，一群舊班的女生突然一起衝向我，邊跑邊叫邊笑，著實嚇我一跳：

「老師，老師，你爲什麼不教我們了？是不是我們太吵……」

我笑笑，無奈回答：「當然不是！學校說我表現不好，所以把我換掉。」

「眞的嗎？一定是騙人的……」她們七嘴八舌的。

我不知如何再說下去，對於尚不知大人詭譎多變世界的單純小孩。「好啦好啦！趕快回家去玩，下禮拜要開學了。」我以要影印資料爲由，把她們支開。

她們走了之後，我內心頗不是滋味，有些酸楚。

我去年的班是後段中的後段，集合了各路三頭六臂的英雄好漢，教務處涂大主任還說：「怎麼會那麼剛好，難道張組長會故意這樣安排嗎？不可能的嘛！」

你看，說什麼鳥話，好個「那麼剛好」。這一年來，雖吃盡了苦頭，但我還是願意把她們帶到畢業，因爲，人多少是有點感情的。

八月中，暑假過一大半，訓導處新上任年輕的鍾主任，打電話來，轉達學校的意思，說我無法配合以後寒暑假全面（強迫學生）上輔導課，所以不能再繼續當導師，他問我意見如何？

我說：「我不敢有意見，當不當導師我都一樣，做事只要不太過分，怎麼決定，隨便你們！」

我的回答，他未能滿意，更進一步詢問。我繼續嚴肅地說：

「當一個老師，我不會因學校對我不公不義，就把怒氣轉嫁到學生身上，我知道我的分寸，這是我的原則，我個人無所謂，但如果站在學生的立場，如果可以選擇的話，我當然選擇繼續帶上去……」

他說他不認爲我帶得不好，但要回去請示看看。

過了幾日，鍾主任又來電說校長說，不管如何，我就是不能繼續帶原來的班級，他建議校長要我重新帶一年級，我問他，至少要給個可接受的理由吧，他說，是我班上太多人要轉學，我說，這怎能怪我？這要怪學校的編班，這種班級，乖的、善良的同學常常要被欺負，要唸書的，變成是不合群，若我是這些學生，我也要轉學！他吞吐了一下接著說：

「我就坦白告訴你吧——你們班有家長要學校換掉你！」

「哪有這種道理？有家長說換老師就換老師，那我也要要求學校換教務主任，甚至要求教育局換掉校長……我不能接受這種理由！學校如果有這麼重視我們這種班的家長就好了，這家長倘若如此夠力的話，爲何不乾脆將他的小孩轉到好班？何況爲了某一人的施壓，就犧牲大多數學生的權益，我非常不認同。如果我眞的是那麼差，那我將要帶的新生不是更倒楣嗎？學校會放心嗎？」

我有點生氣問他，是哪個家長？我跟他溝通看看。

他支吾了半天，說：「反正學校意思，你不能再帶原來的班級就是了。」他向我保證，今年後段班不會再像以前一樣又分好幾段。我告訴他，去年學校也這麼說，但這跟換導師的理由無關。他意思好像是要籠絡我：「新的一屆會比較好帶呀」。

我不置可否，也不想爲這事情，搞到全面翻臉。眞正的理由，很難去探究，但我若拒絕，怕女王像之前水雞一樣的策略，就不讓我當導師，這樣，許多好同事勢必會爲此眼紅，如果再放個小小的流言蜚語，有人或許就步巫碧瑩後塵，跟我反目成仇，那我的處境，又雪上加霜了……

反正，我被「留級」了。一開學，同事都這樣消遣我。

「有一隻青蛙看到一隻蜈蚣在走路，牠心想著，用四隻腳走路已經夠麻煩了，蜈蚣要如何用一百隻腳走路呢？而牠怎知該是哪隻腳先走？哪隻腳後走？接下來又是那隻腳呢？

於是牠叫住了蜈蚣，並把自己的疑問告訴牠。

蜈蚣說：我一生都在走路，但從未想過這個問題，我必需好好思考一下才能回答你。蜈蚣站在那裡好幾分鐘後，竟發現自己連動都不能動了，用力搖晃了一下，就不支倒地。

牠告訴青蛙：請你不要再去問其他蜈蚣同樣的問題，你看，我都已無法控制自己的腳了……

同學們，星星不需看地圖就能依照自然的軌道在運行，如果給他們圓規，說不定反而不知何去何從，甚至會迷路，同樣的，人若對自己沒有信心，結果就會像這隻蜈蚣一樣，變得無所適從，最後連路都不會走了。

所以，同學們，你們雖然年紀小，也要學習用心在每一個當下，不必想太多，專心走路、專心吃飯、專心讀書……學校老師都是學有專長，都犧牲假期來跟同學上課，才領微薄鐘點費，若去補習班賺更多，他們不去，就是一顆愛心而已，我們鄉下地方，許多家長付不出錢去補習班補習，所以同學們要心懷感激……」

頓時，女王的網路故事說完了。

我抬頭穿過一顆接一顆的人頭往前望去，看見她正在做漂亮的收尾，嘴巴優雅的一張一合，顯然是受過美儀訓練的那種姿態，但也只剩一顆人頭掛在講桌上，遠遠看，有些縹緲，再遠，就是司令台與川堂間的細縫走道，突然間，我看見那隻經常在校園閒逛的黑色流浪狗，悠哉坐躺在那裡，時而搖一下尾巴，或搧動耳朵，朝陽剛好把女王的身影斜斜投射在上面，使得景深越來越模糊……那川堂，有一塊家長會捐贈的超大立鏡，作爲與訓導處、導辦的屏風，鏡子上方剛好有根橫樑，上頭壓克力製的標語，寫著：「禮義廉恥」四個大字，而兩旁牆壁，則貼著一副對聯，右邊是：「做一個堂堂正正的中國人」，左邊是：「當一位活活潑潑的好學生」，標語外的牆面，則是「文化走廊」櫥窗，作爲各處室的公布欄，在新大樓落成前，學校若要各班幹部轉達事項，都會在此集合宣導……我又想起我後母班畢業後，帶的第一屆導師班，雖是後段班，有個乖乖的同學叫阿弘，我對他期許很高，竟然跑去廁所抽菸，「才國一，就抽菸，到國三還得了！」我氣到就在櫥窗前狠狠打他屁股兩大板……

我看見站在她左側的管樂班，人與樂器已經有些不耐了，東搖西晃的，剛剛他們吹奏完國歌國旗歌，沒事好久了，雖是好班，但有的人也交頭接耳起來，我想，他們越吹越沒成就感了，因唱國歌時，現在根本沒人開口，連女王也緊閉雙唇，只剩大聲公主任偶爾放炮似的喊個「三民主義，吾黨所宗」，搞笑一下就停格，甚至連吹國旗歌時，也看不見國旗，因爲升旗台是在司令台正上方的大樓頂，以前可以驕傲地俯瞰整個操場的師生，如今只能低姿態仰望巍峨的行政大樓，但學生們聽見「升旗敬禮」時，也是被規定要舉起智仁勇三根手指致敬，只是頭頂一片茂密樹葉，看不見國旗，只能想像它緩緩上升的英姿，而樓頂的旗手，也要想像千人瞻仰的面容，這或許也算是一種教學情境訓練吧。

接下來，是涂大主任站上講台，報告二、三年級明後天要模擬考的訊息，接著又預告，九月底要再來一次跨版本的模擬考，只見學生們「啊！」一聲慘叫，眼淚差點從褲管流出來。

老師們都認為她瘋掉了，被考上校長的狂喜搞瘋了，才剛升上二年級就模擬考，這樣也就算了，還一個月內考兩次，不是瘋掉是什麼？

社會科老師搖頭搖得最嚴重，也最可憐，因為九年一貫改革以來，原本課程分科變合科，然而只是課程合科，教師還是分科教學，歷史、地理、公民，一週各只剩一節課，做半套的結果，造成教學都在趕課狀態，考試就玩掉兩節課，進度哪來得及？「上課恐怕要用飛的了！」有人說。

「沒參加輔導課的同學，暑假作業簿這週結束以前要繳交，沒繳的，依校規處分！」她繼續說：「下學期開始，就沒那麼便宜了，沒參加輔導課，就要你第九節留下來繼續加強……」

台下同學又「啊！」慘叫一次。只有新生還傻呼呼地愣在那邊，他們都還狀況外。為了增加寒暑假輔導課的參加人數，今年涂大主任，強迫不參加者一律要買書商的「暑假作業簿」講義回去寫，一本五十元，連不認識字的特教生也要買，參加者則不用寫，結果還是效果有限，現在又增加第九節的威嚇，效果有待觀察。只是，依法可以這樣做嗎？你知道的，國中才不管你教育的法不法咧，它只管你頭上的髮……

就在集合場一片嘈雜中，田僑仔帶著嬌妻大搖大擺地從我旁邊經過，眼睛還不屑地瞅一下我，我也冷冷回看他一眼。都八點半了，才姍姍來遲，今天還是開學典禮咧，虧他還是教學組長，由於他是三朝元老級人物，教務處幾乎是他在掌舵，女王也不敢對他怎樣。他老婆則是輔導室的資料組長，漂亮的身材臉蛋，全身都是名牌服飾與配件，每天打扮得花枝招展的，與矮胖型的田僑仔走在一起實在不搭嘎，但若再與他的賓士黑頭車並列，奇怪咧，就變得超搭的。

他的眼神會對這樣瞅我，是因我剛來柳中不久就得罪他了——喔，應該說我的March得罪他的賓士——第一學年期末，我就買了一部小March代步，沒想到它的命運與我一樣多舛，才剛牽車第一天，我要從倉庫中倒車移出，沒想到這款性能跟一般自排車不同，入檔時是沒動力的，想說怎麼不動，我就輕輕踩油門緩緩挪移，直到騎樓要下到馬路的交接，有個橫跨水溝的鐵架就卡住了，此時，我稍稍用力，它不動如山，再稍稍稍用力，仍是不動，於是稍稍稍稍用力，就咻一聲飛出去——啊！根本來不及反應，屁股就貼在電線桿上，凹進一個大洞——保險單還沒下來就要辦出險，眞是的，新車咧，移動不到十公尺便撞車，這可能破了金氏世界紀錄。

修好後，誰知過沒多久，有一天放學，在學校停車場，我從車位倒車到那棵土芒果樹下迴車，當我換檔要前進時，猛然看見一輛黑頭車急速倒衝過來，我無處閃躲，第一時間便猛按喇叭，它老兄隔音太優根本沒聽見，爲了保護駕駛座，我本能地將方向盤向左往前偏移閃避，持續猛按喇叭，結果還是被撞上了——賓士的屁股貼著March的右下腰，後門被強姦了。

還好人沒怎樣。下車後，才發現是田僑仔的座車，他一臉尷尬，他老婆一直向我道歉，一方面數落他的不是：「倒車怎麼都沒在看！眞是的……」我不悅地回說：「我一直按喇叭怎麼都沒聽見？」

「歹勢啦！歹勢啦！」她又轉向他：「誰叫你音樂每次都開那麼大聲！」

田僑仔仍不發一語，一副屎臉，過了幾秒，便說：「你去修一修，看多少，我賠你啦！」撞了人，還這種態度，我雖有點火，但見她老婆一直道歉，想到都是同事日後還要相見，就按耐住，若叫警察來處理，那備案過程挺麻煩的，好吧，既然要賠償修車費，我就答應私下和解了：「那我修完車，收據再給你。」

沒想到，當我修車完，還特別用會員折扣價結帳，拿著單據去找他時，他竟當場翻臉不認帳：「我的車要一萬多元修理費，你也有錯，所以各付各的……」

「啥物！我哪有錯？」我火了：「是你來撞我的，我當時車根本沒動……」

「你車沒動，就是違規停車！我每次都到那裡迴車，你的車不應停在那裡！」他大聲辯駁。

「違規停車？」我也大聲吼了：「拜託，我人還在車上引擎都沒熄火，我在迴車咧……」

「哪有迴那麼久，我以爲你已經出去了。」他又詭辯。

「這跟迴多久是兩回事，好嗎？是你倒車根本沒在看，又開那麼快……」我見他又唸唸有詞雞雞歪歪，氣壞了：「要不然叫警察來協調好了！」

這一吵，吵到教務處的老師都圍過來看熱鬧，他們一頭霧水，想勸架又不知從何下手，欲言又止。

他大概見我態度很硬沒辦法拗，而水雞大概也快來上班了，讓長官看到這種場面，他也難堪……想了想，便伸手，一樣屎臉說：「拿來啦！」

我遞上單據，他看了看，馬上從口袋中掏出一疊鈔票，屈指算了算，最後還加上零錢：「總共四千三百八十元，拿去啦！」

他轉頭就走，單據故意不拿留在桌上，好像還故意擺著抗議的姿態。

其實，若眞的叫警察來調解，也難處理，因爲事故現場早已不存在了，不過，那棵土芒果會替我證明，它身旁，還有一棵龍眼，都是創校級的老樹，它們就位在停車場中央，週遭有一些空地沒劃車位，你若要一次完成迴車，都會倒車來此地，由於這裡有樹蔭，水雞當校長後，就高調把他黑色的 BMW 停在此，GB8888 挑過的車牌，看過就難忘——隨陽光變化的樹蔭，都是他專屬且獨特的停車格，沒人敢吭聲，也少人在意，因爲，他是遊山玩水派的，經常不在學校，所以大家也照迴不誤，反而迴車時有種莫名奇妙的快感，越狠越痛快，這樣你就稍可理解，爲何田僑仔倒車倒得這樣猛了……

唉，這就是田僑仔令人難忘的身影。

他是柳河鄉的土財主，在鄰鎭也有好幾間透天厝與套房出租，因職務之便，一有外地的新老師來，初次租屋處，幾乎一定是他家。誰敢拒絕啊，當家教學組長咧，嘿嘿嘿，如果你的課不想慘兮兮，或者還想繼續代課下去的話……其實以他的經濟條件，不用教書，光當包租公就過得爽歪歪了。

所以你說，他會恨我嗎？可能連看到路上的 March 同胞，都恨得牙癢癢的咧。

快十年了，我的 March 都老了，他看我的眼神一點都沒變，倒是他老婆，遇見我總和藹可親地噓寒問暖，但前提是田僑仔不在場。

典禮結束了。鍾主任宣佈延長五分鐘上第一節課，學生解散了。

我在擁擠的人群中往辦公室移動，心裡想著剛剛去上廁所的學生怎麼還沒回來，難不成掉到茅坑裡去了？

此時，背後突然傳來熟悉的聲音。

「老師啊！」原來是去年舊班的小達：「閣來教阮啦！」他邊走邊說話從我身旁走過，他不太會說「國語」，這樣我反而覺得親切，我一直鼓勵學生說母語。我笑笑扯著喉嚨說：「是學校無欲予我教恁啊⋯⋯」他沒停，我也沒停，擦身而過，聲音隨即被嬉鬧聲淹沒。

小達，是班上三個不識字中的一個，他最爲老實，也最令人擔心，不過還沒傳出被惡意欺凌的情況，這種學生若沒出事情，在學校眼裡是不存在的幽靈，倒是另一個成績最好的女生常被欺負，內向用功的她，無法融入後段班嬉鬧無度的環境，下課總看見她，一個人獨自在走廊發呆，一開始被欺負也不敢講，後來是她媽媽打電話來跟我說，我才知道事情大條了。

學校眞的有夠狠，挑得這樣精細，這班學習狀況差到不能再差了，名符其實的後後段，上課恐怕只有她全程在認眞聽，才國一而已，眞慘！

學年末，涂大主任特爲我們國一召開「升學輔導會議」，其實是在撨[1]轉班的事情，因是階梯式編班，每年都會把一些成績好的學生，順著階梯跳升，當然有些根本是靠關說爬上去的，但她主要是著重在A-跳到A班的討論，我們後段班導只是陪著看戲，我就很生氣拿著全年級成績冊向她嗆說：

「這場會議好像都不干我們後段班的事，那我來做什麼？而且這些人都是內定好要跳級，就找我們來背書啊……我們班小茹成績都比A-班中三分之一的人好，爲何不能跳到A-班？他們可以跳，她爲何不能跳，只因她沒有背景嗎？」

說得涂大主任臉紅脖子粗，無奈之下，遂答應把每個後段班的第一名都調到A-人情班去，「以示公平」。

小茹算暫時從被霸凌中解脫了。只剩小達，我仍有些牽掛，但又能如何？

遠遠，看見禿頭仔在籃球場另一側整理草木，那裡也有一排老榕樹，跟集合場上的這排，一南一北，都是創校時種植的，這是校園最美的風景，南側因平常少人活動，所以長得更茂盛，是許多野鳥的樂園。

不過，也因爲較偏僻，所以有時會成爲治安的死角，尤其靠東邊角落，那棟建築，一樓本是工藝教室，二樓是自然科實驗室，九年一貫後，工藝課不見了，自然科也忙著考試，哪有時間做什麼實驗，因此很快就淪爲蚊子館，只有在社團活動時供管樂班練習使用，而樓前

1. 撨（tshiâu）：調整、商討。

有個迷你籃球場，樓的左側有間戶外小廁所，專供打球學生使用，那廁所後面的圍牆上，就有一塊活動的磚，僞裝地嵌在那裡，學生都從此偷渡飲料進來，大家心知肚明，學校也知情，只是這「蟲洞」就這樣名正言順的存在，因外面那頭的商家，正是禿頭仔的親戚……

我剛來柳中時，他是總務主任，而後水雞當家，轉爲教務主任，兩年後，涂大主任來了，女王害怕他風流成性又捅簍子，從教務主任又回鍋轉爲總務主任。總覺得，總務主任最適合他了，忙碌在花花草草之間，卻樂在其中的面容，令人欣羨。他大概是全校最快樂的人了。

其實，我看見他就忍不住想笑，除了眾多光怪陸離的桃色緋聞外，我總難以忘記他的一件糗事：就在當教務主任第二年，他教某國三好班的數學，成績特好，好到也光怪陸離，分數遠遠勝過其他好班，因此很受該班家長的愛戴，尤其媽媽家長，常把他當偶像捧著，還有人私下請他去吃飯Happy，弄得他如沐春風，心花朵朵開，誰知，當學生畢業參加聯考，成績出來卻超級悽慘，跟在校成績相比，簡直天堂地獄，原來之前，他都在模擬考前，巧妙地把題目隱在複習卷裡洩給學生，難怪聯考大敗！

之後，他被眾媽媽粉絲從禿頭罵到臭頭，還威脅要把他那些見不得人的緋聞貼在電線桿上，斬首示眾……

開學第一天，心情總特別複雜、躁動。回到辦公室，我急忙整理紊亂的桌面，至少要先清出一塊足以讓我小睡片刻的空間。忙碌中，我聽到窗外有人叫我，回頭一看，死囡仔，就是剛才去上廁所的學生：「我正要找你，你怎麼去那麼久？」我趕緊看一下他繡在制服的名字——「黃小虎」。

「老……師，你有沒有塑膠袋？」他低頭支支吾吾。

「塑膠袋，做什麼？」我問他：「你不是要衛生紙嗎？我叫你去訓導處要，沒有要到嗎？」

「有！」

「有就好，要塑膠袋做什麼呢？」

「不是啦……」

「什麼不是……」我有點厭煩：「你到底有沒有去上廁所？」

「我……」他吞吞吐吐：「我……到廁所，兩間的門都被踢破了，裡面地上都是大便，好噁喔，我不敢上……然後，就已經……」

「來不及了！」我恍然大悟，原來他已經疶[2]屎了，我克制想笑的衝動。

他點點頭，靦腆地笑著。

我趕緊找了一個塑膠袋，隨手抽了四、五張面紙給他，叫他趕快去處理處理，在這同時，我時常鼻塞的鼻子也瞬間充滿便便味……

「咕咕！咕咕！」我瞥見小愛在遠遠樹梢笑到翅膀不斷抽動。

「死小鳥！」我心裡罵道。

只見牠非但不停止狂笑，還學女王溫柔的國語向天空大叫：

2. 疶（tshuah）：排泄。

「哈哈！樹的方向，由風決定；人的方向，自己決定；但是，只要我在，不管是樹是風是人，統統由我決定，當然包括學生疶屎的方向……」

爲了不驚擾同事，我放輕腳步快速走到屋外，「砰！砰！」用手當槍桿狠狠射向牠。但牠笑得更厲害了。此時，吾班那些在走廊玩耍的人，突然一哄而散，全進了教室。眞是的！我待會兒還要上課，沒時間跟牠玩耍。

其實，不同頻道的人，是看不見彼此的，我不是擔心小愛，牠再怎麼高談闊論，也不會有人聽見，而是怕他們把我當瘋子，那天阿星才在笑我，「又自言自語了……」，雖只要眼神看著小愛，不出聲牠也聽得見，但有時還是忍不住，話習慣性就脫口而出。

小愛棲息的樹的前方，正是吾班所在的方向，哈，這理所當然成爲向他們示警的假動作，別人不會對我的舉措起疑吧。無所謂啦，反正，歹年冬厚痟人。

當我要返回辦公室時，遇見巫碧瑩，就順便跟她反映門壞的事情，她竟說：

「我知道啦，上週五返校日被破壞的，我故意不叫人來修，要放一個禮拜看看，讓他們體驗一下什麼叫做自作自受——你要把門砸爛，有種你就不要大便……」

她沒說完我就走人，什麼跟什麼啊，好像把我當犯案學生在訓話，只因我是放牛班老師，就愛屋及烏嗎？

邊走邊想，越想越有氣，真是的，才開學第一天就上火。

此時，猛然發現，前方連結舊跑道的斜坡，學校僱請的工人，正用鐵剪將恣意生長的金露花，剪成一條驕傲邪惡、吐著舌信的巨蛇……

當下，我心底不禁一陣陰寒哆嗦。這又是什麼樣的方向呢？

2003
9/10
（拜三）

第二章　悲歌

狂飆的風。
躁鬱的天空，飄下一片，
枯黃帶淚的青春。

我在榕樹下踱步。今日受「杜鵑颱風」影響，風吹得急，樹枝沙沙作響，塵土與落葉滿天飛揚，我盡量以背風的方向行走，瞇著眼睛，我枯瘦的身體竟有飄然的感覺，幾次風較大時候，有點想回辦公室休息的衝動，但因沒有雨，甚至還有詭異的陽光從枝葉間透進來，一方面顧及新生還是盯緊些較好，另一方面也想到避免讓人又多個構陷的罪狀，於是很快地，我打消念頭。

昨晚，爲老楊的事弄得灰頭土臉的，到現在還是疲憊不堪。

昨天下午第一節課，是老楊的英文課，聽同學說，上課不久，他就叫班上自習，然後自己坐在椅子上看起報紙，看著看著，竟趴在講桌上睡著了，同學們見狀，有的人就在底下竊竊私語，還有人模仿老楊的打呼聲搞笑，此時，坐在講桌前第一個位置的小宏，受同學的鼓動，竟用手掌屈成傳聲筒，不斷地低聲向老楊叫著「老猴！老猴！」，叫到全班哄堂大笑，老楊驚醒後，知道被戲弄了，惱羞成怒，隨手拿起課本用力丟向小宏，然後破口大罵……小宏嚇哭了，下課才發現眼角流血，有些撕裂傷，同學帶他去醫務室包紮後，已無大礙。

問題是，這些小子竟沒向我回報，直到晚上我接到女王的電話，才知道詳情，女王說，家長打電話給她，很生氣，說已去醫院驗傷，如果學校的處置沒讓他滿意的話，就要去提告，或者以暴制暴，所以女王就找老楊、家長會長、代表會主席、鍾主任、阿安老師與我，一行人大陣仗，趕緊提一盒高級水果登門道歉，所幸女王口才好，腰又夠軟，好說歹說，家長接受了。

事情算是圓滿了結，但晚上這樣一搞，累翻了。

剛開學看見課表，發現老楊是吾班英文老師時，當下直覺不可思議，他是補教名師，長期都帶好班教好班，怎麼會下凡來教我們後段班呢？

後來聽藺老說，才知道他準備這一年帶完國三後要退休，除了他的班外，其餘任教班級自願降級爲後段班，本來想說這樣吾班豈不是賺到了，誰知他的降級，是爲了擺爛休息，與上好班時斤斤計較成績的嘴臉相比，簡直判若兩人，我眞的嚇到了，無法適應一個總西裝筆挺的人，可以這樣將自己的臉一刀兩斷，在後段班就變成如此不堪模樣。

但有人認爲他很講義氣，沒選擇在好班擺爛，像飛機失事墜落前，選擇衝向無人之地一樣仁慈，或者，像一些人去醫院買個重病證明請長假待退。

我完全無法接受這種歪理與「義氣」，吾班是無人之地嗎？這些後段生，在他眼裡難道不是人嗎？而爛可以選擇爛一半，也算是台灣奇蹟吧。

我又想起，上學期，大概五月中吧，導辦貼出一張老楊兒子結婚的喜帖，許多同事紛紛送上禮金祝賀，照學校慣例，喜慶紅包都是看交情，包不包，包多少，自行決定，白包則是由人事統一強制收取五百元奠儀。老楊雖是前輩，但我與他沒私交，何況結婚的不是他，是他兒子，所以我就沒包紅包去。誰知，他辦完婚事回來，馬上翻臉，遇見我形同陌路，我主動向他打招呼，他連理都不理……我知道我得罪他了，會不會因此，他才故意向吾班擺爛來報復我呢？

我的白目行爲，連藺老都搖頭：「你省這小錢，得罪了中X黨在柳河鄉最大跤[1]的選舉角頭，唉……」

1. 跤（kha）：腳，但此處語意爲權力、勢力之意。

我哪知啊？我只知道他開補習班而已，可見白目是天生的……

比起老楊，他姪子楊神，其實才是一顆可怕的炸彈。

是吾班太過調皮，也跟我一樣白目，才會去招惹「老猴」，誤踩地雷。楊神就不一樣了，即便不去招惹，也會自動爆炸，而且不定時，讓你無從防備。來柳中那麼久了，我還是無法解讀他喜怒無常的行爲模式，超乎常人範圍，簡直神之子。我見到他總是畏懼三分，何況學生。

班長來跟我說，前天他又在班上玩起他的招牌遊戲，「嚇死人了！」她說，「一開始，生物老師剛進教室，我們向他行禮問好後就坐下，他看了笑笑，然後就叫我們起立，然後又坐下，又起立，又坐下，就這樣起立坐下一直喊，突然間就喊個不一樣的口號，連續兩個坐下，有人就做錯，逗得大家哈哈大笑，但是幾次後，突然他開始叫做錯動作的人到前面來，說要處罰，大家都以爲在開玩笑，他竟然眞的一巴掌打下去！我們都嚇壞了，他卻哈哈大笑，繼續要我們起立坐下……好幾個男生，都被他叫出去巴下去……」

這是他著名的恐怖遊戲，國一剛入學，不知天高地厚，都會被他「新生訓練」一番，但不是從此就免疫，三不五時，心血來潮他就會再來玩一次。心情不好時就大大不好玩了，他像是羊癲瘋發作，無預警直接就翻桌摔椅，保證讓你屁尿直流。

不過，平常上課，他會跟學生稱兄道弟，閒扯淡，然後，放牛吃草讓你鬧翻天也不管，所以天眞的男同學，不會討厭他，反而覺得刺激好玩。有次我剛好在隔壁班上課，眞的受不了，我猶豫一下還是跨過教室，故意當成沒老師在，大聲向學生開罵，事後再跟他道歉。還

2. 術仔（sut-á）：癟三，即「卑鄙、沒用的東西」。

好，或許是我演戲成功，他沒記恨。

因有時他會開黃腔，女生就很討厭他，偏偏他又自命風流瀟灑，喜歡藉機接近漂亮女生，豬哥性帶很重，班上幾個早熟的美妹，常來抱怨「好恐怖喔！」。阿華剛來柳中時，就跟我牢騷過：「那個楊神眞討厭，看到我，還故意學我走路的樣子，連阿月與阿慈都學，他以爲是老萊子娛親齁，恁祖媽就狠狠瞪他一眼！」

他的確長得還不賴，高大匀稱配上明顯的五官與微捲的頭髮，加上穿著也有型，不發作時，看起來頗有吸引異性的大叔魅力，對照矮胖禿頭的老楊，還眞是無法將他們伯甥聯想在一起。

說也奇怪，他對異議份子的我，每次偶遇的短暫交談，總會刻意褒獎我：「讚啦！大家要像你這樣才行，他們都是一些術仔[2]，無啥潲[3]路用……」經常重複著內容，有時甚至離題，講到不知所云，而我又常陷入難以斷尾遁逃的窘境，他自得意滿地說：「哈，誰說要退休很難核准，我就跟他說，我每次看見人，就有殺人的衝動……哈哈哈，這樣他敢不准嗎？」

這種閃爍不定的眼神我很熟悉，表面與他哈啦哈啦，其實我是戒愼恐懼。但直覺他是聰明的，這樣的行徑，也讓上面不敢動他，這是高明的僞裝。

我的異議，對他而言，也是一種僞裝嗎？看見他，我便想著這個難解問題……

安頓班上學生午休後，獨自在班上前榕樹下踱步，是我這一年來的習慣。不同的是，去年在大樓西側，今年在東側；相同的是，陪伴我的都是坐立難安的後後段班級。

3. 潲（siâu）：引申爲無聊、無用的事，加在詞句中使之成爲粗俗的用語。

轉眼間，開學已過了一星期。前天，學校公佈了第一週整潔秩序成績，我新帶的班級，整潔第九名，秩序第十名，而全年級共十個班級。小愛在消息公佈時就來告訴我，雖牠表面上又故意調侃我一番，但我聽得見牠內心另外一個善意聲音：「恐怕你的災難又開始了！」。

我其實已有心理準備，他們那些當校長的，用的都是相同的手法，這不過舊戲重演罷了，只是有些不捨，對於這群和我結緣的、被體制棄置的放牛學生，他們終將成爲大人沽名釣譽的祭品。我告訴小愛說：「早自習，午休，我幾乎全程陪著學生，而且我不覺得他們吵，最後一名，我也沒辦法……何況，這星期我只看到兩三位值日老師從班上走過……」

「是啊！把班級分成四、五段後再來比賽，這是什麼碗糕的比賽嘛！可憐的你，可憐的學生……」小愛說。

「對嘛，這才像人話。」我說：「不像學校說什麼鳥話——難道成績差，整潔秩序也跟著差嗎？」

「耶！耶！」小愛抗議我有「動物歧視」，動不動就以「鳥」作類比：「你不要老是把我們和那些假公濟私的貪婪鳥人……混爲一談……」

話才說完，小愛警覺自己說溜了嘴，笑開了。我也開懷大笑。笑，無聲地迴蕩在班上前搖擺的榕樹下，蕭颯的風，瞬時吞噬了它。僅剩一支淒清的骸骨，獨自面對著生命的空茫。

早上，升上國二的舊班新導師，來問我小吉的事，讓我對教育又升起一股深沉的悲涼，關於人性，關於名利，關於體制，竟如此殘暴地加諸於一個弱勢者的身上……

小吉，是放牛班學生悲劇的典型之一。新生訓練第一天，他就缺席，第二天，第一節已過一大半，才在註冊組張組長的帶領下加入集合隊伍。她私下跟我說，他是個問題學生，家裡又沒人管，一位哥哥國小畢業即輟學，本來不願意來，幾經遊說才來校，她說小吉剛來就問：「班導，是男的還是女的？」她告訴他說是男的後，他就直搖頭，心裡好像說：「完了！」五十幾歲的張組長模仿維妙維肖的樣子，令人噴飯。

在隊伍中，我端詳一下小吉。個子瘦瘦小小的，約莫一百四十公分，臉也是小小的，連眼睛、鼻子、嘴巴都是，右側鼻翼與面頰交接處有顆黑痣，但眼神靈活，一副精明模樣；剛來的陌生，讓他有些靦腆，不過，任誰都可看出他潛力十足，日後必成為班上的要角。

開學後，果然立即大放異彩，出口成髒的江湖語言，與惡作劇的好動習性，讓他三不五時就要來辦公室向我報到，每每我問他，為何與人打架，他總說：「伊講話眞鵃[4]！」

「你講話也眞鵃！怎麼可以這樣就打人呢？他有罵你嗎？打你嗎？」我常狠狠如此訓他一頓。

「鵃」，在台語中通常用來形容動物發情的樣子，現在，小吉卻用它來表示人說話很嗆，想想，頗為傳神與有趣。其實在吾班，眾火爆型人物中，他只是個小跤的術仔，衝突中，他經常成為被毆打的對象，不服輸的性格，總是事後向對方嗆聲，要叫他中輟的哥哥去報仇，以致事情越演越烈。

因為，他家裡沒裝設電話，只有媽媽的手機，但又時常沒開機，所以很難聯絡到人，要

4. 鵃（tshio）：形容雄性動物發情的樣子。

進一步去了解他的家庭背景，變得有點難。

好心的訓育組長阿慈也來跟我說，小吉，國小是唸他哥哥服務的學校，聽說問題蠻大的，要我注意些。

過沒幾天，一個早上，我剛要去看早修，突然來一個彪形大漢說要找我，嚇我一大跳，以為我的白目又招惹誰了。還好，只是一場誤解。

他說他是小吉的阿伯，但不是親阿伯，是小吉爸爸的結拜兄弟，他好意地告訴我小吉的種種狀況，說小吉的爸爸在他國小五年級時即因病過世，家裡共九個兄弟姊妹，他排行最小，所以左右鄰舍都叫他「阿九仔」；姊姊們都嫁人離家了，一個哥哥國小畢業後即輟學在外頭廝混，而媽媽卻賦閒在家，整天與人賭博，不理家務，家裡生活開銷都仰賴嫁到臨鄉最小的姊姊供應；他說小吉雖不認識字，卻是個「奸巧」的小孩，很會說謊，「目神」銳利，表面上會對老師畢恭畢敬，骨子裡卻不是那回事，而且，手腳不乾淨，小學就時常有偷竊行為，他感嘆說，將來小吉必會像他哥哥一樣成為問題青少年，他要我盡量修理他不要緊，如果講不聽時，就抓他到他爸爸墓前罰跪——「他爸爸就埋在隔壁那裡！」他用手指著學校旁的公墓說。

小吉的阿伯是個卡車司機，目前住外縣市，不方便留下姓名與聯絡方式，要我以後有事可找小吉的姊姊溝通，說完給我她的電話便離開了，留下錯愕的我。

這樣一個陌生人，進來劈頭就對我劈哩啪啦說一大串話，甚至連他的名字都不知道，我能不錯愕嗎？他的話一直在我胃裡翻攪，有點消化不良。

如此的問題家庭，當然產生如此的問題小孩。所以，打架鬧事，與人嗆聲是司空見慣，任課老師常說他：「無彼个尻川，閣欲食彼个瀉藥！」——打不贏人家，卻又喜歡作怪，作業常缺繳，各項費用也繳不出來，加上偶爾順手牽羊的習性，致使他在班上人緣奇差，有一回，爲了爭拿掃把與人推擠，而慘遭班上大哥們圍毆，還將他關入掃地工具儲藏間去。所幸有同學來向我報告，要不然恐怕會鬧出人命咧。

雖說他常被大哥們欺凌，但當他對於更弱小善良的同學，也會時常扮演施暴者的角色。弱肉強食，自然界殘酷的定律，也在國中後段班上演，你說，悲不悲哀？

輔導組長阿珠，上課時，喜歡開玩笑的她，無意間對愛吵鬧的小吉說：「看你，一副祕結[5]面祕結面的……」，沒想到這無意，卻星火燎原，從此，「祕結」就成了他的綽號，同學以此嘲笑他，也因此，「祕結」成爲他與同學紛爭的亂源。於是，由互叫綽號所衍伸的衝突，一瀉千里，在吾班蔓延開來，舉凡「三八雞」、「竹筍蟲」、「紅糟肉」、「米粉頭」、「豬齒」……等等，不斷地上演一齣齣校園悲喜劇。

有一天，小吉與班上許多人在禽鳥園戲弄眾鳥時，他竟把一隻可憐孔雀的尾羽，狠狠拔起，同學們遂拿著鮮血淋漓的羽毛到訓導處告狀，當時的主任大聲公，一氣之下記了他一個小過。

屋漏偏逢連夜雨，下學期剛開學不久，竟發現班上午餐費遺失六千多元。幾經調查，毫無結果，但許多同學都暗暗指著小吉，說他最有嫌疑。

其實，根據我明查暗訪，最有嫌疑的，我不認爲是他。但有些常與他對立的同學，因他

5. 祕結（pì-kat）：便祕。

國小有偷竊前科而反唇相譏，一些零星的衝突於是又展開。

事情總沒完沒了。

學期過了一半，他放學時，惡作劇弄壞了隔壁班同學的腳踏車，被索賠三百五十元，他付不出，苦主遂以五十元爲酬勞委託班上小豐催討，小豐逮到機會以暴力脅迫還錢，那時已是上一天休兩天的小吉，索性就以此爲藉口逃學。

那陣子，我經常看見他身上滿是瘀青，問他原因他也不說，只是低著頭。我打電話找到他媽媽，好不容易找到人，卻聽見媽媽說：「無法度，叫伊去讀冊，伊就毋去，拍伊伊嘛毋驚，無法度啦！」

訓導處的人說，他是聰明的，蹺課兩天後就會自動來學校，因連續三天未到，學校就可以舉報「中輟」，這樣或許順理成章就可解決掉燙手山芋，而我的心理是矛盾的，一方面希望他馬上消失以減少困擾與遭構陷的機會，另一方面，理智卻告訴我，他若中輟，以他的習性與家庭環境看，就等於提早毀了他。

此事件後，我嚴重告誡他，若不依規定來上課，將取消他的午餐補助，我也以此電告他媽媽，但當我在聽筒中恍然聽見沙沙的痲將聲，我知道，小吉撐不了多久，中輟，步上他哥哥後塵，是遲早的事。

學期結束了。我以爲沒事了，誰知，這新學期才開始，幾個舊班的學生就跑來告訴我，小吉因偷機車被抓去關了，有些幸災樂禍的樣子。

鍾主任隨後也特地來告訴我這消息，笑笑的，還說小吉還當面在警局罵他媽媽。我卻板著臉孔說：「可憐啊！家庭已夠悲哀了，我們學校又沒有好好照顧他！」他悻悻然走了。當然我沒責怪他的意思，發發牢騷而已。

開學前，鍾主任奉命來與我溝通「留級」之事時，我就明白要他轉達上級：

「既然要強迫全校上第八節，對於那些不識字的學生，讓他花錢在普通班上自生自滅，是殘忍的；如果學校不強迫我上第八節，我願意花相同的時間，義務教他們，不收錢（因學校以沒經費作藉口）。」

結果，當然還是不行，惡補，老師與學生都不能有漏網之魚，這樣會群起效尤的……

那天，舊班新任導師，拿著一張中輟呈報單來問我一些小吉的資料：

「他爸爸呢？」她說。

「死了！」我說：「埋在學校旁的第一公墓。」

「你怎麼這樣清楚！」她淺笑著。

我也淺笑著，沒有再說話便離開了。

我的笑，其實是悲涼的，就像今日莫名的狂風，它自己也不知道自己的方向吧。

第四節下課，因班上臨時有事耽擱一些時間，肚子已經咕嚕咕嚕叫著，回到辦公室，課本一丟，馬上拿著餐盤到訓導處旁的會客室覓食。這是例行公事。誰知，今天去時，主菜都被掃光，餐桶裡剩一些青菜與零落的肉屑與我相望。阿怡剛好也在那裡望桶興嘆。

「唉！包大人來過了！」她邊夾菜邊笑著說：「我會留些菜尾給你的。」

「蛤？什麼包大人？」我收菜尾邊問著。

「就那個唄——」她欲言又止。

「哪個？」我停了下來，望著她。

「那個，巨——怪……」她靠過來低聲說。

「喔——」我恍然大悟，是那行蹤不定的體育老師：「但他怎麼會跟包大人有關？」

「夠！你眞遲鈍咧！」阿怡再靠過來用力說：「他一來，就把魚啊肉啊這些好料的通通包光光……這不就是包大人嗎？」

「哈哈哈！」笑死我了，我還以爲是講電視廣告的成人紙尿褲。

這流傳多時的八卦，我到現在才知，還眞是遲鈍。前陣子還疑惑著，怎麼有時菜桶會被橫掃一空，甚至連白飯都沒有了。總怪自己動作太慢，原來啊。

阿怡說，包大人在外有開一家餐館，這些帶回去可以再賣，「但他對我們升斗小民也多開恩一點，晚點再包，讓晚下課的老師可塡飽肚子。」她接著說，有人向上面反映，但學校都是冷處理，「也難怪啊，包大人這麼支持學校政策，開會時還需要他護航呢……」她冷不防又爆出一句：

「哈，誰敢再囉嗦——狗頭鍘侍候！」

「喳——」我笑著直呼威武後，就兀自回導辦吃飯了。

這些飯菜，其實是學生營養午餐的備品，有漏缺時可即刻上補，或者萬一飲食出問題也可供檢驗用。若沒問題，就統統會變成廚餘回收。所以，爲了避免浪費，學校就說，導師有協助午餐業務可吃這些當午餐，也可就近督導班上，這樣就不用跑到外面覓食，或帶一些裝食物的垃圾回來，也符合環保。

由於共有五家廠商，各一份備品，多到每次吃不完，而後那些沒返家吃飯的幹事職員也會來分一杯羹，學校附近有個低收戶的阿伯，午餐經理也同意讓他將最後剩下的食物打包回去；而主要的廚餘，阿安會載回去養豬，甚至廠商一個好心的阿桑，也會把一些骨頭分給來討食的流浪狗吃，食物獲得充分利用，我看到校園裡難得成功的正面教材。

沒想到，這人間善念一下全被包大人打敗了……

下午，我本來沒課，平常可以輕鬆喝杯咖啡，看看閒書，清醒一下麻痺的教育神經，順便剔一剔休眠的文學靈魂。唉，學校卻弄個什麼與小六老師的座談會，兩點鐘，我帶著惺忪睡眼爬上三樓教務處會議室，冷氣超冷的，不像導辦的戰車牌冷氣，只是虛張聲勢，一點都不涼。

坐定位後，女王率領主任們官僚一番，接下去由國一導師按班別順序提出目前班上「較有問題的學生」，讓國小老師來陳述他入學前的狀況，然後再主動提出補充，目的要作班級經營的銜接。這用意算是不錯，只是在這之前，先用能力編班之刀，將學生分屍，之後再來憑弔，這又算什麼心意？

開學才一星期多，吾班浮現出的問題學生已是不勝枚舉，時間的關係，我只打算提四個人，沒想到，之後小六老師補充的名字，竟多數「那麼剛好」巧妙地落在吾班，每每我尷尬地舉手「自首」的同時，都引起如雷的笑聲，這笑，有幸災樂禍、有同情、有無奈、也有後悔——台上的官僚們大概有些後悔吧，因爲此舉，等於在國小老師面前戳破常態編班赤裸裸的謊言。我回眸望一下，鍾主任尷尬的笑容，他應該還未忘記，開學之前向我保證，除了一〇八、一〇九、一一〇好班外其餘皆S形平均分班的話。

按照問題學生分布的人數約莫估計，至少也有四、五段跑不掉。欺騙社會的說辭、所謂的「兩段式常態編班」，也不攻自破。其實，若眞的只是分A、B兩段，也是造假的常態編班，「非黑即白」的標籤，並沒有比階梯式編班好到哪裡去。

會後，隔壁班導阿孝悄悄笑著跟我說：「經過眾老師討論的結果，恐怕你會再被留級一次！」

「恐怕是！」我陪笑著。

留級，其實我無所謂，我在意的是，那些被棄置在階梯底層、低泣掙扎徘徊的後後段學生，他們每一個都是小吉，每一個都是一首悲歌。我邊下樓邊想著。風，依舊強勁，從大樓底層順著階梯迴旋而上。我從陽台瞥見，一片枯黃的榕葉，在空中幾番翻騰後，悄然落下。

「原來，狂風是來哀悼的！原來，狂風是來哀悼的……」小愛哽咽重複說著，斜斜隨風飛去。

我第一次看到小愛流淚。

2003
9/12
（拜五）

第三章　謊言

幼鳥，輕輕一屁，
巨大的謊言，瞬間爆裂。
美麗，如花……

昨日是中秋節。放假一天。早晨班上掃地時，榕樹下的水泥地滿是烤肉後炭火的痕跡，夾雜著垃圾與落葉，還有，狂歡過後的煙硝。我看見我稚幼的學生，拿著高大的竹掃一揮一揮的，揚起了塵土，這飛塵，有灰有紅也有黑，令人掩鼻的，是文明酸腐的氣味，好似繁華衰敗後的城市廢墟，那種漫溢自污濁靈魂的臭，是人類所特有的，喔，原來是學校借場地給外面單位，舉辦中秋節晚會。

下午第七節下課掃地，同樣落葉滿地的場景，奇怪的是，那令人作嘔的異味不僅縈繞不去，反而更加濃郁，其中彷彿摻著魚屍的腥羶，空氣有些稀薄，有些凝重，也有些空虛，那死寂的氛圍，讓我恍然憶起，昨日剛好是美國「九一一事件」兩週年，電視上那驚天巨爆的影像，瞬間在張揚塵土中，悠悠甦醒，那落葉片片似乎也帶著驚慌逃竄的魂魄，與難聞的屍臭……難道，故鄉的上空也有巨爆？

「不會是美麗的月亮吧？」小愛有些惶恐地問我。

「不會吧！傻小鳥。」我說。

小愛仍有些疑惑，揮揮翅膀，飛到鐘樓頂端，發呆。

我盯著吾班頑皮學生將落葉積聚成堆後，便回辦公室了。

聽到同事們窸窸窣窣低語，關於「九年一貫研習」作業云云，是啊！我突然想到，我的研習心得還沒繳，今天是涂大主任規定的最後期限，其實我寫好了，昨日已從家裡寄到學校的信箱，只是還未貼到指定的資料夾，想想若因忘記而換來超級機車的涂大主任刻意的嘲諷或陷害，豈不很冤枉嗎？還好，公用電腦無人使用，我趕緊趨前佔個位子。

這九年一貫研習，是從上上星期五開校務會議後的下午開始的，是臨時被告知的，許多老師雖錯愕不已，但也習以爲常，因這是涂大主任慣有的行事作風；然後她接著宣佈上星期，也就是開學第一週，一整個星期的第八節都要九年一貫——前一天，其實我間接從同事那裡已聽到她的放話：

「不參加者，每堂課就要寫五百字心得。」

大家雖然恨她沒事先告知，但想想，這樣五個小時，可代替原有的三十九個小時「進階班研習」酷刑，又免寫報告，是划算的。沒想到，來了之後才知道，這是另外一「罐」，這「罐」名字叫作「九年一貫基礎班研習」，總共要三十小時，「進階班研習」擇期另外再「貫」，老師們氣炸了，氣歸氣，想想這也是教育部規定必要的，既然逃不掉，這樣也划得來，無魚蝦也好，不過還要繳交五十字心得報告。

涂大主任，神秘地要大家別張揚出去，志得意滿的，好像給老師們巨大福利般地微笑，但沒人要買她的帳，因這是敝縣各國中的標準研習模式；學校陽奉陰違，沒有九年一貫之實，若硬要橫柴入灶，強迫老師全程參加無實行空間的研習，老師是會抓狂的，壞班老師抓狂，頂多被吠一吠，無所謂；若讓好班老師抓狂，拒絕再做惡補的幫兇，拒絕再替學校證明「本校實施常態編班」，那就事情大條了，所以她漸漸學聰明了。

這基礎班的講師，是由校長、主任與各領域召集人輪番上陣，肥水不落外人田，那日整個下午，就研了三、四個場次。剛開始，先是一陣混亂的簽到簽退，沒人記得共簽了幾次名字。那時，一些看學生路隊的行政人員未入席，也有一些人還搶著簽名，工作人員也忙著發資料，場面尙有些混亂。

會議剛開始，老楊就起來發言：「我都快要退休了，饒了我吧，可不可以我不要參加，講不好聽，這些什麼九年一貫都是假的，像是在灌土猴一樣，我玩了二、三十年，唉！累了，實在很累了……」

「楊老師，這樣不好啦，政府規定一定要的，就勉爲其難一下，我們會盡量用變通方式處理，避免造成老師們過多的負擔，畢竟開學了，很多事情要開始忙碌……」女王溫柔地說。「好啦好啦！不要浪費時間了，要貫就趕快貫！」老楊懶得起來就坐著直接插話。

此時藺老也舉手要發言，老楊看見了，就笑著直呼：「喔，恁祖媽要講話了，你們大家皮要繃緊一點了……」隨即引來眾人笑聲。女王也笑著有禮貌地請她說話。

「歹勢！恁祖媽好像會吃人一樣，哈哈！一點小意見報告啦，長話短說，就是——第一，既然要這樣貫，請教務處務必把呈報資料做好，否則萬一被抓包，老師又要忙得團團轉了。第二，這是爲老楊請命，請學校盡快集中把它貫完，否則那隻老土猴會被灌死——不用拖到一週吧，拖太久也不好啦。」藺老說完故意接著說：「報告完畢！」大家心知肚明，她也在暗諷涂大主任。

「這個絕對沒問題！」世故的女王也順應要求說：「如果各位老師不介意，我就開始打頭陣了。」

她主要是宣揚，縣長在種子教師（各校領域召集人）基礎班研習開訓的談話與對九年一貫教育的主要精神，「我們不放棄任何一個小孩，要把每個學生都帶上來，我們要改變傳統填鴨式教育，使小孩能主動探索與研究，自我了解後，進一步發揮潛能，學習尊重、關懷與團隊合作，學習能獨立思考與解決問題，以及帶得走的能力，並具備國際視野，而又能不斷地終身學習……」

「都用能力編班把後段學生放棄了，要如何九年一貫？」阿義偏過頭來跟我低聲說。我笑笑，沉默著。是啊，「九年一貫」只是課程的改革，更上層的體制問題不改革，例如升學主義至上，管理主義至上，形式主義至上，這些指標性的弊病沒變，一切終將徒勞無功。教育歸根結柢，其實還是人的問題。

「再好的武器，給了一個不想打戰的人，是沒用的，甚至還會炮口對內……」我說。

「沒錯！這根本是——請鬼提藥單！」阿義笑著說。台語不輪轉的他，好不容易想起一個俗諺。

這期間，除鍾主任外，所有行政人員都回來了，共襄盛舉。

接著是兩位領域召集人上場，換了兩張講題的海報，講都講沒幾句，就迅速解決掉兩個場次，沒騙你，眞的是迅速，以致於笑聲不斷。

兩場之間，涂大主任突然要求老師改依教學領域就坐，變換一下位子，讓照片看起來比較眞實。我與阿義無奈地分開坐，跟著大風吹一番。吹過後，又自然坐在一起，我們經常習慣坐在最後一排最高處，正對講桌的位子，這樣天高皇帝遠，不但可以交頭接耳，而前排的人也就成為天然屏障。

這時，鍾主任也匆忙進來，額上仍掛著汗水，由於時間尚充裕，眾人食髓知味，繼續鼓譟鍾主任也順便上台「貫」一「貫」，打鐵趁熱；他一頭霧水，似乎還未回神過來，傻笑著。涂大主任笑著對他說：「他們意思是，你要不要把下星期一的研習也順便講一講。」鍾主任終於會意過來，也笑了。

「我還沒準備呀！」他愣了愣，猶豫著。

「想看看，可不可以啦！」涂大主任抖動臃腫臉頰開心笑起來。

「上啦！上啦！」眾人鼓譟著。

「好啦！」鍾主任大聲喊著，如同喊口令般。

鍾主任也上陣了，用即席演講給那天研習一個美麗的句點。

接著的課程，上星期一，有三場；上星期三，有一場；上星期四，有兩場。總共六場。涂大主任的課，是星期四上場的。

星期三研習後，眾老師就要她也一起上，但她不同意，大家又說，那至少不要拖到星期五，掃了休假的興，後來才提早一天，本來她一直堅持要週五才要開講，她說：「我沒像各召集人那麼厲害，我還要好好準備一番。」語中帶刺，奉命上陣當九年一貫炮灰的召集人聽了，個個心中不是滋味，暗地叫罵：「廢棄土！廢棄土！」。

不知怎麼，她竟改變心意，令「土壤專家」跌破眼鏡。

此次研習太過迅速，令人有些混亂，她講的題目好像是什麼「資訊融入教學」之類的，開始時，每個人都準備好洗耳恭聽涂大主任「好好準備一番」的課程，結果只聽見她說：「其實，我電腦只會簡單的上網瀏覽而已」，然後一邊講自己獨自邊笑，沒人知道她在講什麼？也沒人知道她在笑什麼？眾人納悶著，相視而笑。

她自以爲她的「幽默」奏效，笑得有些忘形，不斷地輕擺臃腫身軀，但眼睛仍一貫地朝上方斜看。而後，她帶領我們上教育局的網站，看各國中「教訓輔三合一」評鑑報告，教務部份，缺失連連，她嗤嗤嘎笑，直說「家醜！家醜！」，笑中又帶刺，暗指九年一貫研習對眾老師太過寬容，所以應繳的報告資料延遲。

眾老師本來沒人理她的家醜，但聽了馬上回神過來，有人就嘀咕著：

「別的學校一樣這樣在貫，人家行政團隊強，資料在還沒研習前就做得漂漂亮亮的，而她整天只會搞模擬考，搞誰要調到好班，搞如何強迫師生假日惡補，卻連一張正確的學期成績單都弄不出來，而那辦公室癱瘓的印表機，自她就任以來一年多了，從來也沒動過……眞是該搞的不搞，不該搞的，胡搞瞎搞！」

原來，坐在我前排右邊的阿敏，眞的是生氣了。

「你要寬容她啊，要不然叫她要如何去考校長，既考上校長，好歹也要讓她練習一下如何官僚，否則怎麼能迅速變成涂大校長呢！」一旁的阿孝輕聲消遣她：「妳話講那麼大聲，若讓她聽見，妳好班老師的位子就馬上不保呀！」

我看見他們笑了，我忍不住也跟著笑了，你看，連忠心耿耿配合學校政策的「好老師」

都受不了涂大主任的傲慢。

那台上的涂大主任在自以為幽默的笑容中結束演講。隨即，響起一些零落的馬屁掌聲。週末來臨前，九年一貫基礎班研習，就這樣正式劃上完美的休止符。

學校今年的四位實習老師還眞幸運，實習到台灣國民教育的實質內涵，也見識到政府九年一貫教育在學校的眞面目……

散會時，我偷偷瞄了一下實習老師阿紋，很難忘懷她混濁無解的眼神。她是不是與我同樣覺得，全場只有掛在牆上那些學生美術作品最眞實呢？

當我走出視聽教室門口，在走廊時，鍾主任剛好也跟著出來，自然跟我談起吾班的一些狀況。突然間，兩位糾察慌慌張張從樓梯跑上來，氣喘吁吁地，我們都嚇一跳：

「主任！主任！」其中一人上氣不接下氣地說：「阿珍老師班……自閉症那個小松……在廁所被一群人強迫……強迫自慰！」

「哪裡的廁所？」鍾主任一聽，跟我致意後，馬上用跑的隨他們去處理。

錯愕的我，愣了一下後，腦海隨即又湧上先前研習的場景，只是，滋味瞬間變得百味雜陳。

眞是荒謬離譜噁心至極！這些醜陋猙獰的嘴臉，以赤裸裸的謊言，合力搬演一齣離離落落的校園鬧劇。這場沒有觀眾的爛戲，當我們臉不紅氣不喘給自己熱烈掌聲的同時，我恍然看見，一千雙學生張惶的眼睛正凝視著我們，這群叫做「老師」的動物……你知道嗎？當下，我眞的有了詛咒。

秋天，教育荒原。美麗　且
虛偽。一隻孱弱的螞蟻
自一堆黑色工業廢棄土中
爬出。牠撥撥陣亡焦黑的學生制服，然後
以一張官商勾結的測驗卷向天空
詛咒：親愛的撒旦，請讓那些
吸吮弱勢小孩血淚以豢養自己名利的
決策者，長壽　且
痛。苦。久年一貫……

（詛咒／蕭天助／九年一貫教育基礎班研習心得報告）

我不由得，把詛咒寫成一首詩叫做〈詛咒〉，當成心得報告作業。幾乎是一氣呵成，我自己都覺得訝異，好像突然會寫詩了，是內心詛咒念力真的太強了，還是九年一貫研習在不同軌道意外奏效？

當我把它貼上電腦時，那阿義經過剛好看見，他說：

「拜託，偉大的涂大主任一點人文素養都沒有，她怎麼看得懂？那是詩啊！」

「她看不懂沒關係，撒旦看得懂就好！」我說。

他聽了笑岔了聲，辦公室一些老師偏頭往我們這邊望，大惑不解。我們回眸笑笑，立刻裝成若無其事的樣子。

「啪啪！」突然一陣響聲，我嚇了一跳，原來是午後學生撿來的那隻受傷的小紅鳩。牠在牆角的「流浪鳥之家」，奄奄一息，我有些愧疚感，下午不知在忙什麼，竟然忘記牠的存在。牠大概是因前天的狂風而墜巢的吧，身上只剩下少數雛毛未脫落，我想，如果風再慢個幾天才颳，可能就順利離巢，快樂地當一隻亞成鳥了，眞是可惜啊！

我趨近一看，牠有些驚慌，垂頭喪氣地侷促一隅，籠裡有幾灘稀屎，黑褐色，帶點白，照經驗判斷，身體狀況必不佳，看牠又沒有進食，我擔心牠可能又要夭折了。

這時，小愛偷偷溜到我腳邊，想探視牠的鳥同伴，牠嗅一嗅漸次暈散的便屎，在似等高線的軌跡中解讀出箇中原委，這無關於狂風，牠略帶悲哀地告訴我這段傷心的故事——

就在昨日中午十二點三十分，距離吾校北邊十八公里的一所老學校，八卦國中，一位五十歲的女老師吳莉惠，因不滿學校違法實施能力編班而在校門口下跪，大動作爲後段班學生請命！幾名支持常態編班的學生家長，手持標語和校園的黑幕資料，在旁聲援她。

由於學校處於鬧區，隨即引來群眾駐足圍觀，更吸引各新聞媒體前來採訪，而後連電視台的SNG車都聞風而至。

此驚人之舉，肇因於縣內國中長期實施變態式的能力編班，導致教學逐漸變得非常不正常，校園環境也隨之惡化，而吳莉惠深感後段班的弱勢學生，更是體制最大的受害者，所以有此激烈行動。

據聞導火線是，一位後段班學生，因學校迷信風水，而將前段與後段班級分開在兩棟大樓，禁止其學生互相往來，這種變態的隔離政策，致使他長期被強悍的學長勒索而不敢吭聲，總金額高達四萬元。更令她感到氣憤的是，對於這些黑幕，縣府不但不聞不問，還將一些畏於校長淫威而不敢具名的檢舉函交給校長，校長遂在會議上逐字朗誦，並趾高氣昂地向眾老師嗆聲：「你們儘管去告好了，我在教育局可是大紅人啊！」

「那妳爲何不向教育部反應？」有記者問。

「國中的問題，教育部總說這是地方政府的權責，那我還能怎麼辦？」吳莉惠說：「我只想突顯問題而已，因爲能力編班不是個案，而是本縣各國中普遍的現象！」

路人來來往往，紛紛投以異樣眼光，但沒有任何一位老師出來聲援她。

其實，消息早已傳到校園裡。該校校長在不久後也親自來到校門口，記者們遂群擁而上，他作勢要將她扶起，但她不予理會，繼續挺直地跪著。於是他無奈地發表聲明：

「本校全校目前確實依法實施常態編班！只不過因爲家長的壓力，不得已才把全年級成績前一百五十二名學生集中在四個班級，但他們也是S型常態編班，絕對沒有違法能力編班的事實……」

「這是哪門子的常態編班？」眾記者譁然。對於這種非常特殊但卻異常熟悉的說法。

爲了平衡報導，下午他們轉向教育局，詢問官方看法。教育局長義正辭嚴說：

「教育局已在開學前的校長會議上，要求各校需依法實施常態編班，等各校確實回報實施情形後，再決定如何處置……」

小愛餘悸猶存說，當局長談話後，牠看到空氣一股腦兒凝結在一起，不明的氣流開始迴旋，整個天空瞬間繃緊，繃緊得快要撕裂般，而後陽光不見了，一片令人怖懼的晦暗，此時，一顆美麗巨大卻汗涔涔的明月浮了出來，然後開始鼓脹，鼓脹，鼓脹……漸漸龜裂的紋痕，擴散開來，就在此時，那隻無辜的小紅鳩，準備要做第一次離巢的飛行，當牠正要展開翅膀時，不小心放了一個小小的屁，只是一個小小的屁，剎那間，月亮竟爆開了……

「可憐小紅鳩受到強烈的震波殃及，才摔落地面的！」小愛哀傷說：「月亮爆炸了，那晚上誰陪我睡覺！誰陪我睡覺！誰……」

「不會的，你放心吧！」我看見小愛有些歇斯底里，叫牠先回樹上休息：「我會好好照顧小紅鳩的。」

小愛像歷經浩劫似的疲憊飛走了。

其實，月亮還老神在在。牠所看到的只是，故鄉教育的天空，一個剛好達到臨界點的巨大謊言瞬間爆裂的景象！

我也疲憊了，那時眞的不知道如何去告訴牠，那只是一個人類的謊言，美麗如月的謊言。但我相信，今晚黑夜降臨時，當牠不經意睜開沉睡在鳳凰枝梢上的眼睛，必定會驚喜看到一輪美麗明月，如往昔般深情地對牠微笑。

然而，另一個新的謊言，又暗地在天空，鼓脹……

2003
9/19
（拜五）

第四章 放生

打開鳥籠，
一片乾枯的微笑，振翅竄飛。
星月閃著，溫暖濕潤的光……

你還記得那隻被謊言波及、奄奄一息的小紅鳩嗎？是的，此刻在我辦公室「流浪鳥之家」活碰亂跳的，正是牠。驚訝吧，上星期五被我宣告存活希望渺茫的小紅鳩，竟然奇蹟似的活了下來。

我是高興的，判斷失準，或許我修練多年的鳥功會因此被嘲諷，但我眞的是高興的，一個受傷的生命活了下來，尤其是如此無辜的牠，因人的貪婪而受傷，身爲人類的我，羞愧都來不及了，專業破功的尊嚴，何足掛齒呢？

你知道的，那天返家後，忐忑不安的心，一直悸動到午夜輾轉反側的夢裡，我在警醒的床頭，默默祈禱，直到惺忪的雙眼又沉沉睡去。我擔心牠是否有進食？也擔心假日辦公室窗戶緊閉，空氣是否會不足？更擔心那聰明的貓，是否會偷偷溜進來，對牠伸出利爪……

星期一早上來校，那忐忑的心依然悸動不安，本想恐怕要爲牠收屍了，沒想到，當我一趨近鳥籠，就看到牠驚慌失措的鼓翼撞擊，像個受到驚嚇的小孩，內心雖有不捨，但心想：「會怕人，是好現象！」，最重要是，牠還活著。

「那我太糟糕了哦！跟你那麼親近。」突然傳來小愛的聲音，原來牠早已在此守著小紅鳩，牠告訴我，前一天，也就是星期日，牠就偷偷地從冷氣窗口（冷氣剛好送修）溜進來：「我實在要感謝牠，牠讓我更看清人類的眞面目！」

「其實，你永遠無法看清人的眞面目，包括我在內。」我說。

「眞的嗎？但有時我確實可聽見人心裡所想的話。」小愛迷惘地說。

我告訴牠，人類說謊習慣了，心裡所要說的話經常也不是眞心話，而是無法克制的謊言，就像有偷竊癖的人一樣，是一種精神上的疾病，尤其是校園裡的教師，病情最嚴重，主任級以上的官僚更不用說，簡直是病入膏肓了。

「最嚴重的病，就是不知道自己已經生病！」我說：「他們常因教師刻板的權威而忘記自己是謊言病菌的傳播者。」

「那你呢？」小愛問。

「我……」我猶豫一下：「我不知道。」

「我不知道！」小愛聽了隨即哈哈大笑，用詭異的聲音說：「唉，你，這位老師，也病得不輕呦！」

我恍然大悟，被牠擺了一道，「死小鳥，你還眞了解我呢！」我也跟著笑了。

我們看見小紅鳩活蹦亂跳的，眞的是高興。那天早上趁著大家的「星期一症候群」，在空蕩的辦公室，我與小愛竟意外有個愉快的約會。我知道，這是牠付出一天一夜精力所造就的因緣。

之後，我一有空，三不五時便趨近去看看小紅鳩的狀況，每當我靠近時，牠就退至一旁，停止進食，不像先前那樣驚慌，我感受到牠的善意與畏懼交錯複雜的情緒。所以爲了不干擾牠，我經常坐在電腦桌上，遠遠地（其實才三公尺不到），偷偷看牠，時而啄食，時而躍上橫桿，時而踱步，時而鳴叫——那種異於成鳥的「嗶嗶」聲，令人既憐惜又歡欣的悠揚，久久在我心裡縈繞不去。有趣的是，當學校鐘聲響起時，牠就會停止進食，然後跟著鳴叫。我想，或許牠被制約了，但這是生活在校園附近無法逃避的試煉與命運。

上星期五吳莉惠下跪爲後段班學生請命後，常態編班的議題又熱門起來，各媒體爭相報導與探討。

隔天，教育部在台北舉行「全國教育會議」，吳莉惠特地又跑到會場外靜坐抗議，教育部長專程趁開會空檔到場外向她致意，並承諾一個月內從吾縣做起，落實常態編班。此驚人之語一出，吾縣教育局長態度一百八十度轉變，公然抵抗中央，馬上回應說：

「幾十年舊問題，不可能一夕之間改變。」

有教育局公開背書，所以各國中看不出山雨欲來風滿樓的慌張，吾校也不例外，一派輕鬆悠閒，不似幾年前教育部的查緝行動，忙翻了，忙著製造假名冊，忙著安排學生到不存在的新班級，以因應萬一督學來查，當天可以跑班上課，早自習還要將疏散路徑「防空演習」一番……吳莉惠告訴我，此事件後，他們學校的導師會報，校長就睜眼說瞎話當眾向老師們宣佈：「我們學校就是常態編班！能力編班是吳莉惠一個人說的，我們不要理她就好。」吳莉惠說，雖然無人敢當場反駁謊言，但還是有良心未泯的人，私下偷偷將開會實況告訴沒當導師的她。

我們學校呢？是的，星期三的導師會報也有異曲同工之妙，校長因故不在，主持人正是我們的涂大主任。

本來這種會議大都流於形式，只是重複報告會議資料上的內容，政令宣導一番，無多大意義，故老師們不是改作業，就是吃早餐，要不然就是發呆；而我也不例外，吃著早餐兼發呆，要不然接下來的上課，便要餓肚子了。

那天，當她官腔官調照本宣科的同時，我不小心低頭瞧見會議資料上竟寫著：

「本校目前是常態編班，請老師不要放棄任何學生，因材施教……」

我以為我眼睛花了看錯，定神一瞧，白紙黑字印得一清二楚，我的早餐開始有些食之無味了，因為我在這學校十年了，從來沒有常態編班過，更沒有人在會議資料裡印過如此赤裸的謊言——只做不說，或者就明言為了某某原因不得已才能力編班（通常會補上一句：這不要列入紀錄），是以往慣例，所以，當涂大主任唸到「本校目前是常態編班……」時，我口裡尚在咀嚼的早餐幾乎要噎住喉嚨，淺咳兩聲後，我脫口而出：「麻煩主任不要再說謊了！」

由於口中有食物，讓我不標準的國語更加嘲諷，隨即引來眾老師低頭嗤嗤淺笑，而她馬上不悅地制止我發言：「等我講完再說！」她神凝氣定地唸完她的報告。

會議室瀰漫著詭異的氛圍，大家好像都在等看好戲般露出期待的眼神。

結果，充當司儀的鍾主任若無其事地接著請各處室報告，報告完，升旗集合的鐘聲已響起。外面學生與生教組長的聲音吵成一片，但大家仍靜默著。而我，仍吃著我的早餐，此時，那涂大主任跟著起立，撥撥她掛在胸前的摺疊式手機，扯開嗓子說：

「這個不要列入紀錄……剛剛有同仁有意見，這個……不是只有我們學校這麼做，全縣都是能力編班……校長說過，我們求發展之前，要先能生存……有問題，可去找校長……」

她解釋了好久，可惜，因外面實在太吵，我有些聽不清楚她在說什麼，但我知道她沒聽懂我的問題，她好像一直都故意沒聽懂我的問題，像去年剛開學，我在校務會議提案，請學校不要強迫所有學生上第八節補習，她就回答說，「她新手上路，請多多包涵！」

而我再問她，爲何去向阿珠組長施壓，禁止她與我以協同教學方式合作上第八節，你猜她怎麼說的嗎？她說：「我所知道的協同教學，是兩位老師都要在場，這樣的話，錢要怎麼分？」

你看，她只在乎錢要怎麼分而已，跟她講話，你說會不會吐血呢？

強迫學生惡補本來就違法，我是可以名正言順拒絕的，是因爲，我覺得女王對我講話都還算客氣，有被尊重的感覺，而課餘時間，我要忙著做社區調查，規劃眞的九年一貫教育學習場域，我一直認爲這教改方向沒錯，只是下面的人也一直在扯後腿、造假，我沒時間與精力跟學校的僞九年一貫瞎攪和，因此，我事先拜託要好的同事阿珠幫我上，反正她是行政，也要留到五點才能下班，怎知那涂大竟使出卑鄙手段……

這次，只是光聽她講話，就差點把早餐吐出，我只想請她不要公開說謊，沒有要她把全縣國中都能力編班的事實全招供出來，老師又不是三歲小孩，這謊言甚至連國中生都無法相信，拿這個來騙老師，豈不是太羞辱老師了！我實在沒辦法與得了「官癌」的人對話，所以，意思表達就好，並不想多說，何況第一節上課鐘聲已響了，爲此鳥事，浪費學生上課時間對他們太不公平，我只期待快結束無意義會議，但此舉，好像讓眾老師失望了。

鍾主任在她講完後接著附和，他說：「是啊，全縣國中都是能力編班……」

我偏過頭去，只見小愛在窗外樹梢對我擠眉弄眼：「快！快把他說的話記錄下來，訓導主任沒說這個不要記錄，趕快呀！」

此時，我實在也聽不下去了，隨即離席往門外走去，在場的人都訝異地目送著我，以爲我又有什麼驚人之舉。

「傻小鳥，你是頭殼壞去嗎？我又不是會議記錄。這哪用說？學校指派的記錄都很聰明，不會去記錄不該記錄的東西，你放心啊！」我在走廊，望著小愛說。

「對喔！」小愛用嘴啄一啄翅緣：「那……你可以把涂大主任的話拿去給教育部長看，就可證明，教育局向上回報本縣只有一間國中能力編班是謊言，那他就不用派督學來查了，是不是呢？」

「是沒錯啦！」我說：「你認爲，涂大主任會出來當證人嗎？她會承認她說過這些話嗎？別傻了！」

「那……所有在場的老師都可證明她說過這些話。」

「這也是沒錯，但除了我一人之外，誰會出來當證人呢？若我眞的出來，他們也會說我精神分裂，或沒教好班心態不平衡……」

「還有我啊！」小愛興奮地說。

「你呀！」我有點煩了：「你呀……你根本不是人！」

「幹你娘！」小愛變臉用氣聲罵我：「你說我不是人，你才不是人呢！」

「蛤？」我當下嚇一大跳：「耶耶，這三字經不能亂講啊！」

「我偏要！幹你娘！幹你娘！」小愛笑著激我。

「我才幹你娘咧！」我也故意用氣聲回嗆：「哈哈，你低頭看看，你本來就不是人，你是一隻傻—小—鳥！」

說完，看見牠的臉僵在那裡，我心裡得意大笑，報了一記上回被牠擺道的老鼠冤。但牠怎麼突然給我飆國罵？我想小愛應該不知道，「幹你娘」在台灣社會的意涵與禁忌吧。

會後，在辦公室阿孝又來消遣我，說我為何只說一句就走人：「這樣太可惜了，大家都等你表現，應該霹哩啪啦說個一大串才精彩！」

我笑笑說，我本來是不想說話的，因涂大主任說到「本校目前常態編班」時，害我噎了一下，反射動作，話就先噴出來了。

阿孝走了。我一邊準備要去上課，一邊想著，剛剛對小愛這樣開玩笑，是否有點過火而傷害到牠的自尊了？想著想著，心裡覺得過意不去，竟引發一些莫名的愁緒。關於過去的種種，又一一浮上心頭。

去年四月，小愛剛被送來我這裡時，整個身體沾滿潮濕黏膩的污泥，只剩無辜受驚的眼睛眨呀眨的，悸動地看著這迷濛的世界，一看便知道，牠可能曾掉到水溝裡去，還好當時天氣已慢慢回暖，我叫學生趕緊以清水沖洗後，用吹風機將稀疏的羽毛吹乾，以免失溫，這過程間，牠的翅偶爾會用力伸張一下，粉紅的皮膚，凹凸的疙瘩，有些令人作噁，從此可判斷，牠破殼而出應該不到兩週，但已經告別了親鳥餵哺的雛鳥期。

牠像個棄嬰似的，撿來的學生丟了就走，沒人知道是誰，本來想把他找來問個詳細，送回落巢附近等親鳥來帶領，只好暫時把牠安置在紙箱中，沒想到，牠馬上拉了灘稀便，這是許多動物驚嚇過度的反應，如果不持續就沒關係，我去找來一些飼料，裝了一杯水放到裡面，把箱蓋稍稍蓋住，避免人的驚擾；但因辦公室來來往往的人太多，我看牠總是瑟縮一角，微微抖顫，若再沒進食，恐怕就不樂觀，何況牠在落巢的過程中，或許已受到撞擊，但表面看不出有何外傷；我擔心著，考慮要不要送農業局，但農業局遠在縣北，課務如此繁忙，哪有美國時間？而斑鳩又不是什麼保育鳥類，人家不見得會收，也考慮送動物醫院，這樣的話，如果時常有落巢之鳥，豈不是忙翻天……第一次遇見這種事，一直胡思亂想的。還好幾個小時後，牠已好奇地逡巡踱步，用嘴試探著我灑在箱底的飼料，過不久，我就看到牠一啄一啄吃著，每啄幾下，便抬頭望望眨眨眼，模樣煞是可愛。這好現象，讓我放心不少。

在訓導處實習的阿紋，見我要忙於上課，經常好心地幫忙照顧，讓小愛有母親般的關懷，害怕牠晚上被貓偷襲，還用透明膠帶封住部份箱口，無微不至的照料，牠羽毛漸豐，四、五天後，遇人靠近窺探，已驚慌得學會鼓翼跳躍；有一回，還衝過膠帶封口，跑到辦公室外，又被學生撿了回來，牠活動力增強，健康狀況已不令人擔憂了。

那時，不久後，學生又撿來一隻落巢紅鳩幼鳥，牠頗爲豐滿的身軀，羽翼已長齊，但病懨懨的，連驚慌的力氣都沒有；看見兩隻鳥擠在一起，我開始擔心紙箱空間已不敷使用，想到以後應該還會有落巢之鳥，是可以買個鳥籠來收容牠們，提供一個較舒適的窩，說不定可增加存活率，想著想著，竟有些懊惱起來，心裡嘀咕著：「我爲何之前沒想到呢？」

於是，我幾乎是抱著救贖的心，利用沒課空堂馬上去買了一個鳥籠回來，當然還有一些飼料，當下，隆重向阿紋等關心鳥的朋友宣告：

「流浪鳥之家」正式成立！

沒有酒席，沒有長官致詞，沒有花圈，只有一些眞心的祝福，當然這些祝福，是亮在眾多升學至上而不屑一顧的眼睛裡，我們清楚得很。

沒關係的。這溫暖，是那些鄙視的眼睛永遠無法體會……

一開始，就先爲那隻幼鳥搬新家，但當我戰戰兢兢地伸手到紙箱裡時，誰知，小愛竟趁機逃脫了，只見牠勇猛地穿過早已糾結在一起的膠帶，慌張飛出……天啊，我看見牠正朝著輕鋼架天花板下的吊扇而去，說時遲那時快，那旋轉的扇葉不偏不倚打在牠身上，啪！在我們的驚恐擔憂的眼神中，應聲落地。

我馬上趕過去，只見牠掙扎一下，仍展翅飛起，跌跌撞撞後停在大白板的底緣，餘悸猶存般張望，我飛也似地衝過去用手抓住牠，隨即檢視一下身軀，還好，應無大礙。

大家都說，眞是命大！阿紋也憐惜說：「還好電扇轉速不是最大，也沒有打到頭，眞是好鳥命啊！」聽了大家都哈哈大笑。

幾經波折，無論如何，「流浪鳥之家」是成立了，我心中莫名泛起一絲歡喜，只因，我是一位鳥人。

其實，這些落巢的鳥大都不是傷鳥，若在野外，自然不用去管它，親鳥就是最好的照護者；只是在校園，除了流浪狗野貓之外，一群頑皮的小孩與無知的大人，才是牠們最大的殺手。因此，收容與否，常讓我陷入無止盡的內心交戰……

爲了因應日夜溫差極大的暮春天氣，我特地用報紙製作了兩個窩，讓牠們晚上有個溫暖的睡眠。

次日早上剛到學校時，發現小愛眞的躲在窩裡，可愛極了，反而是我，覺得溫馨起來。不過，那幼鳥卻仍若有病焉，毫無生氣，緊縮在窩前，除了偶爾會稍稍啄食一下外，其餘時間總是眼睛微閉，屈腳不動，見牠的呼吸似乎有些急促，一上一下的，在黯淡的褐色羽毛邊緣鼓脹著。而我爲牠做的窩也常被頑皮的小愛霸占，上頭還有小愛的便屎，小愛有時也會上前啄一啄牠，不知是關心或是戲謔？只見牠慵懶地伸展翅翼後又恢復原狀，我擔心牠，恐怕不樂觀，沒想到，過了第三天即告夭折。

我將牠埋葬在大樓前庭的福木下。

雖然失去伙伴，小愛一直在成長。第三個星期，我看牠慢慢長出白色尾羽，頭子珍珠般的特徵也開始在成型。在辦公室內，每到午休，由於一片安靜，燈光暗下來，牠竟偶爾也會跟著溜到窩裡休息；天氣好時，偶爾會把牠放到陽台上曬曬太陽，一旁的，迎風招搖小葉欖仁，總讓牠不斷地向籠外探頭探腦，時而鼓翼跳躍，可知牠對天空急切的想望，應到了可野放的狀況了，但我還不放心，想多觀察幾天。

這期間，有些一年級學生會問東問西的，我總是要不斷地重複說明救傷的動機與目的，澄清我不是在養寵物，甚至有位學生惡作劇，趁機把冰塊放入飼料盒內；而二、三年級全是上過我的鄉土課程，很多學生都有起碼的生態觀念，他們都清楚我在做什麼。

國一那一屆，鄉土課程在九年一貫的藉口下，消失了。吾縣的土地教育，竟在走回頭路，不禁令人唏噓。也罷。國中教育似乎已病入膏肓，多說無益……

那星期的某天，天氣晴朗，我照例將小愛從辦公室移到陽台，適應一下外面的環境，為野放做準備，而後就去上第一節課，沒想到，當我下課回來時，卻發現鳥籠的門開著，而小愛不見了！

我慌張四處詢問，原來是總務處的黃組長把牠放了，他告訴我說：「看見牠在鳥籠裡掙扎，翅膀鼓動得很厲害，所以就把牠放了。」我聽了，簡直快暈倒，人靠太近，鳥當然會驚慌鼓翼，念他也是一片好心，就沒跟他計較了。

他用手指著說，鳥就飛到警察局宿舍上方去：「很會飛喲！」

「順利飛走就好……」我一面應他，一面急著尋找小愛的蹤跡，後來發現就在教學大樓樓頂，在「愛」字標語的鐵架上方站了一隻鳥，向我這裡一直凝望，凝望……我直覺耳後發熱，頭皮一陣酥痲，我知道，是牠，就是牠。

這是我與小愛靈魂相遇的開始。

「你在想我們之間的事嗎？」我下課後，從教室走出來馬上又陷入沉思，聽見小愛的聲音，我知道牠並沒有在意我的玩笑。我放心了：「是啊！我很珍惜我們之間的邂逅，不期而遇，才能撞出生命的火花……」

「喂喂！別再多愁善感了，校園裡不適合。」小愛說。

是啊！校園污濁的空氣，不適合多愁善感。我走回辦公室座位，喝口水後，想起那早上訓育組的報告，阿慈說，本期的校刊配合學校的本位課程，主題是「生命教育」，要各班國文老師指導學生配合寫作。

學校本位課程，你或許不知道是什麼碗糕？我想，你應該是不知道的，因許多老師也不知道，甚至此業務主管的涂大主任，我懷疑她也是不清楚的，雖然小愛認爲她是故意不清楚。不管如何，我還是稍微跟你說一下吧，簡單說，它其實是九年一貫教育改革的主軸之一，新的課程配置，每週有百分之二十的彈性課程，供各校自行運用，希望結合在地社區文化與資源發展學校的特色，這就叫做學校本位課程。

但因各國中除了升學外，對其他均不感興趣，所以越九年一貫越沒特色。其實是有的，只不過顯現的不是各校個別的特色，而是整縣國中的特色，那就是：「學校補習班化！」

這在全國來說，是突出的，既是突出的，就是特色。

或許你會問，那上級的法令呢？這你大可放心，因爲「上有政策，下有對策。」這是台灣官僚文化中的固有特色——教務處的對策，學校本位課程主題就是：「生命教育」。但只是個主題，沒有課程。

自從去年宣佈以來，我一聽到生命教育，就會覺得心裡一陣涼意，因我會想起校園西側角落的「禽鳥園」，那眾鳥哀鳴的生命煉獄。

這禽鳥園，是女王到任後重要建設之一，大多數老師覺得這點子不錯，讓學生可以就近賞鳥，是很好的生態教育。但我的看法剛好相反，也因爲我是個鳥人。不管年齡大小，不論國家種族，世界每個鳥人，都知道賞鳥最重要的守則之一，就是：不賞籠中鳥！

這是普世價值，甚至連國小的小朋友都知道的生態觀念，我驚訝與悲傷，我們國中的校長與教師們竟不知道。

我在學校利用「鄉土藝術活動」課程教導學生進行賞鳥活動已經四、五年了，隨著九年一貫教育的正式實施，取消該課程，鄉土教育已是雪上加霜了，沒想到校園又建立了什麼鬼「禽鳥園」，讓好不容易播下的生態種子，又漸漸枯萎，漸漸乾癟。我豈是傷心而已。

我想起吾縣前任的縣長，那時，鳥會每年都會舉辦賞鷹活動，因著名的灰面鵟鷹春天北返時，都會在吾鄉山上過境停留，成爲吾縣重要的自然資產與特色，縣長大人有次親臨參觀，感動之餘發表談話，竟說：「要興建個鳥園，將灰面鵟鷹飼養在裡面，讓民眾方便欣賞。」話出，眾人一片譁然，幕僚緊張地忙著解釋化妝，說：「這是縣長口誤，請別當眞！」

誰都知道，這當然不是口誤。那天，面紅耳赤的縣長，著實上了一節生態課。

其實，計劃興建禽鳥園之初，那時甫入閣當組長的阿慈有跟女王建言，此舉恐有反教育之虞，她委婉誠懇地說：「把鳥關在籠子裡，牠們會很痛苦的。」

「開玩笑！照這種道理，魚在水池裡也會很痛苦嗎？而學生在校園的圍牆裡，也會很痛苦嗎？」

對於長官的強勢回應，阿慈啞口無言。但她說，那時眞想回她：「是啊！他們都很痛苦！」

阿慈，是我們以前讀書會的成員，算是好朋友吧（或許她不這麼覺得），她曾經與我去看過鳥，還有基本的生態觀念；可惜的是，由於教育觀念的差異和某種不明因素，她與我漸行漸遠，而後，讀書會也因故解散了，她應邀入閣了。

至今，我都還很懷念我們爲共同教育理想奮鬥的過去。有時，當我獨自一人在班上外的榕樹下徘徊踱步，總會憂傷地懷疑自問：是啊！我到底還在堅持什麼呢？

禽鳥園建造的位置，就是我當專任教師時，常在午餐後散步駐足賞鳥的地方，那是一處我自然觀察的秘密角落，那裡有一棵鳳凰樹與兩棵榕樹，這都屬於創校至今的元老級樹木，旁邊就是圍牆，圍牆外就是一條小徑與一大片荒地，更遠，荒地盡頭是一叢高大的刺竹與幾棵大樟樹，所以，整個建築物幾乎飽和狀態的校園裡，這裡人爲干擾最少，得天獨厚，許多平地的野鳥經常在此棲息，而我也因此大飽眼福。

他們竟把靠大樓那棵榕樹鋸個精光，剩下禿禿的枝葉，然後就將鐵絲網整個罩住，一面牆，用鐵皮加製成供鳥棲息的平台，他們偉大的禽鳥園於是完成。外面掛著一塊壓克力牌，寫著：「康泰書局敬贈」。這是長期與學校「合作」的書商。

裡頭的鳥，聽說是女王的先生，也是八卦國中的校長捐贈的，所以有老師就戲稱此是「八卦國中禽鳥園分部」，我仔細看了一下，有孔雀、孔雀鴿、鸚鵡等供人飼養籠中逸鳥，令我驚訝的是，還有保育類鳥種——環頸雉，此舉不僅反教育而已，也觸犯了野生動物保護法，要判刑罰款的！

小愛說我太緊張，其實這些環頸雉應是人工繁殖的雜交種，是否觸法有待商榷。但裡面，還有幾對野生的紅鳩與斑鳩，這是小愛最最傷心的事了，因牠們就像牠的兄弟姊妹。「不飼養野生動物！不也是鳥人的守則嗎？」小愛說。我告訴牠，這只是道德規範，不管鳥人不鳥人，對於沒道德的人是無用的。

「那學校本位課程還訂定爲生命教育，這不是諷刺嗎？」小愛說。

「是啊！生命教育在學校裡就是研研習，寫寫作文，報報資料，然後朝會以不尊重生命的心向學生宣導要尊重生命。就這樣。」

我去年帶的後後段新生，教室就位在禽鳥園附近，一下課，班上頑皮的男生喜歡群聚於此嬉鬧，對課業無興趣、窮極無聊的他們，到最後，眾鳥自然而然成爲他們作弄的對象。那時雖沒了鄉土藝術活動課程，我也運用導師課多的優勢，偷偷安排了一些基本鄉土課程，而賞鳥的部份，本是打算排在二年級，但因「虐待動物事件」頻傳，三不五時，班上幫我收聯絡簿的兩個女生就會來報告說，誰又用樹枝戳鳥，或者鸚鵡又被孔雀啄等等，有次她們驚慌地來說：「有隻鸚鵡死了，好可憐喔！」

諸如此類的傳言，接踵不斷，再加上，發情的孔雀時而傳來響亮的「嘎！嘎！」叫聲，如果是在上課時，每每都引發騷動，班上學生總會藉機大笑嬉鬧，造成許多困擾。所以，在那時我就忍不住跟他們講一些生態觀念與賞鳥活動的守則等等，我說：

「鳥應該是屬於天空的，雖有千萬個理由也不應該出現在鐵籠裡，因這是人類自私與無知，如果有一天，我把你關籠子裡欣賞，你做何感想……」

但一暴十寒的環境，讓我的話幾乎全然失效，你知道的，而後就發生了「小吉拔孔雀羽毛慘案」，他被記小過之後，一顆垂頭喪氣且倒楣的頭，低在主任的面前。人緣不佳的他，顯然被構陷了。

至今，幾個月過去了，我已不教小吉他們班，重新再帶一年級，但那血淋淋的尾羽，每當我聽到孔雀嘎嘎的叫聲時，總歷歷如繪如在眼前。

經過一個暑假，校園除了惡補更嚴重外，沒聽說有啥特別狀況。

但一開學，就開始「鳥事件」頻傳，令我疲於應付。

第一天，辦公室外花台的流浪鳥之家，就面臨危機——那巫碧瑩，剛就任衛生組長，新官上任三把火，當我在整理新辦公桌時，她就跑來向我下通牒：「你那養小鳥的鳥籠，現在沒小鳥，你看要不要帶回家，因爲花台等一下要把髒亂的東西清掉，否則叫學生把它收到倉庫去，你說好不好？」

「這不是養小鳥，這是……」我一臉錯愕，本想向她解釋這是野鳥收容所，落巢之鳥隨時都可能出現，但向沒鳥常識的人一時不知從何說起，兩個都不是我要的選擇，竟支支吾吾起來。

「這裡今天就要清掉，如果你不帶回家，叫學生暫時收到倉庫好不好？」她又急急逼問。

我沒回答，無奈抬頭看了她一眼。

「收到倉庫好不好？反正現在也沒養小鳥……」她有些不耐煩的樣子說。

我知道與她是無法溝通的，一時也不知所措，由於也要忙著整理東西，索性就點點頭。她如釋重負迅速離開了。之後，想想總覺得不妥，我起身到外面看看我的鳥籠，看看辦公室四週，後來就決定把它帶到辦公室角落躲藏，利用成堆的測驗卷牛皮紙包作掩護。危機暫除，好不開心。

第二天，也就是九月二日，升完旗，第一節上課前，事務股長就慌張來告訴我說，代收的午餐錢有出入，我急忙前去教室處理，我害怕同去年的舊班一樣又失竊了，正當我忙著仔細一一清點金額時，突然有位穿運動服的女生在同學的陪伴下，手捧一隻紅鳩送來給我，由於我必須趕著上課之前完成清點工作，所以我叫她將鳥先送到辦公室的鳥籠，「進去問一下任何一個老師就知道在哪裡，待會兒我再處理。」

清點完了，還好是虛驚一場。隨即鐘聲響起，我趕緊回辦公室，卻發現鳥籠是空的，我只好四處詢問有體育課班級，均無所獲，我後悔地愣著，學生應該是三年級的吧，因只有她們上過我的鳥課，但也可能是知道我的老師叫學生送來的，唉，我怎麼忘記看她的學號，甚至連面容我都沒仔細一瞧。之後，眞的就沒消息了。留下一個無法彌補的遺憾。

隔天才第一節下課，二導阿萍來告訴我說，又撿到一隻鳥，放在紙箱裡，我與她連忙去看看，結果，竟不見了。「可能飛走了吧！」阿萍說。我問她是什麼樣的鳥，她也說不出個樣子，只說是灰灰的、小小的，我拿圖片給她認，也徒勞無功，但我判斷如果是留鳥的話，有可能是斑文鳥。這是一隻未驗明正身的落難之鳥，只好暗暗祝牠平安了。

誰知道就是那麼巧合，次日，早上掃地時，阿萍眞的撿來一隻斑文鳥，她說，看見學生在地上戲弄牠，就把牠帶來了；但是這回不見的，竟是我的鳥籠，就是那麼巧合，前一日心血來潮，我把鳥籠拿出去清洗，洗後就晾在走廊的花台上，怎麼就不翼而飛了呢？

當我四處找尋無人知曉時，忽然想到，難道是巫碧瑩幹的好事？我遂轉去訓導處，她又那麼巧合公假出去研習，我只好請體育組長幫我找看看有沒有倉庫的鑰匙，我說：「鳥籠一定在裡面！」

大家見我慌張模樣都一頭霧水，當她幫我打開倉庫時，果然，鳥籠被囚禁在暗無天日的掃地用具堆中。當我憤懣不平地提著它回來，想到原本囚禁別人的鳥籠如今自己竟被囚禁，竟覺得好笑起來。

牠也是隻落巢的幼鳥，剛開始還蠻健康的，吱吱叫著，常惹來老師們的笑聲，由於斑文鳥體型小，成鳥才十一公分而已，我特別爲牠準備小的飼料盒，誰知，第三節下課回來，我意外發現牠竟一命嗚呼哀哉，乍看牠的屍體，有些傷心；我將牠拿去埋葬時，我的手雖隔著塑膠袋，仍感受到牠身軀的冰冷與僵硬，以及生命的惶恐……

這小斑文鳥，是第一次住進流浪鳥之家的斑文鳥。

自此之後，一個多禮拜的時間裡，不知道什麼原因，接二連三的，紅鳩幼鳥不斷地被撿來我這裡，有四、五隻吧，我已記不清楚了，但我不會忘記牠們幾乎共同的厄運——不到一天的時間就蒙主寵召了。只有一隻苟延殘喘至次日的中午，我埋葬牠們的手，那陣子經常不自主地顫抖著。我開始懷疑自己這樣收容的作爲是否恰當，又陷入痛苦的內心掙扎。

到底是爲什麼呢？最近沒發現學校有在噴農藥呀！我想不透落巢率爲何如此的高？老師們也覺得奇怪。喜歡開玩笑的阿孝說：「都是九年一貫惹的禍啊！」眾人一頭霧水。我問他：

「這和九年一貫怎麼關係？」

「有喔，九年一貫後，校園裡學生與老師惡補的風氣，嚴重到連小鳥都窒息了。」

大家笑成一團。他繼續說：「學生被惡補，而老師不但惡補學生，自己也被惡補！」

「老師被惡補什麼？」有人大惑不解地問。

「惡補九年一貫研習啊！」他冷冷地說。

眾人恍然大悟又笑開了。他若無其事又接著說：「有的母鳥也受到惡補的感染，將小鳥送到補習班學習怎麼飛，結果越補越大洞，小鳥試飛的時候就統統摔機了！」話說完，他還用手做出墜機的模樣，這時有人已經笑到捧腹叫痛，有人眼淚直流，連一些埋首批改作業的老師也忍不住發出笑聲。

被阿孝這麼一搞，我似乎忘記了先前的憂傷。阿孝教數學，是一〇四班的導師，去年才從他校介聘來此，剛來時當專任老師，恰巧教到我去年帶的班級，你一定想像不到，如此爆笑的他，不知用什麼絕招，竟可讓我那些令人頭痛的學生上課服服貼貼的，不敢調皮搗蛋。

他帶的班級是所謂的人情班，也叫做A-班，是成績達不到好班標準，但因家長要求也要比照好班模式操作的班級，比照訓練考試，比照假日留校，比照晚自習。

這些學生雖也名爲好班之列，但因無論能力或耐操力都比不上好班，甚至也有品行比後段班還差的學生。「現在比人家辛苦，將來就能考上好高中！」，他們有許多人很難相信這個理由，而甘願犧牲假期來校惡補，故常狀況百出，假日蹺課是司空見慣的，即使勉強被家長強押來，也是心不在焉，枯坐、吵鬧混日子。

而相信此說的大半學生，沒命地死K猛K，青春歲月浪費殆盡，因天資的關係，三年後的結果，公立學校沒考上，也沒學到應有的知識技能，悲慘的是，連玩都沒玩到。

這種班，學生很可憐，老師也很可憐。其實，我很訝異他剛來就當專任老師，沒帶班，他說他也覺得意外：「我就知道，天底下哪有這麼好康的事！」雖偶有抱怨牢騷，但他不會公開跟上級做對。苦中作樂，是他的生存之道，搞笑是他的專長。

關於落巢率新解，雖說是搞笑之舉，但用科學角度仔細想想，其實也不無道理。九年一貫後，校長們假借其名順水推舟，說爲了因應教改，所以假日要留校加強，寒暑假也要增課，又要晚自習，原本校園的鳥，至少假日與晚上可免除過度的人爲干擾，現在因惡補時間增加，休息、生活空間被壓縮了，所以落巢事故頻繁——這是合邏輯的推理。

推理歸推理，眞實的狀況如何呢？我很好奇。但，小愛一直沒告訴我原因。

星期五，我的課較少，下午闔眼小睡後悠悠醒來，就聽見這隻小紅鳩時而張翅拍擊的聲音，我一邊啜飲咖啡，一邊想著這些校園的往事，淡淡憂傷仍泛溢心湖，逐漸浸潤馬克杯週緣；但，隨著苦苦汁液入喉，一股莫名的生之喜悅從鼻室蒸發而出。我想，一星期了，該爲小紅鳩野放了，鳥籠畢竟非鳥的久留之地，縱有太多不捨，但生離死別是人生的必然……

今晚，學校要舉辦班親會，校園可能又熱鬧滾滾，心想，大病初癒的小紅鳩還是遠離這些吧，於是，我決定今天放學後要進行野放。

很快地，第八節下課鐘響了。學生逐漸散去，校園空蕩了起來。只剩下辦公室的電燈還亮著，老師們大都癱在椅子上，兩眼無神地扒著晚餐，準備迎接晚上一場體能極限的挑戰。而我，胡亂解決了食之無味的飯，獨自在校園裡閒逛，順便觀察一下放生的確定位置。

不知不覺，我又走回中午經常踱步的那排榕樹下，此時，太陽已隱到圍牆外的刺竹叢裡去，西天只剩通紅的霞光，其實天並沒有很暗，只是那建在操場高聳的新大樓擋住了光，讓校園漆黑的不是夜色，而是巨大猙獰的水泥陰影。

我走了幾步後，猛抬頭，一道強光竟直從背後射過來，榕樹下的枝葉霎時閃亮了起來，我本能地駐足回看，發現原來是新大樓西側的立面切角，與我背後廢棄的司令台前後交疊不完全的間隙，那霞光剛好趁機透進來；當我視線再度返回時，那枝葉忽然搖曳起來，一陣涼風從腳邊呼嘯而過，而那低垂的葉片映著紅光令人目眩，我眨眨疲憊的眼，瞬間，我驚訝地看到，那葉面上閃著的光裡，清晰出現一張張微笑的臉，滿樹都是，數不盡，而且是倒懸的臉……他們不斷對我笑著，笑著，笑……我一時不知所措，直覺頭皮發麻，手掌湧出冷汗，我不自主跟著微笑，但腦海一片空白，那空白又奔騰成巨浪，洶湧……

「咕咕！」耳際突傳來一個叫聲，嚇得我魂不附體，雙腿發軟，當我回神過來時，發現是小愛，牠正立在我頭上的樹枝，凝望（牠眼中充滿同情，本想如果是得意的笑，我可能會掐死牠，至少也要跟牠絕交）。我聲音顫抖地問牠：

「這是什麼碗糕呀？」

「這是學生的靈魂！」小愛說。

「什麼？靈魂！」我驚訝地問。

「是啊！而且是死去的靈魂！」

「你胡說些什麼！我明明看見他們在微笑著。」

「我沒胡說，那笑容其實也是死的！你被風騙了……」

「這麼說，校園裡的學生都是行屍走肉喔！」我想起我那些活潑過度的學生抬頭懷疑說：「好，那你告訴我，他們靈魂為什麼死的？」

「說來你可能不相信，他們是被考卷殺死的！」小愛低著頭幽幽地說。

「怎麼可能，薄薄一張紙怎麼會殺死人？」

「你不相信就算了，」小愛張一張翅膀：「我還要告訴你，我曾經也是樹上死去的靈魂之一。」

我瞠目結舌說不出話來，小愛接著說：「你想，要不然我們怎麼相遇的？你眞以爲你是對著一隻小鳥在說話嗎？我告訴你，當初那被你照料的小斑鳩飛出鳥籠時，我的意識突然被喚醒了，一溜煙，竄入了那鳥的身軀，我感覺到，我活過來了……」

「喔——」我問：「那我曾教過你嗎？」

「我不知道！」小愛說。

我接著問牠，關於以前（或說是前世）的種種——也就是，何時離開你的身軀？你的身軀還在校園嗎？是男的，或是女的？現在幾歲？還認識誰？……諸如此類的問題——小愛都回答說：「我不知道！」牠只記得倒懸在樹上好久好久了。

小愛飛走了，留下錯愕的我，和一片迷濛的暮色。

那道光芒，隨著夕照的游移而消逝了，先前令我震懾的笑臉也被樹影淹沒，眼前又是層層相疊的綠葉，輕輕盪在秋風中。

是的，這麼久了，我從未想過我與小愛爲何能如此溝通與對話的，總覺得，自然而然的相識，不必問爲什麼，令人窒息的校園裡多個秘密朋友，何嘗不是一種幸福？

我承認，關於小愛我有太多不解，有時覺得牠的言行舉止幼稚得像個小孩，有時又感到牠像個老禪師語帶玄機，剛剛，是小愛胡言亂語，還是我過度疲憊後精神恍惚的錯覺呢？不管如何，今後我再見到小愛時，恐怕會多一層隔閡，多一些芥蒂，因對牠知道的越多，相對的，難解的迷惑也會更多；就像撥開眼前一團迷霧後，才發現後頭，迎面而來的是更多、更大、更廣的迷霧。

心想，如果牠單純只是隻可談心的鳥，如同以前一樣，那豈不是完美？如今卻還牽連出靈魂的種種臆度，時空變複雜了。但我不會因此而煩憂的，反而，在這千篇一律的教育工廠生產線上，有某種驚喜的期待，至少，我相信小愛不會像人一樣，會爲私利而出賣朋友。

天，紅紅的雲霞奔跑著，夜就快降臨。我趕緊回辦公室，趁著還有光，我必須將小紅鳩野放，好讓牠天黑前尋覓個歇宿的地方。

爲了避免牠因移動而過度掙扎，我用報紙將籠子罩住，緩緩將之拿起，但還是引起不小的騷動，有些老師看見了，知道我要放生，遞上了一些祝福，但又疲憊地癱在椅子上小憩，因晚上的班親會，家長不知又要丟出如何勁爆的炸彈。

我走到圍牆外預先勘查好的荒地，一大片咸豐草正開著花，夾雜著腥綠的葎草、張狂的蓖麻、微笑的槭葉牽牛等，幾株血桐的枯枝也參差其中，前方佇立的，正是那片時常有紅鳩族群棲息的刺竹林，我左右張望，四下無人，於是抖顫打開籠門，只見小紅鳩對於未知的天空似乎有些卻步，瑟縮猶疑著，我輕輕搖晃，低頭看見牠張惶驚恐的眼，炯炯燃著火光……當我油然而生不捨之情時，「啪啪！」一聲，牠倏忽奪門飛出，幾乎是一鼓作氣，直直奔向高聳的刺竹林上層，我看見牠收翼時白色尾羽的閃光，還來不及讚嘆，就瞬間隱入漆黑中。

我兀自凝望著前方，默默沉思，一些關於生命莫名的憂傷與喜悅，頓時泉湧而出，心想著，校園茂密的榕樹裡，是不是，有片乾枯的微笑正在顫動？還是，有個倒懸含冤的魂魄，已然翩翩甦醒？

2003
9/19
（拜五）

第五章　親師座談會

夜晚。
猛抬頭，天上掛著一個，
巨大且明亮的缺憾。

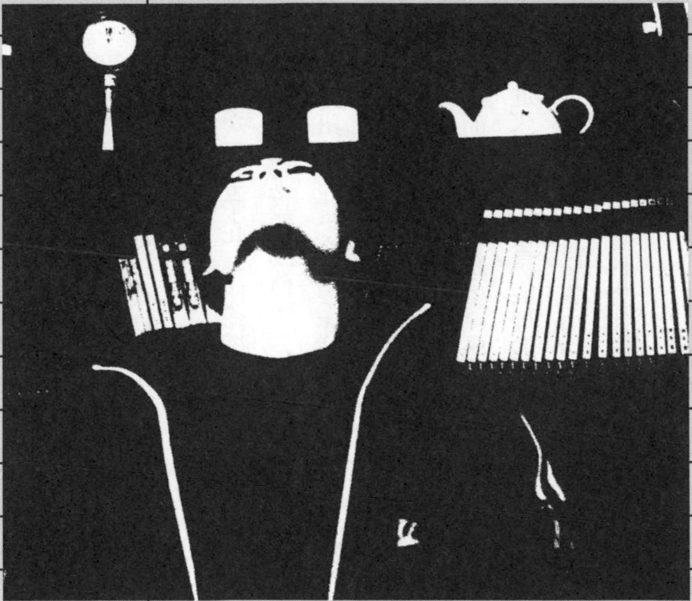

1.

小紅鳩放生了。

夜，迅速湧至，淹沒了我的不捨與凝望。闌珊地，我提著空鳥籠步入了校園，才發現燈火已然明亮，原來的籃球場打著水銀燈變成了停車場，只是尚無車棲息，沒有操場的狹窄校園，夜晚竟覺得空曠無比。

今晚，學校要舉辦一年一度的親師座談會，這次是早了些，比往年提前了約兩個月，至於什麼原因，不知道。好像沒人問起，我也懶得去揣想學校的動機，「反正早晚都要來受死，早死早超生。」有老師這麼說。只不過，對於新生班級而言，開學才兩星期多，雖然我都叫得出每個學生的名字，但大部份都還不是很熟，甚至有幾個學生偶爾還會弄混，這樣，真不知如何與家長談，而且要談什麼？

座談會預定七點半開始。看看腕錶，才六點半而已，就有學生已換好便服先來校閒晃，由於晚上難得大門敞開，附近居民竟也有人順道進來溜狗，當是飯後散步。

我把鳥籠清洗一番，晾在辦公室廊道，先前失蹤的位置，請它自己珍重。完成了一樁鳥事，心裡覺得舒坦。我急忙回座位，收拾了待會要給家長的資料袋與礦泉水，還有重要的會議記錄簿（我去年就忘了帶去給家長簽名）。

吾班此次家長預定要來的共十六位，較去年我帶的新生班級還多出五位，家長的關心度，也是班級經營的一個指標，雖然同樣是末段班（段考成績還沒出來，但八九不離十）。

準備好了後，我在位子上休息，隨手翻閱一下資料袋，所謂的資料，是一篇校長的談話：「有人關心的孩子不會變壞！」，其次，就是輔導室準備的理論資料——這些家長大概也看不懂——再來，也是最重要的資料是，去年升學的金榜，此次成績學校頗爲滿意，這是校長最得意的事，也是家長最在意的事。

好班的服務義工忙進忙出，幫忙搬東西，而我沒留下學生幫忙，夜晚總覺得不怎麼安全，萬一學生有個閃失，或藉故去溜達晚回家，那就慘了；另一方面，因吾班才十六份東西，不像好班幾乎是全班家長都到，我雖不高大魁梧，但還算身強體健，有足夠的力道將這些東西扛起。

六點五十分。有位家長在辦公室門外探頭探腦，猶豫了半天才將一腳踏入門內，吞吞吐吐地說：「歹勢……二年二班……在哪裡？」

「那裡！」眾老師幾乎是異口同聲說，並用手指指向阿忠。阿忠聽了後猛抬頭，有些愣住了，左右觀望後用手指著自己：「我？」大家笑得前翻後仰，開玩笑地向他道賀，而那家長一頭霧水尷尬地傻笑著，阿忠搔搔耳便笑著向大家揮別，趕赴戰場。

大家的笑是有原因的，一是這麼早就來了，還不到七點呀！二是阿忠的班並不是好班竟比好班還早開工，來得少，卻又來得早——如果又走得晚，那就悽慘無比了。

自阿忠打響第一炮後，老師們開始摩拳擦掌，做最後準備。窗外已傳來明顯的嘈雜聲，有些老師已起步前往教室了，而我也到教室把電燈打開，讓大家知道已經開張了，並稍微構想一下要在哪個位子進行座談。就緒之後，我回到辦公室把資料袋與礦泉水疊好，此時，沒想到輔導室託人傳來消息，說還有西餐點心要領，不待服務學生送來，我逕自去領回，然後與所有的東西戰戰兢兢一起堆到我的手上，高度幾乎超過我的眼睛，當我如臨深淵地走到大樓階梯時，突遇三、四個回來散步的國三學生，他們在叫我，「老師喔！」其中有人說，「老師你自己搬喔，好辛苦呀，怎麼不叫學生幫忙呢？」

「對啊！辛苦喔，你們不會幫忙搬啊！」我開玩笑說。

三年級我全教過鄉土課，他們的名字我已記不得了，穿了便服更是難認，何況我的頭斜一邊，眼睛很難對焦。我只是說說，沒想到他們竟說好，兩個學生遂分擔我的東西，很快完成了任務。

我向幫忙的學生道謝後，再度走回辦公室，我還有最最重要的東西要拿，就是：會議記錄簿與水壺。我擦擦額上的汗水，深呼吸一下，鬆了口氣，環顧四週，辦公室竟已無半人，我刻意放慢先前匆忙的步調，緩緩再走向教室，此時，整個教室大樓燈火通明，有的教室好像已在進行談話，而吾班走廊也有人影晃動，當我越過紅土跑道，來到教室前我來來回回千百回的榕樹下，我不由停佇抬頭，在漆黑陰影的縫隙中，隱約瞥見一彎巨大的弦月，露出詭異的笑。

「人生，就是地上來來回回的一個晃影，你要學習飛翔。」

我想起小愛曾對我說過的話。

2.

七點二十分。當我進入教室後，即有位家長尾隨跟來，看樣子她早已來了。

「是一年三班嗎？」她客氣問。

「是的！」我請她簽名，並發給資料與點心，我知道是小芝的媽媽，便請她在靠門口前面位子就座。

「隨便坐嗎？」媽媽笑著說：「來的時候小芝特別交代我，要坐她的位置，不要讓別人坐。」

「沒問題啦，你就坐她的位置，因我們班上家長才十幾個要來，集中一點就好，這樣談話會較方便。」我也陪坐在旁，就這樣談起了。

小芝國小畢業是領鄉長獎的，在我帶過的班級是絕無僅有的，當初註冊組長還特別跑來告訴我，甚至還有位縣長獎的，意思好像是要說：「你看，眞的是常態編班喔！」但我是不相信這一套，誰都知道能力編班的「陣勢」早已定局。但我還是期望這班的狀況會比去年的好些。

小芝我是請她擔任風紀股長——因剛開學爲了早日進入狀況，而且後段班可用之材本來就不多，所以第一學期幹部我就自己選了，我所依據的，就是國小擔任過幹部的優先考量，她擔任過風紀股長，且是個乖巧女孩。

媽媽說，小芝告訴她，同學看起來都很兇，她不敢管。兩星期了，我發現小芝個性太柔弱眞的不適合風紀，「既然已選了，就做看看，當成一種訓練，我有告訴她，講不聽時就把名字記給我，不要怕！」我這樣告訴媽媽，請她放心。

接著陸陸續續有人進來，我的講話常被打斷，這也是沒辦法的，因台灣人的時間觀念習慣，都是以較鬆散的態度面對，其次，有兩個小孩以上的家長也要趕攤，有的簽完名，就說先要去二、三年級的班，這樣，其實很難進行討論，由於家長大都先問自己小孩情形，我必須一一回答，以致，回答時其他家長就兀自聊天起來。因才開學，一般學生問題還未顯現，而已顯現的學生家長大都沒來。這也是帶班最大的困境所在。

詢問小孩狀況後，因前些日子吳莉惠下跪的議題還在媒體發酵，故常態編班的問題很快就被家長提出，小芝媽媽有些彆扭地說：「老師啊，不好意思，有一個問題不知道可不可以問？」我點點頭說，沒關係儘管問，她繼續說：「啊……學校有沒有能力編班？啊……我們這班是好班，還是壞班？」

我乍聽之下，愣在那裡，大家的聊天突然間也停止了，靜靜等著我的回答，當我正想著要如何回答時，小宏的爸爸搶先就開口了，他以高分貝的音調說：

「講無，是騙肖的！全縣攏嘛有，我閣知影好班是八班、九班、十班這三班，猶閣有人情班喔，著無？老師。」

他說完，大家交頭接耳七嘴八舌的，有啦沒有啦的，我見這個是共同話題，而且要來的家長也大都到了，編班問題反正我也沒有要刻意隱瞞，也無法隱瞞，索性就趁機跟大家說個明白——

「各位家長大家好，既然大家都這麼關心編班的問題，我也要老實給大家報告，因爲這種事情遲早大家會知道，說謊是沒有意義的，何況我做爲一個老師，我也不願意說謊，」家長們個個聚精會神，像個認眞的學生，我繼續說：

「小宏的爸爸說得沒錯，學校是有能力編班，但這不是今年才有的，我來這裡十年了，每年都是如此，我很反對這麼做，這樣對小孩，不管是所謂的好班或壞班，都傷害很大，因爲這不只是公不公平的問題而已，最重要的是，小孩的人格都被扭曲了，因爲我們的社會也是各種人都有，有聰明有愚笨的，有富有有貧窮的，有能力好有能力差的……現在把小孩分類對將來生活的適應會有困難，更重要的，小孩在常態的班級環境下可以學得更多能力，你們可能不知道，現在的學測已很少考死背的東西了……」

「老師啊！我們這班到底是好班還是壞班？」有家長打斷我的話，他們似乎不想聽太多解釋與理論，有人附和著，「是啊！是不是放牛班？」

「這個我也要老實說，我們班是所謂的後段班，而且應該是後段班裡的後段班，我一向都帶這種班。」我說。

「再請教一下，以後會不會重新編班？」有人問。

「應該不會，但每年或每學期學校會把一些學生調到前段班去。」我說。

「那要怎樣才能調到好班？」似乎問到大家最關心的問題，家長們眼睛雪亮了起來。

「這個……」我笑笑說：「這個不是我能做主的，我不知道，但是成績如果好一些當然比較有機會，詳細情形要去問學校……」我本來要說，這是八仙過海，看誰神通廣大誰就能進好班，但沒說出口：「我要跟大家講的是，其實所謂的好班不一定比較好，你看，好班整天幾乎都在考試，都在打手心，假日也要來上課，這樣讀書眞的有效果嗎？如果有，小孩能承受得了嗎？將來的社會，需要的是有能力的人，而不是只會背書考試的人，好班這種操作模式，只會把一些聰明的小孩教笨，因爲小孩除了背書外根本沒時間學其他東西了……再來，如果成績不夠好到好班去吊車尾，會很痛苦的……」

「至少好班的老師都比較好！」有家長對我的談話不以爲然。

「您的意思好像是說，我是不好的老師嗎？」我開玩笑說，只見她尷尬地直說不是，家長們也笑開了，我攤攤手接著說：

「其實不盡然啦，像一般老師好班壞班都有教；再來，以國文爲例，全校八個第一好班中就有一半的國文老師是非國文本科系畢業的，我沒教好班，但我自認爲比他們專業，專業考量是一般優先的標準，但學校考量的是，他們聽話，配合惡補，會逼學生，不見得就比較會教。

但請您想看看，有些人你打死他逼死他，他不讀就是不讀，不會的永遠也不會，教書是用教的，也不是用打的逼的，或許，短時間你好像看出效果，但孩子還要唸高中唸大學，甚至出社會，難道你一路要逼著他嗎？人不是機器，會疲乏，會反彈，我是認爲，我們應該考慮到孩子一生的發展。

您再看看，有些小孩即使老師不教他，他讀書自動得很，成績也好得要死，因爲他能力好啊！所以，我認爲好的老師是要給小孩觀念上的引導與啓發，以及人格上的示範，而不是只逼他寫考卷而已。但是，整體而言，學校的確會把一些上課無心教書的不適任老師丟到後段班，所以，如果是用這個角度來看，您是對的……

我是強烈反對這種亂編班做法，您知道，有些學生成績都比我們班差，但也在好班……或許因爲這樣，我也被當成不適任老師，一起丟到這裡來……但是，我向您保證，我上課絕對有認眞在教，假日偶爾還會義務帶學生校外教學呢，這騙不了人，以後回去問小孩就知道，如果我在混水摸魚，您可以來學校抗議！」

有些家長看見我急急爲自己辯護的模樣，低頭微微在笑。這笑當然有不信任的成分，只是不敢辯駁，或許他深怕一辯駁，我眞的就暗暗虐待他孩子不適任給他看。

我趁機飲一下水，順便看一看簽到簿，再認一認家長。

「老師，再請問一下，」小芝媽媽又說話了，我點點頭伸出手掌表示歡迎，她繼續說：「您剛說『後段班裡的後段班』，是什麼意思，我剛來時在公佈欄看到我們班秩序好像連續兩週都最後一名，眞的是很吵嗎？」

「是的！」我訝異她觀察得還眞仔細：「我們班是很喜歡講話！關於後段班裡的後段

班，我的意思是說，我們柳河國中是鄉下學校，天高皇帝遠的，較不正常，能力編班並不是只有兩段而已，像去年就分四、五段之多，今年大概也差不多，這也是我必須誠實告訴各位的，雖然還沒段考，但上星期國一導師與小六導師的座談會中，國小老師提出的問題學生人數，其中以我們班占最多，所以鐵定是末段班跑不掉，不相信，看第一次段考的成績就知道，而學校一定會跟著說是我不會教才把他們教差的，這種抹黑，跟我一貫反對能力編班的態度有關，所以，內行的人看我當哪一班導師就知道末段班在那裡，根本不必問……」許多家長淺笑起來。這笑，一樣帶有深深的質疑。

「您或許認為我在為自己說話，但我要請各位想看看，他們才入學一個月，我不可能那麼厲害，這麼短的時間，就讓他們變得那麼差。這些所謂的問題學生（我不認為他們有問題）並不見得都很笨，但卻大都不喜歡唸書，不喜歡唸書的聚在一班，不吵才奇怪。但我的意思絕對不是要責怪這些愛講話的同學，愛講話沒有錯，生嘴巴就是要講話的，只是他們還沒學會尊重別人，在不該講話的時候講話；再來，不喜歡唸書與學習，我認為我們的教育制度與學校要負很大的責任，是我們沒有用心設計適合他們學習的課程與環境，因我們的學校只注重考試的成績，而不注重其他學習的效果，這些學生是被這不正常的體制放棄後才自我放棄的；而且，他們大都沒有各位的小孩那麼幸運，有個關心他的家長，或一個比較好的家庭環境，有的甚至連午餐費都繳不出來，雖然他們在我們的標準看來好像都不是乖小孩，其實他們很可憐。

所以，這種把不愛唸書的學生湊在一起的做法，是很殘忍的，對少數要唸書的或乖巧的學生，更是殘忍！到最後連有心的老師都無能爲力，我去年帶的班級就是這樣，你們可以去問看看。當然，學校會說我不用心，不會管學生，但我要請您想看看，如果把學生依學習能力分班後再來比賽，您說公平嗎？整潔秩序的表現一定跟學習能力的表現有很大的關係，當然也有不喜歡或不會唸書卻又乖乖不說話不想玩的小孩，但我要誠懇地告訴您，如果您的小孩是這樣，您才眞正要擔心呢！」

我說完後，我看見仍有些家長不自在地笑，可能認爲我瘋掉了，怎麼會有那麼多牢騷？有些顯然不安的樣子，喃喃低語。由於怕被打斷，說話速度有些快，我不健康的喉嚨已出現不適，我拿起水壺，把最後的水一口喝完。看看錶，八點十五分，已馬不停蹄說了近一小時。此時，坐在我右側的小宏爸爸按耐不住情緒，又扯開大喉嚨說：「眞是亂來！台灣遮做官的，知知咧，攏嘛是爲著家己利益啦……我贊成常態編班！」他越說越大聲，大家都嚇了一跳：「親像講阮囝的衫就好，眞正毋知恁是咧創啥貨？衫袂合叫伊提去換，本來就傷大，竟然閣提一領愈大的予伊，伊氣甲無想欲穿，到這馬兩禮拜外矣，攏閣穿國校的衫，哪有做代誌遮爾隨便的！知知咧，攏嘛是爲著利益，我知影公務人員包工程攏嘛有錢好賺，恁遮做老師的……我才欲問恁咧！」

「許先生！許先生！先莫遐爾激動，有話慢慢仔講啦——」我趕緊安撫他的情緒：「這……制服，毋是阮做導師咧賣的……」

「我知啦！」他打斷我的話，仍有些激動：「按呢創，傷無負責任啦⋯⋯」

「許先生！你聽我說一下，」我用手去輕拍他壯碩的左肩：「這制服，是合作社辦的，做伙委託廠商製作的，詳細情形我毋知影，但是我有看著廠商攏有一个一个咧量大小，可能學生傷濟，一時弄毋著，我會替小宏問看覓仔咧⋯⋯」

「毋是按呢講啦！」他又打斷我的話：「弄毋著無要緊，你看，衫傷大提去換，伊竟然閣提遮爾仔——大的衫來！」他邊說邊用兩手比出誇張的差距：「親像布袋仝款，啊，這是毋是無用心，傷隨便啦！老師，這你莫閣講矣，你共我講合作社啥人負責的，抑無，我直接去揣校長！」

我只好告訴他今年的合作社經理，就是輔導主任大聲公，請他有空再跟她聯絡。之後，小宏爸爸情緒已漸緩和，我習慣性地拿水壺要喝水，結果竟忘記剛剛已喝完，我又把它放回去。也好，藉機翻翻資料，休息一下。

3.

當我回眸時，教室後門「叩」一聲，突然進來一位家長，瘦瘦小小的身材，穿著筆挺的黑色西裝，白色襯衫領上打著花色的大領帶，很有禮貌地跟大家打招呼，接著就坐在我前方第三排第五個位子上，大家的眼睛也不約而同地往他身上挪移，於是，我向他打招呼：「您好！您是⋯⋯」沒想到，他竟然就站了起來，向大家鞠個躬，然後像演講一樣開始說話——

「蕭老師，各位家長大家好大家晚安！」他又微笑地鞠躬：「我是楊小宇的爸爸，現任柳河國小的家長副會長，對不起，我剛剛先去我女兒的班級，三年七班（樂隊班，第一好班）……就是郭老師（補習班地下老闆、名師）那一班啦！所以比較晚來，眞是對不起啊！剛才校長對我說，有人關心的小孩不會變壞，我眞敬佩校長對學校的用心，對學生的關心，你們看今年我們柳河國中的升學率那麼好（我心裡嘀咕，去年就很慘！），我們眞應該感謝她，她已經跟我詳細說明白了，大家所關心的編班問題（大家與我一同張開驚訝的眼，他怎麼知道的？），我向大家保證，我們學校除了一〇八、一〇九、一一〇班外，其餘都常態編班，全部都一樣（小宏的爸爸與一些家長，直搖頭喃喃說著），雖然依政府規定不能能力分組（我忍不住糾正他，是能力編班！），喔對，是能力編班（他笑笑，用手抓抓頭），但現實上考量，如果沒有能力編班，好學生走光光，我們柳河國中就不能生存，就會倒店……有人關心的小孩不會變壞……所以，我們趕快成立班親會，要我幫忙通知的地方儘管說，所以……」他好像忘詞了，支支吾吾，由於他還站著想說，大家也都很有風度，等著，只見他又抓抓頭，尷尬笑笑地從西裝口袋裡掏出一張紙，看了看，又抓抓頭繼續說：

「對不起……有人關心的小孩不會變壞……我要告訴各位，現在政府實施九年一……員……教育（我笑笑說，是九年一貫！），喔對，是九年一貫（他又手抓抓頭），各校競爭得很厲害，如果我們不加強一點是不行的，所以能力編班是不得已的，校長跟我說，如果成績趕不上人家，硬要在好班，小孩會讀得很痛苦的，不如在常態班裡慢慢學，我覺得很有道理，不會唸書不要緊，只要不要變壞就好，將來還是會有成就的，所以，我們趕快成立班親會，我願意盡力來幫忙……有人關心的小孩不會變壞……我先講到這邊，謝謝！」他說完，便坐下，微笑看著我。

我直覺這位家長兼國小副會長，來頭必定不小，講話官模官樣的，根本不像一般鄉下人的語氣，但從他吐露在鮮亮領口上黝黑且略帶滄桑的臉，又可嗅出鄉下人濃濃的氣味。我猛然想起剛開學，鍾主任就微笑地跟我說：「你的班級有兩個家長委員喔！」語帶詭異。我眞猜不透他想說或想暗示些什麼？教書以來我一直是帶後後段的班級，從來也沒有出過什麼委員的，學校這回大費周章把我留級，重帶一年級，跟這個有關嗎？

「請問您是家長委員嗎？」我篤定地問。

「是的！請多多指教！」他微笑地說。眾家長們偏頭看一看他。

「楊委員您好！」我馬上接著說：「據我了解，學校編班的情形好像不是您所說的那樣，其實剛剛您未來之前，我已向其他家長報告過了，除了一〇八、一〇九、一一〇好班外，還有一〇四、一〇五是A-班，即所謂的人情班，這是大家之前就知道的，不是我亂說的，如何編班，是騙不了人的，所以，編班至少也有三段；再來，有個觀念要跟您報告，只要有所謂的好班，就不是常態編班，常態編班是要所有的班級依照成績一起平均來編班，不是先把成績好的挑走後，再來常態編班。最後，我要說的是，編班恐怕也不只三段，理由我剛剛已分析給大家聽了，不相信等第一次段考成績出來，您可以比較各班的成績看看。」

「蕭老師！」楊委員聽完之後馬上舉手，然後起立，說：「……有人關心的小孩不會變壞……」他好像忘記要說什麼，笑笑直搔頭。

「委員請說不要緊。」我說。

「喔！對了……有人關心的小孩不會變壞……讀書會不會，盡量啦，只要小孩不要變壞就好，我們趕快成立班親會，看要多久聚會一次，有什麼問題，可以共同來解決……」他一直在重複著說辭，我有些不耐煩地說：

「我們現在就是班親會，不必再成立。其實大家關心的都是自己小孩的情形，如果像這樣一堆人談話，是很難個別說清楚的，何況，大家都很忙每次不可能全部到齊，這樣意義不大，我是建議，平時可用電話聯絡，反而更能了解您小孩的情況，如果有特殊的事情要討論，再臨時通知聚會就好。」

我看到其他家長點點頭，好像同意我的意見。小芝媽媽說：「那可以把每位家長的電話抄給我們嗎？」

「這個建議很好，第一次段考後，我就把我們班的通訊錄做好，叫小孩拿回去，要互相聯絡較方便。」我說。

「蕭老師！」楊委員隨即又舉手起立，大家無奈的眼神又移向他，他說：「……有人關心的小孩不會變壞……我只是個做工的人，也沒什麼錢，只是一份關心教育的心而已，所以我寧願花一些錢來當個什麼委員的，各位，真的，校長一再向我保證，除了一〇八、一〇九、一一〇外，其他都常態編班，你看——」他指著跟媽媽來站在門口的班長小秀說，「她國小是縣長獎的，我們班也有縣長獎……」

「她可能明年就調到好班去，最快，下學期就不見了！」我忍不住打斷他的話，對於他一再要爲校長說謊，我有些生氣，因爲一〇四、一〇五兩班是人情班已經是公開的事實。說完，我看見小秀的媽尷尬地笑著——她長得跟小秀有夠像，一個年輕美麗的媽媽。他停頓一下，繼續說：

「小秀在國小時我就認識她，」他轉向仍尷尬地笑著的小秀媽媽說：「所以我敢這樣說她——她很優秀，但，就是有點點……有點……太活潑……」我回頭看見小秀也尷尬笑著，他曖昧笑著似乎期待小秀的媽說些什麼的，可惜她仍沉默不語笑著，眨著漂亮的眼睛，他只好又回頭說話：「……有人關心的小孩不會變壞……眞的，只要我們能用對待自己小孩的心，去關心學生，每個班級都是好班，教書，是偉大的事業，也是良心的事業，這是做功德啊……謝謝！」

慢慢，我似乎了悟楊委員話中的深意，他客氣的語氣中，其實在數落我們這些後段班的老師不夠用心，或者放棄小孩。

「關鍵不在編班，而在老師是否關心每個小孩！」我想起校長主任們這些官僚對外美麗的說辭。

他們經常在媒體或各種場合舉很多後段班學生成功的例子，來證明只要老師用心教，後段班也可當大老闆、當音樂家、或者考上研究所等。其實這些只是少數的特例，絕大多數的後段班學生的下場與未來，是淒涼與悲慘的，況且這些特例大多是自己在極度惡劣的困境中努力的結果，老師的正面影響恐怕微乎其微，否則如何來說明其他後段學生的命運？所以，這只是這些官僚掩飾違法能力編班罪行、捍衛私利的推託之詞，老師卻成了代罪羔羊——同樣，他們會找一些不適任教師，諸如體罰、性騷擾等的不當行爲來證明，但他們總忘記校長們違法亂紀的個案從不曾比老師少，且輕。

楊委員對我的暗示，也是女王對他的暗示嗎？我心中想著。

「楊委員，一〇八、一〇九、一一〇之外，有無再分段的問題，我不想跟您辯，再過一個月就可證明，但從您的談話中知道您也不否認學校有能力編班事實，」我說：

「剛剛我已向其他家長報告過，好班學生不見得是好的，因爲小孩來學校不只是要讀書考試而已，還要學習各種能力與做人的道理；而放棄後段班學生的眞正兇手，不是老師，是學校的編班政策，在這個體制下，只注重考試成績，後段班學生找不到成就感，最後就自暴自棄⋯⋯尤其是階梯式編班，較有問題的學生自然集中在後兩三班，這兩三班的老師，大概整天都在管理整潔秩序因應學校的比賽，或者處理打架鬧事等違規事件，這樣，老師如果沒有累死，即使還有心教書，在這種班級環境下怎麼教書？學生怎麼學習？⋯⋯一位小小的老師沒有那麼大的能耐，就像我，連要爲我教的後段班級出張適合的段考考卷，學校現在都不准，那麼我怎麼去教後段班學生讀書？楊委員，您想看看，如果您在這種班級，是個還算有在唸書的人，但因題目太難，考試成績總是三、四十分，而那些沒唸書、用飆的人也是考三、四十分，您會再繼續用功嗎？在放棄學習的學生越來越多的班級，要想不跟去惹事生非，眞的很難，就算能克制自己，也經常會被欺負……所以，我自從教國中來一直反對能力編班，何況它也是違法的，如果你們支持常態編班，以後有機會我會向上面反應，看能不能有所改變……所以，楊委員，我眞的很佩服您的勇氣，繳了錢當委員，還讓自己小孩讀這種班。」

說完，家長們又淺笑私語著。我補充說：「不過，雖教這種班，我會盡力的，但效果可能有限……」只見他們表情轉爲嚴肅。

「無應該能力編班的……眞正是……」小宏爸爸嘴裡嘀咕著。家長們有的附和，有的沉默。此時，楊委員左右觀望一下又舉手要發言。他說：

「小孩不會唸書不要緊，只要該乖乖不要去做壞事就好……有人關心……」

「啊你是聽無乎？」小宏爸爸對他大聲斥喝，又引來一驚：「人蕭老師咧講，囡仔若無愛讀冊，攪做堆，就緊變歹……伊講咱若支持，有機會伊要替咱去講！按呢，你是聽有無？」

此時，一片靜默。

突然間，最後排有對家長離座，一前一後，緩緩走向前來。我看見前面的男人穿著短褲，雙腳滿是刺青……霎時，鴉雀無聲，眾人眼睛雪亮地盯著他們看，好像擔心什麼似的，而我也心驚膽跳，「女王也眞狠，才一開學，就動用黑道來修理我……」我開始思索旁邊可以當武器的東西，粉筆盒、點名板、保溫瓶等等，當我還沒確定拿什麼之時，他們已到我身旁，我反射性動作就起立，椅子砰一聲瞬間往後倒，當我愣在那裡不知所措時，男人竟客氣說：

「阮是小虎的爸爸媽媽，歹勢，因爲小虎的阿公蹛院，有淡薄仔危急，愛先走矣，歹勢哦……」

「無要緊啦！無要緊啦！」我放了心，有些不好意思：「眞歹勢，攏無和恁講著話……」他們走了。我覺得更加不好意思，對於剛剛的莫名的揣測（其實是要準備落跑啊！）。小虎，就是開學典禮時疶屎的那個天兵學生。正式上課以來，他總是狀況連連，又會對老師回嘴，態度不佳，所以前一天小虎又犯錯時，我罵他後，特地叫他回去請家長今天一定要來。結果，竟無暇與他們交談，眞不好意思。我看看簽到簿，果然有小虎爸爸漂亮的簽名，眞令人很難與不識字的小虎聯想在一起，他們進來時，我正在大發牢騷，根本沒注意到。

大家彷彿也放了心。

趁這談話空檔，坐在前面的小明媽媽，拿了一張紙給我。原來是家長委員的選票。她說小明忘了繳回，要我代爲轉交給學校。我笑笑，答應了。小宏爸爸看見了，馬上又發飆：「這攏嘛是選假的，用錢買就有，兩萬箍著無？副會長五萬，會長十萬……知知咧啦，我是無愛爾爾，錢，我滿滿是……你看，選票閣佇遮，委員就選好矣……眞是亂來！」

小明媽媽面紅耳赤，我看了看楊委員，他也不反駁，無特別異樣。

「委員的孩子，有沒有特別照顧啊？」小芝媽媽問。

「沒有啦！學校都一樣的照顧。」楊委員馬上急急澄清。

「騙痟的！」小宏爸爸這回卻轉頭低聲對我說，本以爲他又要發飆了。

「學校有沒有，我不知道，」我笑笑：「但至少我可向大家保證，在這班上我不會有這種情形，如果我眞的有特別照顧的人，應該會是一些貧寒等弱勢學生。」

我看見楊委員有些不安又尷尬的表情，欲言又止的樣子。大家沉默著，似乎沒其他意見。我看了錶，九點二十分。天啊，又過了一個多小時。我想起與阿星約好，會後要討論一些事情。阿星教二年級好班，應該還在奮戰吧。

我向大家說，時間很晚了，有事以後再用電話聯絡吧。

我宣布散會！

家長漸漸散去。我忙著收拾東西，把教室擺設復原。

小宏爸爸離去前，走來向我說：「我是蔡大炮立委柳河鄉後援會的總幹事，我贊成常態編班，若愛我幫忙，盡量講免歹勢。阮囝，若無乖，跤手盡量共伊拍無要緊，其他所在就莫共阮振動⋯」

「無問題啦！多謝喔！」

「老師您好！」小明媽媽在小宏爸爸走後卻突然向我神秘地說，她用手指著剛剛那張選票：「小明的爸爸也是家長委員，請多多照顧，謝謝！」

「喔！」我有些錯愕，心想，對喔，鍾主任不是說有兩個委員，原來⋯⋯

小明的媽走了。我卻發現楊委員還未離去，他邊向我點頭，竟邊幫我關窗戶，曖昧地笑著，我知道他在等我。班親會還未結束。

4.

我把教室的燈熄了，鐵門鎖上。楊委員還跟在我身旁。

在收拾過程裡，他總要說不說地喃喃說著「這種班不好帶喔！」、「如果有要我幫忙的地方儘管說，不要緊……」之類的話，還刻意稱讚我貼在牆上的「班規」，「這用台語寫很有特色咧！」，也不知道他是眞懂還是假懂，不過若是董事長的「董」就確定是眞的無疑。這是我與班上一起做的教室佈置，我用粉蠟筆在回收的紙板上寫四句順口溜，與同學共勉：

做人愛有品。
做事愛謹愼。
上課愛專心。
讀冊愛認眞。

他囉哩囉嗦的，還眞煩，我都「喔喔」呼攏著，因爲我眞的累了，最重要，我一向不想跟這些官腔官調的人談話，尤其是公開說謊的人，甚爲厭惡——我確定他絕對沒有看懂第一條班規。

「你知不知道，」他刻意壓低聲音說：「剛剛還有位家長滿腳都是刺龍刺鳳的……」

「我看到了，但我不認爲刺龍刺鳳就是壞人！」

「對啦！這樣說也是沒錯，不過……」

他就這樣喃喃地一路跟我到辦公室前面，我有些煩，臉露不悅。他看到了，竟收起笑臉，一板正經地說：「蕭老師，不好意思啦！沒辦法，是校長要我這麼說的……怎麼會這樣呢？她眞是不夠意思……」

這回，我聽了眞是一頭霧水！「喔喔」，我懶得回應，只是不解，爲何會有如此傻的委員，花了錢，又肯讓自己小孩在這種後後段班？如果是爲了「修理」我，那付出的代價未免太大了吧！如果不是，那又爲什麼？眞是霧煞煞！反正我累了，不願再猜了。

楊委員終於走了。

我鬆了一口氣，癱在椅子上。早已結束班親會的阿星走來消遣我：「全校都走光光了，只剩你們一年級還在談，我們好班都結束了，你這種班竟比我們厲害！」

「唉！妳別再消遣我了，我快累斃了！我們改天再談吧！」

「喔！好吧，那就改天，體諒你年老力衰，其實，我有更精采的故事要告訴你！」

「還是改天吧！」我苦笑：「已經很晚了，妳先走，我休息一下喝杯水再走。」

辦公室仍燈火通明，但只剩我一人。寧靜與孤寂的氛圍同時湧向我。從窗口看見工友與警衛先生還在外頭穿梭，他們要協助善後。

「小愛呢？」我突然想起牠整晚都沒出現。心牽掛著，牠傍晚時對我震撼性的告白——小愛眞的是我學生死而復活的靈魂嗎？會是誰呢？我開始有些擔憂，小愛的告白是不是也是一種告別呢？

「人生，就是地上來來回回的一個晃影，你要學習飛翔。」

我腦海一直翻騰著小愛說過的這句話，卻又記不起牠何時對我說的。「你要學習飛翔」……我要用什麼學習飛翔？爲何要學習飛翔？我猜不透。

約莫十分鐘後，我疲憊地走出辦公室，到了大樓東側階梯，正當我腳步蹣跚時，竟颳起一陣莫名的冷風，好似黃昏時我在榕樹下那種淒涼感……猛抬頭，一顆巨大卻缺角的明月，乍然出現。

2003
10/3
（拜五）

第六章　女人的戰爭

雨。
我眼角瞥見，一盞衣袂飄飄的火；
陰暗的劣根，穿破大地。

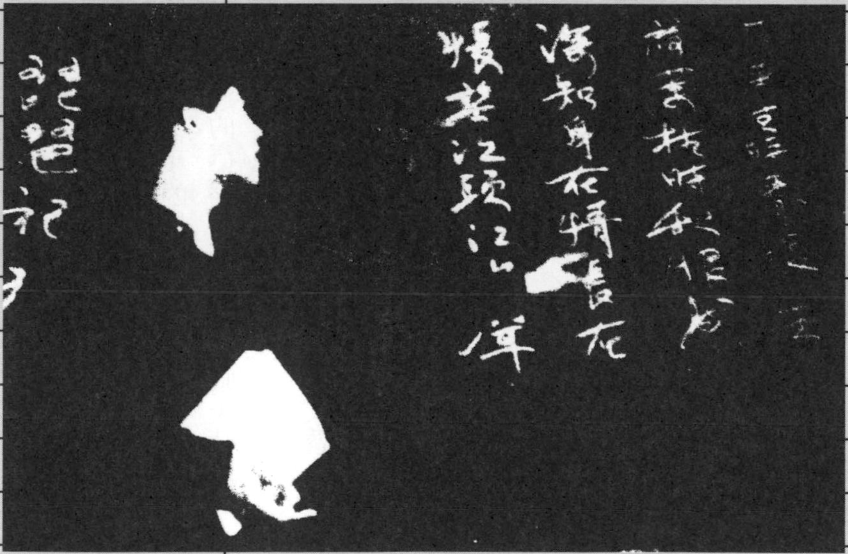

雨，滴答滴答地下著。

時序已進入了秋季，但熱帶島國平日卻沒有一絲涼意，街上人們的穿著仍是夏天模樣，汗水淋漓地為生活奔波。今日難得的雨，雖驅走了天空灼人的熱浪，卻澆不熄了人的匆忙與急躁，我在上班的路上，發現市區街道一樣壅塞，忙著上學的學生，忙著載學生上學的家長，熱氣騰騰的早餐店與橫陳路旁的攤販，穿梭呼嘯而過的汽機車與喇叭，和晴天時無異，只是煙塵被泥濘取代，但空氣同樣灰濛、難堪。

雨，滴答滴答地下著。但，稀稀疏疏的。我撐傘走向教室，越過了艷陽天替我撐傘的榕樹時，幾滴凝聚多時的水滴，滴到我的傘面，啪啪聲響，讓我感到校園的空寂，那種失去靈性的淒涼、蕭索，卻道出秋天生命開始面對凋零的本質。

跨上走廊，我放輕腳步，像作賊般移動到吾班後門，抓賊——不是的！是要抓是否有人隨意走動或講話的，結果，與平日一樣總有幾位輕聲交頭接耳，見我不怎麼清涼退火的苦瓜臉，馬上又縮了回去。

通常我就站在後門，面向門外，偶爾用左眼瞄一下伺機蠢動的學生，直到七點四十分打掃時間，才撤退。

小愛棲在榕樹上笑我，說我與之前的小紅鳩一樣已被學校的鐘聲制約了。

「沒辦法啊！」我無奈說：「就像在台北市開車，會被匆忙的步調感染，跟著橫衝直撞。」

我繼續說：「明知這套模式是沒意義的軍事管理，但如果沒跟著做，學校會去跟學生與家長放話，說『你們老師都沒在管，所以成績那麼差！』，學生會信以爲真，若這樣，不管我如何用心教，學生恐怕不會再相信我的話。」

「但這兩個星期事實證明，不管你如何用心，整潔秩序幾乎都最後一名，段考成績出來，又要多一項最後一名！」小愛說。

「只能盡人事了，至少我陪伴著他們。」我說。

雨停了。濡濕枯黃的榕葉，蕭蕭而下……

這是新版的「早自習」，現在配合九年一貫課程改名叫作「導師時間」，換湯不換藥，帳面上，從七點二十五分到七點四十分，雖只有十五分鐘，事實上，學校要求提早五分鐘到校，七點二十分，打個預備鐘做爲偷渡的掩護，並開始登記遲到，這樣有足足二十分，少舊版早自習五分鐘，但夠學生寫個小張的測驗卷；不同的是，與打掃時間順序對調，卻也跟往常一樣進行生活競賽評分。聽說這是巫碧瑩的創意，可規避違法的事實，因「早自習」，從來都是課綱裡的違章建築。

安靜，是評分首要標準，學生來學校首先要學習的就是：不說話。只要不說話，就被認爲很乖。

「讀書讀不會，至少不要吵鬧啊！」學校長官常在朝會訓誡他們。

想到昨天阿怡來向我抱怨，說那屎蛆又丟炸彈了，心情又鬱悶起來——

「我們班長，一下課氣沖沖來找我，說地理老師要記他大過，他說他上課也沒怎樣，很不服氣。後來我問清楚狀況，原來屎蛆一上課看見班上鬧哄哄，就丟下一句：自習！然後說，只要你不講話就好，做什麼都不要緊！

你知道的，我們班怎麼可能不講話呢？他們就改用手語，比手畫腳，有的傳紙條，有的甚至拿漫畫出來看，正課咧，怎能這樣？我們那白目班長，用哪招你知道嗎？用唇語！眞是天才，向最後一排的某個女生張口伸舌的，光聽就噁心死了……結果，被屎蛆逮到，說他講話，就把他登記到點名單上，秩序不良！他就很不服，起來跟屎蛆抗議：『我又沒說話！怎麼記我？』

屎蛆回說：『我看你口張那麼大，向那邊窸窸窣窣的，笑成那樣，怎可能沒講話！』

他又狡辯說：『我有笑，但又沒出聲，你自己講的，不要講話就好，這樣不行嗎？』

屎蛆拗不過他，惱羞成怒：『好！你剛講「我又沒說話！怎麼記我？」不是講話了嗎？還要辯！』

他說：『夠，是你記我，我才講話的！這樣也算？夠——幹！』

屎蛆聽到他飆三字經，氣壞了，就帶他去訓導處說要記大過……」

阿怡擔心被屎蛆這樣一搞，記過，加上點名板上課秩序被勾「劣」，當週的秩序成績恐怕是全年級最後一名。

聽完我也直搖頭。吾班地理也是屎蛆教的，全校後段班幾乎是包給他，他有時甚至連管都不管，就讓學生吵翻天，上面盯時，才如此管一下秩序，做做樣子。而所謂的上課，是叫學生唸唸課本，就說上完了，段考前，就把考題融入題庫中，技巧性洩題。所以，他從沒有趕進度的問題，其他社會科老師每階段都趕課趕得要死，他卻多出很多時間來，千篇一律就是「自習！」，他當然也會辯稱這是上課的一種方式。因此，學校就不敢排他好班，他也樂得輕鬆了……

我再狠狠看一下吾班，讓他們有所警覺。我們這種後後段班，即使不講話，也會像蟲般蠕動，東摸摸西摸摸的，隨時想趁我不注意偏頭一下也好，當然，這樣也要扣分，因爲總要有人第一名，也要有人最後一名。

「地板都很乾淨，但爲了排名，就不知不覺會去比較有些班級是會發亮的……」有老師這麼說。

這愚蠢的軍事管理主義餘毒，就足以讓我們這些愚蠢的老師內鬥，搞得身心俱疲。沒當過兵的年輕女老師，個個急得像火鍋上的螞蟻，紛紛使出殺手鐧，有的每日早修安排考試，減少學生講話的機會；有的午休乾脆規定學生的頭要睡同一邊——走廊看不見的那一邊；有的趁著評分老師來之前，準備一條繩索，拉拉桌椅的整齊線——搞什麼嘛，這讓我當兵時摺豆腐棉被的惡夢重現——有的，備妥板子、藤條，還有人說要請出傳說中的熱熔膠（這是新興的體罰用具，無聲且痛）來對付沒按規定打掃或吵鬧的同學。

前幾天，我看見我們一年級女老師神祕進了一批貨，定睛看，果然趕得上流行，是綑熱熔膠無誤，白白透明的，初次與它相見的我，卻嚇得膽破魂奪。它原本是物品的固態黏著劑，卻將以「痛」來連結師生間的感情，當然，老師們會異口同聲說：「裡面還有愛！」

現在街上戲院正播映歷史名劇「特洛伊戰爭」，你知道那故事，令人悲嘆的是，爲了一個女人卻引發一場戰爭；但你或許不知道，我們學校爲了一張垃圾竟也引起了兩個女人間的戰爭呢！

事情大概是這樣：

這星期一，訓育組長在朝會公佈上週的整潔秩序比賽成績後，我們一年級的老師都傻眼了，因爲自開學來一直都保持雙項第一名的一〇六班，竟連前三名都沒進去，秩序第六名，整潔竟掉到第八名，比吾班還差，一向墊底的吾班卻是第七名，這的確跌破眾人眼鏡。是可忍孰不可忍！朝會後，該導師——阿雅氣呼呼飛奔訓導處理論。

「怎麼會這樣？太離譜了吧！我們怎麼可能是這麼差，每天早讀午休我都在班上看，都表現得跟以前一樣，這不公平！我不能接受！」

「我們都是依照評分老師的分數統計的，絕對不可能有不公平的地方。」

「我還是不能接受！」阿雅仍氣憤說：「那可不可以看一下上週的評分表？」

「那有什麼問題！」

鍾主任找出評分表，看了後，發現一〇六班被扣分的是，秩序部份，午休一星期有兩天被扣分，早修有四天；而整潔部份，走廊竟連五天被扣分。

「怎麼可能……」阿雅喃喃說：「我去找評分老師問清楚！」

評分老師是三導的阿珍。主任看見阿雅氣沖沖的，怕她們因此而發生衝突，萬一事情在學生裡傳開來，對老師而言會很難堪，所以主動說要替阿雅問個詳細，然後再告訴她結果。

結果呢？經主任明查暗訪，聽說，那午休部份，原來阿珍全年級走一圈評分後，特地再繞去一〇六班查看，因她已摸清阿雅作息，阿雅總是在評分老師過去後就回辦公室休息，而她的班是屬於後段班，學生也蠻精靈的，在老師走了後就會有人張開眼睛或走動，其實後段班這種表現算是異常的好了。

而早修部份，阿珍都是七點二十分預備鐘響前就去評分，因學校爲延長早修時間，要求學生到校後就要進教室安靜自習，這段期間雖學生未全到齊，但也列入評分。打鐘前，少有老師會到校，即使到了也會在辦公室做一些準備工作，或吃早餐，老師不在，連好班也很難完全安靜到不扣分程度，所以打鐘後再評分是老師們的默契。

那阿珍爲何要打破這默契呢？你猜不透吧。

還有更精采而令人費解的！那整潔扣分的元兇——神祕小紙團。

一〇六班走廊剛好有個洗手台，洗手台下不明顯的角落處，有片不小的紙團，這紙團直到阿珍帶主任去看時都還在，她沒冤枉人。

聽過主任的說明後，阿雅自己去看，小紙團也還在，她無話可說，但氣炸了。她對阿珍恨之入骨，在辦公室大聲嗆說：「好！妳給我記住！」

阿珍不在場，因三導辦公室在大樓另一側，禽鳥園旁。但她一定很快會聽到阿雅的憤怒，因吾校的八卦之風，不是浪得虛名的。

但，大家都疑惑著，阿珍爲何要這麼做？她跟阿雅不同年級，又不熟，看來又沒多大的利害關係，爲何要如此呢？

後來八卦慢慢從阿孝那裡傳來。

原來，阿珍與一一〇班的阿敏私交不錯，她是受人之託。

一一〇班是眾所矚目的第一好班，學科成績理應是第一名，但還沒段考，威風未能顯現，阿敏見到整潔秩序比賽冠軍被人奪走，而且是後段班，心有不甘，於是私下拜託阿珍對阿雅班痛下毒手；更有八卦傳言，洗手台那張垃圾根本是阿敏派學生去栽贓的，因那張紙，正是一一〇班學生英文小考試卷的半張屍首。

八卦，是眞是假，無從求證。但女人的戰爭，恐怕沒完沒了。雖然不評同年級的分數，是學校慣例，阿敏所帶的好班應不會慘遭毒手，但我可預知阿珍三年級那後段班的悲慘下場，因爲國三的評分老師正是一導，阿雅不會放過她的，雖阿珍不曾在意過她的學生——她只在乎她的前途，讀書考試，考碩士，考主任，然後考博士考校長。「沒拿到博士之前絕不結婚！」這是她經常在辦公室高談闊論的人生規劃。

上週，三年級學生到南部三天畢旅，回來之後，我才得知，阿珍那班學生全部沒參加，我很驚訝，因爲從來沒這樣過，畢旅是國中生在校生涯中唯一像樣的旅行，不管喜不喜歡讀書，操行好或不好，都滿心期待那天到來。經了解，起因是因爲這次招標，爲節省花費，座車採用併班方式處理，阿珍班去的人數最少，因此要被拆班，分散到各班去，學生無法接受，索性就不去了。

你知道的，畢旅，學生在意的不是旅行，或去哪裡旅行，而是全班一起相聚一起玩這件事。阿珍班，是狀況不佳的後段班，最少人去，是可預料的，那前段班幾乎都是全班到齊，所以，這也是能力編班體制下的一種霸凌！要是我，就乾脆自己辦，自力救濟，或者去跟學校吵，要他們無論如何也要想辦法解決，畢竟這體驗，學生一輩子才一次……但阿珍，才不在意呢，不去就不去，樂得輕鬆。

後來又聽說，阿珍與阿雅其實之前為了辦公室事早有過節。此事件後，這我不曾注意的八卦又被挖了出來。

自從新大樓蓋好後，原本的導辦，就從舊大樓搬過來，但無像以前那樣超大教室，可容納全部的導師，於是就分兩個辦公室，東側的大辦公室是一、二導，三導則在西側的小辦公室。依學校慣例，每年隨著學生升級，各導師的座位就要搬遷一次，你知道的，搬家說容易，眞的動起來，還眞累人，於是阿珍剛開學校務會議時就提議，以後就換導辦的牌子，位子就固定下來，不要再搬來搬去，我這種懶人覺得這意見很好，反正大辦小辦都沒氣氛也都要辦公，省事就好，當時也獲得大家支持，就通過阿珍的提議。

但阿雅不贊同，認為大辦人多較吵，冷氣又不涼，每年隨年級換一次座位較公平，無奈意見在表決時輸了，於是就對阿珍懷恨在心。我在辦公室是有聽見她發過牢騷，但不管如何，舉手輸了就輸了，這就是結論，沒想到她耿耿於懷。當然阿珍也收到此非善意的訊息，就有了心結。

一件事被起底，通常另一件事又會跟著牽扯出來，這就是八卦的定律。

她們兩個又被爆料，有一年剛好同時當專任，爲了「號位」，已吵過一次架了。這柳中特有的教師次文化，我就要說明一下了，每次我都很感嘆，除了「校園倫理」外，還有這種不文明的作爲。

「號位」就是占位置，導辦因爲都照班級順序排，就沒此問題，專任辦公室除了一些永不導師的教師外，其餘位置是浮動的，輪休的導師下來時，要坐哪裡，潛規則，竟然是用搶的！好像在玩大風吹遊戲，先占先贏，所以，每每專任新名單確定後，這些人就會像除夕夜廟裡搶頭香一樣，拿著自己有代表性的東西，飛奔到辦公室插旗，有的甚至就拿粉筆在桌上寫上自己大大的名字，表示「已占領」——唉，你看，這像不像有些動物灑尿拉屎以宣示自己領域——甚至，那些萬年專任教師，有時位置坐煩了，想換個風景，也會加入大風吹遊戲，但通常他們因地利之便會捷足先登，所以問題來了，用粉筆寫的字，有時會不小心被打掃學生抹去或某老師故意不小心擦掉，又有時，辦公桌上也會出現兩個以上宣示主權的物品，或者，貼的告示被風或電扇吹走……等等鬼事件發生，你知道的，糾紛就產生了！

我第一年專任時，就被嚇到了，都是老師咧，竟然有這種恍如生存遊戲的叢林法則。聽說那年，阿雅像貼符咒一樣將自己大大的名字貼在桌上，結果還是不翼而飛，後來那個位置被阿珍占領，自然而然就懷疑是她在作怪……

這種事情，長期以來，學校竟然坐視不管，有夠離譜吧。即便我排班上學生座位，都有一套民主的遊戲規則可循，而老師們卻還活在古老的年代。難道是學校故意編製的戲碼嗎？還是要爲了無聊、死氣沉沉的校園增添一個狗咬狗的餘興節目……

我們一年級導師陰勝陽衰，男生只有三個，除我之外，一個A班，一個A-班，再怎麼差也不可能掉到最後一名，所以他們都老神在在。但其他女老師就不相同了，「雅敏事件」發生後，個個神經更緊繃了。何況開學時衛生組長就撂下狠話，若有班級五次最後一名，或學期總成績最後一名，要全班處罰！

有人忍不住就抱怨：

「會吵的小孩就有糖吃，我也要去發飆一下好了……」

你看，悲不悲哀，上面丟個雞骨頭，下面就搶破頭！看到她們幾乎快抓對廝殺，下課時，木板與熱熔膠在怒聲滔滔中齊舞；「要安排一兩個秘密記名字的！」表面上還氣氛融洽互相交換心得，私下卻互相較量。

我有些看不過去，就故意倚老賣老說：「有我在，妳們放一百個心，總成績不會最後一名的！妳們問阿孝就知道原因。」

阿孝笑而不答。

其實她們是知道的，但還是不放心。是的，這學校刻意炒作的緊張的氛圍，誰能放心呢？

那天我在班上看午休時，突然聽見一陣叩、叩、叩的怪聲，慢慢往教室靠近，有些同學也忍不住睜開惺忪睡眼往走廊看，大家都在等，等等等，答案揭曉——結果，打扮妖嬌美麗的阿華，正穿著時髦高跟鞋婀娜多姿走來，她手上還拿著評分板，啊！她是值週老師……

下課後，我就故意去找她抗議，我開玩笑著說：「妳怎麼可以這樣呢？先把同學吵醒，然後再來扣分，這樣不公平！我要建議學校，以後評分老師禁止穿高跟鞋……」

她聽了，嬌嗔地噗哧笑了出來，在眾老師面前狠狠捶了我一下。大家也笑了，阿孝又來攪屎：「想不到連秘密武器都請出來了……」

「雅敏事件」惡鬥的結果，小愛說吾班漁翁得利，那週秩序第九名，進步了，而整潔竟飆到第七名，告別墊底的命運。

「你先別得意啊！」我告訴小愛：「別忘了！我上星期請喪假，整個星期都不在！」

「喔！對啊，你阿公過世，學校安排數學老師當代導師，你不在，竟然就沒最後一名，這分明是……陰謀喔！」小愛笑得前撲後仰的。

「眞是死小鳥！有什麼好笑的！」我說：「還有更絕的呢？」

「什麼？」

「就是——星期一我銷假回來上課，我們班小秀特地跑來說：老師你不在，班上吵死了！講都講不聽……」

眞是的！不管如何玩法，我好像都註定會掃到颱風尾……

小秀還告訴我，上週班上的小珊與鄰班一〇二的小坤還打架咧！她笑著說：「小珊有夠勇猛的，竟然打到小坤哭了，他是男生啊！」

原來，又是綽號所衍伸的衝突，這遊戲在學生間玩好久了，還沒完沒了。

小珊先說他是「豬肉面」，他馬上回敬「趁食查某」，然後就互相追逐起來，誰知手腳不靈活的小坤跑到班上後門就卡住了，被壯碩的小珊用力一擠，幾乎是飛了出去，跌跤後，飯盒掉到水溝裡，於是，就哭了……

「老師，還有咧！」小秀笑著說。

「還有？」我不禁提高音量，她像擠牙膏一樣在釣我胃口：「好，還有什麼，快說！」

「那小虎、小武，還有小雄，三個人，那天在玩飛盤——哦，不是！是用CD當飛盤射，射來射去，就射到一〇一班一個同學，額頭受傷，然後被訓導主任抓去修理……」

「還有嗎？」我問。

「沒了！」

還好，沒了。那中鏢的同學，也無大礙。氣死人了，一週沒來，班上幾乎快翻了過來。學生的事情就這樣，不管男生女生，都是一場難以預測的戰爭，當導師的，永遠處理不完。

昨天早上導報，臨時動議，阿敏竟然正式提案：

「請學校以後不要隨便更換早餐與飲料！」

眞的輸給她了，連這種事情都提案。乍聽之下，你或許不懂，她所謂的早餐，不是學生的，而是導師的。依慣例，導報時合作社都會提供早餐給導師享用，這算是一種體貼，只是這錢大多來自學生的消費，每次吃起來，我都覺得不安心。有時台式的蛋餅豆漿，有時西式三明治之類的，上週合作社忽然把販售給學生的蘋果麵包拿來給導師吃，阿敏就很不高興，認爲蘋果麵包有很多防腐劑不健康。

你也知道的，合作社免費提供早餐給老師，不僅道德上說不過去，還有違法之嫌，因此怎能變成正式會議紀錄？這豈不是自廢武功！結果，大聲公得知消息後很生氣，就去找鍾主任發飆：「這種意見怎能寫上去！你要害死我是不是？」

大聲公也去找阿敏質問：「這種事私下講就好！以後請注意一下……」那阿敏情急之下，竟說不是她講的是阿月！大聲公就改去找阿月，阿月當然一頭霧水，隨即又去找阿敏質問，阿敏卻又辯說：「我只告訴主任，妳有說過蘋果麵包有防腐劑，吃多了不好。」

「我有這樣說過沒錯——」阿月氣炸了：「但重點是，我是私下說說，問題出在是她開會提案！何況她當時也附和說，是的，多吃不好！怎麼這回就變成都是我的錯了！」

你想不到吧，若連早餐都可以變成一場戰爭，而這校園，教育還會剩下多少重量……

雨又下起來了，也是稀稀疏疏的，榕樹幹的顏色因濕透而顯得更深，幾近黑漆，黑得詭異，像猙獰的獸爪，攫住了整個天空；而樹葉的綠，也顯得污濁，枝椏間長滿的粉紅帶青的果子，掉了滿地，與枯葉摻雜一起。整排教室前的柏油地面，被老榕樹的根憤怒地撐破，露出龜裂的傷口。

這場景，讓我猛然又想起阿敏，那天朝會解散後，她留下她們班精神講話，我從旁經過，剛好聽見一句慷慨激昂的話：「第一次段考，誰要是能把胡大同幹掉，就發獎金五百元，我自己掏腰包……」

胡大同是一〇八的學生，在國小就小有名氣，第一名畢業兼領縣長獎，編班時阿敏一直期待能在她的班，結果事與願違。

阿敏既然下追殺令了，她老爸的補習班艦隊勢必全力護航與支援，因此我敢斷定，胡大同已危在旦夕，一一〇班稱霸柳中，指日可待。

那天，又聽見她在辦公室大聲抱怨：「我們班上有個『尾』大人物——尾巴的尾，英文都給我考四、五十分，還姓楊，與我同姓，真是丟我的臉！」

我知道，另一場戰爭又暗暗開打了。而且，從女人的領域跨越了性別，悄悄攻入男生的堡壘……

那一〇八班導阿睿，跟我同年進到柳中，也跟我一樣，一來就接後段班後母導師，我接國三，他較幸運，接國二，還有兩年時間可與學生磨合，而我一接，根本沒喘息時間，馬上就進入肉搏戰。

由於他是正師大的理化老師，又擁有碩士學位，因此自那屆帶畢業後，就受到學校重用，隆重成為好班導師，輾轉幾年後，今年首次跟我同屆當班導，不過命運迥然不同，我是一路放牛老師到底。

其實我與他一點也不熟，講話也沒啥交集，他又是那種超級沉默的人，平常見面只打聲招呼就擦身而過，只知道他除了教書外，熱衷於教案的研究與比賽，也經常獲獎，這專長讓他得到學校的青睞，一舉躋身「好老師」行列。

記得是一九九五年吧，我們來柳中的第二年，十一月中旬運動會後的補假，那時阿月與阿華她們又剛分發進來，包括阿圓、阿鈴與阿珠，我們這些單身的菜鳥老師，心血來潮就共租一部九人座廂型車，一起飆去馬拉邦山賞楓。回來之後，阿睿就私下對阿鈴展開猛烈追求攻勢，但沒人知道，直到有一天，阿鈴拿著一大疊情書，憤怒地當著大家的面往阿睿身上砸：「你把我當成什麼人啊？自己回去照照鏡子！」

啊啊啊！當時我也在辦公室，看到都傻眼了，好慘烈的結局啊！阿睿是長得其貌不揚沒錯，或許配不上阿鈴漂亮的臉蛋，但說這樣的話，太傷人了吧。

只見阿睿把信一封一封撿起來，難堪地收到抽屜，然後就趴在桌上啜泣，除了去上課外，一整天就這樣趴著，連午飯也沒去吃，沒與任何人講過話，也沒任何人找他講話。遇到這種狀況，我也不知所措，本想以同事身份表達一下關心，但又怕弄巧成拙，因男女感情的事，我自己一直是一隻大魯蛇，沒資格講話。

隔天起，阿睿請了三天事假。你知道的，這種幾近羞辱式的回擊，是誰都會受傷慘重。但過沒多久，阿月就偷偷來告訴我，她收到阿睿的情書了：「好恐怖喔！」她說：「收到好幾封咧，都寫得好肉麻喔！我當然沒回，裝作不知道不理他，不久，阿華也來跟我說，她也收到一封，太可怕了……」

我笑笑，也不好說些什麼，因爲我不是當事人，也沒看過信的內容，只是覺得，若在尊重的原則下，包括寫情書，勇於追求自己的愛情，不是很正常嗎？哪有什麼可怕的！收到愛慕者的情書，除非是惡性騷擾，不也是一種驕傲與身價的展現嗎？阿鈴，不只是好幾封情書，而是一大疊……

這是過往的事了。如今，阿鈴早就調回南部去了，而阿睿也在媒妁之言下結婚生子，他在好班導師的光環下，顯然又多一份自信，不過，與我還是隔層紗般熟絡不起來，沒辦法，不同頻道就是不同頻道。

陰陰的烏雲，仍罩著校園，壓得令人喘不過氣來，眞期望來場大雨。

但那小巧的綠繡眼卻若無其事般，自在地穿梭枝葉，不時以嘴喙咬著樹果，我眞懷疑那麼小的嘴巴吞得下嗎？果然，果子大都啵一聲就掉落地面。牠們或許只是玩玩吧。那有著白眼圈的眼，像盞鬼燈似的，在陰霾中流轉。

頓時，我的左眼角瞥見，穿著右衽式古典衣衫的女王，無聲地從走廊的盡頭慢慢靠近……

我轉身進入教室，一些學生心虛的眼神回頭瞟了我一下，又迅速歸位。我聽到雨，嘩啦嘩啦地變大了。

2003
10/6
（拜一）

第七章　阿萍的眼淚

一顆淚，溢出悲憫；
淹沒夜裡逡巡的貓眼，
冷峻含刺。

眞是有點奇怪？每次下課要回辦公室，爬上這棟新大樓的東側階梯，就感受到一陣冷風襲來，春夏秋冬都一樣，我問了其他老師，有些老師也有這種風吹的感覺，但他們直說，這是大樓效應，沒什麼好奇怪的！有些老師則說我神經衰弱，疑神疑鬼的。

但，我總覺得不一樣，那風有特殊氣味，說不出來的氣味，當它吹過肌膚時，就湧現一股淒涼，令我直打哆嗦。從二〇〇〇年十二月落成到現在都是這樣。我經常在想著這個問題，眞是奇怪！會跟樓頂詭異的鐘樓有關嗎？

今天早上週會，國一新生沒集合，在教室舉行智力測驗，爲了什麼，學校詳細也沒說清楚，反正就要導師去協助與監考，只知道，要與第一次段考的成績做對照，然後找出成績前百分之五的學生，成立「智優資源班」，而縣府有補助經費，要抽離進行額外的資優教育，你知道的，這無疑又在傷口上撒鹽，不公不義的能力編班政策下，最後必定又變成拼升學的「僞菁英班」，目前需要特別照顧的不是這些，而是一些學習弱勢的學生，「資源班」應該爲他們成立才對，怎麼一直在做這種錦上添花的事呢？這些學生已占盡了學校多數資源與人生的優勢，如此的教育，不是本末倒置嗎？

結果測驗後，學生紛紛哀哀慘叫，叫說題目寫不完，我說這種測驗本來都寫不完，不必太在意。之後，小秀她們幾個女生卻回應我說：「老師，有兩個人，全班最厲害，都寫完了！」

「誰啊？」我很訝異，心裡想著，難道我們後段班有漏網之魚嗎？

「小虎與小鳳！」她們忍不住哈哈大笑：「因爲他們不認識字，都用飆的啦！」

切切切——眞是的！跟我開這種玩笑，讓我有點哭笑不得……

就在國一新生測驗時，國二國三學生也沒閒著，同步在籃球場集合，聽訓之外，主要是頒獎。模擬考成績剛出來，學校就掌握住教學原理，及時提供回饋，除了獎金，還頒發一個有創意的獎品——成績達到去年八卦一中與女中標準者，贈送該校書包一個！還請來家長會長，親自頒獎：

「希望拿到書包的同學，明後年都能順利揹著它入學去！」他接著說：「沒拿到的同學，下次考試也要加油，書包還很多，我再去買就有……」

隨即引來一陣笑聲，他又繼續說：「雖然我們有能力編班，但只要老師心中沒分別心，每班都是好班！你們說是不是呢？所以，老師也要一起加油喔！」

聽說他跟某法師在學佛，好個「分別心」，這開示，聽了，在教室監考的我，迷惑得臉都綠了。

事後，有一導就在辦公室抱怨，吵死了，這樣學生考試都受干擾啊！有人著附和說，「對嘛，考得智力都下降了！」

「這你就不懂了！」阿孝聽到又來五四三，他笑著說：「風雨生信心——這樣才能找到眞正的資優生啊，沒經過魔音穿腦的考驗，怎能算是資優生呢？」

啊，想想也對啦！我們當老師的，都已經資優好久了……

第八節下課，鐘聲餘音尚在校園空中繚繞，學生飛也似地作鳥獸散。我揹著麥克風，拎著書本疲憊地步上了階梯，往辦公室走去。進門前，突然遇到女王甫從辦公室出來，我們就在階梯上相會，她微笑地，和藹可親地向我打招呼，我也禮貌性點頭回禮。

她總一襲古裝，配上微笑，無聲優雅地在校園逡巡。我回頭再看一下她飄蕩的衣袂，想起三年多以前女王剛奉派來校時，開校務會議前辦公室的一個場景。

「新校長是男的還是女的？」有老師問。

「女的耶！」一向大嘴巴的阿敏興奮地說。

「妳覺得她怎麼樣？」

「只有一句話就是：Good！」阿敏放大音量：「人漂亮，身材又苗條！她本科是教國文，看起來好有氣質喔！」

鄰座的阿孝就馬上就低聲吐槽：「馬屁精！」

那聲音幾乎是含在嘴裡，很多人都噗哧笑了。而阿敏依舊口沫橫飛讚揚女王的好，得意忘形地大笑，繼續高談闊論，根本聽不見有人向她吐槽。

大家笑成一團。此時，對面正趴在桌上休息的二導阿忠，幽幽抬頭，用白眼瞟向那笑起來滿口死白假牙的阿敏……

那時我對阿敏並不了解，我沉默著，但很不喜歡她的馬屁言論，尤其她那高分貝的音量，讓習慣安靜的我很受不了。有回，我就特地委婉向她說：「阿敏老師啊，妳聲音那麼宏亮，上課根本不用麥克風，眞是羨慕呀！」

「對啊！我天生就是這樣，我從來不用麥克風的。」她驕傲地說，不知是眞傻還是裝傻。阿敏是當紅的好班老師，別人只是私下抱怨，也不敢多說什麼，令人訝異的是，他們表面上竟還跟她有說有笑，恍如好同事般。我越來越不了解這群老師的心理。

不過，關於國中校長，我總直覺就認爲素質操行不會好到哪裡去，因爲「校長製造工廠」——所謂的遴選制度，在吾縣根本是名存實亡，都在玩大風吹遊戲，這樣一玩，原本的教育理想都玩完了，而其他縣市我看也是差不多，甚至吾縣的辦法裡，出缺學校連一個遴選委員都沒，只能派一個代表去會場陳述意見，但沒投票權。那跟以往的派任有何不同呢？

所以，校長的產生常是地方政治角力的結果，從以前到現在，中小學校長很多還是選舉的大樁腳，雖然他們滿口也是仁義道德，但骨子裡卻只有名與利。教育，離他們好遠；而良心，更遠了。

你知道的，這樣蓋棺論定，我承認是我過於武斷的偏見，但我教書生涯中，從北到南遇過幾個校長，都還沒例外的，從朋友中聽到的也是如此。再好的人才，在這封建醬缸裡，不被染黑腐蝕也難！即便我是校長，恐怕也難逃這命運……

三年前調到鄰鎮勝利國中的水雞，就是個典型。他在柳河國中的豐功偉業，可說是罄竹難書，以後有機會再慢慢告訴你，先說他剛到勝利國中的英勇事蹟，就夠你讚嘆了。

勝利國中當時是個新學校，爲該學區的第二國中，校舍正在籌建中，對口袋與帳戶而言，百廢待舉，就是美麗的未來！

他夠厲害的，也如心願，極力爭取到籌備主任職務，而後便順理成章當了該校校長。但在招生前，卻爲學校的命名，弄得滿城風雨。

他與眾多校長一樣迷信怪力亂神之說，爲求個好名，遂率眾主任到社區的保安宮裡求神問卜，「天靈靈地靈靈，拜請眾神明」擲筊結果，他得意地對外宣布說，保生大帝同意他所提議的命名——「保安國中」。

當時正流行「永保安康」的火車票，有人就認爲，水雞根本愛風神，想搭流行的便車，特地找來保生大帝來背書。

先不管動機如何，在他宣布後，馬上引起社區民眾的反彈，「爲何事先都沒跟我們討論呢？是不是想當土皇帝？這裡是汴水里，應該叫做『汴水國中』才對！」居民連署列舉「十大罪狀」，說他「不問蒼生問鬼神」，是不適任校長，要求縣府換掉他。

他的回應是：「汴水，很難聽，汴跟大便的便同音，很不雅，意思聽起來好像是大便的水，如果這樣，學校不就像一間廁所一樣嗎？誰還有心情讀書？」

乍聽之下好像有點道理，狡辯，是他的專長。

我記得十大罪狀其中一條，是批評他在國小任教的老婆，「占用學校宿舍，還收學生違法補習！」

他霸氣回應：「關於我老婆，這是她私人的事，跟我當國中校長一點關係也沒有，至於說占用，與事實一點也不符，她是借用；說補習，與事實更不符，她是太有愛心，義務替貧窮小孩輔導課業，沒收錢的！你們要搞清楚呀，再亂說，我就去法院告你毀謗！我在這裡鄭重宣布，我對他們保留法律追訴權！」

很兇吧？我想起他在柳河國中時常對我們嗆聲：「縣長最挺我了！」說到這句話，又不由得讓我腦海中浮現幾年前一個新聞畫面，就是——他與眾國中校長們排排站，站在縣長競選連任的選舉台上，舉雙手高呼「當選！」……

就當命名之事吵得不可開交時，縣長大人突然看不下去了，跳出來說：「不要再吵了！不要汴水，也不要保安，就叫『勝利國中』好了，辦教育要雙贏，大家勝利！」

好厲害的縣長！繼要蓋「灰面鵟鷹鳥園」後，又一個驚人之舉。「汴水保安之爭」於焉結束。不過，在我們八卦縣國民教育史上，將是最醒目的八卦事件。

再來，招生時又傳來勝利國中與老國中搶學生的爭執，據聞，水雞到老國中學區對家長放話，說：「某某國中，都是一些老老師，不適任老師，我們勝利國中是新學校，都是年輕優秀，而且有衝勁的老師！」弄得那老國中的老師又氣又無可奈何。

那消息傳來，學校老師都異口同聲說：「不錯！果真是水雞風格！」

他在柳河國中時，每到招生，就發給畢業班導師學區國小畢業生名冊，要他們一一打電話拉學生，若是縣長獎校長獎等學生，還親臨拜訪呢！老師們都沒想到在私校招生的惡夢會在國中重現。

如何?水雞一離開柳河國中，就成爲地方媒體的當紅炸子雞，三不五時便上報亮相，展現他的政治操弄手腕，你佩服吧?

其實，政治手腕是校長們的必備的基本技能，只是水雞不懂得沉潛罷了，愛出風頭，眾人都說早晚會爲他帶來禍害。

水雞之所以至今還沒出大事，除了歸功於他的PLP巴結功力外，毋寧說他是幸運的，吾縣有幾個校長就沒這麼好運了。

有位校長，就因涉嫌性騷擾女代課老師，被除職降級爲國教輔導員，據聞，他要女老師爲他摳腳，並在私人汽車內對她說:「妳爲我生個孩子好嗎?」這堪稱是最勁爆的故事。

另有某校長，在二〇〇〇年總統大選公然爲中X黨某候選人買票，人贓俱獲，而後被判刑確定，慘遭免職。

又有某校長，主辦教師甄試，涉嫌集體舞弊遭起訴，他讓十幾個特定人士上榜，那其中，聽說還包括田僑仔的媳婦……據某閱卷老師說，「偷食攏毋知拭嘴!」那非選擇題答案，每個字竟然都一模一樣。雖第一時間被停職，不過，這位校長神通廣大，到最後竟全身而退，沒多喝水也沒事!換個學校繼續當校長。

還有某校長，竟自己辦教師甄試讓自己女兒上榜，結果被以違反「公務人員利益迴避法」，罰了一百萬……

還有很多很多，當老師的都知道，這只是冰山一角。八卦，絕對不只是八卦而已。

「難道八卦縣眞的找不到一個稍具教育理念的國中校長嗎？」小愛說。

「很難！恐怕比中樂透頭彩還難！」我與朋友研究的結果，這是一個龐大的利益共犯結構，超級無敵臭的醬缸……

當時首次開校務會議時，女王就站在會場入口處一一向老師們致意，令人驚訝的是，我一進去，未曾謀面的她就認得我：「天助老師好！」溫柔的聲音令我直打哆嗦。

想想，也沒什麼好驚訝的，異議份子如我，在柳河國中，甚至在吾縣都是惡名昭彰的頭號人物，早就被點油做記號，聰明的女王下車前一定探聽得一清二楚，何況她的先生也是現任的國中校長，必早已傳授兵法給她，又何況，學校裡眾多的馬屁精與西瓜族，當然還有抓耙仔，會爭先恐後地向她進言簡報。

我從未遇過女校長，她的腰似乎太過柔軟，心太過細膩，令我不寒而慄。

「恐怕會是一隻笑面虎……」阿義偏過頭偷偷向我說。平常沉默寡言的他，倒讓我有些訝異。

三年過去了，他的推測一一驗證。

柳河國中有史以來，第八節全面強迫師生上輔導課，就是她的第一個政績。

雖然當時在野的民X黨剛在吾縣執政，身爲中X黨老黨工的她，仍有辦法運用政治的手腕，讓一向標榜「改革」的民X黨迅速破功，而使教育現場更沉淪，更厲害的是，還教人把這筆賬算在民X黨頭上。

她向老師說：「新政府上台了，一切都要按規定來，下午五點之前都是上班時間！上面隨時會來查勤！」同樣的說辭，藉機整頓腐敗的行政官僚，然後教人私下放話：「誰教你們要選民X黨，沒得混了吧！最後恐怕連退休金都不保啊！」

當然，「改革」不是用說的，而是有做才算數。民X黨的說嘴，很快就禁不起選民的檢驗，但執政者永遠自我感覺良好，以爲他的選民像中X黨一樣是鐵票。八卦縣選舉史上，民X黨執政曾過一次，但一任後就下台，原因就在此，無法讓選民對改革有感，選當後作風就變成中X黨了。

一般人對教師與公務人員的差別仍弄不清楚。教師是責任制，若兼導師，早上七點多就須到校，中午沒得休息，直到下午四點放學，早就超過公務人員八小時上班的時數。受公務人員上班時數約束的，其實是這些已減課以及領行政津貼的行政人員，包括校長、主任、組長們，他們是法律上的準公務員。

會說腐敗，隨便舉個例你就略知一二。

十年前我剛來柳河國中，有回要借用專科教室上課，因時間是安排在下午第一節，心想已預約了，上課前再去教務處拿鑰匙即可，誰知，當我去教務處時，卻發現門竟鎖著，還未開張啊！

於是我轉向總務處，也是相同情形。求救無門後，只好取消計畫。

後來資深老師藺老，才悄悄跟我說，以後要早一點：「他們兩點多以後才來上班，看看報紙，喝喝茶後，三點多又不見了！」

而要找人事主任，要更早，因他總神龍見尾不見首，不容易出現在辦公室，藺老笑著說，你知道的，他被稱作「不省人事」，不是沒原因的，你要是能找到他，簡直會像作夢一樣興奮。

這舊時代留下來的腐敗行政官僚習性，是兩面刃，有時是鞏固你權力與利益的支柱，有時又成爲你升官的絆腳石，端看你如何駕馭。

女王就深諳駕馭之術，當然應有高人指點。這高人，大家都曉得是她也當校長的先生。吾縣許多校長都是靠裙帶關係近親繁殖的，涂大主任也是。

「下午五點前都是上班時間」這種說詞，剛好把第八節納入其中，巧妙地強迫老師都要上，若你不上也要留校上班。

在政黨交替之際如此作爲，堪稱高招。除了有實質的金錢利益（輔導課可抽取三成的行政費）外，一方面可加強對行政官僚的掌控，只要略施小惠，適時睜一隻眼閉一隻眼，他們便對你感激涕零；一方面對自己上級黨部的政治期待又有所交代；更重要的，她可對家長們說，你看！我們多認眞在加強學生課業，多認眞在辦學啊！家長也樂得有人替他看小孩。取得「民意」後，可藉此要脅新政府對此違法作爲也睜一隻眼閉一隻眼。

強迫惡補，不僅是違法，也無學習效果，又犧牲師生正常教學的權益，但她卻可以做得如此「漂亮！」——套用阿敏從假牙縫裡溜出的讚美。

我進到了辦公室，電燈還亮著，但老師們都走光了，大家手腳都很快，我隨意收拾一下也準備要撤退。本以爲沒人了，我起立環顧四週，卻發現阿萍還趴在座位上，我趨前問候：「妳怎麼還沒走？」她抬頭勉強擠出微笑說：「要走了，休息一下就要走了！」

我看到她眼眶紅紅的眼角還含著淚，覺得有異樣：

「發生了什麼事嗎？」

「沒有啦！」她邊說邊從抽屜拿出小包包。

「眞的嗎？有事要幫忙儘管說不要緊喔。」

「眞的沒有！謝謝你！」

她收拾好了後，跟我說掰掰，就先行離開了。

一定有事！我猛然想起剛剛女王從辦公室出來，覺得一定跟她有關，鐵定又被她狂削一頓！因這是她們好班導師司空見慣之事。

全校都知道，她們國二好班正爲星期六留校惡補的事擺不平，但我聽說是一○六班的家長出問題，不是她的班，若因此被削的應是阿星才對吧！怎麼會是她呢？

那天班親會，阿星的班級是出了些狀況——

班親會的前幾天，女王就親自對國二前段班五個班導下達旨意：

「星期六留校加強，越快越好！」

假日強迫學生繳錢留校惡補是違法的事，學校不敢代爲收錢，何況前些日子，本縣某國中才因向學生收取晚自習費用而被檢舉帳目不清，雖然最後不了了之，但畢竟還是投鼠忌器，而老師們也因此警覺到那種違法的事不能再碰，所以，學校想藉由班親會來找出願意幫忙收錢的家長，另一方面爲貫徹校長意志，要家長向老師施壓，因這屆國二好班導師都認爲國三才要留校，此舉讓阿星大爲不爽。

這時我才知道，原來提早舉行班親會是爲了摷[1]國二假日留校惡補之事，我們後段班只是配角，甚至是丑角。

藉家長來逼老師就範，雖是校長們慣用的伎倆，但卻很有效。此做法很簡單，透過家長委員，在各班親會裡發言提議，貫徹校長的意志，然後鼓動其他家長跟進，團體的壓力，即使再有理，老師通常到最後都不得不屈服。而全校一百多個委員當中，有三分之二以上集中在五個前段班，開起會來，班導都會頭皮發麻。

這是女王的如意算盤。我也相信，結果一定會成功。

後來消息傳來，一〇六班竟然出問題，讓全校大爲震驚。據聞當晚，經過激烈的辯論後，多數的家長透過表決決定了星期六留校補習，且次個星期就開始，也選出了聯絡人負責收錢，圓了校長的春秋大夢；沒想到此時，竟有三、四個持反對意見的家長態度強硬不妥協。某家長憤怒地說：

1. 摷（tshiâu）：調整、商討。

「強迫學生補習，這是違法的事，不能少數服從多數！難不成要強迫我小孩轉出好班！」

這是不得了的事啊！這恐怕是柳河國中有史以來，有好班家長反對假日惡補的，雖然提早國二留校是從去年就開始了，但敢排除眾議公開反對，還是頭一遭。因反對的下場，正如那家長所言，馬上會被踢到後段班：「我們沒有強迫啊，但爲了考量如果你們沒來上，進度會跟別人不一樣，所以到其他班會比較適合。」這是學校標準的說詞。

阿星還未去報告詳情，女王已得知消息而大爲震怒，她找來涂大主任質問：

「怎麼會這樣！妳不是說沒有問題嗎？」女王很兇。

「怎麼會知道？他們導師都跟我說沒問題啦！怎麼會知道……」涂大主任一臉無辜樣。

「誰跟她說過沒問題了？她根本沒問過我們！」三個好班導師都異口同聲反駁說：「她每次都把責任推得一乾二淨！」

是的，涂大主任會討人厭，就是這種「不沾鍋」性格，每每做事凸槌時，老師若質問她，她就說這是校長的旨意，校長質問她，她就說是老師不配合，好像自己一點都沒責任似的。

經過高層秘密會商後，女王命令涂大主任做一張假日留校補習的同意書，發給五個前段班的家長，目的是要確切找出反對的家長來。

結果出來，白紙黑字敢簽下「不同意」的家長只剩下一個，其餘都少數服從多數了。剩一個，就好辦事，據聞最後那鐵齒家長，接到了會長、民代等許多地方有力人士親臨問候後，便不再鐵齒了。

這樣，雖過程有些曲折，還是搞定了。對於女王高明的手腕，你能不給她熱烈掌聲嗎？

不是搞定嗎？二年級五個前段班上星期六已順利留校惡補了，怎麼還會有事呢？我愣在阿萍空蕩的座位旁，百思不解，最近還有其他比此還大條的事嗎？班親會後，我也親口聽阿萍說他們班過程平和順利，她還在替阿星擔心呢。怎麼會這樣？

阿萍去年剛從台中調回來，一回來就接好班，這是一種巧合，好班在吾校通常是世襲的，那一屆剛好兩個好班老師一個退休，一個入閣當組長，在無校長屬意的適當人選下，陰錯陽差阿萍接了好班，阿星的狀況也是如此，又因緣際會與我同年級，也因此我們都成了好朋友。欽點產生的好班老師與黑名單的我成爲好朋友，在吾校也算是一種奇蹟吧。所以我相信我的「留級」，一定跟此有關。

「怎麼會這樣呢？」阿萍說她非常不能適應鄉下學校那種專制與惡補的搞法，教育決策就是校長一人的意志，獨斷獨行，許多事情，老師往往是最後知道的，像班編與任課安排老師情形，某些委員的學生與參考書商都比老師還先知道，來自都會區學校的阿萍著實覺得不可思議與無法接受，致使剛開學那陣子，壓力頗大，大到失眠與月經失調，令人頗爲不忍。

跟她相處過的，都知道她是個心地善良的人，胖胖身軀裡卻有著柔弱的個性，委屈時常悶在肚裡不說，細柔的聲音與她數學老師的身份好像有點不搭調，微笑，是她待人的招牌，所以她人緣蠻好的，但微笑，也是她隱藏心事的面具。「怎麼會這樣呢？」她時常無奈地說。我想起剛剛她那含著淚水的微笑，不忍之心又油然而生。

辦公室空蕩蕩的，這回眞的剩下我一人，與天花板空轉的吊扇，靜寂的空氣，隱隱瀰漫著啜泣聲。淒涼異常。

我看看腕錶，想想阿萍應還在停車場吧，我忍不住打手機給她。她沒有接。我轉打給阿星問看看，阿星只是說有看見女王來找過她，至於發生什麼事並不清楚。

我望著手機發呆，想著要再問誰呢？因即使問到阿萍，以她的個性也不會向我這個雞婆男人說……一定跟好班之事有關，而好班導師只剩下阿琴了，阿琴算是資深的好班老師，她有家庭，與她雖熟，但沒什麼私交，就算問她也不一定能得到眞相，想想也就作罷……唉，過一兩天再說吧。

雖說資深的阿琴，對行政體系的抗壓性算不錯的，但那天遇到一個恐龍家長也沒輒了。那家長當然來頭不小，是鄉代。第一次來找時，阿琴那天剛好發燒請病假。他老兄就丟下一句冷冷的話：「啊長得那麼胖，也會生病喔？」

阿琴事後聽到同事轉述，簡直氣壞了。他說話風格跟巫碧瑩一樣，都屬「人身攻擊派」無疑。

隔天鄉代家長又來，但這回卻擺起官架子，直接就殺到校長室，要女王傳喚阿琴來見他。見到阿琴，他劈頭就問：

「我沒什麼要緊的事啦，只是想問你，我的女兒的成績，她讀好班，爲什麼會跑到一百名之外？」

阿琴聽到這種問法差點沒暈倒。

「她成績爛，當然跑到百名之外，而之所以會在好班，是因爲她老爸是鄉代，靠關係進來！」她氣憤地說：「難道要我這樣回答嗎？」

當然，當時她不敢這樣說。「邱鄉代，我會再了解一下她學習困境在哪裡，加強輔導……」她只能委屈地講了一些敷衍的話。

接著，鄉代又問：「我也要找妳們的英文老師，問看看，爲何她把我女兒的成績教得那麼差？」

聽了他的話，阿琴又暈倒一次。事後阿琴告訴她的老友ＥＴ：「還好那時妳有課，要不然鐵定氣死了！」

「現在聽到也快氣死啦，自己腦筋不行還在牽拖，笑死人了，ㄉ竹敢會出好筍？」ＥＴ也氣壞了。

你知道的，恐龍家長人人怕，好班老師也不例外。

說到邱鄉代，也是民X黨的阿安老師就直搖頭，說他是因爲當時民X黨聲勢好，才趁機入黨，但因他素行不良，之前選舉又都有買票習慣，這次縣黨部不敢提名他競選，但他竟擅自掛出「民X黨提名」的招牌，結果又選上了……

聽阿琴說那天他也提到我。

「那個很會寫文章的蕭天助是不是看不起我啊，要不然，爲何不來寫我住的義民村？」他跟女王抱怨：「趕快派他來寫，告訴他錢的問題免煩惱啦！」

我是放牛老師，躺著竟也中槍了。如果我眞的去寫義民村歷史，難道他不怕我把他寫成不義之民嗎？可見這代表大大，平常都不讀歷史的。

果然過沒幾天，那恐龍鄉代竟如法炮製，透過女王，把我叫到校長室坐沙發。小愛得知後，我被牠虧得要死：「派派派！派他來寫，是蘋果派，還是紅豆派……」

「咕咕！」正當我要離開辦公室時竟小愛出現了，牠就停在阿萍桌上。

「你來得正好，我正想要問你呢！」我說。

「什麼事？」牠故作驚訝狀。

「別裝蒜了！我又不是剛認識你。」

「好了，我承認我知道你的煩惱，但我眞的不知詳細經過。」

「我沒時間聽你賣關子了，天快暗了，工友就快來鎖門，你趕快說……」我有些不耐煩。

「眞的是不知道！不過……」小愛認眞地說。

「不過什麼，快說呀！」

小愛要我看阿萍的桌上，我發現有一滴不規則的水珠：「這是水，有什麼好看的！」

「錯了！這不是水，是阿萍的眼淚！」

「是眼淚又怎樣？」

「你現在用食指沾沾那淚水……」

「搞什麼鬼呢？」我百思不解。

「你照做就對了，我不會害你的！」

我知道小愛不會害我，若牠要害我，我早就不知死到哪裡去了。我照做，沾了眼淚後，牠要我到角落那台行政專用電腦前，然後，把眼淚塗抹在冰冷的黑色螢幕上……我疑惑著，關於這種怪異作爲……瞬時，直覺手指漸漸變熱，變熱……這熱穿過肌膚，有些刺痲，彷彿電流通過般——我反射動作收回手指，正當三字經要脫口而出時，黑暗的螢幕突然啵一聲亮了起來，閃爍幾秒鐘後，開始有影像流動，我定睛一看，那……那稍胖的身影不正是阿萍嗎？我驚訝地瞠目結舌。

回神後，我猛然發現，原來這是那日阿萍他們班的班親會實況。

「怎麼會有這些東西？難道教室有裝針孔……」

「你不要問，看就是了！」

我看到整個過程，正如阿萍所說的，平和順利；以我的經驗判斷，覺得出問題的是，議題表決的方式！

那議題，當然是假日留校之事。我發現，阿萍向大家說明班上大概情形後，即有某家長提議要假日留校補習，想必他是安排好的家長委員，接著阿萍說如果多數人同意她也願意配合，再來阿萍就提留校的議案：

一、國二，星期六留半天。

二、國二，星期六留整天。

三、國三，星期六留整天。

表決結果，是第三議案多數。家長們也無異議。

再來，有人問到能力編班之事：「有老師下跪，最近鬧得很大，上面好像有在查，會不會恢復常態編班啊？」

「我不知道耶！」阿萍說。

「放心好了！這都查假的，教育局的督學都是自己人……哈哈！」有家長回答。

大家跟著笑哈哈，就散會了。此時，鏡頭裡我隱約看見穿著古裝的女王從窗外無聲走過，她眼睛雪亮地瞅了裡頭一眼，像極了貓的眼，銳利含刺，由於外頭光線較黑，那眼神在教室裡日光燈的照耀下，顯得特別炫目。

但似乎沒人發現。

你會問，家長都沒異議，那問題出在哪裡呢？

我認為問題出在結果：「國三才留校！」

不管留多久都不是重點，重點是國三根本不用問留不留問題，因幾乎全國的國中都留，只是程度有些不同罷了。像吾校這屆國三，不只星期六留而已，甚至連禮拜天都要來半天，過了第一次段考後晚上也留，屆時，國三有一半學生一週只剩半天可喘息，全校一半的老師也要捨家棄子一起來陪葬。

這種惡補法在台灣各國中裡應算是佼佼者，恐怕只有水雞的勝利國中可相抗衡，據聞他們已留到第九節了，但水雞是從柳河國中出去的，應該也算我們的功勳才對吧。眞是悲哀啊，柳河國中不知受到什麼詛咒，之前出了個水雞，把學校的操場給謀殺掉了；現在又有個無所不用其極要將學校補習班化的神秘女王；而將來可能會出現顢頇粗暴的涂大校長——啊，想起來眞是悲哀啊！看樣子受到詛咒的是整個家鄉，八卦縣……

以女王的行事風格，怎能接受此結論呢？班親會前，不用她的暗示，大家都知道她的目的。我想阿萍，太過單純，以她的數學邏輯，想說臨時加個選項，忘記女王的堅定的暗示，我沒親耳聽見她怎麼說，但我想她慣用委婉的語氣來表達強烈不可違逆的意志，此種說法讓阿萍誤解了，因阿萍不是會公開唱反調的人。

「是不是這裡出問題？」我問。

「應該是吧！」小愛說。

「那你爲何不直接將過程跟我講明白就好？你不是經常都可以看到或聽到你想要得知的事嗎？」

「是啊！我不是不願意，而是這回眞的失靈了！」小愛說：「或許我不夠專心，也或許是其他莫名的原因，有時一些能力就消失了……我不知道。」牠有點惆悵，飛走了。

當我揹著背包離開辦公室，經過東側階梯時，沒意外地又颳起淒冷的怪風，呼呼的，這次有點上旋地狂奔，頓時覺得肌膚搔癢，恍然有飄蕩的衣袂吹拂——會不會，小愛感應能力的失靈與這怪風有關……

我胡思亂想著。

手機突然響了，是阿星。

「阿萍的事，她告訴我了，是因爲……」

「我知道了！」我打斷她的話。

「你怎麼知道的？阿萍說校長很兇地罵她：連主持會議都不會，眞笨！她很傷心……」

「喔，他們那些當校長的都嘛這樣，妳要多安慰她呀！天色晚了，明日見面再說吧！」

關於小愛的事，我是不會告訴任何人的；因爲，即使說了，也沒人相信……

2003

10/31

（拜五）

第八章　萬聖節

飄忽的身影，一場惡夢，
歷史在時間裡劇痛，
關於偉人，與偉人的傳說。

一、銅像

今天來晚了一些，因清晨起床時突然肚子痛，拉便便把時間耽擱了，腳踏進到古味的拱型校門時，剛好打完早自習鐘聲，我匆匆跟偉大「國父」打聲招呼後，就在水花飄散的空中，與女王那懾人銳利的眼眸相遇，啊，當下直覺得比朝陽還令人目眩。

「天助老師早！」她微笑開口說。

我是有點晚沒錯，但不算遲到，點頭尷尬而過，其實我後頭還有一大串御用老師未進校門，等著她一一問候。但他們不會有事，這是被「御用」的福利。

我趕緊到辦公室把背包放好就馬上到班上去，誰知此時，那涂大主任剛好拎著與身體不成比例的小皮包，搖搖晃晃，晃到吾班後門口，然後就大聲開罵：

「你們在做什麼！別班同學都安安靜靜坐好在看書，只有你們還有人走來走去……」

我就站在她龐大身軀的後面等她罵完，她可能不知道，也可能知道，故意罵給我聽。罵完後隨即轉身，差點甩到瘦小的我，還好我身手矯健地閃開，不悅地瞅了她一眼，她用力回瞪我，大剌剌地昂首而去。

我步入教室，對班上說：「人家主任已經說話了，被罵就應自我檢討，有沒有做錯事！」

我雖恨這些顢頇官僚，但不會將氣發洩在學生身上。

我當然知道，指桑罵槐的成分居多，對於她而言，不配合學校惡補政策的就是反動份子，幾年來，我已習慣這種「特殊待遇」，只是對於我的學生受到池魚之殃，有點不忍，也有怨恨。

水雞當家時更是誇張，那時我正出面籌組教師會而激怒他，有一回，也是類似這種情況，班上很吵被他逮個正著，他竟然歇斯底里對吾班學生狂飆：「王八蛋！你們老師都沒在管你們啊，王八蛋！……」

我是事後聽學生轉述才知道的，一些女生還嘻皮笑臉說：「老師老師！校長罵我們王八蛋耶，哈哈！那你就是王八蛋老師喔！」

同是後後段班級，那一屆威力強多了，受到法院保護管束的就有兩個，其中有位男生叫做簡眞雄——同學都用台語戲稱他「幹雄[1]」，他原本是老王班的學生，後來因故被踢到後段班去，便開始與外面幫派廝混，國三不久就中輟，一年後復學才到吾班——他因此還說要去給水雞蓋布袋，被我攔阻下來，小愛說，當時我不應如此做，要給他一些教訓，說不定今日在勝利國中就會收斂一些，「可以拯救很多小孩耶！」

「別傻了！如果這麼做被查出來，那有前科的幹雄一生不就毀了嗎？」我說。

我眞幸運，與幹雄那一屆及去年帶的舊班相比，這班狀況好太多了。我是該感恩吧。但我眞期待能帶一班眞正常態編班的班級，這樣的卑微心願，在吾縣竟是奢求，你說悲不悲哀？

我站在後門口，向前望去，那是南方，也是新大門的方向，操場的新大樓未蓋時，這邊

1. 幹雄（kàn-hiông）：取自「簡」與「雄」的台語發音，即為：kàn-hiông。

是一整排的鳳凰樹，如今只剩下兩棵，而且被新圍牆隔離在外，牆內只剩一排老榕樹，原有的鐵樹與垂葉榕，還有一些植物都因工程而被砍掉，取而代之的，是瘦有病焉的小葉欖仁。

我要告訴你的是，視線往西游移，就在那最後一棵老榕樹旁，原本有座「蔣公」銅像，碑上頭寫著：「民族救星」，每年的蔣公冥誕，水雞都會在升旗時率領全校師生向後轉，向蔣公行三鞠躬禮，然後慷慨激昂地歌功頌德一番，要大家共同來「永懷領袖」，講到激動處，每每面色凝重，聲音哽咽，如喪考妣；而吾班學生總是忍不住竊笑，經常被他罵個狗血噴頭。我要告訴你的是，現在，蔣公不見了！

蔣公之所以會不見，當然因爲大樓工程緣故。其實，蔣公的位置與大樓還有約二十公尺遠，施工若小心點，他是可以跟我們長相左右的，只是有些礙手礙腳而已。還是怕他在施工過程看到不該看的東西呢？就不知道了。反正水雞最後把他拆了！

當時，水雞特地召開校務發展會議，煞有其事地討論起來，說討論，其實只是他與主任們輪流報告，從頭至尾，老師們與往常一樣，默默不發表意見。他說偉人的事他不敢作主，要大家舉手表決，「要不要讓蔣公走入歷史？」他一派輕鬆笑著說：

「贊成的請舉手！」結果，除了行政人員十幾人外，老師沒人舉手。

「反對的請舉手！」結果，沒半人舉手。

然後，他笑呵呵地向大家宣布：「現在是民主的社會，就是數人頭，雖然贊成的人不多，但沒人反對，那我們就宣布通過！感謝各位同仁！感謝！感謝！」

老師們都覺得莫名其妙，面面相覷，拿著飲料竊竊私語地離開了。

這是水雞任內第一次主動讓老師舉手表決事情，勞師動眾竟然是爲此鳥事。照他習性，突然召開會議，必無好事，大都是爲了鬥爭異議份子，害大家虛驚一場。

「我以爲你又出事情了！」會後阿義笑著對我說。

「你才出事情咧！你不要唱衰我，我還沒傳宗接代呀！」我說。

「你要小心啊，邦無道危行言遜喔！」阿義一臉正經說。

「知道啦！」我說：「偉人之事，以你歷史的專長，分析看看吧！」

「司馬昭之心，路人皆知！」他接著說：「那以你的國文專長也分析看看！」

「嗯……」我想了想笑著說：「銅像誠可貴，蔣公價更高，若爲高樓故，兩者皆可抛。」

我們竟如此無聊掉書袋打屁起來。但我們都相信，蔣公是被謀殺的！而且，還有一樁更大的謀殺案要發生。

他笑我滿腦鬼點子，應該把這些寫成小說才對。

「我只會寫一些陳腔濫調的鳥文章與爛詩而已，哪會寫什麼小說？」我說。

「你就把校園看見的，照實寫下來就好，人家一定會以爲這些荒謬怪誕的事是虛構的，那不就是小說嗎？」他說。

阿義如此神回，讓我笑岔了氣：「是喔，那是校園傳奇，還是驚悚鬼故事？哈哈哈……」

阿義跟我原是無所不談的好友，後來因水雞的緣故，我們竟漸行漸遠，但畢竟是十年老同事了，見面還是有相借問，只是不談教改而已，「唉！誰做校長都一樣啦！國中沒救了！」他總這樣說。我很慶幸我們沒有反目成仇，這或許跟他良好的學養有關。

他是學歷史的，文學造詣卻不比學中文的我差，他比我早一年進到柳河國中，因與我「教育正常化」的教改理念相近，而我也喜歡文學，於是我們很快就成爲好朋友。只是，他的行爲較保守，個性比較溫和，不似我天生反骨比較衝，經常衝出問題來，但他總是默默支持我的作爲，直到我籌組教師會那年有了變化，這是我想不到的，那年是一九九六年，新大樓動工的前一年，水雞無所不用其極，威脅利誘，就是要勸退已加入者，讓教師會流產。

阿義當時就遭受到莫大的壓力，詳細情形我不清楚，但從水雞歇斯底里的性格，我可想像一二，私下聽同事轉述，阿義嗆說：「再逼我，我就辭職不幹了！」

我知道後，趕緊主動把申請表退給他。

「對不起！我以前的個性其實很衝的！自從結婚生子後就變了，因爲我有老婆與兩個小孩要養……對不起啦！」

「沒關係！我知道啦！」

當年，教師會，還是流產了。

自此，阿義沒再參加過我關於教改的連署與活動，我也不知不覺與他疏遠了，我怕他受到秋後算帳，因水雞把組教師會當成是一場奪權政變！許多老師都主動與我疏遠，當然怕的也是秋後算帳。

後來，水雞走了，阿義才又與我漸漸熱絡，不過仍是不談教改，他已經死了心，偶爾開開玩笑還算愉快，也安心，他不是那種會加油添醋的抓耙仔，只是，我很懷念那段爲理想奮鬥的革命情感。雖不必再僞裝與他形同陌路，但我們彼此心裡，早已有了一層透明卻堅不可破的隔膜，它殺死了我們沸騰的理想。

經阿義這麼一說，我倒眞想把國中教育怪現象用小說方式寫出來，那一定很精采，可惜我還沒學會如何寫小說，眞是遺憾……

唉！眞是遺憾，看到涂大主任的嘴臉，就讓我不由得想到水雞，與不堪回首的一些往事，還有蔣公銅像的種種，她是他從縣北某偏校找來的人馬，物以類聚，何其像的官僚氣味與粗蠻啊！

我回頭看一下黑板，還徒留我昨日第八節上課的殘跡，模糊中仍有些清醒，是我粗心的學生沒擦乾淨，猛然間，我看到黑板邊緣寫著今天日期：二〇〇三年十月三十一日。啊！原來是萬聖節，難怪鬼影幢幢。

二、跑道

好不容易，吾班學生都安靜趴在桌上午休了，我步出教室，又獨自在榕樹下徘徊，一方面沉思，另一方面讓那些精力過剩想伺機而動的學生死了心；愛屋及烏，我也會順便看一下我出巡範圍所及的其他四個班級，尤其是隔壁一〇二班，我教他們國文，而他們導師又懷孕，需要多休息。其實，他們午休幾乎都很安靜，根本不須我動怒，偶有抬頭者，見到我的身影馬上又縮回去。

「你替別人看午休，看到都得獎，卻看到你自己班都最後一名，而他們卻在辦公室休息聊天，你眞傻啊！」小愛笑我。

「這不是我的功勞，是他們導師管得嚴，何況編班等級也不同，得獎是應該的，我只是順便瞄一下而已，有時我根本是在想事情，學生就嚇得魂不附體了！」

秋陽仍舊強烈，由於有風，在樹下並不覺得炎熱，我低頭俯視，看著一片剛從母株掉落的黃葉，它躺在柏油地面，無法歸根，顯得有些悲悽，因它被人當成垃圾，到了下午又要被學生掃進黑色塑膠袋。

「這麼髒，到處是樹葉！」

巫碧瑩經常這樣訓著吾班衛生股長。學生長期這樣被教育著。我常想，到底誰才是垃圾？

然而，不管誰是垃圾，榕樹年復一年，時時刻刻，總是飄下落葉。柳河國中第一屆學生都在柳河國中當老師退休了，落葉還是掃不完。

我心血來潮，數一下這一排榕樹，共六棵，經年累月，它們與七棵椰子樹已然交纏在一起，由於樹葉茂密，恍如一道綠色長廊，從底下根本看不見椰子樹的長葉——其實是有的，只不過是枯死掉落的長葉，它們卡在榕樹枝幹間，形成特殊的景觀，有時還會發現頑皮學生丟上去的掃把或是飲料罐子。

這橫跨五個班級的長廊，也就是我們學校集合學生的地點之一，條件是要學生秩序好，秩序不好時，就得到籃球場曬太陽。

除了榕樹與椰子樹外，每間教室前還有個小花圃，花圃上方接連雕花的鐵製棚架，爬滿漂亮的紫藤，年深月久，也與榕樹枝條糾結在一起，每每開花時節，就是校園最燦爛的日子了，只是它受關心的程度，永遠比不上考卷上的分數。

你若仔細看，會發現這些樹幹上，從地面以上約一公尺部份，似乎顯得蒼白些，你若再環顧校園其他老樹，也會發現同樣是如此景象。新來的老師大都不知道原因，還以為是樹的本色，其實那是水雞的傑作！有一年校運會，他為了「讓校園看起來有精神」，派人將校園顯著地方重新上漆，心血來潮，竟連全校所有樹幹都上了白色水泥漆。

樹當然不會哀嚎。

所以，在柳河國中你要分辨新樹舊樹很簡單，只要看樹幹下方，有白漆殘跡的就是老樹，你問問它，它或許就會告訴你一段柳河國中不為人知的歷史。

突然間，一道水花噴到我面前，我猛然停住，差點濺到我的鞋子，原來是吾班小雄，我開口作勢要罵他，但沒出聲，因怕吵到正在午休的學生，只見他尷尬地舉手頻頻向我致歉，沒噴到，我才不跟他計較，因我知道聰明調皮的他，可能是故意的惡作劇。

小雄是吃學校愛心午餐的學生，吾班這種學生共有九個，人數是全校各班之冠，當然不會是「剛好」可解釋的，你知道，這跟編班有絕對關係，吾班是後段班中的後段，經濟弱勢家庭的比例通常較好班高出許多，因若有錢，至少也可買個人情班讀，不會淪落至此；所以，你看到吾班單親家庭學生也跟著相對偏高，總共有八個，也居全校之冠，其中有五個與吃愛心午餐學生是重複的，這現象顯示社會的弱勢者在學校裡依舊是弱勢者的困境。

這些學生，學校會安排他們利用午休或下課到各處室服務，小雄是負責澆水的。你會覺得奇怪，他不是澆花，而是澆跑道；原因是，校園的風特別的大，也特別的怪，常吹成紅色沙塵暴；有人說，這跟隔壁墳場有關，也有人說跟在操場興建大樓有關；而那墳場也經常在焚燒金紙與一些不明物體，臭氣沖天，再加上黑板的粉筆灰，這三合一的懸浮微粒，對人形成很大的殺傷力，有人就戲稱：

「在柳河國中教久了，人生會變黑白的，而肺臟會是彩色的！」

我幾年前就因呼吸道疾病進了醫院。還好，我的肺還沒變成彩色的。

跑道，早修與午休要各澆一次水，才能稍稍止住一些塵土飛揚。水是用馬達抽自地下，然後接一條長長的黑色膠管，來回澆著學校僅剩的一百公尺紅土跑道，一人控制管頭噴水，其餘三、四人就負責拉著重重的水管；那水管總有幾處破洞，每每翻身拉扯，常會不小心噴到人，學生有時就因此玩耍起來；有次到教室上課途中，我在地上發現一窩白頭翁的鳥巢，濕濕的，趨近一看，裡頭有三、四隻剛破殼的幼鳥，眼睛都未張開，牠們被螞蟻咬得奄奄一息，很快便嗚呼哀哉了！明顯的，這就是他們澆水大隊幹的好事。

那次我從醫院回來，就建議學校，既然操場已不存在了，留這跑道實在沒什麼用處，每天花在這裡的投資，包括電費、人力還有水。不僅很不划算，且無法解決風沙的問題，而每每大雨，這又成爲淺河，老師還得渡河去教室上課，眞是折磨人，不如將它綠化了，或者舖上空心磚，諸多煩惱便可迎刃而解。

當然建議無效，因他們當官的，任期一到，便拍拍屁股走人，才不管你風沙不風沙哩。

「留著它或許可讓人緬懷生前操場的面貌，如果把它弄掉，柳河國中畢業的校友們，以後要憑藉什麼去哀悼他們記憶中的操場？」小愛說。

「嗯，是有點道理，那麼這跑道就是柳中的歷史記憶空間囉！」我說。

「還有，我再告訴你另一個它存在的理由，」小愛接著說：「至少學生可以跑一百公尺比賽，無魚蝦也好！」

「哈哈！也有道理。」

小愛得意洋洋的，好不容易能說服我。

這種紅土跑道，其實保養還不容易，除了澆水外，每隔一陣子就要派人撒一些粗鹽，初次看見時，覺得很訝異，又不是煮菜爲何加鹽巴？後來經工友先生解釋後才明瞭，原來是要避免跑道長草，有些野草種子生命力超旺盛的，這讓那時的我，著實上了一課，當下，心底有某顆種子不禁也在萌芽……因此，這跑道是鹹的，有汗水，有淚水，有學生奔跑跌跤時的血滴，還有大海的結晶，滿滿回憶……

對了！說到一百公尺賽跑，我想起明天學校就要舉行運動會了，但和往常一樣，我們要跟柳河國小借操場。你可以想像一下，全校一千多個學生，帶著桌椅器具，大隊人馬在街道上翻山越嶺，步行到兩公里外的國小，那種恍如逃難的乞丐兵般，零落懶散的窘狀，實在很不堪。

一些頑皮的學生，沿途打打殺殺，時而拉扯路旁民宅的東西，時而丟出喝完的飲料罐，還戲弄人家的狗，常引來主人破口大罵，甚至有學生在行進間被桌椅敲到頭殼瘀青……各種狀況隨時會令你措手不及，押隊的老師早已被沖散在亂軍之中，對於路人異樣的眼神，夠你無地自容了。

前兩天下午的預演，就這樣已來回各兩次了。蝗蟲過境兩次。

我也想起上上星期要選選手時，吾班在抱怨說，「體育老師還沒測驗一百公尺，怎麼選呢？」他們要我用自習課幫他們測驗。

「這是體育老師應該做的，何況要運動會了，」我感到不可思議，告訴班長：「你上課時跟體育老師講，說是我請他幫我們測一下，才方便報名。」

「老師，體育老師很兇，講過了，沒有用的！」有人說：「體育股長和同學離開籃球場練習跑步接棒，還被老師處罰伏地挺身呢！」

「練習接棒也不行？」

「不——行——！」他們異口同聲說，尾音拖得好長。

「好啦！你們再去講一次，說老師拜託的，再不行，我就去跟學校反應！」

唉，吾班體育老師就是鼎鼎有名的包大人，學生都叫他巨怪，他以前是籃球國手，身高至少一百九十公分以上，高得嚇人，還聽說是前清武舉人的後代，但他每次上課點完名就不見了，習慣跑去醫務室，不是掛病號，而是找美麗的護士小姐聊天練武功，直到下課前兩三分鐘，再回來點名。小愛說，你可別冤枉大人，這也是一種病啊！想想的確沒錯。

結果，還眞的沒用！唉！我的拜託，如狗屎般，一點都不值錢。我只好跟學校講了。沒想到，也是沒用！沒用的原因，有兩種，一是學校不鳥我，另一種是包大人不鳥學校。包大人，不測就是不測。

眼看報名就要截止，而截止前已無體育課可用，我只好決定用僅剩的一節自習課來測，我於是叫體育股長去跟體育組借碼錶，學校竟然說：「沒碼錶了！」

齁！這就是柳河國中的行政團隊，只要表面風風光光的運動會，卻不重視運動的裡子，而我只是拜託一向放牛吃草的包大人，這一次不要放牛吃草就好，測一測一百公尺，竟也是奢求。很離譜吧！

還好，自習的前一節輔導活動課，那資深的輔導老師竟然借得到碼錶，幫吾班測驗了，讓我順利解決了選手選拔問題。

跑道是東西向的，平行夾在新大樓與舊大樓之間。當我再度凝神，小雄早已澆到了跑道西側盡頭，遠處，隨著水花灑下，揚起煙塵，煙塵很快消散在刺眼的陽光中，他瘦小的身軀更加瘦小了。

其實，經常在跑道澆水的，除了這些學生外，還有一個人，你一定想不到是誰——哈哈！她就是女王。

她澆水時間，大都選在早修前後十分鐘左右，讓陸續到校的學生與送學生到校的家長，以及老師們，都看得見她的辛勤。每當我來上課時，尤其是星期一，常常會看到她，穿著亮麗新穎的古典中國式衣衫，手上握著骯髒的水管，在東側跑道澆水，那裡面向舊校門，出去就是停車場，正是老師來校必經之地，學生公差就在後面幫她拉管線，總覺得那是一幅不搭調的畫面。更詭異的是，那些巡視校園的主任組長們，總是若無其事地在她身旁經過，也不會主動幫忙。還是奉命不能主動幫忙？

「你們那個校長好認眞喔！早上都自己在那裡澆水——」校園外面有民眾說。

「那不叫認眞，一個校長做到自己要澆水，那叫做無能！」小愛不客氣說：「訓導處已安排那麼多學生澆水，她幹嘛與他們搶水澆，眞是奇怪！」跟小愛在一起那麼久了，我很訝異牠會說出這麼強烈的話，好似吃了炸藥似的。可惜，他們是聽不見小愛牢騷的。

「是啊，奇怪沒錯！但這動作不叫澆水，叫做點名！」我笑了笑。只見小愛一頭霧水，好像有點不解，我倒覺得奇怪，牠腦筋竟還沒轉過來，這無關認眞與無能吧。

看了錶，剩下五分鐘午休就要結束。小雄他們已收好水管並關掉馬達，完成澆水工作。恍然間，這條被淋濕的跑道，跑進我的腦海裡，又漫淹出一些模糊飄蕩的影像……

三、成績單

這條殘存的跑道，好像操場的屍骸一樣，我總有揮之不去的夢魘。

趁著未打鐘前，我越過跑道，回到辦公室，沒進門前便聽到吵雜的喧鬧聲，很容易就可辨識那低沉卻宏亮的聲音，不錯，那是阿敏，蟾蜍般的招牌嘶吼，平時只要有她在，想要在午休小睡片刻的老師，簡直連惡夢連連都不可得——這應叫做：不能成眠，或輾轉難眠。

偏偏她又常在，因她帶的是好班，不必盯著，學生也乖得要命。

不過，這次不只是她發功，我們一導個個興奮異常，哎呀哎呀叫著，彷彿中了樂透彩，喔，原來是第一次段考的成績單下來了！

她們東比西比，左比右比，總分比，名次比，單科平均比，年級百名排行榜也比，好不熱鬧。那值週老師戲稱：「校園走一圈，導師辦公室秩序成績最差！」

而對面的二導，同樣也發成績單，卻無人發狂，甚至還有人趴在桌上休息的，當然只是休息，這般熱鬧要能成眠還須有極大的功力才行，我拿著茶杯去裝水，順便走到阿義的位子，他掙扎半天，抬起頭來望我，我對他一笑：「哈哈，威力很強吧！」

「是的，非常超級無敵強！」他揉揉眼睛說。

他對面的阿忠，也在桌上痛苦掙扎，偌大的頭顱像煎魚似的翻來翻去，看了令人發笑，其實我的笑有點不道德，因常熬夜的我也是受害者之一，我深知魔音穿腦的箇中三昧。

下課鐘響了，阿忠終於放棄掙扎，他那種不到最後一秒絕不放棄的精神使人感佩萬分，他悠悠轉醒，用那似三字經的嘴型說：

「耶耶！你們一年級是不是都瘋了？看到成績單這麼興奮啊！」

「可能吧，因我也快瘋了！」我說。

「都能力編班了有什麼好比的？」他睡眼惺忪。

「這你就不知道了！前段跟前段比，後段跟後段比，不前不後跟不前不後比，橫比直比，交叉比，不能比的也比……比較，可增加某種不可言喻的快感，我比故我在，比較是爲了證明自己的存在，所以俗話說，人比人氣死人，是不對的！」我也發功了。

阿義聽了突然大笑一聲，所有人都清醒了，不約而同望向這邊。我發現我與阿義其實還是很麻吉的。此時上課鐘聲也響了，他與阿忠一起拿著課本離開辦公室，上課去了，留下整屋子的錯愕。

「什麼事那麼好笑？」有老師問。

「沒什麼啦！阿忠說他剛剛睡覺時，夢見他的頭被一隻超級無敵強的大蟾蜍咬住了！怎麼拉都拉不起來……」

眾老師也大笑一回，接著繼續研究那張百名排行榜。

其實她們不懂「大蟾蜍」的影射與深意，我默默淺笑著，這是我們後段三人組的暗語。我在柳河國中教書十年了，從來也沒拿過那張排行榜，因我的學生不曾進過百名內。

阿敏爲何使出驚人的蟾蜍功呢？後來才知，原來她們班總平均輸一〇九班不到一分，而全年級第一名又在一〇八班，她當然心有不甘，所有憤怒瞬時全化作丹田之力，威震武林。

你或許不知道，其實我也很急，急著要看各班的成績，因爲自開學來，我經常對別人分析，並猜測我們一年級的分班情形，從八卦消息、從問題學生分布剖面、從導師安排、從聯絡簿與週記的寫作、從上課的聽講狀況、從家長委員的多寡再到歷年的慣例等資訊，我已下了預測：「四、五段跑不掉！」我當然怕研究功力破功，屆時不僅冤枉學校，且無顏見江東父老。所以，我趕緊向眾老師各要一張班級成績單，驗證看看。

下午剛好是我們國文領域時間，沒課也不用開會，於是我悠閒地泡一杯咖啡，努力研究著成績單。

開學至今才一個多月，用第一次段考來推算學生入學編班考試的原始成績，應有某種程度的準確性，因沒有任何老師那麼厲害，在一個月的時間就把學生教到特好或特壞，影響到整個編班結構，個人各科成績或許有落差，但班級的平均成績，必定可看出其背後黑手操作的工具痕跡。這是我一直用來對外自我辯駁的理論基礎。

柳河國中九十二學年度第一學期第一次段考一年級各班總平均成績如下：

101 班	66.6
102 班	66.1
103 班	54.3
104 班	75.4
105 班	76.6
106 班	53.5
107 班	65.2
108 班	85
109 班	86.5
110 班	85.9

你看吧！編班情形與我預測的幾乎是雷同。基本上可看出，一○八、一○九、一一○是

第一等級；一○四、一○五是第二等級；一○一、一○二、一○七是第三等級；而吾班一○三與一○六是第四等級。

一○二班那個孕導阿晴，結婚的關係，剛從台北調來的，她原本似乎認爲我的預測是胡言亂語，「一個年級才十班，怎可能分四、五段？」結果，卻令她目瞪口呆，她的班與同等級的一○一班，成績竟只差零點五分。

「竟然可編得那麼準，眞厲害！」她不可思議說。

「電腦揀的，免講嘛準！」我學電視廣告語氣，讓她笑得捧腹。

一○七班臨時多一位特殊的復學生，由於他沒寫考卷，各科成績都以零分計，所以班平均低一些，但差距不到一分。

關於那位復學生，我順便要跟你說一下。他叫做小聖，去年我還是一導時，他就在我隔壁班，每天都是由母親接送上下學，據了解，他可能有「選擇性自閉症」傾向，如果不被欺負，在校從不發一語，不哭不鬧，上課下課對他而言都一樣，他總著低頭，疲了有時會將額頭放在桌面上，同樣不說話。

但是，聽他媽媽說，奇怪耶！在家就好了，國小時也好好的。去看醫生，也查不出病因，我想，可能是國中的環境不能適應吧。

有一次，新來的代課老師不知道他的狀況，升旗時巡視校園，發現小聖還在教室「睡覺」，叫他也不回應，便生氣地強拉他起來，他反抗著，老師更生氣了，把瘦小的他拖到訓導處去，結果，小聖沿途嚎啕大哭。大家幾乎都看到這令人鼻酸的場景。

「他才是正常的！」小愛又有驚人之語：「國中環境這麼不正常，能適應才有問題呢！」

也許是吧。你知道的，小愛這句話讓我咀嚼很久。

編班呈階梯式分布，這當然不是巧合，也不是我厲害猜得準，因這幾年都是如此，只是班級的序號有所變動以掩人耳目而已；但只要段考成績出來，一切都現形了。

當然，學校會辯說是「兩段」而已，其實這只是在玩文字遊戲，他們把一〇四與一〇五人情班也併入A段班，它們叫「A-班」，也是廣義的「好班」——就是假日要強迫加課的意思啦；而剩下的就通稱B段班，但當中成績較好的一〇一與一〇二，就叫「B+班」。一加一減，你就知道其中的微妙心理。

階梯式編班的好處，是每學期家長都有機會各顯神通來拼升級，一升級，口袋就有進帳。若往另外的角度想，學生讀書會因此有個誘因，後面的有機會向前爬，前面的也怕掉下來，但這建立在分數或金錢遊戲上的壓力，是正常教育的內涵嗎？

去年有件好笑的事。平時沉迷於風水命理之學的女王，她千算百算，算出好班序號為：一、六、八。所以阿星那屆好班是：一班、六班與八班——「一六八」諧音就是「一路發」。

阿義剛聽到這官方消息，笑岔了嘴：「還眞輸給她了！」

顧名思義，女王希望升學率一路發，更希望她的官運與財路一路發。我一開始也覺得離譜，但仔細想想，或許這是她在教育官場上萬事亨通之道。

其實，迷信風水不只是她，整個八卦縣的校長幾乎都是，尤其她先生——八卦國中校長，堪稱是箇中翹楚，除了四處演講外，還幫其他學校看風水，看看好班要放在哪個位置比較好，看看哪裡要蓋個什麼東西，或放個什東西便能改運之類的……

而我們何其有幸，請他來做兩場演講，利用段考下午講授「姓名之學」。聞道有先後，術業有專攻，我本尊敬他的專業，但女王竟強迫全校同仁參加，捧她先生的場，說這是縣府規定的「九年一貫教育研習」，這幾年來我已被「九年一貫」得頭昏腦脹、四肢無力了，這下又被強迫去聽我不喜歡的命理之學，套句阿義所說的，「我連最後一點尊敬都沒有了！」

「算一算學生姓名筆劃，就可了解這個人七分，這對於我們的班級經營會有很大的幫助。」女王的厲害在於她總能自圓其說，她說，這是「另類的溝通技巧」，就這樣一搭一唱，他們夫妻封殺了我改考卷的下午。

「你的姓名她一定算過好多次了吧！」阿義笑著說。

「應該是！但不知道有沒有算出我厭惡她在校園搞這一套！」我說。

「喔！你慘了！」

「爲什麼？」

「原本或許她不知道，因你這麼一說，她必定算到了。」他故作神秘地說：「哈哈！你也許已被作成小紙人，身上插了很多針……」

「哈哈！難怪有時我覺得身上癢癢刺刺的……」

玩笑歸玩笑，但最後阿義語重心長地說：「唉！國之將亡，必有妖孽！」

你知道的，他的心事就是我的心事吧。所以，你必更清楚「九年一貫教育」的改革，在吾縣不僅被污名化，還慘遭「八卦化」，唉！誰教我們就叫做「八卦縣」。上輩子受詛咒的縣市。

那今年我們這屆好班的序號是「八、九、十」，又代表什麼呢？

我百思不解，而八卦消息也還沒傳來解惑。於是我又想起吾縣教育界有名的「紅包傑仔」，其實他就是那喧騰一時、因教師甄試弊案被起訴的校長。而後雖然無罪簽結，但他所留下的功績是不會被人遺忘的，他將紅包便利商店化，你就不用去揣測要包多少錢，正式老師、代課、聘僱人員或者A班、A-班等等，都有一定的價碼。

但你常看見他，面對質疑時便舉手對天發誓：「如果我這隻手收紅包、歪膏的話會天打雷劈……」之後卻都沒事，不是天地不靈，而是他都用另外一隻手收，有時就請老婆那隻手代勞。當然沒事。

據說，他學校今年應屆生，升學率出奇的好，剛放榜時，教務主任就趕緊向他報喜，沒想到，他老兄不疾不徐，一副正經地說：「我早就知道了！」

「校長您怎麼知道的？」主任很訝異。

「因爲，基測之前，我已經請天兵天將去鎮守各大樓了，所以考得好是意料中的事，沒什麼好大驚小怪的！」

我不知道他們主任有沒有驚訝地五體投地直呼萬歲，但我知道，你一定會大驚小怪，校園裡竟然有人以爲他是玉皇大帝！

其實，你也不必太過驚訝，一個罪證確鑿的舞弊案，到最後能無罪全身而退又繼續當校長，他若不是神，那又如何辦到的？「傑克！這太神奇了吧！」

成績單都出來，照理講是否有能力編班的爭議，會就此結束才對。但是，在我們柳河國中卻能繼續八卦下去，沒完沒了。其他國中聽說也是如此。

之前，因吳莉惠下跪為後段班請命事件的發酵，教育部說月底要來吾縣查能力編班，但今天就是本月最後一天了，也看不見教育部的蹤影。只見一些鬼影。似乎一切都已搞定了。

不過，一些形式上的應付也是有的。今天早自習時，女王未等成績單公佈就找來全校好班的導師開「升學輔導會議」，會中除了要他們假日留校上課、晚自習如期進行外，還特地要求老師們在編班說辭上務必口徑一致：

「我們柳河國中是『兩段式常態編班』，『兩段式常態編班』就是常態編班！請老師要說清楚，以免造成誤會，對學校帶來不必要的困擾。」

這是會後阿孝對我說的消息，他笑笑說：「如果問到我，要我說謊，實在是說不出來，除非拿封口費來！」

女王可能沒算出，除了我外還是有人無法說出這種謊言吧。但也有可能，他只是說給我聽，因他知道我的立場。講虛偽的場面話，早已變成教師的文化。

其實，教育部也不必來查，是否有能力編班這種事，在吾縣大家心知肚明，路邊找個國中生問問也知道。只是我至今還是想不通，女王為何可以心安理得、面不改色地向老師說：「我們是常態編班！」；也可以心安理得、面不改色地向教育局回報：「我們是常態編班！」；而教育局又可以心安理得、面不改色地向教育部呈報：「除了有老師下跪的八卦國中外，全縣其餘都常態編班！」；更令人想不通的是，爲何教育部派人來了解後，竟也可以心安理得、面不改色地說：「其實八卦國中也不是什麼能力編班啊……」

「大家好！」

突來的一聲大吼，嚇得在辦公室的老師哀哀叫。大家都知道是大聲公來了。塊頭大大的她，是個大嗓門，據她說練過聲樂，專長科目是體育跟童軍，很會救國團那一套團康，還經常客串婚宴晚會的司儀。只是這一套現在的小孩不玩了，所以每每在集會的場合，她要學生跟她唱歌或做動作時，常弄得冷場收尾，眞是尷尬。

令人印象深刻的是，每次女王在學生集合或教師開會，都會禮貌性向大家問好，她爲要帶動氣氛總是率先大聲回答：「校長好！」結果，總是台下的聲音加起來都沒她一個人大聲。

女王就任後，被涂大主任搞得灰頭土臉，所以從八卦國中把大聲公調來，她是自己人馬，同樣都愛好命理之學，說正確一點，她其實就是女王家族的信徒。光聽她說話，會覺得她似乎是不錯的人，也會經常免費替老師算命與看風水兼作媒，你會看到她的辦公室三不五時變換一下擺設，改運一番。

今年原本是訓導主任的她，轉任輔導主任，通常官方業務交接日子是八月一日，但她算好進駐輔導室的日子卻比規定的晚，我就聽到接她位置的鍾主任抱怨：「還很多事情要忙啊，我才不信這一套呢！」最後，畢竟身份地位不一樣，年輕新主任只能順應她的堅持了，否則，恐怕很難逃得過女王如來佛掌的屈指一算。

剛開始還不習慣大聲公的作風，現在慢慢習慣了，只是經常會被嚇一跳。

這回來，她發給導師上月「親師座談會」紀錄簿，要老師看一下學校回答的情形，然後馬上還給她，「不可帶回家喔！」，她神秘兮兮卻故意大聲地說。

此舉令人更不解。原來，親師座談會裡，許多班級家長都問到學校編班的情形，大多數老師也都照實紀錄，後來，我才發現學校回答的版本竟有不一樣，所謂的「學校回答」是涂大主任擬稿，校長簽章確認。

寫在吾班的回答是：「本校是兩段式常態編班。」

其他班級是：「本校是常態編班。」

眞令人拍案叫絕啊！原來女王對我們老師也「因材施教」！大家都想不通，爲什麼只我有「兩段式」？我也想不通。是不是也有算過吉凶禍福呢？

「啊，兩段式！是不是要讓你一刀兩斷？」小愛不正經地消遣我。

「家長問編班時，你怎麼回答？」阿晴偏過頭問我。

「我照實回答！」我反問她：「妳呢？」

「我跟他們講我不清楚！」她說：「我打算跟學生講學校是常態編班，因爲我不想他們一開始就自我放棄！」

「我還是覺得誠實會比較好，」我說：「因爲這種事是無法長久騙人的，他們遲早會知道的，到時候或許反而會怪妳說謊。」

我看見她似乎很爲難地內心交戰著。

四、玄機

你知道的，眞的很爲難啊！當國中老師恐怕遲早會精神分裂的。

這成績單不僅可清楚看出編班的段數，也正可戳破學校與教育官僚赤裸裸的謊言，但他們還是打算一直說謊下去，直到謊言變成眞實爲止嗎？

我還要告訴你的，其實不只是這些而已，那成績單還暗藏某種玄機呢！或許你會認爲這是我的「被迫害妄想症」在作祟，當然也沒關係，但請你先聽我說明後再作定論吧。

什麼玄機呢？請先看此次段考各班的國文平均成績，你可能就會發現一些蛛絲馬跡：

101 班	61.1
102 班	41.8
103 班	42.3
104 班	76.4
105 班	78.3
106 班	62.4
107 班	60.5
108 班	86.6
109 班	85.4
110 班	80.9

你發現了吧，我教的兩班國文，一〇二班與一〇三班，成績是全年級最低的——這是第一個關鍵點。

這兩班若都是同等級，就沒什麼可驚訝的了，請注意喔，一〇二班是第三等級，它的國文平均成績，與同等級的一〇一班和一〇七班，少了近二十分；再看吾班一〇三的成績，比同樣是最後等級的一〇六班，也少了二十分之多——這是第二個關鍵點。

這兩個關鍵現象，你再對照一下校園裡御用組長、教師口中的流言，就可知道，這恐怕不只是用手屈指一算的玄機，而且更是以電子計算機精打細算的用心良苦啊——

「蕭天助教的班級，國文成績都是最差的！」

仔細推敲，這流言的意涵與目的有三：

第一、是批評我，不能教！因專業能力不足之故。

第二、是批評我，不會教！因教學技巧拙劣之故。

第三、是批評我，不想教！因從事教改工作之故。

最後一項的批評，也是所有從事教改者經常面臨的攻擊。以校長協會爲首，這些抗拒教育正常化的共犯結構常如此說：

「如果他們能把這些搞教改的時間花在學生身上，豈不是更有意義？」

這句話，乍看之下也言之成理，當老師的，常難以招架如此責難，但若仔細思考，這論點是很難禁得起邏輯的辨證。教育的環境差，再厲害的老師也回天乏術，巧婦難爲無米之炊，不是嗎？但問題出在，一般人不會仔細去思考。

本來，我是不會在意這些沒格調的人的批評，我在意的是我的學生的感受，有沒有認眞教，他們最清楚。「我們這種後段班，成績當然不好！」有時急了我會如此回應。

但是，新的流言又來了：

「你看！同樣是後段班，蕭天助班級的國文成績都最差！」

你看，彷彿照劇本在演出。我也不想浪費生命去跟這些好事者計較，說就讓他說吧，成績本來就很難講。同個等級，各科程度也會有差異，何況還有許多難以掌握的因素，分那麼多段，再去比較，是多麼沒意思的事情啊！

去年，我當一年級導師時，巫碧瑩還沒當組長，那時她跟我是同等級的後段班導，她好勝心很強，第一次段考成績公佈時，本來已形同陌路的她，竟跑來看吾班的成績，看了之後，微笑而去，不知怎的，或許因她詭異的微笑吧，當時我也看了一下她們班成績，天啊！我驚訝地發現我們兩班總成績幾近一樣，但吾班國文總平均竟少了她的班二十分之多，請注意！二十分是總平均啊！如果一開始兩班國文程度是相同的，我無法相信，我再怎麼不會教，會在短短一個月內就把學生成績教得如此差！

當時我才警覺事情必另有蹊蹺。於是，我決定收集各班成績來瞧瞧，才發現此玄機。沒想到這屆，也是如此的差距，總平均二十分！夠狠吧——「二十」，往後就一直是我封王的魔術數字。

這種結果，在校園成績至上的價值中，對照「三不能」的指控，眞讓我百口莫辯！當時我試著將我的「大發現」公諸於世，但國文老師們好像沒人相信，雖然表面上會說些敷衍的好話，但我可以看出她們寧願相信是自己會教，而不是學生原本就程度好，我甚至嗅到他們對我的辯解有某種嗤之以鼻的氣味。

而巫碧瑩的反應，更不用說了，一定笑到落下頦了。但如果這樣的成就感，能讓修補她與我的裂痕，我寧願讓她恥笑。只是沒想到，高興不到一年，首次帶後段班的她就棄械投降，入閣去了。

一般人大都不問過程，只看結果。果然，就在成績單公佈後沒幾天，我就陸續接到家長對班上成績一些老掉牙的質疑。

我被叮得滿頭疱。

相對於水雞的粗魯無理，此時我才體悟到女王策略上的高明。加上那時吾班調皮搗蛋的學生特多，整天打架鬧事，搞得我神經衰弱，幾個比較乖的學生，最後受不了都轉學了，沒轉學的，家長就打電話來責難我不會管學生，「我們班是後段班中的後段」這種辯解他們是聽不下去的。

「我也是大學畢業的！」有個家長就這樣對我嗆說：「那蔡大炮立委是我國中同學……」

你知道的，最後學校就是以「家長要求把我換掉」的理由換掉我，讓我「留級」重當一導，導師被留級，在柳河國中恐怕是頭一遭。

雖極有可能是家長因素，但我也不排除學校自導自演的陰謀，因學校拒絕告訴我要求換掉我家長的名字。

親師座談力挺我的小宏老爸，是蔡大炮的總幹事，而這家長是蔡大炮的國中同學，同樣是民X黨的蔡大炮，最後顯然是國中同學那支大炮贏了……

真相似乎已不重要了，消息傳開來，我教書與班級經營的專業，大概已經掃地了。我最擔心的是，我的學生若因此相信了，我以後要如何努力才能讓他們對我重拾信心呢？

一連串的挫敗，讓我無情發現，我根本無力去抵抗龐大的共犯結構，在整個教育的機器裡，不管如何掙扎，我仍只是一個鬆動的螺絲而已，只是，以後它是被拴緊，還是自行脫落……

這刻意製造的結果，似乎也向大家證明我所堅持的「教育正常化」徹底失敗：

「你看！不加強考試訓練，成績就是這麼糟糕！」

女王嚴密的計畫，讓我無話可說。但是，你知道的，我就是如此頑固得像一頭牛一樣，若放棄了理想，我根本不知道我是否還能教得下去？我實在無法說服自己去相信，目前這種以學科成績爲導向的能力編班是正確的，也無法相信那種沒命似的訓練考試方式叫做「教書」。但這是整個八卦縣國中校園活生生的事實。對於這些大小教育官僚，我的確感到心灰意冷。

成績單研究後，我把剩下的冷咖啡一口飲盡。

我看隔壁的阿晴剛好還在，於是把成績單的玄機告訴她，也順便告訴她我國文教學的理念，期待將來能有良好的互動：「如果妳們班與一〇一班的國文程度相同的話，就不會是同等級了。」

「嗯嗯……」她不斷地客氣點頭「了—了—」個不停，「了」就是「了解」，這是都會區的流行說法，她雖嫁到偏鄉來，穿著卻也走在流行的尖端，是個漂亮的女人。我幾度陶醉在她亮麗的眼眸中，我總以爲，台北來的，應有比較正常的教育觀念才對，所以，我眞以爲能說服她相信我的論點，但最後我就看出她是禮貌性的「了」，了解並不代表認同。她耐心聽我說完後，沉默了一會兒。

「我還是認爲我們班是可以逼的！」她微笑說：「像我教的數學，我都有打，所以贏一〇一班很多分，雖導師的科目通常會比較好，但我相信有逼成績有差……」

聽了之後，我一時昏了頭，心想「怎麼會這樣？」一時不知怎麼說才好。但我還是說了。

「編班考試就考國文與數學兩科，編班就用這兩科加總作依據，妳們班應該就是數學較好，國文較差；而一〇一班正好相反……」

「你說的可能對——」她仍微笑說：「但我還是認爲有逼眞的有差，我們班幾個同學都可以逼……」

換我陷入沉默，耐心聆聽。我想我該閉嘴了吧。

沒想到，我眼神回到我的桌上才幾秒鐘，她就再找我說話。

「天助老師！」她露出迷人笑容：「可不可以麻煩一件事情？」

「什麼事？請說！」

「我還是覺得有逼有差啊！是這樣子的，我請小老師下星期起每天早自習都考幾個解釋，不及格的，你可不可以幫我打？」

「打？」我聽了，眞的嚇了一跳！換我笑著，只是笑容有點尷尬。

「這個……眞的很抱歉！」我有些結巴：「我從來不曾因爲考試考不好而打學生。眞的沒打過！品行不好，或者作業不寫，以前我是打過，但現在我們這班，我用罵的他們就會怕，所以，連打都不用打。以後也不打算打。」

她也有點尷尬望著我，我繼續說，「今年我眞的很幸運，同樣是後後段，去年那班我打得板子都裂開了……」我順手拿起書架上的木板給她看，她笑了笑沒有說話，接著我又自目地推銷起我的教育理念，「所以，如果常態編班的話，頑皮同學分散各班，我相信一定可以不用體罰，因爲有同儕壓力啊！」她點頭，但非認同，我問她，「如果不及格就打，那不識字的小德，豈不是每次都被打嗎？」她班有一個不識字的，吾班有兩個，但小德是乖的，而吾班那兩個，是令人頭痛的超級頑皮。

「我還是照打耶！如果不打，其他同學會說我不公平。」

「其實，這樣對小德很殘忍……」我看她臉色有點變了，急忙轉換話題：「這只是我個人的看法，妳不要太介意，這樣好了，考試沒問題，不及格的，放學後我留他們下來看書、補考，作為懲罰，妳說好嗎？」

我們這樣達成協議。我不再堅持這是我的專業自主權了，她的班是B+班，算是後段裡的前段班，往後還會有許多家長會要求多考試，拒絕的話到時候肯定被修理得很慘。只是，吾班我還是堅持正常教學的大方向，目前家長還算溝通良好。這是微弱的底線。但，有一天我會失守嗎？

我不自主拿起空咖啡杯往嘴裡倒，只剩不到半滴，我抿一抿嘴唇又放下。失神的狀態，我常會有這種令自己不解的舉動，這是不是，精神分裂的前兆呢？我胡思亂想中，疲憊地睡去。

你知道嗎？我做了奇怪的夢。我夢見，那美麗的孕婦百般地挑逗我，但我看到她肚裡胎兒安詳的面容就起不了邪念，不！不！我喃喃說著……接著，女王褪去古典中國式的亮麗衣衫，鬆塌的乳房，漸漸融化，最後竟鑽出一隻隻白色的蛆，它們拱著一具小紙人，紙人胸部插滿銅針……就在我渾身抖顫同時，涂大主任踉蹌跌入夢裡來，我看見她那臃腫的裸體，不禁笑了出來……然後，一個重心不穩，醒了！

我看見旁座的阿晴對我微笑，顯然她知道我作夢了。我有點難為情。

此時正好下課鐘響，班上一位女生哭哭啼啼走進來，說小雄欺負她，「老師，你看！」隨手將一個東西放在桌上，我定睛一看，竟是一具寫著她名字的小紙人，和我夢中一模樣，插滿針……

我安慰著她，叫她馬上去叫小雄來找我報到。她擦擦眼淚走了。

阿義聞風過來消遣我：「哈哈！今天不是愚人節喔！是——萬聖節！」

我大笑以對。一旁老師們看了紙人也笑著，但他們並不知我與阿義的笑是不同的。而，阿義也不知道我剛剛的夢。

我迅速斂起臉，偏過頭，想看看小雄來了沒？沒想到卻又瞥見女王飄忽的身影，自窗外，無聲掠過……

2003

11/1

（拜六）

第九章　火

熊熊燃燒的，不是太陽，
而是權慾；地上小小的螞蟻，
期盼悲憫的風，一絲也好。

一、小雄

太陽眞大，曬到快爆掉，我穿著T恤，外面加一件Polo衫而已，汗水竟然一直流個不停，其實沒太陽的地方風是涼涼的，畢竟已是秋末了，若不是在太陽下站太久也不致如此，只是司令台上一點都不佳的「嘉賓」，輪番上陣，講個不停，講著無聊的應酬話，大同小異，一遍又一遍的「祝福」，都變成難以承受的詛咒了。

這是台灣官場的「致詞」文化，各種大小活動幾乎都看得見，校園更是得其精髓，或者說，官場是從校園裡發揚光大的，反正沒完沒了，睜眼說瞎話，不斷地輪迴，輪迴……像太陽起落，日復一日的自然法則——哎呀，這比喻好像不太對，進步的國家應不會這樣吧，再想想，這樣也有點對不起太陽，褻瀆了太陽，我眞的是被太陽曬昏了。

還好，我背包裡隨時都有準備帽子，否則恐怕更嚴重。我戴著平常戶外賞鳥的寬邊帽，至少有一半的臉躲在陽光下，沒有帽子的老師一副可憐模樣，我看見他們不時張望天空，又不時用手遮陽，但這對陽光一點意義都沒有，誰也沒辦法隻手遮天，我知道這舉動抗議的意涵大過實質的意義，或者有點乞憐的味道，請台上諸位貴賓勿再逞口舌之快。

我環顧一下，眾導師中沒遮陽裝備的，女老師只有一位（阿怡，眞強！），其餘都是男老師，他們赤手空拳與老天對抗的精神令人感佩，多數女老師則早已撐起美麗的洋傘，像一朵花般，老神在在。而學生，也有點蠢動，他們奉命要不斷地鼓掌，不斷地向來賓問好，當然想也知道，這根本不是出自誠意，內心幹得要死，但大人們的威權讓他們不敢太過肆無忌憚，幾天前的兩次預演，他們在怒罵中被訓練成要有禮貌的樣子，這種「禮貌」的模擬，已變成了台灣學生在學校生活中一種不得不玩的應聲遊戲，「校長好！」「主任好！」「老師好！」「來賓好！」……但我總在一遍「好」聲中聽見幹撟聲，「好」得越大聲，那幹聲就越大，不信你可以問問小愛，牠也有聽到。

「你們就這樣被訓練成一群口是心非的人嗎？」小愛說。

牠明知故問，所以不想理牠。即便有鳥帽加持，我還是站得有點煩，煩的當然不是「站」，而是這種虛僞的場景，眞恨不得馬上走人，但走得了嗎？我是這團體的一員，法律與規範綁住了我的手腳。不過換個角度想想，這煩，代表我靈魂還醒著，未嘗不是件好事。自從進入教育體制以來，理想總是在內心交戰中一路退讓，一點一滴妥協，不必你質問，我一定也跟著虛僞了不少，眞怕教書教到最後，身體各部位都萎縮了，只剩一張亢奮的嘴巴……

當我用手擦掉額頭上正要滴入眼睛的一滴汗水，耶～來賓致詞完了！我們美麗的女王微笑接起麥克風，用溫柔的聲音說：

「最後，感謝長官與各位來賓大駕光臨，感謝老天給我們這麼好的天氣，也感謝同學們都這麼主動有禮貌的配合，更感謝柳河國小廖校長把這麼漂亮的操場借給我們使用，今天的運動會一定會順利圓滿，謝謝大家，謝謝……」

「禮成～奏樂！」

「運動員退場！」司儀一聲令下，近千名學生一哄而散，退到各班休息區。

「健康操表演～」還好這沒我們的事，是得獎班級的表演。我趕緊跑到班上交待一些事——你剛進場時看見了，我們班幾個男生竟然給我畫八家將的臉，眞是愛現死了！其實我是不在意，集合時我就發現他們偷偷在塗妝，我故意假裝沒看見，因爲學校自己說可以「創意進場」，其他班大都拿標語，喊喊口號，而他們卻「創」成這個樣子。雖說不在意，但對學校與眾老師們來說，八家將是不良份子的同義詞，我多少還是有點顧忌，告訴他們——玩夠了就好，快把顏料擦掉，要正式比賽了囉！

被戲稱「一點也不健康的健康操」，由五個前段班擔綱演出，在眾人掌聲中戛然而止。

有能力編班的狀況下，任何比賽都失去公平性，也失去意義，所以這些活動到最後結果出爐，都會引來後段班的抱怨，甚至爆發衝突，但這健康操比賽，卻是有點例外，當然對於名次會有習慣性抱怨——「啊，他們是好班！」——但抱怨最多的還是超級無聊的練習過程，簡直是軍隊操練，由於沒得名的欲望（跟課業成績一樣），大都應付了事的心態，重點是，得獎班級運動會要表演，要表演，比賽後就要繼續練習，再練習，他們會說：「不如殺了我算了！」

學校當然也知道，若是後段班級上場表演，「不如殺了我算了！」心裡一定如此暗幹，雖然表面總會說一些鳥話：「課業成績差，其他方面表現不應比別人差呀！」

再者，好班之所以爲好班，就是資質較優，好訓練且不會抱怨，他們心裡想著要爲校爭光，偶爾一些想抱怨的，念頭一出即又趕緊縮回去，因爲怕被踢出好班下放，所以啊，短時間就可以訓練出可以見人的樣子。

何況他們，在比賽前，有專門體育老師特訓，要示範給其他班級看，是啊，這還用比嗎？已經特訓，當示範隊伍了，還比個屁！屁……呀，我好像有點上火，其實，我的心是悲涼的，因我又勾起我慘痛的記憶畫面。

健康操，是改良式體操（運動熱身操），今年才從教育部誕生下來的，它的用意是要取代原本略嫌呆板機械式的動作，讓肢體更活發柔軟，所以結合舞蹈的律動，乍聽好像不錯，但上課實際操作就問題多多，變成四不像，因爲它要配合音樂跟著節拍才能進行，而上體育課哪能都配備一台音響，跳完再打球，只是沒音樂，揮舞起來，個個活像七月半中風的鬼……

好了，現在離譜的是，這樣的舞蹈表演操，又結合軍隊基本動作的操練——進場退場，要立正稍息敬禮，向左轉向右轉向後轉，跑步齊步走立定，行進間更喊起「雄壯、威武、嚴肅、剛直」，甚至散開時「殺！」了起來……天啊，這是什麼鬼，在國民教育場上，我想起十年前剛進學校時，那搞得塵土飛揚、殺氣騰騰的「軍歌比賽」，喂~那是一群才十二、三歲的青少年呀！你就教他們仇恨，教他們殺敵人，然而，敵人在哪裡？不就是你們這些醜陋自私的大人自己嗎？

當然，接著我就想起，我服兵役期間不堪回首的軍隊生活，當然，又想起我威權統治戒嚴年代的求學生涯，那整天在耳畔吶喊的「消滅萬惡共匪，光復大陸國土」，甚至連作文的結尾也要「三民主義統一中國！」……

啊！惡夢，總不停地以各種不同形式在重演。

「小雄呢？」我問班長。

「沒來～啦！」班上同學異口同聲回答，笑個不停。

我需先點個名掌控一下班上出缺人數，因我稍後與其他老師一樣，要做比賽裁判，就分身乏術無法顧及班上。

校運會選在假日舉行，是爲了給社區民眾參與，熱鬧些（每個校長都是愛熱鬧），由於開放式活動，出入成員複雜，怕出狀況（尤其後段班學生），所以就先對他們威脅利誘一番，打打預防針。

「有人知道小雄在哪裡嗎？」我裝嚴肅地問。

「網～咖！」他們最後一字還給我下重音，說完便笑得人仰馬翻，引來隔壁班側目。

「好了好了，別鬧了！」我重複再叮嚀，「可別給我出狀況，否則就沒完沒了喔」，之後就走到裁判區就位，準備比賽事宜。

心，還是卡卡，不時還是會遠遠張望一下蠢動的吾班，帶這種班，誰的心不卡卡？除非無心。

唉，說起吾班那個「咖」——小雄！氣死我了，昨天竟然私下向同學給我預告今天不來，就在我對班上撂下狠話之後：「運動會，是學校重大集會，誰敢無故不來，依校規記小過處分！」，你看，才國一就這樣違逆老師，能不生氣嗎？所以，剛剛我已斬釘截鐵向班上所有同學說，一定小過侍候，否則以後怎麼帶班。

其實，他不是那種「大尾」的壞學生，個子小小，一副營養不良的樣子，不會態度傲慢向老師嗆聲，也不抽煙打架鬧事，講起話來甚至還有點靦腆，根本看不出會有這種叛逆行爲；而他本性也不是眞的壞，只是「爛性」，一切都興趣缺缺，唯獨網咖情有獨鍾，跟班上同學也沒什麼私交，所以經常來一天休一天的，蹺課是家常便飯，但他不會中途蹺課，一蹺就是一整天，行爲模式算好掌握。

鄉公所的資料顯示，小雄的家庭是低收入戶，因此特別引發我的關注，也那麼剛好，他家就位於我規劃「社區學習場域」的村落，這社區我再熟悉不過了。開學後不久，某天下課後的傍晚，我就在社區發展協會理事長張國銘的陪同下，做了家庭訪問。

雖說熟悉，但你知道的，鄉下的地址，往往一個門號就包含好幾戶人家，幾之幾的，一直「之」下去，沒完沒了。當初很快找到門號時，先是得意，之後頓時傻眼了——那「一～三號」竟是一整座的三合院聚落，而且是前後兩進，左右各約三、四條護龍的大宅第，不僅如此，那正身的右邊，又延伸出後來加建的另一座三合院——這院宅堂號叫做「清河堂」，我來過千百回了，它是張國銘的祖宅，今年元旦，才剛結合教學課程在此辦過展覽活動，其實，這裡就是我九年一貫教學的祕密基地，格局完整、形制漂亮的傳統合院建築之外，院埕前還有個廣場，腹地廣闊，而靠圳溝邊岸，又有一棵超大的老榕樹，樹下則是社區耆老經常聚集的地方，下棋喝茶聊天，我就帶著學生在此練習做訪談……

我還是尋尋覓覓，東問西問，好不容易才在正身後進、左邊第二護龍中段找到他的家。

那時，小雄的媽媽正好在，小三的妹妹也在。我表明身份說明來意後，媽媽就無奈地說：「啊著無法度，透早攏嘛有按時起床，哪知冊包揹出去，別人去學校上課，伊就越顛倒爿，走去網咖耍矣。」

「眞害啊～」我說：「妳後遍就莫予伊錢開，伊就走無路，學校這方面妳放心，我攏有盡量申請補助，連食飯錢攏免，若有一定愛繳啥物費用，我會敲電話來。」

「這个囡仔眞巧，攏嘛會共我騙錢，有時欲繳啥物錢，啊有時閣欲繳啥物錢，攏烏白講……」她生氣地說。

「若按呢，妳愛共伊罵，共伊處罰！」我說。

「無效啦！罵嘛毋驚，拍嘛毋驚，我實在無法度管伊～」她無奈的眼神又接著滑出飽含淚水的一句：「我嘛毋知欲按怎？啊𪜶[1]老爸就予人關佇監獄內……」

「按呢……」我一時不知要說什麼才好，偷偷望著她手臂上火燒的傷痕，那鬱結巨痛的肉團。理事長早就告訴我這段往事，只是我不敢問，這種傳統集居院落，大小八卦，探聽一下便知。

「伊本來就好好，咧做塗水的，啊有一工嘛毋知是按怎，就對厝架面頂摔落來，人是閣好好，毋過龍骨就受傷矣，變做無法度做穡……啥人欲倩[2]這種瘸跤破相[3]的人，所以就鬱卒甲規工咻[4]酒……彼工暗時，哪知起酒痟，就用瓦斯點火，砰一聲！厝就燒起來，你看，共我燒甲按呢……」

1. 𪜶（in）：他或是他們。
2. 倩（tshiànn）：聘僱、僱用。
3. 瘸跤破相（khuê-kha-phuà-siùnn）：行動不便之人。

她伸出手臂給我看，刻意壓抑激動的情緒，嘴唇微顫卻靜靜流淚：「本來人就好好，哪會按呢……」

我最怕遇到這種場面了，不知如何說安慰的話，正尷尬之際，還好理事長出來打圓場：「無要緊啦！妳放心，人老師做人眞好，眞關心，若有愛協助的，妳就盡量講無要緊，我佇公所彼爿嘛會鬥跤手！」

小雄媽媽情緒慢慢回復，突然站起：「啊，歹勢啦，煞袂記得斟茶予恁啉[4]……」

「啊，免客氣啦～」我急忙回覆：「眞正免費氣矣！我袂喙焦啦！」

「感謝恁啊！眞勞力～」媽媽指著一旁做功課的妹妹說：「人個[5]小妹仔就袂按呢，有夠乖的，攏免我煩惱，彼个猴死囡仔實在有影不受教！」她停頓一下後有點猶疑：「老師啊，敢會當麻煩你一下……」

「做妳講無要緊」我說。

「伊，我實在管袂牢，嘛毋知欲按怎較好，伊就毋是正經歹，袂食薰啉酒，嘛袂佮人相拍冤家，後擺若閣無按時去讀冊，你就盡量共罵，盡量共摃無要緊！」

「有啊，但是我大聲共罵，攏無效，一點仔嘛無咧信篤[6]！」我有點無奈：「若拍喔——這馬規定是袂拍得，今年這班雖然嘛是後段的班級，但是其他的囡仔罵就會驚，免用拍的，干單對伊無效，所以眞頭疼……」

「做你共摃無要緊，有代誌講個老母講的，若閣皮皮，摃甲予伊斷跤斷手攏無要緊！」

4. 啉（lim）：喝。
5. 個（in）：他或是他們。
6. 信篤（sìn-táu）：相信。

她提高音量說。

「我盡量閣想辦法看覓仔，若閣無效，才考慮講看覓……」我很無奈嘆口氣。

回學校後，某天小雄又蹺課，想到他媽媽可憐的樣子，打與不打我掙扎了好久，最後還是決定，等他來時，要用板子替他媽媽狠狠打他幾下屁股。

誰知，而後小雄竟然用此當作蹺課的藉口，「老師會打我，所以不敢來！」齁！氣死我了，我把這小子找來：「是這樣子嗎？我打你，你才不敢來。還是你不來，我才打你？」

「我眞的怕你打……」小雄怯怯說。

「好！從現在開始，你放心，我不會再打你了，但你若是給我再蹺課，我就不幫你申請補助，你自己去賺錢吃飯！聽到了齁～」我大聲說。

之後，你也大概知道結果，是的，一點都沒用。他依舊我行我素。所以，你有時會看見我也跑網咖——找人！（蹺家了，就得幫忙找人啊～）而我也沒取消他補助，他若體諒家裡只靠低收入戶補助金生活，就不會這樣了，沒錢，還是他媽媽要承擔……

「喂喂！要比賽囉，碼錶趕快準備好喔～」一旁的阿花提醒我。我是想得有點出神。熱鬧的嘈雜聲又從耳畔出現。

「各就各位～」頓時一片安靜，鳴槍裁判繼續說：「預備～」時間凍結了幾秒後，「砰！」一聲，選手開跑了——

這是一年級男生一千五百公尺決賽。

這兩百公尺一圈的小操場要跑七圈半，所以又可以稍稍恍神一下。若是短跑，就戰戰兢兢了，一刻也不能鬆懈，碼錶按錯，或早按晚按忘記按，以致成績出現爭議都很麻煩。

我這幾年來都是當終點裁判，再熟練不過了，學校分配校運工作的原則，都是「照舊」，這樣行政作業方便，老師也因熟練而不易出錯，秩序冊裡的裁判工作表，除非有老師異動，或者有人去關說（這就會造成糾紛），否則都不用改變。但，經常會發生有老師調走了，名字卻還在上面的幽靈事件。

我盯著紅色跑道看，又開始恍神想到吾校的種種，操場的種種……吾班的小凱，剛起跑還衝在前面，第三圈開始就慢慢落後，落後……選手們繞著操場跑，一直跑一直跑，我的眼睛也跟著繞，一直繞，一直繞，最後竟繞出紅紅的火焰來，起初是小雄家的火燒，後來又變成熊熊的地獄之火……

二、阿花

「第一名來了！」裁判長手搖鈴提示大家，我趕緊振作待命，第一名是我的職責——擦！被我碼錶捉住了。他整整贏了最後一名一圈多，他是一一〇班學生，阿敏樂得邊跑邊叫。課業成績之外，運動也是好班的天下。

尤其三年級的體育班，各項目前三名幾乎都是他們包辦，是菁英中的菁英，好班中的好班——導師，正是阿花。

其實，「體育」是騙人的！隨便跑一跑編個名目就進去了，重點還是要課業成績優，其中有兩個是課業差的「眞體育」而已，一個是某某老師的姪子，一個是某某委員的兒子，若老爸沒這頭銜，一定就淪落到A-班去了。這是阿花跟我說的內幕。

「齁，成績眞的很差，主科都二、三十分，標準的『啦啦隊』！」其實她在意的是課業成績，升學表現若不夠亮眼，名師的招牌就砸了。

「人家說體育好的人，四肢發達頭腦簡單，我認爲沒有呀！」她知道我運動不錯，她自己也不錯，故意這麼說。

「當然啊，一般來說頭腦好，幾乎什麼都好，包括運動。」我也故意這麼說：「所以學校常公開說，生活競賽跟課業成績無關，根本是鬼扯！」

「體育班根本是假的！」我經常如此批評。

「怎會是假的？他們體育眞的比其他班優秀啊！」她就會用與學校相同的說詞反駁我。乍聽之下，當然沒錯，體育成績最好，所以是體育班，怎會是假的？一般人很容易就相信了。學校所有對外界質疑的反駁，其實都是經過校長協會周密的討論過，而且全縣統一。這我清楚得很。

但它盲點，就在我剛說的科學理論：「頭腦好，幾乎是什麼都好！」先挑頭腦好的，再補幾個有比賽認證的運動選手，就成了課業成績好的超級菁英班。但這只是讓人一時啞口無言的說詞而已，堵堵外行人的嘴巴，每個家長學生都知道那就是「好班」。有次我就故意對她吐槽：

「體育眞的是表現較好沒錯！但重點要看他們的升學導向才正確，體育班設立的目的，是要升上高中職的體育班，然後大學的體育班，爲了培養國家的運動選手或人才，但現在的事實是，畢業後繼續選擇讀體育班的學生只有一兩個（那些選手型學生），其他都是以升普通高中的普通班爲第一志願，我說的假，假在這裡，妳看，所有國中的優勢資源幾乎都挹注於此，那是不是不公平又浪費，又反教育……」

當然，她不會，也懶得跟我辯。反正我是公認的「放牛老師」，有賴學校的免費廣告，聲名遠播，唉，人家才不會相信我的話。

其實說「菁英」，它的定義，在柳河國中才能成立，若跟都會區學校比，簡直牙籤比雞腿。但「菁英」這個詞，會讓好班學生尾椎翹起，傲慢得以爲自己眞的是菁英，好班的老師也是，以「名師」爲榮或自我催眠，然後有的跨界進軍補習班，有的甚至投資開起補習班，當然，這都是「秘密」——一個所有人，連學生都知道而只有教育局不知道且流傳已久的「秘密」。

她一直都是帶這種特殊班，而我是一直帶那種特殊班——後後段，但一直沒人跟我說內幕，都是八卦來八卦去，才傳到我的耳朵。大家都等著看好戲。

還好，這屆學生初步都還在掌控當中。有一個令人頭痛的「相拍雞仔」，家長雖問題多多，但若小孩鬧事，基本上會站在導師立場。唯一擔憂的，是小宇老爸，就那家長委員，至今仍想不通學校的企圖，既然他已出了錢買個委員當，小孩不去A-人情班，卻甘心在我們這種後後段，到底在玩什麼把戲呢……

說起阿花，其實與我頗有「淵源」，怎麼說呢？因爲十年前，我剛進柳河國中，就是她私下推薦我去教第一好班的國文。然而，我從頭到尾一直不知道這件事，後來，我隆重被撤換後才聽人說的——那人就是阿琴，她是阿花的好友，當時我與她還不熟，不知怎地有一天就聊了起來，她就爆料：「啊人家不要正師大畢業的，反而指定你教那班的國文，怎麼你搞成這樣……」

聽到沒？是「指定」，根本不是什麼「推薦」。是的！我的表現太令人失望了。從此，就與好班絕緣，而且被打入後後段班，永不得翻身，變成學校「主打」的「放牛老師」。

這樣說，你或許還不足以領悟，耳朵再往前一些吧。

阿花最小的，也是最疼的小孩，就在那班啊！當然，許多老師與重量級委員的小孩也在那班。這樣你大概就茅塞頓開吧，關於我往後在柳河國中的坎坷命運。

阿琴後來跟我漸漸熟悉，所以繼續有料出來：「你怎麼可以這樣，連指定購買的小考A卷，段考前都沒考完，人家那兩個好班，甚至連B段班，都已經加考了好幾份去了，你……」她猛搖頭：「不是我講你，連參考書你也沒上，那程度怎麼可能提升……」

「但他們比起別班成績沒較差啊！」我說：「測驗卷沒考完，是因爲我有其他教學安排，也覺得沒必要，而參考書，不是學生自己參考用的嗎？否則怎會叫做『參考書』？」

「齁～好還要更好啊，要不然怎叫『好班』？」她繼續消遣我：「眞是的，被你打敗了，大菜鳥！你沒看其他兩班好班操得那麼厲害，連棍子都請出來了嗎？這種班就是要盡量給它弓[7]落去啊～」

我必須承認，我是個不合時宜的大菜鳥。剛接這班有來頭的國文，我就有自知之明，無論如何，帳面上成績一定要保持一定水準，我也做到了，但我也認爲，他們就因爲程度較優，所以要做加深加廣的教學安排，才會更優，不是增加考試，考試太多，反而不利思考與辯證。所以，我排除萬難，絞盡腦汁，刻意設計一些不一樣的創意教學，更利用假日（自己的休假時間耶！），帶他們校外教學，而爲了行前說明，還特地拍了很多幻燈片給他們看咧……

當時我另一個身份，是國三後段班的後母導師。每年人事多少都會有些異動，若有導師離職或請調，新進的老師大概就是補這個缺，與我同梯次進來的共有四個人，一女三男，而我是三男中最年輕的，這大後母就非我莫屬了，不是看上我年輕耐操，而是耐打——你不必偷笑，這是那時流行的不好笑的笑話，國中老師被打也不是新鮮事，被幹撟[8]更是家常便飯——啊，你就知道我當時蠟燭兩頭燒的艱苦辛勞。

撤換我好班老師的頭銜，其實我認了，也心甘情願認了，因我性格上本來就不是屬於這種貴族式調調。只是，撤換前我都被蒙在鼓裡，直到第二年開學時拿到課表課本才發現，原來的班級怎麼不見了！而我已經花了整個暑假時間在準備新課程，並安排新的教學活動，齁！你說這樣搞你會不會生氣？好像故意懲罰我一樣，懲罰我沒有多貢獻一些講義費給書商

7. 弓（king）：撐。
8. 幹撟（kàn-kiāu）：咒罵、怒罵。

嗎？眞是的！三字經都要爆出口……

我是菜鳥，情緒還是按耐住。我知道，還有很長的路要走，選擇進到教育體制的初心，每當遇挫時，我都會把它掏出來，血淋淋地，砥礪自己一下。

懲罰我也就算了，中途換老師，對學生也是種傷害，何況我與學生已漸漸建立了良好的教學互動——阿花的小孩小展，聰明如他，對我另類的上課方式喜愛非常，甚至連買運動衣都向阿花指定要「國文老師那種的！」

我當後母三導那年，放學後的傍晚，幾乎都與吾班男生打籃球培養感情，我大學是籃球系隊，想先用球技征服這群不喜歡讀書，卻經常惹事生非的小毛頭，這招可以增加班級經營的優勢，「學生若不接受你這個人，你上課講什麼內容都沒用！」這是我教學的信念。

八卦又說，撤換老師案，其實該學年下學期第一次段考後就敲定了，當小展得知要換掉我，就賭氣不來學校上課，有整整一星期沒來，當時阿花只告訴我說，他因某種情緒問題請假，而不知情的我，眞心想提供一些協助，我知道他喜歡我每階段額外安排的教學活動，也知道他有點排斥整天考試的好班操作法，就好心跟阿花說：

「我把這階段教學活動提前推出，妳告訴小展，說下週一下午相連的兩節國文課，我要進行一個戶外活動，邀請他來參加。看看會不會有所幫助？」

誰知，那天小展眞的來了。剛開始，他眉宇間看得出那沉潛的憂鬱情緒，但很快就投入活動當中，甚至有了笑臉，而且，從此沒再缺課了……

我知道，你聽了一定很不屑，馬上要檢舉我：「這是誇大療效，不實的廣告！」

當然，我的活動不會是解藥，而我也不可能迂腐到自我麻醉，自稱是無敵的「Super 教師」，雖然表面上看起來，事件發生的邏輯，好像還蠻符合「有效的教學」或「有效的輔導」這些形式主義的比賽指標（有些老師很熱衷於此，他們在流口水啊）。

我不否認，一開始是有點得意，去揣想之間的因果關係，但仔細想後，很快就排除這個選項。那，什麼是解藥呢？老實說，我也想不通，也知道不宜（雖很想）找小展來問個清楚，因他不是普通人，是超級A班教師的小孩。

直到兩三天後的一個下午，阿花趁一導辦公室十個導師都在，故意提高音量對我說：「天助老師，多虧你，我們小展不鬧情緒了！」

「喔～」一開始還不知她在說什麼，會意過來後就跟她客套一番：「沒有啦沒有啦～沒那麼厲害啦，是他自己突然想通了吧。」

眾老師聽了之後，也湊過問她詳情，就這樣七嘴八舌起來。突然間，我瞥見阿花那虛偽的笑容，恍然大悟，「此事必有蹊蹺！」我心裡盤算著，只是還沒悟出其中緣故。

接著，過沒幾天，某個傍晚放學時，小展班上一個乖巧漂亮的女生，剛好在校園與我同行，她揹著書包和同學要一起回家，我則下課要回辦公室，就自然聊了起來，她說：

「我們導師說，你教學的方式很好，但這是理想，不適合國中。」

「不適合～為什麼？」我說。

「啊國中就要聯考啊，要聯考就要考試啊！這是現實。」她明顯在轉述別人的話：「現實與理想，本來就有差距……」

「妳說的沒錯，現實、理想是有落差，但妳有發現因此成績變比較差嗎？」我接著說：「這樣，上課不是會輕鬆一些？而且可以學點課本沒的，也可訓練一下腦力，像要你們上台報告，練習蒐集資料與口才等等……」我發現我的語氣好像在對質疑我的大人辯駁，就主動停下來了，她只是個小孩。

「我成績是沒變差啦，國文很多自己看也看得懂……」她結巴了一下繼續說：「我不知道啦，反正主任說，讀書哪有那麼輕鬆？現在輕鬆，以後就辛苦，現在辛苦一點，以後就輕鬆！」

「主任？」我發現鋩角[9]了。

「對啊，那天，就小展來那天早修，教務主任來對我們班精神講話，還講了好久~」她笑笑說，頭轉向同行同學：「對不對？超級無聊的，根本浪費時間……」她們走到路的分叉點，說完就與我道別了。

小展的解藥，終於出現了，原來就是水雞！我就說嘛，我哪有那麼厲害……

唉！「怎麼來，就怎麼去！」只是，爲了一個小展，其他小孩要跟著陪葬，有點不公平吧。阿花，又是何許人也，可以這樣「指定」來「指定」去的？雖這樣說，想想還是別往自己臉上貼金吧，我自己沒那麼偉大，或許人家阿花認爲這是替天行道，拯救身陷水身火熱的無辜小孩咧。

學生有沒有因此受傷害我不知道，但我知道，這件事情，我卻受傷很重。

從此，我正式告別好班，成爲「放牛老師」；也正式成爲點油做記號的黑名單老師。此後不管校長換誰，我一路走來，始終是口耳相傳被打壓的對象。

所以，你知道的，如果我在國中還想保有那一些些教書理想，就得用「抵抗」的方式，才能換得少許空間。

例如，所謂的「第八節」、「假日班」、「輔導課」等課後加課，名義上很好聽，什麼「補救教學」、「學藝活動」、「育樂營」之類的，其實都淪爲考科惡補，家長也樂於把它當成廉價安親班。這我根本不認同，何況這種掛羊頭賣狗肉行徑，也是違法的！知法犯法不是反教育那是什麼？教育理念上，這樣的惡補也扼殺了學生思考與深度學習的空間，甚至放學後的運動時間都被剝奪了……而我的抵抗，就是——拒絕！拒絕加入惡補行列！

「拒絕在學生面前做不好示範，難道不是一個老師最基本的身教嗎？」或許你會如此問。

沒錯！但拒絕，等於拆穿了國王的新衣，戳破了不能說的秘密。同事們都認爲我這樣做，下場會很慘。果然很慘！之後學校就想盡辦法修理我，威脅送考績會懲處啦，課表惡搞啦，造謠抹黑啦，利用家長會打壓啦……反正「欲加之罪，何患無辭！」

所以啦，我就要去找法令證明我有權利拒絕，甚至證明你違法，也要不斷在家長、老師、學生面前做辯駁……唉，光是這點你就累翻了。

但教書，若要我完全放棄理想，眞的完完全全變成職業，那我肯定是教不下去的。「理想可以妥協，但不能一點都不剩！」這是我的底限——唉，我對自己也是沒辦法，這撐在脖

9. 鋩角（mê-kak）：事情的原則、範圍、輕重關鍵。

子上，很硬很硬的牛脾氣。

讀一下台灣近代史（偏偏大多老師教書卻自己不讀書），你就知道打壓的手法太多太多了，這些都是政治場上的翻版，一時也說不完……

是啊，那阿花又是何許人也？行事低調的她，我也是慢慢才稍稍了解一些內幕——她是台東人，傳統師專畢業，原本教小學，嫁到柳河鄉後就到大學進修，而後才轉任國中教師；大學進修時，專業科目是「輔導」，在柳河國中卻是一直教國文，輔導變成次要的配課，最後竟又變成了國文名師。

她總是謙稱國文非她專業，但名師就是一種專業，國中會不會教書不是那麼重要，會逼學生讀書、會排考試才是必要條件，一旦名師了，任何科目都自動專業了起來。所以，你就看到這種奇特現象，我一開始覺得不可思議，但久了，就不想去思議。只想嘆息。

我把目前柳中三大A班導師的本科與任教科目說給你聽，你就知道我嘆息的原因了。阿花就不說了，與他同樣資深的老郭，本科地理，卻兼教國文也教數學；另一個是阿敏的老爸，老楊，本科生物，竟大多時間是教英文。他們倆跟阿花一樣，最後都豬羊變色，變成英數名師了。

所以，所謂的好班，近乎國小似的由導師包班，還有一些藝能科配課，可以用來考試與加課；不僅這樣，課後還包——第八節、晚自習、假日，也由班導來安排課程。郭、楊兩人更厲害，還插股開補習班，將國教主動延伸到補教（教育部一定要頒獎狀給他們！），最後，補教名師頭銜就自然從天而降。這一降，財源便源源不絕（他們也要頒獎狀回贈教育部！）。

那你會問：「難道主任、校長不說話嗎？」

嗯，我要讚美你這漂亮的一問，「不說話嗎？」是內行人的發問，若你改說：「難道主任、校長不知道嗎？」，或者更低能：「難道教育局不知道嗎？」，不僅是我，就連學生都會嘲笑你智障的啦。

是啊，不說話嗎？當然說啊，只是輕輕說，悄悄說——莫名興奮的鈔票就自動跑到口袋內，連插股都不用插啊！

之前，學校會把他們倆與老王，三人分開在不同年級，以免補習客源衝突，而阿花，就留著特殊班成立或他們當專任時彈性運用。三年前老王退休後，陰錯陽差，老郭、老楊與阿花，三大A班台杜竟變成同年級了，今日都在三導一起廝殺。但如此安排，一、二導就沒名師做領頭羊——聰明的女王，心裡不知在盤算什麼？

阿花，沒「養鴨子」（收學生補習）習慣，有沒有投資插股就不得而知了。她整天幾乎都在校園裡蹲著，上班時間也不像其他老師一樣會四處落跑。這點，眞的就要肯定她了。

「這樣的身世沒什麼呀！」是的，她本身沒什麼，但夫家就特殊了——她先生，是「柳河鄉代表會主席」，兼「中X黨柳河鄉黨部主委」——光這兩個頭銜就夠威了吧！就不用再說，那從校園圍牆外放眼過去連綿不斷的田產……在鄉下，不要說戒嚴時期，光是現在進入二十一世紀了，還是強強滾的啦，用台灣諺語叫做「喝水會堅凍[10]」！每個校長履新，包括柳河國中歷任校長裡最有權勢的鱸魚，沒人敢不去她家先拜個碼頭，再進校長室的。

10. 喝水會堅凍（huah-tsuí ē kian-tàng）：呼風喚雨。

而我，卻是有眼不識泰山，兼「青盲的毋驚銃子」。怨誰呢？從這件事件後，我自動對阿花保持一定的距離，尤其她的笑容……

「喔！來了來了！」我又聽見裁判長的鈴聲，國二男生一千五百公尺最後衝刺，在加油鼓譟聲中，第一名，同樣快速被我碼錶牢牢抓住；緊跟在後，是二、三名，他們競爭激烈，形成拉鋸戰，「快！快！」只見阿怡激動地在場邊吶喊，爲她們班的選手加油，加到連跑步的姿態都出來了，恨不得自己下去代跑，大家看得哈哈大笑——她曾是田徑選手……但最後終究沒超過去，落得第三名。

接著，國三男生也都一一搞定了。唉，吾班除了男生一百公尺第二名外，其餘都還沒開張。說不擔心是騙人的。

「整潔秩序差，讀書不會，運動也不會，這導師不知道怎麼當的？」我已經替學校想好八卦的草稿。

中場休息。越接近中午，天氣越來越熱，我喝點水，趁上廁所之便順便繞去吾班休息區看看，還好，除了兩個男生沒通行證亂跑被生教組長罰站外，並無出大狀況。此時，我才發現，除了司令台右側的終點裁判區外，其餘各班休息區都有榕樹遮蔭，是天然的帳篷，女王對操場「漂亮」的讚美，一點不爲過。

小雄仍沒出現，依他習性判斷，今天不會出現了，也打電話給他媽媽了，算盡了導師的基本責任，這形式上的例行公事，我都必須特別留意，否則又落人口實。

「小武，一百公尺第二名捏～」一些女生大吼。
「我早知道了！我是終點裁判耶。」我說。
「小琪，兩百公尺第一名捏～」她們故意整齊地慢慢說，把音拖長。
「小琪？眞的嗎？我怎麼不知道，我按碼錶的咧～」我驚訝地問，懷疑他們開玩笑惡搞，我轉向瘦小的小琪問：「眞的嗎？」
「嗯。」她有點害臊的點點頭。
「耶～」我故意大叫比出勝利的手勢。我繼續假裝興奮說：「中午我會叫店家送飲料來，班長再叫老闆來終點裁判區向我收錢。慶祝勝利，請你們喝涼的～」
「耶～」換他們興奮異口同聲大叫。其實我早就訂好飲料要請客。

「大會報告！女子八百公尺決賽，選手請馬上到檢錄區點名。」司儀老師的聲音從擴聲器中流了出來，有氣無力的樣子，大概也肚子餓了吧。早上賽事，就剩這項，拼完就吃飯了。
很快地，各就各位之後「砰！」一聲就出發了。八百公尺，四圈操場。大家似乎顯得特別興奮，爲選手加油，也爲肚子加油。
「跑完就吃飯了！四圈，對不對？」阿花笑笑，親切地問我說。
「嗯。」自從撤換老師事件後，她對我講話都刻意包含著一種愧疚成份的溫柔，而我總低調回應，有時甚至有些冷漠，沒辦法，心中已有揮之不去的疙瘩，假裝不了，我知道她也知道我的內心的憤恨，只是彼此都不說而已。

我的視線，一直注視著跑道，即便剛剛與她說話的「嗯」也是，我的思緒又開始跟著選手繞操場，又繞出熊熊火焰來，只是這回，是我腹肚悶燒的怒火……

三、鱷魚

那時，年輕的我血氣方剛，得知被撤換的當下，眞的很生氣，氣到很想馬上去找鱷魚理論，或者是水雞與田僑仔，他們是我認定的三大兇手。阿花雖肯定是幕後黑手，但我認爲被國家賦予法定權力的決策者，要承擔最大的責任，誰叫你要接受關說、施壓或諂媚的！

當然，你知道的，這只是盤旋在我心裡慷慨激昂的牢騷而已。

開學校務會議時，其實就發新課表了，只是我還沒仔細看，總覺得人事沒異動，任課老師教到學生畢業，是一般排課原則，誰知會議結束後回到辦公室，設備組長拿新課本來發，我發現怎麼沒國二國文？本以爲弄錯便問她，她只說「對啊！」就走人，我才恍然大悟，趕緊翻開課表來看，結果眞的被換掉了，再翻翻資料，又發現，小展班級新任的國文老師，竟然就是阿琴——「有沒搞錯啊？她是歷史老師……」或許你馬上會跳起來說，但，你忘了，這是柳河國中的「A老師法則」，教師證的科別只是參考用的，是啊，阿琴本是歷史兼教國文，後來跟其他A老師一樣反客爲主，變成國文兼教歷史……

我要再度向你保證，我眞的很生氣，但最後還是把很生氣的氣呑進肚裡。因爲，就行政權責而言，他們這樣做又沒違法，只是有失情理而已，是的，誰要跟你這菜鳥談情理，理智告訴我，我憑什麼去爭議？

於是我在辦公室，大聲把這件事情爆開，表達不滿，但眾老師似乎都淡定以對，好像這事早在意料中一樣，有點好心腸的，像大我四歲的阿義，當時雖還不是很熟，他跑來拍拍我肩膀表示安慰：「就這樣，路還很長……」

是啊，我還能再說什麼呢？但我會狠狠記住，這三大狗官。我也深信，他們更會狠狠記住我。因為，我在辦公室的激情演出，馬上會上達天聽，這就是學校裡特有的封建遺毒——「抓耙仔文化」。

其實，我剛來柳河國中，一學期都不到，就被鱷魚槓上了。

那時，是深秋時節，所有生活庶務大致安頓了，長期在外奔波的心也漸漸沉靜下來，我寫了回鄉後第一篇散文〈國中安親班〉，發發放牛老師的小牢騷，也幸運地被報紙刊登，雖是南方一個小報，同事也應無人知曉，但重新提起少年的筆，在現實殘酷的教學生活中，仍掩不住興奮，逝去的夢想，好像又被輕輕喚醒，幾度這樣沉潛細思的夜後，我用一瓶啤酒暗暗對自己宣告，文學就此要介入我的教學現場……

誰知，興奮不到一個月，期末校務會議就狠狠打了我的文學夢一個巴掌。

那天，不省人事才正式宣佈「會議開始」，鱷魚就迫不及待的搶走了麥克風，開始胡言亂語起來（他一向口齒不清）。老師們對這種制式宣導向來就沒興趣，有些老師則在輕聲交談，有的則在改考卷算成績，而我總躲在後面發呆，要不就在會議資料上鬼畫符；場上所有教職員工近百個，也算是大場面，窸窸窣窣的，有點嘈雜，但那些前面排排坐的大官一向也不以爲意，因爲這是例行公事，形式重於實質，雖名爲開會，但一般狀況不會有人發言或討論，他們也不願你發言，不讓你討論，就等時間過去，而你照著上級計畫行事就沒錯。

但有些只能看不能做，或根本沒有做，我一來柳河，資深老師藺老，就戲謔地提點過我：「這個齁，寫好看的，哪有這些鬼活動？做業績啦～啊那個齁，什麼促進教學正常化的，千萬不能做，要不然會死得很難看喔～」；而有些，卻是只能做不能說……大家就這樣等，像拜拜一樣，等金紙銀紙燒完。

突然間，鱷魚竟嘶吼起來，還用手拍桌，大家都嚇一跳，頓時全場鴉雀無聲：「啊那個誰啊，在報紙上亂寫文章，你給我小心一點齁！」他用非常誇張的台灣國語氣急敗壞地說：「我唸一段給你們聽看看：『這就是壞班——初來這所學校，乍聽校長在開會時公開如此稱呼，倒有些訝異，很少聽到這般露骨的……』寫這種什麼屁話啊，恁老師較好咧，壞班就壞班，你想怎樣？不想在柳河，就到別的學校去啊，去啊……」他越講越生氣，口水四濺，激動得有點喘不過氣。

我心裡有數，心跳加速，耳後也熱起來。我稍稍轉頭瞄了一下他，比想像中還激動，瘦小身軀，幾乎趴在桌上的傲慢姿態，頭歪著卻齜牙咧嘴的，眼光從深邃隙縫中狠狠地穿過來，此時，我才恍然大悟爲何稱他「鱷魚」。

而眾老師面面相覷後，視線不約而同慢慢投射到我身上，我一臉嚴肅，看了一下他們，考慮著要不要起來辯解。

「恁老師較好咧～恁老師……」他氣到跳針，話喃喃重複著：「你寫什麼屁文章，你缺錢啊，要稿費齁，看要多少，我都給你……你給我小心，你的資料我都有……」

「好了！好了！校長～我們繼續開會～」黑狗主任轉頭勸他停話，勸了幾回後，用手拍了一下他手臂，直接拿走麥克風，隨即眼神示意著人事，人事趕緊接著說：「現在各處室報告，教務處～」

黑狗主任，巧妙地化解尷尬。鱷魚情緒好像緩和了，慢慢沉靜下來。他六十四歲了，隔年就要屆齡退休，老邁到看起來有點疲憊不堪，有時頭甚至快碰到桌面，好像是在打瞌睡。

會議場面是保住了，但我的心還尷尬著。這是我在柳中第二次校務會議，就搞成這樣子，還眞是尷尬。我不斷想著如何因應，是否要在臨時動議時起來說話，還是事後去找他講清楚說明白，不管怎樣，不能就這樣不明不白，那篇文章，才一千多字，根本只是一些牢騷而已，我很訝異爲何鱷魚反應那麼劇烈？

再來的疑問是，他爲何有這篇文章？那南方小報，延續軍隊「三報九刊」風格的學校根本沒訂，也不可能訂，而外面報攤要買也不容易，除非去鄉立圖書館找，即便找到了，我又不是什麼名作家，那小文章是躲在偏僻角落，不仔細看還看不到……

內心交戰著，掙扎半天，會議竟就結束了。

正當我在收拾東西時，突然聽見會場有吵鬧聲，以爲脾氣暴躁的阿安又跟人衝突了，趨近一看，原來是那天天酒氣沖天的生教組長龍清泉，正在向女職員大小聲，只見她一直「抱歉抱歉」說個不停，他沒打算放過她一直咆哮：

「別人有的，我也一定要有！」

「組長抱歉！抱歉！漏掉了，不是故意的，我等一下再補給你……抱歉啊！」她低頭不斷賠不是。

「對不對，我不是不講理，我不要差別待遇，別人有的，我一定要有，這是我的權益，對不對，對不對……」

他飆完話，走人後，我去問女職員到底何事？

「就，發飲料時漏給他了……」她無奈說。

我還以爲是天大事情咧，天啊，爲了一瓶十元的飲料（校務會議慣例合作社都會提供飲料），也可以鬧成這樣：

「妳早說，我的飲料就送給他……」我說。

唉！眞輸給他了。我最瞧不起這種人，眞想馬上學鱷魚的語氣，丟一百塊錢堵他的嘴：

「你要齁，我都給你，十瓶夠不夠？」

這算是意外插曲。但校園裡，插曲往往一不小心就變成主要旋律。

眾老師慢慢離開，沒人敢來找我八卦，誰想沾惹一身腥呢？我想了想，他雖沒指名道姓，但大家都知道我是「元兇」，我還是決定要去校長室找鱷魚「自首」，講清楚說明白。這是什麼時代了，連寫篇文章也不行。

當我深呼吸集氣後，氣沖沖要離開會場時，好心的黑狗主任大概嗅到氣味，過來攔下我。

我先說話了：「我要去找校長講清楚！我又沒指名道姓某人，也沒寫到柳河鄉，更沒寫學校名字……」

「喝酒啦！喝酒啦！」他把我拉到一旁輕聲說：「不要去，你沒看他臉紅成這樣，連走路都不穩……」

「喔，我沒注意到咧~」有時對不關心的東西就是神經大條。

「不用理他啊，他這個人就是『耳空輕』啦，容易聽信那些抓耙仔的話，其實他嘴巴壞心腸軟，不用理他啊！」主任繼續說。

這主任我還蠻尊敬的，你知道的，我第一次當導師就帶國三後段，遇到棘手的問題，他總是盡量提供協助，碰到不講理的家長或學生，他也必定站在導師這邊。所以，我相信他的判斷，接受了勸阻。

他順便遞給我鱷魚交給他的剪報——是啊，正是我的「大作」。我看了一下，還有用紅筆畫重點，並註解……這是什麼跟什麼啊！

但總覺得事情未了，這一頂大帽子扣在我頭上，不澄清一下怎麼行？邊走邊想回到辦公室後，我馬上將我自己的文章剪報從資料夾中抽出，決定去影印給全校老師看，攤在陽光下接受公評。而那張有註解的剪報，就留著「辦案」，我想知道抓耙仔是誰？

其實，我跟鱷魚沒講過幾次話，因爲根本不常看見他在學校出現，後來才知，他是個「酒國英雄」，根本不管學校事務，整天在外交際應酬，偶爾回校，就是醉醺醺的，胡言亂語後，就到校長室趴在辦公桌睡覺。整個學校，都是各處室主任扛著。慢慢又知道，這樣說不精確，教務主任根本也是虛位，水雞油腔滑調的東混西混搞關係，準備考校長，他甚至連哪時要段考都不知道，教務處是那資深教學組長田僑仔掌權，而其他庶務則是訓導處老鳥黑狗主任在主導；然後，學校就照一成不變腐朽的行政體系，運行。

阿義就跟我開過玩笑說：「公家這破房子，眞的很爛，但不會倒，因爲有幾根梁柱撐著。」

是啊，這玩笑很眞實，但不好笑。

督學出身的鱷魚，在校長裡輩份最高，喝酒的豪邁也是出了名。我的「國中安親班事件」後，除了偶爾朝會遠距離相見外，幾乎沒再跟他碰頭講話過，直到，第二學期吾班畢業典禮後，家長會請全體老師吃飯（每年固定的謝師宴飯局），鱷魚在家長會長陪同下，一手拿杯子，另一手拿整瓶啤酒，一桌一桌敬酒，到我這桌時，他已經搖頭晃腦了：「來！咱來感謝一下家長會長～」他下班後這種場合就改說台語：「來啊～乾杯啦……猶未猶未！」他突然指著我的酒杯：「這个袂使得，斟予滿，斟予滿！」

「按呢就好啦！」我說。

「袂使袂使！少年人～」他堅定地說。

「無要緊，按呢就好啦！」我酒量差一直推辭，突然見他酒杯幾乎一半是氣泡，就笑笑說：「你看，你的杯仔攏是波，我的無波，所以差不多……」

「啥物？無『膏』？」他開起黃腔：「按呢袂使喔，七少年八少年就無『膏』……」

大家跟著他大笑，他那滿口檳榔汁與菸垢混合的鱷魚牙，又出來瞅著你。看他鑾堅持的，不想再搞下去，就斟滿酒，一口喝下。

他又晃到別桌，好像廟會陣頭一樣。那事件後的初次接觸，心中仍怪怪的，感覺他好像如黑狗主任所說的，「飆一飆就忘記了」，沒記恨的樣子，還是，整天醉生夢死的酒國英雄，怎會記得你這一號小跤人物？

「共斟予滿啦！」她又對某新婚的女老師放槍：「恁翁攏無共妳注射一下，按呢瘦卑巴，攏無生肉……我共妳補一下～」

唉，也眞服了他，任何話題都可以變成黃色炸彈，難怪稱霸整個八卦縣的杏壇。

這是我服務過的第三個國中，從台北到高雄，又回到柳河，這教師的酒聚文化竟都一樣，一樣臭不可聞，黃湯下肚，只是胡言亂語瘋狂的程度差別而已，而這群叫「老師」、「主任」、「校長」面目可憎的動物，上課進到教室，又變身成道貌岸然的老夫子，開始板著臉孔，對學生四維八德起來了……

當下，酒酣耳熱之際，我感到萬分慚愧，哪有臉吃什麼謝師宴，又看到餐廳辛勤的服務生，我更顯得無地自容，恨不得馬上挖個地洞鑽進去——唉，逃不了不打緊，鱷魚那血盆大口又趁機飛入我迷濛的眼簾，是的，我記起早上頒發畢業證書時他那超噁的嘴臉，他興奮地以萬歲之姿向大家宣佈：

「今年度柳河國中三百八十四個學生，全部——畢業～」

他尾音加重拉長，還帶出「耶！」一聲，對我們國民教育做了最佳的註解——不管揹幾大過，不管「投一休四」大聯盟式缺曠，不管認不認識字，全部——畢業！

此後，我沒再參加過學校這種酒聚，只剩久久出現的同事結婚宴會，到最後連婚宴、退休宴都敬謝不敏。

鱸魚，在我進柳河國中第二學年的秋末，也就是新帶班級國一上學期第一次段考後，就屆齡退休了。當然，他的退休宴，我沒去。

酒，或許也有它的妙用。我要告訴你的是，那次謝師宴散場，我不勝酒力（真沒用咧！永遠與校長無緣～），先回學校辦公室休息，順便泡杯熱茶醒醒酒，準備等酒退之後，再開車回家。

當時，約下午兩三點，辦公室空無一人，大家都回家了，我正喝茶發呆之際，發現桌上有個生教組的公文夾，正在納悶，想說吾班都畢業了，操行成績早就結算了，怎麼還有這個？打開一看，發現是公差學生搞烏龍，那是二〇九班的懲處單，而我是三〇九班。正打算丟去二〇九班導桌上時，突然看見似曾相識的字跡，靈光一閃，那龍清泉的影像竟頓時映入腦海，我突然想起被我棄置半年的剪報，課務一忙完全忘記「國中安親班事件」，趕緊從資料夾抽出，比對一下筆跡——「賓果！」幾乎吻合，又想到坐他旁邊的體育組長，有回跟我抱怨他去給鱸魚打小報告，再對照龍清泉的行事風格，八九不離十，告密的兇手鐵定是他——龍清泉——「恁老師較好咧！」我咬牙切齒自語，把鱸魚的名言給了他。

酒，還眞妙，替我了偵破一宗懸案。

暑假過後，新學年開始，我被撤換好班老師，突然又讓我聯想到一件事，他女兒，跟小展同一班，我之所以被撤換，會不會都是他搞的鬼，而阿花只是愛兒心切受他慫恿……

唉，至今我偶爾還是會想起，這人間煩人的鳥事，好像永遠不會結案；還是說，正因爲這樣，才叫做人間。

時光眞是匆匆。很快兩年過去了。小展，與龍清泉聰明乖巧的女兒，都順利考上第一志願高中。會考試的老師，果然，也生出會考試的子女。

前些日子，某假日，在大賣場遇見阿琴，竟傳來一件新八卦：鱸魚死了！

「大腸癌死的～」她幽幽地說：「唉，聽說死前被病魔折磨得很痛苦……」

「喔～」我回答說：「人生，本來就很難預料。怎麼說？」我心情竟然很平靜，沒有哀傷或喜悅的波動，一個曾經在教育界叱吒風雲、吃香喝辣的督學兼校長……只是，我不由得又想起在南部偏校教書時，某學佛的老師經常掛在嘴邊的話：「老師這行業，是現世報，不用等來世……」唉，我至今仍堅持的一些些教學理想，是否也隱含著這因果論的恐懼呢？還是這本身就是一種報應？我不知道……

「耶！」眾學生高聲歡呼下，八百公尺結束了。

「吃飯囉！」諸多泉湧的記憶，瞬時都被學生的歡呼聲打散了。

沒想到，才要去司令台旁領便當，有人就替我送過來了，當然不可能是吾班那群過動的小孩，是阿花，叫她的好學生順便把終點裁判的份一起拿來。學心理輔導的阿花，就是這麼會做人。

下午賽程，只剩最刺激的大隊接力。吃飯前，我去班上休息區巡視一下，誰知又傳來捷報——班長小秀在冷門的跳高、跳遠竟都拿第一名！

第一名耶~我趕緊去積分板大略算了一下分數，哈，即便大隊接力槓龜，吾班女生團體成績，坐三望二啊！這下優勝錦旗拿定了！哈哈，那些造謠者，恐怕要傷腦筋了……

用餐完畢。很快，大隊接力開跑了。

我的眼，又開始繞操場跑了，紅紅的跑道，就這樣一直繞一直繞，一圈又一圈。秋末的太陽，依舊火辣熱情，想到吾班飄揚的錦旗，想到週一的補假，臉上不禁有了小小的微笑。

大隊接力，每班男女各十名選手，每人一百公尺，共兩千公尺，所以操場得要繞十圈。你知道的，我小小的眼睛又要冒火了，只是這回，不一樣的火，是久藏我心底深處那小小的，小小的，青春餘火……

2003
12/10
（拜三）

第十章 夢：老王

初冬，午後的夢在陽光裡騷動，
夢中有夢，校園人生，
眞眞假假眞眞……

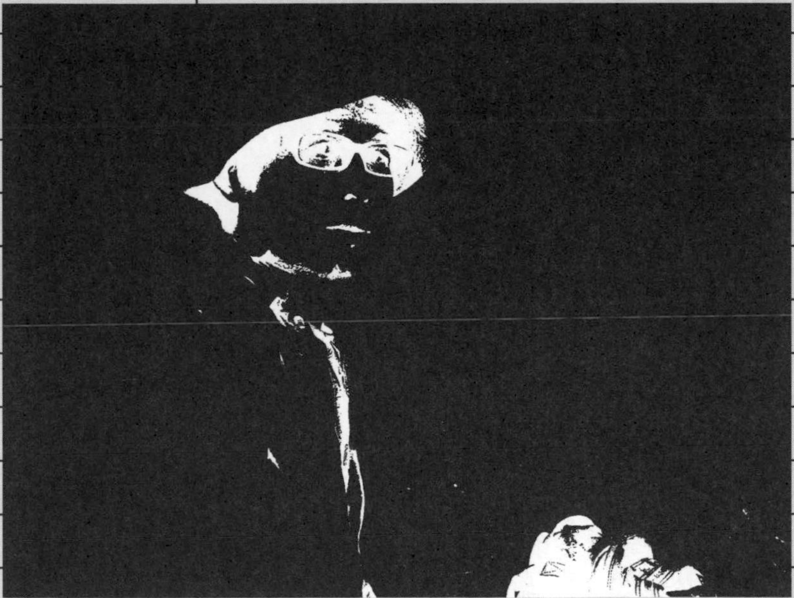

0.

最近我累到連打瞌睡都會作夢。老王已退休多年；昨晚，我竟夢見我變成老王了……

1.

鐘響了。

2.

操他媽的屄！人老了眞是沒有用，連打鐘都會被嚇著，你說氣不氣人呢？誰知，心一恍惚，教室也跑錯了，眞是倒了八輩子的大楣，這樣踅了一趟，氣喘吁吁的，眞是他媽的！監考才第一節就出了亂子，眞眞操……。

我邊發考卷邊想著剛剛的雞巴鳥事，眞是個「世界末日的狂亂」（怎麼樣？這是我那天撇大條時想出來的妙詞兒）——這教室亂得簡直像個雞巴毛似的，沒有半樣東西是就定位的，那震天的吵鬧聲比菜市場還要驚人。

「安靜！」我大聲一吼。全班靜悄悄的，你相不相信，連一根針掉在地上都聽得見，這是我厲害的地方，這群放牛班小毛頭兒還不夠看哩！雖然現在年紀大了，但聲音的威力未減，可不是蓋的，以前在部隊的時候，我這裡一吼，五百公尺以外的人都會應聲回頭呢！想想，時間也過得眞快，從軍中退下轉任教師至今，已二十五年，明年六月就要屆齡退休了，內心雖複雜些，但著實還算歡喜。哼！這些傻小子還眞傻，以為我眞的生氣，我只是扮一下鬼臉而已。這幾天閒來無事，拿計算機算了算退休金，再加上「十八趴」優惠存款利息，若今年先退，總共加起來一個月平均七萬多元，都比薪水還多，是啊，這一年簡直是在做白工嘛！不過，饅頭也沒剩幾個可吃了。其實，我哪缺這份薪水？光是補習班收入就夠花一輩子了，只因以前在部隊吼人吼習慣，若不在學校謀個差事，找人吼吼過個乾癮，喉嚨還眞他媽的會發癢啊，再說，錢哪有人嫌多的……

「嘎－啦！」抬頭一瞧，第一排最後那個大胖子已然趴下，陣亡了。這時我才意識到屁股有些痠疼，用手摸摸，操他媽的，原來少了根板子，坐了十分鐘竟然都沒發現！操。於是，我叫前頭那發呆的愣小子和我對調坐椅——若你想控告我「利用職權圖謀不軌」，那你就錯了，這叫做「有事，弟子服其勞。」哈哈，孔老夫子的名言我是滾瓜爛熟的。我也知道他心裡不爽，但你沒看他屁都不敢放一個。說也奇怪，我才坐穩位子，那清風便徐徐自窗口吹來，好不舒服！秋老虎的張狂，一股腦兒全無影無蹤了。我翻閱報紙（全校老師只有我敢把報紙帶進教室看，佩服吧？這還是學校訂的咧！），很快地我找到了影劇版，呵！老天這回還眞眷顧我老人家，今天的辣妹兒眞是正點啊……你不要笑我老風流，關於眼睛吃冰淇淋，其實是我獨特的養生之道，她們讓我臉微紅氣微喘，可促進血液循環及活絡全身筋骨，其效用比運動還大呢！何況孔夫子又有言：「食色性也」我是名正言順，身體力行。

或許你會問：既然如此，何必捧一大疊報紙來，單單拿著有妞兒的版面不就得了嗎？這你就淺薄了，雖說「醉翁之意不在酒，而在於兩腿之間」，但表現得太明兒，除了易引人非議外，也少了點兒情趣——「明修棧道，暗渡陳倉」之精義，其中奧妙刺激，哈哈，難用言語形容啊！

當我修身養「性」隆重告一段落時，我例行地做了三個深呼吸，調和調和氣息。之後，我又以嚴厲猙獰的眼神向台下進行掃瞄，只見陣亡人數急遽竄升，約略目測已經過了一半；也有一些發呆出神及鬼畫符的，我也判定他們精神已死，不足以構成威脅。最後只剩下四、五個零零落落在苟延殘喘，苟延殘喘在我的愛心指數範圍內是被允許的——只要他們在三十分鐘內完成任務。不要給我拖到鐘聲響起，我都會心平氣和地等待，因爲我也等待辦公室裡那壺好茶，來紓解剛剛意亂情迷的油膩。

看看腕錶，還剩十分鐘才到法定交卷時間。放牛班一旦到了二年級，不管是什麼科目，幾乎都會在三十分鐘到達的剎那，壯烈地一起飛蛾撲火。所以，一般老師都希望監考到這種「保證班」，但他們大都只能燒香禱告，可遇不可求。而我老王德高望重，哈哈，不求也「保證」連連。不過，這十分鐘也眞他媽的漫長難熬啊！我索性翻閱剩下來的一張考卷瞧瞧——是國文。哎呀！操他媽的，我一瞄兒就知道是那個蕭天助出的鳥題目，因爲全校所有國文老師只有他的卷子是橫向的，說什麼「合乎眼睛閱讀方向」「順應時代潮流」云云，根本是天生反骨，故意要和我們中國老祖宗作對嘛！不僅如此，更嚴重的是，他每回必定會出一些離經叛道的怪題，簡直是在鼓動學潮。「讓學生有空間學習獨立思考」，這是他冠冕堂皇的歪理。思考個屁啊！作學生的只管把書唸好、考試考好，不就得了；如果整天胡思亂想的，豈不是經常就要捅出漏子來，那不天下大亂才怪呢！

還好，他都教這些放牛班，那學生笨得要死，要鼓動也鼓不起來。

這年輕小伙子認眞雖認眞，但這樣胡搞下去，我老王敢拍胸膛保證，早晚連他自己都會出紕漏的，你等著瞧吧！在老總統時代，他早就去唱「綠島小夜曲」了，哪能還在這兒猖狂？你們台灣人有句話說：「七月半鴨，毋知死活。」有機會你勸勸他吧！不信你看看，這是什麼雞巴鳥題目——

【想想題】：

從司馬遷的〈張釋之執法〉一文中，我們可知守法的重要性，許多專家學者認爲，目前台灣社會的亂象和國人不守法有密切關係，而沒有養成守法習慣主要又肇因於學校教育的失敗。你認爲我們的學校教育會失敗，誰最應該負責任？（可複選）A校長B老師C學生D斑鳩E其他：＿＿＿＿＿。

你的答案是：＿＿＿。

理由是：＿＿＿＿＿＿＿＿＿＿＿＿＿＿＿＿＿＿＿。

想想題！想個屁啦！這種題目聯考會考嗎？才怪哩！誰最應該負責任呢？標準答案是——蕭天助！如果不是念在我就要退休了，不想生氣，要不然我鐵定把「蕭天助」這三個字塡到考卷上，然後叫個嘍囉私下貼到公布欄去，來個普天同慶——屌什麼屌！老子開家教班干他屁事。嘀咕嘀咕的，以爲我不知道啊！告訴你，我連他幾根雞巴毛都一清二楚。他不但「落車無探聽」，簡直是「目睭予蜊肉糊著！」——我老王可是正統情報官出身的，想當初剛來這學校時，那鄉長馬上就率主秘來拜碼頭。就連校長都是我罩他的，否則他哪能把老師們治得服服貼貼。唉！現在年輕人眞不知天高地厚……也罷，也罷，多說無益。

我本能地再翻閱叫X琪的妞兒，她也眞敢，敢在眾人面前脫個精光，最重要的是，報紙敢打個馬賽克就刊登出來（該死的馬賽克！），我才有福氣消受，文明進步眞好。不過，這回兒再瞧時，已不能舒通氣血了，彷彿被我眼睛臨幸過的女人，無法再惹毛我了。眞奇怪！這一直是我心中一個謎。

時間過得眞慢，還剩五分鐘。放眼望去，尙有兩位小子在奮戰，埋頭苦幹，我眞搞不懂這種爛考卷有什麼好寫的，再者，憑他們的豬腦袋也寫不了多少分數。這時，一陣涼風又吹來……那死胖子已然發出細細低沉的鼾聲了，我忽然覺得挺悶的，倦意油然而起，那不可抗拒的規律節奏，迅速侵入我的腦海世界，漸漸融合爲一體……

3.

A 校長

立正——稍息！

我是校長張水基，一個年輕有為偉大的校長。不過，千萬別叫我「水雞」，否則保證會死得很慘！放眼看去，全縣各國中裡，恐怕打著燈籠也找不到像我如此偉大的校長，我之所以偉大一般都認爲是，我在就任的半年內，就把學校，包括教師、職員、學生、以及操場上猖獗的雜草都治得服服貼貼的。唯有那惹人厭的黃沙還不太聽話，時而會胡亂飛舞，但我看它再囂張也沒多少了，因爲我已想到整治秘方，您等著爲我鼓掌叫好吧。雖我知道您是急性子，但我還是想賣個關子，老王，這爲了讓好奇心來維持您即將熄滅的教學動力，避免您晚節不保。您說我對您照不照顧呢？

我剛剛喊的口令，希望您不要嚇著了，我覺得有些對不起您的高血壓，跟您抱歉一下，我承認先前口令的語氣裡是有些憤怒，因爲當我在美夢中被吵醒，都會習慣脫口而出——這我在軍營裡永難忘懷的口令，我當然知道您是軍人出身的，但我要對著這瓶心愛的洋酒發誓，我決不是針對您，而是那群窩囊的老師，尤其是蕭天助這渾小子。

昨夜，在老地方和長官們喝些小酒，所以睡得比較沉些，還做了一個美妙好夢（偷偷告訴您是限制級的……），正當翻雲覆雨之際，竟聽見有人在說我壞話，說什麼人民不守法、教育失敗的責任要我承擔……我直覺地搔搔耳朵癢處，就醒了。才早上九點二十分。您說氣不氣人呢？是蕭天助吧？現在只有「它」偶爾會發癲胡言亂語，我早已不把他當人看，和黃沙歸爲同類。您德高望重智慧過人，一定不會相信這些鬼話，但我還是要答辯一下，以示我是以德服人。

首先，我要說明的是，人民不守法與我校長有何關係呢？我大半輩子都待在校園裡，從老師、組長、主任、苦幹實幹幹到校長，都沒有離開過校園——外頭人民與我素昧平生，他們吃他們的鹽，我吃我的飯，兩者風馬牛不相干——把這條罪過算到我頭上，太離譜了吧。要怪只能怪台灣老百姓素質太差，天生爛胚子；要不然也要怪我們的立法委員諸公，把法律訂得如此不食人間煙火，讓人民不容易也不想遵守。

好吧！就算和學校教育有關，責任也輪不到我校長擔啊！因爲教學生的也不是我，而是那群爛老師——你看，補習的補習，搞股票的搞股票，渾水摸魚的渾水摸魚，食古不化的食古不化……至於那些主任組長，簡直是一群馬屁精，哪有什麼教育理念……其實，我實在非常不忍心這麼說，畢竟他們對我忠心耿耿，雖不至於爲我兩肋插刀、赴湯蹈火，但總不曾帶來太大的麻煩。但是就事論事，責任該誰負就誰負，我是從來不護短的。

不過我也要爲政府說句公道話：整體而言，這五十年來台灣從貧窮到富裕，創造了傲人的經濟奇蹟，這難道不是教育普及的功勞嗎？雖然過程中難免會有些小缺失，但我仍然抱持著肯定的態度。我要大聲地說：台灣的教育是成功的！否則人民怎麼可能擁護政府執政長達五十年之久？現在社會的亂象與校園的不安，純粹是像蕭天助之類的人搧風點火的結果——你看，以前老師學生多麼乖啊！學生尊師重道、老師誨人不倦、大家和樂融融，一個口令一個動作，根本不會有什麼問題。雖然鄉下學校，老師學生資質是差了點，宛若一條汪洋中的破船，但掌舵者優秀如我，還是排除萬難、勵精圖治領導它航向美麗的未來……由此可見，我對學校教育及社會發展，只有功勞。我是習慣謙虛，非常不願表功，但是既然有人質問，我就有責任義不容辭地就事論事，講清楚說明白，讓正義公理讚美自然來。老王啊！您說對不對呢？

言之以理後，其次我要動之以情，因爲，必定還有一些冥頑不靈的鐵齒客，腦筋不夠輪轉，無法理解我剛剛精闢的剖析，雖然我大可不必理他們，但我做事力求完美，要認同就是百分百。

一般老師都認爲，當校長好威風又很好賺，羨慕不已。其實，反而我是打從心眼欣羨他們——不用動腦筋，只管一個口令一個動作，無憂無慮。您看，我這些年，忙碌得頭髮快掉光了……做決策，是痛苦的！不僅不可能令所有人滿意，而且要負全責啊！除此之外，還要應付長官的視察，家長的要求，及社區的壓力——我經常醉醺醺的，是不得已啊！長官還好辦事，現在都是自己人；至於家長，就難擺平了。您也知道，有些小孩成績爛得一場糊塗，家長偏要求要讀好班，哪有那麼多好班可讀呢？但是如果不答應，長官的口袋、老師的嘴巴、以及我那百萬名車的油箱都時常嗷嗷待哺，那該怎麼辦？再者，我也要忙著進修，並尋找升遷之路；更有一個幸福美滿的家庭要照料啊……我每天幾乎睡不到六個鐘頭……若不是我有強烈的使命感，早就解甲歸田含飴弄孫去了。唉！這世間，只有您能了解我的用心良苦吧，老王。

對了，我還是忍不住要告訴您，那個治理狂沙的妙方，相信您還有許多可以支撐教學動機的好奇心，不會到處張揚，您福大命大不會因此而晚節不保吧。我的方法是——把那個飛沙來源、童山濯濯的操場蓋一棟大樓，不就解決了嗎？不僅能除沙害，還能……如此如此……這般這般……您是知道的，一箭好幾鵰……哈！哈！您說我聰不聰明、偉不偉大呀！

我不會忘記您老人家的，「知恩圖報」也是成就我爲一個偉大校長的重要因素。立正——

B老師

不要講話！

我是老師吳山曉。您好！王老師。有人說，當中小學老師一輩子講最多次的話，就是「不要講話」四個字，我剛開始覺得好笑，後來仔細想想還眞是確實哩！久而久之，甚至連自己該講的話都不講了。可想而知，當一個老師可能有一半的上課時間都浪費在管理學生秩序上；剩下的另一半則可能在不知所云中愧疚掙扎。的確是教育的悲哀；也是老師的悲哀。我聽見，有人把教育失敗的責任全要老師來扛，這擔子未免太沉重了、也太不公平了吧！所以，我想替老師們說一些話，我要強調的是——這絕對不是推卸責任，也不是強詞奪理，更不是意圖謀反。敬愛的王老師，您是過來人又是三朝元老，聽聽看有沒有道理，如果您有那麼一點認同或同情的話，也煩請您向長官美言幾句，請他多一些寬容及憐憫。

我們當老師的，位於教育第一線，舉手投足，一言一行，對學生都會有影響，而老師是人，人非聖賢孰能無過？所以，首先我要承認：我們是有責任的！但對於教育失敗（我也要勇敢承認教育失敗），如果全怪我們，那就不公平了。因爲我們只是一個小小的老師，充其量是個執行者而已，對於所有教育政策的制定，我們幾乎全無置喙餘地，而政策才是教育成敗眞正關鍵所在，正如房子穩固與否，都在於建築結構，政策就是教育的建築結構，政策的方向與內容健全了，教育成功大半了。您說是嗎？

我再舉一個比喻，這是蕭天助講的——您先不要生氣，我知道您對他很感冒，但我也相信以您的修養應足以不以人廢言吧——他說：「教育體制是部機器，老師只是機器上的小螺絲，而學生則是機器製造出來的產品。所以，實質掌控機器運轉的決策者，才是萬惡罪魁的藏鏡人。」仔細想想，我覺得蠻有道理的——哦，我須緊急嚴正聲明，我絕對沒有要影射偉大的校長，明智如王老師您，請勿對號入座。我再隆重強調一下：這是蕭天助說的。我天生駑鈍，不可能有此文字能力。如果您老人家仍有感冒徵兆，我已準備好萬歲牌薑茶及斯斯口服錠，請擇一使用，不要客氣。

現在，當一個老師，已經不像以前那麼有社會地位了，德高望重如您，可能較不能體會我們的心情，時不我與，我們有滿腹辛酸委屈，唉！眞不知從何說起啊——一般人都認爲我們好「補」成習、嗜錢如命，其實我們又何嘗願意如此拼命呢？您是知道的，以老師現在微薄薪資，如何能滿足全家需求？生活費、孩子教育費、房子貸款、汽車貸款、會錢、偶爾的出國旅遊……都須要錢！不把握時機，趁現在多撈一些，萬一將來換了政府，眞的抓起補習來，那豈不是英雄無用武之地？屆時生活勢必陷入困境，古人言：「由儉入奢易；由奢入儉難。」所以，再套句孟子的話：余豈好「補」哉？余不得已也！此外，補習更會耗損健康，您看那個蔡老師講到喉嚨長繭，剛開完刀；那個唐老師更是悲慘，在補習班上課上到一半，「啪」一聲倒地，送醫不治，才五十歲。這都是您知道的，我們這些無啥小路用的可憐蟲，只有補習一技，不像您是條八爪章魚，深諳各種投資理財。

其次，學生的問題更令人一粒頭兩粒大，要現在學生尊師重道，簡直是天方夜譚。國中沒退學制度，這群放牛學生根本就是生番，天不怕地不怕，有時發起瘋來，便對你口出穢言（以前老師教學生三字經，現在是學生教老師）；更不幸的，甚至還會被飽以老拳。您還記得上週新聞嗎？某校有位剛直的老師，不堪其辱，以牙還牙一個巴掌過去，結果家長一狀告到法院去，被判賠款四十五萬——半年補習心血瞬間泡湯！如果教到好班，體罰雖不致於出事，但是須應學校家長要求，早也補，晚也補，例假日補，寒暑假也要補——其實這些最不補，一節課才三百六十元，根本是安親班呀！安親班也就算了，最悽慘的是：業績壓力。因爲，好班偏偏都不會只是一班，比較，在所難免，「有競爭才有進步」上面講得很好聽，結果是人比人氣死人——眞的會死人！前些日子，某縣國中有位老師承受不了成績「被檢討」的壓力，憂鬱症發作跑去臥軌。於是，現在老師流行的問候語，變成互相叮嚀：「要離鐵軌遠一點！」大家好像得了懼軌症，連看到學校旁那條台糖五分車鐵道都嚇得發抖，您說可不可憐呢？不像您，治理學生永遠有一套。

再者，我直接舉例好了。您記不記得，教師法剛通過後，各校都要依法成立「教評會」來負責教師聘任事宜，那「教評會」委員得依行政人員、教師、家長三方比例產生。我們八卦縣某校，有位女老師叫什麼吳莉惠的，去向校長爭取教師名額，結果一言不合，被校長辱罵「妳是妓女齣！」，她一怒之下具狀法院，控告校長公然侮辱——「要告妳去告好了，法院裡都是我的人，我不想跟妳一般見識，最好不要把我惹毛，否則我會反控妳誣告……等著瞧吧！」校長撂下狠話。結果：校長當然沒事。唯一在場的證人總務主任說：「我什麼都沒聽見……」

最近又有一個事例：某校，某日校長心血來潮假藉「協同教學」名義，要求導師把辦公桌椅搬到教室去，隨班「督導」並「旁聽」任課老師教學……相信您老人家也看見，老師們在電視上聲淚俱下集體控訴的場面。

您說句公道話，這樣老師尊嚴何在？除此之外，每逢選舉期間，有時還會被動員去「吃飯」，有些年輕女老師不僅被強迫喝酒，還要一併吞下男長官的性騷擾言語……還好，我是男性，但也只是條可憐蟲，凡事只能逆來順受，敢怒不敢言，不像您背景雄厚，妖魔鬼怪也怕您，連校長都得敬畏三分。最後我要說，我們只是一群可憐不能再可憐的可憐蟲，混口飯吃而已，實在擔當不起教育失敗這頂大帽子啊！

C 學生

幹！老王八。

我是學生簡眞雄，簡眞雄就是我的名字，別人怕你，我才不怕你，老王八。你們當老師的總是會說：「學生的料好，不用教也會很好；料差，怎麼教也是白教。」把教育失敗的責任推得一乾二淨，我認為你們一點良心也沒有，眞該下十八層地獄，尤其是你，老王八。

你常叫我們是牛仔學生，沒有關係，因為你根本就是王八老師！暫時不和你計較，但是我先要說一聲「幹！」，老王八，以洩我心頭之恨。我要告訴你，別看平時我們好像很怕你，其實我們是在等待機會，「小人復仇三年不晚」，等到畢業時，我一定會找人去給你「放鞭炮」，讓你這隻老王八變成炭烤烏龜。哈哈！

我也要告訴你，我本來也是好班學生，而且是你的班級（驚訝吧？），所以你騙人那一套把戲我清楚得很，我阿公說：「癮龜仔落崎，知知咧！」你可能不記得教過我，因爲你只記得錢，但是我會永遠記得你。

國一時，雖我不是很認眞，也沒補習，但成績總在前十名，上學，還覺得蠻有趣的。記得，下學期一開學，你就對全班同學說：「現在我們國中課程較深，而上課時間有限，有很多東西無法講得很清楚，所以大部份同學都會到補習班補習，要不然，聯考時我們鄉下學生，一定無法和人家競爭……老師不是鼓勵同學補習，但如果你眞的要補的話，可請家長打電話給我，我可爲同學省下許多不必要花費……」我也永遠記得，你寫在黑板上的電話：9580168——後來我才知道這是你刻意挑的號碼，是「找我報名一路發」的密語。

我當然不可能打電話給你，因爲家裡根本沒多餘的錢讓我補習——國小五年級時，我爸媽就離婚，媽媽帶著我和弟妹，從北部回來跟外公外婆住；媽媽就在附近塑膠工廠上班，爺爺奶奶雖疼我們，但身體總是不好，尤其是爺爺，嚴重時還要去住院。爲了賺錢養家，媽媽每天都加班到晚上九點多才回來……其實，媽媽本來是叫我去補習的，是我自己不要，我不想再增添家裡負擔，平常自習課、第八節、還有規定的參考書等，好班就要比其他班級多花許多錢——「何況我也沒多大興趣，在家自己唸也一樣。」我故意這樣和媽媽講。我自認還用功，所以成績也沒掉下來。學期要結束時，班上調查暑期輔導參加人數，我問你可不可以不上？你慈祥地說：「按規定這沒強迫，自由參加。」我很高興，照實跟媽媽說：「我想利用暑假打工，賺一些錢貼補家用；書我會自己找時間唸的。」媽媽猶豫了一下，但答應了。

二年級開學了。註冊時，我才發現被調到放牛班去。「暑假我們都上新課程，而你沒參加輔導課，我怕你跟不上進度，所以給你換個班級，不過歡迎你隨時回來玩……」你又慈祥地說。我回家後，被媽媽臭罵一頓：「你不是說可以自由參加嗎？……」她又氣又急，隔天連忙請了半天假，買了一籃水果去找你，結果還是無法挽回。從此，我就變成放牛班學生了。我問過同學，一定跟我沒去你那裡補習有關，承認吧，老王八。

以前，我以為放牛班都是些妖魔鬼怪；慢慢地，我才了解他們只是不愛讀書，並不是壞小孩，而你們老師卻常用「豬」、「垃圾」、「人渣」、「混蛋」、「白痴」……等不堪入耳的話來辱罵。有一些，則和我一樣，比較倒楣罷了，沒有有錢有勢的父母——誰都知道，好班裡多的是成績超差的學生，承認吧，老王八。我也要承認，我因此變得不愛唸書了，整天調皮搗蛋，也與校外的大哥混幫派，進出訓導處像走廚房一般，其實這是一種最嚴正的抗議——為什麼任何比賽我們都是最後幾名？為什麼我們的老師上課大都是渾水摸魚？為什麼我們教室裡沒有電視？為什麼所有好康的都沒我們的份……

只不過，這樣的改變，最傷心的是我媽媽，她不只一次把我狠狠痛打，然後一邊哭一邊訓我：「夭壽死囡仔！無老爸矣，閣毋知愛拍拚，你害我走偌濟擺訓導處，你敢知影？死囡仔啊……」每次我都強作不在意，等媽媽出完氣後，我才跑到外面痛哭一頓。幹！都是你害的，老王八。我中輟一年後復學，現在三年級了，比較會想，我們的帳畢業後再算吧，前些日子，我已經把丟掉的課本都找回來了，混歸混，我決定重新開始K書，拼個公立學校給媽媽一個驚喜——她已經好久不管我了，「出門當成丟掉；回來當作撿到。」我最難過的是，看到她那絕望的眼神……都是你害的，老王八。

明年六月，我即將畢業，你也是。哈哈！我和我的兄弟們，將會用行動來證明你的教育是失敗的——幹！炭烤王八老烏龜。

D 斑鳩

咕咕！咕咕！

我是斑鳩小愛。咕咕！——你一臉不屑的樣子，我知道你心裡一定在想：「斑鳩有什麼了不起，滿校園都是，我老王看到臭酸了……」其實，你錯了！在你退休前，我特地來告訴你——你錯了！好讓你死得瞑目。你們這些四體不勤、五穀不分的人，還自稱什麼「老師」，羞不羞啊？——聽好，我今天要隆重地告訴你，你可要牢記，因爲待你下地獄時，閻王府的「編班入學考試」會是必考題（噓……這是我第一次洩題），答錯的話，恐怕會更下一層地獄喔——我叫做「斑頸鳩」，又叫「珠頸斑鳩」，簡稱「斑鳩」，因脖子上有珍珠狀斑點而得名；其次我尾巴較長，和你看到滿天飛舞的「紅鳩」是不同的。紅鳩最明顯的特徵是，脖子上只是一道弦月型黑線，而公鳥的羽翅具有紅色光澤——記下來吧！你們人類怠惰成習，把我們統稱「斑鳩」，尤其是你們當老師的（虧你還教生物理化），一直在傳遞錯誤知識；不信，待會兒你出去瞧瞧，校園裡正牌的斑鳩只剩我小愛一隻——

我要說一個故事給你聽：三十年前，校園裡共有十對斑鳩家族，我們住在圍牆旁那幾棵高大的鳳凰木上，我們喜歡每年都會燦爛怒放的紅色鳳凰花，只有它才能襯托出我們貴族般的氣質，置身其中，我們總想像自己是一隻榮耀的鳳凰……我們也喜歡操場那片平整的草坪，它是我們散步、覓食、嬉戲、求偶的天堂。然而，好景不常，我這一代時，環境惡化了，加上你們的濫捕，家族只剩四對。悲傷雖悲傷，由於情感已然生根，我們還是願意住下來。直到最近，你們竟然在操場上蓋起大樓，草皮沒了，風水也壞了，更嚴重的是，在組合鋼架時，那巨大的起重機竟弄斷了鳳凰木枝幹，而我正在上頭的巢，孵卵……我傷重落地，未出世的孩子們也全血肉模糊……我死後，老伴和家族決定遠離，絕望地……

「操他媽的屄！」這是你想說的嗎？你不要緊張害怕，老王，接受事實吧！你已無法再言語了，因爲你們老師生前說太多話，而且大部份都昧著良心說話，所以死後自然會變成啞巴；不過，沒關係，閻王審判時會因材施教採用「筆試」方式，如同你在考學生一樣。我（別害怕！魂魄會因想念而重新凝聚……）之所以會留下，是因閻王認爲我爲救子而亡，判定是冤死，只要我負責監督柳中教育，讓學生能懂得尊重花草樹木、蟲魚鳥獸、山川河海以及土地歷史，我就能重生……我想念我老伴與失去的小孩啊……

「這不干我的事啊……」你是否正這樣說？我看見你汗流浹背了，老王，你省省力，不要再辯解，校園的事我瞭若指掌，套一句你的名言——連幾根雞巴毛我都一清二楚——自從你來柳河國中，就一直協助歷任校長統治校園，當威權的走狗，一方面修理不聽話的老師；一方面又藉機斂財。以前戒嚴時期，還情有可原，現在時代變了，你卻依然故我，原性不改。校長是蓋大樓的決策者，如果不是你幫他打通任督二脈，哪能如此順利就動工了？要謀殺操場蓋大樓，高難度的耶！而且你也分了一杯羹吧……最不可原諒的是，你幫忙整肅蕭天助——他雖不諳世故，至少是個性情中人，深具慈悲之心；他眞正關愛過我們，還將我們列入考題，這是柳河國中有史以來第一次……他還救過我，我是假他之手才復活的啊！你想想看，我們在此生活多久了，從來沒人正視過我們……

那天，我在電纜線上剛好看見令人生氣的一幕：一位新進女老師，怯怯地步入校長室，坐在牛皮沙發上；校長微笑地端來一杯茶給她，她喝了一下便放在茶几；校長一直笑著，坐在她身旁，詭異的，不發一語。她有些不自在，結巴地說：

「校長……找我…有什麼事？」

「沒什麼事呀！」他的手拍著她肩膀：「阿華老師……聽說那個蕭天助好像對妳有意思，想追求妳……」

「我不知道……」她微微移動了身子。

「如果眞的是這樣，妳就要小心了……妳剛來不知道，他是個危險份子，思想有問題，主張什麼常態編班，上課還講什麼二二八事件，而且看到漂亮女孩子就想追……妳看他頭髮留那麼長，不男不女的，那件黑色牛仔褲也不知道幾年沒洗了，又拖著一雙破涼鞋，還揹著那奇怪的鹿港國中破書包，一副吊兒啷噹的樣子，哪像個老師啊？這種人能相信嗎？妳不要被他騙了，校長很誠心地告訴妳……」他的手又順理成章地搭上她的肩，她靦腆紅了臉……

我實在看不下去了……我隨即飛到校長室屋頂，當著青天白日滿地紅國旗的面，放了一泡特大號的屎——這種不關心教育、對女生性騷擾、專門拆散人家姻緣的人，不必「筆試」，鐵定保送進入十九層地獄——而你助紂為虐，還說沒責任！

唉！「人民不守法，教育失敗」我要負最大責任啊！因爲我監督不周。我非常慚愧，倘若以後死後因此而永不能超生，我也心甘情願——呵！我今天就是奉命來引渡到地府……「啊！啊——冤枉……」你這樣說是嗎？你怎麼喊都沒用，流淚也是沒用的，因爲時辰到了。你不要怕，不會痛的，感覺就像坐百貨公司透明電梯一樣……我會特地叮嚀「開」慢一些，讓你可以看清來時路：一般狀況，販夫走卒是一至十層；政治人物是十一至十七層；教師是十八層；校長是十九層——你是第二十層……「啊—啊—怎麼會……」我不是說過哭喊是沒用的，你在抗議嗎？沒錯！筆試結果是十八層。但我偷偷把你的成績改了。哈哈！這是仿照你平常竄改學生成績的方式。你自稱是孔子信徒，將「因材施教」常掛在嘴邊，骨子裡卻是因「財」施教……你咎由自取，哈哈……咕咕——

4.

操——我越用力，卻越吶喊不出，因而越緊張；我重試一次，也是如此。霎時，我像架失速的飛機，無止盡地向黑暗深淵下墜，眼前無聲哀號的模糊人影，也無止盡地往上飛掠……我全身溼淋淋的，感到異常清冷，那冷，是孤寂的冷，懊悔的冷；剎那間，我聽到細細低迴的鐘聲，叮—噹—叮—噹——，我分辨不出是什麼鐘聲，教堂？廟宇？學校？……也無法確定從哪傳來？我沒命似地掙扎，手腳卻又動彈不得……我低頭看了自己身體，天啊！眞的在往下掉呀……我怎會在這裡呢？一定是在作夢……我趕緊用力咬一下大拇指——痛啊！小愛就在一旁「咕咕」地叫個不停，我知道牠在嘲笑我……咕咕！咕咕……我心更慌了，難道……此時，從忽然上頭，輕盈地飄下無數鮮紅的鳳凰花瓣，像一場雨，莫名其妙的雨……我抬頭向上凝望，花的輕盈自在，竟令我一陣心驚；當我又要呼喊時，其中一片帶水珠的花瓣正巧落在我臉頰，頓時覺得沁涼透脾，我想舉手去撫它，它卻幻化爲一顆晶亮的眼睛——我恍然從眼裡看見，一位疲憊的老人趴在桌上，桌上被壓得起皺的報紙裡X琪的照片，溼濡一片……

操——我再猛然用力一吼。醒了！

我竟睡著了。我看見台下學生個個傻了眼，瞅著我；有些人則在桌下低頭無聲竊笑。我發現，我竟流淚了——你知道嗎？自懂事以來，在部隊裡顚沛流離，不知經歷多少苦難，我老王沒當眾掉過淚，除了老總統過世時那一次（他說要帶我們回大陸……），這回我竟流下這麼多淚……眞眞操他媽——

「老師！老師！時間到了……」那大胖子囁嚅的聲音，使我清醒過來，他渴望的表情，看來似乎已叫了好多遍了。我看看錶：九點四十五分——「要交卷同學，現在拿上來！」我站起來，故作威嚴狀大聲說，想藉此化解剛剛尷尬場面。

只見，小牛仔們一窩蜂地湧上來。我一方面把試卷疊好；一方面收拾自己東西準備走人。當他們陸續離開後，我卻發現，右邊角落有位戴眼鏡的傢伙還在作答；他抬頭望了望，又埋頭苦幹。我雖幹得要死，但還是君子地說：「慢慢寫，沒關係，時間還沒到。」心裡卻小人地想，待會兒下去巡他幾回，保證他撐不了多久。

於是，我又坐下來（剛才情緒似乎未定，緩緩也好……），因好奇心驅使，隨手迅速翻閱一下考卷，看他們答些什麼鳥東西——關於蕭天助的雞巴鳥題目——操！答案眞是千奇百怪呀，連水雞、鱷魚、屎蛆、豬頭、田僑仔、巨怪、禿頭仔、廢棄土……也跑出來了——量他們不敢寫上我老王名字。突然間，我翻到一張考卷，只寫選擇題，其餘沒寫半字，一看便知是用飆的——人家選擇題寫ＡＢＣＤ，他老兄偏寫１２３４，眞是蠢蛋！——咦，怪哉！這時才發現考卷上那「想想題」的題目怎麼也空白？是漏印嗎？我翻了其他考卷，也是一樣。眞他媽的奇怪！沒題目，那他們要怎麼知道如何答題？操！眞玄——我決定要弄個清楚。

這時，那死胖子剛好在門口賊頭賊腦張望，我向他揮手，他訝異地用拇指指著自己，我點了頭，他便一臉糊塗地跌跌撞撞過來，動作有些詼諧，他死黨們聚在門口訕笑著，等看好戲似地探頭。

「我問你哦——」

「啥物—代—誌……」他笑了笑，故意用變調的台語說。

「別鬧了！——那考卷上的想想題，沒印題目，你們怎麼作答？」

「題目……國文老師早已告訴我們了。」他說：「因爲那個禿頭仔——哦，歹勢！那個教務主任，說題目有問題，裡面那個什麼『我們的學校教育』人家會認爲是在說柳河國中，這樣校長會生氣——老師說，這是『總稱』，是指全國的學校教育，怎麼一點國文能力都沒有呢？笨！（我嚇一跳，正要給他巴下去……）歹勢歹勢！你不要打我：我不是罵你……他說，主任警告他若沒改要把題目刪掉，所以他事先跟我們講了，叫我們回去先想想看，說這沒標準答案，先知道沒關係，他還說每個人都會寫，有寫一定有分數，沒寫不但零分還要處罰咧……」

原來如此。是那禿頭仔搞的鬼——那，這張考卷就是湮滅罪證不完全的漏網之魚囉——疑問憋在心裡怪難受的，我覺得如釋重負。操！我一定要去校長那裡控告蕭天助洩題，看他以後還敢不敢在那裡雞雞歪歪的！

「我再問你哦——你寫什麼答案？」

「我……沒寫……」他傻笑著，不好意思指著剛剛那張空白卷。

「這是你的？……操…去去！去……」我笑著揮手叫他出去。原來這死胖子就是那個——荒野大飆客。

他的死黨一副失望的樣子，將他拖拖拉拉，嬉鬧去。

說起那禿頭仔，是柳河國中最沒格調的馬屁精，還當教務主任咧，你是知道的，我最看不起這種人！年紀都四十好幾，比校長還老了，每次公開場合，講的盡是阿諛奉承的謊言，噁心死了。如果因內容不妥，他把蕭天助的鳥題目刪掉，我是舉雙手贊成；但他不是，而是爲了要拍校長馬屁，這我就看不起他了——他根本是個靠大邊的「西瓜族」，不像我老王，一路走來，始終如一。哪天，拍馬屁拿捏不準，用力過猛或拍到屁蛋兒，可有得瞧哦！哈……不過，有件事兒，就得誇他一下，他雖頂上無毛，但那臉蛋兒還算標緻，尤其把妹的功力眞是高超，桃花不斷眞羨煞我老王了，聽說他那台紅色奧迪跑車，就是某董事長嫩妻送的，我眞想也來桃花一下，爛桃花也無妨，誰知道連片枯葉都沒飛過來，眞是的，甭談花不花了……

九點五十五分……快下課了，那小子還在撐——我決定要御駕出巡！當我不耐煩走向他時，他大概也明白了，蠻識相的，直接把考卷交給我。

操你他媽的臭屄……這回連保證班都不能保證了，你說倒不倒楣啊！那茶涼了吧。我拎著卷子向辦公室走去。我常作夢，向來醒時便幾乎忘得一乾二淨，但此次不知煞到啥東西，許多夢境一直清晰纏繞在腦邊兒，揮之不去，心裡總覺得毛毛的……操！操！我老王活到這把歲數，從不信什麼怪力亂神——不去想它，便沒事！當我走進辦公室時，只見老同事們都笑開了——

「老王啊，趕緊兒吧！茶都涼了——哈哈，你的保證班……」

「甭提了！別糗我了，喝茶喝茶……」

我用熱水溫了茶杯，然後順手往窗外倒去——咕咕！咕……我突然發現，電纜線上站著一隻斑鳩，猛盯著我看似的，不由得我也注視著牠，我竟清楚地，看見牠頸部有珍珠般的斑點，黑白相間，在陽光中閃耀——頓時，我直覺暈眩，恍然憶起了什麼……

「小愛啊——」馬路上突然傳來一聲吆喝，一位村婦正喊著她頑皮的小孫女。啊！此時我打從腳底猛然涼了起來，漸漸地，竄入腦門……

5.

叮—噹—叮—噹——。鐘響了。

2004

1/14

（拜三）

第十一章　生日禮物

風，哀嚎著，
找不到昔日美麗的影子；勇氣，
常被莫名的挫敗，罰站……

這幾天，寒流來襲，冷得大家吱吱叫，大衣、圍巾、毛帽紛紛出爐，怕冷瘦弱的我，更是包得像顆粽子，每每進出校園，看見新行政大樓前一排光禿禿的小葉欖仁，更是直打哆嗦。

眾鳥禽，都躲到北側那排老榕樹懷裡，因這裡有教學大樓擋著北風，牠們吱吱喳喳的，好熱鬧，這冷冬因此不至於太過孤寂，吾班教室就在樹旁，制式的上課有鳥聲相伴，緩和了一些無聊，其實那是我自己的感覺，學生才不會去管鳥不鳥，只期待著下課鐘聲，對他們而言，那是最美麗的歌唱。

「叮—噹—叮—噹——」意念才剛過，還眞的下課鐘響了。「會不會教書另外一回事，準時下課就是好老師！」我謹記此教育名言，聽見鐘聲隨即說下課，學生開始快樂吱吱喳喳起來，而我的喉嚨也鬆了口氣，正準備要回辦公室哈個熱茶時，突然廣播響了：

「衛生組報告，一年三班，班長，現在馬上把全體同學帶到訓導處前廣場，一分鐘內集合完畢！遲到或不到的，依校規處分！」

這是巫碧瑩標準國語的聲音。當下我嚇一跳，這不就吾班嗎？只見班上同學也一愣，「唉～」一聲幾乎是同時爆出來，有的早餐都還含在嘴裡。

「什麼狀況？」我問班長小秀。

「早自習前，衛生組長來說我們班整潔比賽全校最後一名，下課要全班罰站！」小秀低聲地說。

「罰站幾節？」我話有些急。

「每節都要！」小秀說。

「每節都要？」我更大聲了。

「是……」小秀吞吐起來。

「明天都要期末考，還罰站……什麼跟什麼嘛！」我自己嘀咕起來，雖很不爽，但不想把事情鬧大，隨即對班上下令：「現在馬上先去集合！快！」

眞是的，三字經都快飆出來。什麼跟什麼嘛！輕鬆的心情一下全都不見，沒想到那巫碧瑩眞的這樣搞啊！我隨即記起剛開學時，衛生組新頒訂的整潔比賽實施辦法，本想只是寫好看的而已，沒想到她還玩眞的咧，眞想學退休的老王飆一下長長的「外省罵」（操他媽的臭屄！）才能發洩怨氣。什麼跟什麼嘛！「眞是氣死恁祖媽！」——齁，不對，我眞是氣昏頭了——「眞是氣死恁老爸！」

我把上課的東西拿回辦公室，往桌上狠狠一放，「都能力編班那麼多段了，還比賽？比個屁啦！」我對著一旁的同事發牢騷，音量故意提高，好讓抓耙仔聽清楚一點，趕快上達天聽。同事們竊竊私語，但沒人聲援，他們大概都知道這種事情不會發生在他們身上，是我特有的待遇。

喝一口水後，想了想，雖然今天課多，我還是決定要表達一下不滿與抗議：每節下課就去陪吾班罰站！我要用最難看的臉，瞅著這得意忘形的官僚，與這失序的教育。

我穿上外套就大動作往外走（同事們應都以等著看好戲心態竊笑，以為我又要去吵架！），遠遠看見吾班乖乖排隊站著，訓導處剛好在川堂旁左側第一間，而川堂向舊大樓的方向，又凸出了一個半圓形空間擋住北風，在高樓對照下，它自己也像個做錯事的小孩，縮在牆角，當我漸漸靠近，聽見小孩們口中喃喃有詞，我就杵在他們的左前方，瞪著他們，讓他們感受到我生氣了（其實我不是生他們氣，借力使力一下），整潔秩序都有待加強，不爽的眼神，偶爾也移向那趾高氣昂的巫碧瑩身上……就在心神慢慢靜定後，才聽清楚吾班學生嘴上在唸什麼鳥東西，我當下嚇了一跳，你知道什麼嗎？校規！柳河國中的陳年校規。小秀拿著新生訓練手冊，站在隊伍前方，一條一條唸，其他同學一條一條跟著複誦。

「在校園不說國語，屢勸不聽者，記警告乙次……」

有沒有搞錯啊？說「國語」是哪一國國語？都二十一世紀了，這什麼碗糕的教育！目前政府都還公開在推行「母語教育」，雖然是玩假的，但也不好再用這陳腐校規自打嘴巴吧？暫且不管教育不教育，我要告訴你，這又強烈激起我的憤慨，根本在我記憶傷口撒鹽嘛，你也知道，像我這種年紀，經歷過「講一句台語，罰一塊錢！」（當時，一塊錢可買兩枝冰棒）的白色恐怖年代，戒嚴時期黨國教育的影像，頓時又在我腦海裡復活——還是，它根本還沒死去，是不死的幽靈，潛藏在我們每個人的血液中，一代傳一代。

那不就萬劫不復了嗎?在這樣冷的天氣，更讓我直發抖……

「可以給我一本嗎?」我故意用冷冷的聲音跟巫碧瑩要一本手冊，稍微瀏覽一下「柳河國中學生獎懲規定」，發現還有更離譜的咧，保證笑掉你的大牙，例如：

「不尊重國家元首者」

「不唱國歌、不向國旗敬禮者」

「看見師長，不向師長問好者」

「幫男女交往同學，代遞書信、禮物者」

「男女交往，經查證屬實者」……

以上那些都要記過處分!是否有夠離譜?但我笑不出來。如果你小時候進校園時，看見「國父」或「蔣公」銅像一定要敬禮致敬；如果你國高中，被規定與女同學講話要保持一公尺以上的距離，甚至不准講話，相信你也一定笑不出來。

思緒不由自主被拉得很遠，唉，沒辦法，這傷口一觸就痛。

那整潔比賽，與秩序比賽，統稱「生活競賽」，你就知道國中生活的內涵有多可悲!其實以往的比賽辦法，懲罰條文訂得很模糊，而著重獎勵部份，因爲大家都心知肚明，當今各國中都是能力編班，這些比賽的用意不是眞的比，而是藉此約束一下學生的生活常規，眞的很離譜的，私下稍稍提點一下導師，做球給導師，讓導師方便做班級經營，絕不是這種公開式的集體凌辱，換句話說，行政與導師是合作關係，不是上對下的從屬關係，應該這樣定位「生活競賽」才對，「私下懲處，公開褒揚」，這是較妥當的處理原則。

巫碧瑩剛上任時，爲了證明有傾聽民意的誠意，還特地找來一個午休來開會（身爲後後段導師的我都累趴了！），說要修改生活競賽辦法，而後才知，雖名爲開會，其實是做做樣子，她的新版辦法草案就是正式要實施的辦法——齁！你嘛幫幫忙，這不叫「開會」，這叫做「徵詢意見」，或許她眞的不懂，或許是故意不懂，還有一種最有可能的是「潛意識故意不懂」——若你眞的聽不懂，我也不想再說了，就讓它繼續不懂，但有件事你一定要懂，就是不管能不能改變被權力霸凌的事實，我都表達了強烈的異議：

「首先，基於本校能力編班的現實，我反對這種不公平的比賽，建議延續以往的作法，只獎勵不懲處的原則，才較有正向的教育意義。其次，我反對全班集體處罰的規定，因不符合教育原理，沒犯錯沒做不好的同學因全班成績差而受到處罰，這樣學生心裡會很受傷，若一定要處罰，建議只處罰做不好的同學，每個工作區域都有負責人，開出名單並不困難。」

「本來我也是這麼認爲，」巫碧瑩淡淡地說：「但看見阿雅老師他們班可以表現這樣好，我的觀念改變了。」

沒想到還變得眞快，才上任不到一個月，就忘記一個月前被她拋棄的後段班，以及她在後段班的悲慘歲月。

患了大頭病的人，是無藥可救的！我幾乎洞穿她急著要有所作爲的心思，是要向提拔她的校長與眾老師證明自己高超的能力，以滿足權力慾望。「開會」結果就是跟沒開會一樣，她不理會我的異議，硬要將辦法修改，獎勵前三名，也要處罰後三名，理由是「賞罰分明，這樣才公平才有效率！」，儼然正義的化身，還驕傲說：「天秤座的，最有正義感！」詢，聽了不暈倒才怪！

眞正悲慘的是，私下雖有人有些微詞，但開會時卻無人支持我的提議。我只能認了，要不然能怎樣。

「正義感？是『權慾型腦充血』啊！」很高興小愛終於跳出來幫我嗆聲：「甚至連基本的法律條文與教育原理都不懂啊！」只是可惜趾高氣昂的她聽不見。或許以後就聽見了，人的靈魂逐漸衰微的世界很難說呀。

是啊，她一直以「正師大」出身爲傲，從小讀書一路品學兼優好學生到底的她，更是典型。我在北部第一次教書時，早就聽聞很多台師大畢業的老師，都暗暗看不起彰師、高師畢業的老師，在他們眼裡這兩個師，是後來才升格成大學的，而且聯考成績比不上台灣師，根本不是正牌的師大，就像以前在台灣提到「黨」一樣，就是指「中X黨」，不敢有其他的黨——啊，眞糟糕，我連什麼「師」都不是，是私立鳥大學畢業生，她不是看不起，而是沒看在眼裡！所以，儘管我義正詞嚴的論述發言，都是狗屁啦。

你或許不知道，我剛說幾乎「洞穿」她的心思，並不是誇張說法，而是我對她再熟悉不過了——我們同屬「柳河讀書會」整整六個年頭，不僅熟悉，而且可說是親密戰友。

我進入柳中第二年，她就因結婚因素從南部轉調進來，那年剛好也有幾個新進老師，我就籌組了讀書會，每月一期，利用段考後學生溫書的下午，聚會討論，互相交流成長，爲彼此還沒死去的教育理想奮戰。

眞的很懷念那段時光。這年頭還在讀書的人，應該寥寥可數吧，尤其當老師的，我看見太多人，把教書當成職業後就不再讀教科書以外的書了，何況還讀書會。

那時的她，一開始就給人一種女強人的印象：口才便給，喜歡讀書，知識豐富，有行動力，但主觀意識超強，意見與人相左時，有時會有情緒化的言語。

你可能認爲我太過蓋棺論定一個人了，也許吧，只是性格鮮明的她，很容易用簡單字句就勾勒出輪廓來。

就因爲情緒很直接，比起那些笑裡藏刀的奸詐官僚，這毋寧是最好的朋友。當時，我是這麼想的。尤其在學校開會時，對意見的表達，她就發揮得淋漓盡致，包括情緒反應（當權者最怕場面難堪），變成強而有力的優勢，可以去制衡行政權的一意孤行。

但之所以叫做情緒化，就是無法掌控的，有時讀書會也是照爆不誤，這對我而言就有點苦惱了。腦力激盪的討論，難免會意見不合，這是正常現象，只要在對事不對人的原則下，爭辯也無所謂，但辯完不管結果如何，互相尊重，不影響情誼。這是我對民主意涵的認知與信仰。但狀況不如我所想的那麼完滿，她情緒一爆，就有人身攻擊的言語出現。例如，她對我說過：

「看你眼睛下垂，就知道你這個人很悲觀～」

眼睛長相是天生的，用這個來證明她的論點，我就很受傷。她自己可能都沒想過，如果我也比照這麼說她，她會做何感想：「看妳長得那麼胖，就知道妳是個愛吃鬼！」

我可以我下垂的眼睛給你掛保證，若有人敢如此說，當下鐵定被她活活掐死！

你或許會問，都那麼久了，怎麼這樣小心眼，還記得那麼清楚？我要告訴你的是，心靈的傷害，有時是一輩子的。我相信以她的性格，飆完人很快就忘得一乾二淨，但被飆的人心裡的感受，口無遮攔的她卻從未曾在意過。

因此，每次讀書會我都蠻擔心的，我的擔心，其實不只是我，還兼要擔心咖啡館的服務生，有次點餐後她才吃了幾口，就回頭叫來正幫隔壁桌倒水的服務生，當場怒飆：「齁，你們的菜真難吃啊！」人家低聲下氣一直道歉，她仍碎碎唸個不停。面對其他客人的異樣眼光，其實，同桌的我比服務生還尷尬，甚至羞愧。

事後，我就委婉地跟巫碧瑩講，飯菜又不是她做的，怪她沒道理，我曾在餐廳打工過，很能體會她的心情。「這樣她就會去向老闆反映問題啊！」巫碧瑩氣仍未消。我只好住口，要不然，下個中鏢的就是我啦。

我常親耳聽見她對學生開罵「王八蛋」、「白痴」等，也曾當場看見她對同事飆過「混蛋！」——啊，這個混蛋故事我就要說一下了，之後你就知道，掐死之說，眞的一點都不誇張：

幾年前，新大樓未蓋前的某日，剛開學的辦公室，因老師職務調動，座位自然有些變換，大家忙著整理桌面與置物櫃，新來的老師阿和——其實不能講新，只是來了一兩年了，由於家離學校較遠，一下課就匆匆離開，跟大家互動時間少，陌生的那種新，他教自然科，穿著樸素，一路從高職五專，然後插班大學苦讀過來的，那時與我帶同年級的後段班，他四班我三班，算隔壁鄰居，經常與我搭檔跟學生打籃球，所以還蠻熟的——沒錯，他就是「混蛋」苦主。

那時，大家忙著整理東西，翻箱倒櫃的，重點是清掉舊參考書、講義與試卷，它們就在牆角的垃圾桶旁堆積如山，那牆長滿了噁心的壁癌，壁癌上面掛著一扇大窗，斜斜望出去，穿越破舊的水泥圍牆，就是一片荒涼的示範墓園。這是國中校園獨特的風景。巫碧瑩當時還是二導，也在風景裡忙碌著，我看見我辦公桌對岸的她，正拉著座位旁不滑溜的鐵櫃，與大家邊聊天說笑，此時，阿和爲了要展現風趣的一面，故意低頭往她的鐵櫃看了一下，然後插入話題：

「小心喔，有老鼠！」我剛聽見，就知事態不妙。

她愣了一下，緩慢抬頭瞪著傻笑的他，然後用狠狠的眼大聲爆出一句：

「混蛋！」

他當場傻眼，知趣地悻悻然離去。整個辦公室頓時鴉雀無聲，眾老師露出驚訝的表情朝著他們看，唯有我們讀書會夥伴，面面相覷一下，不約而同偏頭偷笑。

我當然知道，阿和的冷玩笑，是期待獲得女生瞬時大叫那種快慰，但，他太白目，搞錯對象了。

跟巫碧瑩熟識的人，都知道她最討厭老鼠，甚至討厭到提到「老鼠」這兩個字都會抓狂，連卡娃伊的「米老鼠」也在禁止之列，所以囉，就混蛋了……

以我對她的了解，冷冷的「混蛋！」，算是最便宜的回饋了，沒有歇斯底里河東獅吼一番，眞的是好哩佳哉啊。

阿和，那屆帶完就調回家鄉去，我相信他與他那隻白目的「老鼠」，至今仍一頭霧水。

故事說完了，不知你有何感受？其實在笑阿和白目之餘，我看見了一種教書生涯裡最不願意看見的一股悲涼，關乎人與人之間的相處，也關乎我所信仰的「民主」價值。若是我講「老鼠」被飆我會認了，明知故犯，但不知狀況如阿和，就無辜了——他絕對有權利要求巫碧瑩要在身上個標籤：「不准對我說『老鼠』！」……

所以啊，你知道的，我的悲涼，不是阿和的，而是教育的，我不禁長嘆，這樣的老師，即便學識、教學能力再怎麼優秀，學生會在她身上學到什麼呢？

其實，她對自己認定的朋友很講義氣，但也經常會以自己的道德標準去要求朋友，不是朋友的圈外人就不用談了，她根本不在意他們的眼光與感受，不過，若是她朋友，有時就因此很受傷。

她對你的好，是上對下的姿態，是老師對學生好，是母親對小孩的好，當然會好到很好，兩肋插刀在所不惜，但也會「恨鐵不成鋼」，「愛之深責之切」。比如，同是讀書會的阿月，上學期中，在巫碧瑩上任不久的某天，就被「切」到委屈痛哭（哈，我是屬於恨鐵不成鋼那種的～）。

阿月的委屈，其實就是我的委屈。

我們讀書會，在水雞王朝時期，因出面籌組教師會被修理得很慘，但也因此建立起特殊的革命情感，阿月她們女老師簡直是姊妹淘般親暱，哈，有時連我幾乎也被姊妹淘下去，就因爲這樣，阿月才無法接受「好姊姊」巫碧瑩如此劇烈的轉變，這是痛哭的原因吧。

我後來間接得到阿月受辱消息，也有點訝異，趕緊找她談了一下，給些溫暖慰藉。

阿月的班，算是後段裡的B+班，但常規比吾班也沒好到哪裡去。你知道的，與吾班同屬後後段的阿雅就不一樣了，她的班生活競賽竟經常擠進前三名，這可能破了柳中的紀錄，所以常被巫碧瑩拿來當比賽正當性的實例。

我不否認阿雅很用心在盯學生，「整潔」、「秩序」也真的表現不錯，但不能因此而合理化能力編班的不公平性，也不會改變它不合法的事實——說到這，我就想起輔導室的大聲公，最近四處散發一份剪報，其標題是：「放牛班學生拼上六所研究所」，內容大概是講某放牛班學生，因國中老師努力教導不放棄學生，他有今天的成就，對老師非常感恩……她並在開會時不斷向眾老師開（訓）示，尤其針對經常抱怨不公的後段班老師，如我，要對學生更加用心啊，不要放棄學生云云。

你一定知道的，身為大放牛的我，聽了就很噁心而且很氣憤——老師用心教，學生對老師感恩，當然沒錯，但不能因此特例而刻意忽略掉其他眾多放牛班學生近乎自暴自棄的悲慘生活啊！誰放棄他們？不是老師，也不是小孩自己，而是被這變態的能力編班體制，他們是被這群知法犯法、玩弄權術的教育官僚放棄！

那記者，也是超級大王八蛋，各校違法的能力編班，以及教育當局長久以來對其縱容，甚至同流合污，為何視而不見？媒體長期以來，一直炒作明星學校的升學率，難道不也是共犯結構嗎？

「耶耶～又離題了！」小愛提醒已經氣到語無倫次的我。

是啊，越說越生氣。

其實，每個班級與個人一樣，都有差異性，班級也有不一樣的性格，剛好他們班就較符合或適應比賽的模式。再來，跟導師班級經營理念也會有關連，像我，就不認為這種比賽有多大意義（甚至反教育），花那麼多精力與代價去符合學校所謂的「整潔」「秩序」標準，根本浪費學生與老師的生命！要不然，我當過兵，軍隊那套操練我也會，用此來管理，學生鐵定服服貼貼，問題是，我認為那是「管理」，不是「教育」。

對後段班那種先天反叛的性格，常規要求標準若提高，反彈後座力就會跟著更強，一反彈，本來學習意願就不高了，課業上就容易全盤放棄；若降低，光是上課就吵到老師無法進行，根本談不上學習，還會加速行為的偏差，讓導師氣到憂鬱症發作。怎麼拿捏？難處就在這裡。所以，許多老師，寧願選擇爭取去教好班，就是這緣故。

說實在的，阿雅能這樣掌控全班，算是不簡單也很辛苦，有些老師連A-班都帶到生活常規無法無天。但，這樣師生間關係就容易惡化，一惡化，如何進行教育？她就有這種狀況。而我，會著力於「相處」與「價值的傳遞」這部份，相對的，我不會用好班的標準去要求後段班的常規，但偏偏比賽規則是死的，而長官的眼睛對此也是單一標準（啊，對我個人有時就雙重標準），何況這些標準，對教育而言問題多多，舉阿月的例子說明你就明瞭。

她帶班性格跟我差不多，所以，這樣一比之下結果就很慘。若是以往，學校頂多在朝會暗示一下，讓你有點難堪（哈，我是例外，特別侍候～），這回不一樣了，主其事者是巫碧瑩，週評比出來，她馬上去辦公室找阿月，當著其他老師的面，義正詞嚴不留情地數落阿月一頓，我轉述阿月的話，你聽看看：

「妳們班怎麼這麼髒？倒數第二名！不是我說妳，妳應該多管一管他們，稍微約束一下，妳看阿雅她們班可以做得那麼好，妳可以再努力一點啊……」

哇！你聽，有沒有像老師對學生的惇惇教誨。

剛開學不久，爲了讓後段班進入一定的軌道，已經疲於奔命的阿月，聽見如此直接的訓示，好像眞的她不努力似的，眼淚就當場簌簌流下。

其實，以我的標準觀察，各班表現都還好，才國一，若不是導師擺爛，一般不會壞到哪裡去，但比賽要排名，不管成績如何，就會有倒數三名。

情緒穩定之後，阿月索性去找巫碧瑩，像阿雅一樣，要求調出評分資料來看，要看哪裡做得不好？結果，你說呢？

「我看了之後，發現大家成績差不多，」阿月說：「我也看了一下我們班的扣分，你知道是什麼嗎？」

「不知咧～」我用關心眼神看著她。

「是——窗戶」她放慢速度說：「窗戶，沒置中！」

「什麼？」我一時聽不懂：「什麼叫『沒置中』？」

「就是窗戶打開沒擺在正中間！」阿月有些激動：「連這種都列入評分，太離譜了吧！若說玻璃沒擦乾淨就認了，竟然這樣也扣分！」

「我開會就說，這樣沒意義，早晚會比出問題的，果然！」我說：「我還看見評分的糾察，用手指在摸地板，看有沒有乾淨？齁，真受不了她，又不是在軍隊！」

「對了！」阿月補充說：「有一天成績還是空白的，因有值日老師請假，學校沒排代理，這樣，怎麼公平？」

「有，也不公平啊！」我重複開會時所說：「都能力編班了還比什麼屁？何況有老師根本在辦公室就用刻板印象去評，後段班當然更吃虧了。」

「我跟巫碧瑩反應問題，你猜她怎麼說的？她說：『我們會將你的意見納入下次開會的討論議題』，齁，好像官話一樣，」阿月臉露失望表情：「校長找她去當組長前，她還特地跟我們說，她去當行政，可以向學校爭取老師權利，結果……」

「換個位置就換個腦袋！」我馬上接話。

「沒錯！」阿月有點微笑的猛點頭。

我了解阿月的性格，事情講出來，情緒慢慢就好了，而我才正開始要擔憂我自己，倒數第一名的吾班，當時就知道現在悲慘的結果，因巫碧瑩對我的針對性，清楚明確且兇狠，大家都看得出來。

「怎麼會變這樣呢？」小愛疑惑著。

其實，我也蠻疑惑的。當後段班的導師，整天忙得團團轉，「忙與盲」流行歌曲不早已這樣唱嗎？眞的忙翻了，忙到一時不知從何回想？怎麼會變這樣呢？「權力能使人腐化！」這人性千古不變的定律，套在她身上，雖也可通行，但仔細想想，事情也不是那麼單純。

任何情誼，我都很珍惜，與巫碧瑩也是朋友一場，眞的不願弄到像現在一樣反目成仇。在這些年互動過程中，有件事情，我大概也很難會忘記，因爲，我的心嚴重受傷了。此事，是我們漸行漸遠的關鍵點吧。

前年，我還是專任老師。專任，就是不當班導，不用處理班級經營上的瑣事，與家長與學校行政互動較少，衝突也較少；但缺點是：課多，對於慢性鼻炎、咽喉不佳的我，也算是另種煎熬。但當不當導師，體制上，是學校的行政權力，我無從選擇。

進到柳河國中，連續當了五年導師，之後就一直當專任，連續當了四年，我還不是老人，會專任這樣久當然不尋常，那是因為水雞不讓我當，他寧願用代課老師當班導，這樣，開會時就不會有人「搗蛋」，重要事情需在導報表決時，校長意志也會占優勢，他就是用這一招遂行統治，大量進用代課老師，甚至多過導師數量的一半。

這樣做另一個好處是，可以做人情交易，也避免有超額教師出現，更有實質的利益，那不省人事，就曾在我去找他辦事時當面不避諱透漏：「啊這都是要的啦，第一個月薪水慣例都是要給『長仔』～」

『長仔』就是校長代稱，代課老師比照教會的「十一奉獻」，這「一成」不變的校園陋習，有人說，用於工程計畫，也可通行。

我知道，你可能又要嘆息了：「校園怎麼也跟政治一樣這樣黑？」

「不黑，歷史怎麼在血泊中前進呢？」我跟著嘆息……

唉！你看一嘆息又離題了。校園就這樣，永遠不斷在離題，離題之題，經常反客為主，變成正題。

前年某天，我沒課的空堂，就到導辦找阿月聊天，我常這樣做，因為專任辦公室幾乎像是老人安養院一樣，那沉悶氛圍有時令人受不了。

那天，早上吧，我就站在阿月旁與她閒聊，有說有笑的，頓時下課鐘響，只見巫碧瑩氣沖沖衝進辦公室，一到座位，啪一聲，便將手中的課本與資料整疊往桌上摔，然後就向兩公尺遠的我，大聲狂飆：

「我一看到你就討厭！」

大家都一頭霧水，空氣瞬時凝凍，當然苦主的我更是錯愕，我招誰惹誰了，說錯話也就認了，我甚至連話都沒跟她說一句就被莫名其妙地飆，怎麼會這樣衰？心裡雖尷尬與不爽，但面對發狂的母獅，只好知趣地夾著尾巴離開。

我當然知道她個性，也知道她帶這班，是生涯第一次的後段班，很不習慣，甚至無法掌控，但你不能把所有的氣發洩在我身上啊！

平常討論時因意見不同的情緒化攻擊，爲大局著想我還可容忍，對她說話盡量小心點就是了，齁，今天我沒說半句話就無緣無故被飆，怎能甘心？就算甘心，以後我要如何因應她這種不定時炸彈，所以對她，我只剩一條路可走，就是：避開！她既然一看見我就討厭，我就盡量不讓她看見，要不然，類似情形若再發生一次，我必定會受不了反擊，這樣的衝突是可以預料的。

若發生這種不必要的衝突，不只親痛仇快，又浪費生命。所以自此，看見她就自動避開，閃遠一點避免掃到颱風尾，避！避！避！就這樣，自然變成我無奈的自我防衛。

「你要體諒她呀！」阿華來安慰我：「你知道最近她家有些狀況，情緒不穩……」

「我知道～」我其實不是很清楚她家到底出狀況：「我當然可以體諒，所以，我照她的話做，既然看到我就討厭，我就盡量不讓她看到，以免刺激她，但誰來體諒我？無緣無故遭人一陣狂飆……」

阿華笑而不答，好像明瞭我的委屈，但爲她說情的意味較濃。其實，我知道她們都是好姊妹，只是，這樣不問是非一味的支持，合理化了她的情緒化行爲，反而害了她，也害了下位受害者。

後來我一直反省搜尋，最近發生大大小小的事情，到底哪裡惹到她了，或者做錯什麼事？我想起之前與她的對話，發現了一些蛛絲馬跡：

「我們都很希望你也下來一起當導師。」她說。

「不是我不當，是水雞不讓我當啊！」我說：「這是學校的行政權，我無能爲力。」

「你不下來當導師，別人就沒得休息！」她有點情緒了。

「我剛說過，這不是我能決定的！」我說：「我喉嚨不好，其實我不想當專任，課那麼多……」

「你可以主動去要求要當導師啊！」她說。

「我從不會主動去求他要什麼，這好像要他施捨似的……」我說。

「怎麼無法要求？」她不等我說完直接打斷我。

「今天若我爲此去求他，改天他就會拿此來向我討人情……」

對話完，她有無不高興，我沒特別注意到。但我發現，這絕對是關鍵點——她很不爽我這幾年一直當專任。

後來仔細想想，更發現阿華心裡也鐵定不爽，「不問是非一味的支持」只是我的誤解，她爲她出了一口怨氣，才是眞相。

我從巫碧瑩事後寫給我卡片的內容，更可證明我的推斷：

「我發現，最近我們越來越疏遠了，我的個性就這樣，你不認同我也沒辦法……我們都希望你能下來跟我們一起當導師。」

她常會以寫卡片的方式，對朋友表達一些關心，或寫些不好明講的話，像爲生活競賽的事飆了阿月之後，她就寫了張卡片向她道歉，我覺得這是她很好的優點，所以她們又和好如初。

我本來期待卡片裡會有道歉，準備這事情就圓滿和解，誰知，看見「我的個性就這樣，你不認同我也沒辦法……」這句，我就心灰意冷了。

沒有道歉，表示她認爲當眾狂飆我沒錯，這我就沒辦法接受，也表示我隨時有被飆的可能。就因爲這樣的牛脾氣，我暗暗決定，不想再與這種人往來。

現在想起來，是還有些懊惱，這樣的決定是對是錯？不過，都於事無補了。

本來，路上相見，還有點頭，最後連頭都不點了，形同陌路，但絕對沒想到，她會像仇人一樣看待我，難道她入閣當組長，就爲了對我報復，報復我當專任的「特權」嗎？

若仇視我修理我就算了，但今天她集體處罰吾班，連累無辜小孩，我就眞的生氣了。

巫碧瑩從來都是帶好班，即便調到柳中，也帶A-班，她沒帶過後段班，根本不知道後段班的悲慘，後來水雞體驗到她開會時的轟隆大炮後，就把她打入放牛老師的行列。只是，我沒想到，她常常自以爲傲「正師大」的招牌，遇到後段班時，會那麼不堪一擊，國一都還沒帶完就快崩潰，或許連她自己也沒想到吧，好勝心強的她，只是不願承認罷了，但聰明的她，懂得利用入閣當組長來當台階下。

我必須承認，水雞不讓我當導師的確是高招，一般老師都視當專任爲福利，給我福利，必定引來同伴的眼紅，甚至內鬨，這是我當初沒想料到的，因對我而言，眞的不是福利。往好的地方想想，專任這幾年來，直到今天才爆內鬨，眞該感謝讀書會這群患難同志了，以致水雞無福看見他心想事成的場面。

水雞任滿調走後，換這厲害的女王接任，善於風水算命的她，解讀了巫碧瑩正師大「懷才不遇」與「爲牛（放牛班）所困」的苦惱，刻意對她的能力百般讚美，順利引她入閣當組長，也順利完成水雞的遺願。

唉，你知道的，我只能又嘆息了——嘆息統治者終於分化成功，嘆息柳河國中新的後母班又悲慘降臨人間。

巫碧瑩正式變成巫組長後，被她「名正言順」遺棄的班級，後母是剛請調來的阿玉，個子小小的，有點豐滿，四十多歲吧，是個慈祥和藹的媽媽型老師。

我爲人後母過，所以就蠻擔心她的，這班情形，因巫碧瑩那經常發作、情緒化的大嘴巴而時有所聞，甚至幾個頭痛人物以及他們轟轟烈烈的事蹟，辦公室老師幾乎都耳熟能詳。

像有個叫小豪的，好像有點情緒障礙，常因小事而與同學衝突，動不動就發作，一發作就什麼也不管，翻桌摔東西，或就往教室外狂奔，矮矮壯壯的他一衝出據說無人能擋，有時躲在廁所不出來，有時躲在校園隱密的角落低泣。巫碧瑩還是他導師時，那陣子我實在有點分不清，她與小豪到底是誰才是情緒障礙者。那天，小豪在聯絡簿上才對欺負他的人嗆說：「我要殺死他！」，害阿玉擔心到整夜失眠，以淚洗面……

最搞笑的，莫過於那個小皓，他是個嚴重行爲偏差者，大錯不犯，小錯不斷，一副吊兒啷噹的，高而乾癟，像支營養不良的竹竿，他妹剛好在吾班，所以我印象特別深刻。

他最著名的壯舉，是給校門內女王精心建造的風水池調味，倒進洗廁所的鹽酸，讓裡頭腦滿腸肥的金魚，個個翻肚，口吐白沫，然後對搖搖晃晃的牠們叫著：「女王！女王！」巫碧瑩當時引述時，眾老師都笑到前翻後仰。

此外，還有一個女生小A，也超強的，不但交友複雜，常與外面男生牽扯不清，又與校內女生搞同性曖昧，偶爾心情不好，就帶著一票死黨往廁所跑，然後用美工刀割腕（其實只是輕輕劃一劃手臂）自殘……

其他有的沒有的小嘍囉不說，光是這三個代表人物，你當知道後段班導師的苦楚（嗚嗚，我有苦難言啊），其實這是常態，只是自視甚高的巫碧瑩不知它的悲慘世界罷了。而這種班的後母，更是苦啊！（嗚嗚，我哀號啊）我擔心的事發生了，阿玉快撐不住了。好不容易在偏鄉撐了六年，就是爲了調回離家近的學校，誰知一調進來，竟接到這燙手山芋。聽說爲此，煩惱到去信教尋求心靈解脫，難怪那時我看見她桌上，總擺著一本聖經。

有次國文領域會議，她起來發言，講到眼眶泛紅，令人不忍，她說：

「我不知道，調回來是對還是錯？」

我偷偷看一下一旁的巫碧瑩，唉，冰冷無感。阿玉，也是新生活競賽規則最大的受害者之一。我眞懷疑，平常自稱眞感情的巫碧瑩會那麼麻木不仁，她應痛哭流涕才對，爲她的作爲。她不哭，換我們哭了──

「早上我一進去教室，滿地都是爆米花，我就蹲下來，一顆一顆在同學面前撿起來，我說：你們要請老師吃也不是這種請法……」

阿玉說到此，阿珠等老師就頻頻拭淚。巫碧瑩還是無動於衷。

唉，嘆息嘆息！我更深刻體會「權力」的威力了。

元旦前夕，爲配合柳中創校以來的傳統，一年一度的年終越野賽跑，喜歡創意的巫碧瑩特別規劃一項她自認很有創意的活動──「環保創意秀」。還大張旗鼓，找來記者採訪，並且上了報，報導中一味讚頌，那剪報影印放大版，至今仍熱騰騰貼在川堂的玻璃櫥窗裡，超風光的業績，驕傲地睨著每個往來行人。

但那天的實相呢？你知道的，這些年頭，報紙也要倒著看才準。唉，用較不文雅的台語說，實相是：「逐家撟「甲無力去！」

眾老師的結論是：「既沒創意又不環保！」

活動原意沒錯：「利用回收的物品扮妝演出」。這種當時已辦到沒創意的創意活動，由於沒向學生傳達清楚，也沒夠充分的時間準備，以致活動後，到處都是撕毀的黑色垃圾袋，幾乎每班都用它來當衣服穿，然後貼上廢棄光碟，然後手拿寶特瓶，然後頭戴紙箱本製成的帽子，然後在司令台胡搞瞎搞鬧劇一場……校園幾乎快被新的垃圾淹沒，尤其那黑壓壓的破塑膠袋，像烏雲一樣的鬼魂，四處飄盪，記者也眞厲害，可以將它報導成「環保創意秀，柳中教育成果輝煌」。

其實活動當時，我沒空去在意創不創意的問題，因爲我忙著搶救一隻落巢的幼鳥。

那時，我正在班上位置閒晃，維持個最起碼秩序，忽然有學生來報：「老師老師！快來啊！有小鳥受傷掉下來了！」

我叮嚀一下班上後隨即跟他去看看，果眞有隻小鳥在地上一跛一跛的，仔細一看，是白頭翁幼鳥，嘴喙還是黃口，羽毛雖還沒豐整，但大致長好了，我發現牠並沒受傷，應該是剛學飛階段不小心落巢。當我靠近不久之後，兩隻親鳥就來我頭上盤飛鳴叫，我當然知道牠們的心意，但麥克風轟頂混亂嘈雜的比賽現場，加上親鳥急切的警戒聲中，讓我有點慌亂，台下的學生幾乎都看見了。

本來這種狀況，人是不需要也不應該介入的，讓親鳥來照料是最好的處理，但你知道的，在考試戰場上廝殺慣了的國中生，又在學校禽鳥園不良的示範下，我擔心活動結束後，牠很快就會被頑皮的學生玩完了。

幾經考慮，我決定去找出巢位，打算把牠放回去或附近樹上，可能是最安全的選擇。尋尋覓覓，憑我鳥人的敏感神經，很快發現了，就在司令台左側第一棵老榕樹上，天啊，那巢上方竟然就是一個麥克風擴大器，被「環保創意秀」不偏不倚魔音穿腦，唉，不落巢才怪！

自從操場蓋起大樓後，這司令台幾乎沒在用，平常集合都在它左側一整排的老榕樹下進行，麥克風也是另外一個系統，要不然白頭翁也不至於如此白目在此築巢。這是典型的人禍。

坐北朝南的司令台，前面只剩一條紅土跑道，再往前就是新的行政大樓，由於大樓地基有墊高，高到都快都淹沒它了，根本不是好的集合所，這次活動是爲了有表演舞台而勉強使用，學生就零零落落，有的坐在跑道，有的坐在大樓前小平台，像隔著一條河看戲，還眞是創意十足，白目！

但人爲的因素，也是一種自然的淘汰嗎？

或許吧，只是對於孱弱掙扎的生命，總是不忍，尤其當我也與劊子手同類時，更是難掩罪惡感，所以更想爲牠們做些什麼。

在兩三個熱心學生的協助下，我藉由桌椅相疊，將幼鳥放回巢中。有點欣慰的是，惡劣的大環境下，還是有幾個上過我鄉土課的學生，記得我的叮嚀，雖然我不記得他們的名字。

我專任那幾年，教育部剛好在推鄉土課程，各國中不得不在國一彈性課程中弄一節「鄉

1. 撟（kiāu）：咒罵、怒罵。

土藝術活動課」應付了事，想也知道，一般都淪爲考科配課，因爲沒師資也沒教材，而學校見我平常愛搞怪，特地將它排給我當作懲罰，水雞心裡一定得意地想著：「全年級十一個班，看你怎麼搞？」等著我像其他老師一樣上起考科時，就馬上給我扣上「沒按表操課」的帽子，然後送考績會究辦。

我當然知道他的如意算盤。但我就決定給它玩眞的，就開始編制課程與教材，還做了當時算先進的投影片。其中一個單元，就是談「鳥事」——內容包括鳥類的知識與觀察的技巧，最重要是要傳達敬畏大自然與尊重生命的觀念，而後更是要跟「禽鳥園」打對台……啊，這故事又說來話長，先回到落巢的白頭翁吧。

話說我把幼鳥放回巢內後，親鳥仍舊在旁緊張地吱吱叫，我眞的很怕牠們會棄幼鳥而不顧，有些動物自我防衛心強，爲了繁衍族群生命會如此做，還好，雖親鳥急切的叫聲讓我不安，但我明瞭牠們的心尚緊緊相依。

誰知，那幼鳥在巢內坐立難安，翻來覆去後跳上樹枝，此時，突來一記麥克風五雷轟頂，又踉踉蹌蹌跌了下來，所幸牠翅膀已會平衡張合，像降落傘一樣安然落地，又引發台下學生一陣騷動，但司令台上巫碧瑩仍喋喋不休。

我趨前想再抓住牠，牠竟然跌跌撞撞邊跑邊「飛」了起來，落到階梯旁的七里香的灌叢，由於周邊有水泥矮牆圍住，想說算是稍微安穩的地方，貓狗或許不易發現，只擔心學生而已。我看見親鳥則站在一旁的欒樹上，每隔一陣會飛到牠身旁關注一下再飛起，有時也會叼食餵牠。

就這樣吧，決定不再強制將牠放回樹上。既然，離巢了，就決心不回頭了。生命何其奧妙難解！好像只有人類永遠長不大，被所謂的「情」、所謂的「家」牽絆一輩子……

那天的活動，就在漫天飛舞的破黑色塑膠袋中得意地結束了。

接下來是掃地時間，我要去督導班上打掃，也要準備上第八節，只好請那兩個同學幫我留意一下狀況。

課輔結束，我帶著書沒回辦公室趕緊到現場查看。結果呢？不見了！幼鳥不見了，親鳥也是。我四處張望，在附近找了一下，還是無影無蹤。

我佇立在大樓東側階梯旁，心中有點惆悵，不知幼鳥是否安然無恙？放學的學生，來來往往經過，他們應該不知我心事吧。這些自然精靈，在我心中永遠是個美麗的謎。其實，從接獲幼鳥落巢通知後，心中一直存在著巨大的疑惑：都冬天了，怎麼這時候在繁殖與育雛呢？

此時，那剛接受記者採訪後的巫碧瑩，趾高氣昂的正迎面而來：「蕭老師，請問您有在找什麼嗎？」

「沒什麼～」我敷衍說，實在不想跟她談，什麼跟什麼嘛，明明與我熟到快爛掉，還假客套，我怎麼會不知她心裡在想什麼？自從交惡後，她對我的稱呼，從原本大剌剌直呼姓名變成官僚式的「蕭老師」，每聽一次，就刺痛一次。

她說完，眼也不看你一眼，便漸漸遠去，但那官臉卻越來越猙獰，越來越清晰……

天啊！那在眼前正絮絮叨叨對吾班訓話的，不正是那張官臉嗎？疲憊的我，站到有點恍神，猛然定睛一看，當下被嚇了一大跳。

風，好像越來越冷，大樓建築的關係，這角落被吹得吱吱響。我拉高衣領，看見吾班學生脖子也縮成一團，唸了一整天的「笑規」，現在個個變成「笑龜」——好笑的縮頭烏龜。風，叫一聲，他們便不自主「哦」一聲。有些人偷偷在竊笑。

「還笑！風聲有什麼好笑，全校最後一名還笑得出來，不知廉恥！再笑，明天再來站，再來唸校規，唸不夠就叫你用抄的，看你還笑得出不出來？眞是——不知廉恥！」她儼然找到訓練口才的機會，劈哩啪啦連罵一串，最後停頓一下，我知道那是她原本習慣的國罵——「混蛋！」，又吞了回去，還好有吞回去，若爆出口，我當場就跟她翻臉。

「不爆出口，也應跟她翻臉！因爲這種暴行比暴言更嚴重啊！」小愛不知何時又來到我頭上的枝梢。

是啊！今天我很掙扎，一直在想如何把此事轉化爲班級經營的正面力量，又讓她知道我不爽，翻不翻臉都不是，的確很傷腦筋，有時常想，我若卑鄙得夠不要臉，就不用如此頭痛了。幾經思考，最後選擇每節下課杵在這邊與她「歹面相看」，用沉默表答抗議，搞得累斃了。但如果選擇當面與她翻臉吵架，或許情緒得以抒發，但我的學生又會怎麼看待呢？

若她是涂大主任，就不會顧慮這麼多了，偏偏她是以前讀書會死黨，心中太多複雜情感。

我想起前年她剛生小孩時，聚會時對我們發表初爲人母的心情：「看見自己的小孩誕生，我的想法改變了。」

「什麼改變了？」

「這個我保密不說。」她像個頓悟的僧侶，語帶玄機。

我們也沒再問，也不知到後來她有無告訴她的姊妹淘們，但我以對她的了解，以及後來的作爲，大概也猜得出來。她生活的重心，從學校轉移至自己小孩身上，而對學生的熱心與愛心也順便轉移。當然你會說，這無可厚非啊，人不自私天誅地滅之類的話，我也當然可以理解，只是有些感嘆而已，感嘆她開始找一些冠冕堂皇的藉口，漸漸向權力中心靠攏，用權力來鞏固自己最大的利益，而自己最大的利益，就是家裡小孩最大的利益，我很清楚一般老師這種思考邏輯，沒什麼好驚訝的，只是，她「化妝前與化妝後」的落差，讓我心裡有抹之不去的疙瘩，就像檯面上變節的政治人物一樣，昨天還是民X黨，今天隨即變成中X黨，講著尖酸刻薄的話攻擊昨天的自己……

不管化妝前化妝後，情緒不穩一直是她的現在進行式。之前聽聞她家裡有些狀況，後來得知是經濟問題，但夫妻兩人都是公立中學教師，生活有啥問題呢？後來又得知，原來是她公公有債務問題，又揹房貸，所以……她竟晚上去某高職兼課，「我決不會去外面兼課，若有多餘時間會全部用在目前學生的身上……」（這句話至今仍是我的座右銘）之前批判別人的話，如今打了自己的臉。但臉，卻越打越燦爛……

現在是第七節下課，打掃時間，她讓吾班提早五分鐘離開去整理環境。只見他們，天眞地「耶！」一聲，帶著嘻皮笑臉一哄而散。

唉，我這天的如意算盤與辛勞，好像沒得到預期的效果。那聰明的巫碧瑩，只是第一節與第七節下課輕鬆出現而已，其餘時間，指派新進的體育組長來代看，本來我準備最難看的臉要給她好看，結果……唉，還是要嘆息，這場戰役，我眞的是一敗塗地……

學生高興地走了，巫碧瑩也微笑地走了，剩我在大樓下孤立無言，啊，我好像常被我的挫敗罰站！

猛烈的東北季風，狂笑不已。

「叮－噹－叮－噹──」國中課程的違章建築──第八節，又理直氣壯地鐘響了。我像被驅趕的鴨子，進了擠滿一群小鴨的教室，上課。我也在塡鴨嗎？昔日青春年少的理想，霎時跳進我的心坎，質疑著自己……

「叮－噹－叮－噹──」又下課了，日復一日，只是冬日晝短，已經找不到任何細微的殘紅，美麗的星子零落天際，而校園圍牆內外盡是荒塚，天上人間兩相對照，更添悲涼。

回到辦公室，在椅子上累癱了，閉目養神幾秒後，開始收拾東西準備回家，習慣上我會先查看一下，關在包包裡一整天的手機。平常我少有電話，今日只有則簡訊，一打開──

「生日快樂！」

啊！稍愣一下後馬上會意過來：今天是我生日呀！平時沒在慶生，加上每年此時又都是期末考前，忙著替學生複習，幾乎都忘記它存在。誰這麼有心？還記得我生日，熟識的朋友都知道我不玩慶生這無聊遊戲——有放假的日子，每天都是我生日——會是誰呢？查看一下來電，沒顯示號碼，這就奇怪了，祝福還怕人家知道是誰嗎？還是，某個朋友要跟我玩神秘？我重新開啓信件，再試一下，還是一樣沒號碼。啊，反正不管是誰，在衰運連連的今天收到祝福，毋寧都是歡喜的，管他是誰呀。

就當我離開辦公室，快到停車場時，小愛出現在那棵營養不良的小葉欖仁上頭，賊頭賊腦的，我煞是歡喜，直覺簡訊必定是牠搞得鬼，不過這是好的鬼。我向牠微微笑，不想多說什麼彼此知道就好，所有人都走光了，剩下工友到各處室關門，今天累翻了，要趕緊回去休息。但牠開口了：

「生日快樂！」

「感謝！我收到了。」我不耐地說。

「收到了什麼？」牠一臉狐疑。

「簡訊啊！不是你傳的嗎？」

「什麼簡訊？」

「生日快樂啊！不要再裝了。感謝你~但我累了，明天再聊吧。」

「什麼生日快樂？」牠好像眞的不知道：「我剛祝你生日快樂沒錯，但沒傳簡訊給你！」

「是喔？那會是誰？」我秀給牠看，牠瞄了一下，噗哧笑了來。

我問牠笑什麼？這回牠眞的裝神秘起來，只是竊竊笑著。

「別鬧了！快說是誰！我累翻了要回去休息了，快說啊～」我邊說邊走鑽進車裡，然後搖下車窗。

知道我手機號碼又知道我生日的人不多，我在腦海一一搜尋著，但累得想不出來，只知一定是有爆點，要不小愛不會這種表情。

小愛笑著教我輸入一些密碼後，說：「你現在關機然後重開就知道了。」

我照做，一重開，那簡訊竟顯示來電號碼了：0921578578——很熟悉又好記的號碼卻一時想不起來——0921—578—578——我嘴中喃喃複誦著，頓時恍然大悟，啊！不會吧——是「巫碧瑩！」——啊！好個生日快樂！好個生日禮物！我抓狂了——

「操他媽的臭屄！」

這下我真的爆出老王的外省罵了。

憤怒的聲音劃過無人的夜空，巫碧瑩訕笑的臉，馬上又映入我眼簾，老神在在，繼續訕笑著……

2004
1/19
（拜一）

第十二章　柳河行踏

記憶，一路燃燒。
生命裡某種傷痛，
在流水潺潺中，浴火重生……

（一）柳橋頭

當河流不說話時，你就要開始注意她的脾氣了。

——同學們，這堂鄉土課就用這句暗語開始囉——你們眼前這條河，叫做「柳河」，其實家鄉的人都叫她「柳仔溝」，但不管叫哪一個名字，都有「柳」這個字，顧名思義，河旁原本應該種很多柳樹才對，但現在卻看不到柳枝垂岸的漂亮風景，只有一兩棵營養不良的柳樹，害羞地站在那裡，要死不活的，眞令人傷心，啊，爲何會這樣呢？

「人啊～」他們異口同聲。

是啊，人啊，是人破壞的，那又是什麼人破壞的呢？

「是誰？」他們東張西望，傻笑著。

是啊，天大的問號，但我們都是兇手之一吧，因爲我們是人，而且都在這裡生活啊。但我要告訴你們的是，其實她原本是一條超級美麗的河流，啊，但不用讚嘆太早喔，她喔，還有一個秘密——她原本根本不是河流！

「啊？啥物！」他們每個眼睛快凸出來。

我講的是眞的，她最早最早是不存在的，沒錯，她是不折不扣的「人工美女」喔——啊現在當然不是了，而是快醜死的老太婆啊……

老太婆，也有美麗的過去喔，我現在說給你聽——古早古早，這一帶平原是濁水溪的氾濫地區，經常淹水，日本時代就在規劃一條排水溝，來解決水患的問題，沒想到挖到一半，二次大戰開打，工程停止，直到戰後才又開挖，五十年前，就是一九五五年，位於東螺溪北岸的這裡，誕生了一條二十幾公里長的超大排水溝，叫做「員林大排」，從濁水溪、八堡圳引水，貫穿幾個鄉鎮後，在鹿港與福興交接處流入台灣海峽——

「哇！」他們又興奮地異口同聲。

很壯觀吧，我們著名的柳河，其實只是其中一段而已，我要大大讚賞的是，當時我們阿公阿媽們，眼見一條新的河流誕生，不但解決淹水問題，還可提供農田灌溉，高興之餘，就厝邊招隔壁，啊樓頂招樓跤，大家一起同心協力，把流經我們家鄉這一段，用柳樹把她妝點得像個美麗新娘，這樣還不夠，想說還要更詩情畫意，就設置碼頭，購買十幾艘遊艇，供人泛舟遊賞，每當夕陽西下，很多情侶都經常來此浪漫一番，美名傳開，也吸引很多外地人來觀光，甚至，後來，一九六一年時候，「柳橋晚眺」還當選八卦縣的「八景」之一，更令人驚喜的是，柳河因此引起星探的注意，成爲一部電影的主要場景，那部電影名字叫作《橋》，當時的男女主角是那時當紅的螢幕情侶——柯俊雄與張美瑤，所以一舉把柳河的名聲推向最高峰……哈，對啊，順便爆個料，現在站在我身旁，幫我帶隊，並提供很多好料給你們享用的人——張國銘先生，他是老師在社區最好的朋友，他媽媽當時剛好生了一個女兒，正在爲取名字傷腦筋時，他老爸就靈機一動，那就也叫「張美瑤」好了，這也就是他的妹妹了……夠勁爆吧！

你們看，因爲一條美麗河流，帶來多少美麗的故事，只可惜，可惜啊，你們看看，柳河變成黑色的臭水溝了……

車子，一直從背後呼嘯而過。黑色柳河，默默向西潺潺流著，無語……

◎

你也知道的，對於巫碧瑩搖身一變，變成「巫組長」，我嘆息中總有深深不捨，不捨水雞王朝時，那令人懷念的革命情感。每次，站在柳河岸帶學生導覽活動時都會有個天真想法：如果她在與我決裂之前，能夠與我與學生走一趟「柳河行踏」，或許結局就不是現在這樣了。也不知爲何如此相信，總覺得柳河會有種神奇的力量吧。正如同柳河神奇的誕生身世。

我從南部回到家鄉後，從讀書會，到各種學生校外教學活動，她一直都有參與，而且熱心提供許多協助，在讀書會成員中堪稱最有行動力與能力的朋友，只是，參與「柳河春夢」鄉土教材編纂計畫後，就因懷孕而不再參與鄉土教學活動的規劃——這是我們抵抗八股教育體制的瘋狂計畫……啊，而今卻像美麗柳河一樣，只緬懷惋惜……

一九九六年秋末，鱷魚屆齡退休後，因還在學期中校長不補缺，所以，柳河國中的校長就以代理方式處理，依學校權責劃分，本來第一順位應是水雞，但因他考上校長去受校長儲訓，就由黑狗主任代理。

後來我才發現，那整整三個月沒有校長的柳河國中，是史上辦學最優也最和諧的時期。

那年，新訂定的《教師法》也剛好公佈實施，自此確立了「公教分途」的國家政策，簡單說，就是教師不再是唯命是從的公務人員，擁有專業自主權，本來要每天要簽到的簽到簿就拿掉了（你知道的，其實公務員簽到根本流於形式，落跑的人一大堆……），也就是說，原本是「工時制」變成了「責任制」；這改革方向，說實在要給予鼓掌，教育，實質上本是良心的工作，只是有良心的人不多而已，但這樣能給予有良心教書的人更大發揮空間，因對於沒良心的人，不要說簽到，甚至連二十四小時錄影監控都沒用。

新法，連帶著同步修正了原有的「國民教育法」，校園體制最大的變革是：「首長制」，變成了「合議制」。也就是說，本來校長可以獨斷獨行，現在不行了，重大政策要由「校務會議」決定。

這樣淺白的分析解說，你應該可以輕鬆了解吧。

對於國家又往民主化前進一大步，平常關心時政的我，真的開心。只是一般人，不管家長、老師，甚至有切身影響的行政官員自己，都不了解也不想了解，還是照著舊有的封建思維行事。

其中還有一項關於教師工作權的變革，以前只要不去觸碰政治敏感問題，教師幾乎是鐵飯碗，現在改了，是否受聘的命運，決定權由縣府（通過甄試）下放到學校的「教評會」，而解聘與資遣，也是它的權責，換句話說，誰掌控了教評會誰就握有教師的生殺大權。

那，你說，依當時的校園生態誰會掌控教師的生殺大權？賓果！校長大人是也。而我們自詡為進步團體的讀書會，就是校長眼中亂搞的小團體小圈圈，那，那不就慘了……

是的，我們意識到這個嚴重性，此時剛好校長出缺，哈，眞是天賜良機啊，校園沒大人，於是我們決定要籌組學校教師會，讓集體制衡的力量法制化，能不能改革腐朽的校園文化倒是其次，至少可以自保。我們當時是這樣想的。

於是，以讀書會八人成員爲核心小組，就開始分工進行籌備。

你知道的，因課務繁重，一開始其實沒有很積極，本來就想慢慢來，慢慢觀察，慢慢溝通，一方面留意整體局勢的發展與他校的反應狀況，另一方面，想藉由籌組過程凝聚更大的共識，要不然，勉強成立一個空殼，不僅無意義也增加負擔，或者，成立之後變成學校行政的橡皮圖章，更是糟糕。所以，鱷魚退休後那一兩個月時間，我們主要兩件工作是：蒐集相關資料與釋放籌組訊息。當然，心底也同時構想著整個較妥善的籌備流程。

眞正變得積極起來，關鍵點是學期結束前一個月。

某天，所有老師突然接到開會通知，但沒有正式的書面通知單，所以根本不知開什麼會，反正就是開會，當老師後對開會已經麻痺了，只是，開會時間是共同自習課，我們後段班，不像好班學生乖乖寫考卷，若沒去班上坐鎭，可能就狀況一大堆，事後辦案就辦不完。我是擔心這個。但擔心無用，開會是教師義務，不能不去，只能事前去班上威脅利誘一番，然後虔誠禱告。

開會時間一到，我嚇到了，你知道我看見主席是誰嗎？是——水雞！

什麼跟什麼的，齁，他現在是儲訓校長的身份，又不是代理校長，憑什麼要老師來開會？即便以後分派，也不一定是在柳河國中，憑什麼！

更令人生氣的是，所謂的「開會」，不是討論某議題，根本是對老師訓話，把儲訓那一套演說內容，官腔官調把眾老師當成練習的對象——

「現在國家面臨變革，尤其國民教育，你們當老師的，對學生要有更多的責任，愛與關懷，帶好每個小孩，即使是後段班的學生，一個也不能放棄……以後，我張水基以後當校長，絕對不會辜負大家的期待，希望你們能好好配合，共創美好未來……」

齁，你聽得下去嗎？「你們當老師的」，他只是儲訓校長，法律的身份還是教師，還沒當正式校長就你們老師東你們老師西的，官架子如此大，眞的以爲是柳河國中的校長了，恁老師較好咧，正式當了校長還得了？

當然，再對照他在柳中這幾年當主任的表現更令人擔心，連段考日期都不知道的教務主任，能不令人擔憂嗎？接著，有人也起他過去的底，到柳中之前，他在某偏校當訓導主任，也是以擺爛作爲行事準則，如何升官當第一要務。至於，如何爛法以及擺爛的結果，用膝蓋想也知道其慘狀——我在訓導處任職過，深知目前仍是管理主義至上的國中，這關若沒守住，上課秩序必漸漸崩解，一切教學幾乎無法進行，老師就等著被大尾學生幹撟[1]，甚至上課要帶安全帽兼後照鏡，防止學生在你轉頭寫黑板時偷襲……

第一次看見水雞變身，露出猙獰面孔，雖不意外，只是相較於當教務主任時的低調擺爛，一時無法接受落差如此的大，「手術前手術後」，判若兩人。

擔心歸擔心，但心裡想，依慣例，初任校長都先分派到偏遠學校歷練，而柳中雖不大，但歸類上非屬偏遠學校，眞的好哩佳哉。

1. 撟（kiāu）：咒罵、怒罵。

誰知，才好哩佳哉沒幾天，某借調縣府的同事就傳來令人震撼的消息：

「那水雞竟仿照街頭抗爭方式，與家長會長率領家長及教師代表，一起去縣府舉牌陳情，說什麼家長委員與全體教職員工都希望他『繼續』留在柳河國中當校長……」

見鬼了，來這賤招！好像劇本都安排好了似的，難怪那天會明目張膽變身。接著，相關的動作頻頻，找媒體記者報導他「苦學出身家境清寒，力爭上游考上校長」，然後，開始在學校佈局人事找主任班底，草擬好「百年樹人治校計畫」辦公聽會，又私下發動一些家長打電話到縣府「反應民意」……天啊！這眞跌破眾人的眼鏡，水雞搖身一變，恍然變成一個手腕靈活的政治人物，清楚的操作痕跡，讓我更擔心，擔心柳中眞的要見鬼了！

見到這種情景，本來老神在在的老師，難免開始有些跟著我擔心了。我們讀書會討論之後，覺得有必要更積極進行教師會的籌組，也試著擬訂重要的籌備流程，我心裡明白：戰爭開始了……

(二) 東門舊址

同學們，快到老師這邊來。累不累啊？

「累～」他們又異口同聲笑著說。

啊這樣就說累，我們才走到第二站而已咧，振作！振作！我們要向人家證明，我們不是飼料雞，是趴趴走的土雞。所以，振作囉～小隊長看一下各隊成員，有沒有遺失的，有的話要隨時回報喔。好，就這樣開始說故事囉——這個定點，也是同學上下學必經之道，你們應該沒發現這裡有什麼特殊吧，是的，真實的故事，往往藏在土地裡面，不是在教科書裡，所以囉，我們要用腳，一步一步把它挖出來，一些痠痛，是必然的代價，天下沒有白吃——的午餐……哈哈，有人笑了，太棒了，表示你不是白痴，以後也不要當白痴喔——好，誰告訴我，我們頭頂那棵樹是什麼樹？

「芒果！」

「檨仔[2]！」

都對！好哩佳哉，沒有人說是龍眼，或是菝仔……哈，不要笑，真的有人這樣的「都市俗」喔～好，有更精確的說法嗎？它是芒果的哪一種？

「土檨仔！」

答對！好棒棒喔！你們這一組，老師決定要加一分。

「耶～」他們手足舞蹈，快瘋了。其他人也跟著起鬨。我舉起左手，握拳。他們瞬間閉口——

好，這棵芒果樹是有故事的，它的年齡比我們都大，所以，要抱著尊敬的態度來看它——日治時代，我後面這棟建築物，你們知道是公所，但那時不叫公所，而叫做「役場」，張國銘的阿公剛好在此上班，並且親手栽種這棵樹，到了二次大戰期間，我們阿公阿媽他們，要隨時躲轟炸空襲，所以公所就在這棵樹上，設了一個警報器，隱密樹葉剛好遮蔽它不被發現，敵軍來襲，就發出警報，喔～喔～喔～～，居民聽見就趕快躲到防空洞裡。你看，它，其實

2. 檨仔（suāinn-á）：芒果。

是居民的一個守護者，下次路過，不要只想到吃而已，抬頭，給它一個敬禮……

第一個故事說完，問題來了，請問——那時誰給我們空襲丟炸彈？爲什麼？

「日本！」有人隨口就回答。我們從小就被中X黨的愚民教育教成仇日者，毒素還在小孩身上蔓延，我反問：「日本嗎？」

「美國！」、「英國！」、「中國」……他們七嘴八舌起來。

好！同學，注意聽了：二次大戰期間，台灣是日本的殖民地，換句話說，台灣人當時就是日本人，跟日本同一國的，哪有自己丟自己炸彈的？二次大戰，兩大敵對陣營是「軸心國」與「同盟國」，日本與德國、義大利是軸心國成員，所以丟我們炸彈的兇手，是所謂的「盟軍」，基本上這戰區，以英美聯軍爲主……

「喔～」

懂了嗎？唉，台灣眞倒楣，又不是我們發動戰爭的，竟然掃到風颱尾，被日本打完，又要當日本的砲灰，去被盟軍打，哪會遮爾衰咧？歷史就這樣無情，盟軍打完，還沒完沒了，又被中國來的「祖國」打——你們課本有讀到，二二八事件啊，不只打，還殺……

好了，這段歷史有機會再說吧，接下去，我要講這裡的第二個故事——這裡是忠義路與員鹿路的交叉口，其實是「東門」的舊址，所以，路向東的那一邊，叫做東門村，就從這典故來的。古早古早以前，漢人先民剛來此開墾，爲防範平埔族原住民與盜賊的侵擾，都會在聚落四周設防護設施，並設有城門方便進出，我們是小村莊，沒辦法像大城市一樣用磚用石蓋護牆，北邊油車村那裡剛好利用刺竹林做天然屏障，聽說，一七八六年林爽文事件時，發揮很大的防禦作用，讓他久攻不下，當然，最後也被攻下了，死傷慘重，這就是爲什麼忠義路西邊叫做「義民村」，是爲了記念這些保鄉衛土犧牲性命的鄉民……

◎

趁學期末結束，我與巫碧瑩出面，找三個重量級老師交換意見，結果很幸運，均獲得他們的支持，這樣籌組的成功率就大增，我們也因此有了較多的信心。至於爲何是我與巫碧瑩出面行動，主要考量我們都早已被點油做記號了，萬一將來眞的水雞降臨柳中，要秋後算帳比較不會波及他人。

說到這三個重量級老師，就要稍微介紹一下，你才知道他們到底有多重？首先登場的是，體重最重輩份也最重的黑狗主任：劉惠珊——乍聽之下你會以爲是女的，其實他是一個標準陽剛型、超Man的男人，身高一百八十幾公分，體重絕對破百公斤，在柳中擔任訓導主任已經第十九年，由於他是小學老師轉任國中，所以教師總年資超過三十年了，學生的家長若是柳河鄉人，幾乎都是他教過的學生，所以學生犯錯又態度不好時，一個巴掌馬上過去：「你爸是我教過的學生，你這種態度，叫你爸來，我連他一起罵！」

身材高大魁梧，臉也是凶神惡煞型的，在地方，五湖四海人士也都有交情，因此他臉色一變，再大尾的學生通常不太敢再囂張，外界就給予他一個超殺的台語封號：「黑狗主任」。

我剛來柳中，他還是訓導主任那幾年，遇大尾學生嗆聲或不明理的恐龍家長時，都是他出面排解，他會站在導師這邊，在職務上是主任，再怎樣他認爲有責任要相挺。我要說的是，或許他的教育理念有些傳統，但在腐爛生蛆「五育病重」的國中，就是靠他這種霸氣挺住了教師僅剩的一些尊嚴。至少，很多老師因此受惠，尤其柔弱的女老師，你不用再煩惱是否要忍受遭嗆或者要跟抓狂學生對嗆，交給他就搞定了。

唉，你一定知道我又要嘆氣了，是的，從黑狗主任卸任以後，每個訓導主任都是欺善怕惡的傢伙，專打弱小學生，遇到大尾學生與家長，都躲得遠遠的，沒有一個例外。

其實，他非眞正的凶神惡煞，我也非暴力擁護者，乍看之下，「打學生」好像蠻嚴重的事，事實上，他是假的打，虛晃一招，利用當下營造出來凶神惡煞的聲勢，唬唬學生而已。不像有些老師是情緒失控，亂打一通。

有回，就是我剛來那年，一位不服管教的學生，我只唸他沒倒垃圾，就嗆我：「啊你是欲按怎！」菜鳥導師的我，氣到發抖，要他跟我到訓導處，他又嗆：「去就去呀！」

我一帶他到訓導處，他還三七步的姿勢，黑狗主任問我狀況後，不發一語，整個高大身軀就抵過去，大吼：「站好！你是欲按怎？」說完一巴掌就眞的打下去，「乎！你是欲按怎，大尾乎？緊共恁老師會失禮！」

見他眞的巴下去，我當下嚇一大跳，看那大尾學生眞的嚇到臉色蒼白，趕緊向我道歉。學生走了，他馬上機會教育，怕我學他，就跟我說明剛剛那巴掌的分解動作：「我打假的，嚇嚇他而已，你看我用左手托住他下巴，右手掌屈成空心，這樣向下滑下去，力量三分之一擦在自己左手，三分之一斜斜的抵銷掉，最後三分之一經過他臉頰上，你聽很大聲，其實一點也不會痛，托住下巴，是避免他亂動，誤打到其他部位而受傷……」

聽完，我瞠目結舌，對於他熟練的「打」術。

只說到這裡，你應當就知道黑狗主任撐住柳河國中的重量吧。重點是，他對於水雞過度擺官架子的行徑，尤其那次召集眾老師「開會」，非常感冒，不僅名不正言不順，還要他在百忙之中抽空替他通告張羅，而又動員群眾去縣府陳情搞政治這一套，更不以爲然。所以，他全力支持籌組教師會，願意提供必要的協助：「不願看見柳河國中毀在他手裡！」

有黑狗主任支持，放心一半了。

再來，第二位重量級老師，體重很輕，可能不到四十公斤，迷你瘦小的她，嗓門超大，重點是講話邏輯清楚口條好，也是開會少數會提公務建言的老師之一，她就是人家戲稱「恁祖媽」的蘭祖夢。在柳中二十幾年了，五十歲左右，同輩同事，都叫她蘭老。他們資深老師，都習慣互相「老」來「老」去的。

她是柳中唯一的家政專任老師，平常愛開玩笑的她，對話中常常「恁祖媽」來「恁祖媽」去的，所以經常有意外的笑點，「外省籍」的她，台語卻講得比誰都溜。

最後一位，身體跟黑狗主任一樣，是重量級的，只是身高沒那麼高，一百七十公分左右，年紀也輕一些，約四十幾歲，但他眞的是如假包換的重量級拳擊國手（哈哈，若組教師會是比打架就好了！），沒錯，他是體育老師——許明安，他是柳河國中裡唯一出櫃的民X黨員，當時，民X黨仍是在野黨，面對中X黨勢力全面操控的學校，他敢這樣，算是不容易。教師法訂定，是民主進步的一環，或許，對他而言，籌組教師會就是一種民主運動。不管如何，獲得超有行動力的阿安表態支持，當然歡迎囉。

這就樣，討論結果，整個行動實務由讀書會主導，三大資深老師就提供後援，爲了增加力量，正式連署書就改由具有反對黨身份的阿安與我具名當主要發起人，但整個籌組工作，仍是我與巫碧瑩實質主導，其他成員就分工執行。決定後，我心裡突然有莫名的忐忑與使命感，這是否就像歷史傳說中，革命前夕的心情？

(三) 忠義廟

同學！這個廟，你就要特別記得了，它是一九二六年由本鄉武舉人黃耀南倡建的，廟雖不是很古老，但卻是我們全縣唯一的義民廟，有相當高歷史價值，但我們有好好愛護它嗎？

「沒有！」

是的，你看我們現在站的地方，是廟埕沒錯吧，但怎麼長這樣子呢？你知道的，因馬路拓寬的關係，被削掉一半，眞可惜，整個建築的完整性就沒了，在重視文化古蹟的國家，馬路爲古蹟而轉彎的例子多得是，但在台灣，馬路最大！

好吧，回到故事本身囉，說到義民廟，你們應該自然想到跟客家有關連，沒錯！其實，我們這裡是客家庄，很多人都不知道，甚至還有人瞧不起客家人的，眞是罵人罵自己～那爲什麼這裡沒人講客家話呢？答案是，被福佬人同化了，由於人數少，還有歷史的因素，慢慢被同化爲特殊的「福佬客」——就是不會講客家話而講福佬話的客家人，福佬話，就是我們現在慣稱的台語。

義民信仰，是特殊的客家信仰，雖然語言不見了，但從這裡就可以找到客家人生活的證據，只是，我們將它的名字叫做「忠義廟」而已。

裡面祭拜的除了林爽文事件犧牲的鄉民外，其實，還有一些是一八二六年分類械鬥死亡的人，這些都成了神桌上的「忠義公」了。所以，所謂的「忠義公」或其他客庄所說的「義民爺」，都不是指某一個人，而是一群人，一群死了沒人埋葬的人——所以啦，不管誰對誰錯，這些無主鬼魂都是歷史悲劇……

同學們，進來！進來廟裡，你們先抬頭看看，這個匾額寫的是什麼字？

「什麼～忠」同學們窸窸窣窣。

「褒忠！」這是褒揚的褒。

「喔～」

記起來了齁，台語唸做「po」，意思跟華語一樣，是讚揚——褒忠，就是讚揚你忠心耿耿，對誰忠心耿耿呢？沒錯！是皇帝！所以，你要注意了，這是封建時代的東西，現在是民主時代，國家的主人不是皇帝，更不是總統，而是人民。我們要忠於國家，忠於土地，不是忠於總統，甚至要監督總統，監督政府，避免他做出傷害國家的事……這公民課本都有說，自己回去再看清楚，然後再跟台灣現狀對照看看，這個政府的作爲是不是有及格？

好！問題來了，你們課本有提到械鬥，不僅「閩客械鬥」，也有「漳泉械鬥」，其實我們這裡也出現很特殊的「七十二連庄」，就是客家人與漳州人聯合對抗泉州人的組織……反正，那年代各種組合相殺都有——想想看的重點又來了：我們這些祖先是吃飽閒閒沒事做，要不然爲何竹篙鬥菜刀就互相殺來殺去呢？

言語不通與習俗不同，或爲族群利益偶有衝突很正常，但台灣好像特別嚴重，嚴重到我們現在都二十一世紀了還有省籍的衝突，台灣就這麼小，不管你祖先從哪來或是原住民，大家不是同在一條船上嗎？有必要爲此打打殺殺嗎？後來老師想想，仔細研究的結果，發現一個秘密——

「哇～秘密！」他們故意又異口同聲複誦。

是啊，秘密～聽好喔，把它濃縮成六個字，就是：「統治者的陰謀！」——怎麼說呢？老師發現，那清國的乾隆皇帝，在林爽文事件後，不僅頒給客家人匾額，也頒給泉州人匾額，只是改寫成另外兩個字：「旌義」——我看見有人在那癡癡竊笑，我知道你在想什麼（精液），這不是健教課，是歷史課，趕快轉大人啊，回到主題來吧——那漳州人也有一塊匾額，又寫不同字，叫做「思義」，三塊匾的內容其實都一樣，就是表揚你很有正義感與對朝廷對皇帝的效忠，所以，你們都是「義民」，那到底誰才是「不義之民」呢？是林爽文？是客家人？是泉州人？還是漳州人呢？先給你們一個想想的問題。

接著——拿到皇帝親頒的匾額，老百姓覺得好光榮喔，光宗耀祖喔，所以，若有泉州人造反，朝廷就找漳州人與客家人做義民來協助「平亂」，若是漳州人叛亂，則找泉州人與客家人當義民，就這樣，有時就公報私仇，長期下來，族群的隔閡與仇恨就越來越深，清國政府只要準備幾塊匾額，就可以「倚懸山看馬相踢」，安穩坐收漁翁之利，相對的，百姓內鬥越來越嚴重，就越難團結，越難團結，就越好統治，有句古早話叫做：「放尿攪沙袂作堆」，就是講我們台灣人的性格。所以，所以，同學們，千萬要看清，誰是在背後鼓勵內鬥、製造內鬥萬惡的藏鏡人，這是一個天大的陰謀！後來台灣的省籍衝突，也是這個陰謀在作祟——所以，誰才是不義之民呢？

「清——廷～」好大聲的回答。

對！沒有不義之民，只有「愚民」。不義的，是這專制奸詐的爛政府！所以，如果清廷是腐敗不義的政府，那林爽文事件，怎能叫「叛亂」呢？試圖推翻不義爛政府，叫做「革命」！要不然，我們校園裡推翻滿清的「國父」（銅像啦～），就不能叫國父了。所以啊，林爽文，是好人還是壞人，沒有絕對的，就看你站在什麼角度看他。歷史的對錯也是如此，每個人的價值，也是如此——這樣，懂了嗎？

「懂～」

所以啊，注意聽喔，結論：祖先從哪裡來？或者祖先多麼厲害多麼卑賤，都是祖先的事，老師今天講這段歷史，不是要你們再去分誰是客家人，誰是泉州人、漳州人，而是要你們記得這段歷史，血淋淋的歷史，不要再重踏覆轍！民主時代的國家觀念是，不管你是誰，只要你認同台灣，住在台灣，願意愛惜她保護她，你就是台灣人！認同自己國家後，不管她叫什麼名字，她就會保護你，用你愛她的愛，回饋你。這是所謂的「命運共同體」，我們都在同一條船上面，船沉了，大家就一起餵鯊魚吧！

有記得鮑？這是課本沒教的，也是不敢教的，記得！讀書最重要不是考一百分，而是要有獨立思考判斷的能力……所以啊，我們不要再當「愚民」，也不要再被「愚民」了……

◎

一九九七年二月一日，新任校長佈達。果然，是水雞。我雖沒受邀去參加典禮，但絕對可以想像水雞意氣風發不可一世的嘴臉。

黑狗主任得知後，馬上閃辭主任職務，與他友好的訓育組長也跟著辭行政職。雖是學年中找人接任不易，但水雞早有準備，隨即有代理人選。

寒假過後，開學第一天下午，確認籌組行動後，回去當晚，我草草解決晚餐，洗完澡，就在書房靜坐，配上喜多郎的心靈音樂，泡茶沉思——這是多年來的習慣，藉此讓一天忙碌煩擾的煙塵，沉澱下來，然後想想自己的過去、現在與未來，若有些心得，就寫寫東西——那晚，腦海中都是籌組教師會的各種想像，雖靜坐，卻靜不下心，想了好多好多，最主要浮現的是工作權的問題，當時的保守環境，因此而丟掉人稱「鐵飯碗」的教職，是極有可能，也是輕而易舉的，如果當權者刻意要搞你的話，我不必再說什麼「欲加之罪何患無辭」來掉書袋吧。這是最壞的狀況。我這種摩羯座超級龜毛的性格，遇到問題都會設想最壞的結果是什麼。

我非師大公費生，教職工作不是用分發的，而是停職一年千辛萬苦用考的，成為正式教師當時才第四年，若此役砸鍋了，或許就剛好被我用來籌組教師會的新教師法砸掉飯碗，而我又剛從南部山區回到家鄉，有著父母的期待，若惡夢成真，勢必也會影響他們的社交關係，這是我最掙扎的地方，要不，我單身一個人，沒不良嗜好，生活簡單，很容易可以活下去……

但是一想到，這體制已變成劣幣逐良幣了，教學上眞正不適任老師，只因會打罵，會逼學生考試、加課、會阿諛奉承，就變成「好班」老師，甚至一路高升變成主任、校長；而堅持教學理想的好老師卻成為「壞班」老師，英雄無用武之地，稍稍意志不堅者，眞的就逐步淪為整天廝混的不適任教師；而不願意配合學校塡鴨學生自我墮落者如鐵齒的我，則被邊緣化，被打壓，被用盡所有力量貼上「不適任教師」標籤。你看，多慘！這樣全校教師不都變成不適任教師了嗎？而學生，不管好班壞班，人格上，不與這些面目可憎的大人同歸於盡的能有多少呢？

所以，從第一年當代課老師開始，我就清楚認定把學生分成「好班」「壞班」背後那個權力，是大魔鬼，我進入體制教書其中一個目的，就是要打倒這個教育大魔鬼。

但，那雖不豐厚卻安穩的教職收入，又是我當初在社會各行業打滾後希望用來養活文學的寄託……眞的好掙扎。

夜深人靜，一盞孤燈，想得茶都涼了，腳也麻了。腳的痛楚，讓我頭腦更清醒——文學，也要有尊嚴！為理想衝撞體制的抵抗，不也是一首悲壯的詩嗎……

當晚，我累得在地毯上睡著了。天亮前，被隔壁早起的汽車引擎聲驚醒，我疲憊的臉上卻掛著微笑。

是的，底定了。

隔天，正式上課。我一身運動服裝到校，開始「教改運動」。

開學前，我寫了一篇類似〈出師表〉的宣告，說明組教師會的緣由。主要陳述重點有三：

其一，這是民主浪潮。

其二，自己的權利自己爭取。

其三，教師不再是鐵飯碗。

寫作癖一發作，就把它寫得慷慨激昂、激勵人心（這當然也是臭屁），希望能凝聚共識。宣告下方，則附一張調查回條，進行所謂的「假投票」，若有意願者超過法定人數三十人，才會有實質的籌組行動，這是我的龜毛，避免人數不足，白忙一場。

水雞一向耳目眾多，大概事先已得到消息，一大早，就站在校門口，用詭異的笑容迎接每個老師。其實順便點名，看誰遲到？

他看到我時，特別親切問候：「天助啊，早安！」像喚小老弟般刻意的「自然」，但那微笑卻讓我心底直打冷顫。

「早安！」我禮貌性回覆，刻意不稱他「校長」，我看透他磨刀霍霍的腹肚。

我到辦公室後，背包就放桌上，向抓耙仔的眼睛宣示——我已經來了！趁著早自習前的空檔，我們照原本的分工，火速開始發放「籌組宣言」，我第一張就擺到校長室新購的董事長桌上面，我用縣長御賜的鎮石壓著，表示這不是偷雞摸狗的事，而是光明正大的合法行動。

過程出奇的順利，兩三天後，陸續收到回條，有意願者很快超過三十人的門檻。我尾椎不知不覺慢慢翹起來，是否我的宣言太過動人而讓眾老師情義相挺？但幻想馬上過去了，正由於太平順，也讓我膽顫心驚起來，這絕不是水雞的作風，也不是我多舛教育人生的常態。

之後的幾天，竟也是一片寧靜，連草木都是。越來越詭異了。水雞並無任何抵制的動作。但不久，即有消息傳來，他暗暗召集一級主管，每天早晚開會因應。所以，我們都寧可相信，依他躁鬱的性格，這恐怕只是暴風雨前的寧靜，我們戰戰兢兢做好心理準備，全面備戰。

腳步已邁出，不可能回頭了。我們按既定的步驟進行著。開學次週，週三下午第五節是全校共同自習課，我們安排一場說明會，請「八卦縣教師會籌備處」江會長爲講師，向柳河國中保守的教師打打預防針，說明成立教師會的重要與籌組流程。

令人訝異的是，跟學校借用圖書館會議室，也沒受到刁難；而開會時，出席的老師竟也非常踴躍，啊你先別高興得太早，仔細一看，甚至連御用的教師與組長也都來了，這證明是水雞授意的行動，想也知道這些抓耙仔是來蒐集情報的。雖不得不承認這招是高招，但，本來就是坦蕩公開的態度，沒啥好怕的。

說明會完畢，打鐵趁熱，翌日便發放正式的入會申請表格，我們設定的入會費三百元，年費兩百元。這種負擔，對一般老師的薪資而言，尙不構成痛楚。

本來想說已做過調查，人數不成問題才對。結果，我錯了！第一波，我們讀書會成員與會友們共十幾個收齊之後，就沒進展了。把意願調查表，當成一種承諾，是我太過天眞，還是老師太侮辱老師這身份？

原來，水雞在檯面下一直有行動，只是不張揚，對有資格入會的正式教師，全面性，一個一個約談、勸退。

歷史上，每個威權統治者，最厲害的手腕，其實就只有一招——威脅利誘！不從者，就殺雞儆猴。當然，水雞不會拿刀眞的殺，而是用盡所有行政資源對你打壓凌遲，讓你比被眞的刀割還難受。很多老師都見識到他的功夫。

「夠，眞受不了，天天打電話到我家煩，有時我老婆接，有時我老爸接，被他搞得都快鬧家庭革命了……」有位老師受不了就乾脆放棄了。

光是這招纏功，就所向披靡了。

水雞他們校長，其實有個「策略聯盟」的協會，諸如此類事件的「危機處理」，都有個標準的操作模式，有時連說詞與事例都一模一樣。而老謀深算的水雞，又是箇中翹楚，運用起來自然得心應手。

威脅利誘，還沒加入的老師不准加入，已加入的老師，勸退。水雞的態度公開定調後，許多牆頭草老師，開始見風轉舵，倒向權力這邊，對他赤裸裸地阿諛奉承。「堅決擁護政府，鞏固領導中心」戒嚴時期奴顏卑膝的嘴臉又重現江湖。這是我來柳河國中後，看到最不堪的一幕。

整週下來，三十位法定人數竟還未湊滿。我們積極遊說，水雞強力阻擋，形成拉鋸，局面就僵在那邊。

當然，我不會對外公開實際人數與名單，一方面是策略的運用，另一方面要保護當事人，若名單一曝光，水雞的炮火馬上駕到，以柳中教師的體質，沒多少人能抵擋水雞瘋狂的攻擊。唉！沒想到，本來光明正大的公開活動，竟然變成地下的游擊戰。這是始料未及的。

我手中有份全校教師名單，那是黑狗主任給的開會簽到單，好做沙盤推演。相信水雞手中也有，甚至更詳細的身家資料。

柳中是中小型學校，當時全校共三十三班，每班兩名員額編制，每九班又多一名，扣掉九名代課老師，剩六十名，這是我拉票的對象。其中，十三名兼職行政工作，除了黑狗主任與前訓育組長公開支持教師會外，其餘都是水雞的鐵票。體制上，他們是準公務員，不可能違抗校長命令，所以，我也不會主動去爲難他們。

有一天，水雞就找我去「坐沙發」——這那時的流行語，大家聞沙發就色變——水雞一上任，第一件事就是搬遷校長室，把原本的教務處與專任辦公室打通，裝潢變成新校長室，原校長室就作教務處，專任辦公室則再占用一間教室，這對原本教室不夠的柳中，又雪上加霜。但校長爲大，新的空間眞的增大兩倍多，設置休息套房，購買新的皮沙發與董事長辦公桌椅，並加裝冷氣。豪華到威氣逼人——而我的屁股何其有幸，坐在水雞的新沙發上，但坐立難安。他說：

「天助啊，你的年紀跟我差不多，像校長的小老弟一樣，有空就隨時來泡茶，那些開會都流於形式，沒多大意義，你看那些老師就知道，不是聊天就是在改作業……所以，別浪費時間，隨時歡迎私下來找校長討論，校長室的門永遠敞開著……」

「嗯。」我沉默著，不想回應這些虛偽的客套，等他講重點。

「天助啊！我跟你說喔，我們同事那麼久了，你應知道校長的個性，校長這個人，有心要把教育辦好，讓柳中發光發熱……校長才剛上任一個月，關於那教師會可不可以暫緩一下，等學校上軌道之後，再組也不遲啊，我絕對支持，大家團結一點，和諧一點，學校才能穩定發展……」

「校長！」我討厭他開口閉口校長校長的，故意打斷他的官話：「我知道你的意思，但這不是我能決定的，我只是出來幫忙大家做籌備工作而已，其實我也認為成立教師會不是要跟學校對抗，反而是要協助學校辦學，像一些外力的關說，例如編班、挑老師等等，學校可說有教師會在監督，所以不依法行政不行，這樣可省去許多麻煩……」

「天助啊！」水雞也一直想打斷我的話，他沒耐性聽他不喜歡聽的話，見我不理會，就拿起茶杯喝水，頭故意轉向旁邊，然後猛然一回頭，說：「天助啊！你聽校長說，你是個聰明人，但年紀還輕，經驗可能還不夠，容易受別人煽動、利用，做出不好的事來……」

「你是說黑狗主任嗎？」我說。

「沒有啦，不是說他……」他馬上辯解。

「校—長！」我說：「我出來負責籌組，沒受人利用，是我自己願意的，我也認為學校要有個教師會比較好，這樣可以扮演行政與家長之間的橋樑……」

「好了！好了！」水雞情緒來了，臉馬上垮下來：「不要再說了，我還有事情要處理，剩下的以後再討論！」

看見他變臉了，我一句話也不說，不爽也寫在臉上，就直接離開校長室。這種雞同鴨講的談話，眞是疲憊。你知道的，溝通就這樣破局的。

隔天，那禿頭仔又奉命來找我，他說：

「天助老師，校長要我再跟你商量一下，他才剛就任，就讓他做一年看看，一年後再組教師會，到時候，一樣會請你當教師會會長……」

「主任啊！」這太離譜了聽不下去，我直接切話：「拜託～那教師會會長，不是學校指派的！是教師會的理事會選的，而理事是會員投票選的……我也沒有一定要當會長，何況教師會能不能成立都還不知道咧，我只是幫忙跑腿而已。」

他摸摸光滑的頭，帶著不爽的臉碰壁走了。

你知道的，這樣的發展，讓我震驚，驚覺自己到底有多少精力與資源，可以跟這龐大的行政體系對抗，他們主任組長課少，校長不用上課，我一週有十六節課要上，外加三節自習，還要帶班，不要說對抗，連抵擋自保可能都很難……但我根本無法回頭了，只好做好準備，迎接水雞的反撲……

（四）拋荒之地

嗨！同學們，辛苦了。走了那麼久，累不累呢？

「累～」一堆洩氣的輪胎。

振作！如果你唸柳河國中，而沒來跟我走「柳河行踏」，將是永遠的遺憾。如果我是校長，沒來的，就不會頒發畢業證書給你——啊，開玩笑的啦！我不會是校長，因爲我沒興趣，所以，免驚啦！而且，你們都有來，假使我是校長，嘛免驚啦～但是，沒來的，遺憾倒是眞的，老師一年只辦一次，而且只收國一學生，你國中就一次機會。所以，振作啊！累的時候，想想我們最後的有獎徵答，或許會更有元氣喔……

好，就開始囉～先抱歉一下，剛剛在忠義廟老師講太久了，其實，眞的要講，那座廟，一天也講不完，這樣說，是要告訴同學，我們生活週遭，每件事物都有它特有的故事，就像我們每個人一樣，都有屬於自己獨特的故事，我們沒發現它，是我們不用心，不是故事不見了，所以啦，如果現在你的心，還沒找回來，就趕快呼叫它喔——同學們！來到這定點，你一定覺得奇怪，這是一塊荒地，有什麼好看的呢？其實，說「看」，不如說「閱讀」，像讀書一樣，用不同角度仔細來讀一塊地——好！首先我們向遠處看，荒地的盡頭，那一叢高大的樹是什麼樹？

「竹子！」

沒錯。但有沒有人更精確地告訴我，是哪種竹子？

「啊……」同學們交頭接耳。

我們平常都習慣用「差不多先生」的心去認識這世界，說這是竹子，這是鳥，這是蝴蝶，這是草……等等，但你能精確說出它的名字嗎？你能知道它的特性就像你認識的朋友嗎？是的！我們眞正的生物課來了～例如這叢竹子，假設你在課本看過照片，也背過它的根莖葉脈等特徵，考試也考滿分，但如果你沒在野外親眼看過它，就可能永遠不認識它，若我帶你來這裡，用手指給你看這是「刺竹」，你幾秒鐘馬上就記得，甚至一輩子不會忘記，甚至與它成爲朋友——它，就是「刺竹」啦！

老師要說的是，人也可以跟大自然萬物做朋友，也應該用朋友角度來看待它，不是只想到它可不可以吃，或者能有什麼用途？甚至，你可以欣賞它的美，它的姿態，它所隱含的意義，而從欣賞過程中得到心靈的快樂，人只是大自然的一份子，要謙卑跟它學習，它其實就是一本超大的書，那棵竹子也是一本書，是大書或小書，就看你自己的眼睛了——其實，剛剛在東門舊址，我有講過它，它還幫我們抵擋過林爽文的軍隊呢～

「喔～」

想起來了吧。你看它，高大綿密，一根接一根盤在一起，而且整滿堅硬像刺的細枝，像不像一面城牆啊～所以，以前的人家，也會把它種在屋後，防禦盜賊，你看，它的筍雖不能吃，卻大大好用——但重要的是，你看見它，還會回想到以前這段歷史，也會想起以前人生活的情景，這是感情！用錢買不到，課本學不到的，活生生的教材。好，恭喜你了，下次見面，你們就是好朋友了。

再來喔，請注意看，刺竹上面有什麼停在那裡？

「鳥！」

我也知道是鳥，剛說過，我們要學習認識牠，叫出牠的名字，要不然，不要說做朋友，牠連理都不理你——目前上面有：

「斑頸鳩」——你看，牠回頭看我了——開玩笑的啦，不過我心裡真的是這樣感受到，一種微妙的情感——也有人叫牠「珠頸斑鳩」，簡稱「斑鳩」，下次有機會，近一點時候，你注意看牠的脖子，像是掛著一串珍珠項鍊，牠是一種漂亮的鳥——我還要偷偷告訴你，兩年前，我救了一隻受傷的小斑鳩，痊癒之後，就將牠放生，然後意外地成了我一生難忘的故事……

下面樹枝，還有一種體型較小的，牠叫「紅鳩」，辨識特徵是牠的脖子，只有一道灰黑色弧形紋路，顧名思義，牠的翅膀羽色，葡萄紅般燦爛，不過母鳥，就全身灰褐色，跟斑鳩一樣。

再來，鏡頭拉近，你看荒地上面，有翩翩飛舞的蝴蝶——那叫做「紋白蝶」，再來，在草叢裡，泥土裡，還有看不見的各種昆蟲，甚至也有冬眠的蛇躲在裡面，精彩的動物世界，其實就在平常我們忽略的地方上演好戲——再來，仔細看看植物，也不是只有「草」與「樹」兩種，例如，眼前那一大片開著白花、蝴蝶最喜歡的——名字叫做「大花咸豐草」，躺在旁邊有星星狀葉子的，叫「葎草」；而高一點，葉片像一面盾牌的樹，叫做「血桐」——你若不小心劃破它樹幹，會流出的汁液經氧化後會變成紅色……所以啦，你看，這沒人利用的荒地，簡直是一座生態樂園，這種土地才是活的，而我們校園裡，鋪著柏油水泥亮晶晶的地，其實是死的，多少生物在底下都無法呼吸，如果最後自然荒地越來越少，包括人類，所有生物的生存也會受到威脅，因此，我要再強調——人是大自然的一部份，包括食物，所有的生命要素都來大自然，離開大自然或大自然破壞了，人根本無法單獨而活……

◎

是啊，才隔一天，蘭老就來提醒我，她們專任辦公室那邊有動作了——

「蕭天助這小子也太過分了，人家校長、教務主任都親自低聲下氣去拜託他，教師會就慢點再組會死呀，等學校上軌道再來搞，這樣合情合理啊，他竟然嗆說：這是你家的事！你看這種不顧學校前途的人可以信任嗎？他應該準備要奪權……」

這是老王放出的耳語。對於講求人情世故的資深老師而言，這種說詞蠻對味的。但我沒嗆說「這是你家的事！」你看，這厲害吧，好精準的加油添醋！高手出招，果然不同凡響。

氣質美女教師阿雲，則溫柔地說：「人家校長要這樣，我們就順著他啊～」

「其實她的心很善良啊！」蘭老說：「她不是支持校長，是支持學校，校門口的守衛室，就是她爸爸捐贈的……」

「這我早就聽說，那為什麼碑上還要寫『啓川』呢？」我一直不解這兩字的命名由來。

「喔，那是她國中導師的名字啦！」蘭老笑著說：「阿雲跟阿安一樣，是柳中第一屆畢業生，當時她是放牛班學生，家裡又很窮，一度要輟學去工作，她班導，就是啓川先仔，他人好得沒話說啦，不但鼓勵她用功讀書，還私下偷偷資助她念到畢業，也沒人知道這件事，直到阿雲後來考上大學，她老爸放榜後第一時間就要帶她去學校感謝以前導師，誰知當時啓川先仔已過世，剛好那時守衛室要改建，他腦筋一轉就向親戚借錢集資認捐，並刻上恩師的名字來表達感念……而後阿雲考上老師，她爸爸非常非常鐵齒，一定要她調回柳中服務，他想說這是用實際行動報恩，每天進出校門都看得見恩師，繼續他的志業……」

原來，我每天上下班，都從這段感人的故事中經過而不自知……

蘭老轉述的，還有一個屬於毒舌派的阿英。她劈頭就說：「組教師會有什麼用？還不如我一通電話！蕭天助根本是一個危險份子！你們小心一點會比較好喔……」

這阿英，說出這種話，我還蠻訝異的。她老哥是現任的民X黨縣議員，他們的黨，不是口口聲聲說支持組織教師會嗎？也口口聲聲說，這是民主進步的一環嗎？好吧，不說理念，也說人情吧，與我一同出面籌組的阿安不也是貴黨的幹部，怎麼在扯他後腿？

後來，我才恍然大悟，政治沒有我想像那麼單純，他們雖同政黨，但是不同掛的，這叫派系鬥爭。

至於「一通電話論」，這我是相信，但一般老百姓哪有資格打那通電話？但，也有直接表態支持的人，「我認同，沒問題啦！」，那就是老連，他還當過教務主任咧，我欣賞這麼阿沙力的老師。

看來，專任這邊，再加上阿安與蘭老，只有可憐的三票。

「導師這邊情形呢？」我心裡正嘀咕著，阿慈就來跟我透露一個訊息。

「我跟你說喔，」她輕聲地說：「校長有去找我媽！」

「不會吧！」我超震驚的：「這，這到底是怎麼一回事？」

「不瞞你說，我畢業分發時，我老媽有透過關係去找他開歷史缺……」阿慈表情無奈：「我一直跟我媽說不要去關說，偏偏講不聽，她怕我分發到偏遠學校去。」

「或許不是水雞的因素，本來就要開缺的，順便做做人情。」我如此揣測。

「確定！本來沒缺。」她很篤定：「確定是他特別額外開缺。」

「是喔！」我屈指一算，現有四個歷史老師，以柳中的規模，三個就已過多沒錯：「那他有講什麼嗎？」

「所以啊，想也知道，當然是教師會的事！」她說：「水雞這人超卑鄙的，他跟我媽說，說你，聽好喔——『你看！他這個人，頭髮那麼長，不男不女的，而且整天揹著鹿港國中的破書包，晃來晃去的，還穿涼鞋到學校上課，邋裡邋遢的，這種人能相信嗎？』哈哈，眞笑死我了！」

「又是鹿港國中書包！」我忍不住也大笑了：「他向阿華講的，也是同樣的內容啊……哈，沒有講到我的破牛仔褲嗎？」

「有有有！」阿慈大笑說：「幾百年沒洗了！他要我媽跟我說，要離你遠一點……哈哈，聽到了沒？離你遠一點！不男不女的……」

「哈哈哈！」我無奈說：「是！是！我是有註冊的危險人物，連鹿港國中書包與涼鞋都很危險……」

其實，我們只是一般朋友。讀書會的關係，我們常有聚會與踏查活動，由於她是學歷史的，而我正在編輯鄉土教材，比起其他成員，她跟我交集自然比較多些，接觸也頻繁些，你知道的，一些三姑六婆老師，對於未婚男女，經常八卦來八卦去，亂點鴛鴦譜，這當然也難逃水雞耳目，你看，他連我感情的事也要趕盡殺絕。

蘭老得知後，很氣憤，她笑著說：「專門拆散人家姻緣，這種人齣，以後生小孩鐵定沒屁眼啦！」

「蘭老師！」我苦中作樂，跟著打屁：「人家他已經生了兩個，最小的都高一了，那天來學校，看起來活蹦亂跳的，應該有屁眼才對……」

「那……孫子沒屁眼！」蘭老也玩笑地屁起來：「孫子總還沒生吧！」

「耶，妳怎知麼知道還沒生？」我興致一來又跟屁：「現在的小孩都比較『早鵏』咧！」

「哈哈！你也變毒舌派了嗎？」蘭老大笑，揮揮手：「不說了！等一下上達天聽，換來叫我離你遠一點……我是不怕啦，都那麼老了……」

打打屁，緊綳的心情好些。反正，我已經黑得發亮，不怕抹黑了。

當然，阿慈沒聽他媽媽的話，但可看出她心裡蠻不好受的，因爲關說這件事實，或許會成爲心中永遠的陰影，也可能很快被校園現實的洪流淹沒、沖淡，反正大家都這樣！甚至以後也可能變成一種隱隱的驕傲……

（五）第一公墓與忠義公紀念碑

同學！趕快來老師這裡喔～輕輕地走，別太用力，也別跟丟了，跟丟了可能回不去喔～

「老師怎麼帶我們來這裡？」有人竊笑，有人竊竊私語。

好！小隊長點一下名，看有沒有全到齊——有齁，好的，就聽這邊，然後嘴巴閉起來囉，再講話，或許不小心就失蹤了喔……

「唉唷——」

開玩笑的啦——是啊，爲什麼要帶你們來這裡呢？這裡住的都是我們的祖先，只要抱著虔誠尊敬的心，就免驚啦！又沒做虧心事，對不對？啊不小心有做的，就當作贖罪，懺悔一下，回去就重新做人——這裡叫「第一示範公墓」，很整齊吧，像不像一排一排連棟的透天厝，每個祖先都住一間，應該還算舒適吧——要是那種亂葬崗，我就不敢帶你們去了，連我都怕怕——好，先回顧一下，先前在忠義廟老師講的，客家人語言雖被同化了，但從特殊信仰中，還可找到原本是客家人的證據，除此之外，我們也回去看看族譜，或者祖祠，都有一些線索，沒祖祠與族譜的，在墓碑上，或許也可發現蛛絲馬跡，原因是台灣漢人的喪葬習慣，會將祖籍刻在上面，例如，那個「饒邑」——指的是饒平縣，原鄉在中國廣東省，是客家庄，柳河鄉一大半人的祖籍都是饒平，包括黃耀南舉人家族，也包括老師。

再看那個，「詔邑」——指的是中國福建省的詔安縣，有同學或許會問，客家人不是都在廣東省嗎？錯！福建省也有客家庄，廣東省也有不是客家庄的聚落——本鄉另一大半，就是「詔安客」，例如，二重村的黃姓家族。

這樣，懂了吧。但我仍要強調，祖籍在哪裡，在現代民主社會，意義沒想像那麼大，它只是個歷史故事，了解後，想辦法找出新的意義，才是重點，不是要你再去分彼此，甚至打架——何況，除了一九四五年戰後隨中X黨來台的移民外，幾乎每個台灣漢人的血液都有平埔族的血統，有句諺語：「有唐山公，無唐山媽。」就是說明這個現象，因爲清國時期，有「渡台三禁」，一般人民根本沒機會攜家帶眷來台灣，大都是羅漢跤仔，然後再與平埔媽結婚，所以，以血統而言，根本沒有所謂的「漢人」，況且，這名詞的定義，也問題多多，就因爲多多，就不多說了——

接下來要說的，最重要，其實不管是祖祠或墓碑上的祖籍標記，都是根據族譜而來，問題來了，除了大墾户這些大家族外，當時移墾台灣的百姓，幾乎是三餐不繼的流民，根本是一群文盲，哪會有什麼族譜？所以啦，當時的政府，爲了便於統治，就發明一招，就是「御賜族譜」——啊，每個人拿一本回去用啦！所以，「族譜」是什麼東西呢？狗屎啦，很多都嘛是假的，甚至連原住民都被賜漢姓漢名……所以，讀歷史，不是像考試一樣背起來就好，還要想想，想想喔～

好了，這些好像講太多了，再來，請看！抬頭看看，這個高聳的紀念碑是什麼東西？

「忠義公紀念碑！」

有人很聰明，偷看資料囉，你們手上的導覽路線剛好有寫喔——這就是記念林爽文事件時保鄉衛土的犧牲者與械鬥的亡魂。其實，原本的紀念碑是在柳河國小內，碑文刻著「皇恩寵錫御賜忠義公之墓」，一九三〇年重修，碑文把它改為「御賜忠義烈士墓」，一九九二年為了蓋活動中心，竟然就把它拆掉，隔年在此重建，碑文又不同了，變成：「御賜烈士之墓」——唉，這是幹什麼呢？碑可以說拆就拆、說移就移嗎？啊碑文可以這樣改來改去喲？唉～這就是主其事者沒有歷史與古蹟保存的觀念所導致的啊！今天要同學站在這裡，就是要你們反省一下這個議題——這樣做可以嗎？

再來，這裡算是中繼站了，等一下到旁邊花園涼亭休息喝喝水，那裡比較沒公墓的感覺，順便有個課題，一起想想——台灣土地有限，而人口快速增加，按目前喪葬習俗，遲早有一天會「死無葬身之地」，怎麼辦？

給同學一個大問號，當休息的點心……

◎

我們讀書會，在段考下午固定聚會，這一年多來有一定的默契與情感，除了兩名實習老師外，其餘六人，都是鐵票，跑不掉。專任老老師，大概回天乏術，只能靠蘭老的舌頭了。我們寄望所在，是與校務行政關係密切的導師們。

平時沉默得有點自閉的好班班導，阿睿，你知道的，他與我不只不熟，還有點陌生。有天，他慎重地遞給我入會申請單，讓我覺得很訝異。他說：「你所做的，我很佩服，因此我才要加入。」

當下，我客套地先行道謝，其實，內心是五味雜陳。我的感謝當然是眞的，他說我所做的，指的是，我的鄉土調查記錄與學生導覽之事。有人認同，當然高興，不過我不要他因此，或支持我個人而加入教師會，我希望他是認同教師會這組織與理念才加入的，因教師會非某人的，是個團體，每個成員都有共同的權利與義務，這是觀念問題，我不希望會員繳錢後就抱著事不關己的態度，否則這組織一定不長久，也容易質變，這是我籌組前所擔心的，一變質，很容易就變成學校行政的橡皮圖章，若如此，那不如不要教師會。

一些老師，也是這種性質的情義相挺。一些則是對水雞反彈，而有一些夫妻檔、父子檔或父女檔的老師就有點好笑了，他們的選擇是什麼呢？哈，相信你很快就猜到了，沒錯——就是拆一半，一人加入，一人不加入。像老楊就跟友好的黑狗主任說：「我快要退休了，不怕得罪校長，所以我加入，我們阿敏她還有前途，就不要啦……」

這事初聽對我蠻新鮮的，後來想想，也沒什麼啦，他只是把中國儒家中庸之道的牆頭草精神落實在生活當中而已。

籌組過程中，甚至還發現也有親戚三人組的，牽來牽去都有人情的蛛絲馬跡，我終於領悟到，這種裙帶關係似乎主宰了台灣，包括教育界的公務部門，「內舉不避親」這封建文化，被發揮得淋漓盡致。

或許你會問：「啊，不是有公開考試？」小愛的回答說得最貼切了：「公開考試？譀譀[3]的啦！公開，公開，到最後還不是有錢公家開！」

籌組教師會正式行動之後，水雞開始對我的一言一行嚴密監控，明的暗的，許多抓耙仔環伺四周：看我上課有無遲到早退，有無不當言行，有無渾水摸魚……甚至誰跟我講話，講了什麼話，很快就回報到水雞耳朵。跟我眉來眼去說悄悄話的老師，若被發現，隨即會被約談，弄得人心惶惶。

就有人偷偷來跟我說，說水雞說我思想偏激是「危險份子」（奇怪咧，論調跟阿英怎麼一模一樣？），不要跟我走得太近——你知道的，他這狠招，是要孤立我，雖有人不一定認爲我是危險份子，但也因此而不敢私下跟我講話，遇到這種驚慌的眼神，我也主動避開，不想牽連人家。

你看，這種近乎是白色恐怖時期的手法，竟在柳中再現。讓我著實開了眼界。

不過，有件事情，讓我在悲悽的氛圍中有些開懷笑容——有兩位外地的年輕女老師，因爲合租房舍，就變成死黨，而且同樣是龜毛的處女座，與我的關係沒讀書會夥伴那樣熟，但算是和諧。經常看見她們交頭接耳，說著悄悄話，又兀自露出只有她們自己能懂得的笑容，一副內向害羞的樣子，但這也爲辦公室增添一個不一樣的風景。

她們必定深思熟慮過。

有天私下偷偷告訴我，願意加入教師會，不過不要在公開場合給我申請表，怕被抓耙仔看見曝了光，更怕消息上達天聽而被水雞嚴刑伺候，所以，她們就約我中午吃飯時間（噓！這時候最安全了，大家忙著覓食……），在街上麵店假裝自然碰面，然後把申請表與入會費夾在某書中，一起「還」給我：「謝謝喔！你的書。」

而我竟也假裝自然回答：「好看嗎？有興趣再跟我借，我還有好多小說喔。」

老實告訴你，當時我其實一度快穿幫大笑，勉強忍住，齁，有夠難受的，甚至比坐水雞

3. 譀譀（hàm-hàm）：虛幻、虛而不實。

的沙發還難受。

你說像不像學生上課在偷傳紙條，想起來就好笑，組個教師會，竟然要搞到這種地步……但一點都不誇張，那時弄到連出現Ａ４半張大小的紙，或五百元鈔票，都很緊張，一看見，就以爲是教師會的入會申請。

「這個不是申請單喔！」阿孝還搞笑地把手上的嫌犯（紙）刻意攤很開，甚至用力甩一甩昭告天下，表示清白，以免被誤殺。

但，這樣生硬的還書動作與我笨拙的演技，會不會欲蓋彌彰？還好，幾天過後，幾乎確定安全上壘。我從她們對我的悄悄話判斷的：

「我跟你說喔，那天校長找我們去坐沙發……」

「是喔！」我說：「有怎樣嗎？」

「沒！」她們窸窸窣窣，互相嘻笑推諉，最後阿瓊嬌滴滴地模仿水雞的語氣說：「妳們一定要支持校長喔～」說完，她們又輕聲笑成一團，然後不放心左顧右盼一下。

「沒那麼誇張啦，沒人啦！」我被弄得心癢癢的：「妳們怎麼回答？」

「我們就一起嬌嗔地說，沒問題呀，我們一定支持校長……你看，這樣有沒有很狗腿啊？」

「正牌狗腿無誤！」

笑死我了！柳中這兩個寶貝老師，必名留青史。

這是意外插曲，其他老師就沒那麼好笑了，甚至讓你笑不出來。

自從變成地下的游擊戰後，我心情是沉重的，其實我始終不會用遊說方式招募會員，見了面，自然問一下意願，強求無意義，我又不是要選民代或推銷保險，幹嘛卑躬屈膝的，這是大家的權益，不是我個人的事……想到此，就有點心灰意冷……

在高職夜校兼課的阿芳老師，就雙手一攤，說：「校長那天，就故意拿著兼課同意書在我面前晃來晃去，我能怎樣呢？我還要養家活口啊！」

其實，她老公是國立大學的教授，與她的薪水，要養活兩個小孩，綽綽有餘了，只是聽說她貸款買了很多房產與股票，需要現金調度。

再來，遇見了美麗的阿婷老師，雖五十歲了，因保養有方，看起來還是風姿綽約，高貴迷人，她見我手中一疊資料，不需說明她就明白我的來意，啊，我已經變成教師會的活招牌了。她用美麗笑容嬌滴滴地說：「你知道的，那總務主任是我堂哥呀……」

「我知道啦！」我笑笑不必說話就彼此明白。

其實，我哪知道？這麼一講，我才知道她與禿頭仔的親屬關係，啊，校園這裙帶越牽越長，也越複雜……慢慢覺得，我好像有在做田野調查一樣的刺激。她的意思甚明，就不要爲難人家了，何況「人家」漂亮得令人心疼不捨。

這是玩笑話啦，我眞正心疼不捨的是我的好友阿義。

他是台北人，因老婆關係，就「嫁」到這裡來，講話客客氣氣的，是個好好先生，跟學生相處常有如朋友般親近，有時學生玩笑開過頭，甚至會騎到他頭上來，他也不以爲意，所以難免班上的整潔秩序會差一點，但這又何妨？

「啊什麼是『整潔秩序』？帶班，師生和諧才是重點。不是嗎？」他說。

我認同他的理念，但你知道的，他因這件事被水雞搞得快發瘋，還差點辭職呢。

你看，高頭大馬的他，也擋不住水雞狂風暴雨的性格。他才是眞正需要這份薪水的人，他要獨力照顧一個臥病在床的老婆，與兩個稚幼小孩……

(六)五分仔車鐵道

嗨！同學們，我們要坐火車囉～

喔，是時光的火車啦！我們看看地上，眞的有鐵軌，那火車呢？是啊，在以前的歲月行駛，回去問一下阿公阿媽就知道，眞的有火車耶，不過這火車，主要是載貨物的，什麼貨物呢？

「甘蔗！」

沒錯！是甘蔗，當然也有蔗糖，這就是台糖小火車，我們俗稱「五分仔車」，你看鐵軌，跟一般鐵軌不太一樣喔，有人看出來嗎？

「三條鐵軌耶！」

好特殊喔對不對，哈哈，是三條線！是啊，的確它也有點無奈，因爲，自從一九七五年停駛後，它漸漸被人遺忘了，甚至，被雜草淹沒了——但它曾經有風光的時代，日治時期，我們八卦縣那片遼闊的平原，就是全島主要蔗糖產地之一，除了載貨外，它又蠻體貼的，加掛簡易車廂，方便一般旅客與學生搭乘，連你們爸爸媽媽也許都有坐小火車上學的經驗哩，那是一段甜蜜又辛酸的記憶……

我們柳河鄉剛好設立兩站：一個在油車村，一個在二重村，可分別坐去員林與溪湖——說到此，順著西邊的鐵軌直直去，老師就要講一個歷史故事了：

話說西元一九二五年，那是日本時代，溪湖往西再過去，就是二林，當時二林的蔗農，受不了日本政府百般刁難與剝削——這個就要先插播一個諺語：「天下第一戇，種甘蔗予會社磅！」——這是說，蔗農辛苦的甘蔗收成，那時政府收購時，卻經常故意在磅秤中作弊，偷斤減兩，最後終於引發農民不滿而爆發衝突，當地有個醫生叫「李應章」的，就帶農民起來抗爭，而日本政府就強力鎮壓，造成多人死傷，事後總共有九十三人被捕，二十五人被判刑……這就是台灣歷史有名的「二林蔗農事件」——

「喔～喔～」他們笑著故意把聲音拉長。

記起來了齁？課本有提到對不對，只是沒詳細內容而已，你看，原來，故事就發生在我們身邊，土地上有很多線索，如果你有時能扮演一下福爾摩斯，讀書與生活，就多很多樂趣……火車來了！快走！

「啊——」他們猛回頭，露出驚慌表情。

別怕，開玩笑的啦～是時光的火車！嘟嘟～嘟嘟～好的，我們往下一站，前進喔……

開學第三週，水雞又出招了，他開始下馬威，隆重宣佈：召開「臨時校務會議」。公務部門待過，你就知道，開會通常不是爲了要開會，是爲了鬥爭。

當然，開會內容千篇一律，都是一些威脅利誘的陳腔濫調，但我有解讀到一個重點，這對眾老師而言，頗有致命的殺傷力，水雞說：

「籌組教師會，是合法的沒錯，校長也希望它能順利成立，但更希望學校能和諧，若一切都要照法令來，這樣大家以後如果要去買菜一下啦，或接個小孩啦，或辦個私事啦，恐怕都會變得不方便……」

我聽了這席話，心馬上涼了一半，他抓到了老師的罩門，這下可好，這場戰爭大概全盤皆輸。

雖說取消了書面簽到，讓教師與公務員分途走向責任制，上班時間變得彈性沒錯，不過也沒明確跟你說，有課來上就好，一切就處於模糊狀態。因所謂的「責任」，任人解釋，校長就多了許多操弄空間，尤其導師，學生發生任何事情，不管校內校外，硬要解釋，都嘛有責任，什麼督導不周之類的帽子就飛過來，這等於全天候待命。但改革的方向，其實我是認同，即便規定要簽到時期，下班時間學生若出事，家長第一時間還不是就找你，若沒找你，一般導師也不會放著不管。當然，擺爛的老師除外，他們上班時間也不管。

「上面說取消簽到，又沒說不用來上班！」水雞就這樣恐嚇說。

其實，水雞說得沒錯。但長期來，一般老師已習慣有課來上，沒課是彈性時間，要做啥沒人理你，那時簽到已流於形式，經常是一週份一起簽，交差了事。

重點來了，沒了簽到，但老師簽到的陰影還在，社會上，包括家長也還認爲教師是公務員，「朝八晚五」上班八小時，變成刻板印象。「上班時間」哪能跑出來到處亂混呢？雖沒法律依據，但只要以此盯你，於情於理，你通常就無從辯駁。

水雞就用這個心理弱點威脅你。沒事時，說比照公務員是「工時制」，有事時，變成「責任制」。

所以這招，是狠招，等於掐住老師的喉嚨，也成爲壓垮駱駝的最後一根稻草。

組個教師會，搞了將近一個月還沒完成，還眞有點誇張。黑狗主任每每遇到我便問：「天助啊，人數到底夠了沒？」許多已加入的老師也有點不耐煩了。

我只能無奈搖頭。基於策略，我們決定暫時不透漏實際加入人數，故意放出風聲：「還差蠻多的啊！」，目的是要鬆懈水雞歇斯底里的神經，好讓他停止繼續對許多老師騷擾施壓。

「快受不了了，每天打電話來煩，我老婆都快抓狂，要鬧家庭革命了！」也有老師抱怨：「啊你嘛好心點，要就趕快，不要就拉倒算了……」

水雞的纏功是一流的，凡被他鎖定的，一定痛不欲生，除非你敢直接悍然拒絕，但他是校長，很少人敢這樣。

壓力，變成全落在我身上。水雞不用上課，又有行政資源，可全心全意投入，而我要上課又要帶班，同事向心力又不足，這場戰爭，註定難打。但一想到，只差一個，衝刺一下，只要再一個加入，就馬上可以高調宣告教師會成立時間，屆時看到水雞眼冒金星的臉，不知有多過癮……

但終究，這只是幻想，眞的，那關鍵的一個，就是沒出現。

本來，蘭老跟我說，要遊說與她私交算不錯的資深老師阿梅看看，地毯式掃描教師名冊後，最後的希望眞的只剩她。

但她問題多多，上課已經語無倫次，且無法掌握班上秩序，家長投訴幾回後，學校不敢再給她教本科生物，全部改成童軍、家政、輔導等綜合活動課，當然，當導師更不用談了。對於她上課，學生轉述的共同內容就是：「課本都沒講，就一直講著她與她女兒去逛大潤發，多好玩，多好玩……」

是啊，學校就是那麼好玩，這種老師還不少咧。其實她看到人，總是笑臉相迎，嘻嘻哈哈，八卦東八卦西，而見到我，就一直要跟我作媒，常講那個小姐不錯喔，這個也不錯喔，有時根本不知所云，不知道在講什麼，你知道的，這種樣子，我怎可能答應，煩都煩死了。

但聽說，她先生頗有來頭，是行政院中央級官員。要是我這樣，水雞就高興死了，必定馬上提報縣府，冊封我爲：「典型不適任兼失能教師」！眞是可惜，我沒照他的期盼發展，但他卻千方百計要往這方向形塑我。

阿梅後台硬，水雞雖不敢動她，但有這把柄，她怎可能會加入教師會？即使加入了，有這樣老師的教師會又有何意義？這是我的苦惱。

最後，不用苦惱了，她，婉拒。教師會功虧一簣的命運已成定局。

蘭老又說，那屎蛆趁機又再散播我的八卦，要我小心點。

「他在台北教書時，參與非法集會遊行被逮捕，啊上課又講什麼二二八事件，被告到市政府教育局，最後被革職……」

我恍然大悟，剛進柳中時，鱷魚在開會時嗆我說：「你的資料我都有，給我小心一點！」原來，這是眞的。那年，負責偵防的「人二室」剛裁撤，而我的保防資料應該都還在。你能想像那個年代嗎？

這八卦，事件是沒錯，但沒完全正確。你別忘記，屎蛆是造謠高手，頭號抓耙仔，否則資料從哪來？

那年，是一九九二年春天，一場訴求「總統直選」的和平示威遊行，由社運團體與民X黨領袖發起，在台北街頭進行，我在其中沒錯，因為我不認同國家元首，還是由那群沒民意基礎且提尿袋的老國代來選舉，理由就這麼簡單。再來我要說的是，那威權年代，哪個社運遊行是「合法」的？

我清楚記得，遊行當天是四月十九日，傍晚，經過火車站時，領導者突然決定提高抗爭層次，下達就地靜坐的指令，幾千人浩浩蕩蕩就席地而坐，坐在站前車水馬龍的忠孝西路，整個交通瞬時被癱瘓，群眾也湧進火車站廣場與休息區，這是台灣街頭運動史上首次占領火車站的行動。

當局也被突如其來的動作嚇一跳，而市民怨聲載道，卻形成另一種壓力，警方馬上調度大批人馬，包圍群眾，封鎖整個現場，然後整個場面就僵那邊，一僵就是五天。

到了第五天，抗議的群眾體力幾乎透支，有的早已先行離去，人數越來越少，本來警方的策略是，一方面訴諸輿論壓力，另一方面用封鎖消耗你的體力，頂多撐個兩天就散了，沒想到這群「烏合之眾」竟撐那麼久。

當天傍晚，我從學校下課回宿舍，就接到一個社運朋友的電話，他說：「現場只剩五百人左右，今晚可能會強制驅離，我們趕快去支援，人多他們就不敢動……」

就這樣，我就從容赴義，然後隔天天亮時，就被噴水後強制架離，然後，就坐上有鐵網的警備車，上車前還給我錄影存證，上車後，還假好心拿「統一蘆筍汁」要給我喝，我當下拒絕，我才不需退火咧，更不要「統一」！然後，被載到市立棒球場放鴿子，然後，我坐公車在早上八點前趕回學校上課。

經過就這樣。

憲法保障人民有集會遊行的自由，哪有違法？違法的是，那違憲的集遊法自己！甚至我連上課時間都沒耽誤到。

學生問我，手怎麼受傷呢？我就跟這群高中生講述這個故事，除了國文，我也教他們社會科，這不是活生生的教材嗎？

至於二二八，不能講嗎？都列入教材了，他還活在戒嚴時期咧，我只是補充一些資料與觀點而已。被告到市府，倒是眞的，但說我被解聘是造謠的，我是自己主動辭職，先將學校解聘的——哈，雖然他們鐵定不會給我新聘書……

你看，這些助紂爲虐的抓耙仔有多可惡，又引燃我那段噴火的往事。

噴火歸噴火，面對整件事還是要理性以待。開學至今，快一個月，籌組過程中，赤裸裸的人性，與不堪入目的資料，都被起底攤在太陽下，這群叫做「老師」的動物，令人浩嘆。這樣的教師會，不要也罷。

阿梅確定不入會的當日，放學後我便召開決策小組會議，將結果與後續決定告訴這群好夥伴：「這些日子，已經搞得人心惶惶，人數確定不足，雖只差一人，結果跟差十人一樣，除非有人現在確定可以拉到人，否則最好放棄籌組，再這樣下去，校園氣氛恐怕只有更糟……」

他們同意我的看法：「宣告停止籌組！」

隔天，記得是禮拜五，我就在導辦的大公佈欄寫上正式訊息：

「因人數不足，教師會籌組工作暫停，已塡表入會者，下週一起，開始個別退費，這段期間感謝同仁的支持與包容。抱歉！蕭天助敬上。」

藺老看見了公告，特來跟我打氣加油：「呵，沒辦法啦，柳中就這樣，大家都在意這鐵飯碗，我咧，就給它拿在手裡，晃呀晃著……」她突然想到某事，低聲說：「對了，黑狗主任的單子，晚點再退還他，以我的了解，怕他不甘心……」

我聽從藺老的建議，除了他外，其餘像加入時一樣的模式，一一神秘退回申請表與錢，只是心情不同而已。

退費那週，辦公室出奇的安靜，連抓耙仔的八卦都停止了。但人與人之間，卻多一個芥蒂，永遠揮之不去的傷痕。

我卻聽見，水雞在訕笑……

（七）油菜花田

嗨！同學們，踏著鐵軌前進的滋味很不錯齁？

「幸福喔～」

是啊，慢慢散步，慢慢看，慢慢被時光火車撞一下，很安全又很幸福呀——你看，這一大片油菜花，它雖是黃色的，但現在超紅的，你們應該都認識吧，這裡，老師簡單說一下，就「放牛吃草囉」，讓你們盡情地在田裡打滾一下，至少用手摸摸泥土，這可是濁水溪來的黑泥喔，珍貴捏，但記得，在沒長花的地方滾就好，要不然被追殺我可不管喔——

好，同學們！就從花說起好了，這花，其實是當綠肥用的，就是說，二期稻作收割完，農會就會免費提供油菜花的種子給農民種，隔年春耕時，就用鐵牛給它們犁過去，與泥土和在一起，增加肥份，誰知無心插柳柳成蔭，它就變成冬末春初稻田獨特的美景，只是，要犁田時，都覺得蠻可惜的，也不捨，這麼漂亮的花——但是，它「化作春泥更護花」，唉，所以美麗都是短暫的，像花，像人的青春，但，如果懂得其中奧秘的話，它就在你生命中，永不凋零……煞風景一下，其實，它也是可以吃的，嫩葉花芽，會料理的話，就是桌上佳餚喔。

再來，就要再說個故事，我小時候的故事：你看，滿田飛舞的紋白蝶，配上鮮黃的花，眞是人間美景，國小吧，這就個時節，我常在收割後的稻田玩耍，甚至放風箏，有回不知怎麼，就頑皮啦，拿起細竹桿子當劍，就把這樣嬌弱美麗的紋白蝶當成練劍的對象，咻咻咻，啊，一隻隻蝴蝶就被我在空中分屍……

啊啊啊！這是我心中永遠的痛，每年帶活動到這裡，我一定跟同學講這一段歷史慘案，表示懺悔，所以啦，千萬記得，你們一定不要學我的白目，以免以後後悔莫及，這是忠告喔，如果你沒聽進去，太白目，我就當下讓你後悔莫及，不用等以後囉……知道沒？

「知～道～」

再來，本來沒有再來了，但此刻，剛好上帝派一個小天使來祝福，噓～現在安安靜靜，輕輕蹲下來，別出聲喔～然後，頭偷偷慢慢轉向後方，然後找到一塊葡萄田，然後，就在葡萄田的藤架上，約二分之一位置，有根較突出的竹管，竹管上面有隻——鳥，站著——像白頭翁大小，不過，站姿比較挺一些，再注意聽，邊聽邊看喔，你看，牠的眼睛，像帶個黑眼罩的大俠，嘴，有點細細的倒勾，再來尾巴，一翹一翹的，有稍稍的紅褐色……

「耶！眞的咧～」有人興奮地放槍。

「啊～」飛走了，大家異口同聲指責這白目者。

我不是說別出聲嗎？好了，別怪他了。每年這時候，天天都有機會看見牠，說不定等下又回來了咧，牠是誰呢？注意聽囉——

「灰—頭—紅—尾—伯—勞」——牠每年秋天遠從西伯利亞飛來台灣，有的在這裡過冬，但大多數飛到南洋去過冬，五千公里遠咧，等於飛了快半個地球，不會說今年心情不好就不來了，每年咧，你看小小的一隻鳥，意志力有多堅強，而且不會迷失方向，人，做得到嗎？但是啊但是，又有白目的故事了，同學或許有看過新聞報導，屏東楓港那邊，有比我白目的人，將牠們抓來，烤成「鳥仔巴！」，擺在路邊賣……所以啦，我們一起祝福，剛剛飛走的伯勞鳥，安然飛渡巴士海峽，或者，留在這裡過年也不錯啊——

好！起立！現在放牛吃草，十分鐘後集合——解散！

「耶～」……

◎

宣告暫停籌組教師會，退完費用後，隔週起，「教師會」這三個字，從此噤聲。沒人敢再提起，否則許多眼睛便盯著你看，這三個字，是「造反」、「奪權」的同義詞。

開學一個月來，每個老師與祖宗八代，所有做過的醜陋事情，都被水雞翻了出來，赤裸裸吊在陽光下公開鞭屍。才隔個週休假日，恍如隔世。再度見面時，大家顯得格外尷尬，學校彷彿沒穿衣褲的天體營，脫光光的老師，未成年的學生應該沒人看得出來吧。但過沒多久，大家又習以爲常了，八卦的八卦，罵學生的罵學生，打混的打混，嘈雜喧鬧又淹沒了校園。一樣的問候寒暄，微笑聊天，只要不提「教師會」，所有的事都好像沒發生過。

水雞怎會放過這鞏固王權的美好時機，不來個乘勝追擊才怪。

果然，眾老師才笙歌舞蹈燈紅酒綠了一個禮拜而已，隔週週一，一大早，就看見不省人事一個一個發開會通知，以前都放桌上就走人，現在不同了，還一個一個簽名爲證，本來有事沒事就落跑的老師頭大了，他們心裡一定很幹：「不是說好，只要不組教師會，可以照常買菜、接送小孩、下午茶嗎？」

從不蹺班的藺老就如此揶揄：「看來，不是人人有獎喔，八仙過海，各顯神通，要看誰的功力深了……」她最了解水雞的習性了。

雖權力結構要重新洗牌，但那些馬屁精再世的人，憑著熟練吹捧技巧，很快就會卡到位子，而大部份的人，本能又跟著孔老夫子走回中庸之道，恢復牆頭草，也迅速做好隨時準備見風轉舵的雄姿，而鐵齒如我者，樂於當異議份子的，寥寥可數。

但不管如何，一切都迅速歸位，運作如往常。這是現今制式學校之所以不會傾倒崩解的秘密，像醃漬的醬缸，在腐敗中維持一種奇妙的平衡，那明明爛掉的東西卻還可吃……

開會！開什麼會呢？你知道的，又來了──「臨時校務會議」。只是這回換個時髦的新名稱，叫做「校務發展會議」。

開會，是他展現雄風，享受權慾的方式，此時，水雞膨脹成雄糾糾氣昂昂的公雞，尾椎翹得很高。

開會的議題，仔細一看，天啊！是「教評會」──該來的總要來，只是籌組教師會的戰鬥，連續幾週下來，已經身心俱疲，現在又要被逼著武裝起來，趕盡殺絕，太符合水雞的風格了。

但仔細一想，也好，清楚的開會通知，讓大家至少可以準備如何因應，若照柳中慣例，想要強渡關山的議案，通常是開會時才公佈賣什麼膏藥，讓你措手不及，在紊亂中就鼓掌通過了，顯然，水雞經過教師會一役，有點志得意滿，心裡鐵定盤算著更爽快的勝利方式，他的尾椎彷彿在說：「哈哈，我有按照議事規則，事先通知開會的時間與議題喔～」

或許，有高人指點，他怕開會若不符法定程序的話，決議會失去法律效力，那就白搭了。其實，這是我最後的絕招，若開會擋不住，就行文去縣府爭議程序的問題。沒想到這回被他破解了。也可能，他只是要用凌虐的方式來滿足權力慾望，這樣更爽。但不管如何，他已發一顆威力球過來了，要如何接，如何因應，才是該煩惱的，胡思亂想已無意義。

教評會，又是什麼碗糕呢？這我就要再複習，說文解字一下了。它全名是「高級中等以下學校教師評審委員會」，是根據教師法而設置的新機構，主要任務負責教師聘任、解聘與資遣等審議。想起來了吧，簡單說，它不是什麼碗糕，是飯碗！重要性遠遠超過教師會。

這次開會，要決定兼行政與非兼行政教師的比例，並選出委員。時間，是兩天後的下午共同自習課。地點在圖書館。

所以，我們得緊急開會了。除了籌組教師會的夥伴外，藺老甚至推薦她先生加入討論。她先生，姓萬，是政戰特勤部隊退伍的，後來轉任國小老師，善於謀略的他，自願擔任我們的軍師，當然求之不得了。

「這一局太重要了！」他正經八百低聲有力地說：「太─重─要─了──視同作戰！」

我們聽到他刻意放慢速度重複又突然收束，都笑了，但我笑得有點無奈，什麼時候學校變成殺戮戰場了。見他壯碩魁梧的身軀，理著三分平頭，怒殺的臉與眼神，還真的有特戰的型——哈，其實我當下異想天開，想著只要派他去給水雞私下「關照」一下，保證馬上見效，不用辛苦在此開會了——但現場氣氛有點嚴肅，時間也緊迫，我不敢搞笑，話吞了回去。

柳中教師，兼行政與非行政的比例爲十四：五十三，我主張依此比例去換算，至少一：三才合理。萬老師認爲，「若比例過於懸殊，水雞必強烈反彈，而衆老師大都看他的臉色，從此次教師會籌組就知道，所以應該退讓一點才容易成案，一：三比原始比例小一些，大致來講剛好，然後，再去從中推舉立場與我們相近的人當選，確保開會時實質過半，因非行政教師中也有國王人馬。」

大家聽了都覺得有道理，眞不愧是「軍師」。他繼續說：「依柳中的規模，依學校的草案設置十一人，是合理的，我抓了一下比例，扣掉校長與家長會代表各一人，是當然委員，其餘——行政二人，導師四人，專任三人。這樣——二：七，跟原本設定的差不多，因票選時，非行政教師規劃人數不可能全拿，即便全拿，開會表決時，他們加上當然委員後是四票，所以實質是四：七，這樣還允許一人跑票。」

大家聽了又讚嘆不已。他繼續嚴肅地說：「最重要是先找出自己的人，然後運作配票，選人，依法是無記名投票，這個議事規則一定要堅持住！因爲先前害怕支持教師會的騎牆派老師，對於性格乖戾的水雞掌握聘任生殺大權，也會有所畏懼，轉而支持這邊的機會大增……」

由於是各組分別票選，對我們比較有利，蘭老盤算一下教師的生態，導師與專任拿下六人應該不會有問題。關鍵變成是，比例分配的議案要通過。

敲定了，再來就是分配工作囉。

至於誰是開會提案的發言人——那隻去惡貓脖子掛鈴鐺的老鼠呢？唉，因這是教師會戰役的延伸，我，當然跑不掉。

回去後，我認眞研究一下相關法令，想一下發言內容，又是精神緊綳的大戰前夕。得意洋洋的水雞，想必也磨刀霍霍。

（八）一九五三年制水門

嗨！同學們，這一路走到這裡，還眞幸福悠閒，行人走的路，如果都這樣不知有多好捏，我們的馬路，都是爲汽車機車設計，一個進步的城鎮，看對待行人貼不貼心就知道了。還好，我們還有這一段祕境，只是不知何時會不見而已。

沿途，我們看到農家，看到田壤，看到許多野生的動植物，還有，滿滿的回憶……這些舊鐵道，如果能串連起來，變成單車與行人專用道，多好！可惜啊，我不是執政者，執政者也不會聽我的建議，但或許你們家長中有些人很有影響力，那就記得回去告訴他，跟公所或民代建言……

老師經常作夢，像這條河一樣，夢想一直流一直流，總希望我們生活的環境變好，變漂亮——好！這當然是夢話，我們就回到現實吧——我們現在正站在柳河的上方，你往上游下游都看看想想，想一下，這是我們要的河流嗎？然後，邊聽這邊喔，這裡也有個故事：當初員林大排水開通後，爲了可以充分利用水資源，所以沿途有設立兩個重要水閘，一個在埔鹽，一個就在此，在此這個又剛好有小火車經過，所以它們就共構建築，形成好特殊的建物，現在卻爲了快速道路工程，把它拆個精光，連一塊屍首都沒，眞是可惜，我們這政府一直在毀掉自己美好的歷史與記憶……

難道沒有兩全其美的作法嗎？有的，永遠有的，只是這些擁有權力者只想便宜行事，不想兩全其美！

唉！現在只剩照片了——你們看一下手冊上面，有張老師拍的照片，它，就長這樣，你可想像一下以前火車經過的情景……好，同學注意看一下照片，這水閘門有個名字叫什麼？

「柳—仔—溝—制—水—門」

沒錯！那什麼叫「制水門」呢？這就要從台灣農田灌溉溝渠談起，一般來說，圳溝有兩種：一種叫做「浮圳」，它的水路比農田高，像浮在土上面的意思，所以給水點稱做「起水門」；另一種，是「平圳」，水路比農田低，給水點就叫「制水門」——這樣懂了吧，那現在呢？連門都沒有！你看，與農田的連結都封死了，即使有，你看那水，像可樂一樣，有時還像八寶粥，誰敢用來灌溉啊？所以，只剩排水功能，其餘，包括建築記憶，全不見了！

唉！再看制水門另一面，也有刻字喔，是什麼？

「一—九—五—三—中—美—技—術—合—作」他們一樣慢慢唸出聲來。

沒錯！你看，歷史就刻在上面，一九五三年，剛好是這條河貫通前兩年，時間點先了解一下，再來，「中」是哪一國？

「中華民國！」

「美」咧？

「美國！」

答對了！但是，凡是歷史，都有但是，但是什麼呢？「中華民國」！這四個字看起來很簡單，其實還挺複雜的，它的意涵，目前至少有三個——也就是說，有三個「中華民國」——

第一，是一九一二年孫文在中國大陸建立的中華民國。

第二，是一九四九年，執政的中X黨流亡到台灣的中華民國。

第三，是一九七一年被趕出聯合國的中華民國。

這故事，就要回溯一九四五年二次大戰後，日本政府宣佈放棄台灣主權，由蔣介石領導的中華民國託管，台灣那時才跟中華民國發生第一次親密關係，誰知，一九四九年共產黨驅逐了掌權的中X黨，在中國大陸建立「中華人民共和國」，但聯合國不承認他們，承認跑來台灣的中華民國，美國也是，爲了對抗共產世界，與台灣的中華民國成爲夥伴關係，並且給予武器、技術與物資上的資助，協助社會重建工作，這就是歷史上的「美援時代」——所以，會出現「中美技術合作」字眼。

但是，如果現在再看見這字眼，那個「中」，就不是中華民國了，是「中華人民共和國」，因爲，一九七一年後，聯合國改承認他們，所以，事實上「中華民國」那年起，就在國際社會消失了，因此，我們現在要參與國際社會活動，只能改成「中華台北」或什麼「台澎金馬」等等，就變成國際孤兒，好可憐喔——上課時，有同學問我，那爲什麼我們不乾脆用「台灣」就好呢？是啊！爲什麼？就留給同學回去想想，這很複雜，但也很重要，這是國家認同的問題……

但不管「中華民國」變怎樣，歷史就是歷史，拆光光就不對，日本時代的東西也一樣，這些記憶，是一座橋，幫助我們從遙遠的年代走過來，當我們緬懷時，都變成一種美的享受，我們不能過河拆橋對不對，沒有過去，怎會有現在，與未來……

◎

教評會戰役終於開打了。週三下午第七節，三點整。

我一進入圖書館會議室，看見水雞早已擺好陣式，各處室主任一字排開，坐在「國父」遺像下，嚴肅的臉一個接一個。左右兩排往前垂直延伸，是老師們的位置，像是三合院的護龍，「ㄇ字型」制式開會的樣貌。水雞像是正廳的主神，威風凜凜坐在中間，只是一般神祇大都端坐，他則是半躺，擺出黑道大哥的姿態，他演很大，右腳還不時抖動，眼睛斜睨，一副不可一世的樣子，對一般老師頗有威嚇效果。

時間到了，不省人事宣佈「會議開始」，然後「主席報告」，水雞就重複著老掉牙威脅利誘的論調，就講了快十分鐘，他偏頭用眼神向站在一旁的人事示意，就直接進入議案討論。學校提的教評委員人數比例是——行政四人，導師三人，專任二人。

不省人事才剛講完議案內容，水雞就用專屬麥克風打斷他的話：

「這個校長說明一下，這幾天各處室主任很辛苦討論後，找出最適合柳中發展的方式，我再重複一下，行政四人，導師三人，專任二人，主任組長他們都是學有專精，各有所長，由於他們都有減課，所以有較多時間可開會，也有義務來開會，爲大家服務，所以，敬請支持學校的版本，哈哈，這可說是黃金比例……」

大家沉默著。水雞慣例趁每個頭腦還沒反應過來時，祭出賤招：「這樣吧，先照這樣運作看看，以後若有問題，隨時可再修改，如果大家若沒特別意見，那我們就鼓掌通過……」

「異議！」我聽到此，馬上就用力舉手，表示反對。

大家的眼光不約而同投射過來，水雞一副不耐煩的樣子看著我：「蕭老師！」

我緩緩站起來，吞了吞口水，開始照劇本演出：

「各位同仁大家好，我從高雄回來柳中第四年了，以後也不會再調校，因爲這是我的家鄉，柳中是我的母校，我希望她越來越好，很關心她未來的發展，所以對於教育制度花很多時間去了解，雖談不上研究……」

「講重點啦！」水雞大聲打斷我的話：「不要講一些五四三的，沒時間了，趕快講重點，講重點啦！」他急躁得坐立難安，腳不斷地快速抖動。

顯然我激怒了他。我本想再講一個重點，「我開會發言從不講個人利益的議題，都是公共事務」，用此來說服大家我提案的正當性，結果他不讓我說，我也拉下臉，不悅地說：

「好！就講重點，我也跟許多老師討論過，關於教評會的比例，我們主張：行政二人，導師四人，專任三人，這是參照法令規定與教師的結構比例，比較符合公平原則。報告完畢，請討論！」講完就憤而坐下。

「關於這個我再說明一下」水雞反擊：「行政二人？笑死人了。我們都知道，行政都是由老師兼任，身兼兩職，辛苦爲學校奉獻，至少也要占四人。要不然，誰以後要當行政，各位想想，他們多一點人進到委員會，好做事，才多兩人也要斤斤計較，眞搞不懂……再來，他們沒有寒暑假，開會方便，放假若要你來開會，你要嗎？何況有些人，不來上輔導課，根本找不到人…請大家再仔細想想，爲了學校的運作……」

他在影射我，寒暑假拒上輔導課（我上過一次寒輔，發現根本是塡鴨惡補，之後就拒上了）。

聽了我馬上舉手，但他故意不叫我，直接叫老王發言，老王一聽愣了一下後才尷尬補舉手（還有補舉手的，笑死人！），站起來慢條斯理地說：

「校長，主任，各位同仁大家好，大家午安！」接著，正經八百向大家鞠躬：「我來這學校，二十幾年了，對這學校比誰都有感情，以前我在部隊時候，擔任軍團情報官，大大小小的事，看得比誰都清楚，主義、領袖、國家、責任、榮譽，永遠是我心中的信念……校長，就是學校的領袖，有責任帶領我們往更光明的路途走……」

天啊，他老兄根本離題了，陶醉在過去軍隊的榮光中，欲罷不能，連續十幾分鐘後，聽到水雞淺咳暗示才回魂：「好！我老實跟大家講，我在軍團部那麼久，看多了，中華民國的法律喔，用你們台灣人的話講，離離落落啦！那都是參考用的，最後還不都是人在主導，什麼教評會，操！狗屎啊，做做樣子而已，既然張校長有心要有所作爲，咱們就照他的意思做看看嘛，吵那個人數比例有啥意義呢？」

接著，各處室主任連番上陣，重複論述，表態效忠，那些嘴臉，不說你就知道，噁心到極點。

他們講完，我想巫碧瑩應該會起來發言才對。但，左顧右盼，發現她坐在最後排，卻沒動靜低著頭，不知在寫什麼？搞什麼咧，我有點心急。水雞見大家都沉默，順勢就說：

「這樣啦，時間也差不多了，剛剛已經充分討論，我們就來做個決定囉，學校的議案，合情合理，沒其他意見的話，我們就……」

「主席！」我馬上舉手，怕他再使出「視若無睹」的賤招，不待水雞叫人，直接站起來大聲說：「我有異議！我剛剛的提案怎麼沒處理？學校所提的比例，根本違法，未兼行政教師依法要占一半以上人數！」

「又沒人覆議，處理個屁！」水雞也大聲叫喊：「有沒有搞錯，你算術也不要這麼差啊！」水雞故意變成輕聲的酸言酸語，突然又變調怒嗆：「你們，導師三人專任二人，五人不是占一半嗎？莫名其妙！」

「主席！」我直接就起來，也不舉手了：「哪有占一半？別忘了，還有校長與家長代表各一人，都是當然委員，加上兼行政教師四人，總共六人，而我們五人，哪有占一半？」

「哪有這樣算的！」水雞偏頭看一下不省人事：「是這樣嗎？」

「是……是的～」人事尷尬地說。

「齁！搞什麼你……」水雞臉紅脖子粗：「齁～行政會報時為什麼不早說！」他說完，左右看一下各處室主任，他們更難為情，低頭不語……你看，正式校務會議竟然變回行政會報，卡住了。

就在沉默時，水雞靈機一動，說：「要不然，再給你們一人好了，計較那麼多……導師四人，專任維持二人……已經下課了，不要再拖時間……」

此時，坐在最後方、人高馬大的黑狗主任，突然大動作站起來：「主席！我有異議！」所有的人，包括我，包括水雞都愣住了，好像大家都算準他不會發言似的。

「亂搞！亂搞！眞的亂搞……」他邊搖頭，嘴裡唸唸有詞，而後憤怒地說：「剛剛蕭天助講話，才講沒幾句話，你就叫人家不要講，而那個老王講了一大堆跟議題不相干的話，啊就可以，這是什麼道理？請主席告訴我啊，當主席的，開會就要保持中立，哪能在那裡說三道四的？眞是亂搞，亂搞……」

水雞臉色凝重，但不敢吭聲，有些老師暗暗在偷笑。黑狗主任終於出手了，從教師會籌組以來，他一直在幕後支持而已，檯面上的事就不過問，可見這次他眞的生氣了，氣到呼吸有點大聲，他停頓了一下，空氣似乎凝結了，他用丹田之力，大聲說：「我覆議蕭天助老師的提案，請與學校的議案，一起進行舉手表決……請主席處理！」

不省人事向水雞點點頭。由於黑狗主任熟稔議事規則，水雞見狀，知道偷吃步的如意算盤無法得逞，只好無奈地說：「既然有人提議表決，我們就依法來表決，但表決之前，校長要再跟各位同仁說，這關係我們柳中往後的校務發展，請大家仔細思考一下，再舉手……」

他停頓幾秒，慎重地說：「請人事主任再把兩項議案再敘述一下——」

人事戰戰兢兢說完。水雞吞了口水，凝重宣佈：「好！我們現在就表決——贊成蕭天助老師提案的，請舉手！」

人事伸長頸項，揮手一一數票。黑狗主任竟也站在後面數，身經百戰的他，彷彿知道制式開會所有賤招。人事數完，大聲宣佈：「二十五票！」

乍聽，我心涼了一半，全校六十九票，竟不到一半。我看見水雞眼神微微在竊笑。教師會一役後，深知柳中教師生態，雖有落敗的心理準備，但還是抱著些微希望衝看看，至少要有程序上的正義，舉手輸了也甘願。

「再來，我們要表決學校提案，請剛剛沒舉手的同仁，好好思考，不要放棄你神聖的一票，」水雞習慣性技術犯規：「好，現在贊成學校提案的，請舉手！」

人事又重複伸頸揮手的蠢動作，口中唸唸有詞：「一、二、三、四……」他頸子越伸越長：「二十、二十一、二十二、二十二…二十二…」數字升不上去，水雞的臉色，也卡在空中，越來越難看，這時，我也探頭算著票，竟然看到讀書會夥伴阿鈴的手，我瞄一下她，畏縮尷尬的眼神，我知道她跑票了……人事最後與水雞對望後，表情凝重宣佈：「二十三票！」

「耶～二十三票啦！」全程站著數票的黑狗主任興奮地握拳歡呼，像小孩子一樣快要跳起來：「二十三票啦！」

我本來不抱太大希望的，竟然意外翻盤，我也微笑了，一些人也偷偷在笑。接著人事垂喪的臉正式宣佈表決結果：「全體合格教師六十九人，請假二人，贊成蕭天助老師提案的二十五人，贊成學校提案的二十三人，棄權的十九人——通過蕭天助老師提案！本校教評會委員的人數比例爲：兼行政教師二人，導師四人，專任教師三人。」

時間的關係，已經是第八節上課了，人事宣佈，票選委員延後處理，將擇期分組各自互選產生。

「散會！」

指令一下，會場隨即嘈雜了起來，窸窸窣窣的，眾老師邊收拾資料邊竊竊私語。水雞的臉，鼓脹、鐵青，然後慢慢變紅，愣了幾秒後，情緒不由激動起來，像被踩到尾巴的狗，抓起專屬的麥克風大吠：

「歷史會記得這一刻的！會記得這一刻……」他近乎哀號，歇斯底里症狀遂發作，更大聲長嘯：「歷史會記得這一刻的……」說完，大動作把會議資料狠狠摔在桌上，憤而離席。

大家看到這一幕，都傻眼了。我也沒料想到會如此，錯愕之後，難掩勝利的歡欣，這是第一回合。再來，這一兩日，還要票選委員，如能順利選出規劃的人選，才是完勝。但這戲劇性的一戰，已夠讓人興奮了。

是的，「歷史會記得這一刻！」

散會後，戰鬥夥伴們，都掛著微笑步出會場。然而，我的高興只有三分鐘，我深知，水雞將全面地進行絕地大反攻……

（九）八卦亭

嗨！同學們，我們又回到柳橋頭了，好棒棒！先爲你們鼓勵一下，我要正式宣佈，你們已經洗刷了草莓族的污名了，這趟下來，走快四個小時了，要爲你的腳感到驕傲！啊，腳會痠嗎？

「會～」他們一路異口同聲到底，窩心。

明天還會更痠！

「蛤～」叫得更大聲了。

嗨！同學們，不要再哀了——這痠痛，會是你們記憶裡一枚驕傲的勳章！振作啦，這一站的故事來了——你們看！仔細看，這個叫做「八卦亭」……

「在哪裡啊？」

「老師騙人！什麼都沒有！」

「不要再八卦了！」……

哈！我好像引來圍攻咧，明明有，還說沒有，再仔細看，就在橋旁，老師說過，用心，不是用眼睛……

「啊……」他們一頭霧水。

好啦，開玩笑的啦！其實，我要說的是，每當站在這裡，我記憶裡的八卦亭就跟著出現，而你們看不見，爲什麼呢？原因是——感情！感情，能超越時空的限制，不是靈異事件，這一趟「柳河行踏」老師不知走過多少遍了，從調查、拍照、每年又都會帶學生來看，又講一遍……因爲，我親眼看著它，被怪手拆毀，屍體散落一地而無能爲力，那天是一九九八年二月十二日下午四點時候，我剛好從學校回家，經過柳橋，天啊！就看見這悲慘的一幕，我馬上停下車，趕快拿出放在行李箱的相機，拍了幾張遺照……只能這樣而已，其他事一點也沒辦法做，所以，我感到心痛萬分，這是我們對待歷史的方式嗎？我一直自問，自問……漸漸，它的影像自然就嵌入我的心底……它是一九五四年建造的，就在柳河完成的那年，員林大排水全線貫通的前一年，雖然歷史不是很悠久，但古蹟的定義，並不一定只是看年代，它對我們家鄉，對柳河都有特殊意義，就是值得保留的古蹟，至少，可以考慮用遷移的方式保留，就算不遷移，要拆，也不要那麼粗暴，像拆違章建築一樣對不對，有些構件也可以留下，放在文物館裡——如果以後有的話——讓人憑弔……所以，跟你們開玩笑，不是故意整你們啦，是要你們印象深刻，千萬要記得，以後或許有人會當鄉長、縣長甚至更高的官，有權力之後，千萬千萬要珍惜、善待這些長在土地的記憶……

所以，正確地說，這裡應該叫做「八卦亭遺址」。它是柳河風光年代「柳橋晚眺」美景的一部份，缺少它，記憶就不完整。它在柳橋西邊，東邊則是碼頭，有一些簡易的平台，供人休憩，你看，這就是古書中描繪的亭台樓閣、楊柳垂岸風景……

但，這一切都無法挽救了，歷史就這樣，一旦成爲歷史就永劫不復了。所以，就因爲掌權者與老百姓都漠不關心，如果要回復到我們阿公阿媽年代的柳河風光，老實說，目前我並不抱任何希望，雖這麼想，但看見柳河——你看，那麼髒，那麼黑，但她還是那樣慢慢地流，很堅持地流，有流動，就有希望，她都這樣了，我們哪有悲觀的權利……這是柳河教給我的，現在，老師教給你們。

記得！柳河的八卦亭，確實存在過，這絕對不是八卦……

◎

會後，回到辦公室，看見巫碧瑩也沒第八節課，才恍然又想起剛剛開會的事。

「喂～巫碧瑩！」我趨前問她：「剛剛爲什麼沒有起來發言？」

她看見我笑笑，沒回答，低頭繼續收拾她的東西。一旁的阿月，代她說：「碧瑩昨天被恐嚇了！」

「是喔！」我超驚訝的：「怎麼一回事？我爲何都不知道？」

「你看！」她拿給我看她的會議資料，上面寫滿了「Fuck」塗鴉，有些筆跡都狠狠穿透紙張：「我第一次有殺人的衝動！」

「到底怎麼一回事？」我還是搞不清狀況。

「碧瑩上週五下午去縣府研習，會後，教育局長親自主持座談，就講到編班的問題，說什麼本縣國中都按規定常態編班之類的假話，然後隨意問台下的老師，你們學校有沒有常態編班啊？剛好就點到碧瑩，碧瑩就回答——沒有！然後，局長與在場的老師都馬上傻眼……」阿月娓娓道來。

「難道要我說謊嗎？」巫碧瑩插話進來，話裡仍生氣著：「抱歉！我做不到！」

「要是我，我也會照實回答。」我說：「後來咧？教育局長怎麼說？」

「他說會去了解看看，講什麼屁話！明知故問～」阿月說著也跟著有氣：

「然後，昨天晚上就接到恐嚇電話。一開始，就開罵三字經，然後就警告碧瑩說，以後別亂講話，如果再去縣府控告——出門給我小心點！」

「一定是那個黑道家長會長！」我聽她描述，事情來龍去脈好像瞬間就拼湊了起來，教育局長事後一定聯絡水雞，水雞再指使會長進行恐嚇。

「當時剛好是我老公接的電話，轉告我的。」巫碧瑩說。

「有沒有報警？」我說。

「沒有啦！」她接著說：「我老公的個性，是那種會停下車跟人家幹架的，他才不怕他咧，他就回嗆——抑無，你是欲按怎！欲相殺乎？對方就掛電話了……」

「這樣激怒對方，怕真的沒完沒了，好嗎？」我擔心說。

「我才不管咧！」她說。

話雖如此篤定，但她顯然有所顧忌，只是不肯承認而已，或者，另有隱情，要不然以她的個性今天開會不可能封口，滿紙的「幹」字，就是明證。

我也不好意思再追問，表達該有的關心，僅能如此。

過幾天後，在一次聊天中，我從阿月口中得知，其實，事後她老公直接打電話給水雞，嗆他：「要是我老婆出了什麼事情，就跟你沒完沒了！」水雞也直說，他無法保證，並要巫碧瑩的嘴巴稍微約束一下，講話也要看場合。

這也算是一種協議吧。

七月底，該學年結束，那當時跑票的阿鈴，順利請調回很難請調成功的南部某明星國中，還擔任訓育組長，由於是大型國中，授課節數：零。羨煞所有在柳中受苦受難的人。

年資才一年，沒靠結婚加分，能直攻直轄市學校，又能直取訓導處第一組長寶位，大家都在傳言，不是靠祖先保佑，或幸運之神眷顧，是拜水雞之恩賜。因此，我也想通了那時一直想不通的疑問：讀書會討論的內容，有一些爲何水雞都能朗朗上口？

同時間，水雞也從某國中找來新主任——李金龍，正式接替黑狗主任位置。各處室戰鬥團隊補齊。

再來，十月中，那龍清泉，也順利考上主任。他願意擔任全國中最難搞的生教組長，並忍受了兩年，終於有好結果。很令人訝異的是，不是考上主任，而是考上主任放榜之時，他竟然發帖子，大宴賓客，這好像不是一個會爲了一瓶十元飲料而大吵大鬧的人的正常舉措。一般而言，連考上校長都不會如此誇張擺桌，他究竟在想什麼呢？答案，又似乎很明顯。

常與我一起打球的體育組長，在龍清泉要主任儲訓的第一天，就高興地來跟我說：「這下我可清淨六個星期了，每天坐他旁邊眞受不了，他渾身菸酒臭味……」

「他爲什麼這樣，你知道嗎？」我問。

「聽說他老婆在旅館當服務生，他總覺得很丟臉，所以常吵架，每天晚上一定喝酒，你沒看他一大早來巡完早修就趴在桌上睡……」他嘆息說：「當生教組長要抓學生抽煙喝酒，自己卻天天抽煙喝酒，像話嗎？」

我跟著嘆氣。他繼續說，彷彿心中的八卦不一次吐出就不快活：「我最看不起欺善怕惡的人了，他遇到大尾的學生，跟那個豬頭新主任一樣不敢吭聲，而那些調皮的小嘍囉，常被抓來亂打一通，你應該看過，太離譜了吧……」

我點點頭。他又繼續說：「不過，他對他女兒很用心，百般呵護、栽培，各種才藝都訓練有素——你有教過，就是那個跟小展同班的小萱——說實在的，也不簡單啦，好像是當成老婆一樣疼惜…但有時去她教室送東西之類的，竟公開牽著她的小手在校園散步，感覺就有點怪怪了……」

小萱的確超乖超用功的，我的作業，她幾乎是全班做得最好的。有回，他老爸還笑笑向我小抱怨：「蕭老師，昨晚小萱爲了你上課的講演練習，準備到很晚都不敢睡……」

你知道的，抱怨是假的，讚美自己女兒，才是眞的……

那次精彩的教評會，水雞的如意算盤，雖有點受挫，但這期間，該受到教訓的也受到教訓，該撤換的也遭到撤換，而該升官的也順利升官，公家行政體系就是這樣，永遠不怕找不到人做官，做官的，也從不必去擔心欠缺搖尾乞憐的哈巴狗……總之，水雞王朝，在那次戰役後，已隆重穩固建立。這也是另一種形式的成功。我想。

巫碧瑩，會有如此的轉變，想想也是有跡可循。眼前不斷向前流淌，污濁的柳河，會知道我幽微的心情嗎？

2004

3/12

（拜五）

第十三章　阿安的巴掌

一個該死的巴掌，拍醒一齣爛戲。

故事在微涼的風中，

繼續故事著……

0.

突然間，整排老榕樹吱吱喳喳起來，像年輕孩童一般頑皮，哼起隨興的旋律，些許黃葉就踩著這愉悅的節奏，自在飄落，曼妙舞姿是場禮讚，但其間彷彿帶著一絲絲輕嘆，是春風無誤，只有春風，才有此魔力，溫暖和煦中偶爾又給你一陣刺骨的冷顫。

學生們，無視於這季節給予身體的隱喻，對於他們，好像每一天都是夏天，熱情的夏天，尤其體育課，奔跑嬉鬧到連燦爛的春光都自嘆弗如。青春，讓四個老舊籃球場，幾乎都強強滾地沸騰，沒辦法，自從操場被謀殺後，校園只剩這小小活動空間，好動的鄉下國中生，更不識多少愁滋味，小小一顆籃球，總讓他們玩到汗流浹背，其實籃球不只是籃球，也可以是足球，是手球，是排球……反正瘋癲起來，人也可以是球，球是人也沒問題，人球不分人球合一，就這樣打打殺殺，追逐成豔陽下的一片迷濛。

遠遠望去，由於心事，也由於週而復始的習慣性凝視，眼簾裡經常只是一些快速移動的閃光，影像變得抽象不具體，嘈雜也卻頓時寂靜無聲隱入無盡的遐想……

恍神當下，一顆狂奔的籃球猛然滾進我發呆沉思的視線裡。

「老師！球……」學生們大聲叫喊。

只見阿安一個箭步趨前，大腳一踢，球以優美的弧線飛回球場方向去，真不愧是足球國腳，雖已經五十幾歲了，身手依然矯健不凡。然而這一踢，又把我的思緒踢得好遠好遠……

1.

「本縣某國中，前日發生駭人聽聞的事件，該校任教體育的許姓男老師，上課時因故將女學生打成腦震盪，受害學生家長在議員的陪同下召開記者會，控訴校園暴力……」

女主播講完，鏡頭隨即接到記者會現場。那是再熟悉不過的場景：一群人在長條方桌前排排坐，後頭懸掛著紅色布條，上面寫著斗大的白字：「暴力老師，滾出校園！」、「滾」字還用黑色爆炸型圖樣框起來，下方則是：「中X黨鄭阿美縣議員辦公室」與「柳河國中家長委員會」字樣，黑邊黃底。而桌上，有支大麥克風，貼著「四方新聞」的標誌。

「現在是什麼世紀了，校園竟然還有這種離譜的暴力老師，把學生打成這個樣子，腦震盪耶！像什麼樣子！我一定會向教育局提出控訴，要他們給家長與學生一個交代，給社會一個交代……」阿美議員越說越激動，拍桌怒嗆：「暴力老師，給我滾出校園！」

接著家長會長說話了：「這成何體統！啊暴力，絕對不允許，你當老師的，學生犯錯，你可以處罰她，打打手心也就算了，怎麼能打嘴巴，而且打得那麼用力，腦震盪耶，萬一怎樣，你賠得起嗎？真倒楣，我還跟你同姓，今天一定要討個公道，要不然怎麼對得起我們許姓祖先……」他講到嘴角都滲出沾有檳榔渣的口水，用顫抖的手出示醫院的驗傷證明：「你看，腦震盪啊！看你怎麼賠？」

阿美議員再將麥克風交給左手邊的家長，是學生的媽媽，帶著醫療用口罩：「怎麼可以給人家打成這個樣子……」才講了這句話，就哽咽起來，接著開始流淚啜泣，邊哭邊搖頭「怎麼可以……她還是小孩子……」

阿美議員溫柔地用手拍拍媽媽的肩膀，順勢拿回麥克風。「我……」她也哽咽說：「我也是個小孩的媽媽，感同身受……」她停頓了一下，深深吸一口氣，瞬時變成兇惡的臉：「可惡！你等著被告好了。」說完，阿美與會長一起握拳高喊：「暴力老師，滾出校園！」畫面又跳回女主播——

「本台正聯繫教育主管機關與當事人許姓老師，若有新的消息，隨時爲您插播報導……」

2.

這是整個新聞光碟的內容，時間大約五分鐘。

阿安收到光碟後，隔天就找我一起商量對策。地點在他老婆開的冰果室，由於就在學校附近，我傍晚一放學就走路過去。

看完光碟直覺事態嚴重，而且不單純。難怪他在電話裡一直說著，過來再講啦！過來再講啦！我心裡雖有個底，但還是一頭霧水，就請他先把事情經過講清楚再說。

他說：「昨天傍晚回到家，就收到一個牛皮紙袋，上面只寫我的名字，其他什麼也沒寫，打開一看就這片光碟而已，沒有署名，也沒郵戳，顯然是找人送的，沒名字就是黑函……」

我打斷他的話：「黑函沒錯，但快點講重點，講打學生的事情，這是不是眞的？經過呢？」阿安大而化之的性格，經常講起話來囉哩囉唆，牽來牽去的，這種重大的事讓我有些急，催促他快進入主題。

「是眞的……」他點點頭說：「但應該沒那麼用力，怎麼會腦震盪……就那天上課，下午第一節體育課，三〇三班的一個女生，就阿月老師班的那個許文靖，你知道的，她是訓導處的常客，也經常對老師不禮貌，外頭又跟一些中輟學生搞來搞去……」

我說我知道，然後呢？他繼續說：「那時，上課好久了，同學們都做完操在打球了，她才慢慢晃來，我就問她爲麼遲到，她愛理不理的。說，就在睡覺啦！口氣很不好，我就罵她，已經上課了還睡！其實不算罵，只是說話大聲一點而已，她就發脾氣了，嗆我說，不行喔？跟我頂嘴，我就生氣了，更大聲罵她，沒想到，她就給我罵幹你娘，我就抓狂了，就甩了她一巴掌，其實沒很用力，我知道自己學體育的，力氣大，不敢太用力，手都沒拉開，輕輕一揮，要嚇嚇她而已……」

阿安說，後來許文靖就哭著跑回教室，他叫班長去訓導處報告，請組長或主任協助處理，以爲沒事了。「誰知道會這樣……」他不解地兩手一攤：「那天事情經過就是這樣。」

「一定有人故意要搞我！」阿安憤怒地說。

我了解阿安個性，他情緒雖容易衝動，與人爭執，但對於學生自有分寸，還不至於失控暴力相向，遇到態度不佳的學生，根本不用打的，光是用大塊頭的身材與凶狠的臉大聲一罵，少有人敢再頂嘴。

我同意他的「陰謀論」，但老師打學生嘴巴就理虧了，在法令上也站不住腳，何況對方有驗傷單，這下事情大條了。我看見他有點懊惱。

我會認爲內情不單純，是因爲阿安民X黨員的身份，他雖課餘熱衷政治活動，但比起中X黨，經常無所不用其極透過各種行政資源，在校園進行輔選或宣傳，他算是有分寸的。除了選舉期間會陪該黨候選人向老師拜票外，平時也不會有什麼公開的政治宣傳，頂多，偶爾私下跟要好的同事談談時事或發發牢騷而已；至於學生部份更不用說了，別人會利用上課之便對學生做洗腦，他的體育課，只是帶操打球，講話的機會不多，根本不是問題。

他知道他的身份特別且唯一，所以也不會在校內公開場合，批判學校政黨不分作爲挑釁，長久來，跟行政高層都相安無事。這是他的生存哲學。

但這次，看記者會的排場，就知道跟政治扯不清了。屬於中X黨的鄭阿美，是地方的政治世家，先生曾做個兩屆立委，又是有線電視大亨，「四方新聞」就是旗下傳播事業之一，家產是本縣檯面上政治人物之冠，此次親自出馬打敵對陣營一個小小的教師，太引人遐想了。

而那家長會長，是本地派系人物，跟阿安就比較有糾葛了，幾年前曾經跟阿安的老婆，同區競爭過鄉民代表選舉，結果落敗，因此懷恨在心，剛好有報復機會，怎能放過？

但重點來了，扮演關鍵人物的學生家長，阿安說不認識，也沒恩怨，所以，我的初步結論是——主要應是學生家長想藉由此狠狠敲一筆錢，而議員與會長爲了獲取政治利益，打打知名度，塑造為民喉舌的形象。

「有人看到電視播出嗎？」我問阿安。

「應該沒有，我問了許多朋友，沒人看見，」阿安說：「若有，我們黨部一定會知道，不可能沒通知我。」

我也這樣認為，看光碟畫面，應該只是預錄檔案，可能在鄭阿美的攝影棚或服務處拍攝，警告意味濃厚，但這樣足以構成威脅，若有上線播出，可能連教育局都會派督學來調查。何況目前又無選舉，事情鬧大反而無利可圖，可見，錢才是主要目的。

但說完全無政治因素，也是不可能的。日常生活什麼事與政治無關呢？這是很簡單的道理，但政治又很複雜，否則就不叫做政治。

「受傷學生目前在哪裡呢？」我問。

「聽說在家休養。」阿安忿忿不平說：「我昨天晚上，馬上買籃水果，包個紅包，要去探望許文靖，順便向家長道歉，想說自己理虧，大事化小……我騎車在許厝庄東繞西繞，你知道那大排水溝旁庄頭，路非常複雜，連我是本地人都找好久，又問人才找到她的家，結果她家長竟不讓我進去，我被擋在門外，又跟我嗆說，腦震盪有什麼好看的！法院見面啦！一旁又有一隻土狗，很兇地看著我，真想給牠踹下去，我快罵出三字經來…要不是我理虧，真是的……」

我建議再找看看有無中間人，可以協助和談，遇上了沒辦法，但恐怕要花錢消災，只是多少而已。

當我要離開冰果室時，阿安老婆一邊忙著招呼客人準備冰品，一邊客氣地跟我道謝。瘦瘦小小的身材，跟阿安剛好形成強烈對比，辛勤勞動的模樣，儼然賢妻良母，根本看不出曾做過鄉民代表。這就是政治平凡與偉大的地方，可以爲民仗義直言，也可化作生活日常的溫柔敦厚。政治一點也不可怕，可怕的是操弄政治的包藏禍心。

3.

案發第三天。水雞主動找阿安到校長室詳談，說要提供協助，陪同阿安去找學生家長賠罪。

阿安說水雞看起來很有誠意的樣子——

「我身爲學校的主管，自己老師出事情，當然要出面協助處理，雖然前陣子因教師會事情有些不愉快，但我不是那種記恨的人，而且學校是大家的，事情鬧大了，對大家都不好……何況，把學生打傷了，不管千萬種理由，都不對，對方若提告，還會有刑事責任，如果萬一被判刑，教師工作一定不保，而我也會連坐處分；如果對方沒提告，教育局派督學來查，行政處分絕對也跑不掉，到時候考績必定受影響，以你的資歷獎金至少損失兩個月，所以乾脆姿態低一點，花點錢和解了事……」

阿安竟把水雞的語氣，轉述得維妙維肖，雖沒刻意模仿聲音，但那伶牙俐齒的官式語言，我沒在場也能感受到，因爲我對水雞再熟悉不過了，校長室的場景，幾乎是跟剛剛的話一起在我腦海實況轉播。

我來柳河國中後，看水雞從教務主任到考上校長再到就任，一直對我這異議份子特別照顧，我比別人有更多機會聽見他高談闊論。

其實，我訝異的，不只是阿安水雞附身的演出，而是水雞的作爲，願意陪阿安去道歉，的確讓我大爲驚訝，而且聽起來頗有誠意的樣子，之前教師會的恩怨，難道眞的就這樣一筆勾銷了嗎？

你知道的，那年，自從籌組學校教師會失敗後，我與巫碧瑩開始遭受到水雞報復式的秋後算帳，而阿安卻還老神在在，安然無事，令我頗爲訝異。當然我不會吃味，他有民X黨員的身份，這背景剛好形成保護傘也是自然的。或許，精於算計的水雞，想朝野兩黨通吃，依當時時勢的發展，政治變天已有蛛絲馬跡可尋，從阿安這裡，也得到一些不同的地方派系奧援，絕對有助於他仕途的平步青雲。

這當然是我的推論而已，但不管如何，阿安畢竟是我昔日的「革命同志」，可以順利解決這棘手的問題，我樂觀其成，憑水雞的交際手腕，成功率一定很高。

於是當晚，水雞先帶阿安去找許會長，他若肯去，大概就搞定一半了。這就是水雞厲害之處，搞關係、攀關係、製造關係，是經認證的專長。起先，會長是不太願意出面，後來禁不起水雞的央求，而阿安也承諾下屆鄉代選舉支持他，會長最後才同意。然後，阿安就帶著那籃上次被拒的水果與十萬大紅包，前去拜訪許文靖家長。

結果呢？是啊，不幸的，還是吃閉門羹！你知道的，校園故事，總是曲折離奇。

阿安說，當晚，門口那隻土狗不知爲何，眼神竟變溫柔了，還乖乖坐著，眞是不可思議。

但，他還是怒火心中燒，勉強克制情緒之故，讓平常樂觀派的他，此刻顯然多了些憂愁。他說，他很少這麼煩惱過。

4.

隔天，就是案發第四天，天氣有點悶熱，我午餐後順道去阿安的冰果室，想買個木瓜牛奶喝，這是懶人補充水果的方法。但最後我的胃，證明這道聽塗說的方法根本是爛方法。

我一進店裡，竟不見平常在吧台忙碌的阿安嫂，換成她唸大學的女兒在看店，我一樣點了小杯木瓜牛奶，隨後才發現阿安嫂坐在裡面低泣，女兒說，就學校的那件事啊，我沒等果汁做好，就進去坐在阿安嫂對面，表達關心。

「阿安嫂仔，是什麼事啊？」

「還有什麼事，昨晚，想說花十萬元消災，沒想到他們還不滿意……」她邊說邊哭。

「這我知道，阿安告訴我了，我們另外再想辦法……」我安慰她。

「你知道嗎？昨晚三更半夜，我突然接到電話，也沒說是誰，一開口就直接恐嚇，威脅要殺害我們全家，還說等著收屍吧！按呢，你說有超過無？」她哭得更慘了：「一定是他們叫的，太超過了！」

「眞的太過分了！有沒有報警處理？」我問。

「沒有！阿安說他會處理，不要報警，但你知道他那種衝動個性，我想到就很擔心……」她啜泣著。

「妳不要太煩惱啊，我再找他談看看，我會盡力協助的……」我說。

「謝謝啊，蕭老師。」她情緒漸漸穩定，但仍憂愁著：「要怎麼辦才好……」

她女兒把果汁送到桌上，我需趕回學校看學生午休，就告辭了。邊走邊喝邊納悶著，早上有遇見阿安，事情變這樣嚴重爲何他都沒說？

下午三點，就是第七節，我剛好空堂，看見阿安在籃球場上課，等他點名帶操完畢，就到榕樹下找他問清楚狀況。就大約在我們現在站的位置，只是當時是初秋，剛開學那個月，榕樹下果子與落葉掉滿地，而風卻更大些，也更悲淒，還沒傍晚，樹蔭下開始有涼意，與中午相較，溫差之大，簡直天壤之別。教育的溫度，不也是如此嗎？隨時隨地這樣考驗著你心臟的能耐。

「聽嫂子說，」我不拐彎抹角直接就問他：「你們接到恐嚇電話了喲？」

「是啊，幹伊娘咧，眞過份！」阿安忍不住飆髒話了，他刻意壓低聲音，但咬牙切齒說：「好啊，要車拚嗎？來啊，誰怕誰！」

「耶耶，啊你不要太衝動啊！」我拍拍他的肩膀：「現在遇上了，大家一起想辦法啦。」

此時，一顆突然從球場飛過來，阿安大腳一揮，漂亮精準的弧線中看得出有憤怒的聲音，朝著前方飛去……

這就是阿安，喜怒哀樂無所遁形的阿安。

阿安沉思了一下，怒氣因剛剛奮力一踢好像稍稍熄火，他苦笑說：「感謝啦，我會自己處理的，需要幫忙我會講的，你不用擔心~」

其實我還蠻擔心的，對方已用黑道勢力介入，不單單是錢，已是人身安全的問題，一想起阿安嫂的眼淚，以及阿安耿直的性格，想不擔心也難。

「我有個建議，你參考看看，」我想了想還是說了：「就是，如果最後眞的不得已，還是安全考量第一，是不是向你們黨部求援，既然有政治因素，就用政治方式解決，以黨部的高度召開記者會，公開向家長與學生當事人道歉，說願意賠償和解與接受行政處分，然後控訴受到黑道恐嚇，請相關單位調查或正式去備案，並申請保護……這都有通聯記錄，很好查，把事情公諸於世，對方就比較不敢輕舉妄動……」

「嗯~」阿安默默無語，不斷用腳尖輕輕踢著泥土，好像沉思些什麼。我沒看過他這樣低頭沉思。

「你就回去先裝個答錄機，」我說：「把恐嚇電話錄起來，將來都是保護自己的證據。我也有裝，自從搞教師會以來，匿名騷擾謾罵的電話多得是，對方知道有在錄音，慢慢就少了。」

阿安說他會考慮，我陪他靜靜看著學生打球，過不久就先走了。心中還是忍不住感嘆，教育怎麼了？校園怎麼上演黑社會寫實電影……

剛回辦公室，就遇見黑狗主任，他因請長假回校辦些文件，順道來看看老同事。他要準備退休了，我也很意外，身強力壯的，做到屆齡都沒問題。怎麼就申退了？你知道的，當然跟水雞有關。

籌組教師會失敗，讓他失望透頂，雖後來教評會有扳回一城，但該學期結束，他還是決定開始請長假待退——許多老師都用這一招來度過退休前的一年，彷彿是教師專屬的福利。我一直以為，平時道貌岸然的他，會不屑用這招才對——雖有點失望，但為阿安的事，還是開口向他求助，我想，憑他在地方的人脈，一定有辦法。

但我又失望了。他說，這已涉及政治不宜介入：「那是他們民X黨的事！」我當然不能強人所難，盡人事就好。

說著說著，他竟突然爆料，說水雞不時就打電話去他家請安，「大哥！大哥！身體有比較好嗎？」他就嗆他：「別來這套！你明知道我是裝病的！」

接著他刻意小聲對我說：「那『五五專案』剛好可領一筆優退，『重病補助』又可多領一筆四十幾萬……」

你知道的，黑狗主任的告白，這對我衝擊實在不小，甚至比阿安的事件還大。我一時無法與我對他的刻板印象連結起來。當下，我暗暗對自己說，以後絕對不會玩這種退休把戲。

第七節下課鐘響，這是掃地時間。

我慢慢走去吾班外掃區，看著他們掃榕樹落葉與果子，一掃完風吹又落下，沒完沒了。

這是大自然的訊息，但人通常不受教。我一向主張落葉比人還不垃圾，但這是「規定」，又能如何？就像許文靖與黑狗主任都能拿到「重病」的醫生證明，你又能如何？這是高掛在川堂牆上，「禮義廉恥」共同校訓下的故事……

5.

案發第五天。早自習一下課，阿月就匆匆忙忙來辦公室找我，她得知阿安嫂被恐嚇的消息，邊流淚邊「怎麼辦？怎麼辦？」說著，「有沒有報警啊？」她是許文靖班導，認為有責任，我們與阿安又都有交情，而每每一慌，不知所措時就先流淚了。

我安慰她，然後把事情經過跟她說：「我們不是當事人，只能尊重他的決定了。」

「太離譜了吧！現在國中哪個老師不體罰……腦震盪，想也知道是假的！」阿月講了講竟激動起來：「昨天，想說三天沒來了，打電話去，說要去看她，他老爸竟然拒絕了！這更證明是假的，我是導師耶……」

「當然是假的，但他有醫生證明是眞的，就是眞的！」我無奈說：「那你能怎樣？」

「我告訴你喔，」阿月左右看看後輕聲說：「昨晚我接到水雞的電話，他用很體貼的聲音說，反正這件事你不用管，校長自己處理就好。沒想到他還眞的要協助咧，本想他只是說說而已，會等著看好戲才對……」

「水雞的心怎麼想我們不知道，但若能先順利和解就好，其他以後再說吧。」我說。

很快中午了，我正吃著午餐，此時，阿安突然笑瞇瞇提著一桶香菇雞來辦公室，嚇我一大跳，看他春風模樣，心想一定是好事——果然，順利和解了！

他除了足球之外，還有一項專長：烹飪。三不五時，就會煮東煮西跟大家分享，熱衷公共事務的他，外地老師需幫忙，他二話不說也會力挺到底。阿月剛來柳中，未結婚前，阿安也協助很多。

九成以上是中X黨籍的老師們，常因阿安的熱心而忘卻他敏感的身份，大家心照不宣，只要不談政治（這本身，與他們的存在是多麼政治啊！），就能享受他的熱情，或說利用吧，其實我常看見他們眼裡露出，對體育人「頭腦簡單四肢發達」刻板印象的鄙視眼神。

趁阿安張羅妥當後，我拉他到旁邊輕聲說：「花多少錢啊？」

「這雞自己養的，沒多少錢！」阿安笑說。

「不是啦！」我說：「不是雞，是和解……」

「反正都過去了，不要談了！」他的樂觀派又來了。

我也不好意思再問詳情，人身平安就好。當他要離去時，突然對我輕輕來個臨別秋波：「我退休的重病補助沒了！」

我笑著送他離開，然後看著眾老師等看好戲的嘴臉變成大快朵頤，有免費好料可吃，管他政治不政治，歡喜就好。這是教育的眞諦。

6.

事件終於落幕。經過週休後返回學校，我準備開始新的日子。

當我在班上改著聯絡簿，邊看著我蠢動的小孩被早自習，他們不像好班學生那樣主動讀書，我也不像好班導師那樣可以在辦公室早餐八卦。才改沒幾本簿子，阿月突然在走廊向我招手，心想必有要事，難道阿安的事件又有續集？天啊——不會吧？香菇雞早已吃完了，雞骨已寒，而雞肉也已下肚成屎，怎麼還歹戲拖棚……

「哈～」阿月看見我驚訝的屎臉噗哧笑了出來：「沒錯，故事還未結束，週六我去大潤發買菜，妳猜遇見誰了？」

「許文靖！」她接著說：「活蹦亂跳的，簡直是活跳蝦，腦震盪個屁啦！」

我也笑了出來，但看她的樣子，續集應不會太嚴重吧。她繼續說：

「我問她到底怎麼回事？她竟然把內幕全抖出來，她說，她是偷溜出來的，他老爸要她再躲個兩三天，她受不了，想說和解了，沒必要再裝了，但重點不是這個，是誰策劃這齣戲的，你一定猜不到～」

「誰？」我急著要入戲。

「水雞！」她用力說：「眞的像電影情節一樣啊！那天事情發生後，小靖雖被阿安老師甩巴掌，但力道很輕，她不覺得委屈，也不在意，因爲自己幹撟他。放學回家後，她老爸接獲訓導處通知，說小靖辱罵師長要記大過處分，她才講出整個事情經過，而她老爸也覺得她被打活該，但怕她輝煌的紀錄畢不了業，就與會長去找議員，然後再一起去找水雞關說，水雞知道小靖被甩巴掌後，見獵心喜，就要她老爸配合演這齣戲，來換銷過——他還眞是笨蛋耶！難道不知道，除非是中輟生，從來沒人畢不了業的，難道也沒聽過柳中名言：『學生沒畢業，是學校的恥辱！』，曠課的補請假，記過的銷過，統統畢業……」

「難怪那天要我不要管這件事，原來是有陰謀的，眞卑鄙！」阿月生氣說。

我聽了目瞪口呆，當場傻眼。但仔細想想，還眞像水雞的性格，爛導演偶爾也有好作品，只是，害我以爲他也有善良的一面，實在天眞得有夠白目……我不禁笑了出來，讓阿月一頭霧水。

「哈，沒事！他眞的是——有夠卑鄙的……」我說。

0.

如今，校園的鬧劇早就演完了，又好像永遠未完。那時，事後本想告訴阿安詳情，但想想就算了，因爲即使告訴他，他不見得想聽，聽了也不一定相信，那何必再吹皺一池春水呢？阿月也同意這看法。

整齣戲下來，好像沒人是輸家：小靖順利畢業了，家長得到了賠款；會長得到阿安奧援順利選上鄉代；水雞如願報了籌組教師會的老鼠冤，當然與議員、會長也應一起分了一杯羹……而阿安，看起來好像慘賠，其實不然，雖賠了錢，但卻賺到了新的愛情——本來婚姻出現危機，卻因這次被恐嚇的磨難而巧妙化解，聽說他決定要減少政治跑攤，晚上多與老婆相處。你從他笑瞇瞇的香菇雞就知道，那種浴火重生的幸福，花再多錢都值得。

誰說一個巴掌拍不響？阿安的巴掌就讓眾人的歡樂響徹雲霄，大家都贏了，但你知道的，反而在台下看戲的我，打從心底覺得自己——全盤皆輸。

此時此刻，或許記憶的緣故，春風瞬間狂舞了起來。我因代某老師上體育課，與阿安又一同站在多年前的歷史現場，他一定不知道，那齣發霉的鬧劇，剛剛又在春風裡演了一遍。風，果然才是主角。

恍神間，一顆頑皮的籃球又快速滾過來，我向阿安示意一下，換我上前大腳一揮，把球踢上耀眼的天空……

2004
4/2
（拜五）

第十四章　水雞王朝

書，啃著自己軀體充飢；
每個鉛字，都在掙扎，
記憶的無人之岸……

1.圖書館

我輕輕吐了一口氣，讓它在不確定的空氣中，漸漸暈開，然後消失於無形……

圖書館，照理講應該是個書香世界，一座寧靜而美麗的花園，在嘈雜的校園裡，隨時讓疲憊或受傷的心靈，可以進來休憩，甚至得到一些撫慰或療癒。但是，在柳中，它卻成爲一處血腥的殺戮戰場。

每每一踏進大門，那開會時一張張鄙猥醜陋的嘴臉，就不斷在我腦海中浮現；圖書館，早已陣亡，剩一具空蕩的屍殼，癱在那兒憑弔「五育病重」的教育，而裡頭泛黃塵封的書，集體在低泣，最後也腐爛爲一隻隻蠕動的蛆……你也聞到噁心的臭味嗎？

自新行政大樓落成後，校務會議已轉移陣地，到新的視聽教室去開了，而圖書館，專職管理員退休後，縣府爲精簡人事不再補缺，學校就將之歸教務處設備組管理，所以目前，只剩蚊子守候而已——哈，其實應歸衛生組管才對。

其實，平常無事，我是不會來的，今天來是爲了指導幾個學生製作網頁，他們要參加「全國網界博覽會」比賽，因阿星的關係，他們決定以在地的「羅厝天主堂」爲主題，進行規劃設計，這些鄉土議題又是我所熟悉的，而且正符合長期我所努力的教育方向——與生活土地扣連——比起課本裡的長江黃河、李白杜甫有意義多了，所以，我受到邀約，很爽快就答應了，也願意犧牲午休，加入指導老師的行列。

雖這樣說「犧牲」，但一點都不覺得偉大，活著，就是要一點夢想，才有滋味。或許你會認爲，學校應該會高興得給我公開表揚一下，「義務指導」咧，有多少老師願意如此付出來爲校爭光呢？

雖不忍心潑你冷水，但我還是要用雙手在胸前用力交叉，說：錯！

這是事實，內行人都知道，「多一事不如少一事」是公務機關行事的準則，除非是那種一定要參加的，例如：反毒、租稅、母親節、吾愛吾家、甚至制式的國語文……等等老掉牙、假道德式的競賽，否則，國中全部的精力，就是投入惡補拼升學這件事而已，或者假借拼升學來惡補以謀取利益——後面這句話好像有點深，但想想就通——因此，以這個角度來看，我竟變成學校麻煩的製造者了，因爲，「網博」是自由報名參加的性質，我卻沒事找事做，啊！那就有事了。所以啦，比賽所有軟硬體的支援，就別說了，如果只是這樣也就算了，偏偏還刻意扯後腿，因爲這些學生是「好班」的學生。

「好班學生怎能搞這些東西？應該認眞讀書才對啊！」涂大主任如此放話。

據說，她很生氣，沒想到我來這一招，竟透過阿星找到「好學生」教，我來柳中第二年起，學校就把我定位爲放牛老師，排課時特別用心良苦，所有課程，以致各種社團活動，絕對杜絕「好學生」與我接觸：「以免思想被他污染！」

其實，另一個的理由是，萬一我指導的學生比賽得名了，依法我要被記功嘉獎，那還得了，這等於肯定我，與我的教學能力。

這樣的對待，我無差啦，早習以爲常了，反而覺得有挑戰性，哈哈，這是臉黑的好處，不怕再被抹黑。只是，唯一擔憂的，怕害到阿星，被拔掉好班導師頭銜怎麼辦？還好，事先溝通時，她表明不在意，雖說如此，其實我還蠻猶豫的，因我深知放牛老師的滋味，怕她承擔不起，後來想想柳中的教師結構，太多生毛發角的怪怪老師，沒那麼多好班導師可找，也就稍稍放心了。

「參加比賽可以，但一定要答應我，成績絕對不能退步，要維持原本的水準，才不會讓人說閒話，也才不會害到我；再來，一定要認眞做用心做，我們只能利用課餘的時間，至於得不得名，不必去擔心，擔心也沒用，報名了，是連老師都報名，我們已綁在一起，所以也要一起全力以赴……」

阿星給他們打預防針。

我在一旁聽了，心裡暗暗點頭：「眞是一支不錯的預防針啊！」

這些學生，我安排了一些基礎訓練：去年底，候鳥過境時節，我帶他們去海邊濕地進行生態觀察課程，而後，今年年初，也都參加了「柳河行踏」的活動，再來，我利用寒假輔導課期間，規劃了一次兩小時的社區定點踏查，參訪家鄉唯一前清時代的舉人——黃耀南故居，課程主題是認識台灣傳統建築，與練習訪談，阿星很用心設計了很棒的學習單，也特地跟人調課，將自己的社會課三節連排在一起，這樣早上九點到十二點，就有一段完整的時間，可邊走邊看，慢慢走去訪查定點，不用急著趕著回學校。

沒想到，阿星向教務處提出校外教學申請時，被打了回票。

「不行！」涂大主任直接否定申請：「已經報名輔導課了，要留在學校上，何況他們是好班，帶出去玩，家長會講話……」

「不是出去玩，是校外教學！」阿星辯駁說：「公民有上到社區、傳統建築，地理有學到比例尺與測量，國文與歷史也有科舉考試制度…這些設計都是從課本來的，校外教學也是上課啊…重要的是，他們有一組人要參加網博比賽，也請了蕭天助老師導覽，增進一下他們的能力……」

「反正不行就是不行！」涂大主任很強硬：「何況也沒多的錢付給蕭老師當講師費～」

「他說，他義務指導的，不領錢。」阿星說。

「這樣萬一他去投訴學校沒給鐘點費，怎樣又怎樣的，那怎麼辦？」涂大主任重複說：「反正不行就是不行！」

聽完阿星轉述，我完全可以理解，並可在腦海重現涂大主任的官僚嘴臉。

好吧！那怎麼辦？就只能利用放學時間了。還好他們是國二，寒輔是半天，但很多人下午兩三點都還要去補習班，所以，除了比賽選手外，其他學生就改自由參加，時間就訂在下午十二點半到兩點，叫他們午餐隨便吃吃，就自行去黃舉人故居集合。這樣也好，我順便告訴我國一的學生，有興趣可以一起去，免得他們說我偏心。

「別傻了！他們好班哪有什麼寒暑假？」小愛嘲諷說：「認命吧！」

倒也是如此。就這樣，一切只能利用課餘了。寒暑假，他們還有較多的「課餘」，平常就只剩中午與週日，到國三，連週日都要淪陷了。

那借個電腦，總可以吧？「不行！」

要不，借個數位相機好嗎？「不行！」

你看，學校就擺明扯後腿到底，什麼都不行！更不用說補助經費了。但還好，最後撨到圖書館可用，否則沒場地就只能投降了。或許，他們懂得留一個小出口，避免做得太絕，引人側目。何況圖書館的常態，根本就是蚊子館，我去幫忙打蚊子，學校應該感謝我才對。

「這是很聰明的算計。」我跟小愛說。

好吧，你知道了，國中就這樣——課本以外的，自理！

工具好解決，阿星主動提供她的筆電，小燕同學也向姑姑借到珍貴的數位相機，而我與阿星都有車，到天主堂的交通工具也沒問題，最重要，教堂神父那邊，非常地配合與協助，社區居民聽到有老師要帶學生做鄉土記錄，很高興很歡迎也表達了善意。

「這就夠了！」我學阿星想辦法把學校的阻力化作助力：「你看，社區的人那麼支持，證明我們這樣做沒錯，而且可學到課本所沒有的東西，這也是一種上課的方式，甚至比課本重要……所以啦，再怎麼辛苦，我們都要加油囉，爲了自己一個夢想！」

這樣，你也知道了，此時此刻我爲何出現在圖書館。但，有時我還是要去我班上巡視一下，他們可不像好班那樣都自動乖乖趴著午休。兩邊跑，是報名網博後這一個月來我辛苦的狀態，避免天外飛來一頂帽子又狠狠扣上我的頭。

基本上，電腦技術與生活常規都是阿星在指導與看顧，我只負責網頁內容規劃、課程訓練，以及社區聯繫。所以，每天中午我都會去晃晃，他們有問題就問我，文字的部份，就利用網路傳給我，我晚上可以校稿。沒問題時，我就去班上偷瞄一下，或者翻翻架上的報紙。

這圖書館，說實在，並沒有圖書館的功能，因它的藏書不僅少，而且不是開架式的，被鋁門窗牆隔在一個角落，書只能遠遠看，且大小才半個教室大，我去翻過那書目卡片，根本是離離落落，沒有多少查詢功能，所以，根本沒看過學生去借過書，甚至有些縣府發的新書，都被某個愛書的幹事順手牽回家去，那幹事就是包大人的老婆，哈，一個包魚包肉，一個包書，還眞是人間絕配！如果你要再離題配個冷笑話也可以——他們都一起「包回家再開封」，所以，他家住「開封」府——好像不好笑，不過，「開封府」可是一幢大別墅，包大人有時會找學生去割草，但會給一些工讀費，學生也高興，他總仁慈地宣揚德政：「讓這些清寒學生賺一些零用錢貼補家用……」儼然在行善，只是他另一個想法沒說，這比請外面工人的工資便宜多了……

我也愛書，所以知道這個秘密。離譜的是，這樣的圖書館還有一個專職人員，領政府薪水在管理……全校教職員工，最羨慕的就是這個涼缺，包括我。不過都已是過去式了。

書室之外，其他空間，就擺著十幾張長條桌與一些可收合的鐵椅，再往前，就是個簡易的舞台，上面掛著國父遺像與國旗。除了偶有活動與開會外，就是提供學生集中晚自習。你說，這樣的圖書館是圖書館嗎？自從蚊子進駐後，圖書館後面的圍牆，更荒涼了，搖身一變，變成練習蹺課的天堂。

我邊翻報紙邊想著這些鳥事，唉！頭版還是「兩顆子彈」的鬧劇，中X黨從三月十九日槍擊案至今，還在台北街頭鬧，沒完沒了，離譜的是，首都市長也沆瀣一氣，對於違法者睜一隻眼閉一隻眼，總統選輸了不服輸，對當選者不祝福也就算了，沒證據就指控對方作票，自己宣佈「當選無效！」每個知道中X黨作票歷史的人都會笑掉大牙；更好笑的是，指控槍擊案是自導自演，傷口是假的云云，這是不是在說明，以前自己被指控的那些槍擊懸案才是真的？還說什麼「人人得而誅之」，鼓動支持者暴動，封建心態跟那些「水雞們」有什麼兩樣？如果每次選舉完，輸的都這樣，那台灣一定很快就玩完了……

上週四，阿怡竟也掃到兩顆子彈的颱風尾，被氣哭了。那天段考英文，某女同學發現考卷有一面空白，就馬上去教務處拿新試卷，但這過程中時間耽擱了，以致聽力測驗沒寫到，學校就裁示給該學生補考。

結果，班上幾個調皮的男同學，竟然學起中X黨們聚眾抗議選舉不公的作爲，而將「抗議！」「考試不公！」、「考試無效！」、「重新考試！」這些字條貼在講桌上，阿怡看見了，簡直氣炸！而後她拿著抗議字條，去教務處告狀，誰知，那涂大主任竟以悠閒的語氣回答：「啊沒那麼嚴重啦！」

阿怡紅著眼眶說，班上週六被學校強制留校後，情緒就很不好，因她這班是狀況很差的人情班，學生留校惡補根本坐不住，只是徒增困擾而已，這件事只是個導火線，讓她情緒潰堤……

翻著翻著，突然間，某報地方版有個熟悉人頭狠狠刺入我眼中，啊！那不是水雞嗎？怎麼這麼剛好，說曹操，曹操就到。

「校長遭訴／鋪張浪費／假公濟私」斗大的標題這樣寫著——

「勝利國中校長張水基，昨日占地百坪的豪宅新居落成，席開兩百桌大宴賓客，還請來電子花車清涼秀表演助興，遭地方人士投訴，太過奢華鋪張，敗壞善良風俗，身爲國中校長不該如此，做了最不好的身教。

學校前家長會長說：『簡直像在辦法會一樣！太諷古了吧！』又說：『而且叫蓋校舍的得標建商，來蓋自己的房子，這樣的瓜田李下，教育當局應該查一下，是否有利益輸送的嫌疑？』

面對地方家長的質疑，張校長霸氣辯駁說：『沒辦法啊，老天爺特別眷顧我們家族，就是比較有錢一些而已，所以人面較廣闊，請個一兩百桌，人之常情，請不要因爲我是校長，就給我扣上道德的帽子，我張水基一生清清白白不偷不搶，至於影射我圖利廠商，請拿出證據來，我的房子又沒比別人便宜，而且是校舍決標後才蓋的，哪有什麼圖利？』

他又說：『至於請電子花車，不行嗎？職業無貴賤，請不要用有色眼光來看待這行業，這是自己心術不正的關係。』他說爲了地方和諧，不會跟他們計較的，但若再說，一定會循法律途徑解決……』

水雞上地方新聞，從他當校長以來，也不是什麼新聞，他喜歡搞活動，利用媒體提高自己身價，跟地方記者混得滾瓜爛熟，成爲他的專長與資產，但有時難免擦槍走火，那些記者也不是簡單人物啊。

他調派勝利國中後，上報頻率激增，所以，他雖不在此地，卻常因爲這樣，恍如陰魂般，透過報紙新聞還纏繞著柳中不放。水雞剛去新校不久，就因去搶舊學區學生引發當地家長的不滿而上報，鬧得沸沸揚揚，但他善於操弄媒體，越鬧他的學校越旺，舊學區國中最後不但好學生被拉走，且落得嚴重減班的下場。不過，也因此與一些地方人士結下樑子，他好鬥的性格，或許就是他生活的價值所在吧。

這回，看似負面的新聞，但他到底在玩什麼把戲，就不得而知了。不過，卻讓我不禁又回想起一些柳中舊事。沒辦法，學校就這樣，校園環境與生活作息幾乎是一成不變，經常一不小心就觸景傷情，故事好像永遠沒完沒了，一直在我未乾的傷口上述說著，上演著。

超強的水雞，是校園裡鬥雞的一種典型。這圖書館，有太多他的氣味與爪痕。

2.黑影幢幢

那年，籌組教師會失敗後，巫碧瑩被黑道恐嚇修理，開會從此噤聲，直到改朝換代才又張揚起來；而教評會事件後，你知道的，阿安也同樣被黑道侍候，不僅虧了一筆錢，事後還讓他學舞蹈的女兒來校，幫忙訓練學生跳大會舞。大家都看在眼裡，心裡明白得很，再來，就輪到我了……

所以，我特別戰戰兢兢，對於每件可能引發炸彈的事，弄得有點神經衰弱，「你不要把每件情都想成這樣好不好？」巫碧瑩就經常揶揄我：「你有被迫害妄想症耶！」

故事，還是要從教評會事件後再說起。你或許就知道，我究竟是被迫害妄想症，還是眞的被迫害。但不管如何，我的心靈肯定受傷了，變得神經兮兮也是眞的，才會一直到現在都還跟你絮絮叨叨說個不停。

你還記得，當時開會水雞的詭計沒得逞，看他氣沖沖的樣子衝出圖書館，我眞是爽歪了，私下脫口而出「完勝」，其實，只是給自己灌迷湯，在令人挫敗的環境中，激勵一下自己，這樣才有往前走的勇氣。

即便後來，教評會委員也如我們預期的規劃順利選出，在七席非行政教師中拿下六席，在總數十一席中剛好實質過半，這只能制約他打算任意解聘老師的企圖，我說是制約，意思是說，這六席的意志並不是想像中那樣堅定，而水雞幾乎掌控了學校所有主導權，再以他八面玲瓏的交際手腕，社區的資源也是在他囊袋裡，這樣，能自保已經是不錯了，奢談什麼完勝？

但，理想，是我們的唯一的武器，勝敗與否已不是重點，重點是：抵抗！現今的國教仍是政治工具的現實中，如果不想渾渾噩噩度過教學生涯，甚至淪爲助紂爲虐的幫兇，唯有抵抗，才能感受到自己的存在，那種身爲人的存在。理想，給我勇氣，這是我要告訴你的。

一九九六年《教師法》公佈實施，我們在校內奮戰的同時，校外也有一場大戰役開打，那就是——總統大選。這是台灣有史以來第一次總統直選，由人民直接選舉的總統，才算是眞正的民主國家，你知道的，我關注它的發展，有個特殊原因，是的，我曾爲它走上街頭抗爭，也因此流血，坐上囚車，我怎能會忘記呢？

所以，我的心，有一半不時在那裡盤旋，當然，保守的教師們，包括我的同志，不可能體會我的心情，向來，關於選舉，軍公教族群，大都是一群有紀律的鐵票部隊。這些我都沒說，也不敢說。

大選揭曉，我所期待的第一次政黨輪替，並沒有眞的發生，萬年執政黨還是繼續萬年執政黨，但我的心毋寧是歡喜的，因爲選舉本身，已完成了民主的進階，這是一場寧靜革命，非暴力的寧靜革命，悄悄在島嶼的天空進行。

其實，在校園裡，我也這樣期待著，努力著，希望教育能告別政治的魔掌，眞正回歸教育本身，在土地紮根，而教師也能眞正擁有專業自主權，不必再對那些「毋捌字兼無衛生」的狗屁官僚卑躬屈膝，雖現實還遙遙無期，但教師法的頒布，給了法源的基礎，無非是一盞稀微的燈火，讓我在黑色校園裡看見一些希望的光，一些，可繼續往前走的光。

一九九四年我初回到故鄉，就迫不及待揹著相機全縣走透透，透過簡單的田調，先做概略性了解後，鎖定鄰鎮的一座舊書院，作爲我教學一個基點，因爲它是清領時期，包括現今的柳河鄉，這附近五個鄉鎮學子讀書的一個場所，我試著想從這民間性質的舊式學校，找到一些國教的解藥。而書院的第一任講師兼院長：黃溥造，就是柳河鄉人，這是過去的榮光，以此做一個教學的連結，是我的企圖與努力的方向。

辦了一些導覽後，發現書院與柳中還是有點距離，雖只有短短的五公里，但現實的國中環境，要走出校園談何容易，幾經思考，就決定重新定位，縮小範圍，改以柳河鄉爲中心來規劃與操作。

很快地，我找到「柳河」作爲營造的精神象徵，然後開始做細部的田野調查，隔年，剛好進來一批包括巫碧瑩的年輕新老師，你知道的，我就順勢籌組一個讀書會，邀請他們一起做踏查，以及編纂鄉土教材。

教評會戰役告一段落，我的心思又回到這身上，繼續停頓的教育春夢，開始忙著教學，忙著處理班務，忙著跑田野。紛擾的校園，似乎沉寂了下來，大家都爲課務爲一些瑣事忙碌，沒人再提「教師會」這三個字，它幾乎被丟進垃圾桶了；而水雞則爲他的「行政大樓興建計畫」奔忙。這狀態，好像處於一個恐怖的平衡。也好，畢竟大家都累了。

當然，他不會忘記，三不五時習慣性打壓一下我們這些眼中釘，避免阻礙了他的春秋大夢。

有一天，趁我不在座位時，他就帶著不省人事浩浩蕩蕩突襲辦公室查勤：「這個，記起來！那個，記起來！」指揮若定，做做樣子。記得之前說過，政府取消簽到就是要落實教師責任制度，這樣的動作對了解法律的我意義不大，但對其他老師就有警示作用。這件事當然是我後來聽說的。

那天下午，我不在，其實是因爲我去做學生家訪，而且那是規定要做的，水雞親自批示過的公文，自己都搞不清楚，哈，那抓耙仔也太不用功了，見獵心喜，看到黑影就開槍。

前一年，剛帶這一班，開學後不久，那註冊組長就給吾班多排一個「在家自行教育」的學生，而後大約每隔一週，我就要利用課餘時間去家訪一次。

那學生，叫小智，是個極重度智能障礙小孩，當時才國二，我的家訪要繼續到畢業，這就成了水雞可操弄的空間。所以，我更戰戰兢兢，詳細做好每次訪談紀錄，預防他卑鄙的作爲，以小智當武器構陷我。

但我第一次去家訪，看見小智與他的家庭，心就軟了，不再把對水雞的忌恨與小智牽連在一起，天啊，竟有這麼慘的家庭……除了一個弟弟算正常外，其餘都有或輕或重的身心障礙，眞的好慘！

從此，我在繁忙中，心裡也壓著一塊不同世界，沉重的石頭。

之後有一次，我從教室下課要回辦公室，水雞剛好從校長室下樓，我們剛好在川堂相遇，他叫住我：

「天助老師，我跟你討論一件事情，好嗎？」

「沒問題，什麼事？」我說。

「關於……」他故意吞吞吐吐：「關於你們班的成績，實在有些差，能否加強一下……」

我一聽就火大了，上課剛回來累趴了，還跟我講這些什麼碗糕，後段班當然成績有些差，我感受到他的不懷好意，又想起小智那種小孩的處境，所以就不跟他客套了，直接就嗆：「你不要忘記！我們有能力編班……」

他一聽也馬上上火，隨即變臉走人。

「巫碧瑩事件」落幕不久，上級也派督學來關心，能力編班的事他一直蠻敏感的，哈，若你不想與他談話，提這個議題就對了，保證一秒鐘就惹火他。

他大概以為我以此要脅他，其實，我原意是想說，因能力編班，所以導致成績落差大，還比什麼成績？我才不會白目到去告狀咧，全縣都如此，要去告誰？又何必告，連小孩都知道有能力編班？但實在是累了，就直接脫口而出……反正，大家心裡有底，已經對上了，誰都知道我是下一個清算目標，擺高姿態虛張聲勢一下，或許這樣，他比較不敢輕舉妄動。

「巫碧瑩事件」其實還沒落幕，水雞就是善於利用偶發事件，將它轉化為對他有利的操作，這種才能，我不得不佩服他：「要不是巫碧瑩去向教育局檢舉，督學也不會來查……」這樣，就合理化巫碧瑩被黑道恐嚇的事，而眾多老師反而會怪她太白目，被威脅，活該！所以矛頭都指向這個告密者，以及我們讀書會。

水雞故技重施，又順勢召開臨時校務會議火上加油：「我們是否要考慮馬上依法恢復常態編班……」講得好班老師嚇死了，他們好班教習慣了，變常態後，要面對「壞學生」，怎麼受得了呢？最重要的，補習班與參考書商，就要哀哀叫了——如果你再問我，這干他們何事？那我就沉默了，因「朽木不可雕也」！回去找孔老夫子面壁吧。

這高招吧，不僅徹底擺平巫碧瑩開會時不受控制的嘴巴，也形塑成極大的同儕壓力，指向經常鼓吹常態編班的我。

3.合作社

你知道的，我們視爲第一要事的「教評會」，千辛萬苦打完這場小勝仗後，竟覺得它好像不存在一樣，從三月中旬票選委員完畢，竟然沒有任何相關開會訊息，而我是委員，也沒有收到任何公文或證書，水雞不知在玩什麼把戲？

直到五月中，我終於收到一張開會通知。上面根本沒寫開會議題，神秘兮兮的。

由於教評會的職掌，都是關於人事的大條代誌，這樣搞，當然違背議事規則，水雞企圖很明顯，故意製造恐怖氣氛，讓人不安。「恐懼，是不戰而能屈人之兵。」我有讀歷史，心裡明白得很。

結果，開會時一看，什麼議題你知道嗎？根本不是像大家傳言那樣，要拿某人開刀，而是：

「是否委託縣府統一辦理八十六學年度教師甄試？請討論。」

什麼跟什麼嘛，這段時日，讓大家虛驚一場。經了解，原來縣府無法相信各校自辦教師甄試，委婉要求各校，同意將教師法賦予學校的職權，用變通的方式又還回去。

縣府還眞了解這群自己製造出來的「校長」的習性。所以，這議題根本沒異議，也沒意義，縣長大人的決策，水雞還沒大尾，也不敢造次，大家有志一同，就把權力還回去——自廢武功。

這更應驗了老王的話：「中華民國的法律是參考用的！」善哉啊！老王，這中華民國的忠貞信仰者。

但縣府不會做得太絕，選舉時還須仰賴這些教育樁腳，所以還保留代課老師甄試的權限給校長們。當然這價碼，有天地之差。你知道的，代課老師，公訂一個月薪水跑不掉；正式老師，黑市行情至少也要二十至四十萬，「看要做半套，還是要全套」那不省人事講得令人笑破肚皮，他並不忌諱這公開的秘密：「但是，如果沒有門路，一百萬也沒用！」不過這通路價碼高，就得各憑本事，非人人有獎。

你或許會問：「不是要有一定的流程才合法嗎？」你傻B，這還不容易——包括簡章、公告、筆試、試教、口試等全套配件都不會少——沒看見那不省人事把甄試公告貼在校門口，拍個照存證，馬上就撕下來。來報名者，都是事先內定好的，所以某個萬年代課老師在試教台上，一上去才開口就嗆說：「這還要試教嗎？」

當時受命做評審的阿忠就私下跟我說：「聽到這句話，眞想把她刷下來！」眞想而已，但他已經收到水雞的通關指令，使命必達。

所以，柳中就有一代課就十幾年的老師，當然，這是等而下之的人，可能學歷不符資格，也可能資金不足；厲害的，代個一兩年就能漂白成正式教師。

看水雞的臉色，應該早就知道縣長大人還不想放手，難怪教評會成立後，一點動靜都沒有，但以他的性格，想必會自己找出路。你應還記得吧，有一年，我算了一下，代課老師就有十八人，幾乎占全體教師的三分之一。以量取勝，無魚蝦也好啦。

很快地，風風雨雨的水雞王朝，一個學期將要過去，期末校務會議駕到。

依法每學期要舉辦二次校務會議，通常期末，都是平平靜靜的行禮如儀，做做樣子做做記錄，不會有什麼驚人之舉，有時甚至還去餐廳開——桌！資料一發，就開動，根本沒討論，連唸議案都省了，這是柳中的默契，給老師們小確幸，要歹看面，等開學的校務會議再來相殺。

但看了議程，才發現還有個「合作社理監事選舉」，嚴格講起來，這其實與教學不相干，長久以來都變成校務的一部份。以往，在開會前都會有資深老師來拉票，這慣例是他們的油水，而我也不想碰這些與教學無關的東西，也不想擋人財路，所以都依他們規劃投票。之前，我在高雄偏鄉教書時，由於是迷你學校，全校才七班，人手不足，因此我又兼任合作社出納職務，整天算別人的錢算到手發麻，又老是算錯，簡直是惡夢，這也是我不想碰的原因。

是啊，奇怪了，這回怎麼沒人來拉票呢？心想，管他的咧，反正不想過問這種與錢有關的事。誰知，最後開票結果，我竟然當選理事！

怎麼可能？水雞會讓我沾這些油水嗎？頓時，我才清醒過來，當選理事咧！嘈雜的會場中，就聽見幾個資深老師在後頭有說有笑，其中前鄉長兒子——就是那個包大人啦，他的嘴臉我一輩子不會忘記，他用趾高氣昂的語氣說：「我要誰當，誰就要當！」

直覺不對勁，這內情鐵定不單純，一定跟水雞有關，但他們在玩什麼把戲，我仍一頭霧水。這一記突襲，讓我倒有點慌了。

會後，我不禁對幾個讀書會夥伴碎碎唸，那巫碧瑩又來風涼話：「我眞的懷疑你有被迫害妄想症，不必凡事都用陰謀論去解讀啊！」

我也笑笑。但水雞的心思我太了解了。

之前在那偏鄉學校出納了一年，在那身兼數職超級忙碌的日子，果然如我擔憂的，年度結帳時，與帳目兜不攏。但還好，是多出來，不是少。

算錢，不僅非我專長，還有點迷糊呀，連收班級註冊費都經常膽顫心驚，有時甚至收到虧錢，所幸金額都不多。那時，多出了四、五千塊，我有點慌了：

「怎麼辦？」我問主任。

「分掉！」他毫不猶豫回答，讓我嚇一跳。

「分掉？」我怯怯地說：「那不是不可以……」

「要不然很麻煩，又沒多少錢。」他說。

就是沒多少錢，我才覺得爲此違法根本不值得，也完全引發不了我的犯罪動機。錢，我還是交給他們處理，不是我的我不想要。最後，他還是拿了一千多塊給我，笑著說：「每個人都砍一刀，消息就不會走漏出去！」

我當時是剛取得正式教職的菜鳥，人又獨自在異鄉，不敢違逆長官擋人財路，就暫時拿下，但過幾天，我離職要回故鄉任教時，就把那一包用信封袋裝的錢，放在我辦公桌抽屜，暗中移交給仍未知的下任組長。這樣的處理，好像怪怪的，但那時實在想不出更好的辦法。至少，沒拿錢，自己心安。

所以，我最怕碰錢的問題了。現在被選上理事，照慣例要兼任營運職務，開會時，我用眼神出具「算數殘障手冊」證明，義正詞嚴堅拒與錢相干的「會計」、「出納」與「經理」，最後結果，順利擔任「文書」一職。會那麼順利，其實還有一些原由，留給你用膝蓋去思考，就不多說了。

「文書」，就負責會議記錄而已。這是我的專長，安心許多了。但我對水雞總會有莫名的戒心，你如果一定要像巫碧瑩那樣，經常說我有被迫害妄想症，我也認了，但我不由得開始懷疑這樣的說詞，若一直重複時，是否隱含某種惡意與凌遲呢？

我自保的第一步，就是找來相關法令研究，並研究如何辭掉理事，這樣，「文書」就自動消失。這是我的如意算盤。

在高雄時，其實我一點也不在意偏鄉小學校，反而對它有一種教育實踐的夢幻憧憬，但那畢竟是小說情節，現實裡，我在學校身兼訓育組與管理組合體的「訓管組長」，又兼童軍團團長，又兼合作社出納，行政雜務讓我忙得根本無法安心教書，這是我離職的主要原因。現在既然回到故鄉了，當個陽春老師好好教書，是我卑微的願望。

研究的結果，下屆新理事產生之前，恐怕是跑不掉了。我做好心理準備，好好利用這舞台，隨時抵抗水雞可能的攻擊。

兼任文書後，才發現在柳中是有一些酬勞的，中型學校果然有差，每月三千元。實際運作後，我發現四個兼職有點勞逸不均，會計、出納與我相當，但經理要處理的事務就太多。

那時經理是阿珠，她剛結婚，比我早一年進入柳中，當時還未接組長，與我同是國文教師又是同年紀，算蠻熟的同事。有回聽她哭訴，家中有經濟壓力，什麼原因我是不知道，但基於此，我起了惻隱之心，開會時我就提議，經理要加薪，這樣勞務與薪資的比重才比較合理。

其實，她與水雞的關係，一直都蠻和諧的，大剌剌的行事作風，在同事之間也頗有人緣，不像我孤僻兼自閉。所以，水雞當場沒多加思索就答應了：

「好吧！經理就加薪，但同樣以蕭天助提議的理由來看，我覺得文書最輕鬆，所以薪資要減半，才合乎比例原則，」水雞果斷地說：「這樣吧，經理一萬，會計、出納三千不變，文書一千五。」

乍聽之下，我愣住了，來這一套！一萬元也太多了吧，而我竟然減薪！我是不在乎這額外的收入，又沒多少錢，只是心裡不是滋味，水雞擺明就是要惡搞我，重要的是，我誠心替她爭取權益，而她竟然沒爲我說句公道話，微笑接下了指令。後來想想，我眞是大豬頭，自己跳入一個火坑。

照法理，合作社的決策是理事會，像薪資變動這種關係社員權益的事，也要經社員大會通過才算數。但，那年代，校長就是土皇帝，水雞說了就算數，除非你確定要跟他全面開戰。

合作社主要業務，是販賣一些飲料、零食、文具等，與代辦學生午餐便當。當時，原本有四家廠商供學生選擇，有次開會，水雞剛好不在，理事主席突然宣佈：奉校長指示要加一家廠商進來，但該廠商太遠，依縣府規定，廠商的最基本條件，是要在三十分鐘車程之內，這是關係學生飲食安全問題，尤其夏天，食物容易腐壞。

「沒辦法啊，校長就這麼指示……」他說明情況後，就問我們意見。

我當然堅決反對：

「這家距離學校太遠，來柳中，三十分鐘恐怕到不了，這樣不僅違法，而且萬一學生吃了出問題，事情就大條了！」

那時開會，我們大多借用教務處辦公室，因平常中午，他們行政都習慣回家吃飯，教務處是空城，但那天註冊組長剛好有事留守，有外人在，開會說話總覺怪怪，有時她會抬頭看看坐在沙發的我們，與我眼神相遇，唉，我被迫害情結是否又在作祟呢？

我看見理事主席面有難色，但最後還是訴諸表決，結果，我意見獲得支持，那家廠商被否決了！

過沒多久，大約下午兩點，我正在辦公室休息，突然接到水雞的電話，要我上樓找他。

「天助老師啊～」水雞臉紅脖子粗，氣沖沖但故意壓低聲音，斜眼看我：「聽說，你要去檢舉我違法，讓我去吃牢飯齁……」

「我沒這麼說喔！」我知道是中午合作社開會的事情：「我只是說，廠商太遠，可能違法……」

「不要說了！」水雞大怒：「有種你去告啊，去告啊！」說完又半躺沙發擺出大哥大的姿勢。

這時，我才在他恍神游移的眼裡發現，臉紅，不是生氣，是喝酒。我不靈敏的鼻子，也隱約飄來酒氣。難怪有老師私下嘲諷：「當了校長，半年都不到，就成了酒國英雄。」

「我又沒說要去告！」見他發酒瘋，我也大聲了：「我要是提醒你，廠商太遠，違反規定，不信去問理事主席，他說的，如果你一定要讓它進來，這是你的事，與我不相干……」

說完，我就憤而離席。

回辦公室，越想越氣，是誰去告密的？還加油添醋！效率那麼好，這麼快就上達天聽。想想，剛開會除了我們五位理事外，就只有註冊組長在場，一定是她，御用抓耙仔無疑！當下，我就直接衝到教務處，看見她劈頭就怒嗆：「張組長，請不要亂傳話！好——嗎？」只見她還假裝一臉無辜，其他人錯愕望著我，我隨即氣沖沖走人。

過一會兒，我的氣還沒消，她就從樓上下來，換她嗆我：「蕭老師！請不要含血噴人，我根本沒去向校長講什麼！」我來不及反應，換她氣沖沖走人。

兩人都氣沖沖嗆完即走人，沒有對話，這種情狀蠻詭異的，這到底怎麼一回事？換我愣在那邊。

看樣子，她氣沖沖不是假的。我當然也是眞的，只是被怒氣沖昏了頭，後來，冷靜下來，幾經思考、求證，發現眞正告密兇手不是她，而是——理事主席！那訓導處新來的幹事，一個我忽略掉的人物。

張組長的「假裝」，是我的誤判，這讓我學到一些教訓，但當時我仍偏執認爲，他們行政都是跟水雞一夥的，活該！也不想去跟她道歉。所以，我欠她一個道歉。

水雞強加新廠商之事，我當然沒去提告，但我在會議記錄上如實記載：

「校長指示，多加入XX新廠商供應學生午餐便當一案。理事主席說明：該廠商距離學校過遠，在法定時程三十分鐘內送達有困難，對於學生用餐有安全之虞。經討論，出席理事一致決議：不同意該廠商加入營運。」

會議記錄，這是我的工作。哈，水雞沒料想到我有這招吧。當然，只是記錄而已，理事會的決議也沒用，根本無法阻擋水雞的意志，新廠商還是大搖大擺進來了。

話說那擔任理事主席的新幹事，東窗事發後，看見我眼神都一直閃一直閃的，其實我沒眞正怪他，他是公務員，需奉命行事。隔年，他就火速調離柳中。你就知道，水雞功力有多強。

忙碌，實在是時間的殺手。但人生就是這樣，很多無法選擇，遇上了，只能盡量隨遇而安，歡喜接受——啊，是挑戰！你知道的，排除這些雜務，單純地好好教書，一直是我卑微的願望。但眞的很怕，一直願望下去……

就這樣，在合作社理事兼文書的日子，快屆滿一年。時間讓我發覺，涉入越深，越黑——我無意間撞見許多黑幕，有兩件事情，明顯就是違法之舉，我在期末理監事會議中正式提出我的疑慮。越公開透明，就越減少一些讓人陷害的機會，而我也會越安全，這是我當時的方向與策略。

那兩件事，第一是：每個便當（四十元），收受廠商兩元回饋金。

這明顯就是回扣嘛，回饋金只是好聽的說詞。我提議，請廠商將這錢反應在學生菜色上，不應再收取。

第二是：合作社盈餘分配。

現況是，所有教職員工分掉大部份的盈餘，每年每人約兩三千元現金，而學生每人只發放一百元合作社購物券，然而，盈餘的主要來源，都是學生的消費，會去買的大人很少，這不僅不合理，實在荒謬，簡直無恥！依法，教職員工不應拿這種錢，我提議，應全部作爲學校公務支用，如果眞的要分，也要所有社員，包括學生，一起均分，才公平。

哈，我儼然是正義的一方，替天行道——沒啦！沒那麼偉大。就事論事外，其實另一方面，我是想報一下老鼠冤——誰叫你們陷害我當理事！哈哈哈，我要讓你們沒黑錢可領！

但正義與報仇都非重點，你知道的，這根本是我被迫害妄想症的反射動作而已。我想到的是，萬一東窗事發，水雞鐵定會把責任推得一乾二淨的，因依法，合作社的決策，是我們這些理監事，要被法辦的，也是我們這群傻B，不是校長，校長只是列席——水雞深謀遠慮的算計，應該是發想於此吧。

或許，你會問，這些理監事大都是他的人，眞的會這樣做嗎？別傻了，以他的個性，爲了達到修理我的目的，即便要自己心腹陪葬，也在所不惜。何況，我若是觸犯刑法確定，不坐牢也得免職，水雞可一舉殲滅敵人，一勞永逸，何樂而不爲呢？

校園裡，講到錢最敏感了，領了一、二十年的紅利，突然沒了，那些資深老師不抓狂才怪，這跟支持誰無關，他們馬上變成命運共同體。水雞故意放出消息，說是我的提議，於是，我就成了過街老鼠——眞慘！

最後，當然水雞不會同意我的胡言亂語，一同意，連他自己也無法分紅。而其他理事，水雞在時，就噤若寒蟬，對於我的提議聽而不聞，別說舉手覆議了。所以，沒有決議的決議，就是維持優良傳統：錢照領！

而學生，一樣拿著影印版的一百元購物券，喜孜孜地上合作社買飲料，一副幸福的樣子，我看了就心酸，與慚愧——我們這群叫做「老師」的動物，是否只是一種伶牙俐齒的禽獸而已？

我所能做的，還是只有一件事：記錄！

把開會詳細情形記錄下來，自我保護，也表示我不同流合污，或許沒人鳥你寫什麼，但至少是個見證，見證柳中與我教學的生命史。正如水雞所說的：「歷史會記得這一刻！」

期末，合作社理監事改選，沒人敢再選我了，哈，零票。我的脫逃詭計，得逞。

文書職務卸任前，我寫了一份正式的簽呈，附上這一年開會的精彩實況記錄，隆重送到校長室的董事長辦公桌上，好讓水雞驚喜一番。他若沒詳細看就簽核了，那就有好戲看了。

或許你會問，如果他把記錄毀了，或竄改，怎麼辦？哈，放心！這我有沙盤推演——我早已影印一份下來，留存。這是我的秘密武器兼以後的「相罵本」。

結果呢？結果，就是沒下文了。他拒批簽呈，也不退回給我，也不找我談，或吵架。我知道，我與水雞的衝突正式白熱化。

果然，隔天結業式在校園見面，他連禮貌性虛僞的招呼都沒了，我們就這樣視若無睹地擦身而過，表面是冷戰，私下卻暗潮洶湧。

過沒幾天，我就接到恐嚇電話。

那是暑假剛開始的第一個週末夜晚，我剛吃完晚飯，正為自己倒一杯紅酒，聽著音樂，放鬆一下平時緊繃的心情，就在此時，電話響起，我隨手拿起話筒，才「喂」一聲，停頓了幾秒，就是一連串三字經加威脅的話，劈哩啪啦如雷貫耳：

「幹恁娘老雞巴，你共我較細膩乎，嘐俳啥潲，幹恁娘的，臭雞巴……你就莫出門，幹恁娘較好的……」

我默不吭聲，話筒也沒掛，就聽著，一句也沒回，淡定以對，就把他當成瘋狗。與瘋狗對嗆，沒意義又浪費生命，說不定還激怒他，我的策略是——等他嘴酸，反正電話錢他付。我知道三字經問候，遲早會輪到我。聽著聽著，突然想起巫碧瑩之前描述的「醉醺醺的電話」，直覺應該是同一人，而且聲音有點熟悉，正在想是誰？此時，話筒理竟傳來另一個人的聲音，也醉醺醺：「好矣好矣，好矣啦……」這更熟悉，那不是禿頭仔的腔口嗎？

我腦海中馬上浮出一個清晰的畫面：水雞那群酒國英雄，失態咆哮的嘴臉……這不熟悉也難，光聽同事平常敘述，就如臨其境過千百遍。那三字經的主人，還有誰呢？不就是那經營地下簽賭站、毋捌字兼無衛生的家長會長嗎？整個事件，更清楚了。這是水雞的復仇行動。

隔天，我馬上去大賣場買了一個答錄機。果然，它爲我擋下許多類似的電話，二十四小時待命，連半夜要叫我起床尿尿的匿名騷擾，也可搞定。有錄音，罵起來就多少有些顧忌，這都是以後的呈堂供證。水雞清楚得很。我也清楚，他想製造我與會長的衝突，好從中得利，但他忘記，我喜歡研讀台灣歷史，那些統治者的陰謀與伎倆，我了然於胸。

4.謀殺疑雲

總統直選後的新政府，那年，的確隱隱感受到一股改革的騷動。教育這一塊，也看得見一些訊息。被升學主義緊緊捆綁的國中，開始試辦「技藝班」，原本以爲又跟以前一樣，是放牛班的同義詞，後來發現，好像有一些誠意。

其做法大致上是：國二下將有興趣者從班上抽離，與附近高職合作進行「職業試探課程」一學期，國三再集中成新班級。感覺像玩眞的。除此之外，也聽見在檢討聯考存廢的問題，但只是檢討，整體而言仍是一個迂腐的大醬缸，臭不可聞。

我邊抵抗邊帶班教書，在極端忙碌之中，一年就這樣過去了，然而，水雞王朝卻越來越穩固。

雖說技藝班有所變革，但我還是不看好它，因爲畢業後若沒升學銜接與就業安置，仍是空殼一具。因此，眾導師都興趣缺缺，唯獨我隔壁班導師——就巫碧瑩口中那個「混蛋」——

阿和卻極力爭取，我就頗爲訝異，暗暗笑他是否又白目了。其實，你知道的，我與他蠻熟的，同是後段班導，又經常一起跟學生打籃球鬥牛搏感情，算是同病相憐吧。所以，當他每週一次帶隊去職業試探時，我都樂意幫他看一下午休秩序，反正就在隔壁。

過了一個暑假，開學了。

我一進校門，就被大大嚇了一跳——啊！操場不見了！它，被施工圍籬團團圍住。後來得知，這裡將興建新的行政大樓。

是啊，沒有操場，學生活動空間怎麼辦？這是我當下的疑問。

「先找到新操場，再來蓋大樓，先後順序不是應該這樣嗎？」有老師也這樣質疑。這是正常人的觀點，有新房子之後再賣舊房子，才有得住啊。但，我要告訴你的，校長通常不是正常人，有時甚至不是人，蓋大樓這種事情，先蓋先贏，其他以後再說，因爲經費，要天時地利人和才有，怎能浪費此千載難逢的好機會呢？沒有建設，如何「一成」不變呢？

開學典禮時，水雞慈祥地說：「雖然我們暫時沒有操場可使用，活動空間減少了，但希望同學與全體教職員工都能共體時艱，不久的將來，柳中將會有全新的面貌……你們看，現在我們在一整排的老榕樹下集合，不用曬太陽，又有氣氛，這樣的體驗，不是上輩子修來的福分嗎？」

虛僞噁心的談話，沒人敢吭聲，吭聲也來不及，操場已被開胸剖腹，凌虐式謀殺。

校務會議時，水雞除了重複開學典禮的話，再度喜孜孜補充說明：

「託大家的福，我們已爭取到四千多萬校舍改建的經費，其實上學期期中就知道好消息了，只是還沒完全確定，所以沒向大家宣佈，很抱歉，現在說，這遲來的驚喜，相信大家不會見怪吧，我們在經費確定後，隨即進行招標，但過程中有些小挫折，我們都知道，這種小工程沒有建商願意來標，經過三次流標，校長才與許會長透過關係去找現在這家建商，拜託他協助校舍的興建，這是做好事情啊，我這樣跟他說，他二話不說就答應了，依法規定，三次流標後，可用議價的方式簽約，建商老闆人很好，好人做到底，幾乎是以成本價錢來幫我們蓋房子，很感謝他，也感謝許會長的牽線引介，要不然，不知要等到何時才能動工……這段施工期間，造成同仁不便，敬請見諒，忍耐個一兩年，就有新的校舍可用，校長會再與會長，繼續向縣府爭取，第二期工程經費……」

水雞志得意滿的嘴臉，滿滿投影在牆上。

「小工程？沒人投標？」有老師私下就說：「騙痟的！流標後再議價才是重點！」我只知道「一成」不變的回扣惡習，至於技術上我就不懂了，經他提點，我的眼睛變更聰明了。於是，我更清晰看到一張營造工程、建築設計、產物保險…等等利益共同體所拼湊出來的大樓藍圖。

這才是水雞的重點。這樣你就知道，籌組教師會過程為何會如此慘烈？

開學了，阿和也順利成爲新的技藝班導師，原班其餘學生，就打散分至各班安置。本來，沒想到這做法有什麼問題，但，我一拿到班級名單後，愣住了——天啊！各路英雄好漢，竟全都集中在我的班。

這一記暗暗的回馬槍，才讓我恍然大悟，道高一尺魔高一丈，好像是眞理。也懊惱著，這種道行總比不上水雞，所以一直處於挨打狀態。但一個小小的老師，在此惡劣的環境中又能如何？

原來，阿和也是聰明人，道行在我之上，醉翁之意不在酒，爭取技藝班導師是爲了將大尾學生釋出——眞是的，白目的是我自己啦！這下糗大了。水雞與他聯手出擊，打了一場漂亮好仗。

灰頭土臉的我，仔細重新檢視一下班上名單：兩個有案在身，勒令「保護管束」，每週一天要到法院報到；一個中輟復學生；一個龍鳳紋身的大哥；一個情緒障礙者；還有一堆阿里不達的小嘍囉……這些都是我的新小孩。

國三了。

上課時，在紛亂嘈雜中，我總積極尋覓著，一雙關愛的眼神，一雙就好……

可想而知，新的學期開始，我幾乎被班務緊緊綁住，你知道的，幾個重量級的新學生進來，整個班級經營需重新調整，師生間的默契也有待培養。重要的是，我要更如履薄冰般戰戰兢兢，避免落入水雞的圈套，我時常想著阿安與巫碧瑩的事件，當成考古題分析，然後找出因應之道。國三了，學生一切都處於沸騰狀態。

過沒多久，好死不死，又讓我撞見不該看見的場景，讓我處境更雪上加霜。那天，訓導處影印機剛好故障，我只好去教務處影印，在樓梯時，就聽見一些笑鬧聲，當我踏上二樓，迎面而來就是校長室敞開的大門，裡頭突然爆出一串話：「哈，沒問題啦！這樣，鐵定賺錢！學校會全力配合……」那禿頭仔說到快要拍胸保證時，突然見到我，一臉尷尬自動消音。我冷冷看了他一眼，視若無睹地繼續走，慢慢走過校長室的走廊，到斜對面的教務處去。偌大敞開的校長室門窗，讓我一目了然，除了禿頭仔外，裡面尚有：家長會許會長、書商陳老闆、邱鄉代，還有老郭。

後來，影印完出來，同樣經過那長廊，發現多了水雞一人，而且圍坐在沙發上細聲交談，笑臉變成了嚴肅的表情……讓我直覺狀況有異，當然我不會知道是什麼事情，但那樣的組合聚在一起，越想越覺得怪怪，許會長是營造商兼地下組頭；陳老闆是一家叫做「康泰」的書商，縣南國中的生意幾乎是他所壟斷；邱鄉代經商，做什麼生意就不知了，但聽說也黑影幢幢；老郭，你知道的，是好班導師兼營補習班——這樣的組合隱含何種意義？而到底在討論些什麼，會讓禿頭仔講出「鐵定賺錢！」的話呢？我百思不解，但總是直覺想到水雞是否又有什麼詭計要陷害我？啊！我眞的完了，被巫碧瑩講到好像眞的有「被迫害妄想症」，疑心疑鬼的。

事後，因爲忙著煩惱班上那些學生，我也幾乎忘記這件事情了。

但好像才過沒幾天，在學校，我突然接到某家長的電話，抗議我教學有問題。他說：「我小孩說，你上課都沒講重點，也沒畫重點，都講一些考試不會考的課外東西，小考又那麼少……」

「課本的，我都很詳細講完，所謂的重點，要看他覺得哪裡重要？如果是考試的重點，是要看自己有沒有好好讀書，好好想，好好記，不是死背，也不是畫起來就算了，至於課外補充，是為了增加一些知識與思考、判斷等能力，光是課本內容是不夠的……」每次對家長說到此，都很難說清楚，真的很煩。

過沒幾天，又有家長來電抗議，奇怪耶，那麼多離譜的怪怪老師不抗議，專門來找我碴！說什麼，她女兒國小國語成績都很好，被我教了之後，就變差，什麼跟什麼啊，現在都國三了，才在翻舊帳，啊國小國中課本內容與評分標準有一樣嗎？拜託！快被搞瘋了——氣歸氣，我意識到這不尋常的動作，不是妄想症發作，是水雞又展開殺戮計畫了。

這段期間，光要搞定班上新成員，我就忙翻了，也沒做什麼挑釁舉動，還是我的存在本身，就是一種挑釁？難道妒恨，才是支撐他生活下去的一種意志嗎？水雞對我百般打壓，而我總試著閃躲，不得已時才抵抗，抵抗後也試著放下，為的是，挪出更多的空間與時間，好好教書——「好好教書！好好教書！好好教書……」情緒陷入低潮時，我會不斷對著自己碎唸，這是我當初教師甄試放榜前對自己的承諾。

但，現實上好像很難。一抵抗，就踏上了戰鬥的不歸路。

水雞又在社區四處向家長們放送我的壞話——

「他教的學生成績都很差！」

「他的班級上課吵死了！成績怎麼會好？」

「他們的教室像豬舍一樣，髒死了！」

「他上課學生都聽不懂他在講什麼！」

老掉牙的指控，一再重複的內容，水雞眞是居心不良又沒創意，尤其最後一點，眞是離譜，如果我表達能力眞的那麼差，他開會時就不用煩惱了，爲何我一說他就秒懂，尤其說起法律內容，一聽就痛，簡直是自打嘴巴！他還眞的比學生還難以教化——他的心已然崩解，向魔鬼靠攏。

但，對這群沒腦的家長而言，卻很有效，就像媒體洗腦式廣告，說久了，黑也變成白。「校長講的話怎麼會錯呢？」我們不都是這樣被統戰洗腦長大的嗎？

到最後，我忙到懶得理他們的污衊。我的重點，都鎖定在班務上，多了幾個大哥級人物，避免他們欺負弱小，維持班上基本的運作，確保上課教學可以順利進行，至於所謂的整潔秩序，就盡量了，這過程還要小心翼翼與大哥們互動，包括處理他們違規的事，稍微不慎可能就發生不可收拾的衝突，這樣就落入水雞的圈套，當然，這是極大的挑戰。

「有這麼誇張嗎？」或許你會有疑問。

我舉個簡單事例你就知道，聽好不要跌倒喔——

某生，上課時趴著睡覺（大哥通常是晝伏夜出，與蝙蝠同掛），你走到他身邊，輕輕（只能輕輕，太大聲，會嚇到他，然後就嚇到你）叫醒他，他掙扎地張開惺忪睡眼，有氣無力的，然後狠狠低聲問候你：「幹你娘！」，之後，又繼續趴著睡。所有學生，看在眼裡，低頭竊笑。

好，故事說完。請問：這樣，你要如何處理？這不是情境模擬，這是大哥大的基本動作……

「那就讓他睡，不要理他啊！」你可能迫不及待要這樣說。

好吧，若不理他，學校就會馬上向大眾廣播：「你看！那蕭天助上課時都讓學生睡覺！根本是不適任老師！」三個驚嘆號，就讓你百口莫辯。

其實，有時我才轉頭寫板書，有某學生馬上就趴在桌上休息，剛好被巡堂的主任看到，學校對我就是這種灑狗血式的廣告。你說，難道我上課還要像開車一樣，戴個後照鏡嗎？

萬一，情緒沒控制好，當場與學生對幹起來——水雞的第一志願——好，打贏了，出了口怨氣，學校就會先酸你，大人打小孩，羞羞臉，而後馬上變臉說你毆打學生涉及不法，火速移送教評會處置，接著再對家長煽風點火去告你，然後比照阿安模式，狠狠敲你一筆和解金。

啊，若不幸打輸了，也會先酸你，連小孩都打不贏，眞是羞羞臉，然後還是比照阿安模式，因爲你有動手抵擋，學生難免也會破皮或瘀青之類的小傷；若你完全乖乖站著挨扁，雖勇氣可嘉，學校會笑著大聲放話：活該！活該！活該！

沒吹牛啊，光這基本動作就很棘手吧！若更高階的，保證你當場就哭出來……

那時是豬頭當訓導主任，他就是這樣擺爛式的惡意操作，欺善怕惡，當大尾學生的靠山。啊！如此拖磨之後，你還剩多少精力與時間可以教書？沒出事情，已經是上蒼保佑了。

所以，就這樣，眞的忙到時間都不知不覺。

所幸，老天垂憐，一兩個月過去了，班上似乎還在掌控當中。

有一天，阿安私下來找我，我們就在辦公室外的跑道上，邊走邊談，他告訴我，說水雞要動用黑道對付我，要我小心一點，並告訴我上次被恐嚇的經歷。之前的「巴掌事件」我當然記得，只是有點不解，我又做了什麼了，他爲何苦苦相逼？

「聽說，你聽見他一個……『不可告人』的計畫……」阿安有點結巴地說。

「他每件事情，都嘛……『不可告人』！」我故意笑著學他的語氣。體育老師的他，每次跟國文老師的我講話，都不自主就要落一些「成語」進來，弄得超好笑的。

「啊，不是啦！」他也笑開了：「我是說，開補習班的事……」

「老郭、老王與老楊，他們開補習班早已不是新聞，全柳河鄉的人都嘛知道！」我說：「誰有在補習班上課，大人小孩也都知道，只有教育局不知道~這都是『不可告人』卻公開的秘密！有什麼好驚訝的~」

「啊！不是啦！你聽我說完啦~」阿安說：「我從會長的一個朋友口中聽見一個內幕，

說他們要合作新開一家補習班，那天在校長室討論被你聽到，校長怕你走漏風聲，害他們開不成，而且新大樓也正在蓋，爲了順利進行，所以，要找黑道來警告你……」

「拜託！我哪知道他們要開補習班？」我說：「就算知道，只是柳河鄉變成四家補習班而已，跟三家有什麼不一樣？合開就合開干我屁事！教育局都『視若無睹』了，我哪有能力去阻礙他的『春秋大夢』……」

我又故意模仿他的成語腔消遣他。他笑了笑。頓時，我猛然想起之前老郭他們在校長室的事，但已過那麼久，幾乎忘記它的存在了。

「原來喔！」我將此告訴阿安：「但我沒聽見什麼內容啊？只走過去而已，哪有那麼厲害，又不是順風耳？」

「重點不是開補習班啦～」阿安說：「是開了之後，禿頭仔和水雞要求要抽『乾股』啦！」

「等等，什麼是『乾股』？」我大惑不解。

「你連這個都不知道齁？」換阿安消遣我了：「你書讀那麼多，啊眞的是讀到尻脊骿[1]去了，哈哈……」

「哈哈！」我也笑了：「快說啦！錢的事情，我智商很低～」

「就是，我不用出錢投資，但可以分紅啦！」阿安得意地說。

原來！水雞越玩越大。一有風吹草動，就想到我。我好像變成活靶，他權慾高漲時，就拿我來射一射，消消火氣。眞是碗糕咧，趴著也中槍！

我向阿安道謝。望著他離開的背影，我不由得又多疑起來，自從阿安上次出事後，他的作風明顯變了，看得出來沒那麼衝，開會也不會再表達異議，甚至有些事，還蠻配合水雞的，甚至，叫他女兒來校義務指導大會舞……我又想起這件以前不可能發生的事……會不會，是水雞叫他來跟我說的，「黑道要警告我……」

反正，是不是如此，都是明顯的警告訊息。這也等於正式向我宣示，他們的補習班計畫搞定了，別來找碴！這是我的解讀。

說到黑道，不擔心是騙人的，會長、鄉代他們的黑道背景不會是假的，會不會對我怎樣就不知道了。上次那些恐嚇電話，不禁又在我耳畔想起……我要想想，想想對策，這次，我眞的被當成擋人財路的眼中釘。

但巫碧瑩與阿安事件後，讀書會向心力越來越薄弱了，聚會時間，與我較友好的阿月，有時也寧願選擇與阿華去逛百貨公司，而黑狗主任又請長假準備退休，不可能會再介入此事，此時還有誰可以相信，可以求助的呢？後來想想，若阿安是代傳訊息，我對他的回覆不就也等於是對水雞的回覆了……

就當我陷入沉思之際，突然一輛吵雜的宣傳車經過，爆大聲的擴音器，嚇了我一大跳。此時，我才意識到，又要選舉了。台灣兩三年就要來一次，選舉沒問題，問題是那種黑金式的選舉文化，旗幟插得滿街都是，喧鬧又不環保，弄得好像在「出山」一樣，眞受不了，經過學校也不會小聲一點。這不是反教育，那什麼才是反教育！

1. 尻脊骿（kha-tsiah-phiann）：背部。

是啊，縣長要改選，那正是我們現任縣長的宣傳車，他等於是水雞的衣食父母，校長這身份與大樓工程資金，都是他的恩賜。當然，說什麼也要力挺到底。

才隔天，一個秋高氣爽的早晨，距投票日不到兩星期，選情早已白熱化，朝會集合時，水雞竟大剌剌地公開爲縣長拉票：

「我們的新大樓工程正在進行中，柳中即將有嶄新的未來，這都要感謝縣長的恩賜，給我們經費，要不然我們可能都要在危樓中上課……同學也知道，再過一個多星期，就要選舉了，校長知道你們沒有投票權，校長也要盡量保持中立，所以不會向你們拉票，不過你們要回去告訴家長，我們興建中的大樓，還有第二期工程款還沒下來，你們想想就知道，如果縣長沒連任成功，經費就有變數，我們大樓可能蓋一半就要停止了，這樣的結果誰都不願意看到，所以，一定回去告訴家長，這一票要投給誰，一定一定要仔細思考……」

朝會後，全校教職員工就接到正式通知——當日下午六點，在農會禮堂餐敘。還特別註明：

「請同仁務必參加，教育局長將親自與會，進行教育座談。」

水雞還用公務系統的開會通知單，這形同行政命令，又聽到教育局長親自主持，誰敢不參加？其實，他也超厲害的，私下還請各主任向全校同仁一一邀請（姑情），軟硬兼施之下，出席率必逼近百分百。

而我呢？我探詢了一下，根本就是家長會請吃飯，虛弄成開會模樣，而且這是下班時間，我沒義務參加。所以，我在通知單簽名欄上用力寫著：「不參加」。

在這選戰激烈時刻，教育局長親自來我們這鳥不拉屎的小地方，膝蓋想也知道，爲了什麼事情。

那天傍晚下課，我依原訂計畫，帶班上幾個沒上第八節的同學，去做鄉土踏查，回程中，就在校門口，去農會必經的忠義北路上，剛好遇見三三兩兩走路要去赴宴的同仁，我一一向他們揮手致意，他們會心一笑，也知道我從來沒有在「吃桌」的，當然，有些較熟的人會開玩笑向我喊話：「做伙來去啦！」、「吃免錢咧，有食閣有掠喔！」……看著看著，像目送喪葬隊伍（眞的！學校旁就是公墓）一樣莊嚴，我竟意外看到阿慈，她微笑得好尷尬好無奈，她是全校唯一跟我一樣孤僻，平常沒在「吃桌」的人，怎麼，怎麼這時也出現了呢？

經過一個週休，我在校園遇見阿慈，會用「遇」的，而不特地去找她，是想不要讓自己太白目而破壞彼此情誼，這種決定，是我待人處事的小進步。我輕聲問她：「我猜那天『教育座談』，一定跟選舉有關吧。」

「沒錯！」她說：「眞卑鄙，要我們支持縣長連任……理由就跟朝會時一樣啦～」

果然！這當然沒什麼了不起，只是我從事田調的研究癖作祟，一定要確認一下我的觀察與推論。

再來，就不用說了，正如你想的——縣長高票連任成功！

這是台灣，這是八卦縣，正常的教育風景。然而，被開膛剖腹的操場，究竟死了沒？

5. 柳河春夢

自從阿安來向我警示後，停一陣子的恐嚇電話，又開始了，選後那幾天，明顯更頻繁，而且都是三更半夜，是不是慶功宴後續攤的餘興節目呢？眞是他媽的！（歹勢啦！當老師的，有時也要私下複習一下三字經，舒緩情緒…噓～絕不能說出去喔，否則水雞會聘我去補習班當『讀經班』主任……）

而後整個寒假，就舒緩了，雖有答錄機幫我接招，也可能只是習慣性騷擾，不會輕易揮刀放槍，但我因此就變得心神不寧卻是事實。之前阿安與巫碧瑩被恐嚇時，我都建議要報警，以策安全，現在輪到自己，卻猶豫了起來，想了再想，我並無任何靠山，而官方都是他們自己的人，報警事情一鬧大，下場可能更慘。

下學期開學後，沒課時，我經常望著辦公室的公佈欄發呆。

水雞最在意的，應該是仕途與金錢，這些我都沒興趣也無能爲力阻擋，但被逼到無路可逃時，也會狗急跳牆！我想著，一味閃躲也不是辦法，如何讓神經兮兮的他感受到這訊息，或許是我可努力的方向。

那公佈欄，其實是個大黑板，跟教室的一樣大，剛好在我正對面靠西邊的牆上。我想起籌組教師會期間，常用它來公佈訊息，與同事做靜態式的互動，這樣有個好處，對不熟的人不必尷尬地應對進退，也能溝通，蠻符合我的性格，經常就這樣貼貼貼，而後竟有點貼上癮了，有時還特意把它做成美美的海報，像發表作品一樣，也像貼膏藥，可治療我的憂鬱與被迫害妄想症。

發呆久了，後來靈光一閃，我似乎想到可以做的事。

歷史告訴我，愚民政策之所以會成功，第一步，必定先剝奪人民知的權利，沒有知識做基礎，就會失去獨立思考的能力，致使價值判斷偏差。而這群老師，雖都很聰明，但一大半都是一輩子沒離開過校園，師範生不用講了，非師範生的老師，一大學畢業就在學校教書的，也是占大多數。所以關於社會上一些訊息與認知，他們相當貧乏，但又自認爲是「高級知識份子」而自傲，因他們是考試場上的勝利者使然，這樣的保守性格，又生活在象牙塔般的校園，最容易被「愚民」，而不被愚的，也聰明得容易被「利誘」，變成威權統治者的擁護者與鐵票部隊……

講那多，不是要凸顯自己的睿智或高潔，其實我想到一個做法，山不來，我就自己走向山，我是想利用這大黑板做平台，把校外一些藝文訊息、展演、科學新知等，甚至我的教學設計與學生活動，在此公佈，不參加也能知道社會的脈動，重要的是，我想讓他們知道，我在做什麼？並不是像水雞說的那樣不堪，我要伸進他們腦袋，拉一些人，或許不是支持者，至少可以是個認同者，認同的人多了，水雞就比較不敢輕舉妄動，相對的就安全許多……這是我的如意算盤。

我的構想，得到讀書會夥伴的支持。於是，我先把被恐嚇的訊息低調地釋放出去，讓大家知道水雞的卑劣手段，然後開始展開我的秘密作戰計畫。

首先，我在大黑板右側的牆上，用保麗龍與海報紙增製一個公佈欄，把近期的藝文訊息，與小海報貼上，由於原本空蕩的牆面突然有個東西，很快就吸引同事們的注意，連來辦公室找老師的學生也會駐足觀看。

照理講，這舉措，應該向學校報備一下，我故意不說，先做了，看水雞有何反應。這又不是壞事，敦親睦鄰且友愛同事，我還提供免費活動讓老師報名，有的還親自解說咧，如果這樣水雞也要打壓，必然會失去正當性，哈，我至少也會多些同情的眼神吧。

幾天過去，好像沒事，反應也不錯。甚至有人誇我有美術概念，開玩笑說要幫導辦報名參加教室佈置比賽。

那時，我正在進行的教學工程，就是鄉土教材的調查與記錄，一個主題完成後，我都會做成圖卡，在黑板下的粉筆溝槽排成一列，先跟我的學生「課外補充」與分享——我從教書以來的一個堅持，就是每階段進度上完後，會盡量挪出兩三堂課來，上額外設計的教學活動，而這竟也是我被抹黑的東西，我要讓它，正正當當走出來，讓他們知道這並不是什麼見不得人的東西——現在，我決定將這些圖卡，加上一些資料，做成較精緻的展板，比照在教室的作法，在辦公室黑板下盛大展覽。這是我接續的計畫。

其實，這本鄉土教材的書名我已經訂好了，叫做《柳河春夢》，哈，那展覽就把它命名爲《柳河春夢：鄉土影像展》，正式一點，動作大一點，還特地做一張刊頭海報，並花錢把它裱褙起來，壯大聲勢，敏感如水雞者，一定很快就會嗅到我要表達的氣息。

說到此，你或許會對那些圖卡好奇，那年代學校不是也有視聽設備嗎？利用它上課，不是更有效果嗎？

是啊，有是有，等於沒有，但，那時確定是沒有。

這故事要說一下了，要不然你還是一頭霧水。柳中當然有視聽設備，只是長期沒用，早已牽蜘蛛絲被灰塵淹沒，變成教務處的倉庫了。聽老老師說以前教學觀摩時會用一下，增加它的存在感，但這只是流於形式的演戲，後來就沒辦了。

我剛來柳中第一年，你知道的，有回要帶同學去參訪鄰鎮的舊書院，行前，我借用視聽教室想讓他們先看一下幻燈片，課程約一小時，結果，光去準備佈置就花了兩三個小時，因爲還要牽延長線、架布幕、綁窗簾、翻桌搬椅、打掃等，才勉強弄個堪用的空間，下次使用時，大概又崩毀回原貌了。

那次，還好我龜毛的性格，事先有去測試一下機器，三台中竟然沒一台可用的，想說既然已答應學生了，就殘殘自己花錢買一台幻燈機，反正以後會用到。

後來，實在沒那多美國時間去與視聽教室作戰，就想出用圖卡的變通辦法，擺在黑板上，讓同學一排一排輪流上來看。

隔年，水雞當校長後，擴建校長室，學生少一間上課教室，他索性就把視聽教室廢掉，變成一般教室——就成了阿和他們技藝班。從此，即便有時間，也沒搞頭了。

他們班，我有教，每天去上課時，都會想起我當時爬上爬下當蜘蛛人這件事，因為只用過一次，記憶特別深刻——對了，還有一件從這分身而來的小小故事，至今難忘，那時當我在整理窗簾時，發現那靠東側最裡面的窗戶沒關緊，有個小小的縫隙，剛好被腐朽的窗簾布遮住，也不知多久沒人去動它，我一拉，竟發現布的皺摺上，掛了一隻小小的蝙蝠，我查一下資料，牠名字叫「家蝠」，我很驚訝，那小到連小指都穿不過的縫，牠如何進出的，因為是白天，牠一動也不動，我一度懷疑那是一具屍體，不由得用指甲碰碰牠，牠才懶懶小小掙扎一下……我決定維持原貌，又把窗簾遮好，沒告訴任何人，這秘密——後來改裝成一般教室後，牠的命運如何，就不得而知了，是啊，我突然想念起，那隻小小的蝙蝠……

小故事說完，你是否更了解什麼叫做「國中」呢？

當時克難式的展覽，原本只是想拋一個風向球，試試眾老師的反應，看看我，原本開會正經八百的我，從「教育局督學」搖身一變，變成「一人文化局長」的轉型。哈，連我自己也不知道，我會變成什麼面貌？豁出去了啦，苦中作樂，好像成了我新的出口。而水雞，應該看得霧煞煞，正絞盡腦汁猜想著我的把戲。

影像展覽推出後，效果竟意外的好。

一些老老師，看見我收集的柳河老照片，一臉驚豔，不禁回憶起舊時的種種，話匣子一打開，就沒完沒了，連平常沒交集的老師，也來五四三。看眼神，心裡應該暗暗驚訝我也有「善良」的一面。較年輕與外地的老師，尤其好奇，泰山八寶粥的柳河，竟也曾有過如此清澈潔淨的面容。

愛湊熱鬧的阿安，當然也聞風而來，跟老連等同輩同事，愉快地哈啦了起來。

「我讀Y高時，都嘛坐五分仔火車去學校，每天都經過柳河，經過時真的很有氣氛……火車前面載貨，後面留一節車廂載人，那時交通不方便，滿滿都是學生……有時，來不及，還用跳的，跳上去，蠻危險的，但很好玩，年輕人嘛，其實火車起步很慢，還好啦……」老連說。

「那時柳河真的很漂亮啊！」土生土長的阿婷害羞地說：「我第一次約會，還是在那裡唷……就划船啊，划呀划，不知不覺就划進戀愛鄉囉……」

大家聽了笑得捧腹彎腰。

「啊，我都不知道這一招，要不然早就追到妳了……」阿安插話進來，轉頭向老連：「年輕時，她呀，真的有夠漂亮的，後面追她的人，不是整台卡車而已，是整列火車……」

「哪有啦？」阿婷輕輕打了他一下，臉有點紅。

「現在還是很漂亮啊！」老連馬上搭話。

這一說，她臉更紅了。的確，五十歲的阿婷，駐顏有術，身材也高眺曼妙，根本是凍齡魔女，而講起話來，仍是少女樣，超迷人的。旁邊，一些正忙著的老師，也低頭竊笑，偶爾回頭搭上一句，熱鬧非凡。

「我跟你說喔，」阿安故意拉下臉：「有一次，跟朋友跳進去柳河游泳，比賽啦，從瓦平橋那邊，經過柳橋，游到油車這邊，看誰快，我啊，游呀游，游呀游，突然間腳好像踢到什麼似的，就潛水下去看，天啊！你知道是什麼嗎？一具屍體咧！還是女生，全身光溜溜，很恐怖耶……」

沒想到，柳河功力如此強大，一些舊照，就引發這愉悅的記憶風暴，平常死寂的辦公室，好像活了起來，多了許多八股教條以外的話題，常常就莫名地被笑聲所淹沒。

一有空，阿安就拿了很多親手做的點心來，來給大家配話佐茶，這是他興奮時標準的反射動作。哈，我們總是希望他天天開心，就能天天點心。

聊開後，我索性就來辦個導覽，教師版的《柳河行踏》，邀請他們傍晚下課走路去旅行兼運動。「天助老師簡直是我們家鄉的代言人啊！」阿婷說得我有點不好意思。

我似乎忘記籌組教師會以來的那些不愉快與恐嚇威脅，心情開朗了許多，果然，快樂是會傳染的。

但誰知，才行踏回來的隔天，一大早我進辦公室，便發現我的《柳河春夢》散落一地，有的紙板生氣地外翻，有的有惡意的鞋印，顯然慘遭凌虐。我不用去揣測兇手，大家心知肚明。

我故意將兇案現場保留，直到大部份老師都看見爲止。順便，偷偷觀察一下他們的眼神；據說，心理學上分析，兇手，通常會習慣性再返回犯罪現場……

跟我去行踏的阿婷，特地要再來導辦看照片回味一下，剛進門，臉上還掛著特別的笑意，一看見如此狼狽模樣，就氣憤說：「夭壽喔！啥人哪會遮夭壽啦？」

我搖搖頭，默默無語，把照片一張一張拾起疊好，像在「抾骨」一樣悲悽。一邊整理修補，一邊思考著，再來咧？

果然，有許多同情的問候飄了過來。但我又開始黑影幢幢，心神不寧了。

那時，剛好是春天，寒冷鋒面漸漸舒緩，風中已有一些溫暖氣息與花香，校園整排僵硬的老榕樹，突然柔軟起來，裡頭的鳥群，也跟著沸騰，天眞美妙的歌聲，竟給了我不可思議的勇氣與智慧。

三月中旬，學生第一階段的課程進度大致完成，開始進入段考前的複習，一般老師心理上都會輕鬆些，而此時，我的鄉土教材編纂也完成，突然有個構想——何不將鄉土影像展的規模再擴大些？擴大到校外！順便爲書的印刷費募款。

讓教育翻越學校圍牆，與社區結合，不正是我的理想嗎？

當晚回家後，再仔細思考——剛好此時是春天，對《柳河春夢》而言，時機再適合不過了，夢，不走出去實踐，永遠只是夢。而人生能有幾個春天？

是啊，當下，我就決定：翻牆！做，就對了。

時間呢？翻翻行事曆，就訂在段考後的春假，四月五日、六日兩天，萬一冷冷清清沒人理，至少可以鼓吹學生參加，就當一次不一樣的校外教學吧。地點，經勘查後，選在離學校走路五分鐘可到的柳河鄉立圖書館。

讀書會是有點鬆散了，無法像籌組教師會時那樣全體分工，但欣慰的是，阿慈除了貢獻三篇教材撰文外，也願意協助教材初稿的電腦打字，那時我還沒買電腦（心裡還有點抗拒……），她是出力最多的夥伴。而活動那兩天，巫碧瑩也來幫忙看顧會場，還叫幾個班上乖學生來協助，有時雖與她因意見不同而彼此爭論，但此舉，讓我著實感到雪中送炭的溫馨；當然，沒想到，後來會反目成仇而形同陌路……

第一次在社區辦活動，讓我有蠻大的壓力，但一想到水雞步步進逼，也沒退路了。我想著，如何以我有限的資源，盡量把活動搞大，讓社區，甚至社區以外的人看見聽見，走向熱鬧的群眾，應該是最好的庇護。

於是，我開始規劃活動內容：除了一百多張的照片靜態展覽外，還有兩梯次的《柳河行踏》導覽，讓觀眾現場報名；另外，還有一個展區是，我將《柳河春夢》鄉土教材的初稿編輯設計，製作成影印版的手工書，與募款說帖，一起陳列現場，讓人預購，或捐款。爲此，還寫了一篇「河流宣言」，正式宣告成立「柳河文化工作室」，把餅做大，看起來有個團體在運作，自己壯壯膽也好，我還隆重地去刻個橡皮圖章，也印製五百張Ａ4的活動傳單，並做了三十件活動T恤。

你知道的，豁出去了，才叫狗急跳牆，即便沒募到錢，我也打算用薪水自己印書。

展覽圖片，我特地花錢去做超大張的護貝，看起來精緻些，也較不容易被破壞。護貝比裱褙便宜，又輕巧不占空間，後續的活動與上課教學都方便使用，我有長期作戰的準備。這次，移駕來鄉立圖書館展覽，有監視器看護，我倒要看看水雞的那些狐群狗黨抓耙仔，還要對柳河下毒手嗎？

再來，最最重要，也是我的弱點：廣告宣傳！

若沒人來，消息沒出去，等於破功了一半。向來行事低調的我，沒人脈，也沒錢脈，在學校又是不折不扣是票房毒藥，個性又有點龜龜毛毛，想起來眞是頭痛。

廣告呀，廣告，如何是好……高雄那兩家本土味濃厚的報社，我的一些文章，幾乎都願意刊登，所以，第一想到的就是他們（當時網路尚未普遍化），爲了宣傳效果，我刻意寫了一篇與教材、活動都同名的報導散文〈柳河春夢〉，寄去其中一家，並附一張活動傳單。雖是個小報，若活動前文章能登出來，多少有些助益。

當然，也可能被退稿。但我能做的好像就這些……當晚，正當我想著其他宣傳方法而發呆時，突然間電話鈴聲驚醒了我，是我一個大學同學——他跟我一樣在本縣的國中教書，而他們的校長，剛好也跟水雞是同掛的酒國英雄，粗暴的性格又相似，所以我們就蠻多相同話題，雖平常各忙各的難得相見，但常會電話聊八卦是非，相濡以沫一下，有時甚至從他那裡，可預知水雞的一些動態——我告訴他我的活動與構想，就這麼剛好，他竟說，他有一位高中同學在廣播公司擔任記者，或許可以幫忙。哇，太棒了！還說，他們記者協會，都會互通訊息，只要活動當天文稿不爆量，這種活動上報的機會蠻大的。

電話掛上後，我能量倍增，很快擬好當天的新聞稿，隔天到學校，就請阿慈打字。

再來，我用手寫一張正式公文，以「柳河文化工作室」名義發到公所，接洽借用圖書館展場。這是「柳河字第〇〇一號」公文，寫完後特別高興，爲求時效，還親自送到公所收發室。

沒想到，隔天鄉長，就親自打電話來學校給我，說很支持我的活動，場地沒問題，先通知我好讓我安心準備，公文會晚點到。哇！哇！眞沒想到，相對於學校的百般刁難，在校外，竟這麼順利，原本的緊張情緒，漸漸變得有些興奮了。

〈柳河春夢〉投稿後，每天有空我就去圖書館搜尋一下報紙，看看登了沒？像生孩子一樣期待，就在活動前的第三天，啊！幸運眞的降臨了，副刊竟以整版樣貌登出，不僅如此，還將傳單的活動訊息在旁做櫥窗式並置，唉呀，眞大大感謝了！我趕緊將報紙拿去影印，然後在辦公室公佈欄張貼，連專任辦公室也去貼了一張。

水雞，應該也從抓耙仔口中得到訊息，或許也有剪報吧。但我無暇去揣摩他的嘴臉與反應，也不在意了，對自己而言，在教育艱困的版圖，無疑是一種自我實現，世上沒有比完成夢想時還高興的吧。雖然只是小小的夢想。

就在心跳加速的節奏中，活動的日子到了。

當天，如預定的，很快將佈置就緒。然後開始有人來看，有學生也有社區居民，雖不多，但持續有人進進出出，這樣，不就像一條河在流淌嗎？著實感覺到一股希望的溫暖。

我在展場穿梭，享受著忙碌之後悠哉的幸福片刻，隨意跟參訪者聊天，偶爾陳述我的教育理念，同樣的，眾人目光與話題，大都聚焦在柳河的舊照片，那是昔日記憶裡一道燦爛的光芒，如今再度流轉於鄉人的唇齒之間，死去的影像，似乎又鮮活了起來。

近中午時分，記者們突然來了。鄉長，也跟著他們的腳步一起走進展場。我又興奮又緊張，平常都是我訪問人家，現在變成接受採訪的對象。我先把事先準備的新聞稿發給他們，若有意願刊登時，隨便改幾個字便可上報，這是貼心的「懶人包」。記者也訪問鄉長，我看見他的喜悅掛在臉龐，講著柳河以前的故事與榮光，之後，鄉長當場預購一百本，啊，足感心的。

除了報紙外，也有電子媒體來，是在地的有線新聞台，這是我第一次面對攝影機，訪問時那鏡頭連麥克風觸得我好近，讓我講話有點不自在。事後學生，偷偷跟我說：「老師！你有點緊張齁？」

「當然啊！」我笑著說：「你看那攝影機像槍一樣抵著我下巴，不緊張才怪！」

報紙與第四台記者都來了，獨不見廣播電台——我那位大學同學的高中同學呢？他算是主要的恩人，我要好好感謝他，卻無影無蹤。

隔天，一大早懷著忐忑的心情，就到家裡附近超商找報紙，我用微顫的手一家一家翻閱，結果，卻只有《自由報》有報導，但登得很大，還有我的照片——啊！上報了！文章雖常上報，人上報，倒是第一次，不是興奮，是有點害羞。

第二天，展場來了更多人，也有外地關心鄉土的朋友來鬥鬧熱，連本縣一位知名作家也親自來看展，對無名小卒的我，真是莫大的鼓勵。

有媒體報導眞的有差，我募集到書的部份印刷費，最高興的，是因此認識了社區工作夥伴張國銘，他還幫我找到幾個重要捐款人，讓《柳河春夢》，不再是夢。

展覽接近尾聲時，我等待的那廣播電台記者，終於現「聲」了——我接到他的電話，他說沒空過來，就用電話方式做訪談，日後找時間再播出。是啊，這又是我的初體驗……

活動結束後，身體雖累翻了，但心靈與實質，收穫滿滿。回到家，路上遇見我的姨婆，她拉著我說：「電視有看著你咧，閣眞勢[2]講話喔～」此時，我才想起，有線電視的新聞，原來前一天晚上有播出，我沒裝第四台，也不知處女秀的模樣如何？應該比報紙更令人害羞吧。

假期後，回到學校，同事大概都看到報導了，所以，有些人來問候致意，有些人捐款或預購，也有買T恤贊助；前訓育組長，更是介紹我印刷廠，說報他的名字，可以算便宜一點喔。阿花也拿了一千元說要贊助我，你知道的，自從我被撤換好班老師後，跟她就有個芥蒂，收或不收都很爲難，掙扎了許久，還是收下，我怕如果只不收她的錢，往後關係恐怕會更糟糕。

當然，有些人不見得認同，但也禮貌性「恭喜」我——雖只是地方版，這也證明媒體效應之大，尤其在我們這個鳥不拉屎的小鄉下——他們可以抹黑我，但不能抹黑柳河（哈，其實她跟我一樣黑），以及我對柳河努力的價值。你知道的，上報搏版面對我而言，實在不是人生規劃，是不得已的啊，該恭喜的不是我，是柳河！或許，她引發一些關注而有意外的生機，才是我的衷心期盼。

「恭喜喔！」禿頭仔看見我如是說：「你要的，都得到了！」

我一時聽不懂他的意思，是恭賀，還是諷刺？

是的，水雞呢？那天沒遇見，也沒聽到他的反應。八卦小組呢？解散了嗎……

6. 圖書館

這群好班學生，孜孜矻矻的，在阿星的指導下努力做著鄉土網頁，那麼好的學習方式與情境，爲何不見容於校園呢？國中，與人的靈魂已被魔鬼一刀兩斷嗎？好班學生拚命寫考卷惡補，放牛班學生則打架鬧事，但他們又不約而同，一起吃棍子被體罰，只是，一個因爲分數，一個因爲常規。

這是怎樣的一個變態世界呢？誰有權力可以把人，尤其小孩如此非黑即白的分類？我時時刻刻記得這個大魔鬼。水雞調校了，但「水雞們」貼著不同的商標，循著罐頭製造工廠，一個一個量產……

「後來呢？」小愛責問我：「講故事怎麼沒頭沒尾的！」

「後來？」我正經地說：「後來，縣長順利高票連任了……」

「齁！你說過了啦！我是說水雞——他後來的反應怎樣？」小愛顯然對我的出神有些生氣。

2. 勢（gâu）：能幹、擅長於做某事。

喔，是啊，有時說故事者反而被你說的故事所控制，何時開始何時暫停，變得不由自主，甚至，自己在故事內或故事外，也模糊不可辨……

後來呢？水雞的故事，怎麼可能戛然而止，即便我的報導，在校園在社區都激起一些小波瀾，讚美或議論之聲，此仆彼起，連我常去的麵攤，老闆娘一看報就認出我來，很阿沙力就贊助一千元助印，還千叮嚀萬叮嚀不要寫名字上去喔！但水雞對於我，真的沉默以對，公開場合沒提過此事，路上遇見了也視若無睹，繼續冷戰。不過，倒是原本殺氣騰騰的騷擾電話，銷聲匿跡了。

那年，就是一九九八年，六月仲夏，在眾人的協助之下，《柳河春夢》正式出版了。沒想到一條污濁的河流，竟然拯救了我，我用她抵抗體制的暴力，也用她抵抗自己的懦弱與沉淪。

而水雞整天忙著在外奔波找經費，連朝會都少上台講話，或許大樓工程才是他的重點，或許他也領悟到，我與柳河只是垂死掙扎的抵抗罷了，根本無力阻擋他越來越繁華興盛的王朝。

學期末，校門口貼出一張用毛筆寫的大紅榜。仔細看，主角竟是水雞：

「恭賀　張校長水基高分錄取國立蔣公大學教育研究所碩士班」

是啊，跟許多人一樣，我也跌破眼鏡了。水雞那麼忙碌的人，那麼不唸書樣子的人，哪有時間去準備研究所考試？我也跟大家一樣，當下都暗暗想著，他或許有異於常人的天賦，人不可貌相啊。後來，才知那鳥學校，開設一種專爲校長們量身訂作的研究所，一個月找一個週日去上課即可，至於規定的筆試只占百分之十，其餘是「專業審查」，而「校長」這頭銜就是百分百的專業認定，所以，不高中也難。

雖是搭學歷的直升機，但水雞走起路來，在眾人的恭喜聲中，還是多了一些威風。

然而，大家都很好奇，水雞到底有沒有眞的去上課？這議題，不是我的重點，而且答案用膝蓋想都知道的問題，我一點興趣也沒。

我想，連水雞自己都沒興趣去探究，他應該較關心如火如荼進行的工程吧。

如火如荼的，也是時間的列車。

我的超強班級，這一年雖不怎麼平順，但也總算熬畢業了。水雞的詭計沒得逞，卻因此牽制我大半的精力，不過，長期拖磨的結果，這方面我早已練就隨遇而安的武功，「欲做牛，免驚無犁通好拖！」是我的心境。

暑假過去了。新學年，水雞不讓我再當新生班的導師，還命令那豬頭晚上時打電話給我，推了好久，說要我去接實習老師遺留的後母班，我當然知道他又心懷不軌，於是搬出各種情理法說詞堅拒，還全程錄音存證，我又故意停頓一下，大動作按啓動鍵，讓他知道我在錄音，最後他放棄了。

於是，我就這樣開始連續四年的專任老師生涯。豬頭任務沒達成，回去有沒有被水雞修理我不知道，但我因此徹底被邊緣化，像被丟到精神病院的正常人一樣，沒當導師，一些訊息也變得不靈通，你知道的，這是他的新策略。

所以，偶爾我會撥空與一些熟識的老師聚餐，順便探尋一些八卦或軍情。某日，與阿琴友好的那資深英文老師ET（她特別交代姓與名都不能說，要用代號喔）就爆了水雞的料。

「我跟你們說一個秘密喔～」她神秘兮兮的：「千萬不要說出去喔，要不然我就慘了！」

「放心！快說啦～」大家催促她。

「那個死水雞齁，」她降低音量，左顧右盼了一下：「他竟然叫我們英文領域的老師替他寫作業！」

「什麼作業？」我一時無法會意。

「研究所啦！」他們幾個異口同聲說。

我眞的是狀況外，根本忘記水雞讀研究所這件事情。因爲他的臉，一點都沒變得比較慈眉善目，或有氣質。大家七嘴八舌地嘲笑我。

「好了好了，聽我說啦！」她要大家安靜：「那天他就找我去坐沙發，他說——還故意很有禮貌咧——有件事情想拜託你們英文領域，是這樣子的，我們那天上課時，教授就突然丟一份原文資料下來，說要翻譯，就當成大家的作業，而我們那些校長啊，就說只有我本科是教英文的，然後一起拱我爲大家服務，啊我最菜，推辭不掉就接下來了，妳知道我當主任後，就沒上過英文課了，這麼多年，早就忘光光了……所以，要麻煩你們，你們是英文專業，這對你們而言，這是輕而易舉的事，所以，可不可以幫校長翻譯一下……」

「齁！還眞敢講呀！」有人就嗆：「簡直教歹囡仔大細！我們自己當老師的，可以接受學生作業叫人家寫嗎？太離譜了吧！」

「後來呢？有答應嗎？」

「能不答應嗎？他是校長耶！」她無奈地說：「這屆我剛好是領域召集人，不好意思麻煩別人，就認了，自己處理……」

「妳不會大家都分一點，一起承擔。」有人建議。

「耶，厚厚一篇論文咧，不被罵死才怪！」她說。

「那妳自己翻喔？」

「別傻了！我哪有那麼多美國時間？」她說：「再說，那是學術性論文，一大堆專有名詞，就算有時間也沒有那麼厲害！」

「要是我，就用力退回去！」我故意笑著說。

「哼！那——是你！」我的風涼話馬上遭圍攻。

「那妳怎麼處理？」

「還能怎麼處理？」她無奈攤攤手：「就花錢消災，請翻譯社翻譯……」

好個水雞，好個蔣公大學，好個國民教育。

之後回學校上課，才過沒幾天，嘆息聲都還在耳邊迴盪繚繞，突然間，每個教職同仁桌上，出現一盒禮物，定睛看了上面的紅條——啊！「格上文理補習班」開幕了，一時我還沒會意過來，有些老師相視而笑，喔，我馬上恍然大悟——就是那天校長室密談的「鐵定賺錢的補習班」，什麼時候改名了我都不知道。

我打開一看，是高級不鏽鋼保溫杯。是教育需要保溫，還是熱情，或者是，良心……

「這些送的，我都不敢用，都轉送給慈善機構之類的……」阿月說。

「不敢用，是有刻補習班名字，還是有毒……」我問。

「都有！」她哈哈大笑。

「妳不怕上面有密碼做記號，萬一被樓上那個人知道，嘿嘿嘿，就會變成三杯田雞……」

我瞅著天花板說。

其實，你知道的，開玩笑後，我自己的也火速送人了。很多人都擺在桌上，但供奉性質居多，這是效忠的概念嗎？「每個人都砍一刀，消息就不會走漏出去！」我怎麼又想起在高雄的往事呢？眞是的……

柳河鄉第四家補習班隆重開幕了，有掛保證過，生意鐵定興隆。這樣，自從我聽見秘密後，一年多有了，我的班級都畢業了，還眞是好事多磨。

隔年，一九九九年，世紀末，台灣發生「九二一大地震」。死傷慘重。但新建中的大樓安然無恙。

三個月後，聖誕節前夕，新建的行政大樓正式落成，水雞特地買來一具古銅鐘，掛在五樓頂，讓鐘樓名符其實，也購置一千棵聖誕紅盆栽作應景裝飾，並在川堂前廣場擺起豐沛供桌，率領全校師生焚香大燒紙錢，虔誠祭拜地基主，然後，在樂隊的伴奏下，高調揭碑，上面有水雞大大的落款：「止於至善」……

鐘聲響了。

這是下課鐘，眾多學生迅速逃離午休的惡夢，「耶」一聲衝出教室，邊跑邊叫向籃球場奔去——此刻，一道燦爛的陽光從老榕樹梢透了進來，過往的故事，仍在空中迴盪，這是上帝悲憫的訊息嗎？我站在低矮老舊的圖書館門邊，仍可眺望巍峨的紅色高樓，以及，樓底冤死的操場屍首。

2004
4/22
（拜四）

第十五章　淌血的鳳梨心

世界，已然瘖啞。
誰撿到一枚天眞的眼神，
嘈雜如星……

這是多年前的事了。蕭天助就是我，我就是蕭天助。那時想說，這種悲傷的事，如果用第三人稱來做記錄，是不是就會少點悲傷。但是，故事本身若是悲傷，好像就無可救藥了。我就是那個天眞得無可救藥的人……

◎

【甲】

一九九五／九／五　天氣：鬱卒

陳正智：男。一九八四年五月二十日生。十二歲。重度智能障礙。

家中其他成員：父親，陳水田：在鄰鄉某染料工廠上班。早出晚歸。輕度智障。母親，許味：平日種田勞動，偶爾受雇打零工。輕度智障。精神狀態不穩定。姊，陳小玲：重度智障與情緒障礙。生活起居無法完全自理。精神狀態欠佳，需靠藥物治療。弟，陳正強：就讀國小五年級。爲家中唯一較正常者。

地址：柳河鄉鳳香村鳳香路九十五巷九十五號

◎

蕭天助把小智的基本資料登錄在新卡片上，連同班上其他學生的記錄一起歸檔，然後深鎖在抽屜裡。來柳中已經第二年了，他早學會了把學生的資料記錄分開，一份登錄在學校的資料簿裡備查，另一份則是自己的教學紀錄，如同一些機關爲了逃稅或吃錢似的要準備兩本帳簿，他雖然覺得有些好笑，卻很無奈。這些資料是他向阿圓老師詢問的，她是小智姊姊小玲的認輔老師。

這學期一開始，註冊組長拿一份新的學生名冊來，說他的班多增加一人，她笑笑說：「這個沒差啦！不會增加負擔啦，他不會來學校上課，是極重度身心障礙學生，在家自行教育，所以有等於沒有，掛個名而已。」

但才隔天，輔導室資料組長拿了學生一些資料來，包括一張身心障礙手冊影本，還有一本輔導記錄簿：「蕭老師，要麻煩您了！原本按教育部規定，所謂在家自行教育，是要學校利用課餘時間，派老師去學生家裡施教……」

「派我？這怎麼可能！」他一聽就激動的回答：「我是導師還要帶班，還要上課，哪有時間去？何況我又不是特教老師……」

「這只是法令的解釋而已，沒有要您眞的去教，您只要沒課時偶爾抽空去看看學生，然後回來塡個資料就好，拜託您了喔。」她用手拂拂染整鮮麗的秀髮，蹬著高跟鞋婀娜多姿地走了。

當下，他快幹撟出來。不是說「掛個名而已」嗎？

他是有些緊張，因爲這是「不可能的任務」，他自認對學生還充滿愛心，教學上也算克盡職責，但是光是每天和班上學生周旋下來，就已身心俱疲了，哪有精力再去「在家自行教育」？何況對於特教他是一竅不通，就算有過人的愛心也英雄無用武之地啊！

一旁資深的藺老師看到這模樣，笑開了，她說：「少年的！免緊張啦！你還把它當眞呢！別人下課去補習賺錢，卻要你發揮愛心去當義工，這是哪門子的愛心？講不好聽，這根本是他們輔導室組長的工作，自己在辦公室納涼，卻丟給你做，這是十足的詛咒別人去死啊！不用理她，恁祖媽予你靠！到時候，把資料塡一塡交差了事就好，你們這種後段放牛班，能搞好不出大事情，已經是有燒香了。」

蕭天助若有所悟，情緒漸漸緩和下來。

開學到現在已經一星期了，這班果然威力強大，原本就乾癟的身材又著實瘦了一圈，尤其雙頰凹陷得厲害，再加上睡眠不足的蒼白，一個要好的同事阿義隆重頒授他一個封號——僵屍。

才一星期，班上各種病徵紛紛顯現。

一位男性化的女生夥同以前國小同學，利用夜晚潛入母校行竊，馬上進入了法院，結果被處以「保護管束」，學校也大過侍候。一開張便是轟轟烈烈。

接著有位男生，瘦瘦小小的，卻愛臭屁，其下場頗爲淒慘：在下課時被拖到廁所毒打一頓。

又有家長向學校檢舉，看見他班上一群女生在外抽煙，害他被刮了一頓。那天升旗集合完畢，他又當場逮到一位看似溫柔秀麗的女生，竟因情緒激動，發起狠來用腳把教室鋁門踹了一個大洞，害他傷心了好久。除此之外，還有那群一上課便坐立難安的小蘿蔔頭，以及永遠也封不住的嘴巴……

「前個月多辛勞，後三年沒煩惱」，前人明訓他謹記在心。

這些不知天高地厚的新生，狀況雖多，但還應付得來，「至少打起架來還不會吃虧到那裡去！」他常向同事們開玩笑。

儘管如此，這檔事的確很累。說歸說，其實他心裡還挺知足的，可以從國一新生帶起。他不由得想起，剛來柳中時那慘絕人寰的遭遇，他懷抱著返鄉奉獻的心情，卻被分派擔任國三後段班的後母導師，雖然他也清楚校園裡的生態，早有慷慨就義的心理準備，但還是令他苦不堪言，整天默背「天將降大任於斯人也必先苦其心志勞其筋骨餓其體膚……」自勉，因爲到了三年級，後段班稍稍好些的，都被挑走了，而前段班混不下去的，就踢下來，因此，所有菁華自然而然「巧合」地湊在一起，牛頭馬面的純度幾近百分百，其餘的便是低智商或學習障礙的可憐蟲，再加上導師更換，他們儼如無敵鐵金鋼般，橫掃千軍所向披靡，幾乎無人能擋，而他不幸充當炮灰。在一年慘烈的廝殺中，他傷痕累累而餘悸猶存。

他總無法忘記，那健力比賽冠軍的班長，一生氣就推翻了童軍課的講桌，嚇得中年的阿梅老師肢體抖顫，瑟縮在黑板下自言自語的場面；他也無法忘記，那在畢業前夕直立在後門旁的竹葉青空瓶，而他能做的，只是無奈凝望已然不省人事的學生；他更無法忘記，那此起彼落卻查不出兇手的玻璃碎聲——擅於反省的他，當然日夜生聚教訓以防重蹈覆轍，所以一開學，他便戰戰兢兢強力整頓，防微杜漸，似乎永遠是真理。

雖說如此，他打從心底相信這些體制裡的棄嬰是無辜的，他沒有一絲一毫的鄙視，「親愛的孩子，不是你笨，也不是你壞，而是老師還沒有找到教導你的方法。」某位學者一席良心的話語，讓他感動莫名。

是因爲有「放牛班」，才有「放牛班學生」，這是教育體制的問題，外在環境如此，怎能去奢望一個血氣方剛、身心尚未成熟的少年，在不斷的挫敗中，還要什麼中規中矩、敦品勵學云云。

所以，他總懷抱著悲憫之心來看待他們，眞正要受詛咒的是那些殺人不見血的決策者。因此，每當被頑皮的學生惹毛的時候，他會盡量克制自己情緒，避免失控而說出諸如「垃圾」、「白癡」、「豬」等一些老師常用的暴力語言，當然也包括拳腳相向。

「肢體暴力，傷害可能是短暫的；而言語暴力，常常是終身難以磨滅的。」

他永遠也會牢記這刻骨銘心的體驗。

只要有放牛班，如果可以選擇的話，他也願意帶這種班，和他們在這不正常的教育體制邊緣相濡以沫。事實上，他根本毫無選擇餘地。

由於對於教育政策常有微詞，口無遮攔的他又不知避諱辦公室遍佈的眼線，早已成爲頭號黑名單，好班與他無緣。也罷！他才不願意助紂爲虐成爲訓練考試機器的殺手呢。他坦然接受這令某些老師生不如死的「懲罰」，只不過，當眞正捉對廝殺之時，他內心卻又掙扎不已，因所有的熱忱投入，竟幾乎沒有回饋……

今年這班是從一年級帶起，他相信會好許多吧。只是一想到註冊組長的理由，他就不禁一肚子火。「陳正智剛好編在你這班，所以要請你來輔導。」好個「剛好」！難道會剛好在好班不成？

鐘聲響了，餘音在悶熱的空氣中暈開，草木稀疏的操場，颳了一陣狂風，捲起昏沈的黃沙，幾隻在地上覓食的鳥驚飛而去。他喝了一口開水，提著破舊的麥克風向教室走去，宛如走向戰場的決絕。

【乙】

一九九五／十一／二十二　天氣：鬱卒

正式拜訪陳正智。百感交集。

見到了母親、姊姊、弟弟，正如阿圓老師所言之情形。簡陋家中充滿異味，惡臭難忍。令人心生憐憫。關於在家自行教育之事，恐無能為力。盡人事而已。

不見其父親。據聞幾乎每天加班至夜晚。

◎

最忙碌的兩個月過去了，班上漸漸進入狀況。蕭天助在翻閱學生資料時，猛然看到小智的檔案，頓時覺得有些愧疚不安，雖說忙得不可開交，分身乏術，但是既然接了，最起碼也要去看看人家啊！他想了想，於是決定利用星期三下午沒課空檔去做正式訪問。

那天是個大太陽，依時序應是冬天，但天氣暖烘烘的，一點都沒有冬天的感覺。

蕭天助巡視了班上午休後，隨即依阿圓老師所繪的簡圖按圖索驥，很快地來到了鳳香村，在一個汽車旅館的大招牌下，他轉入一條巷道，行過一條排水溝後，他找到了鳳香路，於是他在街頭把車停好，用走路的比較穩妥些，順便也可緩緩情緒，否則一不小心被困於狹窄巷弄進退維谷，那可就糟透了。

他利用尋覓之際，一方面在腦海裡描繪小智的模樣，迴旋在眼簾的，竟還是那張貼在殘障手冊上影印得模糊的面容，那呆滯的眼神、稚拙的臉龐以及影像背後那不幸的家庭。

忽然間，街上出現一名幼童，騎著小型單車迎面而來，經過蕭天助身旁時，就把速度放慢，用好奇的眼光凝視著他，蕭天助直覺上即認出他，應該就是小智，乃趨前詢問：「你是陳正智嗎？」

小孩略停了一下，沒回答，臉上掛著有點扭曲的笑容。

「你可以帶我去你家嗎？」他沒想到話才說完，小孩即加快車速驚慌飛奔而去，隨後從車籃中掉落一瓶空鋁罐，鏗鏘一聲，震響了寂靜的街道，他被這突如其來的舉動嚇一跳，連聲呼喊「東西掉了！」但小孩並沒回頭，他想可能是認錯人了吧！

於是再往前走，走了幾步後他越想越覺奇怪，順勢回頭看看，卻發現小孩就停在剛剛那個巷道口傻笑。

「一定是小智！」這下他更確定了，隨即快步往回走，小孩見狀馬上迅速躲入巷弄，在他的視線中消失了，他被弄得有些急躁，跑步跟上去，小孩又失去了蹤影，這回他覺得蠻刺激的，有些像電影情節般。

這是一條死巷，巷口盡頭是一畝綠油稻田，兩旁則是整排老舊的二樓透天厝，他往門牌一看：「鳳香路九十五巷」。果然沒錯。

不一會兒，他在接近巷底處的右側，找到了小智家，只見那小孩正隔著紗門向外張望，而腳踏車便停在凌亂的騎樓上。

「你是陳正智嗎？」

小孩沒回答。蕭天助看到他並非受到驚嚇的樣子，乃自行開了紗門進到屋內，撲鼻而來是一陣難聞的惡臭，此時，另有兩個小孩一男一女從樓梯下來。他打量了一下問道。

「你是陳正強嗎？」

「是。」剛下樓的小男孩咧嘴高興地說：「她是陳小玲。」隨手指向旁邊的姊姊，只見小玲羞澀得遮遮掩掩，稍微臃腫的身軀，顯得有些不穩，瑟縮在牆角，但她不時地笑著，眼神充滿了好奇。大概家裡難得有訪客吧。

他心情輕鬆許多了，至少有人跟他對話。於是他轉向剛剛那個小孩再問：

「你是陳正智嗎？」

「是——」小強代他回答一點也不怕生：「他不敢講話啦！」

只見小智也低頭微笑著。蕭天助向小強表明身份及來意，順便做一些問候和詢問。

「爸爸媽媽在家嗎？」

「不在。爸爸去上班，媽媽好像在田裡工作。」

「你們的田在哪裡呢？」

小強想了想愣了一下，笑著說：「我帶你去好嗎？」

「好啊！」

於是，他騎著小腳踏車載著小強，小智也騎著自己的腳踏車跟在後頭，浩浩蕩蕩出發了。

他突然覺得自己好像又回到童年，心情竟然也隨著顛簸的小路興奮起來，小強抱著他的腰，不時地用手指示方向，小智則頻頻停下來，用腳踢踢因螺絲鬆動而時常垂下的支架，當他也停下等待時，小智難爲情地笑笑隨即又上路了，動作有些滑稽。

迎著清風，他邊騎邊舔舐著早已消逝無蹤的童年溫馨。

千轉百迴之後，到了田裡，並未發現媽媽。蕭天助隨意瀏覽了周遭環境，那一畦一畦連綿的田園，緩緩綿延開來，煞是美麗，尚未收割的稻穗，映著午後燦爛的陽光，更顯得飽滿結實，其間，並錯落著別緻的菜圃，遠處偶有幾戶高高的現代農舍突兀著。

「鄉村慢慢在無聲中蛻變……」他心裡有些感嘆，就在此時，田埂上突然冒出一條黃褐色狗來，嚇了他一大跳，定睛一瞧，啊！當下正在向他搖尾乞憐的狗，竟也是殘障的狗，牠的一隻眼睛大概是病變之故，凸了出來，連同一些濕黏的筋肉垂掛在臉上晃動，他反胃得幾乎吐了出來，卻見小智他們兄弟，竟然自在地逗著牠玩，就跟對待一般正常的狗一樣。

這情景，讓蕭天助的心不斷洶湧著，上帝似乎在向這世界暗示些什麼？

而後，他們又轉往媽媽平常去打工的家庭式工廠，在四週尋了一下，也未發現蹤影，就在要放棄搜尋返回之際——媽媽竟出現了！一副鄉下農婦標準的裝扮，手裡正捧著一把還沾著濕泥的蔬菜，慢慢朝他們走過來。

蕭天助和她邊走邊談，小智他們倆則各自牽著腳踏車行在前頭，有時會做出一些嬉鬧的動作，惹來媽媽大聲么喝。

「阮厝本來就散赤，夭壽哦！閣生出這種猴囡仔，可憐哦！前幾工阮兜的鐵馬竟然予賊仔牽走去，可憐哦……我四界做工趁錢的時，厝邊隔壁攏咧笑我，無要緊啦，我予人笑袂倒！」

蕭天助靜靜地聽著，有些驚訝才剛見面就向他講了那麼多牢騷。

「最近我就身體較無好，目睭物件看袂清楚，去予醫生看，提藥仔就愛六百箍……」

「我轉去會盡量共學校申請一寡仔補助，妳放心啦！」

「多謝啦！多謝啦！」

蕭天助慢慢知道他們最需要的是什麼了。經過路口時，他順便到車上拿了一盒預先準備的餅乾，一進了門，他便把餅乾放在桌上。

「這個給小智他們吃的。」

「請坐啦！」媽媽從裡頭端來一杯開水。

他道謝後，看著茶杯邊緣上嵌著一層厚厚汙垢，熱汗直流，還有那股難忍的異味又襲來，讓他有點坐立難安。他做了一些詢問表示關心，然後向她要了聯絡電話，就道別了。

他開著車在返校的路上，百感交集，當下他就決定，盡量每隔一週就來探訪一次。

冬日的夕陽又大又紅，正好停佇在他車的後方，透過後照鏡頗爲刺眼，但他的眼簾卻一直閃著，一個陽光永遠也照不到的陰暗角落。

【丙】

一九九六／三／十三　天氣：鬱卒

開會。在家自行教育研討會，西瓜國小視聽教室。

學校不大，校門入口的孫文銅像卻奇大無比，顯得突兀。是少見的坐像，顏色有點暗紅，像凝固的血，怪怪，是靠海的因素嗎？也是手拿三民主義，腳下座墩一樣鏤刻「天下為公」，不過，不用罰站！

官腔官調。看不出有任何誠意要照顧這些身心障礙者，根本是在做業績心態，國中裡只有升學率數字。其他都不用談了。這些可憐的孩子，只是教育的陪葬品，連哀嚎的聲音都聽不見。悲哉。

◎

「張校長、輔導室吳主任、業務承辦人許老師、各位老師大家好！首先要代表縣府向各位老師致上最崇高的敬意，縣長自從上任以來，特別重視教育的問題，尤其是特殊教育，所以這學年縣長特別指示，無論如何也要排除萬難，多成立五個特教班，就是要盡力照顧這些可憐的學生。在座的各位老師都是本縣最具有愛心也是最優秀的老師，這年頭，願意犧牲自己的時間去認養這些可憐的學生，並且給予他們無微不至的照顧的老師，實在打著燈籠也找不到了，但是今天，我在這裡卻看到了三十五位……」

局長演講完，台下一片笑聲，蕭天助也笑了，他笑的是，這未免也太噁心了吧。

自從當老師以來，資歷雖不深，但也經歷過大小會議——校務會議、導師會報、教學研討會、週會、班會……還有一大堆臨時召開的會，光是這些幾乎已經折騰掉大半的精力，這些沒有營養的會議，已成為他的噩夢。他也已經學乖了，開會最好的姿態就是低頭靜默不語，誰把它當真，亂屁一通，準倒大楣。所以，一有開會，他便會帶著耐讀的書來配合開會標準姿態，偶爾眼睛痠脖子疼時，抬起頭來微笑一番，給那些佈道者一些慰藉，皆大歡喜。

他看著長官一副得意的樣子，似乎自認為幽默感十足。

「教育是一種良心的事業，有人說，誤人子弟者一定會下第十九層地獄，永遠不能超生。當然，或許說得太嚴重了一些，但我們老師絕對不能太鐵齒，哈哈，真的懷抱著地藏王菩薩『我不入地獄誰入地獄』的心……當然，這是開玩笑的話，我知道，大家都已有了一顆慈悲的心，還是讓我們共同勉勵吧……對了，如果有任何需要協助或建議的話，請不要客氣，打電話或寫信到教育局給我指教，站在教育的立場，我們一定義不容辭優先幫忙這些可憐的學生。」

這個「十九層地獄說」，其實，早已透過各校長的尊口，流行在縣內中小學校園裡了，蕭天助看見大家和他一樣，只是禮貌性陪上僵硬的笑臉。至於後段的「建議說」，大家更心知肚明，沒有人會傻到真的去「指教」。

他想起了一個剛從南部調來的新同事，「青盲毋驚銃子」，開會時眞的誠心誠意給局長「指教」一番，議題又是幾十年沒人敢觸碰的編班問題，其結果可想而知的悽悽慘慘淒淒。教國文的她，竟忘記了「橘踰淮北而爲枳」周禮考工記裡的典故。在這裡，氣候沒南部溫暖，不能亂建議的。

於是，「青盲的故事」很快成了杏壇芬芳錄，傳遍各校園，眾老師們皆奉此爲座右銘早禱晚誦。

他總覺得要感謝她，那天若換他去開會，壯烈成仁的，必定是過度浪漫的自己。邊聽、邊看書、邊想事情、還可以邊塗鴉，幾年來他已練就了一身功夫，但有時，難免會由於佈道的內容太過噁心或沒良心，使得他情緒波動而致擦槍走火，這時，塗鴉就發揮了功效，往往能化險爲夷、化悲憤爲力量，而常常偉大的畫作於焉誕生。當然偉大只是對他而言。

接著，張校長和吳主任也盡地主之誼，陳腔濫調一番，不過也沒人在意。眞正和在家自行教育有關的當事人，是借調縣府的許老師，但時間已被官僚了一大半。她說：

「關於在家自行教育的問題，本來就很棘手。它主要的法源根據是《強迫入學條例》，就因爲有這個法令，所以凡是中華民國國民都必須接受國民義務教育，不管你願不願意。換句話說，我們的國民教育是強迫性的，這是我國最大的特色，但是因爲現在的社會日益開放，於是有許多反對的聲音出現，像「森林小學」、「毛毛蟲學苑」等體制外的學校，就是以實際行動來抗議。這些問題很複雜有待解決。

雖說是強迫性的，但是有一些智能不足的學生，並沒有辦法和一般學生正常在學校受教育，那怎麼辦呢？因此，就有所謂的『在家自行教育』，學校須依規定派員到學生家中輔導，這樣就沒有違背法律的精神……

依照本縣的規定，每位老師一學年需要有二十次輔導記錄，各位手上都有一份範例，請自行參考，學年結束時，我們每次輔導記錄有提供兩百元車馬費，這當然相當微薄，希望各位老師能勉爲其難。

至於有些老師問到，何時結束在家自行教育呢？依照規定只要學生年滿十五歲以後，就不是我們義務教育的範疇了……」

蕭天助低頭看看資料，背面空白處竟不知不覺早已塗鴉一片，稍嫌紊亂的筆觸，在藍色原子筆線條中，似乎掙扎出小智模糊的面容；一旁也恍然可見那在田埂上徘徊的獨眼狗，偶爾堆積筆尖的油墨，正好點出那傷殘的眼睛，濕潤憐憫地懸在臉頰。

此時他索性翻閱一下資料，發現了一張「本縣特教學校資源表」，讓他突然有所感悟——小智眞正需要的是，可以照顧他生活起居的特教學校。專業的學校，專業的教師，才是這些不幸孩童的桃花源吧。「在家自行教育」只是自生自滅的同義詞啊！他決定回校後，要爲小智申請轉介特教學校。

會議結束了。他領了便當，便來到了鹿港龍山寺，開會學校和鹿港只是一水之隔，不到五分鐘的車程。

他每每內心有劇烈掙扎時，便會特地來到龍山寺靜思，今日恰巧人就在附近，讓他覺得其中有種特殊的機緣。

非假日中午的龍山寺，空蕩蕩的，像以前一樣，他習慣坐在八卦藻井下的舊式木條椅上。他吃著便當，飯菜一口一口下嚥，翻攪蠕動的，卻是那無法安息的心靈。

而他對面，正斜坐著一位打盹的老人，老人偶爾掉落在肩膀滄桑的頭顱，不斷地牽引著他的憐憫與恐懼，關於人類的種種揣測。

【丁】

一九九七／六／二十六 天氣：鬱卒

三個月來的奔波，功虧一簣，轉介失敗。心裡忿忿不平。

註冊組長帶著小智父親來訪（第一次見面），打算下學年要讓小智回來學校就讀。極力勸退。無奈。

前日中午到街上用餐，途中，在7-11超商前路旁，看見小玲躺臥在地上鬧情緒，小智媽媽百般安慰均告失效，媽媽索性故意不理會逕自前走，小玲則放聲大哭……沒有向她們打招呼。

◎

自從第一次正式拜訪後，蕭天助幾乎每隔一週，便會帶著餅乾或糖果去看小智，一方面他覺得是要彌補無法教導小智內心的愧疚感，另一方面他也認為一包餅乾，反而會比那一大疊「在家自行教育」的計畫還來得有效果。這樣探訪的次數，一學年下來，大致也符合縣府規定的總量。

小智的媽媽也經常對他說：「遐的囡仔逐擺攏食甲足歡喜的，無幾下就食了了！」他能體會媽媽的想法，也頗感欣慰的，因為至少可肯定這是對他們是有幫助的。

有時，小智和小強會結伴跑出去玩，讓他撲了個空，但小玲有點肢障行動遲緩，總是在家，她也認得他，漸漸不怕生，每次都會幫他開門。

但這麼久了，小智竟從來沒有對他講過一句話，對於他的問候，總是欲言又止傻笑回應，不過他可以強烈感受到小智的善意。

上個月，有某團體捐贈十部腳踏車給學校，他也為小智申請一部，其實是要給小智媽媽用的，但因為她的眼睛不好，一直無法來領取，最後，放在學校的腳踏車竟無故失蹤了，因這是贈品，無法再追補，害他事後總覺得有為德不卒的歉疚。

有時，他感覺輔導的對象，根本是小智的媽媽，每次見面很少提到小智的問題，倒是對於自己的身體，總有無盡的抱怨，一會兒那裡痛，一會兒這裡痛的，又常常語焉不詳近乎自言自語。

記得有一回，她主動提起，小智他們兄弟竟聯手偷了家裡六百元，然後到街上花個精光才回家，結果被她修理一頓。除此之外，這些日子以來，也沒聽到有其他重大事情發生，這比起在一般學校的生活環境好太多了吧。他心裡是這麼想的。

儘管如此，但他還是希望小智能夠有個專業的學校照料。他在考量小智的條件後，決定為他申請縣內唯一一所有設國中部的啓智學校。

從探詢、準備資料、塡表、到報名，都他一手包辦，但仍需透過學校的行政支援方能完成，於是，他輾轉從同事那裡聽到註冊組長的抱怨聲：「蕭天助這小子，玩眞的咧！把這麼簡單的事情搞得那麼複雜，根本自找麻煩啊！」他有些寒心，但習慣要把事情做個了結。

結果，小智還是落榜了。功敗垂成。

「大愛啓智學校招生，競爭激烈，近兩百人報名，只錄取四十五人。」

報紙這樣寫著。蕭天助忍不住一肚子怨言，在辦公室便向同事發起牢騷。

「啓智學校怎能像一般學校一樣，只錄取成績優秀的，應該相反過來優先錄取重度智障學童才對嘛！這些就是因爲一般家庭學校無法照料，才急需專業的生活環境，最弱勢的一群，卻得不到政府優先的關懷，這社會還有什麼公理呢？」

三年級的史駒老師，見狀過來安慰蕭天助，他說：「我老婆就在那個啓智學校教書，這年頭大家都知道，這種事情，最後都是要靠背景的……」

蕭天助沉默了，不想再多說什麼。

放榜之後幾天，小智爸爸來學校找他，無奈地說：「我叫伊講話，伊就是毋敢講，無法度咧，有夠戇的！」

接著，他表明希望小智下學年起能來學校上課，因爲小強也要成爲國中新生，這樣可以每天帶他上下學。

這麼一說，不禁勾起了蕭天助最痛的往事。

原來，他剛來柳中所帶的國三後段班裡，也有一位智能障礙的學生，她叫小麗，而班上一些大尾學生總是喜歡欺負她，常強迫她去合作社買東西，到後來連那些小嘍囉也加入行列，第一次當導師的他，一開始根本沒發覺，直到有一節下課，在走廊看見小麗雙手抱著一大堆零食，他才警覺到事態嚴重，馬上對班上提出警告，但因他是剛來學校的菜鳥老師，那些大哥大根本不屌他。

有一天，他豁出去了，在上課時大聲向班上宣告：「從今天起，不准有人再叫她買東西，不管她願不願意，就是不准！人家這樣已經夠可憐了，如果你還欺負她，我一定去警察局去告你威脅恐嚇！不信你試試看。」

後來，他們稍有收斂，但是過不了多久，這群牛頭馬面又我行我素了……

所以，他絕對不能讓小智再成爲小麗第二。他最清楚這種班級的狀況，經過那一年，他已刻骨銘心了。悲劇不能再重演。

於是，他極力勸阻小智爸爸，苦口婆心說了一堆大道理，並答應一定會請輔導組長下學期再替小智繼續申請學校。好不容易，他爸爸打消念頭。他眼睜睜看著他失望離開。

蕭天助鬆了一口氣，不過心裡卻比什麼都沉重。學期要結束了，班上的問題還是層出不窮，像永遠也不能撫平的波浪般。

前幾天，一群女同學在廁所圍毆隔壁班的一位女生，只為了看不順眼，人無大礙，但雙方家長尚未和解，他還有得煩……每天數不清的集合訓話，像是管理囚犯一樣；最令人厭惡的，還是那些已形式化毫無意義的比賽，從整潔秩序比賽、教室佈置比賽、國語文競賽、啦啦隊比賽……還有已經列入世界紅皮書瀕臨絕種的「軍歌暨基本動作操練比賽」，這些令人疲勞的程度，和開會有異曲同工之妙，整學年下來，讓他累得像一條狗一樣。

累不要緊，要緊的是，無論任何比賽，他的班總是要和另外一個後後段班互相爭奪墊（底）軍寶座。剛開始，他一直還以「可能我們努力不夠」或「運氣較差」的理由來安慰這些稚氣未脫的學生，到最後，終於也開不了口了，善意的謊言編織不下去了，而他的班級也認命了，「一分耕耘，一分收穫」的法則，打從心裡幻滅了。他們才十二、三歲的小孩。

蕭天助在疲憊中隱隱升起了巨大的痛楚。

「小智毋寧是幸運的吧？至少他看不到大人猙獰的面目。」他在心裡喃喃自語。

天氣是燠熱的。一點風也沒有。垂掛在他頭上那支破舊吊扇，聲嘶力竭地響著，任憑它如何轉動，也只是多了一團熱氣罷了。他訝異眾老師為何都能老神在在，無動於衷。這時，他猛然瞥見對面資深好班導師老楊的桌旁，不知何時已堆滿了高高的測驗卷，用牛皮紙整齊包裹著，壯觀得像座山。

不知怎的，他竟然因此聯想到鳳梨罐頭倒出來的模樣，漂漂亮亮的，卻加了糖精，吃起來根本沒有新鮮鳳梨的甘甜。他又想起了小時候鄰鎮的鳳梨工廠裡，那成堆被機器抽離的鳳梨心，僵直濕潤，等待批發到他童年的廟會裡，沾著血紅的梅粉廉價，販賣……

◎

這是多年前的事了。蕭天助還是我，我還是蕭天助。今天整理東西時，忽然翻到快發霉的認輔記錄簿，整整三年，厚厚一本簡直像長篇小說，擷取其中四則，應該可拼湊一些故事面貌，一些就好，避免世界太多悲傷，因爲我還是無可救藥的蕭天助。

2004
4/30
（拜五）

第十六章　魔鏡首部曲

心，鏡，天堂或地獄，
一念之間；我在小孩迷濛的眼裡
尋尋覓覓，上帝的光……

南風已然輕輕吹起，空氣中多了一些躁動，透過鋁窗飄到我的辦公桌，時而在茶杯水面遊蕩，時而企圖翻越我的指縫，時而幻化爲耳後莫名的絲絲聲響，天氣熱了，聽見季節的遞嬗交替，讓生命的存在感，有種篤實的重量……有時我會陷入發呆中沉思，尤其在身心極度疲憊的狀態，會積極在風中找一些支撐，每個受傷的靈魂，不時都需要一些倚靠與鼓舞，然後重新振作，是啊，我正在批改學生的聯絡簿，裡頭的一些細微情緒，無時無刻，都牽動我的敏感神經，唉，這就是一個國中導師的宿命與困境。

這節課，是我早上僅有的空堂，大概就要耗在這裡了。

聯絡簿這東西，本來是國小學生的把戲，最近幾年也玩到國中來了，小學生還小，需要時時刻刻叮嚀日常瑣事，以此作爲親師溝通的園地，也未嘗不可；但國中，都老大不小了，又處於叛逆期，眞正要跟親師溝通的事，才不會寫在這裡自廢武功哩，所以啦，有時就大刺刺地給你寫「無事」這兩個大字，像禪師般開示，測試你悟道的功力，而你若唸他一下：「多寫一些吧！可以練習表達能力與文筆喔。」他索性改寫：「今天天氣很好。」字是多了點，而且有更深的禪意，「溝通」到這裡，再遲鈍的人，通常也會領悟到，他根本來亂的！若不小小抓狂一下給他瞧瞧，他鐵定還是如此敷衍了事；敷衍事小，更令人棘手的是，家長，道行更高深莫測，每日照常簽名，照常無事，照常今天天氣很好，這樣，你要如何？

其實，像我們後段班，有照常簽名，算是狀況好的，有些家長，乾脆叫小孩自己蓋章，有些則是「事業繁忙」，久久才簽一次名，還有些家長，根本找不到人，管你聯絡簿不聯絡簿，這大概要等到小孩代誌大條了，才會現聲或現身，所以啦，原本「聯絡」的功能盡失，但學校又要求學生要寫好寫滿，否則就修理導師，導師只好又轉頒命令給學生，若不寫好寫滿，藤條侍候。於是聯絡簿就流於形式，變成學校要檢查的作業。

校園裡，師生的精力大都浪費在此類無聊的瑣事，所謂「教學」這種東西，大概都在玩這些假面，層層敷衍了事，哪天你若哪根筋不對勁起來，要來眞的，那就等著出事。面子，比裡子重要，加上講一套做一套的標準文化，教育不腐爛生蛆才怪……你知道的，這只是我的牢騷罷了，我並無力改變現狀，也是這樣要求學生，只是他們無法像好班那樣，當下就可「作文」起來，「如果眞的想不出來要寫什麼心得，就抄幾個解釋，」我如此建議：「以一般字體大小，大約三、四十個字而已，若連這樣都懶惰，就等著抄課文吧！」經常還是要這樣加上小小的威脅。

雖說如此，他們不可能一個口令一個動作，寫好寫滿，就變成一項艱鉅的任務，若時間虛耗在此，那就不用教書了，因此，有時我就故意睜一隻眼閉一隻眼，看看家長的反應，順便讓學校知道，我的消極抵抗。

說實在的，眞正要聯絡家長，都是用電話找，若要等聯絡簿訊息，火早就滅了……對了，我班上那個寶貝小明，昨天家長簽名處竟然給我蓋個「哆啦A夢」，這到底是怎麼一回事？嫌我太囉唆，還是怎樣？他老爸什麼時候變成哆啦A夢了我都不知道。我就故意不說話，也簽了名，倒要看看今天還會哆啦A夢嗎？還是變成史奴比或小熊維尼？

於是，我馬上偏頭在整疊聯絡簿中搜尋「哆啦小明」，一定要讓他插一下隊，誰知還沒找到，就隱隱聽到一些奇怪的聲響，越聽越怪，越怪就越好奇，隨即被它牽引，一時就忘記小明的事尋覓起那恐怖的怪聲來，尋尋覓覓，打開鐵櫃一看，原來——是我的手機！真是的，因為平時少用，竟然被自己的手機鈴聲嚇到，這若被愛搗蛋的小明知道，必定馬上四處大放送我的窘樣。

「蕭老師嗎？」

「是！」我覺得聲音熟悉，但無法分辨是誰。

「我是公共電視丁小青啦！」

我馬上恍然大悟。想起之前我參與拍攝的教改紀錄片，在昨晚首映。

「昨晚《魔鏡》首映，你有看嗎？」她用穩健帶磁性的語氣說。

「嗯！」我說：「覺得不錯啊，有精確觸及到主題。」

「感謝啦！」她仍心平氣和地說：「蕭老師有件事情要跟你說一下，昨天首映後，吳莉惠老師的學校，就是八卦國中，今天一大早出了點事，那些上鏡頭的學生，他們的家長在家長會長的帶領下，一群人跑到學校來抗議，抗議吳老師不應該讓學生在影片上曝光，傷害學生的自尊心，也抗議我們抹黑學校……其實，是學校約談學生，造成小孩的壓力，然後故意嫁禍給吳老師……」

「真卑鄙！」我不禁大聲氣憤地說，引發一些老師側目，我隨即揮手致意一下，繼續回復原有聲調：「這我很清楚，這些校長都來這一套，為修理異議份子而不擇手段，真是卑鄙，怎麼不去抗議學校違法能力編班，教壞囡仔大細……」

「所以⋯」她的聲音突然越來越小。

「喂！喂！」我離開座位，邊說邊走到走廊，「喂」了幾聲就斷訊了。怎麼突然這樣呢？我隨即回撥。

「喂～丁導演，有聽見嗎？」

「有」她說。

「奇怪了，這是私人手機，不是學校電話，怎麼突然就消音了⋯⋯」我笑著說：「請繼續說～」。

「大概情形是這樣，你可以了解吧。」她淺笑一聲，隨又平和地說：「我主要來告訴你一聲，留意一下學校的狀況，若有對你或學生有打壓的動作，請馬上通知我⋯⋯」

我道謝後掛掉電話。其實我的笑，是眞的嘆息，許多老師都懷疑導辦電話有被竊聽，有時莫名雜音，有時突然就斷掉，尤其阿萍班親會那件事後，我就更加神經兮兮。

回想影片內容，學生愉快受訪，照實回答，哪有受傷？受傷害的，是學校被戳破謊言後「見笑轉受氣」的「自尊」吧？違法能力編班事實，路人皆知，前段後段，差別待遇也是事實。八卦國中，好班的電扇與電燈，明顯比後段多，更是不爭的事實，還辯說是用家長會的錢，家長會的錢用於特定對象，這樣公平嗎？

其實，我在意的不是這個，是學校的隔離政策，將好班刻意集中某層大樓，然後禁止其他學生過去那邊「干擾」，美其名說要拼升學爲校爭光。吳莉惠還向我爆料過，好班的位置，都刻意看過風水，方位如何如何，升學率會最旺……信不信另外一回事，她跟我一樣，厭惡這些怪力亂神進到校園裡。這些情景，套用在柳中與其他國中，也適用。

柳中，出現在鏡頭裡的，是阿星班上三個女學生，場景是吾縣的漢寶濕地，時間是去年，你應還記得，爲了參加今年的網博比賽，我與張國銘等社區朋友，還有一些老師，帶她們去海邊做生態觀察，這是訓練課程之一，其實也是我的例行活動。當時公視知道我與吳莉惠正在做教改運動，剛好要策劃相關紀錄片，就派人去跟拍。

記得，那是秋末冬初的早上，海堤的風好大，大到人快變成風箏飛起來，北部來的他們，第一次體驗到吾縣九降風的威力，都嘖嘖稱奇。他們在我領上別了麥克風，但遇上九降風，根本被打敗了，致使收音不佳。由於我忙著導覽，調整單筒望遠鏡找鳥，什麼時候那三個學生被找去訪談我都不知道，我看看鏡頭背景，是較靠內陸的漁塭，但猛烈的風，還是吹得她們髮絲飄盪，談話尙清晰可辨，不過還是充滿風的聲音——風，才是眞正的導演，主宰了一切，我看見她們青春洋溢的臉孔，心中不免又是一陣激盪……

午餐過後，公視的朋友們說有事要先離開，就沒跟我們去下一站——福寶生態園區，那裡有設置簡易的賞鳥屋，風，就被關在外面，躲在裡頭就可盡情地觀賞，不被干擾也不干擾鳥禽等生物的活動，而我的解說，也不會被風吹散。當時除了當紅的高蹺鴴外，我們還意外看到一種迷鳥：白額雁。

「迷鳥，就是因迷失方向才在此出現的鳥，一般鳥人看到牠，至少可以興奮三天！」我說：「妳們眞幸運啊，第一次跟老師出任務，就有意外的收穫。」

當然，菜鳥的她們，不會覺得特別，每種鳥類都是初體驗，都是驚喜，只要離開教室，她們都變成快樂的鳥……

很可惜，拍攝小組沒跟過來，要不然就有更多鏡頭可以運用，若事先知道他們下午有事，我就把行程顛倒過來，我還以爲會跟我們一整天呢。

無所謂啊，順其自然就好。雖沒先說好，但我們都有默契與共識，就是不做「演戲式」拍攝，這是我教學的實相，我厭惡學校那種假惺惺的「教學觀摩」，上不上鏡頭是導演的事了。

但鏡頭，果然是一種強勢的語言。這支影片，主要探討能力編班的問題，訪談內容其實沒什麼，而且短短幾句而已，但鏡頭打上學校的名字時，就變成一顆炸彈，不僅粉碎所有「常態編班」的美麗謊言，且明確地做了嚴重的控訴——XX國中就是能力編班！一向是媒體焦點的八卦國中，難怪他們校長會馬上抓狂，而位於偏鄉的柳中，發作也是早晚的事……

下課鐘響了。十一點整。

我看見川堂，就在「止於至善」花崗岩的落款下，跑來七、八個學生，各自趴地翹起屁股，做起一個個「拱橋」，生教組長緩緩走出訓導處，在他們面前點一下名，便又離開了，他們就開始變化各種怪姿勢，經過的同學，都竊笑不已。這對他們而言，根本不是體罰，而是榮譽的勳章，不想再演的時候，大搖大擺就蹺出校門，你又奈他何，這些聰明的傢伙都知道國中又沒退學，而柳中，又有全校畢業的優良傳統。

其中一位就是阿玉班的小皓，因妹妹在吾班，他認得我，偏過頭來向我做個鬼臉。我回他一個微笑的眼神。我看見他，不禁就想起他給金魚喝鹽酸的往事。唉，才國二，身上已揹了好幾支大過，其他拱橋也是紀錄輝煌，都是訓導處的頭痛人物，頭痛到乾脆視若無睹。

一節空堂，就這樣過去了，聯絡簿都還沒改完。

我回到辦公室，準備一下上課的東西，下節又要繼續上戰場。不過，這節時間會過得比較快，午餐所造成的驅力，接著下午雖沒課，但要爲《魔鏡》效應頭痛了。目前，校園還沒察覺有什麼異常動靜，或流言，可見昨晚沒有老師看到《魔鏡》，儘管公視有做蠻多預告，一般而言，他們才不會關心什麼教改，若關心，就不會有教改了。我們校長，是八卦國中校長的枕邊人，不可能不知道《魔鏡》，心思細膩的她，會是白雪公主的後母嗎？

我靜靜坐在位子上喝水，內心卻洶湧澎湃，一直在想著因應對策。

此時，突然一大群學生嘻嘻哈哈跑了進來，擠滿了辦公室，每個人手中都拿著英文課本與小考考卷，其實不用看也知道是找阿芳的，全校只有她有這種習慣，小考寫錯的，要來背單字當補考。

幾乎所有的老師，私下都在抱怨，這樣干擾到老師休息，常有人委婉地跟她反應過，但都無效；更大的問題是，有時叫學生來，自己卻不在，學生就大鬧天庭，還得勞動其他老師去罵，這比處理自己學生問題還頭痛。若是午休時間，連我也快抓狂了。

由於是老同事了，而她也蠻熱心的，經常會拿自己的做的糕點跟大家分享，同事們都不忍撕破臉，所以我有時會問一下情形，她說，有時忘記了啦，有時還在上課——下課了還在上課，如此認眞？唉，不全是這樣啦，原因是，她一直有上課遲到的習慣，當導師要處理學生偶發事件，有時難免會這樣，但只是有時，她卻是經常，而且一遲到都是一、二十分鐘，一節課就去掉一大半了，爲了挽救進度，或者愧疚感吧，就占用下課時間，老師上課遲到學生或許高興，但下課不下課，學生也要抓狂了，因爲連上廁所時間都沒，別說玩耍了，所以啦，家長經常投訴，換學校頭痛了。

你也知道，這種頭痛症狀很難治療，就像經常性蹺課或遲到的學生一樣，一染上，就上癮，惡性循環……哈，我當然也有我的某種惡性循環，沒資格批評人家。

實在太吵雜了，而我正罹患「魔鏡症候群」，沒力氣站起來看阿芳到底在不在？反正在時，也一樣吵。我家的巷子，也住著一群宇宙超級無敵強的三姑六婆，常常莫名其妙就發起功來，八卦來八卦去，像殺豬宰羊似的興奮，有時又跑出一群無人管教的小屁孩，敲打狂叫沒命地奔跑，簡直像噴射機輾壓過你脆弱的靈魂般難熬……啊！在家，在學校都不得安寧，這是我現實生活悲哀的處境……

叮—噹—叮—噹——鐘響了。暫時解救了我，我揹著麥克風，快步離開辦公室，上課去了。

午餐後，我到班上安頓好學生午休，隨即去找阿星。

阿星正在教室批改聯絡簿，班上學生都乖乖趴在桌上睡，我用手勢招她出來，慢慢走到樓梯玄關：

「我要跟妳討論一下《魔鏡》的事。」

「喔～」她說：「我正要找你談，早上課滿滿，根本沒時間……」

「《魔鏡》嗎？」

「是啊！」她急忙開口：「我……」我也正急著說話，就強碰，雙方的話卡住了：「啊，妳先說～」

「我跟你說喔，」她壓低聲音：「小燕她們——就參加網博那幾個——早上第三節下課來跟我說，說她們自然老師，早上一進教室講沒幾句話就開始莫名其妙大發飆，幾乎罵了整節課，說什麼『不應把學校的名字打上去』、『你們知道嗎？這樣害了學校！』、『這又不是只有我們學校這樣！』……等等，大家都覺得一頭霧水，也不敢吭聲，只有我們幾個知道他在罵什麼……她們還說，第一次看見老師這麼生氣，都很害怕……他怎麼可以這樣，又不是學生的錯，何況跟其他同學也不相干，怎麼可以這樣……莫名其妙！」

「是喔！」我很驚訝：「怎麼會這樣？我認識的他，應該不會這樣吧。」

「是啊，我也有點驚訝，雖與他不熟……」她說：「會不會，有學校的壓力才這樣……」

「可能吧。」我說。

我還是很訝異，他是我高中的學弟，目前在學校接任吃力不討好的生教組長，不管辦事或教學，算是認眞的老師，教育理念上應該蠻多交集的才對，否則，前年我在做教改運動時，他不可能會贊助我印書，《魔鏡》裡常態編班的訴求，就是我教改兩大訴求之一……怎麼會這樣呢？而且，寒假輔導課時，我帶學生去採訪故鄉的武舉人，他也支持並跟去聽我解說……或許眞的跟他是行政人員有關吧。

「對了，你要跟我說的是什麼？」阿星問。

我把八卦國中與公視來電的事情經過告訴她。她直呼太離譜了，也有點擔憂。

「不用擔心啦！」我安撫她說：「妳想辦法盡快聯絡到那三個女生的家長，然後說明詳細情形，避免學校搶先去煽風點火造成誤解，主要說學生只是參加我的教學活動而已，其他都與她們無關…若家長有意見或不清楚，可以請他跟我聯絡……」

阿星是社會科老師，課多，還好下午第一節空堂，可以開始打電話找人，而我，下午是領域時間，要好好想想因應之道了。

古早人說：「緊事寬仔辦！」我看離下課還有四、五分鐘，刻意放慢下樓梯的速度，一階一階，注視我的腳步，每一步都是考驗，與鍛鍊。

回到辦公室，許多老師還在睡夢中，我靜靜泡一杯咖啡，閉目養神。不一會兒，鐘響了，辦公室又陷入吵雜之中。我突然想到，需趁著下課時間，先打電話給吳莉惠，進一步了解八卦國中的詳細狀況，再來決定怎麼做。隨即拿起手機，穿過擁擠的人群到外面去。

撥號響了好久沒人接，轉到語音信箱去了。我變得有些緊張，重新撥號又響好久，但終於找到人了。

「妳那邊還好吧～」我才開口，她就急著接話，找到傾訴對象，所有的話嘩啦嘩啦，像水一樣一次全倒出來，情緒還有點激動，事情經過大致上跟丁導演講的差不多。

「你知道嗎？」她忿忿不平說：「我們校長有多過份，他一大早就把學生叫去罵，還罵到哭，說什麼破壞校譽等等……學生跑來跟我說之後沒多久，那個家長會長就找一群人來找我抗議，這麼快，如果不事先安排我才不相信……害我又跟他們吵一架，眞是的……我等一下要去找我們那個爛校長討個公道……」

「妳先不要激動，」我試著安撫她：「是不是，找個時間與丁導演討論後再處理……」

「我怎能不激動！」她打斷我的話：「修理我也就算了，竟然找學生去罵……學生接受訪談是我找的，我嚥不下這口氣……好了，我沒時間跟你談了，六、七節我都還有課，這節不去沒時間了，再聯絡！」

她說完就掛斷。她的個性就是這樣，事情決定了，誰都無法擋。

當下，我就愣在走廊。辦公室的吵雜，與我好像是兩個平行世界，頓時銷聲匿跡。

與吳莉惠熟識，是二〇〇一年的事了。

前一年，台灣意外地，有史以來第一次政黨輪替，原本在野的民X黨，搖身一變成爲執政黨，由於它在國會的席次仍是少數，一切充滿不確定的變因，雖說如此，還是爲我帶來一些教育改革的期盼；誰知，隔一年，吾縣也政黨輪替了，新縣長剛好也是民X黨籍，又是教育立委出身，這更讓我興起了希望之火。

當時覺得，國中已經爛到不能再爛了，長期來心中的鬱悶，急於找個出口，就在那年秋末冬初，我認爲這是難得的契機，自己雖是小人物，沒錢沒勢也不會廣結善緣，甚至連與人一起吃桌聊天都不會，但深思熟慮後，我決定順勢點個小小的火燒看看，看看能不能，讓行屍走肉的國中，有點痛的感覺。當然，龜毛的個性使然，決定之後，心中馬上又起了小小掙扎，我理性評估效益應該極爲有限，甚至也可能燒傷自己，但最後，還是決定放火去。

「有動，才有希望，就當成行動藝術吧！」

我這樣告訴自己。

於是，我開始展開我的教改行動藝術。

第一步，就是先把國中教育的問題，找幾個重要的切入點，以淺顯易懂的論述方式寫出來，並研究出相對應的解決方案——我不想只是扒糞式的批判，這樣容易遭人攻擊，「別光說不練啊！」或「理論歸理論，現實上不可行！」等等，至少是一種誠意的展現。

「知識，是革命的基礎！」掛牆上的孫文好像這樣說過。

所以，我預定先以一個月課餘的時間，閉關寫作。沒有適當論述資料，所有行動就會顯得空泛膚淺，這畢竟不是拿刀拿槍的武裝革命。由於，都是切身經歷的事，問題也與朋友經常在討論，因此寫得還算順利，只是不時要弄到三更半夜，體力有點負荷不了。

自十一月中開始，到十二月底，完成約八萬字。比原本預定晚了十幾天，但總算拼出來了，心中掉下一顆小石頭（還有很多顆啊）寬鬆許多，而人雖疲憊但好好的，眼睛也沒脫窗。

說來你或許不相信，其實這些東西，我第一年教書在國中代課時就開始寫了，只是半途而廢罷了，會如此，不是我意志力不夠，而是……太天眞了！

講起來是有點害羞，但當時年紀輕不怕你笑，只是擔心又離題了——那是我初次教書，滿懷熱忱，學校對於這種菜鳥代課老師，就丟給我一班國三國文，七班國二歷史，當然都是後段班！

尤其國三那班，給我震撼很大，我第一堂課，帶著既興奮又緊張的心情踏進教室，全班鬧哄哄，沒人理你，然後我站到講台上，有些人看我一眼後，又繼續打鬧，有些人根本不知道我來了，鬧得更大聲了，於是，我大聲一吼，大家稍稍停了一下看我一眼，又我行我素……我吼他停，他鬧我吼，整節課就這樣過去，更不用說上課了，雖然我有把課文標題寫上黑板，也勉強唸一段課文……

這是我教書生涯的第一堂課。不是我教他們的，是學生教給我的；也是這國中體制教給我的，更是這個殖民政府教給我的。

「老師，不要上課啊，不會有人聽啦……哈哈，我們這種班，也沒有老師在上課啦……」幾個女學生善意地這樣跟我說。

這是我的震撼教育！

我求學的過程，雖不怎麼順利，但從未接觸到所謂的後段班。我第一次體驗到後段班學生與老師的悲慘。

老師與學生互相遺棄，也各自自暴自棄。這是教育嗎？年輕的我，心中馬上浮出一個超大的問號……

國文專業知識上，我備課的東西，完全派不上用場。當天回去，我想了好久，也掙扎了好久，如何是好？如何是好？如何是好呢？似乎只有兩條路可走：一是像其他老師一樣，擺爛不上課，樂得輕鬆；另一條路，就是排除困難上課。

後來想了想，或許還是有很厲害的老師有辦法上課，學生說的可能只是一般現象，非全部事實。再想想，我若第一次教書就擺爛，那又算什麼？越想越無法接受這樣，於是，決定不管別人如何，還是要想辦法上課——但最後的問題是，什麼辦法？

你知道什麼辦法嗎？其實，也不是什麼辦法，我獨自在房間，穿著背心對著鏡子，向自己揮空拳，並發出無聲怒吼發洩壓抑的情緒，滿身大汗，也不知揮了多久——你或許會問，爲何不大叫出來呢？啊，因我有分租同住的樓友，怕他們看見我的瘋子樣會嚇死，才教一天書，怎能擔得起過失殺人刑責——我邊喘邊想著，好吧，豁出去了，明天上課進教室就穿這樣！

是啊！我打算擺出兇狠樣子，讓這些小子知道我不惜一戰也要把秩序控制住，有基本的秩序，才能上課。

但你知道的，這根本不是我的專長，隔天進教室要變身之前，掙扎得要死，但還是上戰場了——結果呢？他們只是好奇看我一眼，可見身材不夠魁梧眼神不夠殺是有差的。我照例，先把課題寫在黑板，然後轉身，用力望著吵雜的他們大吼：

「安靜！」

他們停一下，又繼續吵——這是昨天一樣的情節，我的沙盤推演就從此接續——我嚴肅地慢慢走下講台，走到我鎖定最吵的某位同學身旁，在這過程，他們反而靜下來，想看我到底要玩什麼把戲，或者想看好戲，那同學有點不自在，但故意裝成無所謂的樣子對我嘻皮笑臉，我深呼吸後用丹田所有力氣，對他貼身大聲一吼：「坐好！」就想像我當兵時某資深班長狂飆我的怒氣與眼神，以及我壓抑的怨氣。

他真的嚇到了，因爲我事先就判定他只是個愛玩的小嘍囉，眞正的大哥在旁邊。而我這樣一吼，也眞的生氣了，從來沒有對人這樣吼過，以致心情一時難以回復，呼吸急促並有點發抖……

啊！我眞是個失敗的演員。

「你看啦，讓老師生氣了喔……」一旁的大哥故意輕聲笑著調侃他說：「死囡仔，還不坐好！」

其他同學也笑了，不過是竊笑，不太敢出聲。因大哥說話了。

我慢慢走回講台，氣還一直喘著，心臟快跳出來似的，就愣在那裡……哈，還眞沒用，我沒想到自己會氣成這個樣子，弄假成眞。

不過，竟意外有點效果，之後上課，他們收斂許多，或許知道我是個會豁出去的人（惹到瘋子就得小心了）。當然，只是「有點效果」，還是要常常動怒，但至少那種怒，已不會是先前爆炸的怒，而上課也至少可以進行，當然，不是他們變成要聽課了，我不是神，所謂的進行，就是一種可以讓我順利講完課文的默契，只是這樣而已，一種鴕鳥式的心安。

國二部份，上課狀況雖沒那麼糟，我裝瘋賣傻這一招套在他們身上，卻反而擦槍走火，引發兩次與學生的拉扯衝突，在那體罰盛行的年代，這一直是我心靈難以磨滅的傷痕，彷彿自己也曾被那威權時代體罰……

好，不扯這些了。寒假時，我有比較多時間可以好好思考，想了想，國中最大的問題所在，應該就是：能力編班！

哪有先把小孩分類，再來教育的！這種政策根本就是反教育！我直覺想到南非與美國的種族隔離政策，也想到台灣清國時期的「分類械鬥」……於是，我的天真來了——我竟拿起筆，想寫一篇「建請學校實施常態編班」的萬言書。

你說，我是不是頭殼壞掉了，我只是個代課老師，下學期結束，就沒工作了，還要建請學校什麼跟什麼的，眞是超級宇宙無敵大白癡！

不只這樣，還有更天眞的——我眞的引經據典拿起稿紙認眞寫了，寫到開學都還沒寫完，校務會議時，聽到校長正經八百的宣佈，說教育部已正式下命令，要嚴格要求國中依法實施常態編班，他特地以嚴肅的口氣轉述：「這次，玩眞的了！」

我聽到這樣的宣示，心中暗暗爲自己而高興，甚至驕傲，你看吧，我有先見之明。

既然教育部下命令了，我的萬言書就失去意義，於是，便決定停寫，雖已花了我許多時間，還是心生歡喜，恐怕沒有比我更厲害的吧，哈，還沒上奏，問題就已解決。

結果呢？不說你也知道——根本不是玩眞的，而是「眞的在玩！」

當時，我是隻誤入叢林的小白兔，有夠腦殘！哈，你現在可以開始大聲笑我……

唉！這種天眞，後來發現是我無可救藥的一種病，直到現在還頻頻發作。終於，寫了十幾年的萬言書，寫完了，甚至多了好幾萬字。此時此刻，你就知道我心中掉下的那顆小石頭的重量。

再來的事情，相較之下就輕鬆多了。吐了苦汁後，另一層次的創作，就讓我樂在其中——我用一個小故事把論述串連起來，然後偷偷放入蔣渭水的「臨床講義」做另外一個梗，腦神經有反射動作的人，就是有眞正讀台灣歷史的人，這也是我對自己暗暗的期許；而對此，有人若心又聽見它的弦外之音，啊你就是我的詩的同志；最後再加上我幾個學生的詩作片段，作爲我對文學與教育的隱喩。

其次，是視覺藝術的呈現，我將一些平日監考或開會時的塗鴉融入其中，封皮與內頁，不多加思索，全書決定採用黑色調的設計鋪陳，除了「黑」之外，實在找不到第二個教育形容詞彙，這黑，是我的體認，也是我心裡的黑暗面吧。

最後，我寫一篇散文作跋，說明這不只是一本書，而是一個行動——我以寺廟「善書」的概念，邀請認同者以工本費助印：

「請您花五十元簽注一張國中教育改革的樂透彩，爲我們的孩子買一個希望……」

我的文案如此寫著。

從裡面，你一定看得出來我心中垂頭喪氣的唐吉柯德，與悲觀。

全部完稿後，我臉上竟浮現出一朵微笑。書名呢？想想，就叫做「秋末冬初」吧，因這一系列文章的撰寫與發想，始於秋末冬初。比起之前的「柳河春夢」，我知道它的挑戰更加嚴峻，寒冬就在眼前的未知與憂慮，不知道能否安然渡過，憑這本單薄的書……

再來，就是「箍人」囉。「教改」這令人生畏的議題，一般人閃避都來不及了，何況主動靠近？所以，我只有一招，就是增厚臉皮！我從週遭幾個較要好的朋友主動出擊，屈指一算，啊，還眞悲哀，連教育圈外才七個而已，這怎麼運動呢？但另一個角度樂觀想：至少有七個，否則根本不用玩了。

同樣，我複製了幾份書稿，這回來不及像上次一樣做成手工書了，只是影印清樣，打算先給四位圈內朋友過目，順便協助校稿，順便以朋友立場發出緊急宣告——你們要被我強迫中獎了！每人先掏出一千元，助印二十本再說。

「這比衛生紙還便宜，兩百頁才五十塊錢！」我笑著說：「其實重點不是錢啦，我要的，是你的人頭！」

名字，是要印在書上贊聲，既是行動，總要虛張聲勢一下，再說，沒有一些情誼支撐，再多的熱情也很快就會倒下。但最後我請他們務必確認，是否認同我的論述與行動，我不要因此再失去任何一個可貴的朋友。

當時，讀書會已解散，巫碧瑩又漸行漸遠，大概不朋友了；而阿慈也入閣當訓育組長，也不知還剩多少朋友情誼，不過與她革命情感仍在，此次的行動沒有區域性，或特定對象，比較不會影響她在行政體系的關係，所以，她這次也在我的好友名單之列。

但名單中，還有一個不熟的好友，但我非常篤定她一定會阿沙力答應支持，那就是——吳莉惠。

這是信任的預約。與她初見面，是在一九九八年《柳河春夢》鄉土影像展會場，她看見報導，與朋友特地前來打氣，並預購書以行動表示支持。之後，我總忙於課務疏於聯絡，就沒再碰面。不過，她的身影三不五時會出現在媒體上，社運界裡，她算是活躍人物，舉凡教改、環保、母語等各種文化運動都有她的足跡，其實，她從最早的黨外民主運動開始，就在街頭跑了，對於她，我甚是佩服，做了許多我想做卻沒勇氣做的事，那年我回到故鄉後，才慢慢發現這個有骨氣的名字。

她約比我年長十歲，會說「約」，是因為與她後來雖很熟了，但見面總是談「公事」，幾乎沒談過年齡這些私人的瑣事，個頭嬌小的她（約一百五十公分），衝勁十足，真正的「小辣椒」在此，立法院那個人哪算什麼辣，充其量只是靠權力壓人的酸腐味罷了。

她最常見報的新聞，就是段考考題了，教公民的她，每次出題都費盡心思會把爭議的時事，二二八之類的議題列入，然後又引起更大的爭議。我當然知道，這是運動的一種策略，要不然誰理你。而她學校的校長，又會跳出來喊話：「政治歸政治，教育歸教育！希望吳老師教學多用點心……」——恁老師較好咧！我忍不住要說，這句話最政治了，尤其這些校長最沒資格講，因為他們自己就是選舉樁腳，有的還在校園公開拉票，私下替候選人買票的也大有人在，現任總統曾任國小校長的親家公就是人證。

「齁！我出一份考題，都是花一星期以上的時間，還說我不用心！」她一講就氣得發抖：「他們齁，連出題都懶，都嘛買書商統一的考卷，還說我不用心……」我是內行人，當然知道她的氣憤。你知道的，這操作根本就是「水雞標準模式」嘛。

其實，她做什麼都超用心，至今仍單身的她，幾乎把全部的青春歲月與精力都投注於此，還不用心嗎？

「他們上班時間可以去買菜接小孩，甚至聚餐喝咖啡，而我做這些都是利用下班時間，就不行，這是什麼道理？何況這些都是跟我的教學有相關，我教公民耶，不跟時事做連結，難道只是背課本嗎？」

有回她跟我說，她還沒當老師前是個護士，乍聽之下，我有點訝異，一直想著這兩種身份彼此之間的關聯，或許，就像梵谷還沒成爲畫家之前是個牧師吧，這些角色的內裡，雖場景不同，但都具有對生命的愛與關懷的元素……

吳莉惠對我的邀約，當然沒問題。書稿，校對完之後，我將我七個「椿腳」的名字與助印金額列到裡面，爲爭取時間，四份書稿就在柳中開始同步傳閱，徵求老師們的助印。這是放捐獻箱讓人捐獻之前，自己需先放幾張鈔票進去做示範的概念。

結果，有十六人助印，金額從一百到五千不等，共募得兩萬八千三百元。之前講過，錢不是重點，是人頭，竟然還有這麼多人願意掛名支持，真讓我意外。水雞若還在柳中，敢表態的恐怕就寥寥可數了。

再來，爲了壯大聲勢，我決定新組一個團體叫「八卦縣國中教師聯盟」，來掛名出版。宗旨簡單明瞭：

「認同以人爲本的教育理念，推動國中教學正常化。」

之後，再補述兩項現階段目標：

（一）落實常態編班。

（二）革除惡補惡習。

錢，雖不是重點，但也是薪水裡一個小小的痛點，但比起心痛，寧願讓薪水痛；畫個圖，也要買些畫布與顏料，這是行動藝術的材料費，對於一輩子只瘋一次的創作，值得！所以，剩下的印刷費，就自己概括承受了。痛，就要痛快！

有之前的經驗，暮春三月，《秋末冬初》順利出版了。武器準備好，再來就是艱難的作戰，甚至肉搏戰。

我決定先鎖定「常態編班」，這個違法又離譜的議題來推，比較有著力點。至於惡補，鐵定是一條長長的路了。當然，兩個是連體嬰，無法切割。

讀書會解散了，雖無法集思廣益，但好處是做決策快，幾乎我一人想好了就定了，頂多用電話跟二十公里以外的吳莉惠討論一下，但她有自己的計畫與活動，能這樣幫忙算夠朋友了，至於其他幾個好友，都是友情贊助啦。你知道的，真正艱難的在此。

或許你會如此問：「那新的團體，『八卦縣國中教師聯盟』呢？」

「當然在啊，絕對不是八卦！我就是聯絡人。」

「那可以找大家幫忙啊～」

「有啊，一直都在找，是現在進行式…只是大家都很忙，不好找。」

「這組織看起來很龐大，啊你們到底有多少成員？」

「不一定啦。」

「怎麼說？目前咧，有多少人？」

「不是很確定。」

「你自己當聯絡人都不知道，那也太離譜了吧。」

「是真的！因我們的成員是浮動的，只要你認同我們宗旨的時候就是成員，不認同時就自動退出，不用報備，也不用繳年費之類的，沒有任何負擔，也不用去偽造開會或開會資料…所以，多時上萬，少時一人，進可攻退可守，進出自如……」

「切～這什麼跟什麼啦……」

這是我虛擬的對話。你或許會說我刻意給你「裝屌的」，其實這是不得已的辦法啊，在八卦縣要找現任國中教師，公開加入一個倡言教改的制式團體談何容易，若又要繳年費那更不用談了，能有人關心已經很不錯了，因爲很多時候我們教師自己都成爲「被教改」的對象。這是很窘的困境。

即使勉強組成了，我也沒時間與精力去經營，你看我連一個小小的讀書會都經營不好……所以，這一次有十幾個同事願意花錢助印《秋末冬初》，眞的，超級感恩，也佩服他們的勇氣——這是有被人點油做記號的風險。

我拿到剛出爐熱騰騰的書，便迫不及待親自一一發到助印者那裡，一千元就有二十本，我期待他們再將書轉送出去，拋磚引玉的概念啦，看能不能有點蝴蝶效應產生，以書代替文宣，把理念宣揚出去，然後希望有人再來買書，這樣慢慢攪動，看能否攪出一些火光來，野火燎原……

然後，我請同事做一個簡易的免費網頁，訂名爲「教育之火」，把電子檔上傳，沒書，也可看到文章，算是個官網。

再來，以全縣國中教師爲對象，同步進行以「常態編班」作訴求的書面連署——本來天眞地想，若能取得過半教師的連署，必能給縣府有效的壓力——只是，這困境超級大大，不要說連署人數，連各校聯絡人都難找，除了柳中的我與八卦國中的吳莉惠外，全縣四十所國中透過關係去詢問，竟只找到三人願意，多悲慘的結果，這怎麼玩得下去呢？連署人數，我若公佈，不僅自費武功，簡直是自取其辱，不被水雞笑死才怪！

而柳中願意連署的人數，才二十六人，一半都不到，這樣的結果是可預期的，藺老，你還記得吧，當初她全力支持我籌組教師會，但常態編班的議題，就很保留，她笑笑對我說：「少年的，你以後自己有小孩就不會這麼認爲了啦～」我也無奈地笑笑。這大概是眾老師的心聲吧。

連署失敗後，與吳莉惠商量，決定改變方式，找幾個學校代表，直接殺到縣府去「遊說」，一定要趁新縣長剛上任，許多政策尚未定型之前把意見傳達到。我們是這麼想的。

還好，吳莉惠長期從事社運結識不少人，重點是現在執政的民X黨，從黨外時期到此次縣長選舉，她都公開力挺到底，全縣教師敢如此高調出櫃的，只有我們柳中的阿安與她。但她不是民X黨員。

所以，因這層關係，她要見到縣長相信並不難。何況，縣長是教育立委出身，接受與否另一回事，若連教育建言都不聽一下也說不過去吧。於是，她透過管道聯繫，終於順利約好會面時間。

我摩拳擦掌，準備當天建言的內容與策略，並將《秋末冬初》整理出一張 A4 的重點摘要，他們當官的哪有美國時間看你的鳥書！

會面時間到了，就在縣長公館。去才發現，原來還有其他團體，像我們一樣急於做政策建言，可見八卦縣八卦已久，百廢待舉，縣民對好不容易的政黨輪替充滿期待，當然我也相信，做私人關說的也一大堆。不過，縣長算誠意十足，準備茶點，也特地請教育局長來。

「你們有什麼建言就跟局長談啊。」縣長說完，隨即去招呼別人。

穿著黑西裝的新任局長，中等身材，臉瘦瘦的戴著金框眼鏡，看起來斯文模樣，據說之前在隔壁縣市擔任副教育局長，行政經驗十足。

我先遞上我的書與摘要，時間的關係，就不多加客套了，寒暄幾句，就直接切入主題：「常態編班」。

「你們的理念我當然都認同，也要做，不過這個問題是全國性的問題，而且是幾十年的老問題，要馬上實施恐怕有困難……」局長慢條斯理地說。

「這我認同，」我說：「我們也沒要求要馬上做，可以漸進式的，例如從今年國一新生開始，三年後，就全部常態編班了。」

「剛講了，這個問題很久了，學校行政、老師與家長，都還需花時間去溝通，其實也要很多相關的配套措施，不能貿然實施，否則若出現反效果，那可能下次要等很久才有改革的契機……不過，很感謝你們，如果其他老師都像你們這麼熱心，這麼有教育理念那就好了，我回去會與相關人員再研究看看。」局長打了很完美的太極拳。當然，我很熟悉也很敏感「再研究」這句官話，它呼攏不了我。

「局長說得對啊，」我說：「這次是很難得的改革契機，中央與地方都是民X黨執政，教育改革也是貴黨的長期訴求之一，就因爲要漸進式地改，今年若沒開始做，以後就會更難⋯何況依法也要常態編班，民X黨若不依法行政，人家就會說，那跟中X黨執政有什麼不一樣？」

講到「依法」兩字，局長的臉明顯垮下來，不過他還是保持風度，吞了口水後，說：「是啊，這就是困境⋯⋯有機會，到台北開會時我會跟教育部好好來研商，往這個方向做一定沒問題。」

「其實，國中的編班問題，是縣府的權責，不用等待中央的指示，何況中央的行政命令已規定很清楚，就是：國中一律常態編班！聽說，台北市幾乎所有國中都常態編班了⋯⋯」

「我們這裡是鄉下地區，跟都市學校沒辦法比，家長觀念都還很保守⋯⋯」局長顯然有點不耐了，但「再研究」的意思很明顯。

我不是來吵架的，所以就沒再多說了。回頭一看，才發現吳莉惠不見了。後來才知道，她早聽出局長的意向，就私下去找縣長談了。她輕聲地告訴我們：「縣長說，下屆連任時再來做！」她停頓一下，聲音裡變得有點怒氣：「唉，下屆再做，有沒有下屆都不知道啊，再等就沒機會了，再等，即使有下一屆也不會做⋯⋯」

是啊，這我很清楚，改革這東西，跟要改自己的個性一樣，若沒一點傻勁與衝動怎麼可能去做？我自己就很確定，像這樣跳出來做教改，絕對沒下一次，人瘋狂一次就夠了，否則就不叫做瘋狂。

我們走出縣長官邸時，吳莉惠看得出很生氣，我安慰她說：「要是中X黨執政，連建言的機會都沒，至少意見有表達了，書也送了——」我模仿局長的語氣：「再研究啦！」她笑得很勉強。

這次會面，雖沒獲得承諾，但也不算破局。回去後，我眞的開始「再研究」下一步。

我想起上次影像展，許多記者給了我名片，於是決定全面發送新聞稿，在社區工作室舉行「國中教改新書發表會」，想說這議題少人碰觸，也沒專書，應該會有一些反應才對，尤其上次的經驗，記者們多少對我有印象吧。

結果那天，記者竟然一個都沒出現。我與張國銘等幾個好友，只好在鐵皮屋裡自己慷慨激昂，互相解嘲一番。

回去之後，想了想，媒體不理，就主動出擊。我開始寫了些小評論，瘋狂投書，連以八卦腥羶著稱的媒體也投，甚至在網路上貼文，與人慘烈筆戰。

雖然效果好像不大，但還是有一些正面迴響，有人留言打氣，有人向我購書，至少訊息有擴展到全國各地，讓我知道遠方有人默默支持，這種陌生的暖流，多少給我新的勇氣。

其中讓我印象深刻的，有一個在桃園某國中教書三十年的老師，她沒用網路習慣，輾轉看到《秋末冬初》，特地寫信來購書，一買就二十本，信還是手寫的，那種溫度，是可以融化冰雪的，她說：「裡面寫的，就是我們學校的故事，那校長的嘴臉，簡直就是我們校長的翻版……」

這是比購書更大的鼓勵了，表示我的校園觀察，主軸沒偏差，全國的國中都是「五育病重」模樣。後來，我又收到她字跡秀美的信，除了持續給我鼓舞外，還說了一件勁爆的事，她說，她收到書後，先給了一些熟悉的同事，剩下的就放在辦公室的公用鐵櫃上，然後貼上告示牌，讓人自由索取，結果，她才去上一節課，回來卻發現整包書不見了，剛開始覺得有點高興，這麼受歡迎啊，正想著是不是再向我買書時，卻猛然發現，書沒有不見，是整包被丟進垃圾桶去——是受垃圾桶歡迎無誤——「還好，書的臉皮還蠻厚的，沒弄髒……」也是國文老師的她，幽默地說。

再來，一個某國立大學化工系主任，我也不會忘記他，某假日，他特地開車載著小孩，從台中風塵僕僕來到工作室買書，還捐了五千元給工作室做基金，他對能力編班的傳統非常不以爲然，他說：「有些國中的特別好班，都會經常透過關係來找他的同事們去當活動的講師，他們是很熱心，想說爲了下一代，有的甚至義務幫忙，但我總覺得怪怪的，這些學生都是老師或家長委員的孩子，那其他後段班的小孩呢？這樣更加深社會的不公平，所以，後來都拒絕了，我不想愛心被濫用……」

我馬上想到阿芳，他老公剛好就是那大學的教授，有次我帶學生去做生態觀察，她小孩剛好沒跟到，我脫口而出說會再找時間辦一場，但因那陣子課務繁忙無法如願，她遇到我就笑著跟我說：「你不是說要再辦一場嗎？」

「不好意思啦，最近班上事情多，實在沒空，以後再看看囉～」我說。

「喔，」她有點失望，酸酸地說：「我小孩那班，假日活動都排得滿滿的，都嘛是請大學教授去帶……」

我直覺，她好像看得起我才要我再辦一場，是給我恩惠，讓我有那個榮幸升等爲教授級講師，去帶這些珍貴優秀的小孩……什麼跟什麼啊。

我當下可以體會那主任的感受。

「就是嘛，這些既得利益者，共犯結構！」吳莉惠聽到我的轉述，氣憤難平：「尤其那些教育系的教授，尤其那蔣公大學的那些爛教授，就是跟我們八卦縣合作的，主任校長甄試也找他們當甄試委員，九年一貫研習也讓他們包去，國中爛到這樣了，不站出來發聲也就算了，還助紂爲虐！難道他們不知道，能力編班是違法的嗎？還裝聾作啞……」

是啊，這些號稱專業的教育學者與大學機構，對國中違法能力編班與惡性補習總是視而不見，每次看到他們在研習會場講那些好聽的教育理論，實在噁心至極，還與教育官僚上下交相賊，強迫我們這些老師去聽，你說，這樣的教育有救嗎？一般老師，包括我都嘛用「改作業」來消極抗議，但是這次我的胃滿了，隆重吞不下去……

但你知道的，其實網路上負面的質疑更多，「成績一百分的學生與零分的學生混在一班，要如何教？」、「你這麼厲害，去當上帝好了！」……甚至不堪入耳的幹撟謾罵都來，而且這些都是匿名的，敵暗我明，有時戰到身心俱疲，懶得回應時，我總是貼上這句話做結論：「要能力編班也沒關係，教育部只要把法令改過來，不要講一套做一套，明明規定常態編班，卻掛羊頭賣狗肉，這就是反教育！」

三月底，正當氣候開始變溫暖。我得知一項消息，某週日，教育部長要來鄰鎮的演藝廳，親自主持一場「全國社區大學教育論壇」，這是規模龐大的全國性會議，至少會有兩三百人參加，因此將是媒體矚目的焦點，重點是，有機會堵到教育部長，當下決定要好好把握。

剛好，當地社大校長是我大學的老師，而兩個女職員也是社運的朋友，她們告訴我，會場外的走廊，將規劃一些課程成果展與社區社團的攤位，讓活動更貼近土地，彰顯社大的存在意義——啊，那正好，我名正言順就去申請一個攤位，準備近身向部長表達訴求。

當我把計畫告訴眾好友，大都婉拒，難得的假日，當然不能強人所難，而最有可能來的吳莉惠，又剛好有活動強碰，所以我只好獨立作戰了。

當天，我找來三個有參與《秋末冬初》創作的學生當志工，我把教改的兩大訴求貼在展板上，一樣用書的死人色調，白底黑字，做成兩塊沉重的墓碑牌位，狠狠站立，控訴著。一旁我還用畫架當道具當裝置藝術，讓它穿著柳中制服，揹著我那個受水雞詛咒的鹿港國中書包，做成一個國中生的樣子，畫板是臉，沒有五官，象徵教育與國中生茫然模糊的面容……而長桌上，將工作室的出版品一字攤開，當然《秋末冬初》是重點，在中間疊成一座祭壇。

早上九點半左右，部長在隨扈與眾媒體的促擁下，緩緩步上演藝廳大門的階梯，順著長長廣闊的走廊而來，而兩旁擺滿花枝招展的攤位，與我的攤位形成強烈對比，果然，這樣剛好讓我的佈置更顯眼。

我的位置靠近會議室的門口，遠遠向外望去，像是影展的星光大道般壯麗，當部長慢慢靠近時，我快步上前去，把事先準備的陳情摘要與《秋末冬初》整袋遞給他，突來的動作，他雖愣了一下，但沒拒絕用手拿著繼續往前走，當下是有些緊張，深怕隨扈把我當刺客擋下，甚至制伏在地，那就糗大了。

部長，是我高中的老學長，年輕時是個寫詩的文青，《秋末冬初》的〈序曲〉，我就是以一首詩開始，特地為他而寫，希望他能懂，以詩當教改的秘密武器，是我的浪漫與幻想。

他匆匆而過，與被攔下時的分神，對於立在攤位的訴求，也不知有沒有看到？不過沒關係，十一點半會議結束，他會再走一次，就算沒看見，回去還有我的書與文宣，但要是沒有心，就什麼都別談了。

會議開始到結束，有兩個鐘頭。這期間，攤位走廊就是一個嘉年華的場景，民眾來來往往，我也賣了一些書，也去各處逛逛，發現更裡面的攤位有個熟悉的身影——那不是縣教師會的江會長嗎？

我走去跟他打聲招呼，順便給他一本《秋末冬初》，然後恭敬地說：「請會長支持常態編班！」

「多少錢？」他做勢要拿錢給我。

「不用啦！送你的～」我笑著說。

他隨意翻了翻書，也笑了笑，不置可否，然後拿一份教師會成果報告給我，然後又笑了笑，走回攤位坐著，繼續笑著，笑容跟身材一樣壯碩。

直到目前，都有人問我：「為何不跟縣教師會合作呢？」

這笑容就是答案。我怎麼可能沒去找他，縣教師會對常態編班的態度，就是不置可否，不僅僅這議題，相關教育相關議題都是裝曖昧，整個組織運作的大方向，就是爭取老師現實的權益！

「教育正常化了，教學環境變好了，師生的權益也跟著有更好的保障，這是水漲船高的道理……」我曾企圖說服他：「這也等於是在爲老師爭取權益啊！」

柳中那年籌組教師會時，請他來幫忙，就是有所期待，後來得知縣教師會，已成了我當初擔心的模樣，整個想像就幻滅了：

「教師會不關注教育議題，那這組織的意義何在？」

年初，江會長去八卦國中開會，當時還是學校教師會理事長的吳莉惠，就當大家的面嗆他：「全縣國中都違法能力編班，你們跟縣府一樣都在裝聾作啞，這算什麼？丟臉！辭職謝罪算了！」

之後，她就憤而退出教師會，當然也失去理事長的職位。

其實那天，她正在氣頭，因爲她具名向縣府檢舉的八卦國中違法能力編班，與圖利某參考書商，該檢舉函竟然出現在校長手裡，還公開在開會時唸給大家聽，還酸了她一陣：「全校老師都用心在教書，只有吳莉惠閒著沒事幹，在破壞校譽，學校哪有違法？都是她一個人在講，這樣叫做分段式常態編班……」

她輾轉得知，氣得半死，她曾經力挺的縣長，竟然與她們校長，都一起站在法律與教育的對面。剛好，那天巧遇江會長，就怒火上衝，颱風尾就掃到他。

所以，我拿書給江會長時，彼此心知肚明，也沒再多說些什麼。

說到這裡，我就想起那次會議之後，在八月中旬時，行政院通過取消中小學教師免稅的決議，全國教師會得知後，便決定要發起「九二八教師節大遊行」表達抗議。

消息一出，輿論就批評不斷，爲了避免揹負抗稅的「黑鍋」，直到遊行前兩天，遊行訴求才臨時改爲：「團結、尊嚴、工會、協商」四項。

問題是，教育部本來就不反對教師組工會，而教師法已規定教師會擁有「協商權」，而前幾天才跟教育部在協商課稅問題而已，就是行使協商權的證明，這樣，你要抗議什麼？

而其他兩項，更好笑了，「團結」與「尊嚴」是自己內部與人格問題，不是他人給的，提出這個訴求，簡直是自取其辱。

我看見遊行隊伍裡，眾人拿著「要繳稅」的黑色手板，壯觀地揮舞著，這更好笑了，要繳稅還用抗議嗎？這根本是此地無銀三百兩的心理作用，也是「見笑轉受氣」的反應。

所以，這場號稱是有史以來最大規模的教師遊行，竟如此荒腔走板，「抗稅」不是黑鍋，是「眞鍋」！而後，他們又向教育部提出「課多少補多少！」的訴求，就是明證。

這遊行估計有五萬人參加，與其他遊行相較，這樣的人數算多的了，很「團結」啊，只是爲了不合理的私利，還有一個「團結」原因，就是政治動員——你還記得嗎？首次政黨輪替前，校園的抓耙仔黨工，就一直在放話：「民X黨若執政，教師退休金會沒得領了……」好了，遊行前的當時就變成：「你看，要取消免稅了，再來就是取消退休金了！」

這場遊行，我看到阿慈與一個同事，也義憤填膺相招去參加，心都冷了。當然，我相信她是對教師會還有所期待，不是政治因素。只是，不知不覺中，自己也變成政治的一個棋子了。

因此，這不是江會長個人的問題，而是關係到全國教師會的組織走向，與整體教師的性格……哈，所以他掃到吳莉惠的颱風尾，我要爲他叫屈才對——事實上，事後他自己已經去找縣長叫屈了……

好，回到演藝廳現場——兩個鐘頭很快過去了，看見陸續有人出來，我知道會議結束了，馬上就戰鬥位置，部長一行人同樣的陣仗，步出會場，我一手拿著《秋末冬初》向他揮舞，一手指著我的墓碑標語，他笑了笑，也沒停下來就走過去了。

其實當下我是有股衝動，想大動作吶喊之類的，街頭運動一樣，才會引起媒體注意，且讓部長更在意，不過，事先已經打算做靜態式陳情，若鬧場抗議，必定會讓主辦單位，以及我的老師難堪。

後來，媒體沒報導，部長也沒回音。證明了當時的笑容，與江會長是一樣的內涵。也證明，我的詩，陷入政治現實漩渦裡，溺斃了。

從縣府到教育部，都排除萬難把意見送達了，雖沒獲得具體的回應，但這樣已仁至義盡，能做的都做了，正當我心情正低落時，突然想到，還有一個層級沒做：總統府！

好吧，既然要做就做全套的，我馬上擬了一個正式公文，一樣附上摘要與書，掛號寄去。這是我第一次給總統寫信。

本來就是預定它會石沉大海，但那塊石頭若不丟進去，心裡總有個疙瘩，別人或許聽不見任何聲響，我卻可以，「咚」一聲，會永留心中。

而後也不知過了多久，竟收到回函（還好不是法院傳票），雖一樣是「已轉相關部會研究辦理」的官樣文章，但它已完成小老百姓的任務，我應該對得起國家這份薪水了吧。

就這樣，《秋末冬初》運動，大致告一段落，你知道的，如此大費周章，搞得身心俱疲，卻還不如吳莉惠去年九月驚天動地的一跪！這一跪，不僅登上報紙全國性版面，連電視都有報導，迅速引發社會的關注，公視也因此才決定要製播國中教改系列影片，而後才有今天的《魔鏡》。

薑還是老的辣！吳莉惠不愧爲社運老手。

不過，《魔鏡》拍攝期間，丁導演說，工作小組人手一冊《秋末冬初》，好像是影片腳本一樣，這樣說，倒讓我感到一些安慰。小愛笑我是「犧牲打」，我說，無所謂啊，能達陣就好……

「老師好！」耳畔突來的叫聲，嚇我一大跳，才轉頭，一個鬼影一溜煙閃過，夠，死囡仔！是那個小皓，調皮搗蛋的，眞是皮在癢。

「還沒下課，怎麼跑出來了」我說。

「快下課了啦！」他氣喘噓噓看著錶倒數著：「5—4—3—2—1—下課！」

果然，鐘響了。對時間的了解，他比我更厲害。

我突然醒過來，意識到《魔鏡》的事，趕緊回辦公室去找阿星，不知家長聯絡得怎樣了？跟吳莉惠一樣嬌小的阿星，在嘈雜茂密的叢林中，我掂起腳尖，一時找不到人，這種菜市場的嬉鬧，實在容易讓人浮躁上火，我快步從後門出去看看，才看見她從另一頭走來，此時心才稍稍放下。

「都聯絡上了！」她說：「害我手機講得都沒電了，還好，她們三個家長都可以理解，也說沒問題，小燕的媽媽還說，這樣的活動很好啊，讀書也不能整天都關在教室……」

此時，心又放下一些。八卦國中那邊不知如何了？我反而擔心起吳莉惠來，猶豫著要不要再打電話。

回到辦公室，坐定後，才想起聯絡簿還沒簽完，對了，差點忘記班上那神奇寶貝——哆啦小明。

我火速找到他的聯絡簿，一翻開，齁！竟然又給我蓋哆啦A夢，他在試探我抓狂的底線嗎？家長，也眞是的，虧他還是委員咧。我用紅筆，把占據家長簽名欄頑皮的哆啦A夢狠狠圈起來，拉出一條線，用力寫道：「還在作夢嗎？」

下次再看看，夢沒醒，就去搖醒家長了，否則學生還以爲是我在作夢。其他，沒啥狀況，很快就簽完了。隨即，我又陷入《魔鏡》當中。

裡頭除了那三個學生外，其實還有我一個鏡頭，大概一分鐘左右，場景在柳中校園。

丁導演跟我說，剪接時候，才發現我的部份收音不佳，要來再補個鏡頭，因我要上課，就跟她約在學校，利用我空堂的時間。

那天，下午三點多吧，我們就在西邊舊大樓前那排老榕樹下進行，當時天空透著稀疏的陽光，照在我的左側臉龐，有微微的暖意，攝影師在我前方約四、五公尺地方，導演則坐在我對面，訪談沒多久，我竟講了講就開始哽咽，然後失態放聲大哭……她有點錯愕，其實連我自己都感到意外，我不是那麼容易失控的人，或許這一年來的教改行動，累積太多壓力，我一想到我的後段班學生，還有像小智那些身障的弱勢小孩，而我們號稱「堅持改革」的新政府，以及我們這群叫做「老師」的聰明動物，又是如何殘暴地對待他們，情緒就按捺不住崩潰了……

還好，這一段沒放到影片裡，他們的拍攝手法不是那種灑狗血式的風格。昨晚看到影片裡的我，都記不得幾個月前自己講過的話了，這段時日，我沒跟任何人提起，那樹影爍動下，有一些脆弱的淚光……

正當我正沉湎在過往的情緒裡，突然間，涂大主任天搖地動地走進辦公室，看那目光好像朝著我來，果然是找我：

「蕭老師，能不能借一步說話？」她用慣有的冷語調說。

「請問什麼事？」我抬頭看著高大的她：「不能在這裡說嗎？」

「這裡人多，有點不方便，」她說：「能不能……」

我不待她說完，就猛然站起，她馬上會意地挪動身軀，讓出桌與桌之間窄窄的通道，我跟著她後面向外走去，心想一定是《魔鏡》的事吧。

「蕭老師，我想跟您討論一下『教育優先區』的事？」她說。

「蛤？」我一時聽不懂，完全是我意料外的話題：「什麼『教育優先區』？」

她開始解釋一大堆話，慢慢才講到重點：

「因爲我們學校單親家庭與隔代教養的學生人數比例，符合教育部『教育優先區』的指標，我們就申請了一筆經費要照顧他們，打算在週六再開三堂補救教學的課，完全免費，因您班上人數最多，所以課程依規定就開在你們班，要麻煩您當導師，而基本上課程內容都是排主科，所以也要請您來上國文……可不可以將您班上這些弱勢家庭學生的名單開給我……」

我慢慢聽懂她的話與企圖，火氣漸漸上揚，但壓抑住：

「他們是家庭弱勢，不一定是學習弱勢，這些當中也會有好班的學生，他們週六本來都在上課，而且成績好得很，也不用什麼補救……而我們這些後段班學生，學習動機本來就不強，還要強迫他週六來上課，根本是一種懲罰，何況現在第八節，已經全校都被強迫上課了……」我突然靈機一動：「不如將這些錢直接補助他們第八節，不必再勞師動眾加課了……」

「不行！按規定不能當第八節的錢。」她斬釘截鐵地說：「這是週六下午上課，不會跟好班課程衝突。」

「其實，這方案根本不能辦什麼『補救教學』！」我才剛寫完《秋末冬初》不久，相關法令我清楚得很，想說反正都是亂搞，讓學生少繳一筆錢也是好的，誰知有溝沒有通：「按規定，這個錢應該辦『親職教育』，目的是要提升弱勢家庭競爭力，不是給學生加課惡補用的！」

「『補救教學』也是要提升學生競爭力，學生提升了，家庭也就提升了，不是嗎？」她越講越大聲：「請您多配合學校政策！」

「學校違法，也要配合嗎？」我要提高音量，上火了。

「哪裡違法？」她惱羞成怒：「請您說清楚！哪裡違法？」

「好，我告訴妳！」我也氣得發抖：「所謂的第八節，一九九八年教育部已經宣告取消，啊，妳還在辦，那不是違法，要不然什麼叫違法！」我不等她開口繼續說：「『補救教學』也不是這樣補救的，按規定是課業成績每班後百分之十到二十的學生來補救的，妳現在是全班不管成績好壞全部留下來『補救』，而且用強迫的，這也觸犯刑法『強迫罪』，還說沒違法！」

「哪有強迫？請你不要血口噴人！」她也講到發抖，連胸前掛的手機都亂晃起來。

「沒有強迫，會全班學生都參加？不要再說謊了！」我大喊。

「哪有強迫？只是他們剛好全部都自願參加！」她喊得比我大聲。

「『剛好』？要笑死人！妳根本沒有做意願調查，就直接把它列到註冊單的繳費項目，誰敢不繳錢啊？」我聲音啞了：「而老師，有問意願嗎？都剛好嗎？至少沒問我要不要，課就給我排下去，這不是強迫嗎？」

「呼……」她氣得冒煙，說不出話來，狠狠瞪著我。

「我是希望，」我放低音量，緩和一下情緒：「教學正常化一點，課後時間，也不要動不動就用強迫的……」

「要正常你自己去正常！」她直接打斷我的話，說完就氣呼呼掉頭離開。

錯愕的我，愣在那裡，她突然丟下的話都很深，意思是不是在說：「這裡的每個人都不正常！」

「哈哈！」小愛大聲笑我：「她意思是說——只有你不正常……」

唉，跟她談話眞累，這可是眾老師認證的。我看見有人在窗裡偷笑。她來柳中，根本來亂的。這也是大家認證的。

這個月中旬，「全國網界博覽會」成績揭曉，柳中獲得全國第二名，小燕她們好高興喔，辛苦終於有代價，我身爲指導老師之一，也鬆一口氣。對於兩週後在高雄舉行的頒獎典禮，她們滿懷期待，但要如何去，誰帶她們去？誰知學校貼出海報祝賀後就不聞不問，看時間一天一天逼近，我就請也掛名指導老師的資訊組長去問涂大主任，她怎麼說你知道嗎？

「高雄那麼遠，又在星期日，哪找得到人帶她們去，有六個人學生耶！那獎狀獎品不是可以請他們寄來嗎？」

聽到這話，連資訊組長都覺得不可思議：「全國第二名，爲校爭光咧！」

由於不忍讓學生失望，我們討論後，決定要想辦法讓小孩如願，畢竟這是一輩子難得的經驗，後來發現本縣某國中也獲佳作獎，經詢問才知他們學校隆重地包一輛中巴，要風光去領獎，組長簡直氣死了，「他們佳作都這樣慎重，我們柳中銀獎，竟然……」後來很幸運，他們的車還有空位，同意順便載我們六個小孩去，而我與阿星就自己開車去會合，事情算圓滿解決。

你說，涂大主任是不是來亂的。

而後領獎回來，校長上網去看學生的作品，發現其中「研究日誌」部份，對學校頗有微詞，她們把教務處消極不協助，甚至刁難的怨言都照實寫進去（太可愛了，她們！），她也冒火噴煙了，對於這個令人頭痛的主任……

想到這，突然間，「砰」一聲從天而降，嚇我一大跳，我本能往內閃——啊！是一大片暗紅暗磁磚，碎裂在眼前，還好，我是在走廊，要不然頭上開花了。眞是的，已經不是第一次了，這是水雞留下來的不定時問候，這大樓落成才五年，竟然就可以玩闖關遊戲了……

「哈哈哈～應驗如響啊！」小愛又笑了：「這世界，正常的不正常，不正常的正常……」

我懶得理牠，一轉頭卻看見川堂那「拱橋」小皓，笑得屁股都塌下來了——喔，下課了嗎？什麼時候打鐘我都不知道。

快三點了。我進到辦公室，一些人馬上來關心，阿義問我：「耶～天助啊，剛剛那涂大主任是不是跟你談《魔鏡》的事？」

「不是啦！是什麼『教育優先區』啦～」我有些驚訝：「啊！《魔鏡》？你知道這消息了？」

「是啊，剛看到網路新聞，柳中上電視了，哈～你也上了囉，蠻多人在討論的～」他說。

「是喔！」我馬上走去公用電腦看相關新聞。

「喂～剛講什麼『教育優先區』？」他跟著我後面問。

「這不重要啦，稍後再說，我先看一下《魔鏡》，代誌較大條！」我說。

這次新聞好像也鬧大了。教育部與縣府都有回應，只是還沒看到八卦國中今天的事件。新任的教育部長說：「依目前的法令，國中要常態編班，沒有任何疑慮，他會派督學前往了解，若眞的有能力編班的事實，一定要求縣府改進，並追究相關責任……」

啊！他，眞是狀況外！但我期待狀況外的部長好久了——那些教育體系出身的部長，包括我剛下台的高中老學長，幾乎都是狀況內到老油條，對於存在幾十年的違法能力編班都視而不見，這跟黨派無關，之前中X黨執政末期，也出現一位狀況外部長，但很快就被換掉了——歷史學者出身的新部長，行事不同於前任一貫的保守風格，大膽有魄力，但也常引發爭議。圈外的人，才會不受原有的現實捆綁，用不同角度去看事情。這樣才能談改革。

我想起拍《魔鏡》時，公視的總經理，親自與工作小組來工作室找我談拍攝計畫，她說到一句話令人印象深刻：

「民X黨除了改革外，沒有第二條路可走啊！要不然，選民投票給你幹嘛，選中X黨就好了！」

我完全認同。

編班這件事，我的邏輯很簡單：「如何編班都可以再討論，但學校若知法犯法，本身就是反教育！」

由教育部長的發言，我解讀到跟我相同的眼睛。剛剛的怒氣幾乎全消了。

「縣長避而不答！」報導如此說。倒是看到教育局長跳出來抗命：

「八卦縣沒有常態編班的客觀條件！」

然後一些黨籍議員紛紛也跳出來護航，炮打同黨的中央政府：「能力編班是全國性的問題，不要只針對八卦縣，要做就一起做……我們要求公視要公開道歉！這樣的報導不僅偏頗，也不公平！」

這些縣府回應的新聞，又讓我傷心解讀到：一個優秀的立委，不見得是一個優秀的縣長……

我又找一遍新聞，仍看不到八卦國中的消息。吳莉惠不知如何了？

想了想，反而擔心起阿星班上那三個曝光的學生，依女王的性格，一定會有所動作，再來就是週休假日，但她們好班會來學校上課，爲了保險起見，我決定放學前要去做一件事才安心。

看看時鐘，第七節快下課了。當下，我走出辦公室，去找她們的自然老師，也就是生教組長。他是我學弟，對我還有幾分尊重與了解。

才走到川堂，看見他匆匆出了訓導處的門，好像要去張羅一些事情，於是隨即我叫住他。

「阿信！我想跟你討論一下事情，現在方便嗎？」

「沒問題的，學長！」

「你眞的沒有要緊的事要辦嗎？看你匆匆忙忙的～」

「哈哈～沒有啦，你知道我走路都習慣這樣快，順便運動～」他笑著說：「學長，什麼事？」

「你知道《魔鏡》的事吧？」我說。早上他在上課發飆的事，我就當作不知道。

「知道。他們實在不應該把學校的名字打出來……」他有些抱怨。

「每個導演都有自己的觀點，我也是昨晚看到片子才知道這樣的～」我說：「不過，既然已成爲事實，就想辦法來補救……」

我把八卦國中發生的事情經過詳細跟他說明：「有件事要拜託你，學生是無辜的，她們只是去年參加我的活動，而公視去跟拍，也沒事先安排受訪，我也是影片出來才知道有這一段，其實她們也沒講什麼…我怕學校會像八卦國中那樣，約談學生，造成他們的壓力與恐慌，所以，要請你去跟校長轉達我的話——所有的事都因我而起，若有問題就直接找我，請不要再去找學生談這件事，或施壓，若她們因此而受到傷害，我保證會盡我所有的力量跳出來保護她們，公視也這樣向我承諾……」

阿信說沒問題。這時鍾主任剛好也來了，知道我們談論《魔鏡》的事後，他也來習慣性插花：「我贊成常態編班，本來就要這樣嘛……」

他們相同年紀，雖有行政從屬的關係，但其實是好朋友。

「阿信，再拜託你了！」我不習慣哈啦，就先離開了。慢慢走回辦公室，等待下課鐘響。途中，遠遠看見我們的女王，從舊大樓走出來……

此時，我腦海中不禁又浮現《魔鏡》的開場畫面，那漂亮的皇后，虔敬專注地向她心中的妒恨，揮舞著纖纖細手：

「魔鏡！魔鏡！請告訴我，誰才是世界上—最—聰—明—的—小—孩……」

2005
5/6
（拜五）

第十七章　油桐花落

我的心，細雪紛飛。
一隻美麗的蝴蝶；
一道漸漸淡去的彩虹……

0.

一年就這樣又過去了。當老師跟學生一樣，每天都是被鐘聲追著跑，日子無聲無息就流逝了，有老師退休，也有新進老師，學校也改朝換代了，新任校長，竟是那豬頭！而他在柳中當主任時，我因抵抗水雞的因素常讓他爲難，所以他就任後就對我特別關照。這不說你也知道。唉，眞的被他操到無力跟你講故事了。其實這期間，我也不斷質疑著自己，繼續講這些校園爛故事有意義嗎？很抱歉啊，一講就是悲傷的故事，其實故事本身不悲傷，悲傷的是校園，是人生。

1.

今生大概不可能忘記了。油桐花，就這樣自在飄落，沒有半點矯情，彷彿是初夏的雪，每一朵都像披著白紗的新娘，翩翩飛舞，儼然是迎接新季節的禮讚，也像是對春天的不捨與眷戀，歡欣中帶有淡淡哀愁，但不管如何，祝福也好，詆毀也罷，美麗，是她永不凋零的名字……

「千年桐是單性花，多數是雌雄異株，偶爾有雌雄同株，而雌雄同株中又有少數是雌雄同序，性別表現不穩定。當由外界環境改變，或植物受到傷害時，自然產生反應機制，花序中會出現不同性別的花……」

我邊走邊想著某生物系教授的話，好奇妙的花花世界啊！每種生物的樣貌，都有它存在的道理……腦海裡上演的是，多日前在山林令人愉悅的畫面，嘴角是上揚的，肩上的電腦包也頓時輕盈了起來，此時才體會到什麼叫作沉醉，什麼叫作流連忘返。

都回學校上班一週了，奧妙的經驗卻仍一路跟隨，走在紅色磚牆旁，經過了一夜的風雨，人行道上鋪滿落葉，這是榕樹與羊蹄甲的殘骸，其間夾雜著被踩扁的漿果與濕潤的乾莢果，還有少許紫紅黯淡的花屍，走在上面，竟也覺得像踩著白色桐花般心疼，甚至鳥聲也複製回來，在樹上，在耳畔，滿滿都是美妙的歌……這都得感謝，外掃偷懶的學生，意外成就了這機緣，這樣的場景不是很美嗎？

這天，是陽光燦爛的早晨。

2.

一進校門，便發現行政大樓下東側草坪旁有一些人聚集，窸窸窣窣的，由於有點透南風，那羽翼漸豐的小葉欖仁也沙沙作響，根本分不清誰在低語？

仔細一看，草皮上有塊區域用黃色塑膠繩帶圍起來，「施工中，危險勿進！」那種，他們時而指指點點，時而抬頭張望……這沒什麼好驚訝的，每個柳河國中的人，對於這種景象都習以爲常——「磁磚雨專區」啦。

這大樓脾氣暴躁，可能遺傳到水雞的性格，自落成以來，不定時，不定點，常會下起磁磚雨，還好，這幾年來沒砸傷人的傳聞，簡直是上天保佑啊，可憐我們這所鳥不生蛋的偏鄉學校。不瞞你說，我有時會用高層次思維，把它看成裝置藝術作品，但似乎無人領悟，其中的教育眞諦與創作發想。我是有點寂寞。

這些人，有校長（眞的就是那豬頭啊！）、總務主任、輔導主任與生教組長。生活就這樣，相處久了，即使只是背影，或側身，也一眼就可認出。他們大概在研究解決辦法吧。但多少年了，沒人能解決這天上掉下來的禮物。

我遠遠望了一下，連招呼都懶得打就直接到辦公室，放下包包，稍作休息後，帶著隨身書與筆記進到教室。此時，七點三十分。我習慣性看了腕錶。早自習鐘聲響完剛好五分鐘。九年一貫，貫了一年後，導師時間又隆重變回原本的早修，而巫碧瑩的先自習後打掃的創意，創了一年，證明不可行，也打回原形。也好，反正貫不貫都是假戲一場，這樣可以晚五分鐘到校。

國二下了，我會故意稍晚一些再進教室，留些彈性時間讓他們自行就緒，盯太緊反而反效果。我用眼睛巡視一下，清點人數，這是每天例行工作——啊，發現只有小蘭未到。平時偶爾遲到的她，常規沒什麼大問題，若早自習下課再不到，就要打電話了。

後段班學生有心準備考試的不多，要他們乖乖坐著K書，簡直是不可能的任務，能不出大事情，順利讀到三年級畢業，已屬萬幸了。我的重點工作，其實就是陪伴，陪他們走過求學生涯最難熬的一段路。他們是體制內最後一屆後段班。

去年《魔鏡》事件後，編班問題再度引發各界關注，在教育部強硬的態度下，本縣縣長在七月時正式宣佈，自該年度入學新生開始，一律由縣府統一電腦造冊，逐年落實常態編班，不過，還是保留一些體育、音樂、美術等特殊班給學校自主，想也知道，這是變相的好班，提供家長委員或教師等特權階級的子女安置，但至少，能力編班失去正當性從此地下化，無疑這是向前的一步，走好久的小步。希望這教育惡夢永遠不再重現。

《魔鏡》或許眞的也有莫名的魔力，讓女王改變心意，當時參與拍攝的三位學生，僥倖逃過原本的約談，而當時那屆三位超強名師匯流的國三好班，在不久後的基測，成績竟也表現得特亮眼，女王因此受到上級的極度讚賞，今年二月一日四年任滿，隨即順利升調至縣北新設的「八卦藝術高中」，這是一所完全中學，羨煞所有的國中校長，此時，我才恍然大悟，當初她剛進柳中，打破慣例把老郭、老楊與阿花巧妙地集中在同年級的用心良苦，原來她在爲她美麗的將來鋪路……這都是智慧的展現，沉潛與蟄伏，進退之間的分寸，女王拿捏得恰到好處。

我邊改著聯絡簿有時邊出神。突然間，耳畔有個細小的聲音：「蕭老師！蕭老師～」嚇我一大跳。原來是大聲公在叫我。由於聲音眞的太小，近乎氣聲，這樣低聲反而讓我大大驚嚇。她微笑地輕輕招手，向我示意到走廊。

「主任，什麼事呀？」我問。

「天助老師，我跟您講一件事喔，」她刻意壓低聲音：「你們班那小蘭，現在在輔導室……」

「是喔！」我打斷她：「想說今天怎麼還沒來，原來……」

「抱歉沒及時通知您！是這樣子的，早上阿月老師班的彩虹，發生了一些事……她墜樓了，從三樓墜下，還不知道原因……」

「是喔！」乍聽我覺得驚訝，但很快想起剛進校門時的情景：「行政大樓前的草坪那裡……」

「沒錯！」她繼續說：「就在那裡沒錯……那時，我剛停好車，一打開門，就砰一聲，嚇我一大跳，心臟都快跳出來了，後來發現一個女同學躺在那邊，仔細一看是彩虹，就趕緊叫救護車來，鍾主任剛好也看見了跑過來協助，就送她到醫院去……」

「現在，人狀況呢？」我問。

「剛鍾主任從醫院打電話回來，說還算穩定，」她不急不徐說：「阿彌陀佛！還好，底下是草坪，雖從三樓高摔下來，好像只有大腿骨折，意識也恢復了，其他都還在檢查中……剛剛校長也趕去醫院探望……」

「什麼原因知道嗎？」我問：「是不小心摔下來，還是自己跳下來……」

「詳細狀況都還不知道，救人優先……」她說：「你知道彩虹這小孩問題很多……所以想說先找小蘭了解一下。」

「沒問題！」我說：「我知道她們是好朋友。」

「天助老師……」她有點吞吞吐吐：「其實，據我了解，他們不只是好朋友而已，而是

『同志』……」

「同志？」我複誦著，一時聽不懂。

「就是——同性戀啦」她貼到我耳邊悄悄說。

「喔！」我恍然大悟：「眞的嗎？如果是，我也認爲這沒什麼，人本來有一定的比例是這樣啊……」

「這怎麼行呢！」她突然提高音量，引起同學們側目，她警覺到後拉我又跨一步出去，繼續輕聲說：「這怎麼行！站在教育的立場，在學校搞戀愛都不行，怎麼可以讓她們搞同性戀？何況她們這種年紀，性別意識還很模糊，通常只是玩玩而已，怕只怕最後玩成眞的出來……唉！多搞幾次報告就寫不完了……眞是的，這種重大校園事件，一定要馬上呈報縣府……」

「嗯～」聽見這種官腔官調，我就自動不耐煩，沉默的「嗯」著，故意不時把眼睛瞟向吾班騷動的學生。

「對不起，打擾了喔！」她恢復客氣的表情：「沒什麼啦，主要跟您講一下小蘭在輔導室，輔導老師正與她談，待會兒我也會找她談談……先這樣囉。」

大聲公說完，隨即轉身離去，我愣愣看著她壯碩的背影，慢慢消失在走廊盡頭，然後下樓梯，我不是目送，而是錯愕！百感交集的錯愕。

突然間，腦海中隨即浮現一個畫面——早上開車快到學校之前的路口，遠遠就聽見「喔依喔依」的救護車聲，然後就在匆忙車陣中，與它擦身而過，我想，那一定是載著彩虹的救護車，慌張奔馳前去的，正是署立醫院的方向，也是太陽下山的方向……

3.

「叮—噹—叮—噹——」下課鐘響了。八點五分。

沒朝會時，早修就延長十五分鐘，同學們一聽到鐘聲，迫不及待便解放起來，打打鬧鬧的，教室馬上就變成菜市場。

「有人自殺了！」

「死好啦！」

「都是那肥婆害的！」

「豬頭啦～」……

你一句我一句，許多人開始八卦了。這是不學自會，來自老師的眞傳。其實教育的眞義在裡面，只是從沒人正視過。

我沒再多停留，起身離去。這是他們放風的時間。

跟著腳步，小蘭的種種，不由得又從心中湧現出來。

她是國二上從鄰鎮某國中轉入吾班的，吾班是後段班中的後段，由此可知，她後台鐵定不夠硬。的確是這樣，她老爸是個派遣的泥水工，工頭說哪裡有工作就去哪裡，所以收入很不穩定。不知是年紀本身，還是長期在太陽下勞動，看起有點蒼老。而媽媽是個年輕印尼外配，來台十五年了，語言溝通已無障礙，且已融入本地生活的氣味，但講話還有一些東南亞的特有腔調，一聽便知。

我見過她兩次面，一次是剛轉學來校辦手續時，另一次是蹺課因素，是的，是跟彩虹一起蹺。其實她們是小學同學，小蘭小五時舉家搬遷，現在又轉回來柳中，但與班上同學相處並不是很融洽，因此，她常跟阿月班上的彩虹在一起。

但除了那一次蹺課外，小蘭沒有再有其他重大違規行為，雖上課不是很專心，但靜靜的，不會干擾秩序，下課也話少，若沒去找彩虹，不是趴在桌上休息，就是獨自一人站在走廊發呆，心事重重的樣子，比起班上好嬉鬧的小屁孩，她儼然是個憂鬱型的氣質美少女……

媽媽說，國一上時開始跟一群喜歡玩的同學廝混，經常蹺課，她很頭痛，講都講不聽，後來沒辦法只好轉學，想說遠離他們：「換個環境，看看是否會好一點？」

她本來是餐廳的計時員工，後來為這事辭職，變成專職的家庭主婦，為了怕小孩亂跑，每天特地接送小蘭上下學。其實，這半年多來是好多了，只是沒想到，這次會牽連到這種衰事。

至於彩虹，長得俏麗健美，可說是學校風雲人物，為人海派，人緣超好，但經常進出訓導處，但是，不都因為做壞事——她算是個運動健將，各項運動都表現不凡，尤其羽球是校隊，曾獲得全縣第三名佳績。當然，衝動性格使然，常與人有所衝突，也常替人出氣，就容易出事，不過還不至於成爲那種作奸犯科的大尾學生。

當初知道小蘭與彩虹友好，難免有些擔心，後來發現其實還好，除了那次蹺課之外，偶爾會遲到，再來就是服儀問題，其他狀況都還好。大概因彩虹交友廣闊，而小蘭只是其中一個，不良影響有限吧。想到此，我自然怨起那大聲公，總是習慣小題大作……

4.

回到辦公室，發現這裡的八卦比教室學生還兇猛。唉，眞慚愧，你知道的，這是老師之所以爲老師的專長之一。

「上次假裝腦震盪給阿安狠狠敲一筆錢，現在報應了，眞的腦震盪了齁！」

「啊不是那一個好嗎？那是幾百年前的事了……」

「哈哈～老番癲了……反正都一樣放牛班……」

「你上次車子，不是懷疑是她刮的嗎？好了，現在死無對證了，哈哈～」

「你不要亂講，還沒死啊！」

「歹勢歹勢！沒有死，但也半條命去了～」……

八卦，此仆彼起。我等下有三堂課要上，沒時間也沒心情理會這些，甚至厭惡，尤其那個教地理的史騊，常講那種惡毒的話，時常加油添醋，惟恐天下不亂。

我看見阿月默默坐在座位上拭淚，急忙上前慰問：「妳不必太過擔心，聽說只有大腿骨折，其他還好……」

「嗯～」她慢慢地說：「雖彩虹不怎麼乖，但是我的學生，出了這種事情，眞不知該怎麼辦才好？」

我深知阿月的個性，一慌張不知所措時，就會哭個不停。上屆的「阿安的巴掌事件」，她才哭慘而已，這屆又來一個棘手的事。

「你記得上屆的許文靖嗎？」她說。

「當然記得，」我說：「裝病給阿安狠狠敲一筆錢……」

「對對，就是她～怎麼這樣倒楣啊！」她無奈說。

「是啊，叛逆期的小孩子，很難預料會發生什麼事……」我說。

其實這根本不是運氣問題，是機率問題，將問題學生集中在後段班，不經常出問題才怪。這是體制暴力！誰讓後段班存在，誰就該受詛咒！想到此就一肚子氣。當然此時此刻，我不會火上加油，增加阿月的煩憂。

「反正人在醫院，家長也在，等狀況穩定再說」我安慰她說：「現在急也沒用，不用太擔心。」

說完我就去上課了，連續三節，是我喉嚨極度挑戰，況且，我還惦著輔導室的小蘭。

十一點整。我帶著沙啞的聲音下課。在辦公室稍作休息後，就去輔導室探個究竟。結果發現小蘭不在了。大聲公說，小蘭情緒不穩定，剛剛請媽媽帶回家休息：「讓她請半天假好嗎？」

「當然沒問題！」我問：「小蘭到底怎麼一回事……」

「喏～」她遞給我一本筆記本：「這是彩虹墜樓現場撿到的，你先看一下，我下午再跟您討論。」

我一頭霧水。稍稍翻了一下，好像是她們的交換日記。但我又餓又累，根本沒心情看，決定先拿餐盒去裝些飯回來吃，民生問題先解決再說。

交換日記，時下學生正流行，哪有什麼好驚訝的？要不是發生這事，我才不會想去看，一方面是個人隱私權問題，另一方面，何必自取其辱呢？你知道的，裡面罵老師的一定一大堆……

由於下午是領域時間，沒開會，我可喘口氣，好好吃頓飯，然後好好研究一下小蘭的問題。

端詳著擱在桌上那本筆記，是三十二開本那種，大小剛好Ａ４的一半，純黑的封皮，封面是用反白的線條畫一個長髮女孩，手牽著一部單車的側影。其中特殊的設計，是那女孩的長髮，誇張地被拉長了，像是被風吹拂般輕盈，自然呈現出一個優美的弧線橫跨至封底。

我邊吃邊想著許多難解的思緒，一股神秘的力量，最後還是讓我禁不住動手去翻閱那別緻的筆記。

打開封皮，扉頁也是封面的圖樣，但經浮水印處理過，有著浪漫氛圍，上頭是彩虹手繪的一顆紅心，心內用粉彩鉛筆填滿，淡紅，輕輕斜斜的筆觸上，以黑色墨筆寫著「彩虹」與「小蘭」字樣。從並肩的名字，便可知她們感情濃密，那顆心宛如是一個鎖。

再往下看，接近底部地方有行細針筆寫的字：「偷看者死，下十八層地獄，永不超生！」正經八百的語氣，讓我噗哧笑了出來。

我直接聯想到古埃及法老王的墓，那刻在墳前入口處，警告盜墓者的咒語。笑歸笑，心裡還是有點疙瘩，不是怕下地獄，而是未經當事人同意，就看人家日記那種偷窺的罪惡感。

「有主任的授權……」這是我爲自己開脫之詞。但理性告訴我，誰有資格替小蘭她們授權！所以心裡蠻掙扎的，但想想既然小蘭牽扯其中，身爲導師的我還是要了解一下。

5.

「蘭：爲了證明眞心喜歡妳，特別在今日，這個值得記念的日子，獻上一顆紅心：情人節快樂！希望你能接受我的祝福——如果答應與我交往，就回我日記本喔～XD，虹。二／十四」

「虹：自從轉學來柳中，很感謝妳一直照顧我，我才不至於被欺負，雖國小同班過，但從來沒感覺像現在那麼熟，那麼好，現在沒同班，反而有期待的快樂。我很珍惜這個緣份，也很謝謝妳這麼坦誠，我們本來就是朋友，能不能當情人我不知道，但希望感情更好，然後一起走過風風雨雨。情人節快樂！XD，蘭。二／十五」

這是第一則對話。看了我有點驚訝，不是因爲現在小孩對感情的直白，彩虹這種熱血性格，從她在學校的一些叛逆行爲就可略知一二，而是小蘭的文筆。

她的作文，幾乎都是敷衍了事的寫法，聯絡簿更不用說了，千篇一律的「今天天氣很好」之類的廢話。想想她憂鬱的個性，與家庭狀況，隱藏自己的情感，是可理解的。她的叛逆不像彩虹那樣外顯，而是潛在的冰山，表面雖不會言語頂撞你，但總讓你覺得距離很遙遠，我可以深深體會她爸媽的苦惱。大人的苦惱。

至於同志之情，我雖是小孩眼中的老古板大人，但這點我倒百分百可接受，我的知識告訴我，人一定的比例有同志傾向，性情上也有性別互相浸染的成份，如果這是一種錯誤的話，也不是她們的錯，而是上帝。何況，感情所追求的重點，不是性別差異的感官媾合，而是彼此的信賴與幸福的氛圍。我超討厭學校這些形式主義至上的虛僞表象，像以分數來論斷學生的好壞與學習的成果……又何況，青春期的她們，有時是故意「同志」，來抗議食古不化的大人們與體制。

之後，近一個月的日記，都是類似這種甜蜜對話，有時互表愛意，有時互相打氣，或互贈小禮物，當然也會有學校生活的芝麻小事。有件事情倒是引我注意。

「蘭：昨天去跟小蓉要回手機的錢，她那天竟與小A她們出去玩，氣死我了，明知道我們是死對頭還這樣，幹！給她三天時間還錢，我決定要跟她斷絕朋友關係。那小A，校內校外A錢A得還不夠嗎？連小蓉也要給我A去……XD，虹。三／二十一」

剛好聽過阿月談起這件事，她說小蓉生日，彩虹跟死黨們一起出錢買新手機給她當禮物，後來因故反悔了，某節下課就一群人找小蓉到牆角的榕樹下談判，逼她還錢，還被打嘴巴，她還不出來，以致不敢來校上課，追查之下才知小蓉被勒索了……原來，是這件事。

阿月抱怨說，那天晚上快十一點，小蓉的媽媽還打電話來找人，害她也緊張得要死，還好，隔天就找到，她在小A家過夜。

阿玉班的小A，本來就是學校的大姊大，升國三後，便與彩虹她們常有糾紛，讓阿玉的處境更艱難，還好，阿玉這後母，快畢業了。

唉，這就是國中老師的苦處啊，叛逆期的小孩，搞失蹤是司空見慣的事，小孩不見了，第一時間就是找導師要。你看，我們班小雄，我還不是要常跑網咖找人……我還想起剛來柳中時，那後母班的一個女生，她畢業當天領到證書後，就離家出走跑去台北了，照理講，人畢業了不關我的事，但我還不是一樣要幫忙找人……

午休下課鐘響了。啊，我才警覺飯還沒吃完，趕快扒光飯盒清洗後，泡一杯咖啡，準備我的下午茶時間，這是一週中難得可以忙裡偷閒的片刻，若遇到開會或研習，哈，就得泡湯了。

今天雖出點事，但處理這些，總比去聽那些虛偽兼沒營養的官腔官調還好，至少小孩是眞感情，活生生的人……

蜜月期過後，三月中至今，她們日記交換的頻率明顯變少了，有時一個禮拜才寫一次。學生的話題，有一項必定是不會少的，沒錯，那就是：幹撟老師！其實，這不只是學生私下的八卦而已，在柳中還三不五時在日常眞實上演。

「蘭：今天那隻肥婆又找我去輔導，幹！輔什麼導，我最幹的是她講什麼妳知道嗎？後段班學生只要努力，也會有所成就啊！成績不好，品行也可以很好啊！之類的屁話，聽了就很幹，老娘就是不爽你給我編入後段班才不讀書的，幹！對不起喔，我又爆粗口了，但今天眞的很幹，需要發洩一下，妳是我在學校最好的朋友，一定不要生氣喔。

事情是這樣子的：今天的地理課，妳知道那個屎蛆，上課都是在唸經給自己聽，講什麼聽不懂半句，後來秩序有點吵，他就說，自習啦！然後一句話不說就杵在那裡，快下課時，我受不了他看不起我們那種死樣子，就想起有次他在辦公室講我們說，這些害仔，無救啊！被我聽見，他才無救啦！

所以越想越氣，就故意向他說，老師啊，你不上課齁？沒想到他老神在在，理都不理，我忍不住隨口就撟他，幹！雖然很小聲，但他聽見了，就抓狂了，抓我去訓導處說要記我大過，記就記啊，我無所謂，但訓導主任又將我交給輔導室，拜託，我最受不了那隻肥婆了，講話超假的，噁心死了……就這樣啦，發完牢騷舒服多了，感謝妳當我的垃圾桶，改天請妳吃飯贖罪。XD，虹。三／二十八」

「虹：哈！哈！哈！連續寫三次，表示很好笑。我也超討厭那肥婆與屎蛆，但妳自己要克制一下情緒，不要跟那些廢物一般見識，常生氣，對身體不好喔。今天我媽有事，五點半才來載我，我跟她約在7-11見面。下課，我們先一起去那裡，喝個飲料聊天好嗎？我在Open醬下面，等妳喔。XD，蘭。三／二十八」

看學生東西，最怕就是看到罵到自己的話。當過學生都知道，不私下罵老師才怪，我的原則，只要不讓我聽見或在公開場合罵我，我就不去理會。這日記本是她們兩個的私密對話，要看之前，我已做好被罵的心理準備。還好，小蘭只是嫌我囉唆而已，沒有教我唸三字經。

「肥婆」，就是學生給大聲公取的外號。她曾是運動選手，丹田有力，聲音超宏亮的，偶爾來辦公室時，腳一進門就會大聲一吼：「大家好！」嚇死人了的大聲，若是午休時間，更是恐怖，在小睡片刻的老師，一定魂魄盡散，口吐白沫……哈，我們叫她大聲公，比學生的肥婆文雅許多吧。

她隨女王而來，一開始是訓導主任，現在是輔導主任第二年。據她自述，之前患有憂鬱症，發作時會拼命買衣服，無法自制。「衣服多到衣櫥都滿出來，後來還不是一件一件送人……」她怎麼治好的沒說，還是根本還沒好。她在八卦國中時，就跟著女王一起玩姓名風水之學，你知道的，女王的先生，道行更是高深莫測，他們夫妻結合儒釋道三教，自成宗派，在八卦縣頗富盛名。大聲公，可說是他們的嫡傳弟子。

那天朝會，輪到輔導室主持，她竟然就請慈濟的師姊來談經說道，身穿藍白制服的她，站在司令台上，就要全體師生一起合掌膜拜，或許教人向善的初衷沒錯，但引進特定宗教進入校園宣傳佈道是不妥的，我總想，有人不同信仰，強迫他人合掌膜拜豈不是太沉重嗎？

每每聽見她故作爽朗的笑聲，我總懷疑憂鬱的魔鬼，還緊緊抓住她的靈魂不放——是該憐憫她，還是要憐憫學生，或者要憐憫我自己，面對龐大且變態的教育體制而無能爲力呢？但對此，我總懦弱到默默嘆息，或者私下抱怨一下下，不敢出聲太大，深怕被她請到輔導室輔導……

對了，那屎蛆又是何許人也？在說明前，要先讚揚一下學生的創造力，哈，那就是本校鼎鼎有名的八卦天王——史駒。早上在辦公室講那些尖酸刻薄的話，就是屎蛆本尊。眞佩服學生，簡單兩個諧音的字，就把他描繪得栩栩如生，不僅傳神，還彷彿聞到臭味咧。

「上課一條蟲，下課一條龍。」是一秒鐘認識他的懶人包。

該講話的上課時間，他不是自習就是寫考卷，要不就是叫同學唸課文，而下課，眾老師喉嚨休息時候，他卻來虐待我們的耳朵。甚至午休時間，有時好不容易躲過肥婆的大聲公，卻躲不過屎蛆的毒舌，只見他經常風塵僕僕從號稱老人院的專任辦公室來訪，一發作便不可收拾，沒連續個一、二十分鐘難以罷休，尤其政治，是他的強項，談到激動處幾乎就抓狂了，有時還手舞足蹈，簡直快要搖旗吶喊，但不管什麼議題，結論幾乎都一樣，猛批民X黨：

「你看那個陳X扁，全家都貪污……去年那兩顆子彈根本都是假的！你們要注意了，退休金都被偷偷匯到外國去……」

沒錯！我無法忍受這種胡亂造謠。其實重點是，講的時間不對，午休時間咧，你嘛幫幫忙，誰像他那麼閒。從民X黨在野，罵到現在變執政黨，風格一點都沒變，跟菜市場的內容也沒兩樣，都是從中X黨中央轉發下來的標準說詞。我聽了十幾年了。

「民X黨若執政，共產黨就會打過來！」

「民X黨若執政，你的退休金就沒了！」

「民X黨若執政，你就沒辦法那麼好康囉！」……

這種耳語，對象牙塔裡的這群教師，目前都還很是有用。但對隨著時代不斷前進的社會大眾，慢慢竟失效了，西元二〇〇〇年竟然政黨輪替了，當然因中X黨內鬨分裂，才讓民X黨漁翁得利，但某種程度上，也代表這種抹黑的選舉文化受到選民唾棄。所以，就促進政黨輪替的觀點看，兩黨都應頒獎給屎蛆，表揚他對民主的另類貢獻。

現在他所效忠的政黨在野了，那種怒氣更不可遏止，三不五時就要發表「兩顆子彈論」與「貪腐說」，簡直是媒體名嘴的校園代言人。眾老師對於他虐待耳朵與講人八卦造謠的行徑，不分黨派有志一同，都表示唾棄！但奇怪的是，對於他發表政見的內容，就失去明辨是非的能力——民X黨都執政第五年了，退休金沒有不見了，連「十八趴」都還在領，共產黨也沒打過來，這群號稱高級知識份子的教師，竟至今都無法領悟耳語的眞諦，仍死忠地擁戴中X黨，時時都在向學生傳播「我們都是中國人」的毒素，這也算是台灣奇蹟吧。

現在，民主是進步還是退步，或許眾說紛紜，我只有個簡單觀點：以前你敢在公開場合直接叫總統的名字嗎？敢當面嗆他嗎？甚至還罵他祖宗八代嗎？光是這一點，就是前人無法比擬的政績，應該感謝他了。

其實，我可以接受校園談論政治，更認爲人民要永遠站在監督的立場，無論是誰執政都要批判，才能防止政府行政濫權，危害民主的價值。但批判，不是這種反智式的耳語。

我也要跟你坦承，屎蛆發作時，如果我手上有槍，或許會引發衝動當場斃了他……眞不好意思，好像又扯遠了，顯然我的情緒受到他的影響，好吧！現在就槍斃這個話題。

上學期，有回幾乎忍不住快衝去找他理論。他對我的造謠八卦，只要不是當場聽見，間接傳聞，我都低調不理會，對於這種不同頻道的人，與他嗆辯根本是浪費生命，但那次實在受不了了——他竟然去給我造謠，說我段考洩題：「否則二〇三班國文成績怎麼會那麼好！」

他打從心眼就看不起我們這種後段班。其實那次成績進步，是因爲我出題的配分調整了，一般老師選擇題多，我把非選擇的注音國字、注釋、翻譯等題型的配分加重，目的是想肯定努力的價值，這樣用飆的人分數會降低，後段班到了國二下，一眼望去大概只剩幾個在聽課，引誘一些程度不好但還有心的人，多少讀一些書，這有唸有分數的非選擇題，就是給他們的回饋。否則，像平常那種試卷，讀書與不讀書的人，成績都差不多，那誰還會去讀書呢？

反而，他才眞正洩題者，吾班同學跟我說，考前他都會發張題庫，一百題當中，段考題目全在裡頭可找到，那不是洩題，什麼才是洩題！

那時他的造謠傳到我耳裡，我都衝到「老人院」門口了，但最後踩煞車，心想沒親耳聽見，他一定否認，其次，他仍教吾班，鬧翻後，以他卑鄙的性格鐵定會故意找學生碴——於是，氣就吞了下去。

那次，被詆毀的還有阿怡，她國二時接老楊的缺教吾班英文，可見屎蛆有時是亂槍打鳥式的八卦，這樣是不是醫學上強迫症或躁鬱症的徵兆呢？但想想，我中槍機率那麼大，說沒針對性也不對，我是學校的異議份子，常被冠上「民X黨」的帽子，一直受到特別照顧，而他是標準的中X黨基本教義派份子，貫徹黨中央政策，爲了拍馬屁，或是要踩著我的身體往上爬，這都是可以理解的。

但他似乎忘記，現今已改朝換代了，民X黨是執政黨，而我對教育批判的火力卻反而更強，他應幫助我的教改運動才對，至少也要爲我鼓掌吧，眞想不透，爲何還是這樣對我不斷造謠？

阿怡這回恐怕是掃到我的颱風尾。屎蛆說：「二〇三班被他們英文老師打得好慘啊！」有那麼慘嗎？我身爲導師怎麼都不知道？馬上去向她求證，她說：「沒有！一次也沒有打過！我自己一年級的班有打，你們班一個人也沒打……」

我去問學生，答案也相同。我當然不相信屎蛆的屎話，只是想再次爲你證明他說謊。英文老師若還是老楊，他還敢八卦他嗎？

但，造謠又怎樣？他厲害的地方就是，來柳中十幾年了，還沒聽過在造謠時當場被抓包過，一次也沒有。顯然有受過專業訓練，否則怎能有此功力呢？

「人二室」還在時，教師中遍佈著「抓耙仔」，有的明椿，有的暗椿。你還記得吧，以前那鱷魚開會時就公開嗆我：「你的資料我都有，你給我小心一點！」現在想起來，他與那鱷魚時代的龍清泉，雖一明一暗，都是這體系的走狗無疑。

屎蛆還有一項特技，就是在聊天同時，會帶頭批判政府或學校當局，然後誘導你加入批判，有些傻B罵到忘我了，事後他就去報告，然後你就被約談了。

這招，其實不稀奇。但最近從他煽風點火的跡象分析，我開始懷疑他的主子，不是中X黨，而是對岸的「共匪」。好吧，順便告訴你，我服兵役時就是在政戰部，負責保密防諜的工作，我有專業的判斷力與直覺——噓！你絕對不能去跟屎蛆透露任何風聲，記得保密防諜……

所以，我敢以對耶穌的虔誠跟你打賭一塊錢，依他的習性，今天發生了彩虹這件事情，天賜良機，放學前他必定會再來此八卦一次。這是我的預言。

我慢慢喝了一口咖啡，咖啡今天涼得特別快，唉！連咖啡也嘆了一口長長的氣。

6.

「蘭：夠！妳相信嗎？昨天那肥婆竟然和豬頭到我家來。幹！她竟跟我老爸說，我有同性戀傾向，要他輔導我改正。改個屁啦！同性戀就同性戀，又怎樣！有什麼見不得人的，我就是喜歡女生——但不包括妳這肥婆——我不偷不搶，有規定同性戀犯法嗎？幹！那豬頭竟還說我，這樣搞，有害校譽！還要我轉學咧，你這豬頭肥婆才有害校譽咧，自己不行，牽拖老婆不會生，你知道什麼是同性戀嗎？幹！妳連什麼叫做戀愛恐怕都不知道，還有資格說別人……

妳知道的，我老爸愛面子，主任校長都親自來了，他覺得丟臉，把我罵一頓，害我跟他大吵一架，本來都是他忙他的，我忙我的，他根本不會管我，也不知道什麼同性戀不同性戀的，被這豬頭一搞，好像我得了什麼絕症一樣，眞他媽的，幹！……對不起啦，小蘭，我又幹撟了，這次眞的火大了，本來就這樣，對吧，我們犯了什麼罪？XD，虹。四／二十五」

「虹：沒錯！我們沒有罪。以後怎樣我不知道，我只知道喜歡現在的妳，不做作，講義氣，我最受不了學校那些大人，眞是虛僞！講一套做又一套，眞不要臉，還當什麼老師、主任、校長，叫我們不要抽菸，自己卻在抽菸，叫我們唸書，自己卻沒在看書，叫我們遵守校規，自己卻違法能力編班、補習，我還知道那個禿頭仔，還亂搞男女關係呢，他們還笨到以爲我們年紀小，不懂事，怎麼會不懂？他們只是穿著漂亮衣服的禽獸而已……妳自己情緒要調整好，生氣傷身體，生氣時就想著有我永遠支持妳，這樣心情一定會好多（我有超能力喔！），現在是過渡期，要學習忍耐，還一年就畢業了，未來我們一定一定要幸福給別人看，這就是對他們最大的報復！只要我們一起相信，就會有自己的春天。XD，蘭。四／二十六」

不知道是否咖啡的作用，還是小蘭這段留言，我腦袋從午後的昏沉中猛然清醒過來，但之後，隨之而來的是異常沉重的心情。身爲導師的我，竟然從不知道小蘭如此細膩的內心世界，老實說有點慚愧。那令人噁心的，不只是我們這些面目可憎的大人，連整個教育體制也是，什麼「九年一貫精神」，什麼「帶得走的能力」，都是狗屎！整個國中還不是形式主義至上的惡補教育，甚至連我們要學生每天敬禮的國旗，也是虛僞的，出了國門，便是一塊抹布。而我們國中教育，簡直是活生生一場妖孽橫行的萬聖趴！

學生口中的「豬頭」，就是今年二月剛上任的校長——李金龍，從名字上看不出相關意含或諧音，純粹是「象形」命名法，我私下問過學生，爲什麼「豬頭」？學生說：「你不覺得他像拜天公時，嘴裡咬著一顆橘子的豬頭嗎？」我想起他奸笑時細細的眼睛，噗哧笑了出來：「還眞像！」但這話沒說出口，要不然傳到心機重重的豬耳裡，我恐怕很快就變成供桌上的祭品。

你知道的，那豬頭，在水雞王朝時就在柳中當主任，歷任訓導、教務兩處室後，就考上校長，然後分派到偏遠學校四年後，今年才調派回這裡，接替女王的缺。

講一下他當主任時的故事，好讓你更清楚豬頭之所以爲豬頭的原因吧。

某次課間休息，我正從榕樹蔭下要走回辦公室休息時，途中剛好看見兩個學生在互嗆拉扯，而他是訓導主任咧，竟愣愣站在旁邊看戲，眼睁睁看著學生上演全武行而毫無作爲，學生根本無視於他的存在，他似乎也在等學生打完再處理……你知道的，當下我便懷念起黑狗主任的年代，學生哪敢在他面前猖狂？訓導處若如此失能，老師鐵定就悽慘了。

果然，眞慘。那年，剛好吾班國三，畢旅前夕，他老兄竟召集全國三有輝煌紀錄的大尾學生，組成「糾察隊」，然後跟他們說，要負責維護同學的安全，並要防制打架抽菸等違規事情發生：「若順利完成任務，回來每個人記大功獎勵！」

喲！你若有讀台灣歷史就知道，這是威權政體慣用的伎倆，這叫「黑道治國」。沒錯，他就是歷史老師出身，竟然對學生玩起這種卑鄙狠毒的把戲。教育已夠腐敗了，又染黑，你要如何去嘆息呢？其實早就染黑，只是這回親眼看他，把這種黑色思維光明正大傳承給下一代。

結果呢？想也知道，這群大哥大仗著有靠山，四處欺壓同學，甚至自己都差點與外校學生打起來，最後還集體跑去救國團墾丁青年活動中心，在古色古香的仿古巷弄裡抽菸。

吾班的大哥幹雄也是其一，回校之後，豬頭果然守信用論功行賞，每人大功一次！獎懲單送來要導師簽名時，我斷然拒絕，理由很簡單——自己都出狀況了，已違背那個爛約定。抽菸、恐嚇同學，本來還要記大過處分的，怎麼可能變成記大功呢？

結果，幹雄就去找豬頭抗議，豬頭竟說：「是你們導師不同意的，別怪我！」

你看，這樣的訓導處，導師要如何帶班？學校行政在體制上本應協助教學的，卻變成扯後腿。還好，幹雄是大哥級人物，心胸有一定格局，聽我說完理由後沒記恨在心，要不然我必定吃不完兜著走。

當然，最後在學校高舉「給學生一個機會」的大旗之下，罰一兩個小時愛校（笑）服務，曠課的補寫假單，記過的直接銷過，沒人沒畢業的，他維護了柳中的優良傳統。

對豬頭，阿月就有大大牢騷：「連殺人的都畢業了，這是什麼教育？」

這你大概有所不知，她抱怨的是她班的小堯——有天放學，他經過街上麵店，剛好有個客人吃完麵，在外頭機車的後照鏡上剔牙兼擠青春痘，他走過去時，不知哪根筋不對勁，突然停下欣賞，然後便對那人說：「眞緣投矣，免閣照矣啦！」

那客人也不是好惹的傢伙，當下惱羞成怒，揮拳就揍他，他打不過人家，就跑進去麵店，隨手拿一把菜刀出來就猛砍，反敗爲勝，砍到人家鮮血直流，還好沒鬧出人命，最後家長出面，賠錢了事。因這事情，小堯就被一支大過處分。

阿月是我的好同事，除了在女王時期意外帶過一屆好班外，跟我一樣一直是放牛導師，對她其實有些愧疚，總想她若不是與我友好，也不會被打入放牛老師行列吧。

豬頭當訓導主任時，不要說對大哥級學生畢恭畢敬，連小跤的嘍囉也不曾拿過棍子打過，那年代找不到不打人的訓導主任，若是爲了教育理念不打人，我一定對他肅然起敬，但他是爲自己仕途，想當個好好先生，好好擺爛。這非我以小人之心度君子之腹，隔年，換跑道變身教務主任時，卻反而拿起棍子猛K學生，就馬上爲他的小人做證明。

據聞，假日班上課，豬頭巡堂時，每每看見有在桌上趴睡的學生，都當場叫出來走廊毒打一頓，你知道的，假日班大都是一些乖巧的好班學生。豬頭欺善怕惡的本性，在此就暴露無遺。

其實，這是這些官僚通用的嘴臉，他們一心只有往上爬，意志堅強，其餘都是升官的墊腳石，當然包括教學——有回上課，隔壁班實在吵得要死，我根本無法上課，一忍再忍，後來實在太過離譜了，想說可能沒老師在，就跑去罵人：「安靜！吵什麼吵！」我大聲一喝，頓時寂靜無聲，竟發現原來老師在，那老師就是豬頭，那時他還是訓導主任。你怎麼說？

好了，現在當校長了，卻反過頭來要求老師上課要如何如何，班級經營要如何如何？把過去醜陋的自己刮得一乾二淨，變成現在更醜陋的自己。

啊，這嘴臉是否噁心呢？我的看法跟彩虹一致：「超噁心的豬頭！」

但更噁心的，彩虹看不見。

除了大哥大外，他還對一個人畢恭畢敬，那就是水雞，他是提拔他的上司，是超級大哥大。阿諛奉承，極盡拍馬屁之能事，巴結水雞。「是！是！」連講話都磕頭如搗蒜的軟骨：「請校長定奪就好！」他與水雞並行永遠保持在後方一步，進出屋子，卻又搶先一步開門，噁心到巫碧瑩又給他一個封號——「小李子」。

豬頭表面上如此汲汲營營，私底下也是非常積極，挑燈夜讀K書，準備校長考試。占百分之四十口試部份，以他賣力的捧功，大致可過關；剩下是筆試，考申論題，若沒超級管道，還是要背一下書。據聞考前一兩個月，晚上他禁止他老婆主動找她講話，就為了專心K書。

這種拼勁，水雞就不行了，所以水雞只能專攻旁門走道、奇門遁甲之術，他連背書都懶。筆試沒標準答案，要上下其手太容易，因此雖比重較大，但只是附屬品，只要打通任督二脈，筆試就變口試。

基於這點，你或許想給豬頭一些掌聲，我也不反對。但若再說一個故事，你可能就改變心意了。

豬頭當主任時，我發現他跟人講話，有個奇怪的小動作，每每講沒幾句三不五時就用手去遮嘴，像害羞的女孩般巧笑倩兮，這現象誰看都覺得有點娘，或許這就是壓垮駱駝最後一根稻草，讓他變成柳中的噁心教主。

你知道的，我並不是那麼八卦的人，後來，有老師跟我講起豬頭那個娘炮動作，原因是什麼你知道嗎——抽菸！

他經常躲在教學大樓隱密的角落抽菸，有次被抓包，消息就這樣傳開——用手遮口，不是遮羞，是害怕菸味被聞到！難怪抓到大哥大抽菸，他不敢記過，你看，自己是訓導主任，卻在學校抽菸，像話嗎？或許你會問，現在呢？校長室的套房，會告訴你答案。

那年，寒假前的期末校務會議，水雞確定升調到臨鎮的勝利國中，發表離別感言，講著講著就講到他的愛徒豬頭：

「那天，李主任非常誠懇跟我說，很認同的治校理念，請求我一起帶他去新的學校，我眞的很肯定他對我的讚揚，小弟我實在不敢當，後來仔細想想，還是跟他說抱歉了，因爲他是個優秀人才，應該留在柳中繼續服務，我對柳中是有感情的，不會走時也把人一起帶走，這樣太無情了，何況新的學校也有自己的人才，去那裡當校長，不能把人家阻擋在外，所以我婉拒李主任了，但也祝福他，祝福大家……」

乍聽之下覺得訝異，水雞還眞狠，狠狠爆了豬頭狗腿的料。當下，我看見豬頭尷尬得更像豬頭。但被起底後沒幾天，校長甄試放榜，沒想到豬頭竟金榜題名，高中校長！狠狠回打水雞一巴掌。眾人超傻眼，他就是那種恬恬吃三碗公的人。

更沒想到的是，在偏鄉當了四年校長後，豬頭又回鍋柳中。這樣的因緣，他才會出現在彩虹家，又因小蘭之故，與我又牽連在一起，命運就這樣，好像注定好的，哀嚎嘆息都無濟於事。

7.

我慢慢啜飲著咖啡，慢慢翻閱小蘭她們的交換日記，咖啡變得有些沉重，這場景，也是注定要在此時此刻上演嗎？

小小辦公室，擠了兩個年級的導師，有點吵雜。有的八卦，有的訓話，有的叫來一整排學生背書罰寫，加上不時的電話聲響，像是菜市場般熱鬧，這些雜亂景象，有時一杯咖啡就能將它褪色消音，從我眼底慢慢淡去，彷彿一支獨自播放的黑白默片……這濁濁人世，咖啡是必須的，如何保持清醒的姿態，不淪爲不入流的傀儡演員，是我每天的修行，當然有時咖啡是不夠的，還需要一些詩，就像此時，我不由自主在腦海偏僻角落構思詩句，像堆積戰備存糧般……

我這位置，剛好是最角落，旁邊有個門，後來封死了，於是變成堆積雜物之地。我就笑著跟同事說，我名符其實被邊緣化了。或許在高層眼裡，我就是那雜物無疑。也好，這反而是我最佳的偽裝，反正我也習慣從邊緣看世界，這樣視野最廣，隨時可抽離或介入，是人生最大的優勢。當然這也是我自己的孤僻世界。

得知這不幸的事情後，一些同事紛紛來慰問阿月，進退應對之際，她心情隨之漸漸平復，但也累得趴在桌上睡了。

比起小蘭，彩虹的問題大得多了，交友狀況也較複雜，蠻棘手的。我對彩虹的了解，都是從阿月那裡得知的。平日，只見她一頭男生短髮，灑脫自信，熱情開朗的樣子，身邊總是一群哥兒們跟隨，沒見過她在校園落單獨行。連被阿月叫來訓話，也有人陪在外頭等候。

她雖常進出訓導處，除了上次去找小蓉要錢的事較大條外，也沒做過什麼大壞事，大都是服裝或遲到的小問題。性格上，與小蘭的文靜剛好強烈對比，唯一相同的是，她們都不喜歡穿裙子。

但這是學校規定的制服，因此她們常被處罰，不過她們似乎鐵了心，寧可被處罰也不穿裙子。學校，也因此藉機常來盯我，或對外嘲諷我：「連學生的服裝都無法管，哪有資格當老師？」其實學校自己也消極處理，原因是太多人反彈，根本無法執行，所以盯我根本等於打臉自己。

針對性找我碴，吾班學生就受牽連，阿月因與我友好，她們班也常遭池魚之殃。有回我就氣到對豬頭嗆聲：「學校如果統一懲處標準，我一定配合執行，不要有的有事，有的沒事，有時有事，有時又沒事，我常看見學生不穿裙子，甚至穿便服大搖大擺從訓導主任旁走過都沒事，這樣我要如何要求學生……」

「要從每個導師做起啊，我會再要求一下訓導處……」他官腔官調說。

聽了就火大。他在當訓導主任時就是這模樣，我故意嘲弄他。

先不說執行標準，「制服」這東西我根本無法認同，那時軍國主義的遺毒，穿不穿制服與正常教育內容無關，也與個人品格無關，國中又不是軍隊，穿什麼制服！反而不穿制服才是教育的內容，學生要學習找到適合自己個性、風格與身材的衣服，這是審美教育，不是嗎？

至於說到「上衣要紮進去褲裙」的服儀規定，簡直令人吐血！你能找到比這個更離譜的規定嗎？有的學生較胖，根本紮不太進去，即使紮進去了，國中生活動力強，動兩三下就跑出來了，若因此而懲罰他，合理嗎？這規定違反人性，當然無法執行，無法執行卻又訂為校規，整天在台上重申無法執行的規定，只是拿石頭砸自己的腳又給學生看笑話而已。

所以，期初校務會議，豬頭剛上任，想說改朝換代了，我就提臨時動議：

「若不能廢掉制服，至少改款，改成不用紮進去的設計，問題不就解決了嗎？」

但，誰鳥我啊？這就是我孤獨的原因。

每個新任校長，我都會講一次教育建言，不要一開始就否定人家，是我習慣性的誠懇。

只是，幾乎都是換來失望與一些石頭。

想想，當然囉，若因此改過來，豈不是等於肯定了我的能力與用心？這樣，是不是也就少掉一件可找我碴的東西？你看，我還體恤他們做官的辛勞，三不五時苦思改革方案，教育部是否應該頒個大獎給我……

豬頭微微笑了，你猜他怎麼說嗎？他說：「建議是很好，但這是柳中的傳統，我不能才上任就把制服改了，茲事體大，我可承擔不起啊！何況有些學生都是穿哥哥姊姊的舊衣，這樣家長會講話，要從長計議，例如先到社區國小溝通……」

「豬頭那種長相，笑起來還有小酒渦超噁的……」

這是彩虹在日記的話，還眞貼近我的想法。圓圓的頭，禿禿的髮，黑黑的臉，細細的眼，朝天的鼻，再加上金框的眼鏡，以及奸巧的笑……其實，噁心的不是這些表象，而是那顆隱藏在內裡的邪心。

對了，眞不好意思，還沒跟你說柳中的制服長成啥樣子。其實你猜也知道，老樣子：男生，深藍短褲，白上衣，冬季換成長的卡其裝，藍外套；女生，藍裙白上衣，冬季是深藍長褲，卡其長衣，藍外套。深藍、慘白與卡其，在台灣歷史上的意象，就是威權黨國，加上軍國的顏色。

但，還有一種顏色隱而不顯，卻又到處漫淹——你看日記本裡，被用粗魯的紅筆一個一個圈起來的重點，是啊！這是青春的鮮血！也在測驗卷上遍地開花。

「我喜歡妳」、「我愛妳」、「永遠疼妳」、「一輩子不分離」……等等被紅圈圈圈住的表愛詞語，那豬頭們，彷彿是要把它們當成同性戀的呈堂供證。

除此，還有「幹」、「他媽的」、「豬頭」、「肥婆」等，這你想也知道，是「辱罵師長」鐵一般的證據。

然而，即使罪證成立，你有什麼資格或立場去宣判愛情有罪？如果罪證成立，你是不是也等於向全世界證明你是豬頭與肥婆呢？而「幹」字，你又怎麼知道它不是愛的同義詞……

8.

「蘭：這幾天心情超不好的，所以臉色難看，但絕對不是針對妳，千萬別誤會喔，還是說聲抱歉。眞的很幹！那肥婆前天又來找我爸，說什麼我越陷越深，照這樣下去恐怕無法畢業。眞他媽的，我承認找人去找小蓉要錢那件事不對，記大過我接受，其他又沒做什麼壞事，憑什麼不讓我畢業！又說與豬頭一起去找過妳媽，不知妳知不知道？她說妳媽對於我們的事很不高興，也很擔憂，還說妳答應妳媽要與我『暫時不要來往』，是眞的嗎？這兩天在學校看見妳，臉色怪怪的，眼神也不對勁，所以，是眞的嗎？

我知道妳是個孝順的人，尤其對媽媽，我很羨慕妳，不像我老爸簡直是個酒鬼，一喝酒就發酒瘋，所以妳知道的，我媽在我國小時就跑了。他昨晚又是滿身酒氣回來，劈頭就開始狂罵，然後摔東西，我弟嚇到狂哭發抖，我氣得對他罵『幹』就跑出來了……直到現在，我在7-11，呆呆看著Open醬。五／六的凌晨五點。:(，虹。」

五月六日，就是今天，彩虹墜樓的這天。

日記本上，還留著深深的摺痕，甚至沾著黑泥與草屑，顯然是被她墜地的身體壓過。土地的氣味，在那瞬間嵌入了紙張，之後再經過肥婆的手，我的手，變得五味雜陳，早已蓋過我冰冷的咖啡。

這是最後一則了，小蘭來不及回覆，就淪落他人之手。

頓時，罪惡之感，又油然升起。眞想直接就還給小蘭，只有她有資格看。但今天發生這種事情，之後會怎樣發展都還是未知，學校已介入，甚至回報縣府了，變成不是我可以做主的……眞是掙扎！

我看完之後，勢必會再交給阿月看，督學來查案時又會被當成報告附件。私密日記，被公開審閱，是否就像脫光衣服被人指指點點的凌虐？

然而，即便交到小蘭手上，不見得她會回覆，因這段感情已被摧殘得支離破碎了……但，不管如何，她至少有權利看到彩虹這則最後留言吧。「就這麼辦！」思考後我這樣告訴自己，就跋山涉水到訓導處，偷偷把這則日記影印下來。

訓導處，今天是大日子，所以熱鬧非凡。每個話語，隱隱約約都跟彩虹的事有關，但也沒聽見什麼新消息。

當我回到辦公室，剛好鐘聲響了，下午第二節下課，兩點五十分。還沒坐定，那大聲公拔山倒樹而來：「大家好！」大聲一喝，趴在桌上休息的老師，沒有不驚醒與暗幹的，有的恐怕連魂魄都飛了。當然包括阿月。

「阿月老師，請問您下一節有課嗎？若沒有，可不可以請您來輔導室，我想跟您談一下彩虹的事。」大聲公客氣地說，他們當官的都備有各老師的課表，明知故問。

「沒有啊。」阿月陪笑臉說：「我先上個洗手間，待會兒就過去，好嗎？」

「當然沒問題！謝謝喔。」大聲公說完，轉向我。

「天助老師，您看完了嗎？」

「看完了。」我說。

「那可否還給我？我也要給阿月老師看一下。」她又來噁心的客套，兩眼是無神的：「您沒那麼早回去吧？等下再找您一起與阿月討論一下喔。」

「當然沒有，現在是上班時間。」我遞給她日記本，竟有些顫抖，像做過壞事般的怔忡。

「謝謝您喔！」她笑著：「那待會兒見囉。」

我不知她在玩什麼把戲。大聲公前腳才離開導辦，果然，如我所料，那八卦天王屎蛆隆重駕到。你看吧，他已被八卦制約，不八卦，心裡就像有千萬隻蟲在鑽的癢。還是他本身就是千萬隻蟲。

「孝仔，悠哉喔~」他一進門，習慣先找他的麻吉消遣一番，然後慢慢再用「擴大機模式」對眾老師放送。

「無啦，哪有你悠哉？不用當導師，有夠好命，整天在校園閒逛……」阿孝也習慣性反諷回來。

他們經常這樣一搭一唱，可以搞上好久才停止這些無意義的對話，還眞服了他。再加上，他的聲音有些含糊，像含一顆滷蛋般，但卻超級響亮有力，這樣的聲調組合，反而是對耳朵大大的虐待，無奈都顯現在眾老師互相窺視的眼神裡。

我也超訝異，他患有狹心症，心臟裝設人工支架，聲音竟如此威猛且具震撼效果。

「孝仔，沒事情就趕快撤退，不要在這裡浪費水電了！」屎蛆常這樣鼓動蹺班，然後再去打小報告，當然，阿孝是屎蛆的麻吉，不會抓耙他。

「哈，現在時機歹歹仔，大哥大沒撤，我怎敢撤？」阿孝雖這樣說，其實只是障眼法，一溜煙就無聲無息閃人，他車都停校外路邊，不進出有監視器的停車場。但今天有八卦盛會，難得留下來共襄盛舉。

擴大機模式已啓動，怎麼還沒進入主題呢？眾老師一定納悶著，但他們可能不知道，不是主題的，往往才是主題。這是國民教育的精髓。

「你嘛好心點，泡杯咖啡或茶來喝……」屎蛆繼續唬爛。

「是！是！大哥請坐，我泡個風涼茶給您配話～」阿孝也不是省油的燈。

唬爛這麼久了，屎蛆終於回魂了：「啊，那個彩虹這樣就給他跳下去，大地震了，哈哈，現在是民X黨執政喔，上面那些大粒頭的，一個頭比一個頭大了……哈哈，柳中眞的要出名了！」他吞吞口水，口水泡泡還積在嘴角亢奮著：「對啦，聽說沒救了！哈，不是柳中沒救了，是學生沒救了！那個彩虹早上送到醫院，本來只是腳骨折而已，到中午，就一直口吐白沫，有傷到腦部啊，然後緊急送去開刀房，結果，還是救不回來……」

「眞的嗎？」有人就問。我也愣住了，張開耳朵。

「你怎麼知道的？」這話題，有老師開始加入八卦，辦公室慢慢嘈雜起來。

「要不是民X黨亂搞，國家也不會亂成這樣，前年的『兩顆子彈』後，直接把陳X扁推翻掉就好，你看他用意識形態在辦教育，中華民國的，都要把它改成台灣，拜託，台灣只是個地區不是國家好不好，我是學地理的…還搞什麼母語教育，根本是在破壞中國文字、搞台獨！考試的科目弄好就好，胡搞瞎搞，難怪有人跳樓了……」

屎蛆發功了。

「對啊，本來好好的，搞什麼常態編班？還有人本那隻『死老鷹』，都是他在背後策動，第一名跟最後一名同一班要怎麼去上課？」有人附和。

接著又有人說：

「對啦，這些放牛學生已經沒救了，還要拖累一整班！」

「有些學生就是欠揍，不體罰怎麼教書？」

「死老鷹」就是人本教育基金會的負責人，眾老師最痛恨的單位。但屎蛆自己卻聰明到跟豬頭一樣，連棍子都不碰，用擺爛方式，避免擦槍走火。

接著沒完沒了，整個辦公室沸騰起來……

佩服吧，這是屎蛆式經典的八卦。

聽到他用自己的台灣國語在批評自己的母語，太好笑了，但我耳朵隆重受不了，快速將只剩一口的咖啡一飲而盡（這動作總似曾相識，牢騷也不斷重複，唉！我完了！簡直強迫症上身……）。我起身慢慢離開導辦，先去廁所洩洪一下，然後到校園走走。我需要新鮮空氣，也需要想想。

剛離開時，總又瞥見一些同情與不屑的目光相送，但我已習以爲常，如果不趕緊到外面透透氣，我的情緒鐵定會爆，像爆尿一樣，已經到了臨界點。還眞操他媽的！（我已被老王制約了……）連這關係到一個小孩生命的悲劇，也可如此戲謔地胡扯八卦，這還是人嗎？

我刻意繞過後門，從行政大樓東側過去，離開走廊時，總習慣性抬頭，目測有無下磁磚雨跡象，然後快步經過。下了有怪風的階梯，前方就是老舊的籃球場，這是可憐學生僅剩的戶外活動空間，若不是那兩排老榕樹撐著，學校還眞像是監獄。國中體制已是監獄了，空間如果又是監獄，那情何以堪？

球場東邊，種了一排密密麻麻的垂葉榕，榕樹後緊接著七、八棵高大的椰子樹，樹前就是孫文「天下爲公」的銅像，銅像下四週種滿了仙丹花、馬纓丹與馬齒莧之類的蜜源植物，春夏之交，常吸引許多蝴蝶來覓食，這樣就自然成了進出校門一座巨大壯麗的屏風，但那是以前的情景了，新行政大樓落成後，正校門移到南邊，這裡平常只供開車老師出入，而那以「啓川」爲名的舊守衛室，就孤單地被廢棄在那邊。所以，此地又成爲另一個治安死角，大尾學生常會在這裡圍事，也會從紅色鐵欄門縫中偷渡山珍海味與飲品，馬路斜對面就是一家全天候的早餐店……

不幸的是，不僅這些樹，連那鎮校之寶的老榕樹都被豬頭預告將被砍掉，因爲要蓋新教學大樓與操場，他才上任沒幾個月，就搞定了縣府的金庫，也不知是眞是假，反正直覺豬頭已不是當年的豬頭了。

所以，那個好創意的巫碧瑩，日前又搞了一個創意，叫做「榕我向您說再見！」的徵稿比賽，要同學寫下對老榕樹的離別感言，懶惰成性的小雄就故意找碴，「可不可以不說再見！」，其實他意思是說，可不可以不要寫啦？我就故意對班上說，他的觀念很好啊，蓋房子在原本的地方蓋就好，爲什麼一定要把樹砍掉？這些樹年紀都比我還大咧，「你們還是照學校規定的寫，避免被罵，我只是提供你們不同的觀點……」

後來巫碧瑩把各班優秀作品，用A4的紙印出來並護貝，然後用細牛筋線穿孔，幾十張分散掛在榕樹下，由於那榕樹本來就不高，作品都垂到一般人的臉上來了，風一吹就這樣不規則的晃呀晃，天呀，傍晚乍看之下，我嚇了一大跳，那不就是去年我小愛跟我告白時的恐怖景象嗎？一張張靈魂死去的小孩的慘白面容……

風大時，它們就像利刃一樣，削來砍去的飛著，走在其間，彷彿在玩刀光劍影的地獄闖關遊戲，我當然知道她在模仿時興的掛黃絲帶祈福活動，只是畫虎不成反類犬，果然，很快就傳來災情，有同學眼睛被鋒利的塑膠護片割傷，豬頭正當爲巫碧瑩找台階下而傷腦筋時，隔夜的一場狂風，全把它們掃得片甲不留，巧妙地解決了難題。

我對當紅的巫碧瑩的創意不敢有意見，我關心的是那些老榕樹——可不可以不要說再見……

不知不覺，我又繞回彩虹墜樓現場。旁邊不遠，正是大聲公藍色的車，那種少見奇異的藍。他們主任組長們，車子有時懶得開去東側的停車場，就直接停進校門內的空地，但是豬頭的超大瑞典國寶，卻堅持要停在水雞專屬的樹蔭。再旁邊，是被水泥鋪面環繞的庭園造景，綠地中間則是一棵新栽的樟樹，樟樹前則是一顆巨大的山石，寫著女王的題字「威鎮文教」……四目所極，盡是荒涼。

繞了一圈後，我的目光最後還是停留在案發的草皮發呆。

除了那凹痕外，地上好像多幾片落葉與一些斜陽，其餘未曾改變。抬頭看了三樓的陽台，想尋覓一下彩虹縱身一躍的基點，也了無痕跡，空氣中，只剩一些長期占領耳膜的麥克風聲，從教室內傳來，它們似乎不自量力地在給風上課。

突然間，一陣暴怒的狂風吹來，一隻忙著築巢的斑文鳥，嚇得急急飛起，小葉欖仁的黃葉有些隨即蕭蕭落下，彷彿在哀悼春天逝去一般淒美，恍然間，我腦海出現漫天飛舞的油桐花，細雪紛紛的世界，我看見其中有一朵格外地淨白、濕潤，它輕盈地飛著，飛著，頓時化作一隻曼妙的彩蝶，飄向無垠的蒼穹……

2007
5/28
（拜一）

第十八章 豬頭，與豬頭的A計畫

鹹鹹的一聲悲鳴，
晾在網上，未乾；
打撈一些，不正常裡的正常。

（A）朝會：應聲遊戲

空氣似乎凝結了，時間也乍然靜止不動，整個集合場上的學生，也立正得比原來的立正還要立正，而老師們也睜著錯愕的眼盯著自己的班級看，只有遠方的老榕樹下，幾隻紅鳩正悠閒踱步，牠們是化外之民無疑，而陽光是炙烈的，端午節未到，已經熱得像八月盛暑，球場的水泥鋪面，在刺目光線照耀下彷彿也在冒煙，一層虛幻迷濛的熱氣，交錯著眞實的場景，卻讓眞實更虛幻了……

此刻，豬頭正站在台上，雖有小葉欖仁的庇蔭，卻也氣得七竅生煙，他雙頰鼓著，眼睛瞪得比青蛙還大，額上的汗水甚至比台下烤人肉的學生還要多，而鼻梁上的老式金框眼鏡因此而不時起霧，遠遠從我這角度望去，清晰可見，鏡面有時還被陽光折射得發亮，他緊閉雙唇，右手握著麥克風緊，左手以慣用的姿勢插在黑色的西裝褲袋裡，兩條粗壯的腿，直讓一旁營養不良的欖仁樹汗顏，相形見絀之下自卑得枯葉三不五時就紛紛落下，彷彿是畏縮地在辯解風的存在，卻又提不出明證……集合前，早就風聞豬頭昨天在基測考場動怒，而且不是普通的怒，沒想到剛剛上台，應聲遊戲才玩沒多久，又隆重發飆了——

「各位同學，大家好！」他一開始還算平靜的語調。

「校長好——好—」學生回答得離離落落，有的還故意放炮。

「各位同學，大家好——」他有點悶氣在裡面了，尾音故意拉長。

笑。

「校長好——」依舊只有一年級的聲音，但氣若游絲。

「各位同學，大家好～」豬頭仍沉住氣，把尾音提高，高到有點變調，引來台下一些竊笑。

「校—長—好……」再而衰，三而竭，這回連「好」都斷了氣，學生隨即笑成一片。

「笑！笑什麼笑！不知廉恥！」豬頭抓狂了，大聲狂罵：「連問好都不會！你們家長怎麼教你的！啊你們老師怎麼教你的！連基本禮貌都不懂……還笑！給我站好，馬上給我立正站好！」

由於豬頭在學生面前不曾如此歇斯底里，大家都嚇到了，乖乖站好，但你知道的，國中生嘛，總有一些白目或大尾的不鳥你，還在嘻皮笑臉，豬頭看到更氣了：

「就是你！還笑，馬上給我出來！」大家跟著他的手指看去，在他右前方的三年級的某個學生，還三七步，晃頭晃腦的，跟著同學相視而笑，這下豬頭火了，氣得眞的變豬頭，狠狠跨出一步幾乎要衝下去，但隨即又停住大叫：「曹主任！曹主任！」訓導主任見狀與生教組長火速過去學生那裡，用超級無敵大聲的喉嚨吼他。

「不要拉我！」學生無辜地說：「我又沒怎樣……」

主任不跟他多說，拉著他離開現場，剛開始他還有點反抗，「好！我跟你走，不要拉我～」後來索性甩掉主任的手，大搖大擺走在前面，朝訓導處方向去。

這一切，大家都看在眼裡。而豬頭仍在氣頭上，就這樣留下這尷尬的場面，僵著。

這種「應聲遊戲」，你應該不陌生吧。小學，幾乎都還行禮如儀愉快順暢，而國中，正處叛逆期，就玩得辛苦了。但，還是必玩無疑，誰教我們打腫臉充胖子自稱「禮儀之邦」呢？他們說，這是教育。

柳中，在黑狗主任年代，訓導處超強勢的，學生雖不能說百依百順，但還不敢造次，直到豬頭來接主任位置，從此常規就開始崩壞，所以，從這角度看，他簡直是咎由自取，自己在承受自己造的孽，命運怎麼說呢？繞了一圈又回到自己身上，就像他又回到柳中一樣，但柳中何其無辜啊，我們又造了什麼孽？

「昨天，一年一度的基測，」冷戰了約五分鐘，豬頭終於開口了：「校長與會長特地去考場給我們三年級同學加油打氣，啊會長很有心，還貼心地爲同學準備了礦泉水與小點心……」他吞了口水，繼續說：「但是，同學的表現呢？啊同學的表現呢？簡直是丟人現眼！人家ＸＸ國中，同學一進休息區都安安靜靜，努力在看書，而我們呢？我們呢？吵死了！打打鬧鬧，有像要基測嗎？啊，你們是去畢業旅行的嗎？不像話！丟人現眼！」

豬頭講了講火氣又來了，把頭用力轉向三年級那邊：「人家的服儀，整齊劃一，而我們呢？我們呢？還有女生穿便服外套的，這麼熱的天氣，不會中暑齁！而男生呢？披頭散髮的，能看嗎？有像學生嗎？會長還當場故意笑著跟我講，啊我們柳中是有補校嗎？講得我都羞愧得要死，地下有洞我就馬上鑽進去……像什麼話！還有，人家學生看見別校的師長都會問好，我們呢？啊連看見自己的會長，都當成陌生人，你沒看到會長爲了讓你們識別，身上穿著柳中家長會長的背心嗎？眼睛是瞎了齁！丟人現眼！丟我們柳中的臉，丟我們中國人的臉！等一下朝會結束，請曹主任來訓練一下禮貌，誰再不開口問好，就別進教室，留在這裡曬太陽好了，我陪你們……稍息！」

豬頭喊了口令，就把麥克風交給剛從訓導處回來的主任，自己站到一旁，一樣手插口袋的姿勢。欖仁樹旁，就是他二〇〇五年二月到任時，親手種下的三顆石頭，石頭有半人高，上面用紅漆鏤刻他所擬的學校願景：「健康」、「卓越」、「快樂」。有與女王的「威鎮文教」、水雞的「止於至善」相抗衡之態勢。

自從操場被謀殺後，都是在老榕樹下集合，豬頭來了之後，有一天集合太吵了，他就用此做藉口，「要吵，就到籃球場曬太陽！」更換了場地。一換就兩年多了（啊！豬頭王朝第三年了！）。開始還有老師抱怨，學生也幹撟，但久了，大家又似乎忘記這件事了，改開始抱怨太陽與北風。

有操場時候就不說了。之前集合在寓意上，相較之下是眾生平等式的，一律受榕樹的庇蔭，現在豬頭式集合，階級立顯，台上有遮蔭，台下曬太陽，風景大不相同；再者，之前都在同一平地，立足點相同，現在就回到司令台年代，有高低之分——其實豬頭站立的地方也不是什麼司令台，只是行政大樓興建時地基墊高後向東延伸的一塊草坪，剛好比籃球場高一截，工於算計又迷信威權的豬頭，早就相中此寶地，來咀嚼權力的滋味。

「豬頭贏定了啊！」小愛篤定地說。

「別亂說了啦～」我質疑著：「就憑這三顆小石頭……又不是比寫的字多……」

「才沒亂說咧，」小愛說：「你別忘記，現在正在施工的新大樓啊～」

是齁！現在的新大樓，明年就變成舊大樓了——豬頭到任的隔年，就大約去年此時，吾班將要畢業，照導師積分制（二○○二年巫碧瑩初任組長時特別為我量身訂做的），我還得再帶一屆班級才有資格當專任老師，結果，新生導師名單出來，竟沒有我！我當然知道，這是水雞當年標準的行為模式，心想一定有「大代誌」，後來發現導師名單中有位代課老師，由於代課是一年一聘，隔年這班級有可能就得換導師，這樣對學生不好也不符教育原理，豬頭可能故技重施，班級萬一搞爛之後，要我當後母，接下燙手山芋……想想，與其收爛攤子，不如新生就接，所以，我直接就去跟訓導主任講，我自願當導師，他說，還有比我積分低的，我說那怎麼是代課老師，就請積分低的去接，造成「斷頭班」，不好啊，規定不是正式老師優先，自願者優先，我自願放棄專任的「福利」……他又像之前那樣吞吞吐吐起來，我就知道他在說謊。

後來，怎樣你知道嗎？後來找一位新進老師接手，這樣就符合學校積分制規定，不會自打嘴巴，問題是，這位老師，下學年已經提出進修的留職停薪申請，因他同步考上研究所，為了想先賺點學費再讀，所以辦休學，而下個年度確定復學，這樣這新生班也確定斷頭，那不是一樣的結果？

錯！對學生而言可能一樣，對豬頭就不一樣，他可能在想這樣就少了一條被我投訴的項目。其實，安排代課老師當導師，他還有一企圖，同樣以會「斷頭」做藉口，讓她直接帶三年，這等於保障她三年的工作權，也等於保障豬頭口袋三年的「一成」不變。這只是遺傳自水雞的雕蟲小技而已，一般人一眼也可看穿。

最後，同樣的，我不會給這位待我算是公道、想努力往校長路上爬的鍾主任為難，就接受專任的安排了，這樣，也讓巫碧瑩知曉，之前我當四年專任教師眞的不是特權，而是一種「迫害」。你知道的，我也想挽回她的信任，畢竟在此惡劣的環境，教學第一線的老師若不團結，下場會很慘。

確定專任之後，過沒幾天，豬頭就宣佈新教學大樓興建計畫已獲縣府核准，暑假期間就把西側舊教室大樓拆個精光，剩東側堪用的十間教室，去年十二月就循「三次流標模式」後正式動土，看如火如荼的樣子，明年可能就會完工——屆時，豬頭的名字鐵定名正言順刻上石碑，再來，還有新操場，等著他去驗收……啊，原來，這才是他的「大代誌」！我不得不承認他是總冠軍，三顆石頭只是提綱挈領的布局，青出於藍更甚於藍，這是水雞與女王望塵莫及的謀略。

豬頭剛到任時，吾班剛好是國二下，當時第八節課已全面強迫開課，繳費項目都與註冊單印在一起了，也名列正式課表上面，家長與學生甚至都不知道這是可以選擇的，這是女王的功績。

而我，抵抗一陣子後也無能為力，沒全面強迫時，是合班上，還可以去找老師幫我上，後來所有班級都開課，我就妥協了，因為若只有我不上，學校就可輕易去給我的學生五四三，「你看，你們導師根本不關心你們課業，要不然怎麼找別人上課……」這樣很難去對學生辯解，不利於我班級經營，再來，即使想找人也找不到了，大家也被課綁住，沒被綁住的，也被下令不准代我的課。

第八節淪陷了，僅剩寒暑假，我還在抵抗，學生也沒全面被課輔成功。

前年，暑假前夕，豬頭就在動這個腦筋。本來，學生都還有發意願調查表，後來聽說學校決定不發了，要比照第八節直接列入註冊單，甚至宣佈暑假課輔，就用原來的學期課表上，光明正大地直接沒收了暑假，離譜吧，連造假「育樂營」都懶了。

我得知消息後，就決定自己發調查表給吾班家長，回收結果，有十二人不參加，我把名單直接送教務處，讓涂大主任知道這些家長與學生不願意被強迫，結果，後來是豬頭親自一一打電話給吾班這些家長「遊說」，令人心寒的是，大部份導師都自己扮演起豬頭的角色，自己打電話。他們共同的理由是：「合班不好上，這樣要上新進度也比較方便。」當然，一部份的原因是向上級表示忠誠。

但都還是沒辦法百分百完成任務。你知道的，我們後段班，有些人平常上課有來已經很不錯了，暑假還要他來，簡直要他的命，況且還有一些要協助家長工作的。

而老師部份，根本無從選擇，這些官僚一向就把你當成奴才，用命令的，才管你法律不法律。既然學生沒辦法全面強迫，我就還有抵抗的空間。我將相關法令與教育理念，告知吾班學生，讓他們理解學校不當的作爲，這些我向來是不會忌諱，也不會奉行古早人「囡仔人，有耳無喙」的封建價值，這是生活教育。

超級官僚的豬頭，當然不會放過我。早就聽說他在初任校長的學校的豐功偉業，最具代表性的是：某學生有一次違規，他竟採連坐法，要該班導師寫悔過書。那導師的大姐，剛好是社區好友張國銘的老婆，得知豬頭要來，她就先給我示警。剛開始，是可以理解原本總是「小李子」的他如此變身（補償作用嘛），只是一時無法想像。

果然，沒多久，豬頭就召見我。

「叫蕭天助馬上過來校長室！」電話我沒接到，同事如此轉達。他對老師講話，都是老師對學生命令的語氣。很不客氣的！水雞都還不會這樣。

我故意不鳥他。直到他叫不省人事來找我，我才去。去到校長室，只見他擺起大陣仗，各處室主任在豬頭兩旁一字排開，然後擺一張椅子在他們前面，這是我的位置啦，什麼跟什麼，他當成論文口試，還是在提審犯人？

「天助老師，我們就開門見山講了啊，」豬頭先開頭：「校長聽涂主任說，啊暑假課輔你自己做意願調查表，是嗎？」

「對啊～」我想起他許多作爲都學水雞，直覺就開啓水雞模式故意漫不經心說：「因爲照規定課輔不能強迫，要有家長同意書才行，學期快結束了，學校不發，我就自己發了，要不然來不及統計人數……」

「那我是要感謝您了啊，」豬頭故意虧我：「不過爲了學生的升學著想，站在學校的立場，是希望全校學生都能參加，啊有些同學家境不好，沒錢補習，若不參加課輔，尤其你們要升三年級，若整整兩個月都在外面玩，開學後心就收不回來了……我們是在做功德啊，希望你能配合學校政策……」

「你不是有親自打電話給家長了嗎？」他聽見此話眼睛乍閃左右瞄了一下，我繼續說：

「你知道的，我們後段班有些學生，平常就不唸書了，暑假強迫他來不僅不可能，而且可能有反效果，學校不如像我一樣，辦一些較活潑的營隊，吸引……」

「好了！」他打斷我：「不要再說了，我沒時間聽你說教……」他開始水雞上身，不耐煩了：「今天你若不替這些弱勢學生著想，啊也請你站在學校的立場想想，如果每個老師都像你一樣不配合，啊學校不就要關門了嗎？」

「學校若不依法行政，我沒有義務要配合……」我不客氣地說。

「哪裡不依法行政了，你說，你說啊！」他口氣大變，其他主任也盯著我看。

「課輔，不管第八節或寒暑假，要額外收費，依法都要有家長同意書，沒有就是強迫，強迫就是違法……」我想起涂大主任「剛好都參加」好笑的理由，避免又歹戲拖棚就直接說了。

「這……」豬頭知道我的個性，不敢像對其他老師一樣飆罵，沉住悶氣：「這也是爲學生好，也是爲學校好……啊，這以後再說，啊，我有跟涂主任商量，你們班暑假雖不到三十人，她願意請家長會補助，讓你們獨立開班……所以，也要麻煩你，暑假務必來當導師，還有上課。」

「抱歉！依法這也不能強迫老師參加，」我極討厭這種語氣，但情緒克制住，有眾主任在場，不想爲此先失控而落人口實（我跟豬頭都在比憋氣）：「而我有慢性喉炎，暑假喉嚨要保養，這大家都知道，還有另一個因素，是理念問題，如果學校能夠將惡補改成主題式營隊，讓同學自由選擇參加，我必定會認眞考慮，所以，抱歉！若還是跟平常上課一樣，我無法參加……但我領縣府的薪水，如果縣府眞的有規定老師不能拒絕，那我無話可說，就被強迫，問題是沒有這種法令，不相信你請人事主任去問縣府看看……」

我對些法令很熟悉，想說循與水雞對話模式，搬出法令，就可以一秒鐘惹怒豬頭，結束沒意義的會談，這樣也可放主任們自由，沒想到，豬頭眼向上瞟了一下，眞的轉頭叫不省人事馬上去問縣府。只見人事迅速離開，其他人也沒異樣，我當場愣住了，他到底在玩什麼把戲？好像掌握了我的談話模式，有備而來。

此時，我的眼睛故意放它四處隨便逛逛，表示不屑，豬頭坐的那董事長桌右面牆上，一樣像墓碑般高掛著歷任校長的肖像，我看見水雞在上頭微笑……

約莫過了五分鐘，人事快步走回校長室，坐定位，豬頭轉頭問他：「主任，結果如何？縣府怎麼說？」

「要啦！」人事點點頭：「縣府說，老師有義務要配合學校。」

「配合學校什麼？」我見他眼神閃爍：「什麼都配合嗎？」

豬頭偏頭看一下他，眾主任也跟著轉頭，不省人事瞬間醒過來：

「配合～暑假補習……輔導課啦～」

「天助老師，啊～」豬頭露出詭異笑容：「這是縣府的回答。」

「據我瞭解，法規好像不是這樣～」我質疑說：「什麼時候改了我都不知道？」

豬頭笑而不答，嘴角下噁心的梨渦乍現。當下，直覺事情必有蹊蹺，或許法規眞的改了，近來校長協會動作頻頻，不斷在媒體放話對縣長施壓，又因《魔鏡》事件，縣府心不甘情不願地要落實常態編班，用這些甜頭來補償校長們的損失是有可能的……但，如果有新的法規，豬頭何必如此大費周章，擺這個陣仗，直接把公文丟下來就好了，這樣不僅是我，連其他有異議的老師也閉嘴了，所以，一定是假的，只是這些官僚，說謊跟三餐一樣自然，早已爐火純青面不改色，很難去辨識眞僞——不過，另一個角度看，或許豬頭是故意要以此凌虐我，滿足權力慾望兼殺雞儆猴……越想越複雜，還是決定不妥協，這是我最後一道防線。

「抱歉！我還是無法上，除非……」我堅定地說：「除非我看到法令！」

「縣府的回覆，啊不就是行政命令嗎？」豬頭刻意壓低聲音：「這你應該比我更清楚吧！」

「是沒錯，但我怎麼知道這回覆是眞是假……」我說：「即便是眞的，也可以請假吧，抱歉！我無法上。」

「好，那你寫簽呈過來！」豬頭臉馬上垮下來。

「簽呈？」我有點訝異。

「對！麻煩你寫簽呈過來！」他斬釘截鐵說。

「好！我寫簽呈給你！」我的臉也垮下來，起身就走。

寫簽呈？你是要氣死恁老爸喲？我邊走邊上火，這豬頭竟這樣官僚！寫就寫，這是我的專長，只怕寫了你不敢批而已，「老師在講你都沒在聽！」難道水雞沒教你，千萬不要叫蕭天助寫簽呈嗎？

這我不由得又想起，一九九〇年在台北初次教書當代課老師的情景，那校長也是那樣的嘴臉，當時，我與另一個代課老師，她也是我學姐，期末我們爲了報考「教育學分班」需出具學校同意書，就一起去找校長，想說禮貌上先徵求他的同意，沒想到，一進校長室說明來意後，他就擺起官架子，對我們一陣狂飆：「都當老師了，這麼沒禮貌！寫簽呈過來！」

當時第一次教書，不知道「校長」這種官是不能直接講人話的，要用寫的！我氣得要辯駁，被學姐拉住了，但那火氣一直積在心中，好了，現在豬頭又把我重新點燃，「寫簽呈過來！」你是要老師寫悔過書習慣了嗎？難道水雞沒告訴你，十年前我寫給他的「合作社會議記錄」簽呈至今都還沒批嗎？

眞是火大！回去我就埋頭研究一下法令，再查一下縣網的資料，根本沒有關於課輔的新法令，雖有時，縣府會刻意將有利於教師的法令放在很難找到的地方，或不上網，但若眞的有，這是約束教師的利劍，不變成置頂頭條才怪！

所以幾乎可確定，豬頭他們根本是在演戲，只是不得不稱許他們的演技精湛，眞的唬到我了。

於是，我將長期蒐集的所有關於寒暑假課輔的法規，包括教育部、舊教育廳與縣府的，一併做整理附於簽呈之上，證明沒任何法條規定，這種課綱以外的「課後輔導課」可以強迫老師或學生參加，反而同步證明了，他們扭曲「假期學藝活動」的法令精神變成違法惡補的事實。

「這根本是教育的超級無敵大違建嘛！」小愛說。

寫完簽呈，隔天一早，我就親自送到豬頭的董事長桌上，跟十年前送給水雞一樣的姿態，躺著。只是同樣的桌面，水雞擺著的是，縣長大人「誨人不倦」鎮石；而豬頭，則把縣長親自題詩的馬克杯，連同當立委時的版本，陰陽兩杯都供奉在一起——哼！這樣念力有比較強嗎？

當然，我都有備份，想想，索性將它影印也分發給每位老師珍藏，讓他們知道，我不是要特權，你們若不想上也有權力拒絕不當惡補，不會寫簽呈的，這就是最佳範例。

之前，學校都會放出八卦，說「就因爲蕭天助不上，所以你才要替他收爛攤子！」，造成有些老師對我頗有微詞，現在我把法規條列出來，有些老師反而可以理解，例如有位數學女老師就向我告白（非關愛情～）：「這是你的權利，自己不敢拒絕，沒理由去怪罪依法拒絕的人！」快哉！這是最動聽的教育情話。當然，多數人還是暗幹在心裡：我破壞了潛規則。

「既然公開了，那就Po上網吧！可嘉惠更多人的。」我聽從小愛的建議，就把原文貼上流行的部落格，順便開個新單元，專收法令公文，方便查閱。

那簽呈呢？當然石沉大海了。但，卻引來大海嘯——豬頭幾乎是惱羞成怒地反擊，而我本能地被迫又要抵抗，惡性循環。

對於豬頭越來越離譜的作爲，讓我評論越寫越多，公函也越發越多，似乎像吸毒一樣上癮了，這都得感謝他的官僚與算計，觸發我的靈感與動力，不過課餘時間幾乎被占滿了，要說故事給你聽也變成奢求，而身體也在抗議，唉，我也千般萬般不願意啊！我幾乎又倒退到水雞王朝的生活模式，甚至更糟更棘手，你知道的，豬頭手段比水雞高明許多，讓我頻頻胃痛、失眠，有時還莫名地發高燒，進出醫院成為家常便飯。

不過，他再也沒有叫我寫簽呈了。

那公函，有時把評論當附件，同步給縣教師會、縣府、教育部，發到豬頭頭皮發麻，對我恨之入骨。因為這樣，等於把他的罪行公諸於世。其實，我寫的這些東西，有一個重要的原則，只針對教改議題論述與批判，雖有影射，但不曾把「柳河國中」與「李金龍」或歷任校長的名字寫上去，因這幾乎是所有國中的歷史共業，只是在八卦縣，大家都知道我蕭天助是柳中教師，會自動對號入座。

但，主管機關回給我的，都是裝聾作啞的覆函，繼續縱容校長們胡作非為，越搞越離譜。姑且不說強迫師生課輔這已涉及侵犯人權的議題，也不說那年縣府竟一口氣核准四十二個特殊班成立，這等於各校統統有獎，讓能力編班又借屍還魂，光說一件事就好了——

近來，校長協會竟主導市區幾所明星國中成立「聯合命題委員會」，理由是：「因應常態編班政策下課業表現普遍低落的現象，以提升學生成績，增加競爭力。」然後，順勢委託書商「康泰」統一命題並印製考卷，所以，各校的段考變成聯考了——那時引來另一家縣北大書商「儒林」的抗議，鬧得沸沸揚揚，「北儒南康」一時傳為杏壇佳話——不僅如此，原本的班排名，搖身一變，變成縣排名，縣排名裡甚至還分男生排名與女生排名（為什麼？腦筋急轉彎～）！像我們後段班，大部份同學拿到成績單一看，都是第一萬名起跳的，你說這樣他們還有信心唸書嗎？

「這也太離譜了吧，簡直是大怪獸！」小愛感慨說：「這不是公開圖利廠商嗎？」

「對啊！」我無奈說：「但你能怎麼樣？你看吳莉惠去縣府檢舉的下場就心寒，圖利廠商倒是其次，重點是，廠商變成地下教育局了，掌握命題大權，這樣不知道政府還有存在的意義嗎？」

其實，教師法通過前，教師某種程度上都還保有段考評量權，而我們後段班，學校通常懶得理你，因而我還可以爲我教的班級自己出題，後來，有天兵家長抗議「爲什麼我們小孩考B卷，這樣不公平？」，學校索性就說「要不然都一起考A卷！」，結果，後段班學生成績可想而知，下場更慘！但，頂多是學校統一命題，現在，法律上教師專業自主權受到保障了，我卻反而失去命題的權力。

我們領域會議，依法都要討論段考命題的問題，但每次決議，都是三個字：「用買的！」——意思是，集體放棄自己的命題權，統一用「康泰版」考卷，這樣好處是花錢了事樂得輕鬆，也政躬康泰，但討人厭的我，每次都投反對票：「雖然只有一票，但每次我都要聲明，請列入會議記錄，我主張自己教的班級自己出題。」你知道的，眞的只有一票，以前還會跟其他人辯論一下，後來大家都厭煩再重複相同情節，彼此知道就好，以免傷感情，我也知趣地講完這句就閉口。講，是給自己與歷史一個交代。

「如果我們自己出題，沒縣排名，就不知學生的程度在哪裡了？」這是他們常講的理由：「這樣，跟明星學校試題一樣，才可以提升我們學生的競爭力……」

用買的，試題統一之後，每次才剩一張嘴巴來說題目很差如何如何，啊，那爲什麼不自己出題呢？

我只能嘆息。對於考試人生勝利組的他們，我不敢有責怪之心——你知道的，當我拿起《國父思想》K書，準備進入正式教育體制時，就沒資格責怪任何老師了（報告國父！對不起，那時常讓您頭破血流～）——我知道，他們還有放在心底沒說出口的理由，「統一命題」這命題，壓力的強度恐怕超過一個小小老師的負荷，當然，眞的也有中毒太深慣性腦殘的，認爲這樣對學生確實有幫助，他們或許也沒聽見教育部三令五申禁止成績排名。

「但是，領域會議可以推翻教師法所賦予老師的評量權嗎？」想不到小愛對法令越來越清楚了。

是啊，這當然有爭議，這不折不扣叫做體制暴力！但你能怎樣？你只有自己一票，難道要去打行政官司嗎？即便有此勇氣與金錢，也沒有那麼多時間精力，你還要上課教書啊！

不過，若討論到「超進度」的議題，我就不惜撕破臉堅持到底了。

前年，就是二〇〇五年，五月時，第二次段考後的領域會議，豬頭就直接把命令印在會議資料上：「經課程發展委員會決議，暑假輔導課上新進度，以配合九年一貫課程，因應基測之所需。」

都下命令了，還要我們討論個屁！你就知道豬頭爲強迫師生參加輔導課，無所不用其極。

通常，國三是以聯合模擬考爲主，段考就沒統一命題，若暑輔開始上新進度，全部課程大概國三上就趕完，然後剩一學期，就考試考試一直考試……你應不陌生吧，這種操作，就是惡補的眞諦。

「這樣對沒來上的輔導課的學生不公平，即使一個沒來，我也反對！我們沒有理由放棄他～」我說：「第二反對的理由是，這樣對低成就學生不公平，原本進度都趕不上學習了，又要超進度，他豈不是更慘？」

「天助啊，」阿雅輕聲細語：「要升三年級了，那些沒來的，即使來也沒在聽課……再說，進度先趕完有較多時間有複習考試……」

「如果沒來的是妳小孩，妳還會這樣主張嗎？」我忍不住這樣說。

阿雅一臉尷尬，沒再說話。此時，巫碧瑩馬上就跳出來爲她仗義執言，大聲嗆我：「你不能這樣自私，每次只想到自己而已，我們都一直在忍受你，老是跟大家唱反調！」

「好！其他不說了，」我也火了：「我只問妳，照規定，暑假可以上新進度嗎？講難聽，這根本是違法的！自己都做違法的事情，我們還有資格當老師嗎？」

「你不要老是拿法令來壓人！」她氣呼呼，但也住口了。我看見她眼裡在冒煙，跟她樑子是越結越大了。

唉，法令是我最後的武器，我又何嘗願意這樣傷感情呢？某種角度看，我們都是在同一條船上。

最後，雖沒做成超進度的決議，但還有其他領域，而我們國文老師們也不鳥什麼決議與法令，照超不誤，這樣不用準備複習教材省事多了，他們只是不願跟我這不可理喻的人吵而已。

消息一出，吾班有些不參加暑輔的人就蠻擔心的，再加上豬頭親自打電話給家長，又故意在朝會廣告，塑造出「不上進度就來不及」的氛圍，其中有兩人就改變心意被迫參加了。這不是上不上的問題，是基本的民主價值，所以我也堅持到底，我告訴吾班：

「各任課老師，我會去請他們不要上新進度，而國文部份，你們放心，不管有沒有上新進度，我開學一定重頭上，而且保證上得完，一學期一冊課本，是經專家學者研究後由教育部頒訂的進度，怎麼可能上不完，況且我不做違法的事……」唉，這很難跟學生說清楚，他們心裡一定有疑問：「難道大家都在違法嗎？」

後來才知道，我錯怪老師們了，是豬頭下命令並強力施壓他們上新進度，而剩下十個沒來暑輔的人，受教權就因此活生生被犧牲掉了。是啊，這眞是悲壯的抵抗！我永遠會記得……

是年，十一月底的某一天，我又聽見隆隆刺耳的宣傳車在校園外呼嘯著，是啊，好快！又要縣市長選舉了。我不禁感慨萬千，好不容易用選票推翻專制的中X黨，盼到了改朝換代，沒想到國中教改卻更遙遙無期，而且每況愈下……當天回家後，又看見新聞把教改的阻力都推給第一線的老師，又想到豬頭如此殘暴的教育操作，夜裡竟輾轉難眠，左思右想，忍不住又爬起來寫一份文稿，在夜氣的催化下，我決定再度發動一次教育正常化的連署，表達對執政者的失望，與激勵……

叮—噹—叮—噹——我從恍神中又震回來了，汗水濕透了衣服都不自知，長久以來，校園的鐘聲，每每讓我心驚。

「各位同學，大家好！」曹主任汗流浹背賣力演出。

「主任好——」學生，分年級練習，一遍又一遍應著。

應聲遊戲，好久了，好到現在還沒好。豬頭還是不滿意，臭臉處在台上，越來越像一尊銅像。這鐘聲，是上課鐘，第一節課經常就是這樣被玩完了。他還有臉一直在訓學生：「你們要尊重鐘聲的權威，一打鐘，就要在教室坐定位！」

這一年我是專任，朝會原本不干我的事，因我任教的國三某導師請假代導，所以就遇上這場面，還真倒楣。豬頭也倒楣，要看我的臭臉。

太陽越來越大，女老師們的洋傘也越發鮮艷，而我沒戴個帽子，曬到發昏，誰知道今天豬頭會玩這一局，眼看沒完沒了的態勢，約莫過了十分鐘，我受不了了，決定當場走人，眾學生「好」還含在嘴裡，目光瞬間投射過來，台上的曹主任與豬頭也錯愕地看著我，但我頭也不回，慢慢走回辦公室。

「你是不是又要揮犧牲打了？」小愛調侃我。

我累得懶得裡牠。親愛的上帝，是不是給我一些應聲？如果教育的內容是反教育，這種教育我們還要嗎？我迷惘了……

（B）一封「國中教育正常化」的連署書

〈壹〉給關心教育朋友的一封信：

台灣又選舉了！許多火熱的議題又被拋出，不管是執政黨的改革，還是在野黨的批判，諸多政見每每在選後，就從島嶼天空中消逝無蹤，大家好像都忘了那些曾經閃亮的口號，提口號的政治人物忘了，媒體忘了，而最重要的選民似乎也忘了，忘了再用選票去檢驗政治人物政見的兌現率，這是台灣人民可愛的地方，也是悲哀的地方。可愛的是，爲了人情可去寬容政治的背叛；悲哀的是，這過度的縱情讓台灣的民主繼續半生不熟，無法深化。嗆聲「正名制憲」的，選後馬上說不可能做到；吶喊「保衛中華民國」的，選後又迫不及待地去擁抱中華人民共和國。

這樣的選舉，好像只是一場無聊的遊戲。

一向支持改革的我，每次幾乎都會用選票來作選擇，但今年我打算不投票，因爲至今我還沒有在選區眾多候選人中看到有提出教改政見者，尤其對於「五育病重」、日益補習班化的國中，有任何關於教育正常化的改革建議。我本來是不想在選舉前發聲，因爲我只有一票，也不想去影響任何人的投票傾向與意願，我只想靜靜地在選舉喧鬧聲中，好好思考往後的可以有的作爲，關於我自己，也關於這島嶼。

沒想到，「十八趴」的議題，又讓中小學老師變成眾矢之的，身爲中古的國中教師，雖不影響到我，但我也頗不是滋味。我不是反改革，相反的，我是非常期待台灣趕快來場國民教育的大改革。因爲，教育是一個國家的根，根若爛了，將來我們的國家叫「台灣共和國」或「中華民國」都沒意義。我不是滋味的是，「十八趴」根本不是教育內容實質的改革。

現在的國中，越來越像升學補習班了，教育的操作都是以升學爲最高指導原則，所有的學習都以學業成績爲單一價值，學校變成一個考試訓練場所，而不是學習基本技能、國民常識、以及做人處世的地方。先看一下我們的學生，一天的生活大概是如何過的：早上醒來，還沒吃早餐，匆匆忙忙在七點二十五分遲到鐘響前就得趕到學校，打掃、早自習，然後參加升旗聽官僚們千篇一律的教訓，經常一訓就訓過頭，第一節上課時已過了一大半，不要說吃早餐，連上個廁所時間都沒有，接著連續七節課後，再被強迫上第八節，若是三年級，就繼續吃便當晚自習到九點、十點。一、二年級雖沒晚自習，但受整個扭曲的學習價值影響，大都也繼續向補習班報到。

這是國中生披星戴月的一天，也幾乎是每一天的樣子。至於假日，「資優」的國三學生幾乎全都在學校惡補，國一國二的學生也巧立「資優班」或「藝術班」的名目來校惡補。但，大家好像都視此爲理所當然。漸漸，那些善辯的教育官僚馬上就理直氣壯地說：「這不是惡補，這叫做課業輔導！」儘管如此，惡補終究還是惡補。

永遠沒完沒了的惡補惡補，考試考試，都是爲了成績——一些抽象的數字而已——不管到底有沒有學到應該學的東西，不管會不會待人處世，不管能不能學會自己解決生活所遇到的問題，只要成績好就是好學生，成績不好就是壞學生；學校幾乎所有資源與期望都挹注在這些會考試的「菁英」上，其他大多數的學生幾乎都變成了「伴讀生」而不自知，更不用談那些被體制放棄的學習弱勢的學生。這種惡性的操作，從排名的變態化可看出其嚴重性，雖表面上大多數縣市都禁止學校作成績排名，但是事實上，不僅有班排名、校排名，更離譜的，還有我教書生涯第一次目睹的「全縣排名」，其中還分「男生全縣排名」與「女生全縣排名」；若你的小孩拿到的成績單，像吾班學生一樣出現第一萬七千兩百二十一名的名次，眞不知做何感想？又，若你是那小孩，也不知是否還有讀書的心情？此款建立在「比較」上的學習，已讓成千上萬的國中生陷入痛苦的深淵，前些日子建中學生跳樓事件，正是血淋淋的教訓。

每個小孩，都是不同的獨立個體，各有他獨特的生命意義存在，他不是大人的財產或滿足虛榮心的祭品，教育的可貴，在於肯定多元的價值，不應用統一的標準去丈量小孩；而學校存在的目的是，盡量讓小孩在受教的過程找到自己的天地，教育就是要提供各種可能性，不是用大人的準則去淘汰小孩。所以，這種摒棄多元學習價值的教育操作，已經背離正常教育的大道好遠好遠。如此，我們的小孩，不管資優或平庸，都將被塡鴨成缺乏理想熱情或無法獨立思考的人，這樣的國家未來主人翁，實在令人擔憂。

一個國家的強大，不是建立在某個政黨之上，而是興築於優質的人民上；所謂的「優質」，絕對不是指：擅長考試。先撇開那九年一貫以來已被說濫的「十大能力」不說，至少要具備：現代國家的觀念、基本的民主素養、以及起碼的人文關懷與環保精神。這些世界現代公民的指標，就是要靠國民教育慢慢打下根基，國家才有新的展望與未來。但不幸的是，它們幾乎都溺斃在考試卷與成績單中。雖然表面上，各校也能拿出一些數據與報告來證明自己「五育並重」的作爲，但骨子裡誰都很清楚，「升學率」才是校長們唯一的道路，其他價值都要靠邊站。

如此的惡性操作，只造就了少數迷失在掌聲中的「考試菁英」，而這些人或許資質不錯，但從來都不是眞正的菁英，有的甚至連基本現代公民應有的素養都沒有。一旦這些自以爲是的「菁英」，當了老師、組長、主任，甚至校長後，用同樣的價值在學校繼續荼毒我們的小孩與眞正的菁英，這樣，我們的教育不就永遠沒完沒了的惡性循環。

台灣現在的紛亂與危機，都跟人民缺乏現代公民的素養有關。現代國家觀念的不清，以致造成國家認同錯亂；基本民主素養的不足，導致意識形態的對立，從我們賄聲賄影、吵雜髒亂的選舉文化中也可看出一些端倪。

現在的台灣，國不國，家不家，在世界詭譎的暗潮裡，隨時都可能被淹沒在弱肉強食的叢林中。所以，促進國家正常化是當務之急；要國家正常化，教育就要先正常化，尤其是國中教育，否則，我們要從何去培養具有現代公民素養的人民呢？而台灣對抗中國最重要的武器——民主，又要從哪裡去深化？我看到我們現在的國中，充斥許多違反民主價值的行徑，動不動就想用強迫的方式來解決問題，沒有良好的溝通與尊重，尤其是課後補習的作爲，不知有多少學生與老師被迫加入惡補的行列。如此，我們的學生在非民主的氛圍中怎麼去學習與了解民主的精神與價值呢？

自從當了國中教師後，教育正常化，一直是我關心的主軸。我總是在想，一個正值青春年少的小孩，爲什麼要讀書一定要讀得那麼辛苦呢？從早到晚，加上上補習班每天超過十二小時，啃教科書、考試、補習、或在校園裡接受「類軍事管理教育」的訓練；反抗此價值的，就被打入壞學生行列，或自暴自棄，或浪蕩街頭，或無所適從。他們有個共同點，就是：不快樂。

「要快樂，不用讀書最快樂，天天上網咖好了！」常有一些抗拒教改的校長或老師如此說。就像教育部宣佈髮禁解除時，他們也很不以爲然跟家長說：「要不然都不要管好了，看學生要怎樣就怎樣！」

我認爲這都不是一個教育人員應有的態度。

當然我知道，在台灣與我有相同觀念的人很少，而與我有相同觀念的老師更少，所以，要推動「國中教育正常化」，確實像是不可能的任務。大家似乎都認爲：國中就是這樣，都爲了升學啊！但請大家仔細看，現在不只是國中這樣，高中，甚至國小都漸漸這樣。惡補，正蠶食我們的教育，與國家的根基。

正因爲我是少數，所以，最近因「課多少補多少」與「十八趴」的議題，教師恍如過街老鼠般，讓我頗爲無奈與鬱悶。因此，我必須聲明，雖然我對於執政黨在選舉時才拋出「十八趴」而在課稅上又有刻意放水，感到頗不以爲然，但我絕對百分之百贊成，把一切過去加諸在老師身上所有不合理的福利趕快拿掉，無任何附帶條件，如免稅等等；不過相對的，也要通盤檢討並建立新的合理制度與措施，如教師休假制度等，而不是「跳躍式」的改革，或者

「選舉式」的改革。

然而，我在意的還是教育實質內容的改革：「國中教育正常化」！當然，這是個大工程，其中涉及校長、老師與家長的教育觀念，觀念的問題不可能一夕之間就改變，但，如果政府肯定此方向是正確的路，就應有所作爲，要去利用行政資源去作引導，至少要去約束學校偏差的行徑，否則政府存在就沒意義。無奈的是，地方政府大都放任學校胡搞瞎搞，甚至上下交相利，形成牢不可破的共犯結構。而民代部份，在上屆的立法院，我只看到一位程振隆委員對此有付出心力；不幸的是，這屆他卸任後，後繼無人。

所以，我做這份連署，有個小小企圖，想先找一位代言的民代，立委或縣議員都好，能督促政府在「國中教育正常化」上有改革作爲，以我微小的力量這當然不容易，但，如果我在單一縣市內能連署到一萬人時，就可能影響到縣長或一位立委的當選與否，只要再多一些，甚至可能會影響到總統大選；大家如果不健忘的話，應還記得二〇〇四年的總統大選差距不到兩萬票。因此，還是有可爲的。若不幸只有小貓兩三隻，我也會歡喜，因爲至少我知道我的同志在哪裡，至少我爲我的學生與這島嶼努力過。

就像之前，我與朋友們在推動「國中常態編班」時，大家也都說不可能，但誰知就夢想成眞，而且提高了此政策的法律位階。台灣這島嶼就有這種不可預料的爆發力，或許與她處於地震帶有關吧。

今年吾班的親師座談會，就有一位家長跟我說：「以前都認爲家長就是把錢準備好，送給學校或補習班就好了，現在我的觀念改了，家長要與小孩一起學習。」是的，在小孩成長的過程中，家長所扮演的角色往往比學校重要，如果缺席了，將是永遠無法彌補的憾恨。

其實，我們的主張很簡單，就是要把屬於家庭的時間還給家庭，讓正值青春叛逆期的小孩，無助徬徨時候，感受到更多家的溫暖；至於補習的工作，還給補習班去辦理，家長可與小孩經過討論後決定是否需要補習；而學校，就讓她成爲一個單純學習的空間，畢竟，教育與補習是不一樣的。

更明確說，「國中教育正常化」現階段首要的目標是要：把惡補趕出校園，讓上課的時間，落實教育部頒訂的標準，也就是一年兩百天，一天七節課。不要以任何理由再多了，人非機器，超過負荷，會反效果的。

當然，這是消極的做法，但卻有必要，因爲以現今的環境，要找到一位具有教育正常化理念與實踐能力的國中校長，實在有困難。積極的做法，是要設計一套遴選制度，去遴選具有教育正常化理念的校長。更積極的做法，是要教導學校利用正常上課以外的時間，結合社區資源辦理各種主題式的營隊與社團，讓學習多樣化、趣味化、生活化，讓學生與家長依意願自由選擇，讓在課業上找不到成就感的學生有其他發揮的空間，也讓課業成績好的學生能作寬廣與深化的學習，這樣，長久下來，必然會反過頭來影響根深柢固的、以考試成績爲導向的舊有價值。

這是我天眞的想法。上課時間先正常了，國中「五育病重」的現象，或許會緩和下來吧。

如果你認同我的看法，可否讓我知道你在哪裡？

〈貳〉「國中教育正常化」連署議題陳述：

◎議題陳述：簡單說就是，反對現在日趨嚴重的「學校補習班化」現象；進一步說明是，要改正學校以升學導向爲單一價值的教育操作，並創造多元價值的學習環境，讓補習的業務回歸給補習班，把親子互動的時間還給家庭，把生命的夢想還給學生，讓學校成爲一個單純的正常學習空間，讓國中教育往五育並重的目標邁進。

◎現階段建議做法：落實教育部頒定的正常上課時間操作（一天七節課，一學年兩百天），把惡補趕出校園。

1.取消早自習：讓學生有足夠時間吃早餐與家長互動。
2.取消第八節課：讓學生回到社區與鄉土互動。
3.取消晚自習：讓學生回歸家庭生活。
4.取消週休假日上課：讓學生有個正常的休閒生活。
5.取消寒暑假升學輔導課：讓學生眞正擁有寒暑假，並有機會參加各種學習營隊或社團活動。
6.取消成績排名（縣排名、校排名、班排名）：讓學生學習不要建立在「比較」之上。

〈參〉連署注意事項：

一、請寫下：您的名字（可用暱稱、筆名或眞實姓名）、您的職業（如果您是八卦縣國中教師請特別註名）、您的工作地點（縣市即可）、您的電子信箱。

二、您可寫下您的連署感言（請盡量不要超過一百字）。

三、請您不要重複連署（爲了計算人數方便）。

四、若您不認同此連署，請不要在此留言（不同意見可在其他單篇文章下回應，但請不要涉及人身攻擊或謾罵）。

五、本連署打算長時間進行，歡迎相關有力單位協助推動或接手（我們資源極爲有限）。

六、這是虛擬世界一場眞實的行動藝術……

（撰稿／蕭天助／八卦縣國中教師聯盟聯絡人／二〇〇五／十一／二十四）

（C）午休：臨時導師會報

此時此刻，我正撐著疲憊的眼皮，坐在小會議室發呆。茫茫看著，對面一整排模糊的臉。眞不知自己出現在此，爲的是什麼？咖啡廣告說：「生命就該浪費在美好的事物上！」而我們盡是暴殄天物，蹉跎光陰——集合集合再集合，開會開會再開會，就占據了一半校園生活——我眞的眞的迷惘了。

這小會議室，在教務處裡面的隔間，感覺就像個見不得人的密室，事實上也是。每週一次例行的導報在此開會，全校性的或演講會在四樓視聽教室。但不管在哪裡開，都是浪費生命，因大多是沒實質討論的政令宣導或惡意的批鬥。

說不知爲何在此，是靈魂上的詮釋；現實上，此時桌上擺著會議資料，清清楚楚寫著：「柳河國中學生服裝儀容檢查實施規定」。朝會，豬頭發飆後，第一節上課回來，就發現桌上躺著一張開會通知，議題是要修改服儀規定，當然，大家心知肚明，頭髮，是頭號戰犯。犧牲午休，就爲此荒謬的教條，軍事教育的遺毒。大家都在等豬頭的駕臨……

那年，十一月底，「國中教育正常化」連署活動公告後，再過三週就是縣市長大選，選舉結果，民X黨籍縣長連任失敗，再度政黨輪替，重踏覆轍。當然，非我之罪，你看票數的差距便知，再看連署人數才區區幾十個，也可知這些都是友情贊助的。這回，我是刻意低調進行，個人宣示意義大於實質效用，靜靜貼在網上，然後電郵通知諸位好友，就沒任何動作了，是貨眞價實的行動藝術。

改朝換代後，豬頭如魚得水，上下又變成同一國的，校園光景，加速惡化。說實在的，那時有點後悔，雖我的舉措不足影響大局，還是充滿矛盾心情，正如我手中的選票：對民X黨失望，對中X黨又不抱希望，最後只好把票投給自己，讓自己不絕望……

自從二〇〇六年五月底，我確認不接導師後，豬頭迫不及待將各種校園行事，轉換成「強迫機制」，一旦成爲慣例，任何人就很難去撼動，而逼我妥協。

暑假，輔導課已被豬頭強暴得逞，雖有少數鐵齒學生還是堅持沒來，但全校都原班開課了；接著，寒假又淪陷了。誰都不能否認，他的謀略與功力，早已超越前任每個校長。

選後，有同黨縣長做靠山後，豬頭變本加厲惡意操弄權力；另一方面，「建設」的經費也源源不絕而來。這就樣，這一年來，幾乎都建構好威猛的陣式，就等待我重回導師職務。

上週一，同樣時間，同樣在這小會議室，只是名稱換成：「升學輔導會議」——名字都超正的，內容卻見不得人，是要討論「假日班」——惡補啦，主要參加者是九月即將升國三的國二導師。而我，教了這屆兩班國三，也在開會名單之列，我是有點疑惑，我的國三班下個月就要畢業，干我何事？我一直想著豬頭的企圖。不管如何，有個目的是確定的，就是：週休假日全面開課。這是他「A計畫」最後一哩路了。

開會理由，當然也是：「因應九年一貫教育之所需」——這廣告到學生也朗朗上口了，唉！我是要學古人嘆息：九年一貫啊九年一貫，多少罪惡都假汝之名！好像所有違法的勾當，只要冠上「九年一貫」就變合法似的。你還記得，當年在涂大主任的主持下，玩「大風吹」九年一貫研習玩到不亦樂乎的情景嗎？之後，我忍不住寫了一篇短評〈爲什麼九年一貫會失敗？〉，那柳河國小的廖校長就在公開場合暗諷我：「有老師，才開始實施就唱衰它失敗！」

其實，我的推理只有一個——「久年，就只有這一罐：掛羊頭賣狗肉！」這連被你們這些大人大大看不起的後段班學生都知道。

幾年過去了，事實證明，不僅失敗，惡補之風甚至海水倒灌到日趨正常化的國小校園。

好笑的是，最近縣府似乎覺得難再硬拗，乾脆就改口說：「九年一貫精神教育」。多了「精神」兩字，明確告訴你，這只是空殼啦。明明每班都還三、四十個學生，沒有小班的實質，卻要求老師不斷參加「小班教學精神」研習，「精神」到大家都「神經」兮兮——玩文字遊戲，就是教育官場眞正的精神……

開會那天，豬頭、會長與各處室主任早早就坐定位。

聽他們導師說，之前就開過會，也做成「原班開課」的決議——這成語或許你有點不懂，簡單講，就是各班都要開「假日班」，再講白一點，就是國三各班學生假日都要被強迫來上課。「再來，就要擴大到國一國二。」有人就如此擔心。

「既然已做成決議，那還開會做什麼?」我大惑不解，他們也不清楚。

眾老師到齊，豬頭開場後，就直接說：「常態編班後，我們鄉下學校課業若不加強，升學率就會變差，變差後就會減班，啊減班後就會出現超額老師，若再減班，學校就會無法生存，啊所以爲了求生存不得不如此，請各位老師體諒學校的困境，盡量配合……」說完，麥克風就交給鍾主任。涂大主任派出去當校長後，他就從訓導處轉到教務處，他們主任也是大風吹歷練，準備當校長。

「我們請會長跟我勉勵~」鍾主任說完，又將麥克風遞給會長。

「校長，各位主任，各位老師大家好!」他停頓一下，但沒人回應：「時間的關係，我就簡單講啦，這個假日班，一定要麻煩各位老師了，現在社會很不景氣，工作難找，你們能當老師，要很珍惜，啊也要多一點愛心，不要計較那麼多，要不然很多人都搶著要當……我就常說，教書是良心事業，像我的太太，也在國小教書，她每天都盡心盡力，回家，我都還看她在認眞改聯絡簿……」

他講到這裡，就有老師在竊笑，每次都講相同的話，尤其聯絡簿的事，講一次就要笑一次，當然不敢笑出聲，你知道的，哪有聯絡簿帶回家改的，不被罵死才怪！其實他是板著面孔，眼睛有殺氣語帶威脅，威脅雖還是有用，但大家已經習慣了，所以一講到聯絡簿，嚴肅氣氛就破功了一半。

這「聯絡簿會長」，連任兩屆了，出錢又出力——很會給老師壓力，是校長們的最愛。聽說他是養鴨致富的，擁有好幾個大型鴨場，附近幾個鄉鎭，都是他經營的勢力範圍。每次來學校開會，總是西裝筆挺，刻意打扮，但總掩不住鄉下那種俗樣，不過看老師的眼睛倒是跟豬頭一樣，都長在頭上，兩個氣味與酒味麻吉得很。

他一講完，鍾主任急急接起麥克風，宣佈開始討論議題：

「時間的關係就不客套了，直接進入議題——教務處規劃的方式有兩種：第一是，『原班開課』；第二是，『分組開課』，就是依成績分A、B兩組。前幾天，其實導師們已經做成決議，假日班採『原班開課』，但是校長爲了更周全，所以今天也請國三任課老師來一起討論，因這屆國三是常態編班第一屆，且首度實施英數理化能力分組教學，要參酌任課老師的意見……大概是這樣，等下若有不清楚我再補充說明。好，現在請老師先發表高見。」

說完後，一片靜默。豬頭與會長也是。他們擺著臭臉。

你看，他們不先討論要不要留校上課？也不談可不可以留校上課？就只丟出兩個開課方式，擺明就是一定要做，我一直不解，爲何沒有第三個選擇？

「老師們有話要說沒關係，請現在提出來，我們時間實在有限，今天討論完，下學期國三照決議來做，所以老師有話說就請趁現在～」鍾主任再度催促。

我是有些話要說，但我不是主角，就按耐住，等看看他們準三導是否有人發言，剛開會前幾個才私下在抱怨，不說，若權利受損就怨不得別人了，當然我知道，是豬頭供在神桌上，因此噤聲，這是柳中開會常見的畫面。但這事關重大，若原班開課確定，再加上國一國二假日班，幾乎是要動員到全校的老師，這等於宣告柳中全面取消週六假期，甚至有些人，連晚上與週日上午也要淪陷了。拼升學這種拼法，眞的有效嗎？

終於有人舉手了。

「校長會長主任大家好！我有一點小小意見，不好意思，說出來大家聽看看，」阿敏微笑地說：「就是，鐘點費的問題，人家某國中假日班都是五百元了，我們還四百，我們老師沒有比人家差，也沒比人家輕鬆，才四百元而已，若能提高，效果一定會更好，也不愁找不到老師……這是小小意見啦，謝謝！」

你知道的，她老爸老楊，退休後專心經營補習班，版圖早已擴展到附近鄉鎮去了，所以，消息的正確性，絕對有說服力。去年那屆學生畢業後，阿花退休，我變專任，而她接替阿花的位置，成爲國一特殊班導師，只是名義上變身爲「音樂班」，但身價跟以前不可同日而語，現在是一年級檯面上唯一好班，行情看漲。而她眞的會音樂嗎？「她唱歌簡直像是蟾蜍在叫……」——啊～立正！抓耙仔請稍安勿躁！這可不是我說的喔，是阿孝，最近他越來越毒舌了——而之前的「體育班」更好笑了，柳中已經十年沒操場了，還體育班咧，去年新教育大樓動工，連那一百公尺跑道也死了……

「這個我說明一下～」豬頭迅速拿走鍾主任的麥克風：「我們的家長，在經濟上比較弱勢，現階段無法提高鐘點費，要請老師多擔待，發揮愛心，這議題我們就不討論了。」

他說完，大家又沉默了。鍾主任再三詢問之下，一位準三導起來發言了：「我贊成原班開課，因為這樣學生在管理上比較方便，學習也比較有效……」之後就不知所云了。她姓龍，是前年新進的英文老師，花枝招展的，不折不扣辣妹一個，學生都叫她「小龍女」，一些早熟的男學生下課都假借問問題，跟前跟後地簇擁著，連禿頭仔都口水連連。龍姓家族是柳河鄉的望族，聽說她老爸是公所主秘，在地方上的勢力，不可小覷。

會前聽說，有三位班導贊成原班開課，她應就是其一吧。在常態班狀況下，每班大概都會有約三分之一學生，是學習動機薄弱的，現在強迫他假日也來上課，不鬧才怪，這樣眞的有效果嗎？我倒是想聽聽贊成者的意見，無奈等不到其他兩位老師。還有一個疑惑一直想不通，既然只有三位班導贊成，為何會做成原班開課的決議？

頓時，我看見阿怡在那左顧右盼，掙扎好久終於舉手發言：

「若眞的全校原班留校上課，我們班那十個不讀書的，我打算叫他們不要來，人數不夠鐘點費我自己出算了，我已經在算我要出多少錢了……」

她講得蠻悲悽的，讓我有點訝異。你還記得嗎？她就是那位太陽下不撐傘的超強女老師，以前是田徑隊的她，每次運動會看見班上學生落後，都激動得在旁吶喊，恨不得自己親自下去代跑，常引來笑聲連連……在教育觀念上她一直是支持加課補習的，但對象是成績好的學生，她帶班也超嚴厲的，但一聽到全班要來，快暈倒了，會前一直跟我抱怨的就是她。她心中的壓力不言可喻。

接著阿玉也起來慈祥地說：「我也不知道會這樣決議，若要全班留，我打算捨命陪君子，但我建議學校問問補習班怎麼加強的，我們照那樣做就好……」她的意思很清楚，也很無奈，認爲如此對課業加強並無幫助。

「這部份，請妳放心！」鍾主任壓低聲音笑說：「我們在座的，有幾位都是外面的，超級名師……」是有點雞同鴨講，他繼續說：「至於人數，相信若導師親自出面說服家長，要達到三十人是不會有問題的，若眞的差一兩個，我們會請家長會補助，不會讓老師自己出錢，請放心。」

又陷入沉默了。我看見阿怡從遠處頻頻給我使眼神，我低頭看看手錶，時間差不多了，就舉手。

「天助老師，請說！」鍾主任笑笑表情有些不自在。豬頭的臉更臭了，而豬腳像水雞一樣目中無人抖個不停，這是香火傳承的表徵。

「時間關係，我就條列式說說我的看法讓大家參考～」我拿出預先準備的發言單，迅速發給大家，然後開始唸稿：

一、希望學校盡量在合法的範圍內行事：好像沒有規定假日可以上課，但依法國三可以留校自習，由行政人員與家長共同來看顧，讓家長盡一份照顧小孩應盡的義務，陪小孩度過難熬的國三生涯，不僅可增進親子情感，更可達到課業加強的目的，對課程常排得滿檔的國三生而言，最欠缺的就是自己讀書的時間，這樣家長或許也會感染到讀書氣息而重拾書本陪讀，如此親子間可共同成長。

二、如果一定要上課，用類社團方式開班：因爲有些大多數的科目，根本不是「會不會」的問題，而是「讀不讀」的問題，像常態編班的法令下有「能力分組」配套措施（國二英數，國三英數與理化），這就是說明這個道理。所以，我建議就開設英、數、理化三科即可，而且可開「進階班」、「中級班」、「基礎班」三層級，讓學生可依自己需要加強的科目與程度做選擇，因並不是每個學生三科都須加強，這樣可各得其所，不過要事先告知家長與學生開課內容，否則可能會像本屆國三，參加之後才發現被分在B組，那就有種被放棄被欺騙的感覺，會效果不彰跟此必然有關；而A組效果不彰，可能是跟依總成績分組有關，若要上課，就要以英數理化各科個別的成績分組，才好加強。

三、可加開活動性社團，供對課業沒興趣的學生選擇：我相信有一些學生不喜歡唸書，也相信他們不是壞小孩，但長期所謂的「課業加強」都不會想到他們，也不適合他們，若有機會讓他們假日學學跆拳道或籃球等，可使不屬於主流價值而找不到成就感的他們有些寄託，或許可因此防止他們誤入歧途，也幫忙頭痛的家長解決安置問題。成績好的同學也可來參與，例如一個數學資優、英文普通的學生，他可以週六上午選擇上兩節英文「中級班」，兩節數學「進階班」，下午上兩節「籃球班」，這樣或許是對他最好的安排，誰說拚升學不須體力與調劑。

四、若一定要上課，不管用什麼方式，請尊重老師與學生的意願：因這不可能是老師的義務，尊重老師與學生的自由意願，是最起碼的正義！學校也要對老師公開承諾，若出了問題要全部承擔，讓上課的老師安心上課，不能屆時把責任推得一乾二淨，說是老師自己要收錢要上課的。

抱歉啦！很無聊吧，這是沒辦法的，有時口說無憑，面對重要會議，我會用這招，留下發言證據保護自己——你知道的，我的發言總是會被會議記錄刻意遺忘，而這種違法會議更不可能有紀錄的——發言單上我還會署名，並將會議名稱、時間與地點也寫下，當作歷史見證，也是辯解，讓眾老師瞭解我的看法，並不是豬式傳言中的不理性。

其實，我本來開門見山就要講：「假日上課根本是違法的！」看這次態勢大概是擋不住了，就改委婉的說法，避免又歹看面，乍看此舉雖是溫和動作，卻有抵抗意含，唸到一半時，其實豬頭已快瘋掉了，我還唸一大串，只見他坐立難安豬腳狂抖。

「感謝天助老師的意見，我們會列入參考的。」鍾主任客氣地說：「其實，沒規定假日可以上課，但也沒規定不能上……」

「照這種邏輯，也沒規定半夜不能上課，那我們可以半夜叫老師與學生來上課嗎？這根本說不通！公民課本都有寫，公務人員的天職，就是：依法行政！有規定才能做，沒規定就不能做！」我原本是要這樣回嗆，因他只是奉命行事，又不像涂大主任那樣高傲，所以話又嚥下，其實還有個重點，準三導們是主角，自己都不吭聲了，我若太雞婆，怕等一下就變豬頭。

正在猶豫之際，剛好鐘響了。我下午第一節還有課，就跟大家打聲招呼後先行離席。出密室前，卻不禁又回頭看一下那會議場面，心頭一震，是啊！眾人浪費生命在討論一個不能眞正討論且違法的決議，這究竟是什麼狀況？

連上兩節課後回來，就聽阿怡說，中午會後，準三導一個接一個被豬頭請去坐沙發——施壓！

啊，粗暴的生存遊戲又來了！

「他要各個擊破！」阿怡向我抱怨。也有人說認同我的意見：「這樣原班留校，只是等於多上一天課，根本沒加強效果。」

「你們是主角，可以跟校長好好討論，不贊成原班留校的是多數，怎麼可能做成那樣的決議？」我說。

「他心中早有定見，無法討論！」她接著說：「要嘛就平常上課與週休都分組，要嘛就都不分組，原班留校！他說二選一，要不然自己負責！」

偉哉！好個「自己負責！」這是如何不負責任卻厲害的話。經驗告訴我，這些官僚每當出事情時，都習慣把責任推給別人。

更勁爆的是，她還說我也成為約談內容的重點：「蕭天助自己假日都不來上課，他哪有資格來教我們怎麼上課？你看，開會都是他一個人在講……」

我忍不住又有牢騷，嚴肅地說：「這若屬實，就令人遺憾了！假日上課本來就是違法的，我當然可以選擇不上，若上了，我才眞的沒資格講話咧；最重要的是，我不認為『A計畫』對學生、對課業、對升學率有幫助，甚至我認為這會把學校搞垮；或許我沒資格教人怎麼上課，但我在這學校已十幾年了，難道沒資格提醒這些如過客的校長們，這樣做已經偏離教育與法律的道路了嗎？眞是卑鄙！又來這一套，一校之長竟然用此卑劣手段，分化老師情感後再嫁禍於我……」

「絕—對—屬—實！」阿怡大概為了緩和氣氛，故意正經八百地說，不善開玩笑的她，害大家笑成一團。

啊！完了，眞是糟糕！我最近一講到豬頭，話老是自動就變成生硬的論述，這是「豬頭症候群」嗎？

放學後，鍾主任奉命找我去談，談了很久。最後他告訴我說：「那三個老師很堅持，所以校長很為難……」

那三個老師，一個是豬頭的行政麻吉，資深老師阿圓，其他兩個是剛來柳中不到兩年的菜鳥，眞的很為難嗎？

我看鍾主任很為難倒是眞的，我不想再為難他，就沒多說什麼了。

豬頭爲什麼要將平常上課與假日班綁在一起，而且只有兩個選擇呢？想了想，我突然恍然大悟，整個近乎羅生門的事件，漸漸清晰了起來：

第一，平常上課分A、B兩組，這居國三已證明，結果一團亂，效果不彰，且要調課排課的空間變得很少。所以，不贊成週休原班開課的多數老師，兩害相權取其輕也，最後選擇「原班上課」機率最高，但依豬頭的命題，就要概括承受，假日班也「原班上課」——A計畫目的達成！

第二，安排或「剛好」有那三個老師很堅持無法妥協，依命題，其他準三導只有選擇「原班上課」，否則就要背負破壞和諧的黑鍋；何況，在沒有第三個選擇之下，他們若選擇分組上課，B組學生容易有「次等公民」的被歧視感，這居國三已驗證此弊病。所以，結果很明顯——A計畫目的達成！

還原整個A計畫操作模式如下，這樣你就更清楚了：

安排三個御用教師「很堅持」↓透過開會取得形式正義↓個別約談施壓，丟出兩種選擇，暗示「別當麻煩製造者」↓迫使全校原班開課↓班導爲了鐘點費或校長壓力，就會被迫想辦法湊足開班人數，打電話遊說或施壓家長，家長怕小孩被學校差別待遇，少有不從的↓再回過頭來強迫任課老師上課，尤其班導根本無從選擇，說「學生都來了，老師能不來嗎？」↓

倘有不來老師如我，就跟學生與家長說「其他老師都來了，你們的老師根本沒愛心！」

高哉！豬頭！多麼周詳的A計畫。即使不百分百成功，學生留校人數也會進逼八、九成，「升學陣頭」可觀，這樣就可以跟家長說：「你看！我們柳中班班都是好班！」——啊！每每我們看到智慧犯罪被捕的鏡頭，都會感嘆：「他要是把聰明用在正途不知有多好呀！」我有同樣的感嘆，以豬頭的聰明才智與旺盛的企圖心，若能眞正用心在正常教育上，不知有多好……

破解豬頭「升學大拜拜」的密碼後，當天回家後，我興奮得迫不及待把我的分析，寫成一篇文章〈拆穿拼升學的謊言——週休課輔A計畫〉，然後Po上網與人分享。避免豬頭說我瞎掰，我還特地把最新法令找出來：

中華民國九十五年十月二十六日教育部台國（四）字第0950157750號函：「學校倘有提供閱讀場地供國三學生留校自習，應遵守不強迫、不上課、不收費原則，且應留有行政人員、學生家長在場督導，負責安全、整潔及秩序之維護。」

我還知道它是二〇〇六年十月十七日下午兩點到四點，教育部與全國教育局長開了一個叫「如何落實教學正常化」的會議後所轉發的公函。這樣夠清楚夠有說服力了吧！但你知道的，還是有許多從不看書的忠黨愛國老師會認爲是我瞎掰的。

誰知隔天，阿怡馬上又來抱怨，我害她又去坐沙發了。

因我引用她轉述的那段話：「蕭天助自己假日都不來上課，他哪有資格來教我們怎麼上課？你看，開會都是他一個人在講……」

我雖沒指名道姓，豬頭一看就知道是她告的密，但這句經典若不說，無法顯現豬頭的嘴臉，當時我其實掙扎許久，真是抱歉，害她又被刮了。

她沒怪我，反而跟我說，豬頭是我部落格的忠實讀者，他還將文章影印下來，劃重點咧～哈哈！我對教務處的行政人員又要抱歉了，增加了他們的業務。

我好像高興得太早了，才過一天，阿圓就在網上留言，說我稱她「御用教師」，要告我毀謗！

我說我對學校與當事人都沒指名道姓啊，只是陳述事件，請不要對號入座！然後，也有我的支持者跳出來回嗆：「要告就告我啊！」再來，就一場混亂的筆戰開打。

引起討論，是我貼文的目的之一，但沒惡意要影射她之意，「御用」這詞，我直覺還蠻中性的，像說：「某某某，是總統的御用文膽。」這反而是一種讚美，除非你不認同你所擁護的權力，但她一直是很認同與配合校長留校加課的政策啊……後來論戰是有點失控了，想想，這樣豈不是又讓豬頭分化詭計得逞？何況，她又是我同梯的老同事，只是教育觀念不同而已，沒必要在校園又多一個敵人吧。其實，阿圓蠻有愛心的，台師大畢業後分發來柳中，雖老家在南部，但從未調過校，由於還單身之故，她就把校園裡一隻流浪狗帶回去養……幾度深思之後，我發文向她道歉，然後刪掉「御用」兩字，結束那場混戰——當我按下鍵盤時，是啊，恍然聽見豬頭在螢幕背後偷笑……

突然間，密室外幾聲厚重的腳步聲傳來，嚇我一跳。回神過來時，豬頭已匆匆走進來，粗壯的身軀擦撞到木門，叩一聲，本來窸窸窣窣的嘈雜戛然而止，眾主任連忙起身露出尷尬的笑臉迎接，他坐定位，一開始就擺臭臉，顯然朝會時應聲遊戲玩得不過癮：「好，現在開會！」他偏頭看看曹主任。

這業務是歸訓導處的，主任一樣行禮如儀客套一番，簡單說明後就直接進入討論。剛開始，大家習慣性沉默著，彼此心知肚明，豬頭要強行「變髮」，也要「變法」。其實，教育部前年已宣佈解除髮禁，「以自然、整潔爲原則」，各校幾乎以此文字入法，大致上，「不染不燙」是執行上的標準，其他就不再做強制性規範，有些學校甚至連這標準也鬆綁，自此中學生的頂上風光，就百花齊放，熱鬧非常，而導師也不必再爲此鳥事煩惱，這堪稱是教育的好現象。但昨日基測會場，豬頭被稱讚爲「補校校長」，讓他氣到鼻孔噴火。

「其他暫不更動，主要是修改頭髮的部份。」曹主任補充說明。

「女生的瀏海，不超過眉毛——這有點難去界定，有的手一拉就超過，不拉沒超過，這樣算不算超過？」個性很直的阿怡此話一出引來一陣笑聲：「同樣的，髮尾不過肩——這一樣，執行上會有困難，彎一下腰就不過肩了！」大家又笑成一團。

「這就以自然的姿態爲基準，相信每個老師可以去判斷。」曹主任笑笑說。

「對啊，男生也一樣，髮尾與鬢角需推高——那個『推』，什麼理法才叫做推，而推高，要多高？這都很難去認定。」阿孝也附和。

「理髮不是有那種推刀嗎？他推過的痕跡，跟剪刀不一樣，應該很好判斷。」曹主任解釋說。

「但有人用剪的，也很短很整齊啊，有人用推的，卻推得奇形怪狀……所以這種標準，我覺得有問題。」阿孝繼續補充。

我看見豬頭已有點不耐煩。我一向討厭這種軍事教育遺毒，看大家興致高漲，忍不住又舉手湊熱鬧。

「我建議啦～學期快結束了，是否等到期末校務會議再來修改，因這種事情要讓全校老師都參與討論才妥當，若只有導師，即使做成決議，也有效力的問題。」

「我們可以先做成決議，再送校務會議追認，就不會有此問題。」曹主任有練過喔。我當然知道，修法是專爲讓豬頭出糗的國三學生量身訂作，期末他們就畢業了。

「辦法內容，我也覺得執行上有困難，解除髮禁那麼久了，學生也知道，若要再變回原來的規定，困境很大，你看，現在染燙的一大堆，如能守住『不染不燙』原則，已經不錯了。規定要能執行，若不能執行就不要規定，否則老師等於讓學生看笑話，就像我們規定襪子不能太短，要蓋住腳踝，這……」我說上癮，說到腳去了。

曹主任好像剛要回應，麥克風就被盛怒的豬頭搶去。

糟糕！我好像惹火了他。

「不要再說了！規定就是規定，當一個老師要執行這個有什麼困難的，那以前規定還更嚴格為什麼就有辦法做？這屆國三，畢業前若沒有整理好頭髮，我保證他們領不到畢業證書！我還有會要開，就照這樣做，有事我負責！」他說完，用力放下麥克風，氣沖沖直接走人，門板也躲不過他的怒火，再度叩一聲哀嚎，留下錯愕的我們。

曹主任向我們致歉，就散會了，大家在底下議論紛紛，要如何收拾殘局，暫時不關我的事，我只是代導師。

稍後，也就打鐘了。

一個長髮飄逸的工讀學生，突然闖了進來，見還有老師在裡面，直呼抱歉，便乖巧地在門口等著。我邊收東西邊看著她漂亮的頭髮發呆。

這種密室開會的場景，總讓我錯愕也迷惘，不知重複多少遍，千篇一律，或許變換太過迅速，腦子來不及反應，有時疲憊到不知是開什麼會議，反正就跟著簽名，跟著領資料，跟著改作業，跟著哈啦，有時忍不住跟著發言，就像校門內那風水池裡死氣沉沉的金魚一樣，游累了就探出水面吐口怨氣，誰知就擦槍走火……而豬頭也不知是哪個會議的豬頭？剛他進來，我還以為是上週「A計畫」的豬頭……

「不管哪個豬頭，同樣是豬頭！」我發現小愛在窗外幸災樂禍：「你今天也是豬頭無誤！」

「喂！還不走喔～」阿孝臨走前，又來損我一頓：「天助啊，你今天代導，值回票價了啦！」

我笑笑無言——隔著玻璃，迷濛看著小愛深邃的眼。這也是「A計畫」的一部份嗎？

2008
6/17
（拜二）

第十九章　煙

往事如煙，逃無可逃。
濕潤、飄忽的愛情，
迷濛了我的眼。

自從戒菸後，鼻子對於煙就極度過敏，尤其燒紙錢的煙，不管是金是銀，都讓我的神經莫名恐慌；更糟的是，我發現我生活的周遭，竟到處都是煙，逃無可逃。

家旁有座廟，那金爐雄壯的煙囪，有天我驚覺它根本是支巨大的菸，狠狠吸一口，就等於我抽十年的菸的總量，當下手上的紙菸，自卑到無地自容，於是我下定決心戒菸，但廟卻更得意了，越抽越兇；不僅如此，連我住的巷子，也著魔似的，家家戶戶，三不五時就擺起不鏽鋼小金爐燒起來，尤其隔壁的隔壁，那個好八卦的水電嫂，經常燒到無法無天，天昏地暗，我經常對照神明的生辰八字，對照歲時節氣，也拼湊不出一個法則，根本防不勝防；而中秋佳節，金爐再加上烤肉爐，那混合樹與動物屍體的煙，加上三姑六婆的酸言酸語，更令人做噁；還有咧，學校隔壁的公墓，公墓旁的工廠，心情不好時，也會冒出五味雜陳的煙，進攻我的辦公室與教室；年初，校門口新開那家國術館，也設立中型金爐，燒起武功高強的煙，連上下班出入的空檔也不放過我的肺腑，我偷偷看了一下，裡頭有尊威武的關公，讓我敢怒不敢言；唉！還沒完咧，上個月八日下午，豬頭竟在校園擺起祭壇供品，焚香燒紙錢，祭拜地基主，昭告天下：「愛知樓落成了！」；直到早上與他擦身而過，都還從趾高氣昂的鼻孔聞到濃郁的煙硝……

今天是新生報到日，豬頭正在川堂，對著無辜的他們精神講話。

此時，我坐在新教學大樓的辦公室，望著窗外被仲夏陽光照得迷濛的空氣，這是南方，前面「止於至善」的行政大樓，正式變成舊大樓了，豬頭逐步完成他的霸業，時間眞的也像煙一樣，轉眼又過了一年，而操場興建計畫，也順利獲縣府核准並有了經費，準備在暑假動工，他在上個月落成祭典上得意地向大家宣佈這消息，柳中重要的硬體建設大致也將告一段落，往後繼任的校長只剩肉屑可撿食，對照之下，我才發現女王的「樸實」，她只建了一個風水池與涼亭，而禽鳥園又被豬頭以「有人批評違反生態觀念」爲由拆掉，這「有人」就是我，豬頭最厲害的一招，就是借刀殺人，權謀玩弄到爐火純青、神鬼莫測，而且殘暴，這部份，女王也相形失色，水雞的粗糙魯莽更無法比擬。

再舉一例你就知道，去年運動會前夕，我寫了一篇〈生爲八卦縣民的悲哀〉，文中提到柳中十年沒操場竟無人聞問，對縣府漠視教育與水雞謀殺操場都頗有微詞，之後某天，鍾主任來跟我說：「校長說要在計畫裡引用你這篇大作，不知道你同不同意？」

啊，我能不同意嗎？站在教育的立場，我當然希望柳中趕快有操場呀，但又不甘被豬頭利用去成就他的豐功偉業，然後繼續「一成」不變，掙扎一下，當然還是同意。

厲害吧，殺人不見血！水雞算是他的恩師，都可以如此過河拆橋，而我也因此變成反政府的壞人，在縣府的黑名單裡，更黑了——

其實，不瞞你說，最近我很紅，黑得發紅，因爲去年四月十六日，我與吳莉惠和另一個教改朋友，三人在人本基金會的律師的協助下具狀控告縣府，因爲縣府聯合北北基，違抗中央「一綱多本」的教育政策，硬要實施「一綱一本」，就是由縣府自己選教本，然後通令各校使用，此舉不僅有圖利廠商之嫌，還剝奪法律所賦予教師的專業自主權。

我在意的，其實是教科書的內容，好不容易從「國立殯儀館」的統一版裡解脫出來，現在又要走思想控制的回頭路，我經歷戒嚴時期的荒唐與殘暴，也看到眾民主志士拋頭顱撒熱血的犧牲，尤其鄭南榕爭取百分之百言論自由的自焚事件，焦黑的印記在我生命裡刻骨銘心……孰可忍是不可忍？所以，殘殘就對縣府提出行政訴訟，同案一起行動的，還有台北市的蕭小玲老師，她勇氣十足，獨自一人與市府訴訟，沒想到法院都還在審理當中，今年年初就傳來被市府與學校惡意解聘的消息，最初的理由是「教學不力」，後來又變成「行爲不檢，未維護校譽有損師道。」

變來變去的還有所列舉的罪狀，從「十大罪狀」到「四大罪狀」最後又變成「八大罪狀」，手法之粗糙，令人悲嘆！整個羅織的過程，簡直是當年吳莉惠下跪爲放牛班陳情時的翻版，從家長連署陳情、動員學生舉布條抗議、然後強迫學生塡預設立場的問卷作爲舉證等等，我熟悉到不能再熟悉了……而我，當然也有心理準備，至今一年了，我的名字還在縣內公文往返中流動著，設備組長就是與我熟識的阿晴，她還偷偷拿出厚厚的公函給我看，哈，她是業務承辦者，眞難爲她了——豬頭聰明到利用我的「惡名昭彰」向縣府施壓要經費，另一方面，也等於向縣府舉發我的「不當言論」，若縣府因此惱羞成怒而效法北市府對我開鍘，他豈不是興奮得眼淚直流屁蛋相撞，一箭雙鵰，眞服了他！

此刻眼前窗外的迷濛，隔著新栽稀疏的小葉欖仁，還讓我分不清是太陽折射的光線，或是落成祭典燒紙錢的煙，一個月過去了，那拜地基主盛大的場面，眞是揮之不去，猶在我腦海翻攪，我懷疑最近鼻塞的元兇，就是這種「視覺暫留」的現象。

無疑的，這是惡夢——我的惡夢，以及教育的惡夢。

那天，在新舊大樓間的平台廣場，一大早就搭起帳篷設立神壇，擺起各式各樣的供品火燭，九點整就配合縣長行程，先舉行剪綵儀式，全校師生當然也在旁排排站，看著大人大大們拿香祭拜盛情演出，就搞掉一節課了，更大的重點是，前一天，豬頭爲求場面完美，擔心那幾隻校園的流浪狗出來搗蛋，就下了撲殺令，清潔隊員趁午休來捕捉時，我剛好在行政大樓前看見那殘忍的畫面，那時狗狗都會來午餐作業處附近聚集，一隻一隻被繩圈套住脖子，邊拖邊哀嚎著，有的肢體都磨出斑斑血跡，淒厲的鳴聲，響徹雲霄……啊！而中午過後就笙樂大作了，特地請來熱鬧的北管，配合誦經團賣力表演，一旁的金爐大燒，弄得校園煙霧瀰漫，在道士的帶領下，眾老師與職員在供桌後排列站立，手持線香，跟著行禮如儀……啊，你相信嗎？這是學校上課時的情景，恍然間，我還以爲是我家旁的大廟咧。

這次排場，比水雞當時行政大樓落成還大，早上的剪綵典禮，就用正式開會通知簽辦，警告眾老師不准蹺班落跑。只是此一時彼一時，法會時，豬頭不敢再強迫全校師生都來拿香跟拜。

其實總務處幾天前在各辦公室貼出公告：

「謹訂於五月八日，星期四，下午一點十五分至三點十五分，在愛知樓前廣場舉行落成法會，歡迎沒課務的老師前往祈福。」

當天朝會時，也透過廣播再次傳達訊息，又指派幾個童軍團學生，犧牲上課整天在祭壇當志工。

「這也是一種學習！」豬頭這樣跟學生講。

「怎麼可以這樣呢？」篤信基督教的阿雅抱怨說：「學校不應有特定的宗教立場，這樣吵，教室裡面怎麼上課？連要休息一下也沒辦法，我下節還有課……」

「是啊，沒辦法！誰教我們校長還兼廟祝？」我開玩笑說。阿雅是較正經八百的人，我不敢向她稱呼豬頭爲豬頭。

「上禮拜，學校還帶全體國三去武聖廟祭拜，有學生不信道教那怎麼辦？」阿雅幽幽地說。

「這妳就不知道了，柳中的升學率向來都是用拜的，不是用讀的，去年聽說就是紙錢燒不夠多，所以學測成績大敗。」我故意唬爛她：「人家校長說，這是祈福，沒有爲特定宗教宣傳的問題！」

她笑了。她總習慣私下發牢騷，不會公開跟校長唱反調。當然另外目的，是說給我聽，希望我開會能發炮。這我清楚得很。

「是這樣嗎？不是特定宗教……」我繼續說。

「當然不是！」阿雅肯定說。

「拿香燒紙錢，拜地基主，請道士來誦經法會，這不是道教儀式那是什麼……還要硬拗！」我說。

「喔，我忘了你是鄉土文化專家！」她笑笑說。

「沒有啦，我哪是專家？」我說：「這連小朋友都知道……」

說完我就回座位休息。看她很累的樣子，就不再吵她。其實我也更累，是氣到累。

自從一窩蜂「升學祈福」風氣在校園散開後，學校都會帶學生到鄰鎮的書院去拜文昌帝君，後來豬頭嫌要包車麻煩，就在本鄉武聖廟就近祭拜，但這廟主祀是關公，這樣有效嗎？

「難道學生都要報考軍校嗎？」阿孝這樣調侃，笑破大家肚皮。

但豬頭說，「人家主委很有誠意，爲了照顧自己家鄉學子，馬上去請來一尊文昌帝君，這樣有心，就不好拒絕，何況就近，騎腳踏車去就好……」

祭拜完當天，學校還會特地要廠商在午餐時，加送每個學生包子與粽子各一顆，象徵「包中」。

後來有人嘲諷，當然都包中，只是包中那些鳥私立高職……後來豬頭想想，這樣就再加個蛋糕，變成「包高中」！那就完美了。

小愛聽到笑死了，這樣也可以說「包中蛋」，都零分啊！牠見我桌上也一份「包高中」，又順便虧我是：「包中彈」！

記得有次，涂大主任還是教務主任時，學生午餐「包高中」完，打開湯桶一看馬上傻眼，啊！竟是貢丸——全「摃」龜了，也全「完」了……她眞的是來亂的，烏龍派出所主任。

辦公室只剩我們兩個。我沒特定的宗教信仰，任何宗教，包括道教我絕對尊重，但我對它燒紙錢與大聲公的文化，極度恐懼。這且不說，重點是，我不認同在校園搞這些，學生未成年，強迫他們接觸特定宗教，這是反教育，跟政治洗腦沒兩樣。這是我很氣的原因。其他老師，有課去上課，沒課的就在前面拜，而行政人員幾乎全員到齊，他們需奉命行事，不拜不行，因為豬頭才是他們的神。所以，此時若有人打電話來洽公，肯定是找不到人的，要打去陰曹地府，請地基主轉接。

豬頭之所以敢這樣搞，其實是因全校除了我、阿雅與阿玉外，其餘都是道教信徒——這樣說或許不精確，台灣民間信仰早已儒釋道合一，亂拜一通，他們大都是拿香跟拜，「有拜有保庇，無拜出代誌」，宗教精神不見了，剩下投機的心態。因此，豬頭才管他的上課不上課，教育不教育咧，而師生也名正言順，上課有了吵鬧的藉口。

「學校的喜事啊！」豬頭說。

我看見諸多好友也在其中，心有點涼，之後便百味雜陳，那種身處荒野的孤單之感又油然而生，有的老師還特地來拜一下再去上課。

一整個早上，我都忙著搬東西換辦公室，累翻了，學生卻興奮異常，當成廟會活動在慶祝。

這新大樓，不到兩年就完工了，可見豬頭用力用情之深。兩幢樓之間，行人往來必經之處，豬頭還在地板鑲嵌一塊特製銅雕，將柳中的歷史以線性年表方式鏤鑄其上，而二〇〇八年落成之點，特別把它放大標註出來，以彰顯他的功績。我是看見有些同學，偶爾經過時會故意狠狠用腳踐踏它，不知此時豬胸是否有猛然一記劇痛？

「不趕進度，操場怎麼來得及呢？」阿孝又在五四三了。他的開示，經常禪機無限，要想一下才懂。

我這樣走了一回，卻感覺好像還是工地一樣荒涼。辦公室地板，仍有許多線路未收尾；教室桌椅定位後，才發現比舊教室小很多；而東側的樓梯，根本是逃生梯的克難樣式，露天沒加蓋，只有矮矮的鐵欄杆，看起來安全上堪慮。

更令人驚豔的設計，是中央主樓梯，做成天井樣貌，從下往上看，儼然是樓中樓，很潮沒錯，但這樣，頑皮好動的國中生，會不會就把它當成跳水平台呢？後來，是有加裝了尼龍安全網，但誰知卻成了學生裝置藝術的表演場，不時吊滿瓶瓶罐罐，有時還擱淺一顆無辜的籃球或躲避球。

落成一個多月了，跳水事件倒是沒發生，但各種形狀顏色、黏稠度不一的口水，卻是司空見慣，老師上樓時，還得躲躲藏藏，擔心甘霖從天而降，還眞是豬頭的設計！

「是夯枷乎！」一個中彈的老師氣呼呼說：「我火速衝上去抓人，人早已跑了，難道要拿口水去驗ＤＮＡ嗎？」

是啊，好心酸又令人噴飯的話。所以，有時短短二樓距離，許多老師寧願等電梯來護航……

這一年來，繼第八節後塵，寒暑假與週六假日隆重淪陷，都全面原班開課，被迫課輔。豬頭更把目標瞄準僅剩的週日與晚自習，這一瞄準，連許多好班導師也快受不了。

「改成 7-11 好了，二十四小時服務！」阿孝又如此開示。

去年九月，我剛結束專任重新當導師時，帶音樂班的阿秋與麻吉阿怡來跟我說：「我們再來組教師會好嗎？」

當場，我猶豫起來，支支吾吾的，之前不愉快經驗又馬上重現腦海，十年了，水雞的嘴臉還歷歷在目，簡直是惡夢一場！而那時人性被撕裂的傷口，傷痕都還在，只是有的老師退休了。換了新血，卻沒更活絡，生活行爲是更開放沒錯，但教育觀念好像又更保守，或說更勢利，因爲少子化結果，僧多粥少，教師甄試越來越不好考，越考人就越沒理想性格。

我就想起我以前的大學聯考，錄取率不到百分之二十，許多人好不容易考上了，都打算給它玩四年，柳中這幾年的新進教師，看得出這樣的心態趨勢。當然這是我私人觀察，不敢對外公開說些什麼，說不定他們認爲我是老頑固一隻。但不管如何，我稍稍環顧一下目前的教師生態，牆頭草居多，即便組成教師會，也會變成「保皇黨」，我將此分析給阿秋聽。

「那怎麼辦？」她輕聲說：「豬頭越來越離譜了……」

「是啊，我們商量結果，需要比較有 Power 的人來主導。」一旁的阿怡附和著。

「哈，你看我這種烏焦瘦的身材，哪有什麼 Power？」我笑說：「要 Power，找那個巫碧瑩最強了啊～」

「喔，No—No—No——」她們笑開了，引來一些注目。

去年吾班畢業後，巫碧瑩就下來當導師，不過她組長任內的作風讓阿秋她們不敢恭維。

「這一年你沒導師不知道，例如強迫我們假日帶隊去露營，還說小孩沒人顧是你家的事…氣死人了，而且事後還沒補休，也沒加班費……」阿秋說：「我們音樂班週六已留一整天，還要我們留禮拜天，還要晚自習，才國二啊，快瘋了……」

其實這些我都有耳聞。

那年，還有「自強活動」的事，也風風雨雨。由於不省人事遷調他校，新的人事主任沒預設立場，依法發調查表給所有同仁，彙整辦理的方式，照慣例，相關作業也委託訓導處幹事蕭老大來協助。

以前，就是坐遊覽車去觀光景點走馬看花，吃吃喝喝。景點，會列幾個讓你選，但方式沒得選，是校長指示的。所以會去的，大都是行政人員與御用教師，或騎牆派，或「錢不花白不花」派的老師及其眷屬。有一半人，才不想假日又跟校長同遊兼被指指點點，那與上班何異？

我當然不可能去，寧願公家補助的錢活生生被他們痛快地花掉兼摸彩，也不願為了區區八百元去抗爭，消息傳出去，我眞的就被歸列斤斤計較之徒，那就難看了。所以，每次看他們快樂去郊遊聚餐，只能以小人之心祝他們之腹，消化不良且越來越臃腫。

「那自強活動，是算人頭補助，還是一整筆經費？」我問新人事主任。

「算人頭！」

「這樣，去的人可以把沒去的人花掉嗎？」我問。

他支支吾吾，面有難色。

「再請教一下，有規定一定要辦旅遊方式嗎？」我盡量客氣說。

「這倒是沒有啦。」他肯定說：「由大家決定的方式來辦理。」

這回，豬頭大概忘了下指示給新人事。他們都想說照慣例辦理，只是那慣例各不相同。所以大家收到的調查表時，竟多了「辦理方式」選項，我也覺得訝異，更貼心的是，下面還附上一張縣府關於「文康活動」的法令——原來本名不叫什麼「自強活動」啊——既然有法令當靠山，大家紛紛勾選最省事的「分贓」方式：「慶生禮券」！就是每人領八百元禮券，然後各自去慶生，皆大歡喜。

人事公佈結果後，消息傳到豬頭耳中，他隆重勃然大怒。他不敢找年長資深的新主任出氣，卻把蕭老大叫去海削一頓。他認定是他在搞鬼。

幾年前，蕭老大剛調來時，豬頭一看見他的人，隨後就馬上向他的主任組長們鄙視地說：「人，哪會生做這款形的？」

消息很快傳開，連我都知道，蕭老大當然知道後就對豬頭很感冒，由於豬頭是上司，他也不敢公開頂撞之類的，只是私下放一些牢騷在老師間流傳，當然也會自動傳到豬耳去，豬頭就凡事刻意盯他，樑子想必就這樣結下的。

蕭老大其實人很好相處，辦事能力與態度都不錯，只是罹患「先天性成骨不全症」，身高只有一二〇公分左右，就這點較特殊而已，就工作上而言，比起那些英俊美麗卻打混摸魚的主任組長強太多了，事實上，很多與老師間重要的聯繫業務都是他在跑腿，一人可抵好幾人，所以眾老師就戲稱他「老大」。沒想到，這次他會以「自強活動」方式發難。

事後，豬頭下令：「這次調查不算，重來！」並威脅蕭老大說：「你小心一點，我要以僞造文書查辦！」

這是豬頭的惡習，有些會議對他而言勢在必得，若表決輸了，他就來這一招：「這次不算，重新表決！」哪有這種玩法的？重點是，老師們無人敢忤逆，因此他就玩上癮了，表決不贏就不停止，讓你舉手舉到酸，看你還敢不敢不支持——啊，這是否很像他與學生在玩應聲遊戲？

當然，重新調查的結果，自強活動就如他意，變成例行的旅遊方式，因爲沒其他選項。從基層小地方，你就知道，台灣的民主根基正一點一滴在崩解。

前年的「紅衫軍事件」，更令人驚魂動魄，可這樣長達一兩個月霸占台北街頭，讓政府陷入空轉，還有軍事將領公開鼓吹暴動，甚至有人揚言要暗殺總統，只爲了一個假設的指控：「總統貪腐！」現在都是已經可以肆無忌憚批評總統祖宗八代的民主時代，還這樣搞，就令人擔憂。更早，二〇〇四年總統大選「兩顆子彈」後的「連宋之亂」，不就是豬頭式「輸了就重來」的戲碼嗎？

上個月五月二十日，首次執政的民X黨，終於在亂箭攻擊下被拉下台，改朝換代後，中央地方全都回到中X黨的世界，豬頭氣燄之大，正如拜地基主的熊熊慾火，可想而知……

阿秋剛生產不久，小孩還在襁褓之中，由於她三十五歲才得子，非常寶貝。豬頭如此操作，讓她倍感壓力。除非你與多數人一樣成爲「豬式會社」一員，否則只能「掣[1]咧等」！但要再組教師會，我就持保留的態度了。

「妳可以先算看看，與我們頻道相近的人有幾個？再來考慮要不要組教師會。」我說。她眞的屈指在算。

「大概十人左右吧。」我長期都在觀察校園的生態變化，隨口就說。

「大概吧。」她點點頭。無奈寫在臉上。

「這樣組得成嗎？」我說：「其實眞的要組還是可以組成，但國王人馬會占多數，那比沒有更糟。」

阿秋眉頭深鎖，一個新手母親的憂鬱，在我眼前。

由於去年暑假，我應邀正式進入縣教師會擔任政策部主任——哈，你看我當時向縣府提告，一戰成名，他們新任理事長也聞風而來，我考量我處境益加艱難，需增強力量，而他們也同意我「教育正常化」的訴求，考慮後就答應了——這樣幾個月下來，對縣教師會的組織與現況更明瞭，我想了想，就建議可籌組「教師分會」——這是依縣教師會內規而延伸出的一個過渡型組織，主要是針對想入會人數不足三十人的學校而設的，意思就是跳過學校，直接加入縣教師會成爲個人會員，但不享有選舉與被選舉權，且當學校教師會成立時，必須自動解散。

「這樣，可以慢慢凝聚力量，又沒有正式組織的例行程序與雜務負擔，可能是最好的選擇。」我說。

她們全認同，所以「柳河國中教師分會」很快就成立了。會員有十二人，比原本預估還多兩人，而我順理成章被推爲會長。

「教育正常化」一直是我教育的主軸，但客觀環境已變得更糟，保守勢力大反撲，所以不再舉大旗唱高調，面對強勢殘暴的豬頭，分會宗旨，經討論就剩一點，卑微一點：「確保非教師義務之事務，有不被強迫的權利。」

還眞是好笑的宗旨，這種訴求，在民主時代眞是一種嘲諷。

分會成立後，行文更名正言順了，我針對宗旨所衍伸的議題，將它化做變形金剛瘋狂行文，發到豬頭去縣教師會抗議：「分會可以發文嗎？」

還好，新理事長是挺我的。不挺也不行，我是她聘任的政策部主任。舊理事長已歸建原任學校Y高，它是縣南第一高中，我意外又從會裡秘書口中聽到一個八卦：「他跟你們校長都是燒酒伴啦！」原來，豬頭在國中教書的老婆，早已經搭乘酒國列車直升Y高了。

隔年一月，學期結束前，我的行文策略好像奏效，教務處竟主動發給學生一張「寒假育樂營調查表」——是啊，豬頭聰明到以「育樂營」取代原本的「輔導課」或「學藝活動」——當然也是換湯不換藥的惡補，經導師解釋後，害學生空歡一場。「調查」當然也是虛晃一招，他透過導師向學生與家長施壓，確保班班開課不破功。

而他對我也不死心，動員很多關係來找我，要我「體恤學校生存艱難」鼓勵學生參加，

1. 掣（tshuah）：發抖、害怕。

自己也來上課。不過，我早已鐵了心，要守住最後一道防線。

我看了簡章，這次因過年關係，上課只有五天。這給了我一個靈感——以往我的營隊，因資源欠缺之故，通常一梯次不超過兩天，而這是我教書十幾年來第一次帶常態班（好諷刺的第一次），想想超級興奮的，就雄雄給它規劃五天，時間故意與學校課輔同步。

我的簡章「柳河少年成長營」公佈後，鍾主任馬上奉豬頭之命來找我：「校長說，你擺明就要跟學校對抗嘛！」

「哪有？哪敢？」我說：「這是我的教育理念，長久以來都這樣在做，說對抗太沉重吧，這反而幫學校忙，提供學生與家長不同的選擇，讓學校活動看起來豐富許多，何況我的能力只能收十五名學生，如何對抗？若學校把課輔改成營隊，這樣我就不用忙得累翻天，也不用為經費煩惱，還可以當講師，又有鐘點費可領，何樂而不為……」

他沉默著。

「呵呵，你千萬不要跟我說，學校的育樂營也是營隊啊。」我笑笑說。

「哈哈！」他大笑：「了解！我只是轉達校長的話，奉命行事……」

「了解！」我說：「對你眞抱歉！」

「不會啦！」他說完就走人。

他在眾官僚中算是較不官僚的。他小我三歲，跟阿信同年，也友好，之前在私校待了五、六年，幾年前才考上國中教師，一路上從組長到主任，苦幹實幹很努力往上爬。

之後，過沒幾天，我突然接到一通電話，是《自由報》的記者，但非上次「柳河春夢」

時那位，她說很認同此事，也說一直有在觀察我所做的事，要爲營隊做專題報導，看能否爲我募一些錢。

這當然是意外的驚喜與收穫。

我此次活動訊息只貼在部落格，與電郵通知眾好友，並無發新聞稿或大肆宣傳。「秋末冬初」行動後，就沒再跟人募款，怕人情債沒法還，也是有點心灰意冷，只想衡量自己能力與資源來做，長久做，低調做，對得起這份薪水就好。

報名結果，來了十三人，不過都是吾班與阿星班學生，只有一人是阿月班的。限定名額都沒滿，但令我訝異的，是其中有三人是校排名前十名的，是豬頭口中的「菁英」，而有兩人都是阿星班的，她認同我的理念，有幫我發簡章並說明。（哈，有些導師拿到我的東西，都悄悄扔到回收桶去，避免被扣上「爲匪宣傳」大帽。）

這還得了！「菁英」不參加學校課輔，這是柳中從未發生過，以前膽敢不參加，馬上就被踢到放牛班去吃草。但這回少了這武器，豬頭大怒，先叫阿星去唸一頓粗飽，然後故技重施，一一打電話給家長勸退學生，「不能參加蕭天助老師的活動，他是個問題老師！」後來，兩個菁英退了，剩一個阿星班第一名的學生，她脾氣很倔，抵死不從，最後，共剩九人——也罷，後來我學習著把它看成一種緣份，剩兩三人也高興。

消息見報，也收到兩人小額捐款，一個是我大學老同學，另一個是位醫生朋友，他們都住高雄，陽光燦爛的港都。錢不多，但給我滿滿溫暖。

那報紙，算是大報，有人鐵定聽見豬頭怒摔報紙的聲音。幾天後，豬頭又有個驚人之舉，連我都意想不到——每個老師手上竟然出現一張「寒假育樂營授課意願調查表」！

意願調查表咧！這又是怎麼一回事，而豬頭又在做什麼盤算呢？

這是柳中有史以來頭一遭，也是全縣國中的首例。學歷史的他，也在追求歷史定位嗎？

但你別高興太早，若你眞的像阿月一樣雄雄給它勾「不參加」，豬頭的詔令隨後就到，一陣豬式疲勞轟炸是免不了的，最後她還是妥協參加了。

但，對我而言，這在校園民主的進程中，算是往前邁了一小步，這等於認了「課輔非教師義務」這件事，只是，這一小步，不知付出了多少慘痛代價。

哈哈，我從此可大大方方在調查表上勾選「不參加」了！至於其他老師，則也有個挑戰自己心臟的機會。這是得來不易的選擇權啊。

分會人雖不多，但運作還算順暢。這一張小小的調查表，算是我當會長唯一的政績。而後，又有七人加入，力量好像壯大了。

你知道的，我一直不敢歡呼，表面豬頭看似妥協了，其實不然，他以退爲進，暗中搧動人在分會官網發起匿名攻擊，那些「三字經」家族就不說了，有人狠狠說我：

「編造一些敵人，拉幫結派，圍成許多小圈圈，爲了搞垮柳中，偷偷摸摸在私下運作……」

喔，好嚴重的指控！好像我是萬惡的共匪。看那筆調跟語氣，再對照「犯罪動機」，豬式會社裡，除了巫碧瑩外，還會有人如此嗆辣的嗎？

而後，二、三導辦又傳來一件讓我生氣的事情——阿怡在幫我傳發資料時，被巫碧瑩當場狂飆羞辱：

「你們這樣在幹嘛？組教師會就光明正大，不要這樣偷偷摸摸的……要入會，還要你們審核才行齁？這算什麼！」

阿怡跟她說明我們是「教師分會」，而不是「教師會」，性質與運作都不一樣，但她聽不進去，一發作就是歇斯底里的攻擊。

由於這是過渡型組織，並沒有明訂要如何運作，所以組織章程在不違法原則下完全自主，當初籌組時我們有個共識：申請入會者，需有會員推薦，然後由會長跟他說明相關權利與義務，再經所有會員同意，才能成爲正式會員。

這種審核機制，在一般社團組織很常見，更是上次籌組教師會的經驗，避免有人認爲像買保險一樣，繳了錢就置身事外；也避免豬頭發動徒子徒孫光明正大攻進來；而運作也簡化形式，有要事才開會，平常就由會長用書面方式傳達各種訊息與交流，而對象不僅限於會員，是所有非行政的老師，至於主任組長們就不爲難他們了。

我把它當成社區營造來經營，提供知的權利，凝聚共識。每次訊息，爲了環保與時效考量，我會影印四份放在資料夾裡，各教師辦公室找一個聯絡人負責傳遞，交流，回收。二、三導辦，就請熱心的阿怡負責。

「我一看到就討厭！根本像小偷一樣……」巫碧瑩那天怒摔資料夾，當面把阿怡罵哭了。

我得知消息，當然很氣憤，想衝去找巫碧瑩理論。

「沒事！沒事！」阿怡紅著眼說：「我告訴自己，要放下！放下！」她勸我要以大局爲重，有組織在運作，目的是凝聚力量，爭取非會員老師認同，而不是去找人吵架。還眞委屈她了。

「她就是要做頭頭啦！」阿秋忿忿不平說。

這誰都知道。後來，我請與巫碧瑩友好的新會員阿娟，幫忙傳達訊息：「我知道網上留言批判的應該是她，目前柳中的教師人權狀況很糟，如果認同教師應凝聚力量的話，我願意找時間與她談談任何組織的方式與作爲。」

你知道的，這決定我很掙扎，因爲與她說話，簡直向法庭受審的犯人般膽顫。沒想到，她一口回絕，阿娟帶話回來：「留言的，不是她！和你沒什麼好談的！」

巫碧瑩看似衝動，但有些動作好像都是深思熟慮的決定。像去年九月她從組長下來當導師，是剛好有個二導請育嬰假，她說：「我知道這種班學生最可憐！所以自願下來做後母了。」隨即贏得眾老師熱烈掌聲。

但大家怎麼都忘記，她當時也是以如此冠冕堂皇的理由——我要去爲老師爭取權益——拋棄她的後段班去當組長的。優雅上台，優雅下台，身段與說詞都超級完美。

好了，現在又批判分會運作模式，她也忘了嗎？之前我也是透過這種方式替眾老師辦理「教師險」，而她的大名也在我服務的清單上，目前保險都還在有效期間，就翻臉不認人鞠。

「還有咧～」小愛說。

「還有什麼？」我不解。

小愛嘟起嘴，一直暗示著。我想了好久才恍然大悟。

是的，還有，巫碧瑩此次下來當後母導師，變得超積極的，對於她們三導也動作頻頻，「我們這一屆很辛苦，所以感情特別好，而我們剛好九個班級，就叫做『斑鳩家族』好了，紀念我們的友誼。」還特地去買了有斑鳩圖案的T恤當制服，並約定一週之始的星期一，一起穿來學校，早起的鳥兒有蟲吃「象徵希望」。搞得沸沸揚揚的——這不是拉幫結派，那什麼才叫做拉幫結派？還有臉批評我！

爲此，小愛氣了好久，不爲我，爲了「斑鳩」：「誰跟她同家族了？」——她竟然盜用小愛的名號。

「你們這群老師怎麼都這樣無腦？」小愛生氣地說。

「你不要再說風涼話，我今天心情不好。」我說：「你這樣說，連我都罵進去了！」

「本來就是啊，要不然你怎麼會去當老師？」

小愛是怎麼了，久別重逢也不用這樣。我有點煩，脫口而出：

「死小鳥，你根本不是人，不會懂的，快滾蛋啦！」

小愛聽了好像有點不高興，隨後就離開了。我發現說錯話，非常懊惱。我又是怎麼了？

我一直在想，網上咬文嚼字的攻擊，巫碧瑩說不是她，以她的個性應該沒說謊才對，但不是她，又會是誰？難道柳中有新的打手出現……我再度審視唯一的線索，那幾個拉丁字母代稱，從拼音上追尋，還一度懷疑是剛離開分會入閣的阿晴，我就直接問她，「是妳嗎？」，她笑笑否認，誰知，幾天後她便跑來跟我說，就是巫碧瑩沒錯，因爲她的信箱中毒，主動發出 mail 給通訊錄裡所有人，那是她的帳號名稱——就這樣意外破了案！巫碧瑩已非我認識的巫碧瑩，是二·〇，進階版了。

這些事件，當然隱隱透露了一些訊息。

過沒多久，就有八卦傳來，說：

「柳中今年可能出現超額教師！」

這是豬頭上任以來，一直威脅配合惡補老師的說詞，老生常談了。

近來，是少子化趨勢沒錯，但技術上，只要各校教師員額控管得宜，是不易發生的，因只要追蹤學區國小每屆畢業生總數，即可未雨綢繆。更負責任作法，應由縣府來統籌管理，效果更顯著，無奈縣府總是消極以對，只以行政命令規範學校每年需預留百分之三左右的控管缺，就置之不理。

這就讓每個校長有操弄空間，經常以此當武器，抵著老師的喉嚨。因在現行法律上，超額教師是可能失去工作的。但現狀，縣府借委託之名統一回收學校甄選教師之權，情理法上，都不允許縣府坐視不管，不過，勢必會被當人球踢，即便最後有學校收容，萬一一超超到離家十萬八千里遠，那就轡悲悽的。

藺老說，二十幾年前，柳中曾超額，那阿雲就被超到偏遠海邊學校去，後來才又調回來……我回來柳中都十五年了，比我資深的沒幾個，若依慣例要超到我，大約要減掉三分之二的班級數才可能，若眞這樣，豬頭鐵定被上級與家長們修理到變成紅燒豬頭了。

但幾天後，辦公桌上突然出現一張人事室的訊息，說期末要討論「超額教師提列辦法」，並附一份草案。

有沒有搞錯？距離期末還一個多月之久。這是不尋常的舉措，我直覺想到，水雞當時搞「教評會」的手腕，你知道的，平常開會怎麼可能那麼早就給你資料，有的要強渡關山的法條，甚至開會時才讓你知道。鐵定有鬼——莫非，這學年眞的有人要當超人。

而後的導報，豬頭還親自說明：「不是校長要嚇大家，是縣府要各校未雨綢『謬』，因應少子化的現象……」他還用我們國文的成語咧，只是讀音大「謬」，引來竊笑，笑聲掩蓋了原有的嚴肅議題。當然，有老師與我一樣，笑不出來，他們知道豬頭的行爲模式，一定有鬼！只是他在搞什麼鬼呢？

由於，我在縣教師會職務之便，很快找來相關法令研究，果眞有一些學校也訂了，但都參酌縣府所頒的準則，內容上大同小異。基本上，先看科別需求，再依「後進先出」原則提列，而縣府會協調附近學校優先錄用。

校版草案，提列方式大致也如此，看不出有任何大問題。只是，其中「主任不列入超額教師」這點偏頗，有失公平性，這也是其他學校所沒有的。。

「主任」，在教師法裡其實不存在的，其眞正身份也是「教師」，他們是「教師兼主任」，不是「主任兼教師」，所以，這樣給予特權是有爭議的。

何況他們已在「縣內教師介聘」中，已享有單獨介聘的特權，雖教育部已下令說這是違法之舉，但縣府教育局是不鳥它的，依舊我行我素。

有次開會，我代表縣教師會提出質疑，並檢具法令證明，但教育局長的霸氣回覆令我當場傻眼，他說：「行政命令，不是法源，所以沒有違法的問題！」他故意把話題轉到法律位階的定義，模糊焦點，「依法行政」難道不是公務員的天職嗎？

或許你會問，難道沒人有異議嗎？

我告訴你一件事實，你就知道原因了。那「國中教師甄選介聘委員會」四十五個委員裡，縣教師會代表只有兩人，家長代表一人，業務行政代表兩人，其餘四十人，都是各國中的校長。那誰會舉手反對？有夠離譜的吧，一個公然抗命的教育局長。

更嚴重的是，這委員會也是「教師製造工廠」，這樣你就知道國中爲何會劣幣逐良幣、永劫不復了吧。

所以，校務會議時，我代表教師分會正式提出議案，要求刪除「主任不列入超額教師」條文。當場，巫碧瑩就起來反駁：「我覺得曹主任做得很好啊，所以我贊成主任不列入超額教師！」

這是什麼神邏輯？根本因人設事嘛，訂辦法哪有這種玩法！

但最後表決結果，我的提議被否決。令我訝異的不是此事，而是支持我議案的，包括我自己，只有八票——分會有十九人咧，連自己人都跑票，那還要再玩嗎？

這樣，萬一超額教師具有主任資格，就要有人替他當超人啊，這群老師眞的是無腦，還是怎樣？這根本跟主任做得好不好沒關係，法令要有「普遍性」與「公平性」，不是公民課本裡的常識嗎？

我瞥見豬頭與巫碧瑩得意的笑容，這樣，我就懂了。分會組織的前景已如風中殘燭。

議題決議後，豬頭拿起麥克風，以平靜的表情說：「最近，啊聽說有人私下用教師分會的名義，偷偷在運作……校長支持，啊支持公開籌組教師會，這是民主的潮流……啊巫碧瑩老師有意願爲大家服務，啊我們請她來爲我們說明——」

豬頭「啊」得特多時，就是要心機的快速動眼期。巫碧瑩接著，馬上以清楚的口條，標準的國語，說明教師會籌組的程序，這我再熟悉不過的內容……

本來豬頭講完，我打算起來反駁「偷偷摸摸」的指控，但一猶豫，就失去插話的時機。之所以會猶豫，是心灰意冷，想到剛剛的提議，分會竟只有七人支持，努力經營了三、四個月，竟是這般下場，能不心冷嗎？

之前我就跟阿秋抱怨，分會凝聚力不夠，「開會我關鍵發言時都沒人站起來相挺，很孤單咧！」，她回說：

「人家有小孩要養，有顧慮啊！不像你孤家寡人一個……」

「我觀念剛好相反，若有小孩，我會更積極，因爲這是爲小孩未來的教育環境戰鬥啊！」

我笑笑說，其實我的心是悲涼的，這是大部份老師的心態，能暗中支持算不錯了。只是，這一局證明，牆頭草何其多……

抬頭看見那豬頭喜形於色，更是鬱悶。

去年，我的新詩僥倖獲得教育部文藝創作獎，十一月底要去領獎，我就知道他必定刁難我的公假，所以一收到公文，早在一個月前，我就循正常程序把假單送去。但他不說准或不准，也不批示，故意等到頒獎前兩天，才派人事來跟我說：「公假有公文沒問題，但課務不排代，要自理！」

課務自理？我當場傻眼，那天課那麼多，想調也沒辦法調……他擺明就是要給你來個措手不及，沒時間去尋求救濟，眞是卑鄙至極。

最後，我只好打電話給教育部承辦官員，他就打電話給縣教育局長，教育局長就親自打電話給豬頭，說：「學校老師在專業上獲獎，又是全國性比賽，這不是學校的光榮嗎？」後來，豬頭不得不，才准以公假排代方式處理。

你看，他一定要搞成這樣難堪才甘心。

那些御用教師，蹺課的蹺課，蹺班的蹺班，甚至還有上班時間溜出國去玩的，都沒關係，而我有公文，又爲校爭光，竟遭如此對待……

那天當我北上領獎時，途經某校，剛好發現校門口的電子看板，一直跑著一個熟悉的名字，仔細一看，原來是與我同組獲獎的老師，名次甚至比我低，但他們學校當成榮耀捧在天上，閃呀閃著……唉，除了感嘆，還能說什麼呢？

你還記得吧，我寒假辦的營隊上了報紙，那記者誇我「獲獎無數」，還說我是「愛心老師，爲弱勢學生辦營隊」。看到這樣的報導，我是有些汗顏。你知道的，這些虛名，根本不在我教學生涯規劃之內，但你又看到我部落格或營隊簡章，貼滿得獎紀錄的簡介，那豈不是自打嘴巴嗎？其實，這跟辦營隊一樣，是我的一種抵抗，一種最溫柔最美麗的抵抗。

自從南部那兩家小報副刊裁撤後，我的文章面臨無處發表的窘境，而後剛好各地方政府紛紛辦起文學獎來，我首次投稿，便幸運獲獎，這是莫大的激勵。拿到獎金當下，隨即浮上一個念頭，我也來爲這群被上帝遺棄的國中生辦個小文學獎，於是那年，一九九九年，「柳河少年文學獎」就正式誕生了。

這獎金，也給了我很大的啓示，這樣就不用厚著臉皮去跟人募款，這些錢，工作室與教學上的小型活動足夠了。獎金，成爲我另一個參賽的理由。

而後，一些小小的藝文名聲，隨著媒體在社區與學校響起，又讓我領悟到，就世俗的觀點，那是我「國文專業」上的成就與肯定，這光環可自動幫我去澄清，歷任校長處心積慮要塑造我「沒專業」、「不會教書」的負面形象。這樣，學生對我教學上的信任度也會提高，有助於我辦的各種教學活動。

開始參賽後，才發現原來教育部老早就有文學獎比賽，二〇〇一年我首次獲獎，更發現這最高官方層級的獎項，滋味特別不同，教育部是學校直屬上司，公文，名正言順等於行政命令，獎狀依考績法可記大功，相對於文化局主辦的地方文學獎，好處多多。雖然學校從未給我記大功過。

加上它的頒獎典禮，都選擇上班日舉行，這樣送假單時，學校就不得不正視，即便總是被視而不見，但學生與老師們也會知道我請假去領獎。再來，嘿嘿嘿，豬頭必定會故意刁難，我倒想看看他那酸酸的醜陋嘴臉，與刁難方式。

所以，教育部的比賽，只要剛好得知訊息又有作品，一定不會錯過，當然我非神，不可能每投必中，但這種心理驅力，讓我冥冥之中如有神助，到目前爲止，光豬頭任內，包括華語與台語創作，我就獲得四次獎項。我看見他的臉，更豬頭了。

除了這些現實目的外，還有一個最最重要的，是給自己小小的動能與壓力，塵世與課務再怎麼煩忙，也要找時間寫出一首詩或一篇文章來，維持文學的熱度與年輕時的夢想。

因此，至今幾十個大大小小的獎座獎牌，都是我的武器，以一當百，在我的教學與教改活動坎坷的戰役中，化作千軍萬馬，跟這腐朽的教育體制抵抗，抵抗，再抵抗……

「感謝校長，與一些好朋友的支持，在此，我要宣佈『柳河國中教師會籌備小組』正式成立，歡迎有興趣的老師們會後跟我聯絡，許給自己與學校一個有希望的未來，感謝大家！」

巫碧瑩做了漂亮的結語，贏得熱烈的掌聲。我特地再瞄一下豬頭，啊，他也在用力拍手，露出詭異的笑容。

會後，我開始知趣地構思，教師分會的告別文稿。悲悽雖悲悽，竟有種如釋重負的輕鬆感。

中午，會議結束。寒假也正式開始。那些快樂的老師們聚餐慶功去了，阿秋她們七個死忠的好同事，過來相濡以沫一番，也落寞地離開了。

我慣例，把動作放慢，讓鬱悶慢慢散去，在辦公室慢慢收拾東西，突然間，手機響了，是縣教師會理事長：「你們李校長剛剛來會裡，找我拿教師會成立相關表單，他說你們要成立教師會了，這是怎麼一回事……」

下學期開學不久，在豬頭全力動員之下，除了兩三個老師外，其餘包括主任、組長，全部成爲會員，「柳河國中教師會」在校務會議同樣地方隆重成立，會長無意外，是巫碧瑩——啊！連我也是會員，因我還有縣教師會政策部主任的身份，依規定，不能直接跳過學校教師會。這樣，你就知道我有多無奈。

教師會成立之際，我也同步發表告別分會的宣言，裡頭難免酸了一下巫碧瑩，我以她「主任不列入超額教師」因人設事的主張，質疑教師會未來的走向。也無意外，引來一陣圍剿。角色互易，換她接受公評，這是理所當然的。

但連阿慈也加入攻擊我的戰局，倒是讓我嚇一跳。她擔任組長多年，雖理念漸行漸遠，但彼此還維持起碼的互動與尊重。我緊張了，發現有段話引述阿怡的說法，似乎影射到她，這下，恐怕完蛋了。我趕緊去找她說明，致歉。

「學校所做的，難道都不好嗎？」

「我沒這樣說啊。」

「那爲什麼學校的事，你都不配合，只做自己的，而且一副看不起爲學校做事的主任組長？」

「我沒有……」

「有！」

「好，這我說明一下，若當主導學校的權力變得不義時，例如強迫老師課輔等等，你卻往它靠攏，甚至協助它，這不就是助紂爲虐嗎？我要批評的，是這件事，是整體而言，不是針對某個個人。所以，所謂『學校的事』，很多時候其實是校長個人的事或主張，他卻用它當擋箭牌，難道做違法的事，會是學校的事嗎？例如，週日違法上課又違法收錢，他口口聲聲爲了學校，其實不就爲了自己的業績，爲了迎合家長嗎？『學校』這兩字，其實被他綁架了！」

「好！同樣的邏輯，那你當老師，不也是向不義權力靠攏，助紂爲虐嗎？以這標準，你應該辭職算了，否則，你沒資格說人家！」

「這就是無奈的地方，課餘我才會做一些額外的事，例如學生營隊等……這妳知道，當作救贖。何況我也沒要求妳或任何主任組長要辭職，批判政策，只爲了讓學校更好，其實同時也是自我批判！」

「你都把話講得很好聽，像作文一樣，做卻又是另一回事！」

「我有做啊，雖做不多，但還是有做啊，例如，我批判學校寒暑假不應惡補，我也拒絕沒錯，但我也有『示範』辦營隊方式來取代……沒光說不練啊。」

「呵呵，講得那麼好聽，『示範』，這不就是你自己的事嗎？」

「好，若不認同，那妳當初為何也來幫忙？」

「我沒有不認同，只是學校有現實的困境，身為其中一份子，不能什麼都拒絕，也要分擔一些不是嗎？」

「其實，我沒有什麼都拒絕，好嗎？我只拒絕違法的事！例如，『網博』，我義務帶學生訓練與比賽，而且也獲全國獎項，這難道不算替學校做事嗎？還為校爭光咧！那幾個學生也因此保送公立高職啊！那些批評我沒為學校做事的人，有這樣『戰功』嗎？講不好聽，很多人都是做表面工夫……」

「難道要有你所謂的『戰功』，才算為學校做事嗎？你也太自我膨脹了吧！」

「……」我愣了一下，阿慈又繼續說：

「反正，你的眼裡，我們這些組長主任都是小丑跳樑的角色，充滿偏見，我懶得再跟你辯，因為不管如何，你是不會改變的！」

「我要再說的是，我從未在文章指名道姓批評過某個行政人員，甚至校長，那些稱呼，是文章敘述的總稱，不是針對某人，我當過組長，所以也知道，許多不合法或不恰當的事，當上司下令時，你就不得不做，就變得面目可憎……」

「面目可憎？那是你！不是我……」

「那是妳看不見自己，才不知道自己面目可憎！」

「呵，這你就別替我擔心，我經常以你爲借鏡，所以自己看得非常清楚！」

「我有很多面鏡子，妳大概老是照錯鏡子吧，才會這樣自傲！」

「自傲？齁，這才是我要送給你的！」

這是我們溝通失敗的對話。

阿慈說完，便氣呼呼走人。隨著她離去的腳步，我的悔恨頓時又襲上心頭。我非常懊惱又逞口舌之快，近來，接踵而至的事件，讓我按耐不住情緒。唉，這次眞的完蛋了。

那年，厲害的水雞，都無法離間我與阿慈的友誼，豬頭卻做到了。阿慈批判我這些內容，其實大都是豬頭放出的八卦流言，我再熟悉不過了，但她相信了，極力爲他的政策護航，我辯駁失敗非重點，重點是又製造了一位「敵人」，無論如何都該面壁思過了。

愛知樓落成時，我看見刻在紅色花崗岩的碑記，其中出現「愛與關懷」的字眼，我一眼就看出是阿慈的手筆，那是當初我們一起編寫《柳河春夢》裡最主要的元素。豬頭就是這樣抓住她的心，重用她，讓她在專業上有成就感，然後在後腦雲端悄悄植入摧毀我的木馬程式……與豬頭同是正師大歷史系出身的她，或許就是這種「歷史」情結，讓我一敗塗地，變成一隻大魯蛇。

四月中，教師會成立大會，我當然沒去。會前，阿娟來問我參加與否，還有便當的葷素。我開玩笑說：「可以勾選不去，然後只勾選便當嗎？」她竟說：「可以啊，這是用公費買的。」當時是想，落魄到這種地步，又要繳會費去給巫碧瑩他們聚餐，實在不是滋味。

沒想到，事後巫碧瑩得意地把她們姊妹淘餐敘的快樂言談 Po 上網，恍如實況轉播般生動，不時就損我一下：「哈哈，那個號稱得獎無數的大師，連一個便當都斤斤計較！」她寫起酸文，還眞是高手。

「對啊！他只享權力，不盡義務，連開會都不來。」阿娟回說：「這樣也好，他不在，議案可以很快就通過……」又說：「哈哈，他當初根本不知道我們幾個是去臥底的！」

以前水雞年代不說，我參與縣教師會會務也快一年了，又組分會給妳們教師會當墊背，如今妳們才剛成立都還沒開始做工咧，就說我不盡義務，這樣不會太超過嗎？

而臥底之說，都像校外的國中生一樣高調穿起團服了，有誰不知妳們「斑鳩家族」啊？只是，我們分會不像妳們所抹黑的那樣「偷偷摸摸的」，就因既然用起「柳河國中」之名，所做之事，沒有也不敢有什麼見不得人的，只要照章程來走，誰都可以加入……這是我不想再說的辯駁。

巫碧瑩的性格，這點倒是沒變，「愛之欲其生，恨之欲其死」，轟轟烈烈。其實，我當初找她談，是想表明我分會會長要讓她做，而對教師會理事長的位置也無興趣，我低姿態求和，就怕像今天一樣，把一鍋飯全攪臭，弄得大家劍拔弩張，親痛仇快。因爲，柳中就是昔日「分類械鬥」的歷史現場，忠義公的墓碑也在學校旁邊，這一段血淋淋的歷史與那統治者卑劣的分化陰謀，龜毛如我，怎麼可能忘記呢？眾老師拿香祭拜地基主的同時，難道都沒想起同樣是無主鬼魂的忠義公嗎？而豬頭的嘴臉，也還不夠清晰嗎？

阿娟講話也是那種直爽型的，有天她還跟我說：「當初介聘來柳中，是搶了人家的缺！」意思是說，豬頭那年開缺是為了特定人而開，那時我不是很在意，因這不是新聞，每個校長不就如此。

後來，才若有所悟，跟這次超額教師的八卦搭上線，兩年前，就是豬頭就任的隔年，開始從外校引進自己的人馬，包括曹主任與阿娟在內，一起進來五個新老師，那時我剛好不是教評會委員，不知缺額詳情，即便是，若學校不提供正確資訊，也無從審核。直到這次「超額教師提列辦法」快速通過，我才警覺到豬頭這次是玩眞的，換句話說，兩年前開缺的同時，他早有預謀要製造超額教師！因為兩年後學區國小畢業人數一定算得出來（六年後都算得出來！），再對照柳中往年入學報到率，便可預估今年的新生班級數，這樣，要預留幾個控管缺，必一清二楚。

上個月，歡樂的落成大典中隱含著沉重的空氣，因學校已正式公告今年國小畢業生人數，沒意外的話，可能減掉三個班級，換句話說，要少掉六個老師，扣掉三個代課老師，還要有三個正式老師要走人！

此時，開始人心惶惶，大家才意識到那「超額教師提列辦法」的重要，這事關飯碗問題，但辦法都生米煮成熟飯了，為此，大吵一架的大有人在，誰都不願當超人。

自「九年一貫」以來，社會科每週減為一節，各校社會科老師幾乎都是飽和狀態，依官版的算法，對他們超不利，因此，照超額提列辦法公式計算出來，有三人上榜，其中兩人都是資深的社會科老師——

第一順位：阿慈，歷史老師，年資十四年。

第二順位：阿星，地理老師，年資七年。

第三順位：阿娟，國文老師，年資兩年。

這是「狸貓換太子」的高明手法。表面上，符合預留百分之三的控管缺，經過公式洗牌，就可洗掉要趕走的人，而留下自己想留的人。你說，豬頭厲不厲害？

「阿慈不是她忠心耿耿的得力助手嗎？」或許你會問。

是啊，但她只是個陪葬品，豬頭眞正想謀殺的對象是：阿星——她是我未出櫃的女友。她剛進來柳中時，我們一起指導學生做「網博」，日久生情，隔年就正式交往，但由於我異議份子的角色，怕戀情見光死，也怕連累到她，因此我們不僅低調而已，簡直是偷偷摸摸，除了阿月與阿忠夫妻知道外，面對拍拖流言，我們一概否認。誰知，早已落入豬頭的算計當中……

但，眾老師的目光，都集中在阿慈身上，十幾年資深老師，且爲豬頭如此賣命演出，竟成了超額教師，大家紛紛爲她抱不平。不過，他們似乎沒人反省自己，當初舉手支持豬頭版議案的舉措；也沒人知道，阿慈所占的缺，就是當年水雞額外爲她而開的，這是歷史科會是超額第一順位之故。而豬頭當年徇私引進的老師中，有兩人具有主任資格，不列入超額教師計算，這不也是阿慈當初極力支持的法案嗎？而今落到這種地步，情何以堪？

因此，當超額教師預定的提列名單出來時，阿慈就緊急提出縣內介聘申請：「我才不要被當成人球踢來踢去！」她的年資積分，在全縣申請調動者中是最高的，只要有缺，一定會介聘成功。結果缺開出來，全縣只有一個缺，就是縣北第一名校，八卦藝術高中，這下擾亂一池春水了，聽說她隨後就接到老長官女王的關切電話，協調了半天，縣府竟又多擠出一個歷史缺，就開在阿慈住家學區的T中，它是縣南第一名校，門當戶對，爲她量身訂作，交換的條件是，不要去搶八卦藝高的缺，她答應了。新學校，規模比柳中大四倍多，制度健全又離家近，圓滿收場。

剩阿娟與阿星前途未卜，她們的心，這一個多月來，鐵定難熬，都在等今天新生報到的結果，入學人數確定，班級數就確定，而是否超額也跟著確定……

豬頭正在川堂賣力演出，對著天眞稚幼的新生，豬言豬語。

其實，我才不管阿娟咧，她老爸是地方法院的主任檢察官，背景如此硬，隨便擠也有，你知道的，我擔心阿星，她不像阿慈積分全縣最高，提介聘是不可能成功的，即便最高，社會科哪可能有缺……落成大典當天，我竟也看見阿星，拿香跟著道士拜地基主，以前大概體諒我，從沒見過她拜東拜西的，還是她早有不祥預兆——這件事，我就埋在心底，沒再向她問起。就讓它，成爲一陣輕煙，裊裊飛升，悄悄直入雲端……

嘩！一聲，新生解散了。

不久，就傳來教務處的訊息：超額教師三人確定！

而後，又傳來阿娟早已安排好新學校，也是鄰鎮的T中，巧妙跟阿慈成爲同事。「以後走路上班就好了！」大家都笑著來恭喜她脫離苦海。超額，反而成爲她進階的跳板。

阿星正在上課中，還不知道這消息。

「小愛呢？」我在心底不斷呼喊著：「小愛呢……」

啊！偏偏此時，往事又泉湧如煙，狠狠襲上心頭，而我的眼，瞬時在煙霧迷濛中，漸次模糊起來……

2010

6/21

（拜一）

第二十章　下巴的一天

這一天，究竟是哪一天？
時間在自己匆忙的眼神中，
能看見我的悲悽嗎？

當我的車以同樣姿態緩緩滑入停車場時，發現鳥巢早已等在那裡，看他神情怪異，直覺一定沒好事。

「天助老師，有件事情想與你商量一下……」他眼神閃爍。

「請問什麼事？」我嗅到那股非善意的空氣，冷冷地說。

「是這樣子的，關於你請假的事……我看了一下假單，你一次請四天事假，好像沒有人這樣請的，是否有什麼突發事件，或緊急的事呢？」他呑呑吐吐，明知故問。

「沒有啊！」我故意回說：「就處理一些私事而已。」

「這樣的話，我無法批准！因爲這對其他老師而言，這是不好的示範……」

「不好的示範？」我聽到此話，就生氣了：「請你說清楚，爲什麼我依法請請假是不好的示範！」

「好像沒人這種請法……」

「當然沒有！因爲他們根本是沒請假就蹺班，你應該去管這些才對，而不是來刁難我！」我越說越大聲：「我知道我們班比較不好帶，怕出狀況，所以整年的事假都沒請，甚至連基測補休都刻意留到他們畢業後才一起請，都做到這樣了，也沒一、二年級的課，你跟我講，你有什麼正當理由不准！還是你要我像其他三導一樣用蹺班的，才是好的示範！你告訴我啊～」

「我不准就是不准！」他斬釘截鐵大聲說。

「駒！你以爲當校長是土皇帝，可以推翻法令嗎？」我氣到發抖：「我依『教師請假規則』請假，哪裡違法了？裡面什麼假幾天，寫得清清楚楚，我請四天事假，又沒超過規定，你憑什麼不准！即使超過了，你可以依法給我考績乙等，但不能不給理由就不准……」

我眞的生氣了，學生都沒讓我這麼氣，我使盡吃奶力氣嘶吼，吼到辦公室的老師都到走廊看熱鬧。我們面紅耳赤都僵在那裡。

此時，經常錯過早自習的辣妹老師小龍女，竟提著包包搔首弄姿地慢慢穿過身旁，登—登—登，高跟鞋的響聲，狠狠輾過我與鳥巢之間爆炸後的煙硝……

我慢慢醒過來了。眼睛睜開後，才發現自己躺在醫院的急診室，頭痛欲裂……昨天早上不愉快的事，仍在我夢中重複上演著。眞是的，我慢慢想起來是怎麼一回事。

基測前，學校辦了一場升學座談，其實這早就辦過了，所以那晚吾班並無任何家長要來，我剛好又身體不適，於是就跟鍾主任請病假，他也說沒問題，結果鳥巢得知消息，竟特地下令不准假！晚上是下班時間，這場也是他好風神額外加場的，他憑什麼不准！但最後人事主任善意來跟我溝通，我忍下這口氣，還是來了，在教室與幾十張空桌椅座談，呆呆望著天花板上九支日光燈管，就爲了撐這種毫無意義的場面給家長看，晚上無法好好休息，隔天病情就加重，隆重發燒了。而後身體狀況就時好時壞，一直拖磨，好不容易拖到吾班畢業，想說，辛苦三年了，雖然風風雨雨，功德圓滿後，可以好好休息幾天，誰知就發生這種令人生氣的鳥事。

與鳥巢大吵一架之後，一整天滿肚子都是氣，在學校逢人就講，變成反射動作，要把他的名言放送給所有人知道，向大家示範什麼叫做「不好的示範」……

「當然是不好的示範啊！這樣蹺班的人，以後可能就要依你的示範請假了……」阿孝又來說風涼話，惹得大家笑嘻嘻。

沒想到回家後，獨自一人吃飯，腦海又浮現鳥巢那醜陋的嘴臉，氣又上來了，「這是不好的示範！」，這樣的鳥話虧他說得出來。

畢業典禮後，到學期結束這一個多星期，一般來說，學校通常是不會去約束三導的出勤狀況，只要有課來上就好，變成一種慣例，一種小確幸。當然，有些厲害的人，每天都是這樣的日子。

但自二〇〇八年後，縣府頒布《中小學教職員工出差勤辦法》，明文規定教師每週需出勤五天，每天需八小時，教師從責任制又正式變回工時制。原因是教師的法定身份改了，變成勞工，既是勞工上班就得有確切的工時。但怪異的是，教師又不能享有一般勞工所擁有完整的「勞動三權」——「不准罷工」。

這樣的教育勞工，變成尷尬的四不像，現況卻是「上班工時制，下班責任制」，正符合校長們的需求。當老師的，總是太過貪心，兩種好處都要，最後弄得兩頭空，「痟貪就鑽雞籠」。你看現行的法定假期便知其窘境：教師節與勞動節，都沒放假了。問題是，這樣的結果，是教師會自己去爭取來的。

就因法令上這樣的轉變，我當然不能循慣例用自動放假的方式，想說整年的事假與補休都還在，就一起請，只留一天以備不時之需，因學期正式結束是要到七月三十一日。這是異議份子的特殊待遇，但我甘之如飴，沒想到連這樣也要刁難我，眞是氣炸了……

晚餐，幾乎是食不知味，加上天氣燥熱，吃得滿身大汗。沖涼後，汗水仍不斷冒出，索性打開冰箱拿出一罐啤酒，就在孤燈下慢慢喝著。想了好多好多前塵往事，也想著我是否應該開始反擊，鳥巢這樣搞已經超越我的底線，想著想著，不知不覺夜已闌珊，巨大的沉靜中，燃燒著一股悒鬱之火，熊熊火光幾乎也要把自己呑沒……

我累到何時睡著了自己都不知道。

而後就在惡夢連連的疲憊中被早晨的鬧鐘驚醒，才猛要起床，直覺一陣暈眩，在天旋地轉中勉強走了幾步，噗一聲隨即倒地，接著就不省人事了，只依稀記得那倒下的一聲，是無聲的寂然，我已聽不見觸地的剎那，也想不起身軀是如何傾斜，如何崩塌……醒來時，我已半裸躺在地，想要站起來，卻力不從心，就這樣躺了好久，四肢慢慢恢復知覺，我用手扶著沙發椅背試著緩緩起身時，才發現汗衫沾滿了血跡，我急忙檢視一下身體各部位，左看又看，沒怎樣啊，那血從何而來？

我於是走到立鏡前，貼近鏡面，用大近視眼仔細端詳面容，啊！我忽然看見，長滿鬍渣的下巴，開口笑了！此時，才慢慢開始有一些痛覺，從每個細胞，從四面八方襲來，還好，下巴沒什麼大血管，流血量算是不多，我拿一疊衛生紙直接按著傷口，就癱坐在椅子上，等待暈眩過去，之後才漸漸有能力思考後續動作。

不知不覺，我從地板追尋起鮮紅的血跡，茶几、床頭、衣櫃……開始試圖在腦海中重建我暈倒的軌跡，這完全失憶的三十分鐘或一小時，我重新將時間推回鬧鐘聲響的瞬間。

阿星已不在身邊，前年被超額至本縣西南角近海的偏校，離此需一小時的車程，況且她也要上課。老家雖在附近，但因某種複雜因素，平日甚少往來，對於年邁的雙親已經夠不孝了，不願再讓他們擔憂。

我的意識，應該算是清楚，漸漸在昏沉中恢復，只是身體仍感覺些許飄浮，而頭也還劇痛。痛是醒著的一個指標，我再度以它來檢視身體各部位，發現還有一些災情，右手中指腫脹，大概暈倒時試圖支撐茶几所致，看來好像無明顯骨折跡象，再來，又發現左上臂到肩膀的肌肉有拉傷，無法舉直，而腳似乎無大礙，我重複幾次起立蹲下的動作，然後試走幾步路，都還算正常，於是，我決定自己開車到鄰鎮的地區醫院就醫。

短短五公里的路途，一路上戰戰兢兢，我將左手肘輕放在車窗，減緩肌肉的痛楚，手掌繼續按壓傷口，右手則握著方向盤，以極慢的龜速在外車道行進，才五公里，沒問題的！我在心底給自己一些激勵。在上班擁擠的車陣中，終於順利到了急診室門口，上了擔架……然後，就在病床上了。

是啊，此時我竟想不起，之後車子如何處理的，好像保全幫我停到停車場去了吧？

醫生忙著處理我的傷口，左手臂也吊著點滴，護士幫我量了血壓後，隨即做了紀錄，並給醫生回報。然後醫生叫護士去找刮鬍刀的空檔，我看見壁上的時鐘寫著：07：45，平常看慣了指針，一時會意不過來，但很快想起我需到校上課這件事而心跳加速，我拿起隨身包裡的手機——還好有帶——打電話去學校導辦，響了好久後，阿雅接起。

「我蕭天助啦，有件事要麻煩妳，我早上起床時暈倒，頭有撞傷，現在在Y生醫院急診室……要請妳幫我請假，先跟教務處說，處理一下我的課務……」

「是喔！怎麼會這樣？」阿雅驚訝地問。

「我也不知道……就暈倒了，下巴傷口比較大……麻煩一下喔，感謝！」護士拿著一支深藍色的拋棄式刮鬍刀回來了，我急忙掛掉電話。

彼此個性的關係，平常跟阿雅互動不多，教育理念也不相同，但這回從她聲音中，竟感受到朋友之間那種眞心的關懷，眞的有溫度呀，這奇妙的感覺令我訝異，反而讓我覺得，平時那些好同事習慣性的噓寒問暖有點虛假，這是怎麼一回事呢？不知是否因此刻過度孤單無助之故，還是我的悲慘遭遇，激起了她的惻隱之心？她是個單親媽媽，獨自扶養一個幼女，這裡頭或許剛好有某種相同的孤獨元素，就在瞬間碰撞成小小的火花……我愧疚之感油然而生，有些懊惱悔恨，對於我在學校時過於冷漠的行爲而自責。

或許，這是一種果報吧。

對於阿星，至今更是滿滿歉疚。當她面臨超額之際，我盡了全力在所有正常管道尋求救濟，還是無法爲她在附近找到一所安身的學校，讓她超額到天邊海角去。那時，我還在想，與她的地下戀情早晚會曝光，到時許多壓力甚至打壓必接踵而來，豬頭下手是不會留情的，而我的壓力也會因此而加倍，她若因超額而自然到他校，整體狀況或許更好，且有助感情的發展。誰知，竟然一超就超到如此的遠……那該死的法規，寫什麼「優先介聘附近學校爲原則」，根本是狗屁官僚的屁話……她對我一定有怨吧。

每日生活在一起，有時難免會有一些摩擦，但一下子變成每週只能見一次面，感情又在不知不覺中漸漸疏遠。

阿星的新學校，雖偏遠，規模卻比柳中大，近年也不會有超額壓力，整體的工作環境應該好很多，只是，這是她在意的嗎？相較阿娟與阿慈都歡喜超額至離家近的縣南第一名校T中，我幾乎找不到任何原諒自己的藉口了。

醫生縫合好我下巴的傷口，又問我一些暈倒的狀況，試圖了解原因，然後檢視手受傷的地方，順便安排了X光檢查。此時，眼眸靈動的護士小姐又來了，她幫我抽血，說要去分析血糖與血液的情形。

說也奇怪，整個縫合手術過程，局部打了麻藥，我卻變得異常清醒，每一針穿過肌膚的力道與觸感，我都清楚感知，些許緊張與惶恐交錯，來來回回，縫了八針。刺眼的燈光，與戴著口罩的臉，不斷在我眼前游移晃動，有時又傳來其他病人的哀嚎或低語，急診室的情景，讓我心底浮現出一股難以言喻的淒涼——我竟聯想起阿梅吞藥自殺後那蒼白怖懼的面容，身體不禁又一陣哆嗦，其實我是聽蘭老說的。

「她是被學校害死的啦！有夠夭壽的，後來竟然都排放牛班給她教，別看她塊頭那麼大，其實她很膽小，每次上完課回辦公室，都是一身冷汗，真的嚇到得憂鬱症，好可憐喔，晚上都要靠安眠藥才能睡……」蘭老退休後常在傍晚路跑健身，那天放學時我遇見她，她說阿梅屍體被發現時，眼睛張得好大……整天笑嘻嘻的她，我從不知她患有憂鬱症，退休都還不到十年……

阿慈被超額，本來我與眾老師一樣，都爲她抱不平與同情，但直到去年二月一日，豬頭被遴派到同樣的T中，我才覺得不對勁，好像同情心被出賣了，他們化整爲零，表面上過程似乎曲折坎坷，卻不約而同先後攀上人生的頂峰。

那時，我還是縣教師會政策部主任，校長遴選會議時，我剛好在台北訪友，接到理事長的緊急電話，她是委員會唯一的教師代表，利用開會中場休息與我討論因應之道，她對豬頭充滿算計的行徑非常不滿，她說，豬頭明明知道T中的校長缺，是高層隔年爲某個縣北校長而留的，大家有共識，第一輪遴選就自然讓它沒成功，就用代理方式處理，但豬頭竟發動突襲，且偏偏只填T中一個志願，連原校柳中都沒填（依法可連任一次），這等於斷了退路，還故意嗆說：「如果沒上，就回任教師！」

當然，他不可能冒險孤注一擲，因大家都知道遴選辦法裡「回任教師」的機制，根本寫好看的，自實施以來從未有半個校長回任教師過，每個縣府還不都玩起大風吹，時間到，相互換個位置而已，骨子裡還是跟以前派任時代一樣，「萬年校長」一個。

「反正中華民國式的改革，只有五個字：換湯不換藥！這句話，如假包換……」阿義講過如此意味深長的話。

是啊，聯考變成基測的升學制度，「九年一貫」課程，乃至教師與校長的遴選等等的「改革」，哪個不是「如假包換」的呢？

豬頭就吃定這一點，殘殘給人家卡位，何況那共識，只是道德上的規範，法理上他是站得住腳的，而柳中的出缺，他刻意要留給剛考上校長的鳥巢。

他已不是當年唯唯諾諾的小李子了，慢慢在建立自己的新王朝，他帶來柳中的兩個主任，如今都成了校長，另一個才接主任第二年便考上校長，並順利派任。豬頭不惜與其他校長肉搏戰，正逐步拓展他在縣南的版圖。

理事長又告訴我，另一個震驚的遴選案同時在進行：水雞！

啊！他還眞陰魂不散，三不五時就跳出來嚇人，他在勝利國中已八年兩任任滿，無法原校再連任，但他又不想繼續當國中校長，「曾經滄海難爲水」，找不到比勝利國中更好康的學校了，所以他把目標鎖定鄰鎮一個完全中學——R高。

改當高中校長才有高升的感覺，他好大喜功的性格我再熟悉不過了，但R高校長才就任兩年，任期未滿照例無法調動，但水雞就是有辦法，因遴選辦法裡有一條「例外」條款：任期過半，若有特殊原因，即可遷調。

他又演出當年動人的戲碼，找民代與R高家長會連署上書縣府，吹噓他在勝利國中的豐功偉業，社區居民都希望他去接任R高校長，來促進地方發展……這是表面的唱腔，私下卻找人去給現任校長施壓，原校長是前朝的教育局長，因改朝換代而被外放，他知道這裡頭有政治恩怨，就順勢操作給予逼退，最後計謀得逞，縣府以「借重原校長的經驗，籌設新完全中學」爲由，將他們倆的位置互換，解決了法律的問題，聽說，本來水雞的如意算盤是續任「勝利高中籌備主任」，然後順理成章變校長，繼續勝利下去，無奈時間兜不攏，差一年……

水雞豬頭這師徒倆還眞是臭味相投，同時躍上遴選會的主角。理事長對此非常不滿，但教師會只有這一票，怎麼投都只是背書而已。

其實這些消息，媒體早就在私下流傳，記者們也守候在會場外等結果出爐。我建議她提出異議後，隨即棄權離席，凸顯遴選制度的荒謬，然後召開記者會揭發內幕，不要讓教師會揹黑鍋。

但，最後理事長選擇沉默……這是壓垮了我留在教師會裡最後一根稻草。

之前，阿星成了超額教師，我沒旁門走道，也不想走旁門走道，我強烈要求理事長要公開要求教育局需履行「超額教師優先介聘」的原則與承諾，這是縣府的行政命令，不能自打嘴巴，她是有打電話去給縣府承辦，但承辦置之不理，還是優先辦理縣內介聘，把附近學校一個地理缺開出去給請調的特定人士，理事長對此結果竟無奈地算了，這事關教師工作權，怎麼可以就算了，至少也要公開抗議一下，或以教師會名義發文去找他校的教師缺尋求救濟……但她都沒有任何積極作爲，阿星才落得今日的下場。

當然，我沒向理事長表明我跟阿星的關係，因不管當事人是誰，教師會都有義務站出來替會員老師發聲，不是嗎？從此，我心涼了一半，決定要慢慢淡出。

沒想到，這次遴選事件她又不吭聲，那我這政策部主任就找不到在教師會存在的意義，心死了，此後的開會我幾乎不參加，只是考量到當初理事長知遇的情面與整個教育生態大局，沒正式辭掉職務罷了。

就這樣，鳥巢在豬頭全力護航下，順利就任柳中校長。

他是豬頭初任校長時學校的主任，一路上刻意栽培，爲繁衍徒子徒孫來鞏固自己權力，進而在校長圈圈站一席之地，這是當然的，只是鳥巢是何方神聖，讓豬頭不惜得罪人，以強硬姿態在這次遴選會議上突擊，這我就有點意外了。

柳中，一向是菜鳥校長必爭之地，因這裡的老師「好剃頭」，可坐享土皇帝之福，對於「新手駕駛」，算是最好的練習場了。但豬頭到底在盤算什麼，還眞想不通，這一記狠招，的確超乎我想像，還是他有什麼見不得人的尾巴在此，要鳥巢來收尾？若這樣，他繼續留任不就好了嗎？當然，風光回到母校T中當校長的榮耀，是無與倫比的，何況它又是縣南所有國中的龍頭，還可將未來的夢想瞄準名校Y高，與老婆大人相見歡，超越水雞的成就……

遠遠看，柳中果然是墳墓旁的一堆散沙。

鳥巢，接掌校長幾乎是沒適應期，他在此歷經訓導與教務兩處室，當了兩年半的主任，整個狀況比誰都熟，就因這樣，他有些得意忘形了。

去年二月一日才上任，月底的期初校務會議，就展現企圖心，急推頗有爭議的「教師聘約」，顯然有高人指點。

這是印在聘書後的工作契約，既是契約應是訂定雙方（教師與學校）彼此的約定，各有各的權利義務。所以，依法要由學校的教師會與行政當局，對等協商後而制訂，但因學校的教師甄試權已上繳縣府，因此縣府與縣教師會就協商出一個縣版的《教師聘約準則》讓各校有遵循的依據，爲避免爭議，柳中與各校一樣，一直就將縣版的準則當聘約。我看了一下，覺得裡頭的條文還算中肯。

但，鳥巢以法律授權爲由，要自己訂定柳中版的聘約。你知道的，他開始在其中加料了。當校務會議，資料發下來，密密麻麻的法條，有人霧煞煞，有人看都懶得看，大都忙著調課，好安排出自己理想的八卦陣式，有的考量班級經營，有的考量上課成效，有的考量蹺班方便把課集中，那個包大人都會把課集中三天，然後週休四天，他在外兼營餐廳當老闆……反正不管怎樣，大家都期待無聊會議趕快結束，至於法條內容，與我何干？

「那是用來修理不聽話的人啊！」他們說。

是啊，是我啦！就是我啦！所以，我早已練就一身好功夫，資料雖剛到手，我在腦海用最短的時間掃描一遍，這一掃，馬上掃到一條包藏禍心的條文：

「教師有義務配合學校辦理之相關活動。」

乍看之下好像理所當然，仔細推敲，這意涵卻包山包海，例如第八節、假日、寒暑假等違法惡補加課你都需配合，甚至晚上陪家長委員吃飯，也不得拒絕……若遇到好大喜功的校長，下班時間給你胡搞瞎搞，辦一些有的沒有的活動，不累斃才怪！

教師法規定：「教師得拒絕與教學不相關之事務」。這我很熟，馬上就知道辯駁的關鍵所在，當場就提此條文表達異議。我建議修正爲：

「教師有義務配合學校辦理與教學相關之活動。」

結果，巫碧瑩馬上起來爲鳥巢護航，她提出教師會版的條文：

「教師有義務配合學校辦理與校務相關之活動。」

這其實跟校版的沒兩樣，所謂的「校務」，就是「學校事務」，勉強要說，學校所作所爲都嘛跟校務有關。後來表決，巫碧瑩的版本通過。我的版本，有十票支持。

其實這決議，明顯與教師法牴觸，如提行政訴訟，可能就無效力。但我怎可能有精力再這樣做呢？我的「一綱一本」訴訟的法律程序都還沒走完呢！比起來，這算是小事。雖無奈，但想到比起上次表決有多兩票，進步了，就要高興。我這樣跟阿怡說。

會後，她跟我爆料說，寒假課輔期間，學校與教師會理事們早就開過「協商會議」，鳥巢開會時說：「你看那蕭天助，開會討論自己不來，每次校務會議才故意來阻擋！」

其中兩位菜鳥老師相信鳥巢的指控，會後對我頗有微詞，認爲我是破壞和諧的兇手，她爲我辯護：「大家都嘛知道，蕭天助寒輔沒來上課，校長故意把開會通知放在他桌上，他怎麼可能知道要開會？」

所以，後來他們轉而支持我的提議。她笑著說：「你以爲票會從天上掉下來喔！」

「原來喔！哈哈……」我還是老調重彈：「我是希望他們舉手是爲了支持我提的議案內

容，而不是支持我這個人。」

這是鳥巢開會的處女作，完美到幾乎無懈可擊。即使有看見，我也不會去，因爲我不再是教師會理事了。難道鳥巢不知道我已經被解職了嗎？

自從教師會成立後，雖然我還是當選理事，但我沒去開過會，包括理事會，阿怡由於對議事法規熟悉，也被選爲理事，當然巫碧瑩是要向大家證明，她沒分別心，你看與我友好的人也可以是理事，而阿怡的個性是放得開那種人，當初被巫碧瑩飆罵的傷痛，證明她眞的釋懷了，還跟他們相處和諧，眞不簡單。

有一天她就問我，爲何不去開會？你可以去表達不同意見啊！我說，我不想去吵架，吵完破壞心情，又爲他們的決議背書，等有一天我看到教師會眞的站在老師與教育這邊時，我自然就去。

「哈哈，我沒去比去更有效果！」我笑著說。

她倒是有點不解，我也沒再多說。

因此，每次接到開會通知，我都請假，教師會內規，開會無故不到三次，經理監事會議通過可以解職，但我都有口頭請假，不算「無故」，但最後巫碧瑩受不了，就召開理事會「無故」就給我解職了。

有天，我發現坐我斜對面的理事阿珍有開會通知，而我桌上怎麼沒有？我就笑著問她，是不是我被解職了？她竟然說，是！我說，這麼大的事情怎麼沒給當事人正式通知？而要開除我，開會時也要給我辯解的機會吧，過程怎能這樣「偷偷摸摸的」呢？我故意強調以前她們斑鳩家族批評我的字眼。

「哈，這樣會陷我於不義啊，萬一我還以為我是理事，用理事之名到處招搖撞騙，那豈不是壞了你們教師會的名聲嗎？」我諷刺地說。

隔幾天，我桌上就出現一張教師會給我正式解職職務的通知書。

教師會這荒腔走板的演出，難道眾老師還沒頓悟，到底誰才是眞正在替老師權益發聲嗎？我還是縣教師會的政策部主任咧！這赤裸裸的戲，已經演得如此地淺白，一點隱喻暗示都沒了，大家還看不懂嗎？

其實你也不必太低估他們，眾老師們大都是考試場上的菁英，至少也裙帶關係裡的菁英，聰明得很！哪裡會看不懂，只是他們要的是站在權力那邊的教師會，而不是站在教師與教育這邊的教師會。這樣說好像有點玄，沒什麼啦，教育本來就是一門玄學，內行人才知門道。

「所以囉，這又是你的一支犧牲打嗎？」小愛說。

是啊，是一支沒得分也沒上壘的犧牲打！

鳥巢這動作很明顯，他是要爲強迫老師上寒暑假輔導課製造法律基礎。吾班那年暑假要升國三了。暑假課輔，是場大戲。但這低階法律遊戲唬不了我，更唬不了教育部與縣府的法令，我還是雄雄給他拒絕，當然，對其他老師就有警示作用了。但我的形象又失血不少。

我被理事會三振出局後，鳥巢與教師會合作無間，慢慢在豬頭的基礎上建立他的王國……

突然間，耳膜裡傳來一陣巨響，我被嚇醒了。原來我又昏睡過去，怎麼都沒感覺。下巴縫好了，包著紗布繃帶，鼓鼓的，有點不自在。我翻翻身，稍稍挺身左右看看，才發現我被推到急診室的內區，旁邊一整排也是病患。護士看我醒了，連忙過來，她說我血液檢查血紅素稍低些，沒多大問題，手臂也沒骨折，但肌腱斷裂要繼續治療，「不過有輕微腦震盪現象，醫生說留院觀察一下，若無明顯暈眩，下午就可回家休養。」

她這樣說，我就放心了。

但為何會暈倒呢？這已是第二次了，上次是三年前，也是剛帶完國三後的幾天，早上我上完大號，一起身便暈倒了，下巴撞到洗臉盆，烏青一塊，倒下時後背把鋁門撞凹一個大洞，還好，我家浴室太小，後腦沒撞到牆壁……當時，半裸醒過來時蠻緊張的，也是輕微腦震盪，在醫院做了一系列檢查，沒發現具體的病因，醫生說可能跟壓力有關。你就知道豬頭有多強。

這次倒下，已經沒那麼緊張了，還可慢條斯理地處理後事——其實，我去年擔任縣教師會政策部主任時，已把遺書寫好了，只是以文學方式，寫成一篇詩歌體的〈遺愛手書〉，該交代的已交代，這是能淡定之故。

我問護士小姐，剛巨響的事，她說是一位酒醉的傷患在摔椅子鬧事，「嚇死我了，還好保全把他制伏，報警處理了。」她心有餘悸說。

我看一下時鐘，一下子竟找不到，病床移了位置，時鐘變得有點遠，我有近視看不清楚，此時才想起，我的眼鏡呢？護士笑了笑，原來她貼心地幫我用塑膠袋裝著，吊在床架上。我戴上後，看見時鐘顯示「09：50」，我環顧一下四週，順便再消化一下這數字的意涵，霎時，猛然想起，剛剛拜託阿雅請教務處幫我處理課務的事，這讓我噗哧笑出聲來，啊，我教的班級都畢業了，哪有什麼課務？眞是的，撞昏了沒錯……

啊！很快地，一學期又過了。秋天，降臨。新的年度隨之而來，吾班正式國三了。說也奇怪，才一開學，要先忙的，卻是畢業旅行。爲了讓他們好好拼升學，上學期就辦畢旅成了各國中的傳統，通常選擇天氣較穩定的十月，此時離畢業還久遠，一點離別氣氛都沒，但國中生還是高興得要死，管他有沒有氣氛。

各班依慣例做好一些調查，最後學生決定：去南部。

然後，再請投標廠商規劃路線後來辦說明會，由各班導師評分，加總後分數最高者，就是承辦旅行社。

這是每年的例行公事。只是這次，各班前置作業早已完成，左等右等，卻等不到投標會議，後來訓育組長阿圓卻傳來訊息：

「校長說，時間緊迫不用討論了，就決定去北部！」

三導聽到後全傻眼，「不是決定去南部嗎？北部H1N1流感不是正嚴重嗎？」，阿圓也很無奈，說是校長指示的。

「可以這樣嗎？」大家嘆息後，只好硬著頭皮跟學生講，還好，他們也沒太多反彈，反正有得出去就好。

資料顯示，自從五月二十日首位確診病例以來，當時全國已經數萬人感染，數百人重症，數十人死亡，而以北部病例最多……「嚇死人了啦！這樣，我們還要飛蛾撲火嗎？」學生不怕死，老師們卻怕得要命。

但不管怕不怕，「就決定去北部！」

接著投標會議終於有譜了。只是會議現場讓人又傻眼，因爲投標廠商只有一家。那還審什麼？「校長說，時間緊迫，所以很多廠商來不及……」

大家終於明白了，原來這一家叫做「時間緊迫」！

見鬼了，每年都辦的例行性工作，會搞得時間緊迫。鳥巢擺明讓你沒得選。

我看了一下廠商提供的行程，有些明顯有問題，而且其他老師也說，這是花學生的錢辦的，他們有特別想去的地方，央求廠商是否能調整一下。以前，是用「要求」，現在卻變成「央求」。

後來鳥巢又指示下來，說「雖然時間緊迫，廠商很有誠意，要特地找時間來跟老師與同學討論行程內容。」

於是，在視聽教室，三導與各班學生代表齊聚一堂，隆重討論了。問題是，已經決標了，討論的內容，廠商只是參考用。我看出這又是做做樣子的招數，但又能如何呢？弄到最後，眞的變成時間緊迫，誰若出面阻擋，誰就成了眾矢之的。

所以，開會果不其然，大家的提議，他們說會研究看看，「旅館、飯店與活動場地已定，行程很難去改變，但會用最大的誠意盡量調整。」

我知道回天乏術了，但心中有個疑問，不得不提：「請問，現在H1N1北部正嚴重，去南部不是比較安全嗎？」

「老師，您錯了，媒體報導不準，其實北部比南部不嚴重！」廠商如是說。

「我看衛生署的資料，確診案例以北部最多啊！」我說。

「衛生署也不準！我們辦旅遊那麼久了，請相信我們的專業。」廠商自信地說。

又見鬼了，衛生署也不準，那我還說什麼呢？

「用膝蓋想就知道，這時候誰敢去北部？不好賣，才銷給我們這些傻蛋——就像學生營養午餐的菜，品質會好嗎？」阿孝會後又來風涼話。

這也破紀錄了，柳中有史以來，「時間緊迫」得標，用校長指示來辦畢旅。

還好老天保佑，秋天的畢旅，雖一直趕行程，上車睡覺下車尿尿，但H1N1沒人中標，平安歸來。

其實，有玩到六福村，學生就滿足了。啊！這就是台灣國中生，「三六九」畢旅傳奇——

劍湖山、六福村、九族文化村。

其實這段期間，三導對畢旅的決策過程頗有微詞，鳥巢當然也經常把不悅表情掛在嘴上，動不動開會就以學生成績酸一下老師，要認眞教學之類的來回報，這是校長們的慣伎，不過，照例馬上就有老師給他起底，說他以前上課時，經常就叫學生閉目靜坐一整節，什麼內容也沒上。

「這是上課最高境界啊，看似沒上，其實有上，不上而上，上也！」聽說鳥巢學佛修禪，想不到教數學的阿孝也會用文言文耍嘴皮。

鳥巢好像展開王子復仇記似的，再來，他公告一封聲稱是「家長」在網路投訴的匿名黑函，裡頭的重點是這句：「請老師有空看一下學生的聯絡簿！」，意思是說，「有老師沒改聯絡簿！」

他還當成正式公文簽辦，要老師看完一一簽名。

隔週一次的導報，他就一直重複這件事情，重複到有點水雞那種歇斯底里的味道。

「有某家長投訴……」這說詞，也是校長們的密技。

「他小孩就在柳中就讀，自己就是某家長！」這招用到臭酸了，幾乎成爲許多老師茶餘飯後的笑點。

笑歸笑，沒想到某天「某家長」眞的現身了。

第二次段考完，某天早上阿月氣到在座位上哭，邊哭邊大聲抱怨，惹得大家趕緊前往關心。原來，她被鳥巢叫去訓了一頓。

「齁！我早修進到教室要改聯絡簿，發現怎麼不見了！」她臉上掛著淚珠：「學生說，被校長收走了！齁，什麼跟什麼啊，沒告訴導師一聲就把聯絡簿拿走，可以這樣嗎？這麼不尊重導師……

然後早修後就把我找去，還一副正經八百地數落我批改的缺失——第一，有三天沒有批閱；第二，有些學生，字寫得很難看！齁！簡直氣死我了，他什麼時候變成國文老師了，有些學生字寫得難看，不是很正常嗎？難道每個學生字都要很好看才行，講難聽點，有些老師字寫得比學生都難看咧……氣死我了，他的字也沒多好看！

再來，再來，對！不是三天沒改，是兩天，聯絡簿是改前一天寫的，而當天的，他收走了我怎麼改？連這個都不知道，他到底有沒有當過導師！那兩天沒改，是因爲段考，不用繳交，是要學生專心準備考試，齁，連段考日期也不知道，當什麼校長……」

阿月氣壞了，說得臉紅脖子粗，一把鼻涕一把眼淚的。

鳥巢爲何找阿月開刀？而不是我。這我就想不通了。若要挑缺點，比起阿月班，吾班簡直多到害羞，不要說字寫得難看，甚至還有不會寫字的咧。是她好欺負嗎？鳥巢不知在盤算什麼。還是她與我友好，先牛刀小試一下？但他忘了嗎？阿月也與巫碧瑩友好，還是姊妹淘咧……

接著，當週導報，鳥巢又藉機來數落聯絡簿了。他發下一張來路不明且陳年的「導師責任制辦法」來訓示老師要盡責，不要辜負家長的期待，「尤其是家長委員，出了很多錢，對學校貢獻很大，要對他們的小孩多一點照顧啊，會長這次送給老師的運動外套質料很好，聽說價值五百九十九元……」

這種以家長「金錢貢獻度」來決定照顧學生程度的論調，有些老師聽了就很不高興，「那家長沒貢獻錢的小孩呢？這怎麼公平？」又因爲阿月事件，會後越想越氣，巫碧瑩就帶頭把她們斑鳩家族的「高級外套」退回去，以表不滿。還大聲嗆說，校務會議一定要提案修改「導師責任制辦法」，把裡面一些不合理規定與聯絡簿一起修（休）掉！大家鼓掌叫好，阿月也因有人聲援力挺而覺得窩心，被鳥巢修理的委屈彷彿都有了出口。雖經過風風雨雨，她還是很相信巫碧瑩的。

我當然也是選擇相信，並樂觀其成。若巫碧瑩主導的教師會能因此而回到教師這一邊，那我就不必那麼辛苦了。

看到教師會努力在準備提案資料，覺得巫碧瑩這次是玩眞的，若是，那就是阿月的功勞，沒白白犧牲眼淚。見她還把原本校版的辦法發給眾老師彙整意見，我爲此偷偷歡喜，這樣做就對了，所以我也很用心標示修改意見。這是我和解的誠意。

期末校務會議到了。視聽教室會場瀰漫一股殺戮氣氛。我進場時，鳥巢們已擺好代代相傳的八卦陣式，各處室主任與家長會長全員到齊，表情嚴肅在長官席一字排開。而巫碧瑩們，手拿資料在左邊角落位置上交頭接耳，蓄勢待發。兩軍對峙，戰事一觸即發。

我心情輕鬆，獨坐在右後排的位置，等著看好戲。

司儀人事主任，宣布會議開始。鳥巢冗長的陳腔濫調結束，隨即仿照歷朝的校長們，請出重量級的家長會長來下馬威，這是重要會議一成不變的開幕式：先聲奪人！

誰知那會長，一拿麥克風，便開始狂罵老師太過安逸兼不負責等等狗屁倒灶之類的事，再來牽拖出一大堆不相干的鳥事：「外面上班哪有像你們當老師的那麼好康，自私自利，只爲自己不爲學生想，像什麼話！改個聯絡簿，又有錢賺，還嫌東嫌西的，我咧……你們不要以爲校長較古意就好欺負，食人夠夠乎？我咧…你們給我差不多一點，我咧……」鳥巢看見三字經幾乎要爆出口，趕快做勢拍拍會長的手臂，安撫他，但他望了一下繼續講：「唉，我眞委屈啊，這麼忙的人，還要來這裡講這些五四三的話……有什麼用處呢？齁，你們跟我說啊，我眞的很委屈……當老師，領那麼多錢，改一下作業就斤斤計較，像什麼話！我咧……幹你老師較好咧！」他狠狠丟下麥克風，拍桌離席！

鳥巢見狀，一臉尷尬，隨即起身在後護送他出門，然後，臉色沉重慢慢走回到主席位子。

這開幕式，好像有點擦槍走火了。

眾老師也被「幹」得一臉錯愕，沉默不語。好像眞的被嚇到了，這會長是代表會主席，跟上任養鴨的「聯絡簿會長」性格不同，據說黑道背景濃厚，那氣勢凌人的威嚇力絕對是有的，許多老師都聽得皮皮掣，我也直打寒顫，每每看到他情緒幾乎在崩盤邊緣盤旋，我就掣得要死，怕他眞的一個箭步衝上來，我就滿地找牙……一定是那件高級運動外套惹的禍，眞是的。

還好，他大概宿醉未醒累了，飆了二、三十分鐘就走人。就這樣，開會時間過了近五十分鐘，都還沒進入會議正題。誰都知道，鳥巢又要玩「時間緊迫」的遊戲。

大家愣了一會兒後，鳥巢拿起麥克風，假裝沉重的語氣說，「這都是爲學校的前途著想，會長也沒有惡意……」他爲會長的失控緩頰，接著，就直接就取代司儀，叫各處室主任作業務報告。又過了二十分鐘。

好不容易進入了議案討論，巫碧瑩就起來代表教師會說明，教師會版的「導師責任制辦法」，並一一指出要修改的地方，也有幾個老師起來附和或表達自己意見，發言出奇踴躍，這是會長飆罵後的副作用嗎？

令我意外的是阿孝，他正式會議少公開發言，私下放炮是他的專長，今天卻起來說話了：

「啊就那條——學生在校各種活動期間，導師均須在場指導——這意思好像是說學生早自習、假日上課、寒暑假補習等導師都要來嗎？這些蕭天助最清楚，現在的法律，這根本不是老師義務，甚至有的是違法的，怎麼可以強迫導師都來？再來，各種活動的『各種』，是不是連學生上廁所導師也要在場指導……」

話說到此，隨即引發哄堂大笑。他也笑了：「啊要不要也跟著尿尿……」此話一出，大家更是笑翻了，這一笑，剛剛被會長的威脅羞辱，大概也跟著拋之腦後了吧。有人私下馬上就譏他：「喂，你是來亂的齁？」

鳥巢尷尬地要笑不笑咧著嘴，隨即又擺出死人樣。

接著，幾個主任組長與御用教師，起來連番發表鞏固領導中心的馬屁言論。

等眾老師都說完，我的手也癢起來，因我向教師會提的許多書面意見，我很訝異巫碧瑩並沒鳥我，把它列入修正案。因此我只簡單說一個建議：「這辦法，以前根本沒詳細討論過，也沒正式通過，事實上還只是個草案，由於這事關重大，請逐條討論表決，然後做修正。」打算討論時再視狀況補充說明。

「還有哪位老師有要表達意見嗎？」鳥巢故意不理會我的發言。

大家陷入沉默。然後又開始竊竊私語。再來咧？

「既然有問題的條文都討論完了，那請主席進行表決！」巫碧瑩提議。

「噎……」鳥巢吞吞吐吐起來：「這不能表決！」

「為什麼不能表決？」巫碧瑩馬上生氣問。

「沒為什麼，就是不能表決！」鳥巢斬釘截鐵說。

大家聽了，都愣住了，而後一片譁然。這又是什麼招數啊，我也覺得不可思議，不能表決，那剛剛開會討論了老半天，豈不是浪費生命？不用搬出議事規則，這用國中公民課本就可以給這種說詞打臉！不久，我很快就想起這是哪招了——

去年一月，期末校務會議，這也是豬頭在柳中任內最後一次校務會議，當時鳥巢還是「曹主任」，但已有候用校長身份，而巫碧瑩當時聲東擊西眞正要護航的那個主任，早已派任當校長了。階段性任務完成。所以，她就以教師會的名義提案，修改「超額教師提列要點」，要把其中「主任不列入超額教師」條文刪掉，她也擋不住會員們的壓力，之前眼睜睜看見校內三個老師被超額出去，他們也會擔心起自己的命運。

「這明顯不合理，基於公平正義原則，我提議刪除！」巫碧瑩道貌岸然地說。臉不紅氣不喘。

「這個提案無效！」豬頭得意裁示，連鼻息都噴出來：「雖教師會有依規定程序提案，但沒經過校長核可，所以無效！不予討論。你們自己去看原辦法最後一條所寫的……」

眾老師一片驚愕，紛紛停下手邊的雜事，翻出條文，果然這樣寫著：

「本辦法，經校長核可，校務會議通過後實施，修正時亦同。」

其實，這條號稱魔鬼條款，許多校訂辦法裡都有，當初討論時我早就發現，而我經常代表縣教師會去與縣府協商法條，對於這種明修棧道暗度陳倉的文字特別敏感，只是當時大家陶醉在要成立教師會摧毀我的歡愉中，巫碧瑩的黨鞭一揮，全部一面倒支持豬頭版提案。現在，要怪誰？

依法論法，要經校長同意才能提案，這根本違反教師法，即便校務會議通過也無效力，這是法律位階的問題，否則，學校乾脆就自訂一條叫做：「校長的話，就是法令！」然後解散校務會議，一了百了。

你或許認爲我在說笑，那你就不了解柳中的教師了，要是眞的訂了，只要黨鞭再一揮，會員的就鼓掌通過，沒鼓掌也照通過，有的人甚至連通過什麼也不知道咧。

「既然提案無效，爲何還將它列入會議資料？根本是故意的……」巫碧瑩怒飆一些情緒話後就不再吭聲，或許認爲這對會員已有交代就好，重點是，眾老師也事不關己似的繼續埋頭改考卷，這樣，我還要吭聲嗎？阿星都被超額了，我還怕什麼？

不過事後，我還是寫了一篇評論，批判豬頭反民主的行徑，也請縣教師會發文各單位提出質疑。

這是豬頭的臨別秋波，可知他爲鳥巢用心良苦在鋪路，要走前都不惜來一記回馬槍……鳥巢「不能表決」這一招，明顯就是豬頭「提案無效」的翻版，只是豬頭還有個條文做依據，雖有違法之嫌，但是大家自己讓它通過的，而他什麼也沒有，「沒爲什麼」，憑著自己說詞，就要硬幹。

這回很多老師都放下手邊的考卷，議論紛紛，甚至嘈雜起來。

考卷，是一個指標，也在測試老師們，開會放下時，表示民氣可用。想說，衝著之前的放話，巫碧瑩必定起來爲他們仗義執言，至少也會爲阿月出口氣才對。

結果，我錯了，她竟兀自跟著大家竊竊私語，就當作沒發生任何事一樣自在。上次豬頭擋她提案，她至少有起來怒飆一下，這回竟只應一句「爲什麼不能表決？」就銷聲匿跡了，交差了事，也了得太草率了吧。我開始懷疑她已成爲一個習慣打假球者。

「校長，爲什麼不能表決？討論完不就是要表決嗎？」阿怡竟然起來發言。

「沒爲什麼，就是不能表決！」鳥巢重複剛剛的話。

這下好了，總要個理由吧，眾老師的嘈雜聲更大了，這代表某種力量的凝聚。老實說，阿怡的發言，我爲她了捏一把冷汗。還好，鳥巢不是豬頭，要不然她鐵慘了。或許大家也認知到這改變，才敢如此大聲的「竊竊私語」。

我感受到巫碧瑩刻意放水，她應該是想引蛇出洞吧，哈，而我這尾蛇，明知如此，還是被她搔得蠢蠢欲動，終致按耐不住：

「主席！」我在亂軍之中舉手。

「天助老師！」鳥巢叫我，順便冷冷附帶一句：「第二次發言！」

會場瞬時鴉雀無聲。

他後面那句不懷善意的話，必有高人指點，因議事規則裡有寫每人發言「以三次爲原則」，他大概有意要投這顆變化球讓我「三振出局」吧。

「我想請問，爲何剛剛我提議逐條討論，主席怎麼都沒處理？」我輕輕說。

「好，各位老師還有沒有其他意見？」他老神在在，就是不理我。

齁！這又是什麼怪招啊？他是想故意激怒我，讓我在眾人前失態，然後在扣上「不理性」的帽子嗎？只要我再起來質疑一次「爲何沒處理？」這樣就算「第三次發言」，那這次開會我就不能再講話了——什麼跟什麼嘛，這是他的變化球嗎？

拜託！法令寫的「三次發言」是原則，不是定數，其精神是爲了避免占用別人發言的機會而設計，而現在是沒人發言，大家僵在那裡，像學生一樣以吵鬧表達抗議，何況我的「發言」是就會議程序提出質疑，不是議案實質內容討論，齁，他腦子到底裝什麼屎？

他用「沒回答」來回答我，我發現反而讓眾老師同情的眼神轉向我，那我還需動怒嗎？他已犯眾怒了！

「對啊，要逐條討論啊！」、「怎麼可以不處理提案呢？」、「對嘛，為何不能表決！」……我聽見後頭阿秋與阿月她們娘子軍的聲援，怒火早就熄了一大半，心中反而因溫暖而歡喜，就靜靜等著鳥巢如何收拾殘局。

鳥巢見狀，支支吾吾地再補充說明：「不能表決，是因為訓導處也有另一個版本要提出……」

「那就一起提出來討論啊！」許多人異口同聲。

「時間緊迫的關係，還沒擬好……」

鳥巢說完隨即引來一陣噓聲。他吞了口口水，又說：「還有，教師聘約也還沒完全訂定好……」

「不是早就通過了嗎？」有人吐槽。

「但是還沒正式印到聘約上面去……」

齁，這跟聘約與訓導處的版本又有何關係？這招叫做亂槍打鳥！大家爭議的是程序問題：「為何不能表決！」

接著，鳥巢故意看看腕錶，思考一下，說：「時間有點緊迫，快中午了，考量老師們可能有既定的安排，我提議暫時擱置教師會的議案，下次再討論。」

又來了！又找來「時間緊迫」做打手。但這回老師們好像不買帳，以更威的嘈雜回應。「現在討論！」一些人眞的被氣到了。異口同聲，是可以壯膽的。

「那，我提議用表決來決定！」鳥巢這樣說。

蛤？大家乍聽之下，愣住了，面面相覷，以爲鳥巢改變想法妥協了，結果，他卻如此說：

「好，贊成擱置教師會議案的，請舉手！」

大家又愣住了，什麼跟什麼啦，竟是表決這個，不是議案內容。隨即又引起一陣噓聲：「爲什麼這個就可以表決？」我回神後，看見只有行政人員與幾個御用教師舉手，贊成者沒過半。

接著，表決反對者，此時大家早已清醒，紛紛舉手，竟比鳥巢們多出了十幾票，而且過半了，「耶！」甚至還有人像學生一樣歡呼擊掌。大家眞的被氣到了。

此時，時間剛過十二點。鳥巢臉色鐵青，氣呼呼對著庶務組長下令：「黃組長，麻煩你去訂便當！」

此話一出，又譁然一次。

「要撐，大家來撐！」我隱隱聽見細細的憤怒聲傳來。

結業式前夕，許多有家庭的人好不容易有個不用回家的下午，都安排好郊遊、聚餐、逛街等各種瘋狂的計畫，這下都泡湯了。在此泡這種鳥不拉屎的湯，一點都不浪漫。

這是柳中有史以來，校務會議開到吃便當的。

「校長要跟大家報告，訂定此辦法是爲了保護老師……」鳥巢趁此空檔，跟眾老師再做一些沒知識的感性告白，沒人理他。

很快便當來了。好有效率喔！開會若能這樣有效率，早就反共復國了。竟有人質疑是不是有預謀，否則五、六十個便當不到一小時就送到。但大家怎麼有胃口呢？連與此事不相干的職員幹事，也沒人動筷子。

眼看時間一分一秒過去，大家又僵成木頭人。

過一會兒，終於有人受不了了，提著包包直接走人，也有人向主席告假，也走了，甚至有人用尿遁的。才撐這麼一下下，便當都還沒涼咧。這就是教師一族。

鳥巢稍稍瞄了一下會場，見機不可失，趕緊使眼色給人事主任，他也馬上會意，隨即再一次提議：「是否擱置教師會提案？」

鳥巢順勢再度表決，結果變成贊成擱置者多出一票，而此時，我突然看見代課老師也舉手了，馬上表達異議，質疑資格的問題，但鳥巢一樣視若無睹，當場火速宣布：「散會！」

大家瞬間傻眼，但也慢慢散去，畢竟都累了，有個台階下也好。我也沒啥好抱怨的，老師們能撐到此，又膽敢公然違抗上意，算是破紀錄了。只是這場戲，本來我不是主角，卻在設計好的故事裡被牽著鼻子走，成了搗蛋的頭號兇手。這帳，鳥巢一定算在我身上，無庸置疑。

這是典型的「豬式表決法」——舉手不贏，絕不停止！

鳥巢與巫碧瑩又合演了一場好戲。只是過程，荒腔走板。但明天過後，誰還在意呢？

阿孝說，鳥巢是「ＮＧ版的豬頭」，還蠻傳神的。

這又讓我想起一件事。

豬頭期末阻擋提案那事件後，我隨即上報縣教師會，理事長就正式行文到柳中，糾正並要求學校要照議事規則開會，只是文到時，豬頭早已高升，鳥巢變成被控訴的對象，他很不高興，但對於公函內容又無法反駁。而那事件源頭，是因「主任不列入超額教師」的特權，這根本沒正當性，全縣也只有柳中這樣搞，誰都沒把握不會像阿星一樣當飛天超人的命運，所以對於這惡法深惡痛絕，鳥巢也有做個人情給老師，但重點是，他已用過此護身符，此時過河拆橋並無妨，聽說與巫碧瑩有共識要拿掉它，於是，去年正式就任不到一個月，便主動召開教評會，要先修法，然後再提校務會議通過。

我拿到《超額教師提列要點》修正版時，發現是玩眞的，不過最後一條魔鬼條款仍在。其實，懂法律的人都知道這是無效力的條文，但長久以來，違法的法律在校園裡經常可以暢行無阻，這也算是奇蹟。這奇蹟也不是無跡可尋，以前違憲的《動員戡亂臨時條款》，還不是在台灣橫行霸道幾十年……

所以，殺掉魔鬼條款，成了我這次開會的首要任務。

開會前，我把上次對豬頭阻擋提案的評論印發給每位老師，裡頭有詳細的法律資料證明這是違法行徑，先讓大家知道我不是無理取鬧。

除此之外，我私下去遊說兩個熟識的委員，阿信與阿華，但他們都是教師會的理事，又是巫碧瑩的好友，多少會受制於她的意志。巫碧瑩雖與我已無互動，我還是將資料放在她桌上，期待她會支持，畢竟那次開會，擋她提案的就是此條惡法，當時她的憤怒大家都看到了，應該會支持才對。

當然這是樂觀的想法。這樣連我也才四票，剩下的五票都是鳥巢的御用人馬，若悲觀地想，最後可能我只有我自己一票。其實不管左想右想，結果都不樂觀，但我還是決定抱著樂觀心態奮力一搏，阿星超額後，我已無後顧之憂，甚至這次我眼睛腥紅，充滿著爲她報仇的殺戮之氣。

開會簽到後，我意外發現有三個御用人馬沒來，心裡暗暗大喜，也疑惑著鳥巢爲何沒發布甲級動員令，這樣，原本居劣勢的處境一下翻轉過來，讓我戰鬥意志大增。我開始迅速重整預先構思好的策略，直覺頭腦突然變得異常清晰。

人事宣布議程後，會議就正式登場了。

我第一個動作，就先給一顆震撼彈：我向大家聲明，這次會議涉及教師工作權，事關重大，所以請學校會後務必將會議記錄公告在官網，讓全校老師知道，而身爲委員的我，也會同步全程記錄並公諸於世以示負責。說完我順手摸摸隨身的資料袋，虛張聲勢。其實，裡頭沒錄音機。

哈，我看見他們閃爍的眼神，確認已收到我的戰鬥宣示。

再來，鳥巢一開口，我便插話，頭轉向人事：「對不起，請先確認一下，這次會議，主席是校長嗎？」他點頭，鳥巢也跟著點頭。他們疑惑的眼神，不約而同投向我，心裡必定在想：「蕭天助這小子在玩什麼把戲？」而我心裡竊喜著，若黑道會長在場，三字經與拳頭可能就一起就飛到我臉上。

鳥巢以主席的嘴，照例官僚一番，簡單說明那要點修正目的後，就直接進入議案內容的討論了。

我又討打似的搶先發言，隨手拿起學校發的資料，抽出原要點全文在大家眼前晃著：「我質疑這份要點的眞實性！討論之前，我們要確認這是不是眞的，要不然討論一份根本不存在的要點，有什麼意義？」

他們又愣住了。鐵定認爲我刻意搗蛋，鳥巢顯然出現不耐的表情，我繼續說：「這份要點最後附註寫著，『九十六年八月二十九日校務會議通過』，請出示會議紀錄證明這是當天通過的！之後再來討論。」

他們面面相覷，我看見人事主任臉已潮紅，只淡淡說「有通過啦」。

「那就拿出會議紀錄啊！」我繼續說：「我清楚記得當日，此要點開會時並無出現在會議資料上，沒有條文要如何討論？如何表決？如何通過？」

我補充說明：「當時的李校長只是附上草案資料，然後裁示九十六學年期末校務會議再討論決議，而我的電腦存檔顯示我的相關提案（柳河國中教師分會版本草案）是九十七年一月十八日期末校務會議提出的，所以我非常肯定九十六年八月二十九日絕對沒有討論此要點，更不可能有決議通過之事，它直到開教評會前一天才突然出現在我桌上，所以我質疑這份要點的眞實性，若它不存在，那麼今天我們討論要修正不存在的東西，不是很離譜嗎？」

「如果這份要點不存在，討論就沒意義。」阿信說。

「我也不記得有逐條討論。」巫碧瑩也淡淡說。

我接著說：「其實眞正有討論此議題的時間，是九十七年一月十八日期末校務會議，但根本沒有討論學校這份草案，而是討論我的提案——就是分會版草案——重要的是，當時並無印發我的提案，也無印發學校的草案，在完全沒有資料的情況下，校長就這樣表決我的提案，而且只是處理其中一條關於『主任不列入超額教師』的刪除建議而已，其他並無討論。

當時校長問：『贊成蕭天助提案的舉手。』

結果有八位老師舉手支持。就這樣，就結束了。他沒問反對的人，更無宣布結果，事後也沒有看到會議紀錄（除了上兩次會議紀錄外，十幾年了我從沒看過柳河國中有校務會議紀錄），更無看到此要點通過的公告，現在突然就生出一份要點來，去年在毫無法令基礎下就把老師超額出去，這樣恰當嗎？

我要強調的是，那次只討論我的提案部份，並無討論學校的草案，更談不上全文討論。好，就算蒙混通過，誰知道不是通過我的提案？因爲我獲得八票支持，但無人舉手投反對票，結果：八比〇——這樣，是不是應該是我的提案通過？校務會議提案討論是相對多數，不是絕對多數。」

他們沉默著。

接著，我掀出底牌，出示眞正的「九十六年八月二十九日校務會議」原始資料：

「依學校提供的資料，假設它是眞的，當天若有通過的應該是我手上這份吧，但我發現學校提供的要點，根本與這份原始文件不同，更可證明它是來路不明的！

例如第七條條文，原草案是：『本原則經本校教師評議委員會制定……』，被竄改爲：『本要點經本校教師評審委員會制定……』

我不知道是誰改的？」

人事主任自首：「是我改的，因爲我發現法案名稱是『某某要點』，很明顯的這裡應該是『要點』才對，所以就把它改過來了。」

我質疑說：「若是校務會議通過的法案，怎能私自修改它的條文？要修改一定要經過合法的程序。上面條文也有提到『超額教師之產生原則』，誰知指的不是這個『原則』？某些條文差一個字就差很多，例如主任不列入超額，將『不』拿掉意思就相反了，這樣在法律上是有問題的，希望以後不要再有這種事發生。這又可證明此要點，根本連討論都沒討論過！」

他們都啞口無言，沒想到我會保留校務會議的資料。人事尤其尷尬，臉更紅了。

「對不起，我不是故意要找主任的麻煩，」我轉向人事：「也不是要在雞蛋裡挑骨頭，我是要表達，學校很多辦法與要點，都不照議事規則討論，有的甚至沒經校務會議討論就自己訂定，這樣根本沒法律效力，屆時若執行，必會引起爭議，尤其我們今天要討論的『超額教師提列要點』，關係到教師的工作權，一定要很愼重……好，我就不再追究此事，開始進行各項條文討論吧。」

我不想給人事主任太過難堪，畢竟比起以前的不省人事好太多了。他剛來時，爲了收拾爛攤子，經常加班重建教職員工的資料，瘦小加上五十幾歲的年紀，讓他看起來更滄桑，光這點，我就不應刁難他，但此時他的角色不同，是鳥巢意志的化身，沒辦法，公務人員須奉命行事。所以這不是針對他，是給鳥巢打臉！

此要點的範本，其實是縣頒的，各校幾乎都是照範本訂定，這種大事誰也不想招惹爭議。社會科老師過多，是結構性的問題，須從縣府層級的作業上去救濟，只是縣府擺爛，連個處理機制也沒，而縣教師會又不去積極協商，才造成現今的困境。而那「主任不列入超額教師」條文，是豬頭私自加進去的，鳥巢雖已享受了這保護傘，如今想刪掉，當然不會有人反對，所以這點很快完成修訂。

我今天大費周章，奮戰的對象不是它，而是最後的魔鬼條款：

「本要點經　校長核可，校務會議通過後實施，修正時亦同。」

我要把「校長核可」這四個字刪除。這是民主價值的頭號敵人，也是縣府與校長們聯手的傑作，由於它違法明顯，縣府不敢明目張膽當成行政命令正式行文，而是用「參考附件」

方式轉發，然後就順勢向老師們說，這是縣府規定的。你看，有多奸詐啊，這是當權者的慣用手法。

還有，你看到了吧，那空格——皇帝時代的「抬頭」，也要一起砍頭！

當然，我也曾行文給縣府要求解釋，你知道的，縣府回的是太極拳，有次我還針對此再度往上行文給教育部，問：「若縣府不正面回答，該怎麼辦？」教育部的回覆也是一記太極拳：「將進行了解。」……因此，只剩自力救濟一途了，無奈眾老師又對此冷漠，甘願做一株牆頭草，而教師會也淪爲橡皮圖章。不過，這些惡劣的客觀環境，我都視之爲理所當然，就因爲這樣，我才需戰鬥，不爲他們，當然也不爲提案被擋的巫碧瑩，而是爲了被超額偏鄉的阿星……

當我提出刪除「校長核可」時，鳥巢馬上不顧主席須嚴守中立跳出來辯護，恍如我要砍他的頭一樣緊張。令我訝異的是，巫碧瑩也站在鳥巢這一邊，她不怕我把會議實況轉播出去，讓她之前提案被擋時憤怒的假面破功。但她不應忘記，她這一票可不是自己的，而是代表教師會（會長是當然委員），可以這樣違背會員的意志嗎？

而阿信與阿華，則靜默著。這靜默我看得出他們內心的掙扎。我開會前跟他們分析魔鬼條款的罪惡與適法性，好像有點奏效。但，巫碧瑩與他們的友誼，比起我的嚴肅理論強太多了。另一個委員是我熟識的阿珠，她是輔導組長，又兼教師會理事，她也靜默著，但你看她的身份組合，就知道是顆橡皮圖章。

一對二激辯完，我就提議表決。沒別招了。

結果，同意保留「校長核可」的，一舉——三票。

舉手的包括鳥巢、阿珠與巫碧瑩三人，我見狀馬上提出異議！鳥巢是主席，依法在票數相同時才能參與表決。經人事確認我的異議，有效票剩下：兩票。

這下緊張了，見阿信與阿華猶疑的眼神，很有可能棄權，選擇兩邊不得罪，若是這樣，我一樣是失敗……

結果，一舉——三票！

哈！他們竟然舉手了。鳥巢的臉馬上鐵青，屎都快垂下來了。當下我心裡暗笑，一股抑鬱的怨氣盡出，眞爽……

總覺得耳邊有一段旋律一直重複響著。我幽幽轉醒，愣了一會兒後，突然想起，那不是我的手機嗎？眞是的，平常少電話，經常連自己的鈴聲都不認得。

我接起電話，是小凱打來的。

「導仔，聽說你暈倒了，有怎樣嗎？」

「還好啦，頭殼沒壞掉，下巴開花，縫了八針而已。」

「哈哈，這樣喔，他們叫我打電話給你啊。」

「感謝你們啦。」

「導仔，要不要去看你。」

「不用啦，等一下可能醫生就讓我回家休養了。」

「喔，那，拜拜！」

說完，小凱就掛斷電話。他是最常被我罰站的學生，沒大沒小，是我與他們對話的方式。最頑皮的，總是最先想到我，讓我倍感窩心。

我永遠記得二〇〇八年的初夏，他們國一下時，一對黑冠麻鷺意外在校園築巢，就在南側靠東邊的的一棵老榕樹上，它是樹群中最高最茂密的一棵。那時，小凱在外掃時邊掃邊玩，竟玩到用排球丟牠們的巢，我發現後，被我狠狠訓了一頓。

「如果牠們有個三長兩短，我就找你算帳！」

那裡是吾班的掃地區域，我要他負責看顧，並傳話下去給那些男同學知道。我氣炸了，上課時才剛剛跟他們講了一些生態觀念，給我當耳邊風咧！

而後，誰知我的「棒喝」竟奏效，這群調皮搗蛋的小孩，沒再犯了，也遵從我的話共同保密，這就樣，守護牠們直到孵出三隻可愛的小 baby 來，讓我高興得走路都有微笑。

沒想到，高興沒多久，學校就宣布那年暑假在籃球場的位置要蓋新操場，連同兩排創校的老榕樹也要一起砍掉，由於我與豬頭早已交惡冷戰，就拜託當時的曹主任（鳥巢）去跟他講，請求他盡量留下角落這一棵榕樹，若不行，看能否延後兩星期，等幼雛離巢後再動工——這是我第一次也是最後一次低聲下氣向豬頭請求。

「日子都看好了，不可能改變！」豬頭悍然拒絕。

結果，暑假返校日時，就在圍牆下雜草叢生處，看見被狗咬得支離破碎的鳥屍……

這一屆學生畢業前夕，我每晚拼命爲他們寫詩，每個人一首詩，一個禱告，想送給他們此生最特殊的畢業禮物，你知道的，他們是我教書生涯第一次帶的常態班……

我偏頭看一下壁鐘，11：50。這時，我才想起手機就有時間顯示，爲何還一直在找時鐘呢？這規律的制約，變成我一種心靈時鐘，好像如此才多一些安全感似的，這是上帝的眼睛吧，每個孤獨的人揮之不去的宿命。

醫生來爲我量脈搏，再做一些基本檢查，並問我有無不適？我覺得還好，只是頭有點暈，但沒太嚴重。他說，可以先回家休養，再觀察看看，若沒嚴重頭暈或嘔吐現象，應該就沒關係。他教我下巴傷口護理的方法，要我按時換藥：「手臂拉傷部份，下週再到骨科回診就好，已經幫你掛號了。」

那眼眸靈動的護士不在了，大概換班了吧。我收拾好東西——其實只有一個隨身包——慢慢走出急診室，出門前不禁又回頭看一下，看見我的病床，護士已經在鋪設新的床單，生命就這樣來來去去，下個躺下的人，會是誰呢？

回到家，才剛下車，隔壁的那隻死來福，見到我狼狽的模樣竟一直狂吠，吠到牠隔壁的水電嫂都探頭出來看，眞想一腳踹死牠，死小狗！

一進門，一股陌生感竟突然襲上心頭。奇怪，才在醫院躺了一個上午，竟然恍如隔世。我不知不覺，又走到臥房的立鏡前，看看自己的模樣。眼前這下巴包著白色紗布的人，眞的是我嗎？

突然，我笑了，我竟想起美麗島事件時遭通緝的施明德，那時我高一，十六歲。現在的我，四十六歲，在現實的生活裡，我也是個逃犯嗎？

許多命定的事情，不管幸或不幸，就這樣自然發生了。生命的列車，要擋也擋不住，早過了不惑之年，雖還滿滿疑惑，但已慢慢學會去面對與接受，這些不可預期的事。

我簡單蒸個饅頭與蛋，午餐後，遵照醫生囑咐，臥床休息。也累了，我開了冷氣，想讓自己的身體舒適一點，怎知，莫名的心事，又無頭緒地湧上心頭，在半夢半醒之間，輾轉反側……

一想到，本來好好的事假與補休竟變成了病假，眞是鬱悶。

鳥巢與我幾乎沒有蜜月期，當主任時，對我還客客氣氣，一上任校長態度就一百八十度轉彎，針對性的手法，簡直是豬頭的嫡傳。

去年我在教評會的眞情演出，讓他挫敗感很重，我們關係遂降至冰點，他學豬頭，三不五時就來找一下吾班的麻煩。有位頑皮的女生，故意在背後叫他「鳥巢」，被他逮個正著，慘遭記小過處分。我事後叫她來碎碎唸，她竟回我說：「眞的嘛，你看他的頭圓圓那麼大顆，頭毛又亂得像雜草一樣，不像鳥巢那像什麼？」

「人家是校長，妳不能亂叫人家綽號！」我心裡暗笑，故意板著臉訓她。

「別人都嘛這樣叫就沒事，爲何我這麼倒楣？」她裝無辜。

「誰叫妳這麼白目！走路都不長眼睛，活該！」

「記就記啦，死鳥巢……」

她說完，笑嘻嘻地離開了。留下我一人，在那邊直發愣。

鳥巢，還眞的是NG版的豬頭無疑。因小小一本聯絡簿，可以搞得天怒人怨；與學生的關係也弄得一蹋糊塗。他越在意「鳥巢」，學生就越要叫，於是鳥巢滿天飛，越發不可收拾，國中生就這樣。爲此，他又下令，上課老師沒來前，要求學生要閉目靜坐，結果，連那些好班都坐不住，其他就別說了。接著，他又找來佛學師兄，利用下課時間集合學生，教授「八式動禪」，天啊，學生下課要去胡鬧要去買飲料要去尿尿也要去談情說愛，這才是他們的法門！

鳥巢仍執迷不悟，學大聲公一樣，換找來慈濟的師姐，穿著整齊的藍白制服，利用朝會來宣導要愛人如己慈悲爲懷，引導學生雙手合十禱告……但這回，我卻看見許多學生若有所悟，面帶微笑——因爲第一節上課，佛陀已替你上了一大半了……

其實，平常我沒太多時間理會鳥巢，幾乎都是被動的因應，吾班國三下後，更忙碌了。但他似乎比我更忙，因爲他與教師會的關係，不知爲何竟日漸惡化，光是應付難搞的巫碧瑩們，就焦頭爛額，我反而樂得輕鬆，可專心班上課業與一些升學庶務。

四月初的一個朝會，突然間發現生教組長換了，換上那週休四天的包大人，平常上課下課都神龍見首不見尾的人，現在搖身一變，變成站在台上向學生訓話的組長，還有點怪怪——難怪學生都叫他巨怪，至於爲何怪，應怪在他的脾氣喜怒無常吧。柳中學生成績表現雖一向不佳，但取綽號的能力還蠻強的，總覺得都非常貼切，哈，如果這專長也列入升學加分，多好！

而後鳥巢隨即上台說明原因，說原來的組長因故無法續任，所以才換人。這樣有說跟沒說一樣，原因還是不明。但朝會一結束，八卦隨即火速傳來——鳥巢被檢舉，違反公務人員利益迴避法，任用三等親以內的親屬。

這法，我教過公民很清楚，我的問題是，組長阿俊跟鳥巢怎麼會是三等親？他跟我是十幾年的老同事，我進柳中時我們都是國三放牛班的導師，整天陪學生打籃球，假日還常與阿珠她們一起出去玩，熟得不能再熟了，怎麼會……

「全校連學生都知道，只有你不知道！」我被同事們笑翻了。我也很意外，竟然迷糊到不知道，這回八卦沒主動傳來，還是我的耳朵根本沒打開。還有咧，連新進的一個代課老師與臨時雇員都是鳥巢親戚，玩這麼大……

阿俊是資深的代課老師，歷經鱷魚與水雞兩朝，水雞遷調到勝利國中後，他也跟著去，而後水雞到R高，又帶他去，一路跟著水雞南征北討，想說在R高好好的，去年怎麼就回來柳中，後來想想，他家在這裡，妻小也在這裡，這樣可以像以前一樣走路上班，回來理所當然，誰知，他竟是鳥巢特地召回支援的。他是鳥巢老婆的哥哥。這新的身份，還眞讓我腦筋一時轉不過來。

說實在的，站在教育的觀點，與其讓事事擺爛的包大人當生教，不如阿俊來當，阿俊當過有經驗，又是與各界關係良好的在地人，在處理學生事務或難搞的家長，有絕對的優勢。誰知道，他竟是鳥巢的大舅子。

這下好了，雖朝會時鳥巢情緒平穩淡淡地說明，而後回校長室，聽說就勃然大怒，誓言要揪出告密的兇手！我輾轉從阿孝的口中得知，鳥巢經過私密系統調查，列出三大嫌疑犯：

第一，阿信。

第二，阿珍。

第三，蕭天助。

哈，你知道的，有我的大名，一點都不令人驚訝。以前一有這種狗屁倒灶的事，「一定是蕭天助！」八卦論壇就會這樣自動對號入座。

這回，我雖是「當然嫌犯」，但不是唯一，有另兩人陪榜，而且順位上是敬陪末座，想起來，我竟覺得大大歡喜。我成績進步了。雖然此事件對我而言有點無辜，我甚至連他們之間的關係都不知道，如何去告密……

阿信與阿珍，都是教師會常務理事，從聯絡簿事件以來，與鳥巢迭有爭端，常為學生事務去找菜鳥訓導主任大小聲，他變成了他們對鳥巢不滿的出氣筒，反而巫碧瑩少出聲了，也不知為何？阿珍突然冒出頭，有取而代之的趨勢。

「他只是聽命行事，有膽就去嗆校長啊！」阿孝好像看出一些端倪。但這是他們教師會的家務事，我才懶得搭理咧。

其實，工程部份鳥巢也沒閒著。

前年暑假過後，新操場終於趕在豬頭任期滿前一個學期完工，光鮮亮麗的ＰＵ跑道，眞是完美收尾。他得意洋洋，請巫碧瑩以五字一句的打油詩寫成碑記，嵌在新的司令台邊牆，高調地落了款。

其實跑道一圈才兩百公尺，我約略測了一下，若保留南邊這一排老榕樹不砍，操場格局也應該不成問題才對，反而運動會時，四分之一的班級休息區有天然遮蔭，不用搭帳棚又有綠色生命力，重點是，那黑冠麻鷺的雛鳥或許不至於喪命……而舊校門內，天天面向朝陽的孫文銅像，卻意外地躲過這次工程的追殺，嘴邊經常用下「台灣國語」唸著「我們中國人」的豬頭，將它移到南側圍牆邊，繼續守護柳中，順便守護在牆縫中偷渡的飲料，這與水雞狠狠將蔣公五馬分屍的粗魯作爲，心態截然不同——但不管如何，乍看之下大型建設好像都被豬頭搶光了，不過你放心，學校永遠會有一堆名目可動工，要不然就不叫學校。

那天，我竟看見好好的老圍牆要拆了。這圍牆是用火頭磚（花磚）造的，很有質感，以我的品味，它是校園少數堪稱漂亮的建物之一，之前蓋新行政大樓，已拆掉南面與西面的部份，現在僅剩東面與北面，想不到也要拆！拆的名義是，配合教育部推廣的「友善校園」政策，要改成木板爲建材，鏤空的，隔而不隔的樣式，就是從外面要能直接看見校園的面貌。

然後，把東邊的停車場一起「美化」。據說工程經費近千萬，投資報酬率超高的。

這算簡單工程，很快就完工了。完工後，問題才一一浮現出來，最嚴重的，停車位遽減，本來擠進二十幾部車沒問題，造景美化後剩下七個車位，這樣，開車上班的導師，經常為找停車找到早自習都來不及。為了因應，鳥巢腦筋動到女王昔日的風水布局去了，他索性把「威鎮文教」巨石庭園造景四週鋪了水泥，連同福木旁的走道，多劃出了十五個車位來，說要專供行政人員停放，由於它剛好位在校門內，又近又方便，就有老師這樣認為不公平，後來阿孝就殘殘也給它停進去，因為除了訓導主任與生教組長外，其餘行政人員都沒導師早到校，之後，就變成先停先贏，但這樣的發展對我毋寧是好的，因我不管有無當導師，都習慣早到校。

再來，圍牆友善後，學生蹺課方便了，不用翻越，一鑽就出去了，「頭過身就過」，以前靠技術，現在靠身材，這當然也引起胖胖同學抱怨，說這是地表最強的霸凌。

「這不是自找麻煩嗎？」我忍不住就發牢騷。

「哈哈，這你就錯了！」阿孝又來損我：「怎會自找麻煩呢？是變方便了，你看，這成了某人免費的後花園兼超大停車場，又不用自己維護，太棒棒了……」

我愣了一下就恍然大悟：喔，鳥巢岳父家，就是阿俊的家，後門就開在停車場內。這算厲害的一招啊，不用像蓋房子一樣，要等個一兩年，短短一兩個月就馬上有回饋。

當然，偵辦告密者的案也沒閒著。很快偵結。聽阿怡說，鳥巢鐵口直斷，兇手是：阿信！

我當然也嚇到，為何不是我，是他？

但這案子，我後來仔細想想，應該不是校內老師，我的判斷點是，阿俊回柳中時那次代課老師甄試，我剛好在網上看見該缺的報名者不只他一人，還有兩三人，當然他們注定要當陪考者，也許他們不知阿俊的身份，或者工作眞的不好找，抱著姑且一試的心理。結果落榜後，一定被笑死了當冤大頭，心有不甘，然後去檢舉。

前幾年才發生的「紅包傑仔」教甄弊案，就是這種情況。我將我的推理告訴阿怡，但她說，應該是阿信沒錯，因爲此事件發生後，阿信的小孩與鳥巢的小孩，就彼此不說話，像仇家一樣。那兩個小孩，「剛好」都在她的班——她說了我才知道，原來阿怡被重用了。

到底是誰，其實不是重點，重點是不管告密者是誰，鳥巢都做了一件違法的事。但在校園裡，總是劃錯重點。但這裡不是法院，鳥巢說了就算數。

這些鳥事也不是我的重點。第一次基測後，我正忙著指導學生劃眞正的重點：選塡志願。這若劃錯，可能就會落榜。這才是我的重點。

學生要依自己的基測成績與興趣，然後選擇高中、高職、綜高或五專，只能選一校，若落榜就要參加第二次基測，或等考後參加最後的登記分發入學。所以不能不愼重。

而這段期間到畢業，也是學校管理上的黑暗期，國三生，不管考好考壞，都是無敵鐵金剛，若夠大尾，幾乎沒人管得了。重點來了，基測後，欽定的課程並未結束，但上課誰要聽啊，即便有人要聽，其他人也吵得你無法聽，不會有人這樣白目的。

這兩個月的空窗期，是無政府時期，學生手機漫畫有的沒的全拿出來了，不給你拿牌出來賭博算是給你面子了。政府沒規劃，學校沒安排，老師只能自求多福，各顯神通。你會說，記過記過記過！誰理你啊，你忘記了嗎？柳中的座右銘是「學生沒畢業，是學校的恥辱！」，我們從不會自取其辱的。

有天我正在隔壁班三〇三上課，剛進教室時，發現三〇二班一個學生還在外面走廊大吼大鬧，他不是我教的學生，我不想管他，只輕輕揮手示意要他進教室，但他卻對我叫囂故意挑釁，見他臉紅脖子粗，我高度懷疑他有喝酒或吸毒之類的，而後他們任課老師來了，他才大搖大擺走進教室，我想說問題沒了，誰知過沒多久，就傳來轟天巨響，與他的叫罵聲，我探頭過去，看見阿月嚇得縮在牆角，他見到我，轉而罵我三字經，他長得高大魁梧，我雖快抓狂但不敢輕舉妄動，此時，剛好禿頭仔從樓梯走上來，由於他是教務主任，我就快步去向他反應，交給他處理。

當我回到教室講台沒多久，就見他輕拉著學生出來走廊，或許要帶他到訓導處，正向他說些什麼，突然間，學生一陣拉扯後猛然出拳海K禿頭仔，我見狀，馬上奮不顧身衝出去，使盡全力用雙手抱住學生，他掙扎一下就放棄了，「放開我，我跟你下去！」……

或許你會認爲我厲害，其實我那麼瘦小，哪抱得住他，是他自己放棄掙扎的，他還是小孩，出拳後有點惶恐吧。

老實說，你若要讚賞我的，應該是「冒死救駕」的義舉。

那禿頭仔算是五朝元老，歷經各處室主任，都六十歲了吧，但穿著打扮挺時髦的，又整天滿面春風，桃花緋聞不斷，就像他的奧迪跑車一樣紅——是有換過車，但還是同廠牌，好堅貞的愛情啊——他駐顏有術，你是絕對看不出他的實際年齡，不過，考校長就沒那麼順遂了，屢次槓龜。鳥巢當校長後，鍾主任去接輔導室，而他又從總務處回鍋當教務主任，不管以前或現在，在課程或學生的安排，他總刻意對我百般「照料」兼「加料」，大家都看在眼裡。

小愛說，「你應該假裝沒看見，讓學生多K他幾下才對！」是啊，我也懷疑自己，爲何當下幾乎是反射動作就衝出去……

過沒幾天吧，我從旁得知三〇三班導師阿君被鳥巢氣得半死，爲了班上一個大尾學生，他以跆拳道技優生身份甄選上R高的體育班了，這是基測外另一個升學管道，不採計基測成績，但要有得過縣級以上比賽名次，不過申請入學時有個特殊的門檻限制：不能有小過以上紀錄！而他卻是戰果輝煌，不要說小過，連大過都不勝數計，平常就令阿君頭痛得要死，她的班我有教，這號人物我也清楚。

你知道怎樣嗎？鳥巢竟然爲了帳面上升學成績好看一些，竟私自要菜鳥訓導主任把記過紀錄註銷，據說，有親自找阿君去談，說「給學生一個機會啊，要爲大局著想啊」之類的，但阿君堅持不同意，還被訓一頓，鳥巢最後根本不理她，照做不誤，結果，他順利錄取了，還拿著錄取通知單向阿君嗆聲，「校長挺我啊！」，讓她氣炸了。

我雖同情阿君的遭遇，並爲她的堅持讚賞，但我與她不熟，無法表達任何支持的舉措。她是巫碧瑩的斑鳩家族兼麻吉，又是教師會理事，其實這才是讓我有所顧忌而不敢多說些什麼。想說巫碧瑩應該會爲她出氣才對，誰知竟也無動靜，她越來越反常了。而阿君就坐在我的斜對面，看她難過的表情我也有不捨之情，後來，剛好遇見阿信，他已內定爲下任的教師會長，接替巫碧瑩位置，我忍不住脫口就說：「你也幫阿君去向校長講講話，她幫教師會那麼多忙，沒功勞也有苦勞……」

她的幫忙，雖然另一層意義，就是協助巫碧瑩打壓我，但我還是眞心爲她請託。因爲她此次的堅持，裡頭有我的影子，鳥巢的打壓，一部份的力道是打在我身上。

而後阿君得知我的作爲，竟來跟我道謝，邊講邊流淚，那委屈我當然知道。大家都知道巫碧瑩與我死對頭，她或許認爲，我應該會連她也會恨進去，結果出乎意料之外吧。

其實，對於巫碧瑩我也談不上有恨，只是一直在抵抗她的攻擊，我很清楚，她背後那個煽風點火的掌權者，才是魔鬼。但對她一直避一直擋，擋到最後變成一種無可避免的厭惡情緒……啊！腦海裡怎麼又出現那厭惡的臉孔了，我有點懊惱，換想想辣妹老師小龍女可愛的臉吧，要不然，那眼眸靈動的護士小姐也好……還好，稍稍動動食指，她們眞的就來了，這是我不可告人的秘密，不能太過用力……

突然間，耳畔又有熟悉的鈴聲響起，我恍惚一會兒後隨即驚醒，猛然拿起床頭的手機，發現不對！是市內電話在響，連忙起身，瞬間手臂大痛，此時才警覺到我是個傷者，慢慢來吧，多響幾聲又何妨，沒接到就算了。

結果還是接到了——是阿珠。雖跟她很熟，但我有點訝異，因她入閣輔導室後，互動就越來越少了。

「喂，我啦，知道我是誰齁。」她說。

「我知道。」想了一下，那特殊沙啞的聲音還是記起來。

「我跟你講喔，我們主任與校長，還有教師會會長，現在已出發去你家了……跟你講一聲。」她淡淡地說。

「是喔，爲何沒事先跟我約時間……」我有點生氣：「他怎麼知道我要不要見他？方不方便見他？他難道不知道我腦震盪還要臥床休息嗎？」

「我不知道啦，反正跟你說了，自己看著辦。」她低調說。

「齁！難道他認爲我是假裝暈倒的，要來突擊檢查……」我氣炸了。

「我不知道啦，就這樣囉……記得別說我有打電話來。拜拜！」

我眞氣炸了，已經是病人了，還要這樣追殺我，不會太超過嗎？難道鳥巢已放出八卦，說我裝病……想想阿珠的語氣，她好像也不相信我暈倒咧，眞是的，還好這次下巴有傷口，必要時也可以拆開紗布給他驗傷，要不然如何證明我曾暈倒過——難道要我這樣慶幸下巴縫八針嗎？

簡直氣死我了！要不是他故意刁難我請假，我也不會氣到身體出狀況，好！現在暈倒了，還要花費精力與這些官僚高來高去，他是要氣死我才甘願嗎……太超過了，太超過了……給我記住！

我暗暗詛咒著鳥巢，也暗暗告訴我自己，等我康復，必定全面反擊……

學校到我家，大概十五分鐘的車程。我看了時間，下午三點半，啊！我已昏睡了兩個多小時，但依舊全身無力，頭暈目眩的，剛驚醒時還以為在醫院，一時還找不到壁上的時鐘咧——這疲憊的身軀，卻還要為鳥巢的突襲起來應戰，這還眞是我生命艱難的一天。

但，我的下巴，會用力記住這一天！

2013
6/23
（禮拜）

第二十一章　夢：來福

連夢都有點窩囊，竟變成一條狗。
巷子，呼氣吐氣，
燥熱總帶著些屎味……

水電嫂又開始在家門口搖呼拉圈了。這天，一隻家燕就停在電線上，靜靜張望，有時細小的頭會左右動一下，或者稍稍挪移身軀，像在暗示什麼似的，不過沒人理牠。

此時，你知道是早上六點半了，有時準時到令人嘆爲觀止，每天幾乎是風雨無阻地搖，天氣不好時，她會在騎樓下搖，也不知搖多久了，反正熟練到可以邊搖邊聊天，邊走動，甚至邊做頭部按摩，技術好到沒話說，只是那水桶腰怎麼越搖越大，眞是讓人想不通。住對面的來姆仔有時會虧她說：「共恁翁按呢直直搖，搖甲莫怪伊瘦卑巴……」

原來，那呼拉圈是她開水電行的丈夫用塑膠水管特製，超大號的，配合她肥胖的身軀。水電行原本是有招牌的，後來被電力公司以營業用電價計算，她索性就把招牌拆了，奇怪的是，眞的又變回家用電價了，這鳥制度也眞離譜得可以。像這條陋巷，充滿屎味。

他先生健仔，是個沒聲音的人，瘦瘦小小的，乾癟得與她的壯碩形成強烈對比，看似不搭嘎有時又覺得是絕配。眞的沒聽過他說幾次完整的話，都只是一些基本應對，「好」「不好」之類的，而且常是被動的回答，很少主動陳述意見或向人打招呼，而對於別人的問候，總是冷漠以對，或視若無睹，巷子裡那些三姑六婆，私下會說他像個自閉症，也不知道他是否知情，因他從未吭過聲。

不過，健仔倒是個樸實的人，每天開著藍色小貨車默默上工，默默收工回來，對於這過度嘈雜的巷子，他毋寧是受歡迎的人物。但，水電嫂卻是完全相反的超強聒噪，說是「三姑六婆之后」一點不爲過，只要她在你門口發起功，不講個半小時以上絕無罷休，而且旁若無人，過程完全不用充電。

來姆仔起床了。出門來，就開始動手整理騎樓下的資源回收物品，長期以來她都幫慈濟做一些環保工作。

「勢早[1]喔！」

「勢早！」對於水電嫂的問候，她早習以為常，邊跟著動動手腳邊笑著說：「閣咧搖矣！」

「加減仔運動一下。」水電嫂的腰已爐火純青與呼拉圈合而為一：「恁後生若真久無轉來矣！」

「哪有啦？」來姆輕鬆地說：「過年才轉來爾爾。」

「過年？已經是規百年前的代誌矣！」水電嫂笑笑：「恁彼个新婦啊實在袂呵咾得，攏甲翁綁牢牢，三不五時嘛放伊轉來有孝個[2]老母一下……」

「啊就做生意無閒啦。」

「話講倒轉來，有拿錢轉來就好，親像彼个老師，明明就蹛遐爾近，罕得看伊轉去序大人遐行踏一下，顛倒愛予兩个老歲仔來共伊摒掃沃花，眞正是……」

這時，賣菜義仔的菜車要出門了，水電嫂稍稍閃邊，他從車窗跟她打聲招呼就過去了。

「哇！六點四十五，有夠準時的！」水電嫂看看腕錶，戲謔地對著來姆說。來姆仔也陪著咯咯笑。

其實不可能分秒不差。但一切都那麼規律、沒生氣，連笑都僵硬得像機械一樣的日子。

1. 勢早（gâu-tsá）：早安。
2. 個（in）：他或是他們。

菜車的廢氣還沒散去，阿麗的紅色喜美又開進巷子來，她每天天一亮就去跳韻律舞，回來車子就停在家門口，但車頭一半總伸過去左邊隔壁老師家，害得人家車子進出都卡卡的，老師低聲下氣去跟她講過一次，但馬上被她轟回去：「按呢敢無法度出去乎？騙痟的！」眞的有夠強，哈哈，只見那老師摸著鼻子縮回去，不敢再吭聲。

阿麗回來跟她們打聲招呼後，就把車子行李箱蓋當餐桌，邊吃著早餐邊看報紙，邊用脖子上的大毛巾擦著汗，一副悠閒自在的樣子；其實她忙得很，吃完要回房睡個回頭覺，然後再趕去上班，沒時間跟水電嫂她們八卦。

但她腳一踏進屋子，八卦就接續回來前的情節自水電嫂口中泉湧而出。

「六點五十八，啊！今仔日早兩分。」水電嫂在阿麗回來時便偷偷看了錶，與來姆相視而笑。當然沒笑出聲。她低聲說：「唉！天袂光就鏗鏗鏘鏘，阮頭仔不時睏到一半，就予伊的車聲吵精神，哪有人遐早就出門的？哈！一定是去會阿娜答……」

來姆小聲笑著。她就是喜歡笑，有點可愛的傻笑。水電嫂見狀，更得意了：

「講到伊彼隻來福乎，實在擋袂牢，吵死人！早嘛吠，晚嘛吠，睏一下中晝嘛按呢哀爸叫母……妳看！這馬，目睭遐大蕊，直直共我相……上氣的是，不時四界烏白放屎，彼工才去踏著爾，臭死矣！妳嘛有踏過乎？」水電嫂連珠炮般，來姆點點頭來不及回答什麼，耳朵又開始領受神功：「有乎！眞正是～毋知欲按怎講！干單按呢敢有效？拿一張紙遐巡一下遮巡一下，敢巡會透？著無？就算共屎拭起來，敢拭會清氣？著無？有時陣閣會漏屎……哈哈～講甲煞起愛笑——哈哈～彼囉膏膏的屎，黏佇塗跤，有夠～彼囉耶——想起來就咧欲吐……」

「著啊！」來姆忍不住大笑起來。

「噓！」水電嫂隨即把食指放在嘴唇中央：「較細聲咧！」來姆年事已高，七十好幾了，有點重聽，一講起話來，超大聲的，又尖又刺耳，好像火雞一樣，不知的人還以為在吵架。其實她是個善良老婦，正如她矮胖身材般實在。

「妳閣會記得彼隻哈利無？」

「會啦！」

「乎，遐大隻土狗，狗籠仔就佇柱仔跤，彼囉~屎啊，遐大垺[3]，吠起來，若親像彈雷公咧，有時若咧睏晝，驚一下攏欲半小死，比起來，來福算閣好的，細隻吉娃娃，喇叭細，屎嘛小垺……這就愛感謝伊隔壁彼个老師，伊扗搬過來時陣，用鐵欄杆共亭仔跤隔界起來，因為傷大隻，無地飼，所以阿麗只好就共哈利送予人，好佳哉……」

其實水電嫂只會講別人，從不會反省自己，最吵的是她，現成老闆娘一個，三個女兒都嫁出去了，整天沒事做，東家短西家長的串門子，狗只是吠吠拉屎而已，不會製造流言蜚語。

才說到老師，老師就來了，他帶著電腦包開門出來，看見她們突然停話四隻眼一起看著他，他先是一愣，不自在的眼神瞥了一下，但還是帶著僵硬微笑點頭後才鑽進汽車，他要趕去學校看學生早自習。

「七點十分！」水電嫂故意像開獎似的舉起她的錶：「有夠準的！做老師的上準時……」

3. 垺（pû）：堆。

來姆早已笑得彎下腰。而水電嫂一副老神在在，繼續搖她的呼拉圈，她比調查局幹員還知道左右鄰居的作息，所以八卦很少失手。日子久了，每個人都會有自己的節奏，與一個自己看不見的自己吧。

關於狗，就想起老師，那天還在跟女友轉述十八年前剛搬來時水電嫂對他說的話：「我忍耐十八年矣！十八年矣！」——「妳看，我在做好事吧！」他得意地說。

「你別得意，也別裝正義哥了，你做的『好事』，阿麗一定記恨在心，否則又沒得罪她，怎麼老是擺臭臉給你看，那天那麼客氣講了停車的事，劈頭就被開轟……」

那老師，在鄰鄉國中教書，都快五十了，還沒結婚，他女友假日常會過來同住，而父母就住前方約三十公尺處的連棟透天厝。

這巷子，叫「永福巷」，全長約兩百公尺，中間被一條新路切成東西兩段，因是舊巷弄，所以很窄，八米寬左右，聲音總散不去經常很吵，彼此干擾也多，好處是，若聽力夠好不出門就能知天下事，不過大家都習慣在背後長短，倒也相安無事。只是老師個性有點直，戴個黑框眼鏡，看起來講課一定頭頭是道，但跟這些三姑六婆溝通起來就有點蹩腳，加上年紀一大把了還未婚，又獨居，這群老女人一直把他當怪跤看，但基本上見面都還會禮貌性問候。

誰知這幾年，老師與左鄰右舍關係弄得有點僵，甚至形同陌路，像仇人一樣。唉！這說來話長。

先說對面好了，就是來姆的右鄰——主人阿強，身材高大強壯，以前開著小貨車到夜市擺攤賣鞋，現在賦閒在家；而強嫂算是典型勤勞的農婦，除了照料家裡大小事外，就是到田裡工作，種的是外地少有的荖葉，就是包檳榔的葉子啦，採收期常會帶回騎樓整理，來姆因孤家寡人一個，閒得沒事時也會過來幫忙，幫忙把荖葉一片一片在拇指與食指間疊成一束，然後再將一束一束的荖葉，層層環繞堆在竹籠裡，最後交給盤商去賣……而小孩有四個，跟水電嫂一樣清一色是女生，三個大的嫁人了，最小的未婚住家裡，在鎮上診所當護士。那女兒們，有空就會帶小孩回來給二老含飴弄孫一下，儼然是個和樂家庭，尤其大女兒，好像嫁得不錯，夫家開超大型的進口休旅，家裡那名牌變頻冷氣都是她孝敬的。

對呀，那會有什麼事？事情就從阿強賦閒在家開始，沒工作後，他就勤跑村廟，不知哪根筋不對勁，竟迷上誦經團的二胡，在廟裡練習也就算了，問題是經常在家就咿咿喔喔起來，你知道那殺豬哀號的聲音，天啊！簡直是魔音穿腦，鄰居常有怨言，而老師就住正對面，是最大的受害者，他說把前面門窗都關起來，連廚房也聽得見。某天，他與水電嫂閒聊時，她慫恿說：「抑無，你去共伊講啊！」當下，他正義哥便又上身，決定要找個時機去跟阿強溝通。

某天傍晚又二胡了。老師就走過去對面，對忘我的阿強喊：

「阿桑！阿桑！……」叫了兩三次阿強才發現：「啥物代誌啊？」

「無啥物代誌啦！是彼囉～」老師有點結巴：「彼囉～歹勢啦，我就較驚吵，這聲音較尖，咱這巷仔就較小，迴音大，後擺練弦仔的時陣，敢會當共門關起來，抑是去廟裡練……歹勢啦！我無歹意啦……」

本來還有點笑意的阿強，聽了之後臉馬上垮下來，老師看得出也有些心驚。沉默了一會兒，阿強說：「練這弦仔，無法度，就愛綿爛[4]……」氣氛不太對，說完就尷尬各自走了。老師心裡也應該有數。

果真過沒幾天，午後，又殺豬聲大作。老師又出門來，睡眼惺忪，看樣子午休被吵醒有點懊惱，這回他用手敲著鋁窗，一次阿強就看見了，老師還是壓抑情緒好聲說：「敢會當拜託咧……」話沒說完，阿強就拍桌轉身，不悅說道：「啊你毋是有裝冷氣，袂曉共窗仔關起來乎……」老師見狀，也不回話，無奈離開了。

眞的遇到難題了，但老師的頭腦裡不知裝什麼東西，他竟也跟阿強一樣「綿爛」，每每二胡響起，他不是甩門抗議，就又去「拜託」。而阿強有時拍桌以對，有時也用力拉門回應。眼見衝突一觸即發。

沒想到幾次後，阿強竟放棄二胡了。老師「糊了」！似乎是個勝利者，但彼此的關係降至冰點，就敦親睦鄰而言，著實是個大失敗。可是他不太在意，他認爲替鄰居做一件好事，拯救大家的耳朵，本來就要付出一些代價。

日後，兩人的確是嚴重冷戰，但過沒幾星期竟然會點頭問候了。對於男人粗枝大葉的性格，這些三姑六婆要嘖嘖稱奇了吧。

其實，眞正與老師連點個頭都沒了的，是強嫂。上演「二胡傳奇」戲碼時，強嫂都沒出場，依舊默默下田做家事，偶爾與老師相遇，也會互相招呼。究竟是什麼大事讓彼此交惡呢？唉呀，說來你或許不信，罪魁禍首竟是——一顆馬達，掛在阿強家騎樓柱子上的抽水馬達。

就是那麼剛好，那老舊馬達本來就蠻大聲的，在阿強放棄二胡不久，突然變成超級鐵戰車，而一轉就是半小時，銅牆鐵壁也無法擋，因它是設定自動抽水的，水滿時並沒斷電，馬達還是會「嘎~嘎~」空轉，這又是另一種低頻的魔音穿腦，簡直是地獄般折磨。但這對阿強家自己反而沒那麼強，甚至無感，他們經常悠哉看著電視，因爲馬達在屋外。同樣的，老師又是首當其衝，幾次看他臉色都像馬達一樣快爆了。但他一開始還是先觀察，試探一下鄰居的反應。與阿麗有齟齬後，看得出他行事更小心。

當然，大家都習慣私下抱怨，沒人想當壞人。某天近中午時刻，馬達又響了，老師一樣在騎樓躁動徘徊，開門關門也故意放大聲，他想對阿強他們家有所暗示，但誰理他！

此時，水電行老闆健仔剛好回來，老師突然靈機一動，趨前問候：

「你好！轉來食中晝矣？」

「著！」健仔輕聲回答，一樣是省話一哥。

「桑！請教一項代誌敢好？」

「啥物代誌你講無要緊。」

「這馬達新的一粒偌濟錢？」老師指著那噪音毒瘤：「我看這个壞去矣，乎~有夠吵的，我咧想，鬥出一寡仔錢，抑是攏出嘛無要緊，共伊參詳一下，換一粒新的，實在吵甲擋袂牢[5]矣！」

「喔，這俗俗仔，兩千外箍爾爾。」健仔說：「阮查某囝轉來時，睏佇頭前間，嘛予伊吵甲睏袂去……」

4. 綿爛（mî-nuā）：專注認眞，堅持到底。
5. 牢（tiâu）：固定、黏著。

「多謝喔！我知矣，會揣時間共伊參詳看覓仔。」

原來這樣，看似不錯的辦法，花錢了事，避免紛爭。乍看老師好像變聰明了，可是，後來事情發展，根本沒照他如意算盤走。

某天傍晚，又魔音大作，老師左鄰那病弱的獨居老人，突然蹣跚走出來，眼睛茫茫看了看四週，對著正在騎樓張望的老師抱怨：「毋知紡[6]有抑紡無？」隨即又茫茫回屋子。老師根本來不及回答，也一副茫然的樣子。

沒想到，過沒幾天，老人竟往生了。

「馬達是殺人兇手！」老師相信是馬達害死了正在療養的老人。而斜對面，賣菜義八十歲高齡的母親「牙子」——老輩鄰居都用日語叫她的名——坐著輪椅，也常用無牙落風的嘴向他數落過阿強的馬達。

這事，促使老師正義哥又上身，他決定要行動了——「做歹人無要緊，已經擋袂牢矣！」但大家似乎等著看好戲。

那天，強嫂剛好在騎樓下洗菜，萬惡馬達就在她上方。老師似乎看見了機會，只見他不疾不徐走過馬路，但一臉沒自信的樣子，他在她前方停了下來：

「桑！妳好！」聲音有點虛。

「啥物代誌啊？」她眼神有點殺，向上瞟。

「無啦！」他說：「是按呢啦！有一件代誌共妳參詳一下毋知好無？」

「你講。」她冷淡地回。

6. 紡（pháng）：處理。
7. 尻脊骿（kha-tsiah-phiann）：背部。
8. 穤（bái）：不好、糟糕。

「歹勢啦！是按呢，恁這一粒馬達最近變甲足大聲，有一寡仔吵，是毋是考慮共伊換掉，我拍算共恁鬥出一半錢，毋知好無？」

「阮哪著予你鬥出！」她幾乎用抓狂的語氣站了起來，氣得有點抖：「阮⋯阮哪著予你鬥出！這用十幾年矣攏好好，哪著換？你看，阮遐爾貴的冷氣就咧裝啊⋯⋯哪著你鬥出！」

「歹勢啦！我無歹意⋯⋯」老師眞的嚇到了，滿臉豆花回去了。

他覺得意外又懊惱，不解強嫂的反應會如此劇烈，而自己也沒說錯話。他的思考模式是：就是還能用，若要她換掉她損失，但幫她買新的，他又吃虧，所以一人出一半，是最公平的方式。是啊！乍看好像沒問題，但你聽聽強嫂事後跟水電嫂抱怨的內容，就知道他白痴在哪裡了——

「乎！眞是欲氣死恁祖媽！對面彼个姓蕭的老師，伊竟然看袂起我，講啥物痟話，馬達好好，講欲叫我換掉，閣講欲替我出錢，明明看阮眞無，阮錢眞濟咧，冷氣就咧裝矣，哪無錢⋯⋯做老師有啥物了不起！」

「是啊！莫受氣矣！」水電嫂安慰她說：「啊彼个痟——老師，伊就是按呢，袂曉做人，妳無看伊袂老頭毛就白一半去矣，閣有夠清彩的，穿一雙涼鞋就去上班，啊面腔閣這爾龜毛！阮細漢查某囝嘛做老師，人就袂按呢！伊正港是讀冊讀對尻脊骿[7]去⋯⋯啊我閣共你講一个秘密，聽講伊佇學校人緣穤[8]閣袂曉教冊，兩三冬前閣去予學生拍甲下頦紩[9]幾落針，個[10]校長才悉[11]一陣主任來看伊⋯我看著伊下頦按呢包一包有夠大包的，有影笑死人⋯⋯」

大家知道老師是不會放棄的，因一放棄就等於宣告要長期忍受噪音，他一定會瘋掉，其

9. 紩（thīnn）：縫紉、縫合。
10. 個（in）：他或是他們。
11. 悉（tshuā）：帶領、引導。

實誰都會瘋掉，這種精神轟炸，就像「二胡事件」一樣。

一個月就這樣過去了。

接近農曆過年，阿強那三個嫁人的女兒，回來次數變頻繁，這似乎給了老師靈感。沒錯，那天他又行動了，正義哥上身不達目的絕不終止！這次，他鎖定經常笑臉迎人的三女兒。

「妳好！」面對年輕人，他的語氣順多了：「有件事情想與妳商量一下，不知可不可以？」

「當然可以！」她用迷人的笑容說。

「是這樣的，」面對她老師心情輕鬆很多，但也小心翼翼：「我先聲明，絕對沒惡意，若表達不好或不恰當還請見諒——關於那馬達的事，之前有跟妳媽媽說，但我比較不會講話，沒溝通好，可能造成誤解……」

「喔，我知道！」她說：「我也跟媽媽說，吵到別人就不好了，真對不起呀，我會再跟她討論。」

「謝謝喔！真不好意思，那錢……」

「這你不用煩惱。」

「真不好意思！抱歉喔！」

想不到，過年前幾天，馬達竟換新的了。安靜無聲。自此，老師每天出門看見新馬達，臉上都有種神秘的笑容。但自此，強嫂完完全全對他臭臉相迎，不說話不打招呼；他有時刻意向她點頭示好，想修補傷痕，她鐵了心，連理都不理。幾年過去了，仍舊形同陌路。

最近，太陽很大也很早起，一大早就照進這陋巷來，窄窄的灰色柏油路面，有了斜斜金光，偶爾交錯著行人的步履，這是污濁空氣中最美的風景。

老師出門後，巷子開始有較多人車往來。來姆客廳的大時鐘，在牆上顯示著七點二十分，她早就進屋子吃早餐配電視了。水電嫂也停下呼拉圈，正伸著懶腰，做些柔軟操。此時，強嫂用機車載著阿強從田裡回來。

「去田裡啊？今日較早轉來喔！」

「是呀！日頭大，閣無轉來，會著痧矣！」強嫂未停好車，阿強就先跳下走進屋子去。水電嫂也回家去了，他們兩戶的早餐時間隆重來臨。

水電嫂走了，巷子好像鬆了一口氣，盡情在晨光的舞步中延展。這時，外傭用輪椅推著吃完早餐的牙子出來散步，緩緩移動，像皇后出巡那樣莊嚴。

而正在睡回頭覺的阿麗，要補眠到快九點才會出門上班。說起她，也眞辛苦，一個人要上班，家裡又有兩個小孩與老父要養，家計一肩扛，會時常發脾氣，一定跟過勞有關，那一條腸子通到底的性格，大剌剌地，有話有怨，劈哩啪啦就飆出來，所以住在隔壁的老師，經常掃到颱風尾。

是否這樣的脾氣才造成她婚姻不順，還是婚姻不順才變得脾氣不好，就不得而知了。總之，人是複雜的。但她喜歡紅色，倒是確定的，似乎懷抱著新的希望。

阿麗結婚五年就離婚了，聽說是遇到家暴丈夫，經常被打得鼻青臉腫，有時連小孩都遭殃，她毅然就帶著兩個三、四歲的小孩回娘家住。正因爲有這種遭遇，她從不打小孩，甚至有點過度寵愛，阿公也寵，以致小孩的行爲有些偏差，但長大後都還好；這幾年在高職補校先後畢業了，現在兩個都在工作，大兒子在台北，小女兒在台中，過年過節也會回來看母親，那大兒子還開著時髦的大跑車回來，挺風光的。

篤信佛教的來姆，常爲阿麗的遭遇抱不平：「會輪迴啊！拍某的人，是豬狗牛，你才金金看，上好變做狗啦！」

水電嫂表面上也挺關心阿麗小孩近況，對她常會窩心問候，但背後對那大跑車就講得很難聽：「才賺偌濟錢爾爾，無彼个尻川，闇欲食彼个瀉藥，後擺就知死啊！」

阿麗看似對老師不太友善，但因彼此都在上班並不常遇見，倒也沒啥大衝突，點個不明顯的頭還是有的，眞正連那個不明顯的頭都不見了的，是——「狗屎事件」。

老師那陣子一直很苦惱，一下班回來或早上要出門，常發現騎樓下或前面有狗大便，看形狀大小，加上附近沒人養狗，他很篤定是阿麗家的狗——哈哈，是啊！——他的鞋吃過幾次軟綿綿的黃金蛋糕。他一直忍著，也一直在觀察，並想著解決之道，同樣的，偶爾會探詢一下鄰居的反應。

某日，老師在騎樓下狠狠盯著一條狗屎發呆。哈，那躁動眼神再熟悉不過了——正義哥又隆重上身啦！不過應該沒人知道或關心他要如何做。

他似乎觀察到，達陣第一名的狗屎落點，就在那柱子水龍頭下內側——於是，他用稀釋的漂白水，噴灑這離敵營最近的前線地區。不過這「嗆」招失靈，哈哈！隔天又是一坨。

過沒幾天，他又出招了。只見他大費周章搬來幾塊空心磚，加上盆栽，在柱子前設下路障，並把那落點區塡滿——那天聽見他與女友講到這招的構想，邊講邊笑，有些失控的大聲，還好外頭沒人，否則必破功無疑——「這樣，很自然的舉動，做綠美化，就像別家一樣，兼可防止或警示別人在你門口停車……呵呵！哪天，我再去買個仙人掌，刺破死小狗的屁蛋，看牠還敢不敢……」爲了避免看起來太突兀，他順道添購三棵應景的塑膠聖誕樹與周邊的配件，把鐵欄杆裝飾得有點聖誕節的華麗氣氛。「自己也賞心悅目！」老師得意地說。

果然是狠招！但人算不如天算，更不如狗算——哈哈，還是無效啦，你太低估狗的智慧了！——屎，仍是他騎樓的家常便飯。而停車咧，勇猛的阿麗就直接把你的盆栽撞歪，根本不鳥你。

老師，又開始頭痛了。直到某週日傍晚，他女友照例回來，剛進門就生氣大聲嚷嚷：「好臭喔！」果然，中獎了——踩到狗屎。只見老師，壓低幹聲連連，有點要爆了，這回不是正義哥上身，是一怒爲紅顏的衝動。

他不加思索，隨即到隔壁去找阿麗。雖氣憤還是克制情緒地敲門：

「張小姐！張小姐！」

「啥物代誌啊！」她正看電視，被打斷很不爽。

「敢會當麻煩一下，恁的狗閣佇阮遮放屎矣，是毋是……」

「講啥物痟話！」阿麗抓狂地插話，劈哩啪啦，一連串大吼：「我攏無欲講爾，想講厝邊隔壁，逐家互相……好啊！攏圍起來啊，共厝攏圍起來啊！路裡遐濟狗，哪知影是阮共恁放的？烏白講講咧……阮若是共恁放，攏嘛有用紙共屎擦起來！講啥物痟話……」

老師見她已情緒化無法溝通，就掉頭走人。回屋後，氣衝衝地把經過跟女友講一遍。

「有夠倒楣，跟這瘋狗當鄰居……那狗屎看就知道是他們家的狗，那麼小條，難道要去驗DNA！『阮若是共恁放，攏嘛有用紙共屎擦起來！』這什麼邏輯啊？這樣，我去打傷人，難道也可以理直氣壯質問人家說，我打傷你但我有給你敷藥啊？……眞是瘋狗，不可理喻！」

老師連說一串發洩情緒。女友附和著他的話，雖同仇敵愾，但怪他太軟弱：「要是我一定嗆回去！」

老師繼續說：「我還是刻意忍住不跟她吵，跟這種不同頻道的人吵沒完沒了，浪費生命——跟不可理喻的人講道理，就是你自己不可理喻！」

「對啊！」女友說：「這是一種選擇，你要選擇自己不可理喻，還是要忍受她不可理喻？是個難題！」

「喔，你看，你在騎樓的『裝置藝術』她非常感冒。」她接著說。

「但是，你看別人盆栽放那麼多也沒怎樣，我才放兩三盆而已，聖誕樹也擺我家這邊，又礙到她了？奇怪！」

「我看一定是那水電嫂在煽風點火，我剛來時，看見她跟來姆在聊天，才下車，就聽見她故意提高聲調向我這邊說：『車啊，攏莫停過去哦，抑無會去予人吠免錢啊！』……眞是毒舌！」

「是有可能啊，馬達事件與強嫂交惡，我就有點懷疑，但想不通的是，我哪裡得罪她了？管線壞掉也都找她先生做，從不討價還價……」

「這就不知道了，人心難測。或許，這是她的習性，不爲什麼；也或許，這樣做可滿足自己特殊的成就感。」

反正自此，老師與阿麗正式決裂，阿麗成爲第二個與老師交惡的鄰居。

是啊！眞想不通水電嫂的心理。

喔，那天才好笑呀！她竟在門口掛起一個小招牌，上面寫著：「愚人志工服務隊聯絡處」——眞是笑破人家內褲，「愚人」？她才聰明咧，是「愚弄別人」吧！

她是個專職的家庭主婦，三個女兒都剛結婚生小孩，由於嫁得近，假日就會帶小孩回來，常看見她穿著好笑的凱蒂貓粉紅拖鞋，滿足地抱著孫子在巷子來回炫耀。

眞猜不透她對老師爲何有此小動作？喔，去年夏天好像有件事情，會不會那就是個轉折點——

當時，老師去大賣場買吊扇，送免費安裝，但他發現頂壁上的孔隙過大，接頭無法完全蓋住，留個黑黑的縫超難看的，所以他請師父想辦法解決，但師父說安裝不包括這個（眞是離譜！），後來要老師去買個「蓋板」（一般水電管線用的圓形塑膠板），他就順道把它遮起來。老師直覺就想到鄰居，火速去找水電嫂買，沒想到她竟冷冷說：「無啦！」他難以置信再解釋一次，答案還是「無啦！」他只好匆忙騎腳踏車到街上買。

「明明有怎麼說沒有？」事後老師擔心地對女友說：「完蛋了！這下子恐怕又要被迫多一個拒絕往來戶了，只是想不通，哪裡得罪她了？」

太陽又挪移了，九點許，陽光已占領了巷子三分之一馬路。早上，老師、阿麗、水電嫂這邊是受陽面，時間一到，與他們一樣門牌雙數的這一列，幾乎家家戶戶都把衣服、棉被、鞋子之類的拿出來曬，甚至連對面的牙子、強嫂她們，也會過來分享陽光，尤其冬天，有時壯觀得像中元普渡的供桌——這是永福巷每天大拜拜的場景。是啊，陽光才是人眞正的好兄弟、好鄰居。

牙子的輪椅繞到隔壁巷子半圈就回來了，約莫一百五十公尺長，但往往要繞個一兩個鐘頭，因遇見熟人就會聊個天。回來後，外傭就把洗好的衣物推出來晾，連老師門口都擺滿了。還好今天是上班日，否則又要看見老師的臭臉。

此時，阿麗啪一聲出來，急急忙忙發動車子，咻～飛也似的趕去上班。今天好像睡過頭了。

健仔，也開著小貨車上工去。水電嫂送走健仔，也晾好衣服，到中午煮飯之前都閒著沒事，又開始她的三姑六婆之旅。有時，連買菜之類的芝麻小事，也可扯上半個鐘頭。幾乎無所不談，但還是最熱衷別人的八卦，而總是要加油添醋兼煽風點火一下，好像如果不這樣便不會有快感。所以，有時跟人在你門口聊天，其實是要講給你聽；有時透過別人放話；有時故意提高嗓門指桑罵槐；有時又用悄悄話製造懸疑……唉，她若多讀一點書，或許可以成爲小說家或政治人物。

老師與對面、右邊兩個女人交惡後，而右邊的右邊——水電嫂，芥蒂也日漸加深，就只剩牙子會跟他閒聊。這是他唯一的八卦窗口，這裡便可收到水電嫂寄存的「放話信件」。他其實懶得理這些，只是下課回家時，總枯坐在騎樓的牙子都會找他聊個幾句。後來，老師因此知道一些水電嫂突然變身的蛛絲馬跡。

這線索是：停車糾紛。水電行與老師老家的停車糾紛。

老師左邊隔壁房子是他爸媽的，之前租人，現在是空屋也少出入。平常，除了假日女友回來外，門口多是牙子她們家的大菜車在停，由於賣菜義仔爲人謙恭有禮，雖有時難免因整理貨品或放音樂會影響到老師，但只要老師一說，他都連忙賠不是，馬上改善：「若閣無小心有影響到一定愛講喔，厝邊隔壁嘛。」算是可以溝通的好鄰居，對照強嫂與阿麗簡直天壤之別，所以老師從不跟他計較什麼。

某天，水電嫂的女兒就把車停在那位置，而且整台車開進騎樓，老師的弟弟看見了，就跑來跟她說，不要停進去裡面，停外面沒關係，留個電話就好。但她卻對水電嫂控訴，否認有停進去騎樓，而且他弟弟很兇罵她。兩造說法不一樣。

後來老師去向弟弟求證，弟弟說沒有，還說她態度很差。但常理判斷，若她沒停進去騎樓，不可能會去講她，因爲整天除了菜車外，其他外車也會停，不可能只不讓她停，何況馬路是公有的，只要不妨礙人家進出即可。誰說謊，應該呼之欲出。

每逢假日，水電行就變車行，三輛白色「土悠塔」加上原有兩輛車——她家車很好認，玻璃都貼著一張玄天上帝的紙符——把巷子擠得滿滿的，停也不停好，有時一截臭屁股就大方擋住老師的門，老師都沒講過她們，有時只是看了看，一張臭臉就理所當然地打過來。

還有個問題，正如同牙子說的：

「家己厝門口爲啥物無欲停，偏偏欲停人厝門口，平常時伊已經有兩台車，對面路邊攏共人占兩位矣，別人去停就叫人徙走，遮爾壓霸！騙痟的，別人門口就公用的，個[12]厝門口就個的……」

牙子住外縣的兒媳有次回來，車曾去停水電行對面兩棟空屋門口，水電嫂就趕他：「阮的車等一下欲轉矣，麻煩你徙一下車咧。」牙子，年紀雖大了，但這種簡單道理用肚臍想就知，無牙的她又氣到口沫橫飛，快要從輪椅跳起來。

其實停車只是導火線，你聽那天她與同病相憐的強嫂談話就略知一二：

「咱攏生這濟了錢貨，有夠歹命的！無像老師伊兜，四个查甫仔，欲偏[13]人乎！愈看愈感[14]！」

唉！嫉妒，才是眞正禍因。但老師恐怕永遠不會明瞭。

12. 個（in）：他或是他們。
13. 偏（phinn）：占便宜。

儘管看得出，老師刻意要維持與水電嫂基本的和諧，但終究要來的土石流還是跑不掉。

假日他習慣會在家睡個午覺，那天中午老師從外面回來，急忙將車放在老家空屋門口就進屋去，騎樓要留給女友的車放，幾乎每週日都是如此，作息鄰居彼此都知道。一般鄉下這種小巷子，通常沒人會以「路權」名義把車停在別人門口，但這裡才不管這「道義」，不講理的人最大。雖是自家門口，他為了和諧不會像水電嫂一樣去趕人，有時寧可將車子停到巷子口的大道旁。

那天或許太疲憊了，他沒注意到車屁股剛好黏住了一輛外車的屁股，會這樣，是因為那外車逆向停車，又橫跨兩戶人家。

好死不死，那外車剛好是水電嫂大女兒的車（上次有糾紛的是當會計的二女兒），大的更凶悍，她與丈夫要離開時見狀，馬上找來水電嫂，水電嫂便大聲嚷嚷：

「夭壽喔！夭壽喔！彼个老師共人撞著車矣！夭壽喔！」

弄得鄰居都跑出來看熱鬧。接著，又馬上直趨老師老家找他父母控訴，他年邁的老爸於是打電話要老師馬上下來處理。

老師掛著一副睡眼下來，看見一堆人圍觀吱吱喳喳的，以為發生什麼大事情：「我哪有共人撞著車？」回神之後，才知是怎麼一回事。水電嫂女婿還拿手機拍照，對他語帶威脅說：「我攏有翕落來喔！」睡覺被吵醒，誰都不爽，又被恐嚇，沒想到平常講話溫和的他突然動

14. 慼（tsheh）：怨恨、討厭。

怒了：

「按呢有算撞著乎？看嘛知影是停車無拄好去黏著！代誌一定愛鬧甲遮爾大？若毋是你的車烏白停，吐過來，敢會按呢……」

「吐過來！」水電嫂女兒逮到機會更大聲打斷他：「你的意思你是故意插按呢乎？講著這我就受氣，吐過來？吐過去袂使乎？欲笑死人！你到底有交通規則常識無？這路是公用的，『路權』是逐家的，無彩你咧做老師！」

「著嘛！你毋通烏白講話乎！」那女婿加入戰局。

「著嘛！你毋通烏白講話！」水電嫂也助陣。

「我敢有講路是阮的？我講妳車吐過來，妨礙人出入。」老師聲音緩和下來了。

「你這間厝平常時哪有咧出入？就算有，你會使通知一下啊！著無？」她仍疾言厲色。

「這是阮的厝，隨時嘛欲出入，阮閣有一台車欲轉來咧，閣再講，妳車敢有留電話？我哪知影是啥人的？」

「本來想講，車若無按怎就煞煞去，你共我講『吐過來』我就受氣！」她無法回應，又轉到路權的議題，而且一直理直氣壯重複攻擊「吐過來」的語病，她老公與媽媽不時從旁夾攻，刻意製造人多勢眾的氛圍。

老師突然沉默，像在想什麼？大家就僵在那裡。

過不久，老師有些不耐煩說：「按呢好無？今日我較歹勢！我車移開，妳看車有按怎，賠你好無？」

車移開了。老師下車用手抹掉她車保險桿上的髒污：「來！妳看有按怎無？」她們連看都不看，又一直重複「路是公用的！」老師不回應了，擺個臭臉，所以又僵在那裡。

沒多久，她也不耐煩了，看了看老師的屎面，轉頭對著丈夫大聲說：「咱轉來去啦！莫佮伊講矣！無彩工～」隨即鑽進車子，她丈夫丟下一句「莫閣烏白講！」也鑽進去，水電嫂也狠狠地「莫閣烏白講！」跟著鑽進車子。白色「土悠塔」噗一聲呼嘯而去。

水電嫂落話時，老師也狠狠回看了她一眼，這一眼，代表正式撕破臉。水電嫂成爲老師第三個拒絕往來戶。

話說老師這麼窩囊軟弱，又想當正義哥，不精神分裂才怪！他應該用牙子的話回嗆：「騙痟的！別人門口就公用的，恁厝門口就恁的乎？」或者反問「若欲講路權，按呢後擺我車直接停恁門口敢好？」

可見，老師選擇當一個「忍受不可理喻的人」，但這社會，道理，一斤值多少錢？他的臉真像一隻垂頭喪氣的狗，悲情至極；甚至比狗不如，狗生氣也會奮力地吠地咬……

午後，昔日故事在沒主角情況下上演好幾回了。巷子難得一片安靜，但總好景不常，那三個沒人管教的死小孩轟隆轟隆衝過來了，是的！此時正是他們的天下。像不定時炸彈似的，邊丟球邊嬉鬧，兩旁屋子或人車隨時都可能會中獎，而那叫聲之頻繁、尖銳，令人吃不消。牙子一講到他們，也恨得「牙」癢癢的。媽媽跑了，爸爸不管，放給阿嬤，阿嬤老了無法管。大的才小一，眞悲哀。巷子也悲哀，或許要等到他們像阿麗的小孩長大才得以清淨吧。

只是，水電嫂三仙女所生的小屁孩們，已經在假日回娘家時練習繼續接棒了，他們拖著塑膠製的機車、汽車來回奔馳，把巷子當成賽車場，而她當國小老師的女兒，竟常以媽媽與阿姨的角色，在旁興奮加油兼當裁判，有人管教，威力卻更強，簡直吵翻天，果然，無品是會遺傳的，看樣子，巷子的夢魘，是沒完沒了。

那小孩稍稍停歇下來，換坐在地上玩耍，巷子因此可喘口氣。但這時，水電嫂突然在門口擺起供桌，準備三牲菜碗，不知又拜起何方神聖，然後把金紙銀紙燒得滿天飛，那猙獰的白色煙塵，瞬間把巷子攻占了，見鬼了，農曆七月都還沒到，自己卻先當起魔鬼來了。

除了老師外，巷子裡每戶人家年節都有在燒香拜佛，只是沒像水電嫂那麼頻繁，這也拜那也拜，拜到連眾神明都快倒了，牙子氣管不好，經常咯咯嗽，每每見此就抱怨起來：「又閣咧拜矣，哪毋知拜有抑是拜無？按呢燒甲蓬蓬煙，是咧拜客兄公乎！」她叫趕緊外傭幫她搧搧風、拍拍背。

拍著拍著，猛然又一陣嗆煙吹過來，原來水電嫂女兒早就先從學校偷溜回娘家了，她拿出一支大電扇到騎樓向外猛吹，避免煙進到自家的客廳，但煙卻跑到別人家去了，牙子又大咳起來，顯然有點惱怒，邊咳邊罵：「乎！哪有人遮爾無品的啦，貪心甲這款樣，補遮濟庫銀，後擺敢免還閻羅王……」

黃昏了，夕陽從另一頭斜斜照進來。那家燕，又站在老地方張望，只是不知是否同一隻燕？牠一旁，此時卻多了一隻斑鳩，愣愣停棲著，心事重重的樣子。

老師下課了，車停好後，跟牙子打聲招呼就進屋去了。臉，比那天『撞車事件』的臭臉更難看。聽說，那事件後沒多久，他交往十年的女友跑了——從此不用再占車位了——爲何分手，就不知道了。呵呵，或許她也嫌老師太窩囊吧。

此時，阿麗咻一聲回來了，超猛的，倒車入庫一次完成。一下車，她便扯著大嗓門：「來福！來福啊！」像叫老公一樣甜蜜。

啊哈！她在叫我了，這是我的放風時間，不跟你聊了——耶！要去 Happy 了……

2015
6/30
（拜二）

第二十二章　結業式

告別不是告別，我不是我。
歲月的風，兀自在曠遠的虛空，
吹著……無邊的寂寞。

1.

蟬，霎時把整個夏天叫得燦爛響亮，我迷濛的童年有些記憶也被喚醒了。暖暖的，卻遠遠的，像一片天空飄盪的雲，美麗自在，風吹來就隨之變形再生，即使終究難逃被吹散的命運，也無妨，下一陣蟬嘶，它又從某棵樹的枝葉間探頭出來，變成一個頑皮的小孩，與我捉迷藏……就這樣，無聲無息，走過半個世紀，臉上爬滿歲月的痕跡，鬢髮斑白，眼也滄桑，渾渾噩噩裡頭仍有淚光閃閃，像星星，像夢，永遠住著一個小孩，一個長不大的小孩……

這兩年，又陷入忙碌當中。去年年底，中X黨縣長連任兩屆（因九合一選舉延任一年）九年執政後又再度政黨輪替，新任縣長正是民X黨的蔡大炮立委，見他對教育政策仍延續舊有的政策，連改革之心也無，關於教改的敏感議題，已打算當一個觀察者就好，不想再去衝撞體制，因爲夠了，二十幾年的青春全投注在教育場上，也累了，倒是有個母語教學計畫，想用這些精力多找一些有緣的學生，播個種也好，或者在校園泥壤上留下一些努力的刻痕，讓新進者有跡可循……本想不當導師，除了課多外應無其他雜事吧，只是，想歸想，現實上還是無法如願，體制殘暴的魔爪仍會步步進逼，讓你無法逃躲，人就是這樣，停止呼吸的剎那，才能放下肩上的重擔。在校園也是，除非麻木不仁，否則血液不會停止沸騰的，活生生的小孩在眼前，怎可能不澎湃呢？

前年夏天，某個清醒的午後，當我在辦公室與咖啡的眼神互相凝望的當兒，才恍然覺得，小愛好久好久沒出現了，愣了一會兒後，便湧上極深的失落感，我有些心急，連忙跑到走廊，對著光禿禿的校園仔細搜尋。

兩排老榕樹，早已被豬頭砍掉了，新栽的小葉欖仁與台灣欒樹仍稀稀疏疏的，總一副營養不良的樣子，上頭只棲著紅鳩、白頭翁，還有一些聒噪的麻雀，而空中偶爾有一兩隻洋燕或赤腰燕飛過，視線往前移，遠處圍牆旁的電線桿上，有個熟悉的身影，仔細一看，也不是——我很清楚那種相視之間靈魂的交融與溫度，那只是另一隻斑鳩罷了……

我竟記不得，小愛最後與我相見的時刻，好像好久好久了，記憶裡怎會一些蛛絲馬跡都沒有？是啊，忙碌是多麼可怕的疾病！還是小愛，自始至終不曾存在過，根本是我的幻覺，孤獨無助至極，精神恍惚後一個自我救贖的幻影……

那時，阿星剛離開我不久，我的靈魂正陷入黑暗泥淖中，在生命幽谷裡痛苦掙扎，而小愛竟又像阿星一樣不告而別，對我更是一記椎心的重擊。

那年清明連假前夕某個週日，我正如往常一樣在家等著阿星回來，誰知左等右等，不見人影，而後就收到一封電郵：

「決定了，我們分手吧！」

假期後第一個上班日，她特別請假趁我還在上班時，把她私人的東西全搬走，我下班回家，在信箱裡發現她留下的大門鑰匙，用信封裝著，特地露出一截在箱外，就像被鐵門夾住的身軀，只是沒有悸動、氣息……這樣，算不算不告而別呢？

小愛，甚至沒有留下任何信息就消失無蹤了，牠跟阿星是否有某種關連，在時間點上的巧合，不禁讓我胡思亂想，還是牠的存在跟愛情有關……啊！忙碌也好，這樣可忘卻傷痛，但偶爾恍神時，這些傷口又隱隱作痛了。

此時，我獨自一人在辦公室，邊收拾東西邊發呆。

今天，是學期的結業式，也是學年的最後一天。學生與導師們在操場集合，聽著大番薯瘋言瘋語，而專任老師，早就悠哉放暑假去了。這次校務會議提早開了，這樣也好，不管會議如何，都需在結業式之前結束，不會有叫便當的危險。這也是一種德政嗎？

這番薯，還眞是個大番薯。連主持會議都沒學會，就來當校長了，其他校長是假裝不會，她是眞的不會，本來以爲她是裝的，後來發現是眞的咧，眞像班會第一次粉墨登場當主席的班長，在台上不知所措的窘境。

她自二〇一一年八月一日就任以來，開會幾乎是交給各處室主任主持，她只負責致詞、下令，但一致詞往往占去會議一半的時間，從一開始拙於言辭，而後變成超級囉嗦的媽媽桑，一下超越歷任校長的嘴巴，這大概是學校官僚養成的最大成效吧。

直到第二年，她不知聽了誰的讒言，竟把之前已擱置到長蜘蛛絲的「導師責任制辦法」又拿出來炒冷飯，這回，她親自下海（廚），拿起主持棒，弄得滿室油煙。眞是離譜到不能再離譜了，連學生都不如，對於基本的會議程序，就是一副茫然的糗樣，雞婆的阿怡見狀，馬上笑著站起來做善意的指導，我看見她驚慌的眼神，就知道絕對不是裝傻。

即便露了餡，但她早就嚐到權力的滋味，知道它大大好用，索性就順水推舟，而後的開會就多用指示命令，減少實質討論省去麻煩，不過開會這雕蟲小技，她很快就學會了，也學會了故意不會，只是她學到的僅是皮毛，未得精髓，並不知開會前要私下去運作與綁票，對老師威脅利誘一番，甚至開會時要叫家長會長來下馬威，這樣開出來的票才漂亮，又能兼顧基本的議事規則，表裡都是贏家——這當校長的基本功都沒，難怪她連自己的行政人員都搞不定，所以，她眞的只剩下一張嘴而已，整天命令來命令去，穿著發亮的洋式套裝在校園大暴走。

有天午餐飯後，那特教組長來辦公室發資料兼八卦，衆老師對這號人物的荒唐行徑超頭痛的，不免有些牢騷，便開玩笑說：「組長，你也給她特別輔導一下吧！」

「你不要嚇人好不好？我怎麼輔（扶）得起她！」他故意嚴肅回說。語帶雙關，直讓大家笑破肚皮。臨時走，又丟下一句嘆息：「眞是大番薯！」

這冷面笑匠的結論，跟番薯還停留在戒嚴時期的腦袋與粗魯不得體的作爲，還蠻貼切的。自此，「大番薯」的稱號，就正式在柳中生根綿延，而後竟也傳到學生口中流行著，這是首次逆向行駛，由老師命名成功的校長。是的！番薯還眞的是屬於特教領域無疑。

「她大概是全縣最老的新生校長，都五十七歲了……」屎蛆的酸嘴又忍不住發功了：「本來申請退休都核准了，誰知道突然間就考上校長了，於是又去把申請書抽回來……」

當年女王升調新設的八卦藝術高中，其實該校前身就是八卦國中，她先生退休前極力爭取升格爲完全中學，已經爲她鋪好後路。而番薯，原本就在八卦國中任教，與大聲公、女王她們都是舊識，但從她的行爲模式看來，並非怪力亂神信徒，也不屬命理風水派，例如，董事長寶座，柳中從水雞以來，歷任校長都是坐北朝南，「南面而王」是帝王方位，而番薯卻是獨獨向東……這也難怪，沒有了女王念力的加持，考校長之路才如此坎坷。

「老師！老師！」我聽見窗外有人喊我，嚇了一跳。回頭一看原來是小威。

「你怎麼又回來了？」我說：「才畢業半個月而已，捨不得喔……」

「沒有啦！」他笑笑：「回來看你啊！」

「是喔！謝謝啦！有去找你們導師嗎？」

「有啊，但他不在……就先過來這邊看看你。」

「謝謝啦！有去新學校報到嗎？」我順手把桌上的一瓶飲料給他。

「謝謝！」他靦腆接下，高興地說：「有啊，老師老師，我讀國立的學校耶！」

「我知道，很棒啊！要好好讀喔——」

「知道啦！」他開心說：「那，我去找我們導師囉——」

其實，學生畢業後，三導大都自動提早放暑假了，沒人像我還煩惱著要如何請假。他是找不到的。

我想起幾個月前，他們班在風水池前拍畢業照時的情景，就覺得好笑，我是任課老師，就坐在前排，後面第二排學生站著，再來第三排是站在椅子上，最後是站在桌上，當攝影師排好八卦陣要按下快門之時，一隻黑白相間的狗突然跑到鏡頭裡來，引來一陣騷動，學務主任（訓導處奉命改成學務處，說要降低威權氣息）一直噓牠噓不走，牠總倒退幾步又轉頭回來了，大家笑翻了，同學都知道牠是來找小威的，他們是麻吉，特教組長當然也知道，就向主任示意一下，主任點點頭，那狗就坐在小威身旁，一起入鏡了……

小威是特教班學生，目前國立高職也有銜接的資源班。從國二起，我開始教他們班國文，算是後母老師。現在特教的政策，主要是採「回歸主流」教學，平常在原班上課，國文與數學才抽離在資源班上，但因課程與師資的關係，並沒辦法每節國文數學都抽離，所以，仍有一半的時間他都在我的課堂，但段考是由資源班另外施測，也因此，一些排名排到瘋掉的老師，經常會在開會時抗議：「他們國、數的成績都嚇那麼高，八、九十分起跳，班平均就多出好幾分來，這樣怎麼公平？」

「這制度已經對他們很不公平了，還在計較這個，眞是的——」有時我會忍不住對他們吐槽一下。

小威這小孩，長得高大俊俏，談吐之間，一開始根本看不出是個智能障礙者，說也奇怪，與我特別有緣（哈，我也是特教範疇的人啊），他下課常來找我聊天，其實也不算聊天，他來一開口幾乎都是同一句話：

「老師！等一下你的課齁？」

當然有時是，有時不是，是的話，他就會等著與我一起走到教室，有時，我就故意叫他幫我拿麥克風，或課本，他就高興萬分。

有天，我比較晚下課，回到辦公室一進門，卻看見他竟在屎蛆位置旁做伏地挺身，原以爲是上課違規或作業沒繳被處罰，後來發現不對，一旁幾個老師也在笑，而他的表情雖吃力但也在笑，啊！事後才知道原來是屎蛆以糖果作爲獎賞，要求他做伏地挺身，當成餘興節目……還眞眞操你他媽的臭屄！當下心底就請出老王的省罵——這混蛋竟拿上帝的尊嚴在開玩笑！

有時阿孝也會加入戰局，我有些驚訝，因此讓我對他另眼看待了。與他並沒私交，原本認爲他只是愛開玩笑而已，後來才發現不是我所想像那樣單純。而以前聽他對學校說過的玩笑話，「拿好處來交換！」並不是開玩笑，是眞的！想說他績分應不高，今年怎麼可以當專任？原來，上屆學校要他帶國二後母班，而那班常規超級崩壞，一時找不到人接，他就順勢要求：「帶完後，永遠專任！」

這樣，我就想到，他剛來柳中時，可以打破菜鳥老師慣例，直接當專任教師，是否也是交換來的呢？

八卦又說，他可以搞定班上大尾學生，你知道用哪招嗎？他對這些學生拍胸脯保證：「只要你聽我的話，就保證你能畢業！」於是，學務處送來的那些學生的記過簽單，不管他們如何作奸犯科，他一律不簽！而缺曠課的紀錄，配合學校優良傳統，就能愉快註銷。果然，有兌現承諾。但交換的條件就是，要他們協助管理班上秩序。這招會生效，是因爲幾年前在眾老師的堅持下，開始有幾個離譜學生真的領不到畢業證書了。這不就是豬頭一脈相傳的「黑道治國」基因嗎？

那時，他班上有個在家自行教育學生，新的制度，導師除了有訪談費外，還可減課兩節，但他從沒去訪談，作假紀錄去詐領訪談費，甚至後來那學生復學回到班上，他的課，竟然也可以照減不誤！

更令我驚訝的八卦是，他跟豬頭、禿頭仔是同一掛的酒國英雄，晚上喝掛後，隔天起不來，學校就自動替他請病假，排代課……

這大大一卦，讓我開始懷疑起我的觀察能力，很多沉在海底的冰山，根本是超乎我有限的視界……

由於小威家境並不好，有時會來主動要求做伏地挺身，以換取餅乾糖果，而後，竟玩上癮了，三不五時竟看見他趴在地上上下下，每看一次，心就痛一次，也暗幹一次。

後來，我就準備一些零嘴或飲料，他來找我時，就給他，看否能停止這種殺戮遊戲。但效果不大，他好像被制約了。

「你不要再做伏地挺身好嗎？」我說：「這樣滿身大汗怎麼上課？」

「沒關係啦，好玩啊！」他氣喘吁吁說：「老師，等一下你的課齁？」

是啊！這是我永遠無法下課的課……

2.

在柳中二十一年了，雖常換辦公室或座位，每搬一次就會丟掉一些東西，但還是積了不少陳年舊物。前幾天，已把一些堪用的參考書先清出來，在角落堆疊一座小山，讓學生自由索取。

此外，還有成堆的會議資料，學校發的，自己蒐集的，都有，這是我開會的武器，也是國中崩毀的呈堂供證，我正猶豫要不要丟掉，或者帶回家，日後以此做底本寫一本長篇小說，來控訴我們光怪陸離、荒腔走板的國中校園與體制。只是，現況的國中，虛幻得很眞實，有時又眞實到很虛幻，根本就是一部活生生的荒謬小說，那還需要再寫嗎？

書架上有許多資料夾，塑膠皮都因年歲而已脆化，用力一扳，碎屑便掉落滿地。我看見還沒電腦的時代，剪剪貼貼的發黃的備課資料，以及手抄的講義原稿，更有一本上課補充資料的活頁筆記，從代課那年開始，跟著我南征北討留到現在，線圈都已糾結在一起，深褐封皮，磨到褪色而皺紋滿面……啊，最難清理的，還是這些剪不斷理還亂的記憶。

舒美塑膠桌墊下，也塞滿許多訊息，課表、調代課單、開會通知等等雜七雜八的，與書架交接的右側，我習慣把一些名片塞在那裡，最多的就是書商業務員，一抽出，竟掉出一張阿弘的名片——你還記得我第一屆導師班，那個因抽菸被我狠狠抽了兩大板屁股的阿弘嗎？啊！去年運動會，我一樣當終點裁判，他與他老婆來裁判區看我，二十幾年沒見，我還認得他講話的腔調與走路吊兒郎當的姿態，「老師！我不是來看你的，是來看我女兒比賽！哈哈，沒有啦……」他一樣愛搞笑。

「女兒！」我瞪大眼睛。

「我女兒國二了，是那個叫小龍女老師那班……」他大笑：「老師，你去年就做師公了，都不知道喔！你有教他們班國文咧……」

他老婆在旁也跟著笑，她那靦腆笑容我也記得，他們是吾班唯一有開花結果的班對。她長很漂亮，文靜又用功，但講話比蚊子還小聲，超害羞的樣貌，她是國三才轉學來的，一來，不愛讀書又長得不怎樣的阿弘馬上展開強烈攻勢，老師們沒人看好，結果竟跌破眾人眼鏡，而且畢業後一年就結婚生子了，啊，當然是奉子成婚了，阿弘沒繼續升學，到修車廠工作，而後前幾年學成回鄉，在故鄉開了一家汽車保養廠，自己當老闆，啊，這樣反而比我們這些當老師的，成天賣弄一張不切實際的嘴還踏實吧……

打開抽屜，發現底層深處有一片龜裂的小圓鏡，是剛到柳中時買的，摔壞時，一念之間捨不得丟，就被長期棄置在黑暗裡，現在才重見天日。不經意間，它又照見我下巴的傷痕。

那年暈倒受傷後，整個暑假都在療養身體，我也要向你坦承，養傷的同時，我仍一邊想著要如何對鳥巢反擊，把他所有違法亂紀的惡行惡狀，比照豬頭模式公諸於世，一想到這條命是撿回來的，我眞的心中有恨……

後來，鍾主任跟我說，那次我送假單，鳥巢還大費周章特地召開主管會報來審核，他說，幾個主任都認爲，學校重要行事之日我都主動避開，任教班級都畢業了又沒課務問題，沒理由不同意，但鳥巢還是執意不准。這主管會報，只是爲他決策背書而已。

而後，遇到阿信，他更爆料說，鳥巢在考績會上主張要給我吃乙，但人事主任說，我請假都在合法範圍內，不能以此爲由讓我乙等。還好，不省人事走了，這新人事，知道事情輕重，不敢太亂來，體制上，他與主計是縣府直派的，職權行使要對縣府負責，對於校長，其實只是行政倫理上的尊重，何況上次教評會僞造資料被我抓包，帳還記在牆上……

所以，你說這樣我能不反擊嗎？那次暈倒，算是命大，他還要如此趕盡殺絕……可見，「阿俊事件」他必認定我是告密者，之前會公布三個嫌疑犯，只是障眼法，要不然他對阿信與阿珍不僅沒任何打壓，還痲吉得很，自己的女兒甚至都安排到阿珍的班級去。

當我漸漸康復，報復情緒也漸漸高漲，新學年開始，我繼續當新生班導師，但當我摩拳擦掌參加校務會議時，竟突然發現，鳥巢不在了。

禿頭仔嚴肅地向大家宣告：「曹校長生病了，請一學期長假，所以由我代理校長職務……」

大家一臉錯愕。我也大吃一驚。

禿頭仔還罕見地發飆怒嗆：

「這次，又是誰去告密了！你要把柳中搞垮才甘願嗎？連我都接到調查局的電話，上次生教組長的事都還沒處理完，還要常常應付政風人員的調查，想不到這次給我搞得那麼大，連調查局都來學校了，弄到曹校長都病倒……是誰？有什麼不滿，現在站起來說……說啊！我在柳中快三十年了，從來沒有發生過這種事，你知道嗎？你是在破壞和諧……」

大家更錯愕了，面面相覷。到底是怎麼一回事？

而後，禿頭仔隨即改用和緩的語氣，哀傷地說：「有些同仁，前幾週就知道消息，說要去探視，曹校長要我爲他轉達婉拒之意，他要好好休養，但感謝大家的好意……」他情緒收放自如，薑還是老的辣。

會後，正下樓梯時，就聽見屎蛆邊走邊說，鳥巢幾年前罹患過大腸癌，經手術化療後已康復，聽說又復發了。

「眞的還是假的？」阿孝懷疑說：「會不會故意躲起來，逃避調查局的調查啊？」我也覺得怪怪的，這狀況到底是什麼狀況，一時無法釐清思緒。元旦前夕越野賽跑，他還跟學生跑完全程五公里，看起來好好的，平日又茹素學佛修禪，靜坐養身，怎麼一下就病倒，而且要請一學期長假？

「要不要像你暈倒一樣，來個突襲探視，驗明正身……」阿孝又來消遣我。

一學期過去了。期末校務會議時，禿頭仔竟又宣告，鳥巢再請一學期病假：

「我都六十歲了，快要退休了，縣府還要我繼續代理校長職務，眞是的，吃力不討好又惹來一身腥，但就是推不掉，實在很無奈……」

「又請一學期長假！」眾老師更狐疑了。「或許是眞的吧！」也有人這樣說。但，除了禿頭仔外，校內沒人去探視過鳥巢，而禿頭仔又是個眾所週知的習慣說謊者，會不會他們倆在玩什麼把戲呢？新的質疑又產生了。

一學期又過去了。二〇一一年暑假，開始沒幾天，我便接到阿信的電話：

「曹校長過世了！要不要我代你包個奠儀……」

你知道的，當下我心裡大大震驚。

對於禿頭仔的說詞存疑，已經變成一種心理的自我防衛作用，我一直存疑著，合理推論著，這恐怕是弊案纏身而使出的金蟬脫殼招數，誰知竟是眞的……

阿月說，鳥巢臨終前還忿忿不平，認爲是學校老師不配合學校政策，害他舊疾復發，最後含恨而去……唉，我眞的有嘆息，這不是悲劇，那什麼才是悲劇呢？這時代的台灣人，都需仰天長嘆吧。

3.

鳥巢過世後，禿頭仔也正式結束代理職務。這期間，表面上他一直在抱怨代理之辛苦，也一直重複說推辭好幾次都不被接受，忍辱負重般無奈。其實，誰都看得出來，他如魚得水，做得有模有樣，甚至比校長們還像校長。

不過都結束了。

番薯陰錯陽差矇上校長，那年七月中縣府就發布派令，八月一日正式布達上任，成爲柳中第二位女校長。

雖之前常說，我對目前的「校長製造工廠」沒信心，但每個新校長來時，老實說，我心裡還是懷抱著一絲絲想望。沒實際上工之前，都是一張白紙，就像我對每個剛接的學生一樣的看待。只是，我總看著它漸漸染黑、腐化……

關於行政能力，番薯一上任便一直秀下限，馬上讓人看破手腳。但這是其次，我在乎的是，態度！對教育的態度；以及，做人的品格。「憨慢」不要緊，怕的是顢頇！這也是我對學生始終如一的教育觀念——心，毀了，再怎麼聰明有能力，都無藥可救了。

番薯來時，我新接的班級剛好要升國二，開學第一週，我們二導便接獲註冊組的通知：有轉學生！

但，學生已經依指示被安排到二〇八班去了。組長顯然不想揹黑鍋，特來告知。你知道的，下命令的就是番薯本尊。

依法規，轉學生的安排，是以人數最少的班級優先，若相同就抽籤決定，自從常態編班以來，都是按照這遊戲規則走，沒想到番薯才上任不久，便雄雄給它打破。

得知消息後，除了二〇八班外，其他二導都很生氣，迫使番薯在隔週某天早修，特地來導辦開會說明，說那學生是鄉代主席的姐姐的兒子，到台北念私校無法適應，所以轉回來，他指定要進二〇八班沒辦法啊……現在已經在那裡上課一週了，若再調班對學生不好……「生米煮成熟飯！」，也是校長們的必殺技。是啊，當她以無辜小孩綁架教育時，那你怎麼辦？

我只好要求番薯，需在導報時向大家說明清楚整個過程，並承諾下不為例！她說沒問題，結果也是謊言一場。

這件事後，我對她那一絲絲的期待，正式幻滅。

那二〇八班導阿成，就是豬頭「假日班A計畫」時，除了小龍女外，另一個極力支持「原班上課」的菜鳥老師。他才剛從花蓮調來，便努力巴著豬腿力求表現，當時，假日班留校學生衝到百分百，零失誤。而後，又去爭取接體育班導師，成績之外，運動會比賽，也不負眾望，得到總冠軍，頒獎後，竟又高調地率領全班學生，揮舞著班旗，狂歡式跑操場遊行，讓其他同學心裡很不是滋味……他在激發仇恨，在撕裂不當編班的傷痕。

這一屆沒體育班，他老兄除了二〇八班導外，竟還去接輔導組長，身兼兩職，這也破了柳中創校的紀錄。但說真的，他在數學本科的專業，算是蠻有才的，每年帶學生參加科展，經常獲獎，只是那不擇手段往上爬的企圖心，令人生畏——短胖，童山濯濯的身形，卻像顆努力滾動的圓球，拼命往前輾軋……

本來依照順序，該轉學生應該進到吾班才對——我也有才啊，指導學生寫作比賽也常獲獎，那年台語文學創作比賽剛囊括全縣前三名而已——但偉大的主席，不要惡名昭彰的我，還是害怕「寫作」學了會變壞，或者被「台語文學」嚇到了？

答案，都不是。

過沒幾星期，吾班就接到了另一個轉學生，問題多多，又多多，這樣，你要我如何相信，這一切都是巧合！

你知道的，身爲異議份子，我從不是爲反對而反對，我也希望能與每個校長和諧相處，這樣才更有助我的教學，畢竟我還在這體制裡，無奈，「樹欲靜而風不止」啊——這樣，我有濫用諺語嗎？

阿成就這樣，一路上從輔導組長、學務主任爬到現在的教務主任，前途無量。那禿頭仔，去年風光退休了，退休後，才爆出他與小龍女精彩的八卦緋聞，由於太過辛辣鹹濕，就暫且不說了……若你仍興致勃勃，就去問那輛紅色超跑的後照鏡便知詳情。

有回，我去校外研習，才知道阿成紅到外校去了，中場茶敘時，我一個校長朋友，拿著一張特製的名片給我看，上頭正經八百寫著：

「教務主任／數學科展專業訓練師／柳中　阿成」

我看了，當場噗哧笑出聲音，茶都噴了出來，哈哈，你就知道，他是多麼會推銷自己……

4.

阿成雖汲汲營營於名位，但做事毋寧是認眞的，同樣是主任，有的卻像水雞、豬頭之流的擺爛到底，然後循旁門走道轉進終南捷徑，例如番薯王朝第一任學務主任簡娘就是，他連做兩年——其實是三年，鳥巢當政時的菜鳥主任，因被迫註銷學生記過紀錄而有僞造文書之嫌，在當時風聲鶴唳下，令他心生恐懼，火速提出請調介聘，「有缺就去！」，結果跑到偏鄉小校去了，簡娘那年就開始接學務主任——他擺爛得徹徹底底，這爛法前所未見，恐怕又破柳中紀錄，唉，我們總不斷在突破自己極限中前進啊！就像當時愛創紀錄的縣長一樣，從「千人合奏小提琴」，到「世界最大滷肉飯」、「世界最大肉圓」，然後「世界最大番薯」……

或許是學務處的關係，一擺爛就特別有感，而且會讓你痛苦異常，尤其是導師，簡直不知如何去形容或敘述那種生不如死的爛法，你想像歷史上那種兵荒馬亂的場景就對了。

前年，吾班那屆基測，在考場休息室自習，最怕就是他老兄來巡視，這關鍵時刻，每個導師無不都卯起來使盡吃奶力氣，在悶熱的天氣下，盡量壓著浮躁的學生多看點書，至少保持安靜不要影響到別人看書，但簡娘一來，所到之處，學生便開始起鬨，好像多年未見的老友般親切，就打情罵俏起來——這是他基本的行爲模式，把學務處當輔導室，把督導當作逛大街。

好慘！但平常他要嘴炮是一流的，一直要求老師，學生的常規要如何如何，服儀要如何如何，而每天早上他準時站在校門口，學生大搖大擺穿著便服走過身旁，他不僅可以視若無睹，又能與之閒話家常，活像個人形立牌，學生快拿出違禁的手機與他合照留念了。

一葉知秋，其他就別說了。學生愛死他了，尤其大尾學生，還暱稱他「娘炮」，對照魁梧壯碩的身軀，實在有點不搭嘎，像這校園，在人性世界裡，不倫不類的存在。

娘不娘，這其實不是問題，也不是重點，有些學務主任是女老師，都做得比男生稱職。重點是「爛！」。最讓我生氣的是，吾班那個問題多多的轉學生，進來後，跟在原校一樣經常性缺曠課，照規定超過四十節缺曠，就需向上呈報「高風險家庭」，列入追蹤。有一天，那學生竟拿了寫滿滿的假卡要給我簽：「主任說，要我補請假！」我當場愣住了，原來簡娘沒知會我，就私自連絡家長，告知她要用「補請假」的方式把曠課紀錄一筆勾消，我氣炸了，馬上直奔學務處找他理論：

「你怎麼沒知會導師就這樣做？」我把寫滿家長簽名的假卡丟在他桌上。

「我還沒有同意啊！」他辯駁：「我是跟她媽媽說，如果導師沒同意就不行！」

「你先來問我不就知道我同不同意？」我愈說愈氣：「你先讓她簽了，若我事後不同意，家長就會說，人家主任都同意了，你為何不同意？你要我當壞人是不是？」

「我沒有說同意啊！我說前提要導師同意……」

「你這動作，就是同意她可以補請假……我們哪條法令可以用這種方式就把曠課註銷掉，你跟我說啊，你要我偽造文書嗎？」

簡娘面紅耳赤，說不出話來。

「好！我當壞人不要緊，我現在告訴你，我不同意！要銷，你是主任最大，你自己去銷！」我說完就大動作走人。

回到辦公室，不久，番薯便來找我談，她說：「我們要給學生一個改過的機會啊，這樣她國三時就有可能拿不到畢業證書……何況，呈報上去，不好看啦，我們學校已經那麼多不好的紀錄了……」

「我知道她並不是眞的壞，是生活習慣不好，但這樣做反而害了她，以後她動不動就不來，然後用補請假來銷掉曠課就好……」我繼續說：「重點是，她如果這樣處理，其他同學有樣學樣，那我以後如何帶班，這班還有兩年才畢業啊……」

番薯的臉，快變成烤番薯了。悻悻然走了。

「補請假」沒成功，但我確定是當壞人了。還好，家長事後沒有刻意找我碴。

這樣的簡娘，竟沒多久就考上主任證照了；反而認眞的阿成沒考上。

那年同時考上的，還有阿珍——她高調地張揚，「我根本都沒準備，突然接到教授的電話，要我趕快去報名，我就去報名，然後就考上了。」

她與簡娘，那時都是蔣公大學教育所在職專班的研究生，還同班同學，每週日都一起開車去上課，而那偉大的教授就是主任甄試的主考官（啊！蔣公仍陰魂不散……）。一隻會叫的野獸。水雞、豬頭都是他們偉大又尾大的學長。

5.

那年，阿娟超額調到T中，阿珍就被安排接她的班當後母，不過，阿娟班是挑過的，成績僅次體育班。我每次帶班，都會蒐集第一次段考成績來分析，這屆雖號稱是常態編班，也不例外。結果，果然不出所料，也是動手腳過的，那負責全縣電腦編班事務的老師剛好我認識，我問過他作弊的可能性，他說易如反掌，你給他指令，他就排出各式梅花陣給你。

平均分數顯示，獨立編班的體育班是九十幾分，阿娟與阿君的班是八十幾分，另外四個班是六十到七十分之間，吾班是五十幾分，雖中間階層差距明顯模糊了，我很訝異常態編班還要這樣搞——難道學校不怕導師抽籤時，被我抽到那兩班前段嗎？後來我才猛然警覺，抽籤時只抽班級號碼，學生名單是事後給，不是與號碼牌綁在一起，這就提供了作弊的空間，但發現時爲時已晚，這是我首次帶常態班，也是首次抽籤，一時沒警覺到，因經過「魔鏡事件」風風雨雨之後，打從心底直覺就相信會眞的常態，我錯了……

所以，阿珍這後母，是五星級的後母。畢業前夕，她的班有位學生，也以推甄方式考上R高體育班，但情況跟阿君班那大尾學生一樣，都揹著戰果輝煌的記過紀錄，但她選擇配合鳥巢意志，或許也是她自己的意志，把學生的記過紀錄全銷掉，讓他順利錄取，相較之下，就害阿君慘遭修理，因此，同屬斑鳩家族的她們，友誼就出現裂痕。

新的一輪，我又與阿珍同屆。剛抽完導師籤，一出教務處密室，幹事阿碧就來恭喜我中大獎——國小地表武功最強的學生又「剛好」在吾班，而當時也發現鳥巢的女兒，也「剛好」

落在阿珍的班。這又是怎樣的「剛好」呢？

這回，我迷惘了，抽籤時避免重踏覆轍，我張大眼睛盯著籤筒看，班級號碼與名單這次是綁在一起沒錯！怪哉，他們如何辦到的？如何辦到的？我喃喃自語著，百思不解……

而後見到小愛，牠也無法解讀，怪了，當時小愛變得愛理不理的樣子，是年紀大了，感應力漸漸喪失，還是……通常斑鳩的平均壽命是十年，而我自二〇〇二年認識牠算起，也剛好大約是這個年歲……這又讓我有了新的憂鬱。

那時是禿頭仔代理校長，老謀深算的他，如何辦到的？

我是知道有一種慣伎，利用學生「晚報到」方式，避開縣府統一編班造冊的時間，之後，這些學生就由校方自行處理，這樣名正言順就可挑選指定的班導，但這次那兩個「剛好」，都是抽完籤就在班級名單裡面，這表示他們並沒有用這招數……開學後，有一天放學，我在停車場剛好遇到阿晴，看四下無人，就忍不住探問她內幕，編班雖不是她的業務，但她是教務處的組長，理應知道一些吧，當下，她面有難處嗯嗯啊啊的，我也不想爲難她，發動車子離去前，她伴著神秘微笑給我一個密語：

「關鍵在籤筒裡……」

我參了好久，只能斷定，應該是一種屬於「魔術箱」的概念，技術上就不得而知了。

但不管如何，事實證明，阿珍之前經常炮打那菜鳥訓導主任，原來是替天行道，要替鳥巢督促經常螺絲掉滿地的他，好讓他上緊發條。從這角度觀之，阿珍似乎得到了巫碧瑩的眞傳。

這一年，阿華與巫碧瑩也「剛好」一起介聘到T中，與豬頭相見歡。更勁爆的是，巫碧瑩的老公也「剛好」考上校長，當初阿月跟我說時，我眞的嚇了一跳，後來想想巫碧瑩這些年來的行爲模式，也就沒什麼好驚訝的。考上校長，一點都不離譜，剛好而已。

小愛說，這些一直數落我要爲柳中著想的人，怎麼都調走了，就像那些一直訓示人民要愛台灣的政客，自己卻都往美國、加拿大移民一樣諷刺。

是啊，斑鳩家族就這樣，在柳中形同瓦解。即便還健在，這番薯也一樣是個大番薯，她根本無能力去駕馭這隻會飛天鑽地的怪獸。

吾班那超強學生叫小正，果然武功超強。一開學便弄得任課老師抱怨連連，同學也三不五時來哭訴被霸凌，而我暈倒後漸漸調養好的身體，又再一次被摧殘，國二，番薯來了，我與吾班，又雪上加霜了。

其實小正，有個雙胞胎弟弟叫小毅，就在阿珍班，但武功差哥哥一大截，有時違規都是被哥哥拖下水的，否則不可能會與鳥巢女兒同班。

他們長得超像的，像到連我是導師有時都無法分辨，需依賴特殊眼神的投射與定位，才能快速找出差異，偏偏他們的髮型又一樣三分小平頭，簡直是同模子印出來的，每每出紕漏，經常增加辦案的困難度，他們又聰明到會利用此特點互換角色來編織謊言。

小孩會這樣行爲偏差，肯定是環境造成的無疑。其實他們是可憐的，小時候老爸就因犯案入監服刑，都是阿公在看顧，直到目前還沒出獄，媽媽也因此離家出走，而阿公，又跟阿嬤離婚。

你就可想而知，這樣曲折離奇的家庭背景，不被標籤化才怪，而他們不被迫順著那標籤方向走也難，無奈我們的教育體制是無情的，他們與眾多學習弱勢小孩，在拚升學的大旗下，都注定成爲那些官僚升官的墊腳石與「好學生」的陪葬品。

更令我震撼的是，小正的爸爸，正是我剛進柳中時的國三學生，我雖沒教，但全校師生幾乎都知道他的大名，他是訓導處的常客，校內廣播中時常出現對他的呼叫。我的震撼，不僅僅是對悲劇重演的感嘆，也對於我青春老去的傷情——啊，我是「師公級」的老師了。

那阿公知道這兩個小孫子不乖，總費盡心思希望能導正他們的行爲，每天放學，人家上第八節課，學校特別「恩准」他們可以不上，阿公親自壓著他們跑操場，每天至少要跑個四、五千公尺。阿公想說這樣可消耗他們過剩的精力，也可訓練個專長：「讀書不會，至少跑步不能輸人家啊！」而每週五晚上，又帶他們去吃素食，期盼能否緩和一些潛在的暴戾之氣……阿公眞的用心良苦。

每天傍晚，就看著他戴著黑狗兒的墨鏡，瀟灑地站在操場旁，冷冷看著正毅兩兄弟，一圈又一圈地跑著，跑著，直到第八節下課鐘響……

不過，小正在班上仍大小違規不斷，一犯錯，與其他同學一樣，我會要求他寫悔過書，而我也會在上面寫處理經過或懲罰的建議，讓小孩帶回去給家長簽名確認。他阿公每天幾乎傍晚都在校園裡，我總親自拿去給他，順便說明詳細情形，一開始還好，而後次數漸漸增多，他竟認爲我在刻意找小正麻煩，態度變得很不友善，所以有些案件，後來我故意就委請簡娘協助送去，幾次之後，他也隆重拒絕，認爲不關他的事，學務主任咧……

有回，我在辦公室抱怨小正讓我累翻了，「同樣雙胞胎，哥哥弟弟怎麼差那麼多！」沒想到，阿珍聽到後，當場馬上酸我：「人家我有在教啊！」

齁！這意思是說我沒在教，才讓小正變這樣嗎？這種映襯修辭，好像似曾相識啊。她這種自我感覺良好的性格，跟巫碧瑩簡直是孿生姊妹。大家都知道，即使是雙胞胎，性格也迥異，他們在國小偏差行爲的顯現，就是哥哥較弟弟強很多。我只好知趣地閉嘴了，避免又重踏覆轍，再製造一個巫碧瑩。

不過，後來才知，並不是小毅很乖不會犯錯，而是阿珍百般袒護，因她正以小毅做輔導案例，要參加全縣「正向管教大賽」，當然不容有懲處的紀錄。阿珍甚至還離譜到允許小毅在校園使用手機——校規是不允許學生帶手機到校，若有特殊需求，要寄放學務處，放學或急用時才去那裡拿——此舉，引來其他同學的抗議：「爲什麼他可以！」導師們也在抱怨，這樣要如何要求自己班上學生呢？

但阿珍神回：「他家庭比較特殊啊！」

因爲這樣，對照之下，阿公就認爲我是故意找碴，而阿珍自吹自擂的性格，傳達給他的訊息，讓他覺得她是超級優秀老師，能化腐朽爲神奇，讓小毅品格變得越來越好。

而後，果然阿珍以此成果得到了全縣「正向管教大賽」大獎。製作輔導紀錄與教學檔案參加比賽，是她的專長，這點就要肯定她為校爭光了。而後，又得了縣教師會的「Super 教師」大獎，聲名一下如日中天……各校爭著要她去演講，她還破例以教師身份與全縣的校長們公假出國去香港觀摩閱讀教學，番薯也以她為榮，特別安排她在校務會議向老師們演講。

於是，小正的阿公，在國一期末時，一直透過關係向學校吵著要轉班，指定要轉到阿珍班。而正志得意滿的阿珍，也想循小毅模式，再拿個「正向管教大賽」大獎，也順便可以向我打臉：「你看，小孩來我這裡都變好了！Super 老師在教，你都沒在聽啊……」因此，阿珍樂於接受，而我也表我對此事的立場，「只要是合法的程序都沒意見」，依規定雙胞胎學生，家長可選擇要同班或分班。

事情圓滿解決，番薯龍心大悅，對阿珍的善行感激涕零，為了應付小正阿公，她已焦頭爛額，快又變成烤番薯了。

誰都沒想到，學校編班時的惡意權謀，竟迴向到自己身上。這當然是禿頭仔留下的爛攤，番薯是無辜受害者無疑。

話說，正毅金剛合體後，摧枯拉朽之武功大增，也變得更有默契，跨班犯案頻傳，不久，就攻克堡壘堅固的二〇一班——小正去給愛慕的女生威脅，如果不答應當他的女朋友，就要給她怎樣怎樣……

二〇一班導阿海，是職業軍人轉任教師的，他一向治軍嚴謹，得知消息後氣炸了！由於是跨班事件，他馬上跑去學務處要求處理，沒想到簡娘與阿珍是麻吉，很快就大事化小，小事化無。你知道的，簡娘處理小正家族棘手的事，都用明哲保身迴避法冷處理。

誰都知道，處理這些學生案件，時效很重要，阿海左等右等都沒消息，隨即看破簡娘他們的手腳，就跑去質問，他有點不悅：

「過了那麼久了，學務處爲何都沒處理？」

「哪有沒處理？」簡娘溫柔回嗆：「處理，難道一定要記過嗎？」

阿海的氣又炸了一次，原來，小正只是被叫去唸一唸告誡一番而已，事後也沒通知導師：「當然不一定要記過，但事情有輕重大小，這涉及威脅，他又是累犯，若不給他一些較強的警惕，若他眞的去給我們班女生怎樣怎樣，那怎麼辦？」

「不處理，就是他的處理方式，所以，沒有不處理啊！」我仿照禪師語錄給他開示：「以後要學我自力救濟了。」

後來，阿海自己去找阿珍談，他們倆班級經營的理念，天南地北，剛好兩個極端，一言不合就吵了起來。自此，表面雖相安無事，但私下阿珍三不五時就給阿海 e-mail 挑釁，但阿海不想把事情鬧大，也不願讓人說他男生欺負女生，回應幾次後，選擇沉默，一直在忍隱，迴避她的攻擊。

有一天下午，阿珍沒在辦公室，阿海突然結巴地扯開嗓門：「眞不好意思……有件事情想請問大家……你們，有一直在忍耐我嗎？」

大家一頭霧水。原來，阿珍攻擊他的信件中，裡面有嗆說：

「我們都一直在忍耐你！」

天啊，我聽了嚇一跳，那不是巫碧瑩以前經常對我說的話嗎？

此時，與阿珍友好的阿月就主動說明此事，她說阿珍將與阿海往來的信件都給她看，尋求支持，所以她一直都知情，有回就對她說：「阿海經常在午休叫學生來訓話，眞受不了，吵死人了！」阿月隨口就回應：「是啊！」

「我們遇到學生偶發事件時，難免都會如此，我也會啊！」阿月說：「我只是順口說說而已，沒有惡意，因我與她是朋友，不答腔不好意思，眞抱歉……」

沒想到，阿珍就以此爲「證據」，部份代替全體的借代法下結論：「我們都一直在忍耐你！」

大家了解後都搖頭，紛紛說：「我們才在忍耐她啊！」

是啊，午休她常叫學生來辦公室罰站，或占用公用電腦替她打個人資料，而自己又常不在，學生就聊天起來了……這才讓人受不了咧，阿海只是偶爾，她才是「經常」，怎麼張冠李戴呢——這成語對吧？

聽我們說明後，阿海說起對阿珍的忍讓與委屈，說著說著竟眼眶泛紅，我趕緊趨前拍拍他的肩膀，以我被巫碧瑩長期「忍耐」與追殺的往事安慰他。

「借代法」被拆穿後，阿珍在時，辦公室氣氛自然就變得詭異肅殺，我們雖沒惡意的動作，但說話起來自動怕怕，她也感受出來空氣稀薄，當然阿月也會跟她說明經過，避免被她誤以爲是自己洩密的。

而後，又發生一件令她傷心的事——她毛遂自薦，報名代表學校參加縣府「特殊優良教師」甄選比賽，這是她的強項，但在學校初選就敗陣下來，更令她不堪的是，竟敗在長期被她鄙視的我的手下，新仇舊恨不斷累積，終致讓她的情緒到達潰堤的臨界點，國二學年結束，她就放棄她的班級，隆重入閣當訓育組長，還放話：

「我先去替人卡位！」

啊！這不是巫碧瑩當初放棄她的後段班的翻版嗎？只是她的理由，沒有巫碧瑩那樣完美漂亮與正義凜然，反而讓人摸不著頭緒，覺得此話眞的是卡卡。巫，優雅上台贏得眾人掌聲，她卻因此而盡失人緣，同樣城府機心，功力卻立判高下。

關於「特殊優良教師」的事，你鐵定覺得不可思議，其實我更覺得意外，這根本不是我教書生涯規畫的事，甚至對此類比賽有些排斥與鄙夷。老師是否優良這件事，在我的觀念與理解中，不是用送資料比賽來論斷，就像作文，不是用考的「烤」出來一樣。

包括什麼「正向管教」、「班級經營」、「教案製作」等等競賽，另一個視點，其實就是僞造資料大賽，它根本不等於實際教學現場的表現，甚至與之呈反比狀態，因爲眞正用心教書的人，哪有那麼多時間做這些比賽資料？若有多餘的時間，我寧可把它投入眞正的教學之中。這不是我唱高調，有學校行政經驗的人都知道，而目前上級所力推的「教師評鑑」也就是這麼一回事。

阿月就告訴我一件關於她女兒的事，她今年小六，她導師即是本縣「班級經營大賽」金獎得主，號稱是「班級經營之神」，可媲美偉大的王永慶，據說家長們爭先恐後，不擇手段就是要將小孩擠進她的班級，但阿月也沒去關說或爭取，女兒就自動在她的班，也可能學校知道是老師的小孩而刻意安排。

上學期，女兒畢旅回來，就一直向阿月抱怨「好無聊喔！」，說出去玩時，不管到哪裡，導師要求他們一定要跟在她身旁，不能自己去玩，因爲她要逐一拍照作紀錄。離譜吧，這成語叫「捨本逐末」沒錯吧。

老公阿忠知道後，就忍不住打電話去找女兒導師發牢騷，沒想到她卻高調回嗆：

「請你上網去看看我的班級經營部落格，那是全縣第一名的……」

聽到這種說詞，除了認敗，你還能說些什麼？

所以，我怎麼可能會主動去參加這種比賽呢？

往年，校務會議要推舉代表學校去參加縣賽時，每次都只有一個欽定的候選人，而且大都是有意考校長的主任，或是要考主任的老師，因爲若比賽得名，資料審核項目可以加分，志不在此的老師們也無人在意，只是有回，阿秋對此獨裁做法非常感冒，開會時，她與阿怡幾個窸窸窣窣低語後，故意舉手要推舉我加入候選人，但豬頭回答說「不行！」，因爲主管會報已經決定了，所以不行！我當時是不在意，沒心情玩這個，但阿月卻耿耿於懷，有時會向我抱怨一下。

那年，新人事突然宣布，依規定開放自由推薦人選，阿珍第一時間就跑去推薦自己，還洋洋灑灑寫了她的政績當作附件，學校也再度推出鍾主任——他多次代表學校參加縣賽都落選，而此時，阿月竟跑來跟我說，要去推薦我，問我是否同意，她說忍很久了：「要爭一口氣！」

「這樣好嗎？你會不會得罪阿珍啊？」我猶豫著。

她說不要緊。後來我又記起李登輝一句名言，「我不是我的我」，想想就答應了。

結果，校務會議，也按規定採無記名投票，這樣對我有利，再加上學校沒整合成功，三選一的情況下，我漁翁得利，竟當選了！成爲柳中的代表。

阿珍投票前，還信心滿滿發表政見，對於這樣的結果，失望透頂，私下就對阿月說：「蕭天助得了很多文學獎沒錯，但這是他私人的事，縣府要的是公領域的，教學上的……」

齁！她的意思是說我都沒用心在帶班與教學上……眞受不了，她是長期被學校流言洗腦，還是眞的近視到只看見自己的好、別人的壞？

爲此爭辯無意義，巫碧瑩後我已知道沉默的眞諦。

一個月後，成績揭曉，我竟得獎了！雖是第三名的「銅獎」，還是得獎了！當紅榜貼出來，阿珍幾乎要崩潰了……

阿月她們的確出了口怨氣。不過巫碧瑩若還在柳中，必定會興奮地對我嗤之以鼻，因爲她在豬頭時得過銀獎，又是「Super 教師」兼「Power 教師」，三『師』合一的光環，方圓百里，無人能出其右。

「喂喂！別忘了，還有『一師』，就是——落跑導『師』……」說也奇怪，我腦海當下就有個回聲，讓我笑了出來，若是小愛還在，必定跳出來如此吐槽。小愛，已變成我的心的一部份了嗎？

其實，說眞的，今天若阿珍出線參賽，我相信她也會得獎，且成績可能都比我好，因阿月曾跟我說，說阿珍之前找她合作某項輔導案例比賽，直接就向她說明：「這些評審都是我認識的校長與教授，得獎機率很高，而且有獎金……」所以，若是事前她跟學校撨好，不要操之過急，獎項必是她的，無奈萬事俱備，只欠東風……她是 NG 版的巫碧瑩嗎？

不過，塞翁失馬焉知非福，番薯卻因此而大大重用她，從訓育組長，順利又爬上輔導主任，悲情的阿圓，從被豬頭提拔後，巧的也是從訓育組長到輔導主任，一路被她追著跑，最後跌落谷底，回任陽春導師。

當上主任後，權力治癒了她的憂鬱，反過頭來，修理那些曾經有過節或鄙視她的人——啊，阿海在哀哀慘叫囉……

6.

番薯的聲音，透過麥克風，還眞像廟裡的誦經，還好，我快解脫了。

窗外的小葉欖仁上，一些些熟悉的鳥聲，又讓我懷念起小愛的種種，仔細回想，小愛出現在我生活的時間，幾乎是我與阿星交往的時間，這又意味著什麼呢？難道她也是一個愛情的幻影嗎？

「天助老師！」幹事小姐阿碧突然進到辦公室來，她總笑臉迎人：「喔，你還沒走啊！」

「是啊，在收行李啦！」我也笑著說：「奮戰到最後一刻！」

她哈哈大笑：「恭喜啊，這麼年輕就要退休了，不像我們有家庭要養，要繼續奮戰啊——」

她發完資料，寒暄幾句就離開了。蕭老大在教務處時，他們倆堪稱是最大台柱，「主任組長不幹事，幹事才眞的幹事！」有人開玩笑說：

「教務處若沒有阿碧與老蕭，早就倒了！」

自從「自強活動事件」後，豬頭眞的對蕭老大百般追殺，而後故意指派他擔任午餐業務經理，你知道的，那是一個大黑洞，一涉入不沾惹一身羶也難，豬頭便以此修理他，並威脅要移送法辦！之前，只是說說，這次業務坑洞較多，容易構陷，蕭老大中網後，豬頭就報政風處派人來查，逼得他請調他校——我竟懷念起他的饅頭加蛋，這是他極力推薦的某店家的早餐，他有時會幫我們導師買。新學校離家遠了，不知他近況如何？

此時，番薯的麥克風突然短路，尖銳地「吱」一聲，啊！耳膜幾乎被震破了。眞像她擦槍走火的風格。她在校園走跳，彷彿鄉下大嬸婆在逛百貨公司般，這個也要，那個也要，東摸西摸，莽莽撞撞弄得雞犬不寧，應該不是眞的壞心，只是番到令人受不了。

她原是國文教師，現在有權力加持，自動官大學問大起來，就堅持我們國文老師一定要照她的觀念來上課，而且一直強調她是國文專業，你嘛幫幫忙，國文老師不見得是國文專業好不好？有的老師連自己都寫不出一篇通順的文章，還頭頭是道在指導學生如何寫作咧，更不用說一些來路不明的國文老師——我看到她在校刊頭版頭條寫的「校長的話」，唉，我的國文小老師寫的作文都比她好……

「我最怕國文老師出身的校長了！」阿月曾教過一屆好班，被女王「專業」得很慘。而番薯的「專業」更「專業」了，大家快跪地求饒，她不只要求你教書的方式，一些形式上的細節，也要你照單全收。不說其他，光講作文，就永垂不朽了——

「寫越多，才會更越進步啊，你們不要懶得改作文，我知道很辛苦，但爲了學生，還是要多寫啊！」她比一般校長還迷信以量計價的「篇數」，一直逼著我們要增加，有老師就說，「要求學生寫那麼多，老師沒時間改，反而沒效果！」她說，「沒時間改，那就帶回家改啊！我以前都是這樣做的……」

我也以我的指導寫作的經驗來反駁，我說：

「有效的寫作練習，至少要包括三個步驟：事前的引導、寫作的過程、事後的回饋，現在觀念跟以前不同了，好好用心寫一篇，勝過亂寫一通十篇，何況有些寫作訓練，不是成篇計算的，像我上課要求學生做筆記，這是寫作基本功，一整本要算幾篇？而且現在課本都附帶一本習作，幾乎每課都有短文寫作……」

「對啊！像天助老師辦的《柳河行踏》與學生文學獎活動也是寫作的訓練……參加這個活動，總比亂寫好啊！」阿月也被番薯激得為我大聲辯護。

「那就不要讓學生亂寫啊！」但番薯的專業根本不鳥我的專業，講到最後，她就鬼打牆：「不要再跟我講這些有的沒有的創意，反正，一學期我要看到至少四篇寫在作文簿的作文！」

「作文簿？」所有老師幾乎異口同聲出現驚訝的眼神。

「就是那種藍色作文簿啊！你們不知道嗎？」她也張開驚訝眼神。

我們怎麼會不知道呢？只是這種作文簿在國中校園幾乎絕跡了。你若看過以前電視劇的爛鬼片「藍色水玲瓏」，就能體驗那種見鬼的感覺，以及那種俗不可耐的低級恐怖。

從基測加考作文後，儘管開會我一再建言，「作文不是用考的，是用寫的！」，但敵不過眾人的意志，柳中也決定段考跟進。自此，學校抽查的作文，就是兩篇「烤作文」與兩篇老師自訂的作文，共四篇。九年一貫以來，都是這樣。還好，這回與番薯的混戰，眾老師守住四篇的低標。

段考既然加考作文，自然就模擬基測的「引導作文」形式，寫在專用的稿紙上，其他自訂作文，也自然而然跟著以稿紙代替傳統的作文簿，這樣也便於批改，送檢時，就是四份稿紙，用夾子夾著。九年一貫以來，也都這樣。向外校打聽結果，也沒人在藍色作文簿了。

所以，第一學期，送檢時，沒人用作文簿，大家都以為番薯一時老番顛，說說而已。誰知她來眞的，對此非常不滿且憤怒：「這樣一張一張的很亂！很難看！」她要求，下次至少要用那種定頁資料本裝件，問題是，大家都有共識，不想再讓學生再花錢買，基本三十頁裝的，至少也要五、六十元，他們光是講義、參考書、試卷費，若遇到較多狠毒的老師，一學期就要上千元以上，何況教室沒置物櫃可放，這樣反而會衍伸出很多班級經營的問題。

「請問，寫作文的目的，是為了讓校長抽查，還是為了提升學生寫作能力？」我看見這議題眾老師有共識，開會時就不客氣地質問。

「啊……當然……」番薯支支吾吾：「這問題……當然不是問題，當然不是為了檢查……」接著又不知所云：「至少，也要裝訂起來，這樣一張一張的，眞的很難看，又容易掉……那藍色作文簿，一本才十元左右，若有學生買不起，跟我講，我來想辦法……」

她若理虧時，就鬼打牆起來，東扯西扯沒完沒了，用疲勞轟炸讓你住口。這招還蠻管用的，因這些時間早已改了好幾篇作文了。

「至少要裝訂起來……」大家揣摩番薯的話，有人將作文對摺，放進那種十一孔Ａ４透明資料袋，輔導室剛好有發給每個導師一百張做班級檔案用，一人一袋「裝」起來，不用花錢；也有人，將每人四張作文，用釘書機「訂」起來，送去抽查——就是沒人用藍色作文簿！因為若這樣，段考作文怎麼辦？難道要當場發下作文簿寫嗎？

她難道不知道「烤作文」已經變成模擬考作文了嗎？印在稿紙上的，不只是題目，還有引導說明、注意事項、批閱計分標準，甚至連紙張格式都模擬基測了。即便發作文簿要如何寫，如何改？

一學期後，又抽查了。她又不滿意：「四張作文全部裝在資料袋裡，要翻閱還是不方便，抽出來就掉了滿地都是…用釘的也一樣，至少也要做個封面，這樣太難看了……」

而後，開會她不放過任何機會，一直老調重彈，在路上給她碰到了，就再彈一次，疲勞轟炸法開始奏效，有些老師受不了了，乾脆就改訂購藍色作文簿，後來才發現，只剩我與阿珠還在撐，我看見阿珠就多去印一張 B4 對摺當封面，再與四張作文釘在一起，像個小作文本，好像過關了。而我也過關，你一定跟其他老師一樣好奇我的招數，我不會藏私，大方跟大家分享——

那作業抽查，是各班學藝股長收齊後送到教務處，交換班級互蓋檢查戳章，然後每班抽六人，再送到校長室審查。這是固定流程。

我就自己出錢每班買六本她所說的定頁資料本，三班國文共十八本，抽查號碼公布後，就叫學藝把那六人的作文放進資料本中，一張一頁，然後再做個固定封面作首頁，這樣可長期使用，符合環保，而事後由我統一保管，不會搞丟又不占教室空間。

聽說，番薯還向其他老師誇我做得好，堪為典範。但你知道的，我在校園的故事，總是好景不常，再過一學期後，抽查前，教學組長就傳來消息，說番薯懷疑他故意挑最好的給她看，他覺得冤枉，大大搖頭：「每年都是抽座號，哪有挑最好的，抽到一號，就是每班的一、十一、二十一……以此類推，湊到六人，哪有挑，明明故意找我麻煩！」

但不管如何，番薯下令：「改爲全班抽查！」

夠！全班都檢查了，還叫什麼「抽查」？根本是找碴！

如此，我的僞裝隆重破功了。資料本我不可能再去買六十二本，補齊每人一本，就算錢不是問題，九十本哪有位置放？

於是，我緊急變更方案，既是全班都要，就回到每人一個資料袋方式，然後在家搜到三個資料夾板，將所有作文「裝訂」起來，一班一大本，沿用同樣封面，美輪美奐，這下她應該滿意了吧。

他們都很佩服我還有心情跟她玩。實在是不得已啊，我的寫作練習，其實都是自己用電腦設計列印，若改成制式作文簿，光是這點，未寫先敗了，因爲你已做了最沒創意的示範，還要教什麼創作！

結果呢？答案一定出乎你意料之外。

是否滿意，恐怕連她自己也不知道，因爲她根本沒時間看！

不說其他科作業，全校二十幾班的作文，每班約三十人，每人四篇，收去後就在校長室堆積成山，堆到學期結束，都還沒送回來。

我讓學生寫的東西，事後都會用一堂課時間來說明分析，這樣搞，第二次段考的「烤作文」與考後我的寫作練習，這兩份根本來不及講解。因學校考後不到兩星期就要收件，能改完已經算不錯了。

重點來了，國文作業不只有作文，還有習作，與我特有的筆記。作文沒回來，就少一節寫作課而已，其他兩種沒回來，連上課都無法進行，這老番薯不知道還有四星期學期課程才結束嗎？

我遂跟組長反映，他又猛搖頭，嘆息：「抱歉，愛莫能助！」

最後受不了了，就向組長口頭報備，直接派學藝潛入校長室，把習作與筆記先拿回來，

「若遇到校長，就跟她說，老師每節上課都要用到，抽查到我們班時，再請她派人來通知……」

齁！真令人無言。好個「國文專業」！想到她經常口口聲聲說，最重視國文了：「國文能力不好，其他科目也會跟著不好啊！」真是諷刺。

「可見她國文能力一開始就不好！」特教組長又來搞笑了。他得知「作文成山」的成語故事後，竟冷冷地說：「按呢，無米，就只好來煮番薯湯囉！」弄得大家哭笑不得。

結果，苦苦等到期末，也等不到通知。我的筆記就決定不送檢了，只列在清單上，它不是學校規定的項目，若她要再說，所以期末考後，只丟回習作。當初是想，把所有上課做的，可看得見的紙本作業全拿去，反正質與量都沒有見不得人，這是我的專業。我當然知道她是要檢查老師，不是學生。

好了，暑假過去了，總算看完了吧（才怪！）。開學後，學藝拿回來，我發現二年級那班的作文不見了，我請組長與幹事再幫我去校長室找看看，結果，無所獲，一整個資料夾的全班作文，就這樣離奇失蹤了。

這些若都是烤作文也就算了，問題是，我自己設計的寫作練習，都是精心規劃的，我講解後，會擇優頒獎，然後在上課時發表，或協助同學拿去外面報刊投稿，讓小孩有不一樣的回饋，其實若獲刊登，我都會把剪報給組長，當成學校眞實的業績……結果，竟然被「大番薯」了！

過沒多久，有回上課途中偶遇番薯，我打算要跟她抱怨此事，或許那些失蹤的作文還有一線生機，誰知話都還沒說出口，她先數落我了：「天助老師，學生那個作文，雖然有封面夾，但這樣四張放在同一個資料袋裡，要看實在不方便，學生也無法一人一本……那種藍色作文簿，我問過，最便宜八元就買得到……」鬼打牆又來了！

對她我已漸漸學會不動怒，就看成吾班那幾個身心障礙小孩般，用同理心包容，且再過一年我就要退休了，若再跟她生氣，變成我是大番薯了：「那，我以後像阿珠那樣，四張釘在一起，再加個封面，一人一本，這樣可以嗎？」

「她那樣，其實也不可以，抽查前再裝訂，平時一張一張的，學生也容易弄丟，這樣釘成一本，學生若要隨時抽換閱讀，也有困難……」她淡定地說。

我輸給她了，直覺這鬼慢慢進化中，我剛在心底極力構築的銅牆鐵壁馬上被攻克，當我正在痛苦煎熬掙扎時，還好，上課鐘響了，它救了我。否則她一發作，不番個一、二十分鐘是不會停的。

你知道的，鐘聲總敵不過電話鈴聲。隔天，我在辦公室接到番薯的電話，又藍色作文簿不停，第一次覺得快被逼瘋，比被惹怒還難受，我可以跟水雞豬頭對戰三百回合而仍鬥志滿滿，遇到番薯鬼打牆，就兵敗如山倒：「好了好了，別再說了！就藍色作文簿！我等一下馬上去跟書商訂。」

「天助老師，謝謝你喔！」番薯喜孜孜在電話那頭笑著，如釋重負的感覺，我都聽見。隨即，我向辦公室同事宣告：認敗！認敗！認敗！放棄抵抗了。他們笑翻天：「阿珠也掛了，只剩下你還在撐……」

我仿照他們，叫學生把稿紙三摺後，浮貼在作文簿裡面送檢，終於，番薯滿意了。就這樣，我與我的學生，被藍色作文簿霸凌了一兩年……

你知道的，這是我的藍色憂鬱。

去年作文全部失蹤的那班，兩週前畢業了，我也要跟著畢業了，而那神秘消失的作文，卻還沒現身。

7.

阿文匆匆忙忙推著參考書講義進來辦公室了，看見我就一直眉開眼笑：「天助老師，恭喜了，要退休了！」

「是啊，已經失身（聲）了，不退不行啊！」我說。

他哈哈大笑：「有安排好退休後要做什麼嗎？」邊說邊用手擦著汗。

「先把位置空出來再說，那麼多流浪教師在等，不要占著茅坑不拉屎……」

我笑著說：

「終於，不用給我下學期參考書了！」

「哈哈哈！」他靠過來問候後，就忙著邊發書：「要不要我幫你載東西呀……」

「感謝！不用啦，東西清一清，剩下的，我的老March裝得下啦。」

「那，天助老師，我先到導辦去發，等下有空再過來看看。」他又推著車離開了。

去年，教育部爲了成就馬X九總統的政績與歷史定位，一切都還沒準備好，就不顧輿論批評倉促宣布正式實施「十二年國教」了，這比原訂的計劃提早了六年，於是成了山寨版的「十二年國教」，以前「九年一貫」也是山寨版的，眞是悲哀啊，甚至連這個國家也一直都是。

眾所週知，「十二年國教」最重要的精神是「免試入學」，結果，還是換湯不換藥，從原本的「基測」變成了「會考」，而且又多個「特色招生考試」——各學校、媒體與坊間的補習班，經常口口聲聲把「免試入學會考」掛在嘴邊，師生與家長也是，卻從來不覺得這六個字充滿了矛盾，既是「免試」，又要「會考」，這樣到底是哪門子的免試入學？好詭異的邏輯辯證啊，整個政策簡直是個高深莫測的哲學命題，令人迷惑——這會考還是不會考？你或許已不自主在考前猜題了吧。

至今，我還是很訝異的，難道大家都看不見，阿文手中這些來來回回的參考書測驗卷，這不就是一個超完美的答案嗎？

「爲了因應十二年國教，所以我們要上第八節、假日班、也要晚自習，加強課業……」噁心的陳腔濫調又來了……

來柳中第二年就認識阿文了。看他從十幾歲的少年工讀生，很努力地做，做到現在的業務經理，二十年就這樣過去了。最早，老闆都會陪著他跑，沒幾年，他就獨當一面了。這期間，曾有家書商試圖來搶生意，最後還是失敗，他們穩定獨占柳中市場，縣南其他的中小學幾乎也是他們的江山。當然，這需要付出一些微妙的代價。

好班導師，通常是大戶，有些學校紅人，有時在外聚餐歡唱時，心血來潮就會打電話叫阿文來同歡，然後就自然讓他買單。學校高層，更不用說了，總是陳老闆親自作陪，官商之間，在校園裡不只是「一成」不變而已，經常還有著糾葛不清的關係。

所以，學校一些人事變動，或八卦，有時問阿文是最清楚了。他都比老師還要早拿到課表，誰是導師，誰是專任，或誰升調組長，還有哪班，是神祕的特殊班……而我看到我的教用參考書，就知道班級有無變動了。

他發書回來時，再偷偷告訴我一件驚人的八卦，他說，豬頭在T中混得不是很順遂，前些時候新北市有七十個中小學校長，因學生午餐弊案被起訴，某涉案廠商有子公司在八卦縣，剛好是T中供應商之一，豬頭好像有牽連其中，除此之外，學校活動中心興建工程，也跟某立委有些金錢糾紛，「更勁爆的是，他還被人蓋布袋！臉腫得眞的像豬頭，聽說是以前柳中的學生，名字叫做什麼『幹雄』的……所以，今年八月一日確定要提早退休，哈哈，這樣就跟你同梯的啊……」

「同梯就同梯，不會因此我就變豬頭啊！」我笑著說。

唉！人生，八卦來，八卦去，現在這種年紀，已能淡定以對。況且這種事情，你知道的，我做過合作社業務，再清楚不過了，不用等法院來判決。倒是講到幹雄，讓我心頭一震，那不是我首屆導師班的學生嗎？沒想到，布袋，水雞沒蓋成，反而蓋到豬頭，我突然覺得好笑，還眞的報應不爽……我本要跟阿文說他是我導師班學生，後來覺得沒必要就沒說。

前年，我狂風暴雨的班級畢業了，就不再當導師，教兩班國一，一班國二，專任課雖多，卻覺得自在，是心情使然。這幾年，在學生身上，我強烈感受到母語流逝已到了危急存亡之秋，所以想開個社團，指導台語文創作，番薯表面上說好，卻一直以各種理由推諉，我只是盡人事，不想求人，這兩三年來，學生在這方面表現極優，頻頻得獎，就想在退休前，有計畫多培訓一些人才，既然不同意，我還是會利用國文課，將台語文創作融入課程設計，何況現在有網路，透過此，也可進行指導。

沒想到，番薯又出奇招了。她竟把國文課，從原有的一週五節減少為四節，而獨立開一堂「閱讀課」，卻排給另外一個老師。這樣操作，就造成課文進度的緊繃。其實，國文與閱讀教學上哪能切分開？

後來才知道，柳中前一年，全縣「閱讀訪視」，意外獲得特優，番薯高興之餘就去申請「閱讀磐石學校」，但它需要很多業績資料，才能審核通過。所以，就找來兩個代課老師，上全校的閱讀課，集中火力。

這樣的切割，造成兩敗俱傷。國文課就忙著趕進度而已，我原來每個階段的「課外」教學時間，全毀了。而那兩個閱讀老師，也認爲效果不彰，因這課的目的是要配合番薯做業務資料，閱讀，只是個幌子。

閱讀訪視特優，所有國文老師都覺得不可思議，自己有幾兩重，清楚得很，後來才知這成果，原來不是看書看來的，是從電腦裡按出來的——縣府的比賽計畫裡，其中一項評比是「線上閱讀」，學校叫電腦老師，在上課時教學生不用讀文章，像打電玩一樣猛按，拼命按，卯起來按，使盡吃奶力氣按，竟然按到全縣第二名……這樣的特優，應該叫做「電競」特優才對，怎麼會變成閱讀特優！

對於此，抱怨得最大聲，除我之外，還有阿圓，她總額外安排各種複習考試，課少一節，時間怎麼夠用？

她是個很「頂眞」的老師，教學認眞外，經常參加國語文競賽，藉以磨練精進，還曾獲得全縣教師組「字音字形比賽」冠軍咧，因此，他很相信自己的專業，對學生也蠻熱衷傳統式的考試訓練；這幾年，段考回歸各校命題後，有回輪到阿圓出題，她竟然出了一份宇宙超級無敵難的考卷，除了體育班外，其餘班級全倒，及格人數，都是在個位數掙扎……只是這次，她被撤換輔導主任後，接人家後母班，成績當然不如預期。

番薯這個人，情緒反應很直接，獲得密報之後馬上找我們去校長室喝茶——茶杯是她特製的咧，上面以魏碑體寫著「柳中榮光」四個字（她名叫范素蓉啊！），這是贈送外賓的伴手禮——她拿出第一次段考的國文成績，數落我們「要多用點心啊，差別班這麼多！」我看了一下，我有兩個過動兒的國一那班，總平均輸最好的班有二十分之多，另一班也輸十分左右，你知道的，這招老套了，只是她也太心急了吧，新生才入學一個多月，成績出現如此大的落差，豈不是露了餡，等於昭告天下說，常態編班是假的！而國二那班，我問原任課老師阿雅，國一成績就這樣，更證明非我教壞的。

前任那些校長，都會等我接了之後的第二年，才亮出這底牌，讓我百口莫辯。這就是大番薯。她一直強調，「常態編班，所以各班國文成績都一樣！」按這邏輯，那數學成績也一樣嗎？她眞的不知道S型編班的依據，是國文、數學兩科的加總，不是單看國文成績嗎？

「若眞的像你說的成績一樣，那不說別班，爲何同樣是我教的這兩班，會差十分那麼多，難道我比較偏心某班嗎？」我質問。

「啊反正都一樣啦！你就多加強一下……」她又鬼話連篇了。

番薯既然以此爲由來數落我，竟然又在導辦「私下」跟阿雅大聲講：「你們班成績本來就比較好，所以要開假日班，多加強一點……」這不是自打嘴巴嗎？她開會經常這樣窘態畢露，因應之道就是裝傻鬼打牆，打得令人哭笑不得。我懶得跟她辯了。她叫我與阿圓去的動作，就達成她向眾老師警示的目的——還不好好幫我推閱讀！如此粗糙的操弄痕跡，我怎麼會不知呢？

一年過去了，不僅閱讀成效不彰，連做閱讀資料也不彰，因這階段審核較嚴，電競之神手已無用武之地了，而國文整體能力恐怕也在下降當中，從大家都在趕課疲憊的眼神就可證明，這不只是推測而已。

隔年，她也沒公開宣布，偉大的「磐石計畫」就自動放棄，國文課也自動恢復五節，剩那塊閱讀訪視特優的紅色布條，還掛在校門口，與遠在各教室新購的空蕩蕩的書架，相忘江湖。

去年五月，我指導的學生台語文學創作比賽，又囊括全縣前三名，而我自己的台語作品，也獲得教育部比賽新詩與散文雙首獎，重點是，隔日的《自由報》，把我的消息放在全國文化新聞的頭版，而且占了半版，據聞，電視也播了我領獎的片段。當我返回學校上課時，我教的某學生拿著剪報來班上傳閱，還刻意護貝著，他不是要珍藏，而是爲了在我的蠢照上塗鴉，玩弄不會反抗的我……當然，我不會生氣，這是他們慶祝的方式。

番薯，笑嘻嘻來恭喜我，還將我拿獎座的頭照與我的部份作品，做了一塊帆布輸出，立在校門口左側當門神——於是，隔年，就是去年，我的台語社團終於開成了，共招了十二名學生，在退休前完成一樁教學心願，雖只有短短一年。

打鐵趁熱，我順勢建議她，利用學校東面圍牆廢棄的十幾個燈箱，用學生的作品，做一個「台語文學步道」，鐵定是一個學校亮點，也是全國唯一的風光。

這牆外車水馬龍的忠義路，是舊大門出口，去郵局、農會、公所洽公，或是家長接送學生上下學，此乃必經之地，來來往往，人潮眾多，這樣展示作品的學生，肯定會增加成就感，也可提升學校的能見度。

沒想到她眞的同意，也要確定要做。只是「專業」的老毛病又犯了，她不願照我規劃的內容做，堅持自己要主導，甚至要更改原作品的主題——這「步道」稱呼不好，應該叫做「台語作品牆」（她就是喜歡牆！），她又嫌我寫作課的主題「予柳河的愛情明信片」不好，就把它改成「柳河印象」，這些作品原是我要求學生以明信片爲媒介的創作活動，有其淵源。你知道的，若我再堅持，她必定就鬼打牆，最後恐怕連這牆都被打掉了，反正，至少學生的作品能透過此展出就好，事情輕重，年紀越大越能拿捏分寸。

有一天，我去郵局寄信，發現眞的弄好了。燈箱裡原本舊的政績宣導，變成新的詩作了，但仔細一看——啊！那詩竟是華語詩，而主題名稱卻是「柳中學生台語作品牆」，番薯大搞烏龍，戴錯帽子了啦！

這活動，我做了兩次，台語、華語各一次，此時才發現，這號稱縣府「國教輔導團本土語言召集人」的番薯，竟然連台語文都看不懂……我是教學活動的設計者，也是指導老師，竟然也不給我校對，甚至也沒掛上我的名字——還好！沒掛上我的名字，否則我的一世英名，將毀於一旦。

將華語詩稱做「台語」，蔣公若還在，她恐怕會以「主張台灣獨立，企圖顚覆政府」罪名起訴，立刻升調「鐵窗大學」校長，那綠島小夜曲肯定是唱不完了。

我也不想多說，對於五穀不分的她，說了也是白說，就留做紀念吧，從另一個角度看，這何嘗不是一個裝置藝術呢？致敬！藝術萬歲！

8.

番薯仍口沫橫飛，剛剛音樂社團成果發表，她還充當樂評，連音樂都專業起來了。

然而，她也只是個大番薯而已，雖然番起來會令人受不了，但不會像豬頭那樣奸詐，且對我有強烈的針對性，也不會刻意去阻擾學生參加我的活動，因此，她就賺到我指導學生比賽的「業績」。這是教育全贏的局面，卻只有在番薯王朝發生，女王時期，若不是出一個顢頇的涂大主任，應該也會如此吧，我對我的專業與熱誠有信心，不過歷史就這樣，過去了，就只能嘆息與追憶了。

其實從言談間，就可看出性格上微妙的差異，我在柳中經歷的校長，只有她與女王，對老師說話時不會「言必稱校長」，像是對學生教誨的口吻，打電話給我，甚至會以全名自稱，或許跟她們都是國文老師出身有關，對於「稱謂」有基本的語文常識，也或許是心態吧。

外面空氣沉沉悶悶的，陽光卻異常耀眼，小葉欖仁的細葉一動也不動貼著枝條，像失聰的耳，鳥聲也杳然。

霎時，我突然聽見隔壁導辦有人聲窸窣，細語喃喃的，於是過去一瞧，是阿海與小龍女。

「怎麼回來了？結業式不是還沒結束……」我問。

「齁！受不了了，眞是大番薯！」阿海說：「鬼打牆講到都變佛跳牆了……」

小龍女喀喀笑著，嬌嗔地猛點頭，看她那迷人模樣，難怪每個教務主任都被她迷得團團轉，一不小心就把她的課排得超優，首尾不排，方便她遲到早退，婀娜多姿的悠哉體型，登登地來，又登登地去，也難怪番薯對她曼妙的身材恨到眼睛冒火——前一陣子，對小龍女的摩登裝扮一直碎碎唸，唸她的細肩帶，唸她的迷你裙，唸她羞澀的夾腳拖……「這樣，學生上課會不專心啊，我們當老師的，穿著要稍稍注意一下啊！」

小龍女靠背很硬，才懶得理她咧，照常扭腰擺臀。

去年期末考前，她竟把課私下調一調，直接飛到香港玩，羨煞多少人。

前年我剛專任時，課表剛出來，發現我教小龍女班的國文，隨即臉色發白，直冒冷汗，「被迫害妄想症」又發作，一些好同事笑彎了腰，紛紛欠揍地來道賀，我也紛紛給予白眼回擊。

阿玉最了解我的恐懼了。

她那時，艱辛帶完被巫碧瑩拋棄的後段班，而後又撐完一屆班導，連續五年後總算得以專任一年休息，誰知，開學才兩個禮拜，正當稍稍喘口氣時，慘案發生了！

她接獲學校通知，即日起開始代導——她國文任課的班導小龍女，隆重請「公傷假」。原來，親師座談的那晚，她美麗的高跟鞋，在校園黑暗角落隆重扭傷了，名正言順「因公受傷」，她提了醫生的驗傷證明，陸陸續續請了十個月，十個月啊！阿玉專任老師的位置都還沒溫熱咧。

臨時代導，有短代長代之分，這些都還好，至少有個期限，最怕的就是這種無限期的「一直代」，她隨時又補一張假單，你就要一直代，代到連番薯都不耐煩，要透過關係找人叫她快回來，「這點小傷而已，怎麼可以這樣？」人事主任也搖頭，「但是她有醫生證明啊！」

你知道的，番薯就使出必殺技——鬼打牆！當然那小龍女也不敵，但被打得不耐煩時，她竟猛然回擊：「再來煩，我就要提出國家賠償！校園設計不良，燈光昏暗，害我腳踝受傷，妳當校長也有連帶責任……」她顯然有高人指點，番薯瞬時又變成烤番薯，眼冒金星。

當導師雖累，但課少，這種「一直代」，是以專任的時數來當導師，雖多些代課費，但雙重操勞下，是會要人命的。依內規，代導的原則，是以該班任課老師中授課時數最多的人爲優先，國文老師不算配課，一週至少也五節，只要班導請假，必定是先發，跑不掉。

所以，這兩年中，我總心驚膽戰，虔誠祝禱小龍女龍體康泰，龍心歡愉，以及龍爪和諧不打結……她班上有幾個難纏的學生，我也是盡量自己搞定，不敢勞煩她憂心。沒想到，我竟然走運了，甚至連一天都沒代導，大家嘖嘖稱奇，這全世界「最容易受傷的女人」，竟是對我如此溫柔悲憫……

「嗨，小龍女老師好！」我故意如此喊她。

「好好喔！恭喜啊——」她嬌嗔的聲線，無人能擋，我當下酥軟了。

中規中矩的阿海，平時是不會集合中途落跑的，這回眞的被番薯搞火了。

今年國語文朗讀校內比賽，三位評審都照慣例推選國二組第一名的A參加縣賽，但誰知道，甫升教學組長的阿敏，很想讓第二名的B代表參賽，因B是她任課的學生，於是她趁職務之便，私下就去跟番薯講：「A沒有意願要參加縣賽，所以改由B代表參賽。」

阿海得知消息後，覺得有問題，因A是他自己班上的學生，再清楚不過了，就再去問她，結果她說，沒向組長說沒意願啊，相反的，很想代表學校參賽，與阿敏說辭兜不攏——這很簡單處理啊，找來兩人，當面再問一下A不就解決了嗎——怎知就變成羅生門了，阿海與阿敏因此彼此有些不愉快，於是番薯下令：

「前三名，都到校長室再重新比賽一次，我來選！」

阿海就很生氣，「這樣以後不要找我當評審了，都校長選好了！」氣歸氣，阿海也不敢去跟番薯嗆，你知道的，最後比賽結果出爐，B順利贏得冠軍，獲得代表參加縣賽資格。

更氣的是，賽前訓練也要阿海來指導，B並不是他教的學生……他還爆料，有些徵文比賽，阿敏會積極找作文好的學生去參加，而指導老師就掛自己的名字，若得獎，就可記功敘獎，「她是英文老師啊！照慣例都嘛寫國文任課老師，她連這個都要搶……」阿海怕這種惡夢，會出現在他身上。

聽他牢騷完，我也只能學特教組長冷冷地搖頭：「眞是大番薯！」更慘的是，剛剛阿文來說，番薯七月底任滿，確認無法升遷，將繼續留任，與柳中常相左右。

「哈，恭喜啦！繼續夯番薯吧……」我遞上戲謔的祝福，在他們無奈的笑聲中回到辦公室，繼續整理我的雜物。

我才一進門，阿海也跟著來了，他對我悄悄說：「學校今年暑假輔導課，沒再依往例發老師意願調查表了，那表示以後都要強迫老師來上課！」

「是喔！那你們要再起來爭取，課後輔導，法定不能強迫，公文我都還留著，這是基本人權啊，哈，番薯大概知道我要退休，沒人擋了……」

我隨手把公文拿給他。

這其實是我意料中的事，只是二十幾年來，我在柳中努力抵抗的一點教改小成果，又要回到原點……

每次搬遷都這樣的心情，在丟與不丟之間，掙扎著。眞羨慕有些人，丟得很乾脆，了無牽掛，就像阿海一樣，他的辦公桌永遠保持乾淨、整齊、精簡，不像我，連置物櫃都堆得像資源回收場一樣，你或許不相信，只要有一面空白的紙，或考卷我都留著，甚至連別人拋棄的過期的新日誌本（書商每年會送），我都撿回來寫寫詩稿……唉，我這種性格，注定一生多煩憂多罣礙，不過申請退休之事，從頭到尾都沒猶豫過，多一天也不要，即便再教一年，年功俸即到頂，每月可多領一些錢，但我總想，錢夠用就好，教師退休俸所得替代率偏高，總被罵到臭頭了，我就自動減薪吧，雖無人知曉，心安理得就好；何況，我累了，眞的累得像一條狗一樣，但還好，沒有變成搖尾乞憐的狗，這場血淚斑斑長達二十五年的馬拉松，在抵達自己設定的終點前，已放盡所有力氣……

兩年前，小愛與阿星相繼在我生活中消失後，奇怪的是，那年被豬頭毀巢滅雛的黑冠麻鷺，竟回來築巢了，並順利產子育雛，當時正陷入憂鬱深淵的我，因此得到很大的鼓舞，與啓發。生命是奧妙的，永遠在某個未知的場域，交融重生，經過時間的淘洗，眞的，我已不是我的我了……

當我把三、四箱行李搬進老態龍鍾的 March 後，特地再繞到那棵稀疏的樟樹下，抬頭看看，那三隻嗷嗷待哺、毛茸茸的幼雛，趁著大家還在集合，我想安安靜靜，獨自一個人離開，好好告別自己，與這一段慘澹的歲月。

代後記　墓地春風

◎

又是春天了。每次都這樣感嘆，但又是春天了；只是，這回，猛然回頭細數，竟是第二十一個春天了，來到此校，盡情搏命演出，這春天過後，終究還是要優雅謝幕了。

時光飛逝，快到像一陣狂風，莫名的抖顫，根本令人來不及哀嚎或驚愕，二十年的青春歲月，就埋葬在這校園裡，而經過時間的淘洗篩漏，什麼留下來了呢？是的，我仍有些徬徨、掙扎與遺憾，但所有的一切一切，都成追憶，這是時間的無情，卻也是時間的有情，正因此，在人生路途，我可以義無反顧，不理會這不復存在的一切再往前走，無論歡喜悲傷，過往的，都留給額上皺紋與斑白髮鬢去煩憂吧。但風，在訕笑。

這風，花香裡帶著些許淒涼，混雜出難以形容的況味。學校北側，比鄰這鄉第一座示範公墓，整齊劃一的格局，跟校園的建築很像，其實學校所在以前就是墓地，台灣許多校地的前身都是如此，只是學校不說，學生不知而已。在傳統觀念上的「不淨之地」與學，聖潔與髒穢交織，這隱含怎樣的象徵呢？一開始你心裡必定有些疙瘩而不免胡亂臆想吧。我也是，直到今日，即便是此時此刻，每每因例行的生活競賽評分之必要，爬上校舍高樓巡視，總不禁佇足凝望，對著這片墓地，對著墓地上終年吹拂的風。

我喜歡隨風遐想，或者是我的遐想變成那風吹拂，無論春夏秋冬，無論風在哪個方向吹，那種輕盈的感覺，像流行歌曲唱濫的意境，彷彿真的可帶走所有煩憂。

你應不會忘記，我風風雨雨的鄉土課，這片陰風楚楚的祖墳區，正是必修的踏查之地——啊！你乍聽時的一聲慘叫，我當然也不會忘記，你知道的，我不是想譁眾取寵，只是要傳達自然看待「生死」這件自然的事，也想與你一起反省目前已成環保問題的喪葬禮俗，要不然照這樣下去，地小人稠的島嶼，最後必定「死無葬身之地」！何況，墓碑上都鐫刻著祖先生活的艱辛與血淚故事，這些更值得追尋，歷史的滄桑，通常也是個美的標誌。

家鄉，是個失去母語的客家庄，我指向一座聳立石碑：「御賜烈士之墓」——那是百年前族群分類械鬥的悲慘印記。歷史可以寬恕，但不能遺忘。啊，這是我老掉牙的結論。課本知識若不能在土地與生活上驗證，永遠是死的，反而這片「死人之地」，活生生教了我們許多……

哈，你笑了，當然我怪異的教學舉措，在保守的國中體制，引來許多非議與構陷，但我甘之如飴，只因你若有所悟純眞的笑容。他們的批評，不會知道，那年我們在寒風吹拂中，用腳踩踏過家鄉的土地後，彰化第一本社區鄉土教材，就在熱心家長與老師的贊助下正式誕生了。是啊，生與死怎麼說？

◎

風，繼續吹著。這季節交替之際，風其實也變化莫測，春天尤然，「春天後母面」，這世間實相，紮實地給地理課本的標準答案打臉。

近來，墓地漸漸縮減，聽說是人們喪葬觀念變了，慢慢可接受火化入塔安置，腳步雖有點慢，但這種發展毋寧是令人高興的，在墓地踩踏多年，祖先們終於有所回應我們的願望。

只是那靈骨塔，還是佔人空間，而它竟也變成投資商品時，另一個惡夢儼然成形，誰能不佩服台灣人的生意頭腦呢？我笑著對你說，從透天別墅變成國宅公寓，至少可釋出很多土地，雖離我們的期待還有一段距離，但漸漸往良善改變，就是一種希望，帶來希望，所謂的「教育」，不就是如此簡單嗎？

出了公墓，不到二、三十公尺遠，就是台糖舊鐵道，俗稱的「五分仔車」，許多精彩故事更是隨風奔馳，只要一招手，它就帶你去海角天涯。我喜歡帶你慢慢走在這特殊的鐵軌間，「三條線喔！」，不在額頭，而在厚實的土地上。

邊走邊看，看盛開的油菜花，看廣袤的田園，看結實累累的葡萄，看田埂古董的人力幫浦，以及家鄉豐厚的人情。鐵道直直走去，就是柳河了。

這條家鄉的母親河，曾帶給我們驕傲與榮光，是我們每年冬末春初必定朝聖之地，但你知道的，憑弔的性質總是居多，熱烈討論之後風沉寂的片刻，哀傷就不由浮現出來，因多年來她一直還是臭水溝。對於年輕的你，我只能展示老照片爲證，證明她曾經綠柳垂岸，船影點點，黃昏夕暮的金光，映著許多情侶的愛戀與遊人的悠閒……

回到家鄉後，我一直努力擘畫柳河的未來，希望她美麗重現。做田野調查、辦活動導覽、遊說當局，並讓柳河大剌剌地登上課堂，甚至帶著你回溯她的源頭，從八堡圳、濁水溪、陳有蘭溪，一路追尋到巍峨的玉山山腳，只爲讓你感受她生命的有情與脈動，雖然她是一條人工開鑿的河流……仰望，這島嶼巨大堅毅的心臟，就是永恆的見證。

心裡總想著，宜蘭冬山河可以，高雄愛河可以，柳河也可以！當然，這是激勵你的話語，我內心明白得很，時空背景與主政者不一樣，人心也不同，事實狀況其實讓我有些悲觀，因爲我知道有個龐大工程正在進行，一條高架快速道路將沿河岸興建，在視覺景觀上幾乎難以挽救，但讓我繼續前進的動力，是上一代人美麗柳河那份愛鄉愛土的心，我很珍惜，即便那是歷史上一道短暫的亮光，但至少是光，在漆黑的時代，一點點光都是希望之泉，我當然不能放棄，因爲你也因爲我，直到那水泥怪獸一點一滴吃掉柳河的天空……我知道回不去了。但我告訴自己也告訴你，憑弔緬懷也好，歷史的美麗與哀愁總會激勵撫慰人心，所謂的教育，不是要不斷找光嗎？

◎

風，吹著，帶點涼意，有些驕傲，也有些感傷。那是春風無誤。站在這樓遠眺，迷濛的八卦山，確實是空污造成的，是PM2.5，不是八卦；家鄉寬廣的土地，都在腳下喘息，彷彿知道這少人在意的秘密。這樓視線雖無阻礙，但柳河其實是望不到的，距離加上高聳的水泥壩基緊緊包圍，你只能看見冰冷呼嘯的高架道路，但，道路下方嗚咽的柳河，我怎會眞的看不見呢？稍稍一閉眼，她的身影便歷歷在目，這條曲折蜿蜒的長路，畢竟走了二十年了。

這舊鐵道也是。滿滿你我的足跡，如今卻全掩埋於漆黑柏油之下。一股自行車風，也瘋來家鄉，就這樣，鐵道變成單車專用道，只是，行人與單車還需常常被很機車的機車追趕。冒險練習，也是工程設計的初衷嗎？

一片嘆息，不小心被風吹飛了，飛到身後的行政大樓，那壁上磁磚不定時剝落的刺激，竟也有「單車專用道」般的探險情境，你不浩嘆它巧妙的規劃與寓意也難。學校很貼心拉起黃線：「熱脹冷縮，小心磁磚脫落！」但同學間卻八卦著，根本用錯成語，應是「偷工減料」才對。是啊，學校怎麼了？眞實的好像八卦，八卦的好像眞實……

其實不瞞你說，那嗶嗶剝剝的磁磚雨聲中，我聽見一些哀嚎。是的，是操場，創校的操場屍骨就埋在此下，我至今仍懷念，那眞正的操場，有草皮有土壤有老樹，雖時常風沙漫天怒吼，但總被我們悲欣交集的汗水澆熄。不管運動賽事，或是單純的奔跑嬉鬧，甚至八股的軍歌比賽，滿滿的回憶，經過歲月陳釀，都成一罈濃郁美酒，你應常看到我微醺的眼神吧。

眼前，號稱現代化的操場，乍看之下的確色彩繽紛，但誰知，那亮麗的背後，是用兩排五十歲老榕樹的性命換來的。當然，我曾爲她奔走請命，但孤掌難鳴，在眾人眼中，她的生命甚至比一張考卷還薄！終究無法翻轉體制裡對「教育」的定義，那三十幾棵老樹，除了少數有祖蔭庇佑外，其餘都成斧鋸下的亡魂……

◎

風，吹著，再多的血汗，也會被時間吹乾。但記憶，還是濕的。一眨眼，二十個年頭過去了，而擱淺在我手上的評分表，不知如何去評分，自己這段教學歲月。人一生最菁華的時光，就這樣在粉筆黑板間隨風而逝。「這輩子註定與這群國中生糾纏不清了……」成爲正式教員後，就知道很難回頭了，現實與理想交錯成性格上難以摧毀的牢籠。「只要是人，隨時隨地都是牢籠，唯有心解脫才能自由。」年輕時我就有這種覺悟，而今，人是中古車了，卻仍經常忙碌得連心都看不見，奢談解脫了。但，隨年紀漸長，慢慢學會忙裡偷閒的當下，澄澈一下心靈，算是在人間修行的小小了悟。至於成績，就交給上帝去打分數吧，我只是個過河卒子……

學生們，此刻正在教室安靜早自習，躁動的他們，在等待鐘聲，老師也是，被鐘聲制約的生命，是上課下課，是天堂地獄，端看一心了。

你還記得吧，那濕潤的記憶，有一片還飄在新操場的東南一隅，是的，是初夏，是那棵最高壯、樹冠層連綿兩三間教室的老榕樹，樹上有個黑冠麻鷺窩巢，巢中有三隻幼雛。在這之前，其實我已觀察牠好久了，某個的雨天，首次發現牠來此覓食，雖難掩興奮，但爲了安全還是忍隱不說，之後，微雨的清晨，就在你們早自習之時，牠常出現在榕樹下踱步，尋覓蚯蚓，未鎖定目標前，牠會以不動之姿擬態僞裝，但很難逃得過我的法眼，而我也常僞裝自然地晃出教室，在走廊默默從遠處觀察，默默愉悅。孤鳥的我，第一次感到校園不孤單。我知道，牠也在觀察，覓食是實相裡的假象，牠眞正尋覓的，是一個家……終於，那棵老榕雀屏中選，從我「自然」的步履中，終於你也知曉這秘密，我央求你與我共同守護，守護牠們長大。這同時，我們也一起享受了成長的喜悅。

但，故事總好景不常，暑假快到了，新操場建造工程就要動工，而那些老榕樹將被砍伐或遷移，「那鳥呢？」是啊，你我憂心忡忡，既然工程無法變更設計，我只能透過熟識的主任請他去請求校長，能否延後兩星期動工，這三隻雛鳥離巢在即，離巢會飛就安全了……但，你知道的，校園故事的結局也總是悲劇收場，返校日時，同學就傳來不幸消息：看見三隻殘缺不全的鳥屍，就在樹旁圍牆下。你默默，我也默默。「教育」不是應該有翅膀嗎？

墓地上的風，突然猛烈起來。川堂牆上一幅裱褙精美的照片，稍稍晃動，啊，那是新建大樓暨操場動土大典紀念，縣長親自蒞臨主持，大家排排站，焚香燒金祭拜鬼神……我當然知道，黃道吉日無法任意更動，但，校園裡嗷嗷待哺的蒼生呢？

時光匆匆，鳥屍早已無蹤，而你早也畢業，而我，這春天過後也將畢業，回顧前塵往事，雖難免有感嘆，但心總像被風吹過的樹葉，沒凋落的，又復歸平靜。

二年前，黑冠麻鷺竟又回來築巢了，只是這回選擇一棵年輕的樟樹，已成功育雛兩窩了，今年，我還在歡喜等待。前些日子，無意間看見一隻喜鵲，從牆邊一棵新移植的榕樹飛過，直直穿越校園，飛向第一公墓去。這是學校的新鳥種紀錄，我有些驚喜。這又有什麼含意呢？同是墓地，一邊是生，一邊是死，榮枯無常，而生死之間流動的，就是春風嗎？

我，必定要如此確信，永遠懷抱希望，是這教書教了二十年的學校唯一教給我的。是春風，無誤……

（陳胤／二〇一五／三／二十六）

761 代後記　墓地春風

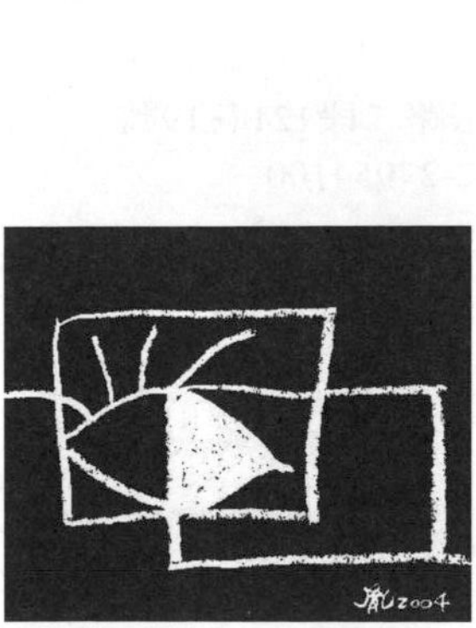

國家圖書館出版品預行編目資料

狗臉歲月 / 陳胤作. -- 初版. -- 臺北市：前衛,
2020.04
面；15×21公分
ISBN 978-957-801-906-5（平裝）

863.57 109001598

狗臉歲月

作　　者　陳胤
責任編輯　張笠
封面設計　江孟達工作室
美術編輯　宸遠彩藝
出版贊助　國藝會 NCAF

出 版 者　前衛出版社
地址：104056台北市中山區農安街153號4樓之3
電話：02-25865708｜傳眞：02-25863758
郵撥帳號：05625551
購書・業務信箱：a4791@ms15.hinet.net
投稿・代理信箱：avanguardbook@gmail.com
官方網站：http://www.avanguard.com.tw
出版總監　林文欽
法律顧問　南國春秋法律事務所
總 經 銷　紅螞蟻圖書有限公司
地址：11494台北市內湖區舊宗路二段121巷19號
電話：02-27953656｜傳眞：02-27954100

出版日期　2020年4月初版一刷

定　　價　新台幣800元

ISBN 978-957-801-906-5